os subterrâneos da liberdade
volume 3. a luz no túnel

COLEÇÃO JORGE AMADO

Conselho editorial

Alberto da Costa e Silva
Lilia Moritz Schwarcz

Coordenação editorial

Thyago Nogueira

O país do Carnaval, 1931
Cacau, 1933
Suor, 1934
Jubiabá, 1935
Mar morto, 1936
Capitães da Areia, 1937
ABC de Castro Alves, 1941
O Cavaleiro da Esperança, 1942
Terras do sem-fim, 1943
São Jorge dos Ilhéus, 1944
Bahia de Todos-os-Santos, 1945
Seara vermelha, 1946
O amor do soldado, 1947
Os subterrâneos da liberdade
   Os ásperos tempos, 1954
     Agonia da noite, 1954
     A luz no túnel, 1954
Gabriela, cravo e canela, 1958
De como o mulato Porciúncula descarregou seu defunto, 1959
Os velhos marinheiros ou O capitão-de-longo-curso, 1961
A morte e a morte de Quincas Berro Dágua, 1961
Os pastores da noite, 1964
O compadre de Ogum, 1964
A ratinha branca de Pé-de-vento e A bagagem de Otália, 1964
As mortes e o triunfo de Rosalinda, 1965
Dona Flor e seus dois maridos, 1966
Tenda dos Milagres, 1969
Tereza Batista cansada de guerra, 1972
O gato malhado e a andorinha Sinhá, 1976
Tieta do Agreste, 1977
Farda, fardão, camisola de dormir, 1979
O milagre dos pássaros, 1979
O menino grapiúna, 1981
A bola e o goleiro, 1984
Tocaia Grande, 1984
O sumiço da santa, 1988
Navegação de cabotagem, 1992
A descoberta da América pelos turcos, 1992
Hora da Guerra, 2008

os subterrâneos da liberdade
volume 3. a luz no túnel

JORGE AMADO

Posfácio de Daniel Aarão Reis

Copyright © 2011 by Grapiúna Produções Artísticas Ltda.
1ª edição, Livraria Martins Editora, São Paulo, 1954

Grafia atualizada segundo o Acordo Ortográfico da Língua
Portuguesa de 1990, que entrou em vigor no Brasil em 2009.

Consultoria da coleção Ilana Seltzer Goldstein

Projeto gráfico Kiko Farkas e Mateus Valadares/ Máquina Estúdio

Pesquisa iconográfica do encarte Bete Capinan

Imagens de capa © Acervo Iconographia (capa); © Luiza Chiodi/ Companhia Fabril Mascarenhas (chita); © Acervo Fundação Casa de Jorge Amado (orelha).
Todos os esforços foram feitos para determinar a origem das imagens deste livro. Nem sempre isso foi possível. Teremos prazer em creditar as fontes, caso se manifestem.

Cronologia Ilana Seltzer Goldstein e Carla Delgado de Souza

Assistência editorial Cristina Yamazaki

Preparação Cacilda Guerra

Revisão Adriana Cristina Bairrada e Marise S. Leal

Texto estabelecido a partir dos originais revistos pelo autor. Os personagens e as situações desta obra são reais apenas no universo da ficção; não se referem a pessoas e fatos concretos, e não emitem opinião sobre eles.

Dados Internacionais de Catalogação na Publicação (CIP)
(Câmara Brasileira do Livro, SP, Brasil)

Amado, Jorge, 1912-2001.
 A luz no túnel / Jorge Amado ; posfácio de Daniel Aarão Reis.
— São Paulo : Companhia das Letras, 2011.

ISBN 978-85-359-1980-6

1. Ficção brasileira I. Reis, Daniel Aarão II. Título.

11-10334	CDD-869.93

Índice para catálogo sistemático:
1. Ficção: Literatura brasileira   869.93

Diagramação Spress
Papel Pólen Soft
Impressão RR Donnelley

[2011]
Todos os direitos desta edição reservados à
EDITORA SCHWARCZ LTDA.
Rua Bandeira Paulista 702 cj. 32
04532-002 — São Paulo — SP
Telefone (11) 3707 3500
Fax (11) 3707 3501
www.companhiadasletras.com.br
www.blogdacompanhia.com.br

Para Zélia e James.

Para Diógenes Arruda,
Laurent Casanova, Anna Seghers
e Michael Gold, com amizade.

*Metida tenho a mão na consciência
e não falo senão verdades puras
que me ensinou a viva experiência.*
Camões, *Sonetos*

Hay en mi corazón furias y penas.
Quevedo

CAPÍTULO PRIMEIRO

1

DO AUTOMÓVEL, SENTADO ENTRE DOIS TIRAS, CARLOS OLHOU A RUA como a despedir-se. Numa artéria próxima, ele habitara criança, e, de súbito, memórias infantis o invadiram. O pai cantava trechos de óperas italianas, possuíam um velho gramofone onde tocavam discos de Caruso. Certa vez, numa das suas correrias de menino endiabrado, derrubara e partira um daqueles discos: o pai entrara em cólera e fora necessário que Carlos se acolhesse nas largas saias da mãe para escapar ao castigo. A mãe era uma negra toda feita de carinho e alegria, gordona e calma, a contrastar com o marido, italiano magro e nervoso, a contrastarem até na música que cantavam, pois a mãe era inteiramente dos cocos e cateretês, dos sambas de roda. Ela desejava vender o antiquado gramofone sem idade para comprar um pequeno aparelho de rádio, mas o pai se opunha, onde ouvir os seus discos de Caruso? A mãe não insistia, vivia numa apaixonada contemplação do marido e do filho, desse filho que era uma perfeita mistura dos dois: inventivo e nervoso como o pai, afável e risonho como a mãe. O velho Orestes aparecia, em certos domingos, para almoçar e discutir política. O pai era famoso pelas macarronadas, mas o ex-anarquista, talvez para espicaçá-lo, elogiava de preferência as apimentadas comidas afro-brasileiras cozinhadas pela mãe. Tinha sido o velho Orestes quem guiara os primeiros passos de Carlos no caminho da luta revolucionária.

"Quem poderia tê-lo entregado?", perguntava-se ele, no automóvel, fugindo às recordações da infância, despertadas pela sua entrevista. Muita gente o conhecia, sem dúvida, era um dos elementos da direção regional mais em contato com as bases do Partido, porém muito poucos sabiam onde ele morava. E, no entanto, a polícia batera lá, num desparrame de forças, cercando a rua, pondo os vizinhos em polvorosa. Os investigadores estavam perfeitamente informados: não só da casa, mas dos seus hábitos também. Será que o seguiam já há algum tempo sem que ele se desse conta? Não, ele costumava ser cauteloso, e não percebera nada de anormal nos últimos dias. Alguém o entregara. Quem teria sido?

Passava em revista, na memória, os companheiros conhecedores da sua moradia. Os membros do secretariado, Mariana, alguns poucos camaradas mais, todos eles seguros e de confiança. Não via entre esses quem pudesse ter falado. Ao demais, não sabia de prisões recentes, ainda na véspera reunira com os camaradas e estava tudo em ordem, as greves prosseguiam. Os grevistas presos não sabiam de sua existência. Quem podia ter sido? Teria entregado outros ou sabia apenas dele? Essa era uma questão primordial: a queda da direção naquele momento: a prisão de companheiros responsáveis representava um verdadeiro desastre. Logo quando eles começavam a colher os frutos do intenso trabalho desenvolvido naqueles meses. Quando a classe operária começava a se movimentar após o longo interregno de calmaria, que se seguira à sangrenta repressão da greve de Santos e das greves de solidariedade ao fracasso inicial da greve da Paulista. Custara tanto esforço, um miúdo trabalho cotidiano, levantar outra vez a combatividade abalada da massa, tinham sabido aproveitar a folga devida ao golpe integralista, o Partido crescera nas empresas. Alguns quadros novos tinham surgido, cheios de futuro. E, agora, tudo isso estava ameaçado... Se unicamente ele tivesse sido entregue, então não era tão grave, um outro ocuparia o seu lugar e tudo continuaria a marchar. Nesse caso só havia um problema: manter-se calado, suportar tudo que lhe fizessem. Mas se tivessem caído também João e Zé Pedro, certos companheiros responsáveis por zonas e células fundamentais, então a coisa era bem mais séria, era um golpe sério... Todo o trabalho podia ressentir-se, inclusive o próprio movimento grevista.

Como, diabo, a polícia pudera dar com sua pista? Até onde sabia sobre ele, sobre a organização? O melhor era manter-se num silêncio completo; pelo jeito dos tiras ao prenderem-no, pelo número de autos e de policiais esparramados pela rua, por algumas palavras pronunciadas, compreendera estar a polícia bem resenhada sobre ele, sobre sua atividade partidária. Não era como daquela vez quando fora preso no Rio, por acaso. Pudera então inventar uma história complicada, montada em todas as suas peças, e nela pôde persistir até o fim, terminando por convencer o delegado. Levara uma surra pavorosa, ao ser preso, mas, como mantivera a sua história atrapalhada, e como a polícia não tinha nenhum dado concreto sobre ele, terminaram por soltá-lo algum tempo depois. Agora, era diferente. Devia manter-se calado, recusar-se a responder. E preparar-se para aguentar uns maus pedaços. Para aguentar calado.

O automóvel parou em frente do edifício da central de polícia.

Um tira abriu a portinhola, saltou, ficou esperando no passeio. O outro o empurrou:

— Vamos...

Pelo vidro, Carlos olhou a praça. Algumas pessoas passavam fitando curiosamente o automóvel. Saltou gritando:

— Estão me prendendo porque luto pelo povo, contra esse governo...

Os populares olhavam surpreendidos, mas não ouviram o resto da frase: os investigadores tomaram o rapaz pelos braços, ele resistiu tentando desprender-se, outros tiras apareceram, um deu-lhe um soco na nuca, fizeram-no atravessar a porta. Ouviu ainda um policial gritando para os passantes:

— Sumam daqui!

Um dos investigadores torcia-lhe o braço desde a rua. Doía terrivelmente, mas Carlos nada dizia. Assim meteram-no no elevador, outro tira ameaçava:

— Lá em cima vamos lhe mostrar o que é bom.

Havia um longo corredor, lá em cima, repleto de policiais a fumar, a conversar, a rir. O que lhe torcia o braço soltou-o, empurrando-o para o meio dos investigadores, ao mesmo tempo que avisara aos outros:

— É o Carlos. Quis fazer discurso, na porta, esse cachorro...

Batiam-lhe de todos os lados, socos no rosto, no peito, nas costas, recebeu violento pontapé na perna. Assim atravessou o corredor até a porta do gabinete de Barros. Jogaram-no na antessala. O tira que lhe havia torcido o braço, ria:

— Isso é um pano de amostra.

"Um sádico", pensou Carlos. Um soco acertara-lhe na boca, machucara-lhe o lábio, ia ser uma dura temporada. Nada de inventar histórias desta vez, não daria resultado. Manter-se calado até que eles desistissem ou o matassem.

Barros apareceu na porta da antessala, sorrindo, a eterna ponta de cigarro colada ao beiço inferior:

— Entre, seu Carlos... Vamos conversar...

Um tira deu-lhe um empurrão:

— Depressa!

Dois investigadores entraram com ele. Um depositou sobre a mesa do delegado os materiais apreendidos em seu quarto: volantes, números da *Classe*, os originais de um artigo que ele estava escrevendo sobre o movimento grevista. O outro ficou encostado na porta, assobiava baixi-

nho. Barros desfez o embrulho de material, ao mesmo tempo que apontava uma cadeira a Carlos. Examinava os volantes, começou a ler as páginas escritas do artigo. Abanava a cabeça como a aplaudir as ideias expostas por Carlos, sobre como conduzir as greves:
— Um teórico, o rapaz. Muito bem... — Largava os papéis, sentava-se.
O investigador que trouxera o embrulho afastara-se para o vão de uma janela. Barros fitou o jovem, descansou os braços sobre a mesa:
— Vamos ver o que tem a nos contar, seu Carlos...
— Não tenho nada a contar.
— Não tem? Isso veremos... — a voz mole querendo ser irônica.
— Me deu trabalho descobrir quem estava por detrás desse nome de Carlos, seu Dário Malfati... Mas descobri... É sempre assim: o Barros termina sempre por descobrir os segredinhos... Por isso mesmo é melhor abrir o peito para o Barros, contar tudo, não querer esconder nada. De acordo?
Estava de bom humor e piscou o olho para o tira no vão da janela, e esse sorriu como a gozar a ironia do chefe. O que estava na porta parecia indiferente à cena, apenas deixara de assobiar.
— Que prefere: ditar o depoimento ou ser interrogado?
— Ditar.
— Muito bem. — Fez um gesto para o investigador encostado na porta. Um datilógrafo...
O tira saiu para voltar instantes depois acompanhado por um homem vestido de negro, magro e pequeno, um ar de rato esfomeado. Aproximaram uma mesinha com a máquina de escrever, o datilógrafo sentou-se em frente, meteu o papel:
— Pronto.
— Pode começar — Barros dirigia-se a Carlos. — Mas não venha para aqui inventar histórias como fez no Rio. Os colegas acreditaram, mas eu lhe aviso logo que sou muito incrédulo... — E ria outra vez, outra vez o tira que trouxera o pacote de material sorria numa aprovação.
Carlos voltou-se para o datilógrafo:
— Fui preso pela polícia do Rio, em 14 de janeiro de 1936. Fui solto em 25 de fevereiro do mesmo ano. Fui novamente preso pela polícia de São Paulo hoje, 28 de setembro de 1938.
Calou-se, como a esperar que o homenzinho magro terminasse de datilografar as frases ditadas. O ruído da máquina cessou e Carlos continuou calado. Barros o animou:

— Agora, o que você fez nesse meio-tempo... A historinha completa, com os nomes e os endereços.

— O que eu fiz nesse meio-tempo é aos senhores que compete descobrir. Os senhores é que são a polícia e não eu... Não digo mais nada além disso.

Barros levantou a mão de sobre a mesa, Carlos caiu da cadeira com o soco:

— O que, seu porcaria! Quer bancar o valente?

Levantava-se, circundava a escrivaninha, agarrava Carlos, ainda caído, pelo paletó, levantava-o do chão, trazia-o para junto de si, vibrava-lhe outro soco na boca, soltava-o. Carlos perdia o equilíbrio, sangrava no lábio, ia bater contra a parede. Os dois tiras tinham-se aproximado. O homenzinho magro, sentado diante da máquina, apagava com a borracha uma letra errada, voltava a escrevê-la como se nada sucedesse na sala.

Barros andou em direção a Carlos, os dois tiras também.

— Pensa que você não vai falar? Pois eu lhe digo que você vai contar tudo o que sabe, se não quiser deixar a pele aqui... — Batia como o punho fechado na palma da outra mão — Já vi outros valentes se borrarem em minha frente...

A campainha do telefone ressoou, o homenzinho com cara de rato atendeu, escutou um instante:

— Está ocupado. — Do outro lado do fio insistiam. — Sim, muito ocupado.

Escutou ainda um pouco:

— Espere... — voltava-se para Barros. — É pro senhor, chefe. O Roberto chegou com os outros. Quer saber o que deve fazer com eles...

Barros sorriu, um sorriso vitorioso endereçado a Carlos:

— Desta vez vocês estão liquidados. Não tem valentia que adiante. Não vou deixar nem rastro de Partido em São Paulo.

Dirigiu-se ao telefone. "Quem teria entregue o Partido?", interrogava-se Carlos, desencostando-se da parede. A boca doía-lhe, procurou um lenço para limpar o sangue. A acreditar em Barros, a polícia metera a mão sobre a organização. Que iria suceder ao movimento grevista?

Barros dava ordens no telefone. Um dos tiras, na sala, voltara a assobiar baixinho, o datilógrafo magro limpava as unhas com um palito. O lábio de Carlos estava partido, o sangue não cessava de brotar.

— Traga-os para a antessala, quero vê-los... — dizia Barros ao telefone, findando a conversa. Voltava-se para Carlos, outra vez. — Vou lhe

17

dar um prazo para você pensar. Aviso-lhe de uma coisa: se não quiser falar por bem, vai falar por mal. À noite, mando lhe buscar de novo... Se tem amor à pele, trate de refrescar a memória até a noite.

Dirigia-se depois aos investigadores:

— Levem esse palhaço daqui. Mas não misturem ele com os outros. É um dirigente, vocês sabem... Temos que tratá-lo como merece... Metam-no embaixo, sozinho...

Olhou para Carlos mais uma vez, como a medir sua capacidade de resistência, deu novas ordens:

— É melhor fichá-lo logo, tirar logo as fotografias. Pode ser que de noite a gente tenha que fazer algum trabalhinho nele, um tratamento de beleza... E eu preciso de fotografias para os jornais antes dele ser amassado.

— Tá bem, chefe.

Levaram Carlos. Ao atravessar a antessala o rapaz avistou o grupo recém-chegado de presos. Eram três camaradas de Santo André, um deles bastante responsável. Carlos passou como se não os conhecesse, os tiras o fitavam para ver se ele reagia. Barros também espiava, através da porta deixada aberta, e viu como um dos três presos, um homem idoso, quase inteiramente calvo, estremeceu ao enxergar o lábio sangrento de Carlos, as marcas dos socos no rosto.

2

QUANDO ZÉ PEDRO ACORDOU, COM AS REPETIDAS PANCADAS NA PORTA, já a criança despertara e começara a chorar. Tocou, de leve, no ombro de Josefa, sussurrou-lhe ao ouvido:

— Zefa! Zefa!

Ela soergueu o busto, ainda meio adormecida:

— O que é?

Mas logo ouviu o choro do filho, afastou o lençol para levantar-se. Zé Pedro a prendeu por um braço, murmurou:

— A polícia está aí. Escute...

Uma pesada mão batia na porta, com força, Josefa exclamou, pondo a mão sobre a boca:

— Meu Deus!

— Escute... — disse Zé Pedro. — Pode ser que eles te levem, pode ser que não. É provável que não, por causa do menino. É para te usar como pista para chegar até os outros. Ninguém deve vir aqui por esses dias. Eu tinha um encontro marcado para hoje, longe daqui. Quando eu não aparecer, os camaradas vão desconfiar que me sucedeu alguma coisa. O melhor é você não ir avisar a nenhum, diretamente. Se não lhe prenderem, fique em casa, não saia logo. Mais tarde, pegue o menino, leve pra casa de sua mãe, fique por lá. Não vá procurar os companheiros para não dar pista à polícia. Agora, vá lá dentro, pegue aquele embrulho de material, atire no poço, enquanto isso eu vou ganhar tempo com os tiras. Vá depressa.

Josefa saltou da cama, saiu correndo do quarto, descalça para não fazer barulho. Uns minutos depois dela ter partido, Zé Pedro levantou-se. As pancadas ameaçavam arrombar a porta, os vizinhos deviam estar acordados. Ouviu os passos de Josefa, voltando do quintal. Uma sorte, aquele profundo poço antigo, do tempo em que não havia água encanada. Pensara sempre nele como um bom local onde fazer desaparecer material se a polícia localizasse sua casa. Esperou que Josefa se aproximasse:

— Coragem! Cuide do menino — e andou para abrir a porta, onde agora batiam com qualquer instrumento de ferro.

A luz da madrugada entrou pela porta aberta. Josefa surgia no corredor com a criança nos braços. Os tiras haviam sacado dos revólveres:

— Entreguem-se, senão atiramos.

Barros se adiantou do automóvel onde ficara, atravessou entre os investigadores, reconheceu na fosca claridade do corredor o comunista:

— É ele mesmo. — Ordenava aos tiras: — Deem uma batida na casa, deve haver um bocado de coisa por aqui. Deve estar escondido, ele demorou demais a abrir...

Os policiais invadiram a casa, um deles afastara bruscamente Josefa do caminho, a criança recomeçava a chorar. Barros interpelou a mulher:

Filho, hein? — Voltava-se para Zé Pedro: — Quem foi que fez o filho? Você ou outro camarada? Porque entre vocês tudo é comum, é o comunismo, não é? As mulheres também devem ser...

Zé Pedro não respondeu. Barros riu da sua graçola, os investigadores a seu lado riram também. Um deles disse:

— Essa vaca não encontra tempo nem para ir visitar a mãe. Quantas vezes não passei a tarde de plantão, perto da casa da família dela, para ver se aparecia... Há mais de um ano que ela não vai por lá.

Barros disse:

— Para ficar junto dele, do "companheiro"... Não era, beleza? Pra não dar pista à gente, não era? De que valeu? O Barros encontrou a pista... — Dirigia-se a Zé Pedro: — Vá acabar de botar a roupa. Na central, a gente termina a conversa. Temos muito que conversar... — Ordenava a um tira: — Vá com ele, vasculhe o quarto.

Josefa apertava o filho contra o seio, afastava-se para Zé Pedro passar, ia segui-lo. Barros avisou-lhe:

— Você também vai conosco...

Ela perguntou:

— E o menino? Não posso largar ele sozinho.

Zé Pedro voltou-se:

— Ela não tem nada a ver com tudo isso. Quando casou comigo nem sabia quem eu era. Nunca se meteu em nada.

— Vá se preparar depressa, não estou lhe perguntando o que devo fazer...

O tira os acompanhou, revolvia o quarto enquanto Zé Pedro se vestia vagarosamente e Josefa reunia os trapos da criança. O colchão foi atirado fora da cama, o improvisado berço do menino — construído pelo próprio Zé Pedro com tábuas de caixão — esvaziado.

— Por aqui não há nada... — murmurou o investigador, saindo para avisar a Barros.

— Ouça — disse Zé Pedro a Josefa aproveitando o momento quando estavam a sós — tu não sabes de nada, nenhuma pessoa vinha aqui, eu é que saía todos os dias. Nenhuma pessoa, entende? Mesmo que te matem.

— E o menino? — perguntou ela, estremecendo.

— Nele, acho que não fazem nada. Mas... — E desviou os olhos porque os sentiu tristes — ... mesmo que matem o menino, você não sabe de nada. Coragem, Zefa!

Já o investigador retornava:

— Vamos... Tanto tempo para enfiar um paletó, até parecem grã-finos da avenida Paulista...

Esperaram no corredor a volta de Barros. O delegado revistava a casa, parecia-lhe incrível não terem os seus homens encontrado nenhum material, além de uns quantos livros metidos num caixão, na sala. Andara também pelo quintal, numa nesga de terra onde cresciam uns pés de mamão e uma raquítica goiabeira. Explicou a alguns dos seus homens:

— Vocês vão ficar aqui, na casa. Agarrem quem aparecer. E deem uma nova busca, vejam se não encontram algum esconderijo, esse tipo é muito sabido, ele deve ter escondido o material em qualquer parte. Mais tarde, mando outros para substituir vocês.

A criança silenciara, chupava um pedaço de pão seco, da véspera, dado por Josefa. Os tiras não lhe tinham permitido ir preparar a papa do menino.

— Ele vai comigo... — disse Barros, apontando Zé Pedro.

Curiosas cabeças de vizinhos apareciam pelas janelas entreabertas a medo. Alguns policiais ainda conservavam os revólveres nas mãos. A criança voltava a chorar violentamente, o pedaço de pão rolara na sujeira da rua. Josefa rogou:

— Deixe pelo menos esquentar uma coisinha pro menino. Já passou da hora dele comer...

— Filho de comunista não precisa comer... — gracejou um dos policiais.

Outro empurrou, com o pé, o pedaço caído de pão:

— Que luxos são esses? Pegue o pão.

Um busto de mulher se mostrou numa janela, na casa ao lado. Era uma gorda matrona, os cabelos despenteados:

— Posso lhe dar um pouco de leite, vizinha. — Dirigia-se depois aos investigadores: — É uma desumanidade levar a criança sem comer...

De dentro da casa, alguém forcejava por tirá-la da janela, a mulher voltou a cabeça:

— Me deixa! Que me importa que sejam comunistas, podiam ser os assassinos piores do mundo, onde já se viu levar uma criancinha pra cadeia? E sem comer, onde já se viu? — Seu busto debruçava-se outra vez para fora: — Espere um minuto, trago já o leite... — E desaparecia no interior da casa.

Surgia depois na porta, um vestido enfiado às pressas sobre a camisa de dormir, um copo de leite na mão. Entregava a Josefa, acariciava o rosto da criança. De um dos automóveis, onde também Zé Pedro fora metido, Barros dava pressa. Um dos investigadores ainda no passeio dirigiu-se à mulher:

— Um dia você aprende a socorrer comunistas... Quando eles vierem tomar tudo que vocês têm...

A mulher botava a mão nas cadeiras, levantava o rosto, a voz num desafio:

— Tomar o quê? Como se a gente tivesse alguma coisa, como se o pobre nessa terra vivesse na fartura... Pior do que já é não pode vir a ser...

Recebia de volta o copo vazio, Josefa agradecia:

— Muito obrigada...

O tira empurrava Josefa para um automóvel, gritava para a mulher:
— Dá o fora, burra gorda!

Também de dentro da casa a chamavam em vozes amedrontadas, mas ela ficara no passeio até os automóveis partirem:
— Covardes... Miseráveis...

3

HAVIAM-NO LEVADO DIRETAMENTE PARA A SALA DE TORTURAS. O lúgubre humor policial a designara pelo nome de "sala das sessões espíritas". Durante todo o resto da tarde, num cubículo úmido do porão da polícia, Carlos, o corpo doído dos socos e pontapés, concentrara-se em dois problemas: quem os teria entregue? Quanta e que gente teria caído?

Devia sustentar as calças todo o tempo: haviam-lhe tirado o cinto e a gravata, assim ele não tentaria enforcar-se. E, como as calças eram largas para ele, herdadas dos outros, ameaçavam cair a todo momento. Terminou por sentar-se no cimento molhado da cela, tinham jogado baldes de água antes de trancarem-no ali. Não podia ter ideia de quantos companheiros a polícia prendera. Mas começava a desconfiar de onde podia ter partido a denúncia: o grupo de Saquila. O jornalista andava foragido, ganhara o mundo depois do fracasso do golpe armando-integralista, Carlos ouvira dizer estar ele pelo estrangeiro, na Argentina ou no Uruguai, não se lembrava. Mas, não era apenas Saquila quem sabia sobre ele. Sua verdadeira personalidade, suas funções no Partido, eram conhecidas também de "Luís", ou seja, de Heitor Magalhães, o ex-tesoureiro do regional, expulso por ladrão. Só podia ter sido ele. A não ser que algum camarada, preso por acaso, tivesse falado... Revia mais uma vez os nomes dos camaradas a par de sua casa, de seu nome, de sua responsabilidade partidária: não eram muitos e nenhum lhe parecia capaz de abrir-se na polícia.

Pelo meio da noite vieram buscá-lo dois tiras. Foi entre eles, segurando as calças, não tinha ilusões sobre o que o esperava. Barros tentaria convencê-lo de falar no gabinete, e depois, ali mesmo ou noutra sala, recorreriam à violência. Que se teria passado com os companheiros de Santo André? Por um deles, Carlos era capaz de pôr a mão no fogo, era um tipo duro e provado, desse não iam conseguir nada. Os outros dois, conhecia-os superficialmente, aguentariam ou não o bárbaro rojão da polícia? Até onde aquelas prisões afetariam a greve em preparação nas fábricas de Santo André?

Não o conduziram sequer ao gabinete de Barros, foi levado de uma vez para a sala onde, ao entrar, Carlos notou pingos de sangue no chão. Alguém passara por ali antes dele. Dois investigadores já estavam a esperá-lo: aquele sádico que lhe torceu o braço, pela manhã — soube depois chamar-se Pereirinha —, e um moreno atlético, de nariz esborrachado, em que ele reconheceu um famoso torturador apelidado Dempsey, por ter sido *boxeur* tempos atrás. Esse Dempsey possuía uma reputação de criminoso bestial, trabalhara antes na polícia do Rio, mas a crônica dos seus feitos escandalizara mesmo o Parlamento, antes do Estado Novo, e devido ao protesto de alguns deputados ele fora dado como demitido. Em verdade, haviam-no apenas transferido para São Paulo. Estava em mangas de camisa e segurava na mão um porrete de borracha. O chamado Pereirinha, cujos olhos maus seguiam os movimentos de Carlos, descansara sobre uma cadeira um chicote de fios de arame. Havia um aparelho de rádio ligado, a música de um tango se fazia ouvir em surdina.

Barros apareceu logo depois, em mangas de camisa ele também, fumando dessa vez um charuto em lugar da clássica ponta de cigarro. Um dos tiras que haviam ido buscar Carlos no cubículo fechou a porta. Barros sorria em meio ao silêncio, como se encontrasse cômica a figura do prisioneiro sustentando as calças. Deu um passo, sentou-se numa cadeira:

— Ouça aqui: tenho uma proposta a lhe fazer. Proposta de amigo. Desta vez está tudo terminado para vocês, aqui, e em toda parte. Tou com o Partido quase todo aqui nos cubículos, a começar pelos "grandes". No Rio, caiu a direção nacional inteirinha. Nos outros estados é a mesma coisa. Para lhe falar só de um, lhe digo que em Mato Grosso não ficou ninguém na rua.

"Foi Heitor, não há dúvida", considerava Carlos: a queda da região de Mato Grosso era indício suficiente para localizar o delator. Quanto à afirmação do delegado sobre as prisões no Rio, Carlos duvidava dela, devia ser uma basófia para impressioná-lo e abater-lhe o ânimo. Barros continuava:

— Vocês estão liquidados. Não têm mais salvação.

Esperou um minuto, Carlos não abria a boca, o delegado prosseguiu:

— Eu não lhe peço mais do que isso: o endereço do Ruivo, o nome e o endereço de João. Só isso, mais nada. — Barros sabia que se Carlos lhe dissesse aquilo, lhe diria também tudo mais. — Se você me contar isso, nada lhe sucede. Lhe mando para cima, pra uma boa cela, com todo conforto. E depois lhe solto. Só não solto logo para os outros não desconfiarem de você. Veja bem: você não corre nenhum perigo. Os outros não vão nem poder pensar que foi você que falou: pensarão que eu soube de Ruivo e João da mesma maneira que soube de você e dos outros. E, depois, não lhe solto logo, deixo alguns dias, depois arranjamos um meio. Dou-lhe minha palavra. Agora é você decidir: ou isso ou vamos lhe fazer contar de outra maneira...

— Não vou lhe contar nada.

— Ouça bem, caboclo: o que eu quero é não perder tempo. Só isso. Porque falar, você vai falar ou eu não me chamo Barros.

Carlos procurava concentrar a atenção na música em surdina do rádio, era um samba que tocavam agora.

— Não aceita? Então... Vamos começar, meninos...

Os dois tiras que o haviam trazido marcharam para ele, enquanto Pereirinha aumentava ao máximo o volume do rádio. A voz do cantor encheu a sala:

Implorar só a Deus...

O apelidado Dempsey agitava o porrete de borracha como a experimentar sua flexibilidade, Pereirinha empunhava o chicote de arame, enquanto os outros dois arrancavam a roupa de Carlos. Barros modificara sua posição na cadeira, sentara-se ao contrário, cavalgando-a, os braços apoiados no espaldar, para melhor apreciar e dirigir. Quando Carlos ficou nu, braços e pernas amarrados, ele perguntou:

— Uma última oportunidade: quer ou não quer falar?

— Não.

Quase não se ouviam as vozes tão alto estava o rádio:

Implorar só a Deus
ainda assim às vezes
não sou atendido...

— Daqui a pouco você vai me pedir para falar. — Fez um sinal levantando as sobrancelhas, Dempsey e Pereirinha começaram.

Os fios de arame o atingiam nas nádegas, no peito, no rosto, nas pernas, vergões vermelhos marcavam os lugares. Dempsey descarregava-lhe metodicamente o porrete nos rins. Carlos conteve-se sem gritar enquanto pôde. Defendia-se, procurando escapar aos golpes, mas, malgrado sua agilidade, começou a sentir as pernas fraquejarem. Dempsey atingiu-o no pescoço com o porrete, Carlos caiu arquejando. Foi chegada então a vez dos dois outros investigadores: pisavam-no, davam-lhe pontapés, um deles o atingiu com o bico do sapato na face, uma cicatriz ficou para sempre. Carlos insultava-os em meios aos gritos de dor, e a música do rádio — uma valsa substituíra o samba — dominava tudo.

Carlos apoiava-se sobre o cotovelo num esforço para elevar o corpo. Porém, antes que pudesse fazê-lo, um dos tiras metia-lhe o pé com força sobre o ombro, derrubava-o outra vez, o rosto ferido contra o chão. Uma, duas, três vezes, depois Carlos não tentou mais levantar-se.

Barros seguia a cena, interessado. Falaria ou não falaria? Quando conseguia que um falasse, sentia-se feliz, como se a medida do homem para ele se marcasse pelo terror do sofrimento físico. Aqueles que não falavam, que resistiam silenciosos a todas as torturas, esses ele os considerava uns monstros, não podia entendê-los e sentia-se no fundo humilhado por eles. Quando um desses seres saía daquela sala quebrado de pancada, reduzido a um trapo, com sua carne torturada, sem ter falado, Barros se sentia vencido, sentia existir algo superior a ele mais além da sua condição de homem, e nada podia irritá-lo tanto. Por isso os odiava, a esses comunistas... Certos investigadores falavam com admiração da tranquila coragem dos comunistas presos. Suportavam como homens as torturas. Barros não os admirava, ele os odiava, incapaz de compreender aquela superioridade, aquela convicção profunda que enchia de medo certas noites suas quando lhe parecia impossível dominar e vencer aqueles homens...

— Vamos continuar... — disse ele.

Os investigadores levantaram Carlos, o rapaz se apoiou contra a parede. Pereira suspendeu o seu chicote, Dempsey vibrou o seu porrete. Carlos tombou outra vez, outra vez o levantaram. O porrete o atingiu no rosto. O corpo bateu com força no chão.

— Perdeu os sentidos... — anunciou Dempsey.

Pereirinha soprou sobre as mãos:

— Tou ficando cansado...

Barros se aproximou. O rosto de Carlos era uma posta de carne viva, os vergões vermelhos marcavam as costas e a cintura, cortavam-lhe as nádegas em sangue.

— Parece morto... — disse Barros e pôs-lhe a mão sobre o coração.

— Não, está apenas desmaiado. Vou acordá-lo... — riu.

Puxou duas ou três fumaças do charuto, derrubou a cinza sobre o assoalho, segurou o toco em brasa, enfiou-o sobre o peito do rapaz. Um grito de dor, o cheiro de carne chamuscada flutuou no ar.

— Miserável!

Barros retirou o charuto, meteu-o na boca, fitava Carlos cujos olhos estavam arregalados, escorrendo lágrimas.

— Então? Chegou a hora de falar?

Carlos atirou-lhe um palavrão, já não podia conter-se.

Barros fechou-lhe o olho, onde lia o ódio, com um soco. No peito, a chaga aberta pelo fogo do charuto parecia uma condecoração, como uma redonda medalha.

— Levantem ele... Vamos continuar...

Puseram-no contra a parede, mas, logo às primeiras pancadas, ele escorregou, o rosto contra o assoalho. Na parede ficaram as nódoas de sangue.

— Desmaiou outra vez...

— Joga água na cara dele — ordenou Barros a um dos tiras, voltando a sentar-se.

— Estou cansado — disse Pereirinha. — Gostava agora era de ver um bocado.

— Vá chamar Barreto e Aurélio.

Jogaram água no rosto de Carlos, ele voltara a abrir os olhos, dificilmente.

— Essa brincadeira vai durar até que esse cachorro fale. Porque ele vai falar...

Levantara-se, andava de novo para junto de Carlos:

— Porque tu vais falar, comunista de merda, vais levar porrada até falar, até soltar essa língua desgraçada...

Pereirinha voltava com os outros dois.

— Bota ele de pé. Toca para diante... — ordenou Barros. — Quero que esse escroto fale, rebentem ele até que ele fale!

Dempsey recusou-se a entregar o porrete:

— Ainda não estou cansado.

O chicote vibrou, o porrete nos rins. De quando em vez, Pereirinha colaborava com um pontapé, um soco no rosto. Duas, três, quatro, quantas vezes Carlos caiu e voltaram a erguê-lo, após ter-lhe jogado água no rosto? Pela madrugada, levaram-no carregado, de volta ao cubículo úmido. Atiraram-no como um fardo. Não falou.

4

ESTAVAM OS TRÊS DE PÉ DIANTE DA MESA, POR DETRÁS DA QUAL SE MANTINHA constantemente um investigador, a repetir as mesmas perguntas. No canto da sala, um poderoso refletor dirigido sobre os olhos dos três presos de Santo André. Um calor sufocante, a sede a subir pelas gargantas, os estômagos doendo de fome, uma dor fina e cansativa. Há quantas horas já? Tinham perdido a ideia do tempo, aquilo durava uma eternidade. Os investigadores se revezavam na cadeira do outro lado da mesa, mas os três camaradas já não faziam sequer distinção entre as vozes a sucederem-se, na fatigante repetição das irrespondíveis perguntas:

— Quais são os outros membros do Partido em Santo André? Quem está à frente da organização? Onde está o Ruivo? Quem é João? Quais são as ligações de vocês?

E a sede... Era o pior de tudo. Sobre a mesa, a moringa de água era um convite, um copo cheio ao lado, quem inventou que a água não tem sabor, nem odor, nem cor? As línguas secas sentem o sabor sem igual da água, o velhote careca não pode despregar os olhos da moringa, do copo quase transbordando, aquela água parece azulada e o suor lhe escorre da testa em bagas grossas e as pernas se fazem pesadas, os olhos ardendo da luz violenta do refletor. Era bom estarem os três juntos, se estivesse sozinho talvez não aguentasse... Umedece com a língua os lábios ressequidos. A voz sonolenta do investigador rola monótona na repetição das perguntas. O relógio de pulso colocado sobre a mesa, o mostrador voltado para o tira, enche a sala com o seu tique-taque igual, eternamente igual. Eles não podem enxergar o mostrador, sentir a passagem do tempo. Sentem apenas o tique-taque do relógio, como é possível que seja tão alto o seu ruído, tão incômodo, tão desagradável de ouvir? Ele cresce, insuportável, nos ouvidos dos homens esfomeados e sequiosos, as pernas como se fossem de chumbo, os olhos cegados pela luz. Um simples tique-taque de relógio de pulso, como pode ser assim tão incômodo, tão torturante, quase enlouquecedor?

Os estômagos doendo, uma dor fina e penetrante. Não lhes deram de comer e de beber desde que os prenderam. Haviam-lhe tomado os cigarros e os fósforos e o velhote careca pensa que deve ser ainda mais terrível para Mascarenhas, o mais responsável dos três, operário borracheiro, inveterado fumador. Lança-lhe um olhar, como pode o outro manter esse rosto de pedra, essa posição ereta, como pode ainda sorrir respondendo ao seu olhar, um sorriso de encorajamento? O terceiro é um jovem de dezoito anos, Ramiro, um pequeno português chegado criança ao Brasil, mas cujo sotaque carregado jamais desaparecera. Os investigadores haviam sido particularmente brutais com ele: tinham-no esbofeteado, haviam-no tratado de "mondrongo porco", de "portuga imundo", insultado sua mãe com os mais baixos termos, divertindo-se a arrancar-lhe os fios de um incipiente bigode que devia ser o orgulho juvenil do moço. E a voz do tira rola mais uma vez nas perguntas, acompanhando as palavras com batidas da mão fechada sobre a mesa. Levanta-se depois, fumando um cigarro. Atira-lhes a fumaça no rosto, dá uns passos pela sala.

Que horas serão? Desde as duas da tarde estão ali, de pé, ante a mesa, recebendo em pleno rosto a luz do refletor, os olhos puxados para a moringa de água, ouvindo o repetir daquelas perguntas, de quando em vez mescladas com insultos e ameaças. O velhote careca imagina que seja quase chegada a manhã, como gostaria de fitar o mostrador do relógio, certamente eles suspenderão o interrogatório pela manhã para recomeçá-lo na outra noite. Não pode imaginar sequer quantas horas se terão passado. Suas pernas estão cedendo, é quase impossível já manter-se em pé. O suor escorre-lhe pegajoso pelo rosto.

Como faz Mascarenhas para suportar a sede e o cansaço, essa luz ofuscante nos olhos? Ramiro, com seus dezoito anos, tem a força da juventude a sustentá-lo, mas ele, o velhote calvo, já passou dos cinquenta numa vida difícil de barbeiro pobre, são parcas as suas forças. Se pelo menos pudesse beber um copo cheio de água, mesmo um gole de água... E não ouvir o tique-taque do relógio, atirar-se num canto qualquer para dormir.

Ramiro sabe estar ainda longe a hora do amanhecer. Pode ser, quando muito, uma e meia ou duas horas da madrugada, ainda lhes resta bastante tempo de espera. Se tudo ficasse naquilo, nesse suplício de fome e sede, de pé durante longas horas com a luz do refletor queimando o rosto, então não seria tão duro assim. Havia sido pior quando o insultaram na antessala, quando o esbofetearam covardemente, sem que ele pudesse defender-se e revidar, quando lhe arrancaram fios do bigode, ridicularizando-o. Mas, depois, no cubículo, Mascarenhas batera-lhe com a mão sobre o ombro e elogiara a forma como ele soubera comportar-se. Ramiro sentiu o coração inflar de alegria: as palavras do responsável lhe davam forças para novas provas. Viera para o Partido recentemente, recrutado por Mascarenhas, e jamais se sentira tão orgulhoso em sua vida como quando participara da primeira reunião de célula.

Quase desde menino admirava os comunistas. Quando, aos catorze anos, deixara de engraxar sapatos para ingressar na fábrica, já entendera muito sobre os seus feitos e toda a sua simpatia estava com eles. Foi um bom elemento de massas na fábrica, de quando em vez lia os volantes, algum número da *Classe*. Sabia estar o Partido presente na vida do sindicato, nas discussões, nos lares, na vida inteira dos operários, mas a princípio não podia localizá-lo. A sua sempre crescente admiração pelos comunistas levava-o a pensar que somente uns poucos, aqueles mais capazes, mais provados, mais inteligentes, poderiam pertencer a essa vanguarda de luta. Aos poucos foi distinguindo alguns comunistas pela sua atuação na fábrica, e os acompanhava solidário em todas as suas posições e tomadas de posição. Desenvolvia uma ampla atividade de massa e nem mesmo se dava conta de como estava próximo ao Partido, continuava a imaginá-lo inacessível. Um dia, talvez, quando tivesse mais idade e mais capacidade, poderia esperar, quem sabe?, pertencer ao Partido, possuir o título, para ele sobre todos honroso, de comunista.

Não foi assim pequena a sua surpresa quando uma noite, há alguns meses, Mascarenhas, responsável partidário na fábrica, para quem Ramiro guardava uma estima e uma consideração especiais, o convidou para uma longa conversa, onde, após relembrar toda a atividade de Ramiro, terminara por lhe perguntar se ele não queria entrar para o Partido. Ficou sem voz de tão emocionado, sentindo uma alegria tamanha, uma tal emoção que os olhos se umedeceram.

— Você acha que sou capaz?

Mascarenhas lhe falara da responsabilidade a pesar sobre os ombros dos comunistas, das dificuldades antepostas à sua luta, dos perigos a cercá-los, e também da alegria inerente à condição de militante. Uma única coisa causava pena a Ramiro: não poder contar a Marta nada daquilo, ela tinha apenas dezessete anos e quase nenhuma atividade política, apenas os acompanhava nas votações no sindicato. Era, como ele, operária na fábrica e saíam os dois juntos após o trabalho e por ela Ramiro cultivava carinhosamente o bigode. Porém ele iria instruí-la, interessá-la mais pela política, para que também ela chegasse um dia a ser uma comunista.

Fora preso, casualmente, por encontrar-se em casa de Mascarenhas quando a polícia chegara. Viera buscar material, estavam num trabalho de agitação preparando a greve, os tiras encontraram-lhe os bolsos cheios de volantes. No tintureiro, em caminho da polícia, sentia-se quase alegre: era o seu batismo de fogo, parecia-lhe que a prisão o integrava definitivamente no Partido. Mascarenhas lhes dissera — a ele e ao velhote calvo, responsável pelo Socorro Vermelho naquela zona e por isso conhecido de Heitor — que ia ser uma "cana dura" e que eles deviam se preparar para resistir sem entregar ninguém.

Caso não passasse disso, dessas intermináveis horas de pé, o foco de luz sobre o rosto, a fome e a sede, não era tão difícil assim. Mas, mesmo que lhe cortassem em pedacinhos, ele nada diria, era um comunista, como pensar sequer em falar? Esses tiras insultantes e covardes — dois o sustentaram enquanto um terceiro o esbofeteava — pareciam não saber o que significava ser comunista. Ele, Ramiro, o sabia. Explicava a Marta, nas suas conversas de namorado, após o trabalho: um comunista é o construtor de um mundo de paz, de justiça e de alegria. Marta ria do seu sotaque português, mas deixava-se ganhar pelo seu entusiasmo e fazia agitação, entre as operárias, pela greve. Se esses tiras pensam que lhe vão abrir a boca, fazer dele um imundo traidor, deixando-o esfomeado e sequioso, é que não o conheciam e não sabiam o que significava para ele pertencer ao Partido, a alegria que ele sentia ao acordar cada manhã e ao pensar que ingressara numa célula, que ia ajudar a transformar o mundo, esse imenso mundo brasileiro onde crescera e vivia, e quem sabe se um dia também aquele mundo sofrido da pátria onde nascera, do outro lado do mar, esse esmagado Portugal de Salazar? Nem o Partido nem Marta teriam de se envergonhar dele. Mesmo que o cortasse em mil pequenos pedacinhos...

Barros entra na sala, em mangas de camisa, fumando um charuto, o rosto enraivecido:

— Ainda não falaram? — pergunta ao investigador.

— Ainda não...

O delegado os mede com os olhos, um a um. Chega-se a Ramiro, agarra-o pelos cabelos, puxa-lhe a cabeça, dá-lhe uma bofetada:

— Não fala, hein, seu pústula? Eu lhe ensino a se meter a sebo no Brasil...

Seus olhos se dirigem para Mascarenhas:
— Você vai falar, Mascarenhas, não lhe deixo dormir, nem beber, nem comer antes de falar... E isso não é nada... Tenho outros métodos. O Carlos, que é um duro, acabou de falar agora mesmo. Contou tudinho que sabia. Sobre vocês também. O melhor é abrir a boca e contar tudo. O Carlos, que é dirigente, já contou, agora eu só quero é que vocês confirmem...
— Mentira! — gritou Ramiro.
Mascarenhas o olhou numa reprovação. Mas Barros já o esbofeteava novamente:
— Cala a boca, mondrongo!
Largou-o, foi olhar o velhote calvo:
— Um homem da sua idade, pai de família, com filhos para sustentar, não se envergonha de estar metido com essa corja...
O preso baixou os olhos, será que Barros ia espancá-lo também? Mas o delegado passou em direção à mesa, tomou do copo cheio de água, engoliu um bom trago, estalou os beiços como a gozar a frescura da água na sala onde o calor sufocava. Pegou a moringa, voltou a encher o copo, trouxe-o até a face do velhote.
— Não quer um pouco, Rafael?
O suor crescia na testa calva do homem. Barros sorria:
— Não custa nada. Umas palavrinhas e nada mais...
Mascarenhas sentia o esforço feito pelo companheiro. Viu-o como fascinado pelo copo de água, falou:
— Rafael não é um traidor...
O velhote alteou a cabeça, os músculos do rosto retesados, os olhos quase cerrados. Barros atirou o copo no rosto de Mascarenhas, os pedaços de vidro caíram no chão. Gotas de água salpicaram Ramiro, que estava a seu lado. A água corria pela face de Mascarenhas, entrava-lhe pelo pescoço. Ramiro ia novamente gritar, insultar o delegado, mas o olhar de Mascarenhas lhe ordenou silêncio. Barros os media com os olhos.
— Eu volto mais tarde. Vamos ver quem aguenta mais...
O tira foi buscar outro copo num pequeno armário, encheu-o. Depois lhe disse:
— Isso aqui não é nada. Se vocês tiverem juízo, falam aqui mesmo. Porque se seu Barros os levar para a outra sala, aí é que são elas...
O velho calvo não podia mais de sede e de cansaço. Suas pernas

fraquejavam, ele deixava-se cair no chão. Se pudesse dormir, mesmo que fosse ali naquela sala de espantoso calor, de luz alucinante... Um dos investigadores cutucou-o com a ponta do sapato:

— Nada disso... Ponha-se já de pé, senão será pior... A não ser que decida falar. Nesse caso, pode se sentar... E beber um copo de água... A água, depois de falar...

O velhote fazia um desesperado esforço, punha-se outra vez de pé. Quando chegaria a manhã, quando o deixariam dormir? De outra sala, por entre a música de uma valsa, chegavam gritos de dor, estavam massacrando alguém.

5

À TARDE, NO DIA SEGUINTE, AO CHEGAR NO GABINETE, BARROS MANDOU buscar Zé Pedro no seu cubículo. O nordestino precedera Carlos, na véspera, na sala de torturas. Mal podia andar, vinha apoiado nos investigadores, arrastando-se. Haviam-lhe cerrado completamente um olho, sua face estava inchada, as mãos também e andava descalço, os pés não cabiam nos sapatos. Tinham começado, na véspera, por lhe dar bolos de palmatória nas mãos e nos pés. Dempsey se encarregara desse trabalho.

Barros disse-lhe, depois que os tiras haviam-no posto sobre uma cadeira:

— Você tá feio, Zé Pedro... Um horror... Se sua mulher lhe visse agora nem ia lhe conhecer...

— Onde ela está? — perguntou Zé Pedro. — Ela não tem nada a ver com isso, não está metida em nada...

Barros abriu o rosto num sorriso:

— Ela está bem tratada, melhor não podia ser. Na noite passada, enquanto você estava sendo amassado, os rapazes ficaram com ela, seis meninos escolhidos entre os mais bonitos da polícia... Para ela não ficar sozinha de noite, a pobre... Me contaram que a mal-agradecida resistiu, foi preciso fazer força. A gente escolhe uns bons machos pra ela, rapazes com cara decente, brancos, e ela se faz de rogada...

— Monstros! Miseráveis! — Zé Pedro punha-se de pé, as mãos fechadas, quase, saltou sobre o delegado. Os tiras o sentaram à força.

— Não se exalte. De quem é a culpa? Foi uma lição prática de comunismo... A propriedade é um roubo, não é mesmo? E como você quer uma mulher só para você? Foram só seis, quase todo mundo tinha o que fazer ontem. Hoje mandaremos uma turma maior.

O rosto de Zé Pedro estava fechado de dor e ódio. Pobre Josefa, aquela humilhação tremenda...

— O culpado é você mesmo, Zé Pedro. Eu lhe avisei, quando você chegou: dessa vez você fala, seja como for. Preciso meter a mão em cima do resto do Partido e são vocês que vão me entregar. Você e Carlos. Os outros vão dizer também o que sabem, se Deus quiser. Tem uns que já estão começando a dar água depois da soirée de ontem. Mas vocês dois é que têm muito o que contar. Você vai me entregar o resto da direção. E as ligações com a turma do Rio? Ou você quer que eu acredite também que o Partido aqui se desligou do resto do país? Eu lhe avisei: ou você fala ou vai suceder muita coisa. Começou a suceder... Vai continuar.

O dirigente falou:

— Já disse tudo que tinha a dizer, a única coisa que posso fazer é repetir: sou comunista, dirigente do Partido, assumo toda a responsabilidade dos meus atos. Minha mulher não tem nada a ver com isso, nem sabia sequer que eu era comunista quando casou comigo. O que vocês estão fazendo com ela é um crime sem nome. Um dia vocês pagarão por tudo isso. — Tinha conseguido dominar sua dor imensa.

— Nós vamos acabar com vocês desta vez. — Tomou de um jornal sobre a mesa. — Veja as declarações do chefe de polícia do Rio: em seis meses nem lembrança de Partido Comunista do Brasil...

— Outros já disseram o mesmo...

— Mas desta vez é o Estado Novo. Vocês não têm onde gritar, para quem apelar. Não é como antes, com deputados para falar, com jornais a nos criticar, a fazer apelo às "almas sensíveis". Agora a coisa mudou. E não é só aqui... Agora Hitler vai dar uma surra na Rússia, vai mostrar a Stálin o que é a força do nazismo. Vocês vão acabar no mundo inteiro. Não há mais futuro para vocês.

— Isso é o que vocês desejam. Outra coisa é realizar.

— A realidade é que você está preso, e inúmeros outros também. Daqui a uns dias as greves terminarão todas... Que lhe adianta ficar calado, apanhando, sua mulher à disposição dos rapazes como se fosse uma vagabunda? Burrada. Se vocês ainda tivessem algum futuro, alguma perspectiva, como vocês dizem, vá lá... Mas, só por obstinação, por cabeça dura, é besteira e da grossa. Eu mandei lhe chamar para lhe falar tranquilamente, para lhe dar uma oportunidade.

— Dispenso suas gentilezas. — Toda a dor física parecia ter abandonado Zé Pedro depois da notícia das infâmias praticadas com Josefa. — Se mandou me chamar por isso, está perdendo seu tempo...

Barros fez como se não ouvisse as rudes palavras do preso, continuou a falar:

— Os rapazes me contaram que sua mulher ficou meio abobalhada com a brincadeira de ontem. Não sei o que vai acontecer com ela se os rapazes continuarem a ir consolá-la à noite... Talvez acostume, não é? E vá acabar numa rua de prostitutas.

Zé Pedro cerrava as mãos inchadas, as unhas enfiando na carne. Barros silenciou, esperando uma reação qualquer do dirigente, as atendidas palavras de entrega. Mas Zé Pedro não o olhava sequer, imóvel sobre a cadeira como se fosse de pedra. Barros se levantou:

— Vocês são uns miseráveis, mesmo... Uns sujos... Não valem mesmo nada e tudo que se faça com vocês é pouco. Para vocês lar e família não quer dizer nada, não é? A você não importa que sua mulher seja desonrada, possuída à vontade por todo mundo, isso não lhe diz nada... E depois vocês falam que são sujeitos decentes, dignos, que querem o bem da humanidade... Vocês são uns bandidos, não possuem nenhum sentimento humano.

Zé Pedro falou:

— Isso dito por um policial é um elogio. Ouça, de uma vez: de mim você não vai tirar nada, faça o que fizer. E, se me mandou chamar só para isso, mande-me voltar, quanto menos eu o vir, melhor para mim...

Barros deu dois passos para ele, a mão levantada. Mas não descarregou a bofetada, conteve-se, avisou:

— É bom você pensar. Pensar bem. Hoje não vamos ficar no bê-á-bá de ontem. Hoje vamos começar a mostrar a vocês o que guardamos aqui para os comunistas. A vocês todos e a sua mulher também.

Puxou uma baforada do cigarro:

— E não se esqueça que temos o menino conosco...

— O menino? — rugiu Zé Pedro. — Vocês seriam capazes? Assassinos!

— Você não tem ideia do que o Barros é capaz quando fica aborrecido. E eu estou ficando aborrecido...

Zé Pedro sentiu seu coração diminuir como se pesada mão cruel o apertasse. Ao ser preso, pensara que eles respeitassem ao menos a criança. Mas, como ter ilusões? Não era a mesma polícia que entregara Olga Benário Prestes, grávida, aos nazistas? Não era a mesma que castrara presos, que cortara a navalha os seios da mulher de Berger, que enlouquecera o dirigente alemão com as torturas mais brutais?

Pôs-se de pé, apoiando-se na cadeira:

— Alguma coisa mais ou posso ir?

— Pense bem para não dizer depois que eu não lhe avisei em tempo. Se você gosta de seu filho...

— Pense também antes de botar a mão sobre uma criança. Hoje vocês são a polícia e o poder. Mas, amanhã, o povo virá lhes pedir contas... Pense também.

— O povo... — riu Barros. — Vocês, além de tudo, são imbecis... Se é com o povo que vocês contam, eu posso dormir sossegado. — Dirigiu-se aos tiras. — Levem ele...

No corredor, Zé Pedro percebeu a esposa de Cícero d'Almeida sentada numa cadeira, muito elegante. Estava certamente esperando ser recebida por Barros: sinal de que o escritor havia sido preso. De súbito, os olhos da mulher enxergaram Zé Pedro (a quem ela conhecia por tê-lo visto em seu apartamento), se esbugalharam no horror da visão daquela figura deformada. Semilevantou-se na cadeira, os tiras tomaram o preso pelos braços, levaram-no às pressas. A esposa de Cícero d'Almeida murmurou, num fio de voz:

— Que horror, meu Deus!

6

AQUELE ROSTO QUASE IRRECONHECÍVEL, AQUELAS MÃOS INCHADAS, Gaby d'Almeida não podia afastá-los dos olhos. Apareciam-lhe sobre o vidro das janelas do táxi, sobre o pavimento da rua, fazendo estremecer o seu corpo magro e esbelto. Estava transtornada, sentia o estômago embrulhado. Todo aquele ambiente da polícia lhe parecera repugnante: os investigadores a rir e a chalacear, as salas sombrias, a hipócrita amabilidade do delegado da Ordem Política e Social para quem ela levara uma carta de apresentação firmada por Costa Vale. E aquele comunista certamente torturado, arrastando-se pelo corredor, quase sem poder andar... Cícero lhe falara por vezes nessas coisas passadas na polícia, mas ela, francamente, nunca acreditara. Pensava que o marido exagerava, levado pela sua paixão política.

Ao sair da polícia, telefonara a Marieta Costa Vale dizendo que necessitava falar com ela. Fora Marieta quem lhe conseguira a carta de apresentação de Costa Vale dizendo:

— Cícero é um maluco com essas coisas de comunismo. Um rapaz de bem, da melhor sociedade, onde já se viu? Sendo preso a dois por três como se fosse um qualquer...

Acarinhara o rosto de Gaby, completara:

— Enchendo de preocupações essa linda cabecinha... Vamos ver se desta vez ele toma jeito, larga essas ideias absurdas.

Gaby pensara que, com a carta de Costa Vale, estaria tudo resolvido, Cícero seria posto em liberdade. Anteriormente sucedera assim, as intervenções prestigiosas haviam-no libertado. Quando ela casara com Cícero, um casamento de amor, raro no seu meio, ele lhe dissera lealmente ser comunista. Ela rira daquilo, já lhe tinham avisado, parentes e amigas. Como Artur Carneiro Macedo da Rocha, ela atribuía as ideias do noivo a influências passageiras de leituras, esses escritores são por vezes bizarros com suas manias... Não se impressionou quando ele expusera suas convicções: rico, portador de antigo nome, paulista, ensaísta de nomeada, citado nos jornais, elegante e distinto, essa coisa de comunismo não podia durar... E, sobretudo, ela o amava. Casou-se. Era feliz, o passar dos meses só havia feito acentuar a estima entre eles, crescer a intimidade agradável de um lar cheio de conforto. Ela se acostumou mesmo com os amigos boêmios e malvestidos de Cícero (alguns vinham jantar envergando paletós esporte), chegou a estimar alguns daqueles artistas, jornalistas e escritores a discutirem pintura, literatura e história. Quanto aos comunistas, não quisera jamais ser apresentada a nenhum. De quando em vez, alguns se reuniam em seu apartamento. Em geral ela saía (Cícero lhe avisava com antecedência), ia de visita a qualquer amiga ou tomar chá e fazer compras. Acontecia, porém, voltar, por casualidade, antes da reunião terminar e avistar assim, em raras ocasiões, aquelas figuras de operários, cujas vozes ressoavam estranhamente na sala de requintado gosto, de móveis caros. Cícero fazia-lhe o elogio daqueles homens, mas ela não sentia nenhuma simpatia por eles, só não lhe eram totalmente indiferentes porque tinham que ver com Cícero. No fundo, ela pensava ser Cícero a figura dirigente de todo aquele misterioso universo comunista e uma vez ficara extremamente decepcionada ao saber, pelo próprio marido, da sua reduzida responsabilidade partidária. Parecera-lhe então inexplicável estar ele metido naquilo tudo se não era ele quem dirigia, se não lhe davam o primeiro lugar, por que se envolvia? Em geral, porém, evitava discutir com Cícero sobre esses assuntos, era o único terreno em que não concordavam, em tudo mais se davam bem. O melhor era deixar que o tempo...

Quando telefonara a Marieta, ao sair da polícia, a esposa do banqueiro a convidara:

— Nesse caso, o melhor é você vir logo, assim toma chá com a gente. Sabe quem está aqui? O Paulinho. E o Shopel também.

Desagradável, pensara Gaby. Preferia conversar a sós com Marieta, não estava de humor para um chá em sociedade, para o gênero de conversas daqueles encontros. Mas devia ir, o delegado não lhe permitira sequer avistar-se com Cícero. E, após a visão de Zé Pedro no corredor, ela temia pela sorte do marido. O delegado estivera pleno de amabilidade, muito obsequioso, mas, ao mesmo tempo, inflexível:

— Impossível, minha senhora, totalmente impossível. Eu lastimo, meu prazer seria servi-la. Mas a senhora só poderá visitá-lo depois que for ouvido. Ainda não o ouvimos. Talvez o faça ainda hoje e já amanhã a senhora possa vê-lo. Quanto a ser posto em liberdade, isso vai depender do resultado do inquérito. Não lhe escondo que seu marido está muito comprometido, mas posso lhe afirmar, por outro lado, que ele está sendo tratado com a maior consideração.

Naquele momento ela se recorda do comunista arrastando-se pelo corredor:

— Enquanto eu esperava passou um homem maltratado...

— Que podemos fazer, minha senhora? Um comunista exaltado, violento. Basta lhe dizer que abandonou a mulher e o filho pequeno na mais completa miséria porque a mulher não queria se sujeitar ao regime do Partido. Fomos nós que recolhemos a coitada e a criancinha, impedimos que morressem de fome. Quando o prendemos, ele reagiu, atirou num investigador, foi preciso trazê-lo à força. E, chegando aqui, agrediu todo mundo, tivemos que usar de certa violência. Contra os meus hábitos.

Terminara por prometer que talvez no dia seguinte ela pudesse avistar-se com Cícero. Não era certo, porém, não valia a pena ela voltar, o melhor era telefonar antes, perguntando. Gaby, ao sair, decidira fazer uma nova intervenção junto a Marieta. Não acreditara na história de Barros: a face daquele homem visto no corredor não era a de alguém saído de uma briga. Haviam-no espancado, certamente. Era horrível de ver-se, aquele rosto, aquelas mãos, os pés descalços...

Pensando bem, não era tão mau assim ir ao chá em casa de Marieta. O pai de Paulinho era agora ministro da Justiça, toda a polícia estava subordinada a ele. Contar-lhe-ia o que vira e Paulinho faria Artur intervir, terminar com aquelas crueldades.

Paulinho veio apertar-lhe a mão, amigavelmente, quando ela entrou na sala aberta sobre a varanda. Shopel levantara-se também, um ar penalizado:

— Então, o nosso glorioso Cícero está em cana? Eu estava agora mesmo dizendo a dona Marieta e ao Paulo: é um dos talentos mais sólidos do Brasil. Pena essas ideias extremistas, elas comprometem mesmo os seus livros. É a única coisa que se pode discutir na sua obra: certa deformação marxista. Por exemplo, quando ele se refere à obra civilizadora dos jesuítas... É certamente injusto. Também para com dom Pedro II...

Marieta interrompia a dissertação do poeta:

— Que se passou? Vão soltá-lo?

Gaby sentava-se, aceitava uma xícara de chá, recusava as bebidas alcoólicas:

— Nem me deixou sequer avistar-me com ele. Disse que só depois de o interrogar me permitirá visitá-lo. Quanto a pô-lo em liberdade, nem mesmo prometeu.

— Que coisa... — comentou Marieta. — Não atender a uma carta do José... A verdade é que atualmente qualquer delegado de polícia se julga um personagem importante.

— É o diabo... — disse Paulo. — Essas greves... A polícia não deixa de ter razão. Os comunistas estavam preparando a paralisação da vida econômica do país.

Gaby dirigiu-se a ele:

— Mas, Paulinho, que tem Cícero a ver com greves? Cícero pensa lá as suas coisas, tem as suas ideias, escreve os seus livros. Mas nunca se meteu em greve... Eu queria mesmo lhe falar sobre isso. Seu pai é quem pode fazer alguma coisa por Cícero. Ele é ministro da Justiça...

— E Mundinho d'Almeida? — perguntou o poeta Shopel. — Você está aí a pedir quando tem na família um dos maiores amigos de Getúlio, o irmão de seu marido.

— Mundinho não está, viajou para a Colômbia, para a conferência dos países produtores de café...

— Ah! É verdade... Tinha me esquecido...

Paulo prometia:

— Vou falar com o velho. Depois de amanhã volto para o Rio, vou ver o que posso fazer. Mas, eu lhe aviso, Gaby: não vá pensando que o ministro da Justiça manda e desmanda na polícia. Isso foi noutro tempo. Hoje a polícia não dá a menor bola para o ministério... Faz o que quer... E a culpa é dos comunistas. Se não fosse preciso ter de combater o comunismo, jamais a polícia teria adquirido tal poder. Nem todos os ministros juntos têm a força do dedo mindinho do Filinto Müller. Vocês não sabem da última do Getúlio?

— Qual? — perguntou Shopel.

— É absolutamente autêntica, posso garantir. Foi depois de uma reunião do ministério. Depois dela ter terminado, o Getúlio chamou o Oswaldo à parte...

— Que Oswaldo? — quis saber Marieta.

— O ministro do Exterior. Chamou-o à parte e lhe avisou para ter cuidado com suas conversas telefônicas, pois os telefones do seu gabinete e de sua casa estavam sob controle da polícia...

Shopel riu:

— Esse Getúlio...

— Seja como for — disse Marieta —, é preciso fazer alguma coisa por Cícero, Paulinho. Por que você não fala por telefone com Artur? Pobre do Cícero, metido na cadeia... E a Gaby preocupada... — Sorriu para a amiga, ordenava a Paulo: — Você telefone hoje mesmo.

— Eu sou amigo de Cícero — explicou Paulo —, só que não quero prometer no ar. Vou fazer todo o possível, vou telefonar ao velho, mas não garanto nada. Pelo que consta, a polícia descobriu muita coisa e eu não sei até onde o Cícero está enterrado nisso.

Gaby contava:

É um horror ir a essa polícia. Um ambiente pavoroso. Quando eu estava esperando, passou um dos presos, mais morto do que vivo, não posso esquecer. Nem podia andar, ia se arrastando.

— Pancada? — perguntou o poeta. — Sou contra isso.

Marieta mostrava-se igualmente adversária de tais métodos. Andava muito feliz nos últimos tempos, com a nomeação de Artur, o noivado de Paulo, a sua nova posição de chefe do gabinete do pai. O seu medo fora que Paulo, depois de casado, se valesse do prestígio da comendadora para conseguir um bom posto numa embaixada na Europa e a largasse ali. Mas agora estava descansada, enquanto Artur fosse ministro, Paulo ficaria no Brasil, ela o teria consigo. Ele vinha de quando em vez a São

39

Paulo, a pretexto de visitar a noiva, em realidade era com Marieta que passava a maior parte do tempo. Ela soubera prendê-lo nos seus braços, convencera-o aos poucos ter nas suas mãos a sorte e o futuro do rapaz. Imaginava que ele não lhe fosse sempre fiel, não lhe deviam faltar aventuras. Isso não a preocupava muito, porém. Bastava-lhe saber não possuir ele nenhuma outra amante fixa, continuar a repetir-lhe palavras de amor, e se encontrarem às escondidas em quartos de hotéis. Também agora Marieta ia de quando em quando ao Rio, nas semanas que Paulo não aparecia. Andava feliz e por isso mesmo capaz de interessar-se sinceramente pela libertação de Cícero, de reprovar a conduta da polícia ao espancar presos.

— Esse Barros é um bruto... Para que bater? Era alguém conhecido? — perguntou.

— Penso que era algum operário — esclareceu Gaby.

— Operário? Então não tem importância... — Paulo encolheu os ombros. — Afinal, por que se metem em política? Que tem operário a ver com tudo isso? Um intelectual ainda se compreende, mas um operário...

Shopel elevou os braços para o céu, numa exclamação:

— Salvai-me, Senhor!

— O que é? — riu Marieta.

— O Paulinho depois que noivou, que é quase proprietário das indústrias da comendadora, criou uma alma nova, de senhor feudal. Já não considera um operário sequer um ser humano. Paulo, meu filho, eu te desconheço... Que se passará depois que casares? Renegarás até os poetas e os artistas, te transformarás num burguês feroz. Pobre de mim, teu amigo...

Riram todos, Paulo passou a mão sobre o cabelo:

— Meu caro, a gente pilheria, brinca, mas a polícia é quem tem razão. Se ela não for dura, eles terminam tomando conta do país... Uma vez eu já disse a Marieta: essas coisas que a polícia faz podem nos repugnar, mas elas são necessárias. É assim que defendem o que temos, é a única maneira... Se a gente for ter pena dos comunistas, é a gente quem vai acabar um dia na cadeia... O Barros é um bruto, eu concordo. Mas não é com manuais de boa educação que se pode pôr um freio nos comunistas.

— Faça pelo menos exceção para Cícero... — pediu Gaby.

— Cícero é outra coisa. É alguém, um escritor, um homem de sociedade. Eu falo é desses operários. E, além de tudo, cheiram mal. É o que eu não posso suportar nessa gentinha: são maltratados, sujos, malcheirosos. Nem as regras de limpeza são capazes de aprender e querem tomar conta do governo.

O poeta Shopel deixara de rir:

— Tens razão. Estão ficando atrevidos esses operários. Eu ia pela rua, outro dia, e dei, sem querer, um encontrão num tipo que estava trabalhando numa construção. Pedreiro ou qualquer coisa assim. Pois o tipo me insultou, reclamando porque não pedi desculpas.

Marieta parecia também rendida aos argumentos de Paulo:

— Também esses comunistas são ainda piores que a polícia. Vocês não têm lido os artigos publicados pela *A Notícia*? Você não leu, Gaby? É um antigo comunista arrependido quem escreve... Conta horrores, coisas de arrepiar. E parece que tudo é verdade, pois se é mesmo um comunista que conta...

Gaby duvidava da veracidade dos artigos de Heitor Magalhães, ela nunca ouvira falar de tais coisas, não era possível acreditar naqueles absurdos.

— Mentira ou verdade — falou Paulo —, uma coisa é certa: não se pode mais ter piedade, Gaby. Antes isso era possível, mas hoje eles são fortes, e ter piedade deles é trabalhar contra nós mesmos. Tu deves tirar Cícero do meio dessa gente. Senão, vai chegar um dia quando nem mesmo por ele a gente poderá mover um dedo.

Gaby despedia-se, Paulo prometia-lhe telefonar a Artur à noite. Depois dela ter saído, Marieta comentou:

— Coitada... Cícero não tem coração... Ela o adora e ele lhe dá desses desgostos...

O poeta Shopel considerava:

— É incrível como os comunistas estão conquistando gente nos meios intelectuais. Vocês sabem quem está atualmente metida com eles? A Manuela, a tua antiga paixão romântica, Paulinho.

— A bailarina? — perguntou, interessada, Marieta.

— Bailarina... — O poeta fez um muxoxo de pouco-caso com a boca. — Uma pilhéria nossa que acabou pegando como as outras... Parece que vive agora com o Marcos de Sousa, que é velho comunista.

— O Marcos? — admirava-se Marieta.

— O Marcos, sim. Ele esteve envolvido na Aliança Libertadora e não esconde suas convicções. E não é só ele... — Começou a enumerar nomes de romancistas, poetas, pintores. — Não sei o que essa gente vê no comunismo...

— Disseram-me que o Hermes Resende, também...
— Não, o Hermes é diferente. Ele é socialista, mas não tem nada que ver com os comunistas. Ele mesmo me disse, uma vez: "Não compreendo como um intelectual pode ser stalinista. É o mesmo que suicidar-se". Mas os outros, esses veem em Stálin um Deus. O Marcos de Sousa afirmou numa roda, não faz muito tempo, que Stálin era o maior homem do século xx.
— Ah? — fez Paulo.
— O maior homem do século xx? — Marieta sentia-se afrontada.
— Que absurdo... Com tanto homem importante na França e nos Estados Unidos...
— A gente queira ou não queira, simpatize ou não simpatize com os seus métodos, o maior homem do século xx é Hitler — afirmou Paulo.
— É o único que pode fazer frente aos comunistas.
As sombras da tarde caíam sobre o jardim e a varanda. Marieta propôs:
— Vamos botar uns discos na eletrola? Podemos dançar um pouco.
Paulo concordou, o poeta aplaudiu:
— Para abrir o apetite...

7

NO TERCEIRO DIA DE TORTURAS, O VELHOTE CARECA DE SANTO ANDRÉ FALOU. ESTAVA reduzido a nada, era um frangalho de gente, e, a partir da segunda noite, as pancadas haviam substituído o castigo inicial que já lhe parecia insuportável: estar de pé, sem poder dormir, sequioso e esfomeado a entender as perguntas do tira. Durante o dia seguinte àquele primeiro interrogatório, lhes haviam dado apenas um pouco de comida, terrivelmente salgada, e um gole de água suja numa caneca. Devorara a comida, apesar das insistentes recomendações de Mascarenhas:
— É melhor não comer. Está salgadíssima, é de propósito para aumentar a sede.
Ramiro obedecera, mas Rafael não se conteve: comeu sua porção e as dos outros. À noite a sede o torturava e, quando o vieram buscar, os seus olhos estavam esbugalhados. Não falou naquela mesma noite porque, tendo desmaiado quase às primeiras pancadas, o dr. Pontes, médico da polícia chamado por Barros para cooperar nos interrogatórios, achara ser perigoso continuar a supliciá-lo: o coração do velhote amea-

çava fraquejar. Aconselhou uma pausa. Levaram-no de volta, não mais para o cubículo onde se encontrava antes. Deixaram-no numa sala onde estavam vários presos, entre os quais Cícero d'Almeida. O escritor o amparara, animara-o, prometera-lhe velar por sua família ao ser posto em liberdade. O velhote repetia:

— Eu não aguento mais...

Cícero tratava de fortalecer-lhe o ânimo, de consolidar sua vacilante firmeza. Então? Era um velho militante, com muitos anos de luta, não podia trair todo aquele passado, trair os camaradas e o Partido. O velho cobria o rosto com as mãos, chorando, como se nada pudesse fazer:

— Eu não aguento mais...

— Talvez eles não lhe batam mais...

— Tomara... Se me baterem...

Cícero estava preocupado, alguns outros camaradas, presos na mesma sala, também. Havia gente de toda espécie naquela sala: companheiros entregues por Heitor, uns sete ou oito, e inúmeros grevistas, elementos de massa. Esses haviam, em geral, levado empurrões e socos ao serem detidos e interrogados, um processo começara contra eles. Mas, há alguns dias já, Barros parecia haver-se esquecido deles, um tira informara que os grevistas iam ser transferidos para a Casa de Correção. Os demais, os denunciados por Heitor, tinham sido todos, à exceção de Cícero, brutalmente espancados. Alguns continuavam a negar terminantemente qualquer atividade comunista. Outros, os mais conhecidos, sobre os quais a polícia tinha dados concretos, haviam assumido a responsabilidade da sua posição partidária sem nada dizer além disso.

A esses somaram-se desde a véspera três camaradas presos em Mato Grosso: o professor Valdemar Ribeiro, um ferroviário de nome Paulo e um velho camponês octogenário que narrava embrulhada história de um neto seu e de um misterioso personagem, espécie de aparição diabólica a habitar as florestas do vale do rio Salgado e a desencaminhar a cabeça dos homens. A princípio, Cícero julgara ser o velho um louco, preso por engano, e só aos poucos conseguia encontrar uma estrutura para a história que ele contava. Ao que parecia, seu neto estava sendo procurado pela polícia como comunista, e, como não o houvessem encontrado, tinham prendido o velho e queriam obter dele informações não só sobre o neto, mas sobre um certo Gonçalo, perigoso elemento comunista acoitado no vale. Sobre o neto, o velho dizia ter ele desaparecido de casa, à aproximação da polícia, e, quanto ao falado Gonçalo, o octogenário recusava-se terminantemente a considerá-lo um ser humano normal, de carne e osso. Emprestava-lhe qualidades mágicas, o dom de aparecer e sumir e o de transformar-se: por vezes era um gigante curador de doença, mas materializava-se também na figura de um negro feio, pequeno e troncudo. Para o velho, tudo aquilo não passava de artes do diabo, solto nas selvas do vale, irritado com os homens a penetrar em seus domínios. A prisão não parecia afetá-lo muito, e repetia a sua história numa voz pausada. Assim o fizera na polícia de Cuiabá e da mesma maneira a contara a Barros — um Barros furioso, feito fera, clamando contra seus colegas mato-grossenses:

— Esses cretinos... Em vez de prender o Gonçalo, pegam e mandam um velho maluco... Idiotas!

Para o velho, tudo que lhe acontecia e a todos os outros presos não passava de vingança de Venâncio Florival, devido às ideias loucas de seu neto Nestor. Quando viu Rafael espancado, foi lhe perguntar em que fazenda de Florival ele trabalhava e se ele também falara em dividir as terras.

Cícero temia pelo velhote careca: aquele ia falar, as palavras de ânimo, os apelos a sua dignidade não exerciam mais nenhuma influência sobre ele. Nem as queria ouvir, a cabeça enterrada nas mãos, chorando. Até onde ele sabia sobre o Partido? Não devia saber muito, era um elemento de base. Ah! se Cícero pudesse pelo menos avisar aos outros que Rafael estava fraquejando... Mas, como fazer para avisar? Não tinha comunicação com nenhum preso, além dos que estavam na mesma sala que ele. Cícero não os vira, sequer.

A quem ele vira fora a Josefa, desfigurada, um rosto de morta, passando no corredor, com o filho nos braços, para a latrina. Estava numa saleta próxima e à noite podiam ouvir os seus gritos espantosos quando os tiras a iam despir e violar.

Sucedia pelo meio da noite. Noites insones, o pesado silêncio carcerário interrompido pela aparição dos tiras na sala, em busca de algum camarada para o interrogatório e as torturas. Cícero não podia conciliar o sono. Nele não haviam tocado, apesar dos insultos lançados pelo escritor a Barros e a toda a polícia ao ser interrogado. Quisera ditar, para aquele mesmo datilógrafo de roupa preta com cara de rato, um protesto violento contra os métodos da polícia, frisando o caso de Josefa. Barros, porém, despedira o datilógrafo e declarara a Cícero ter elementos suficientes para processá-lo e fazê-lo condenar pelo Tribunal de Segurança. Não pensasse que seu renome de escritor, sua posição de homem rico, ia servir-lhe dessa vez. Tinha provas das ligações de Cícero com os dirigentes do Partido, o bastante para uma pena de dois ou três anos de prisão.

Não lhe haviam tocado, mas o tinham posto naquela sala, e ele via os camaradas partirem para os interrogatórios violentos, ficava acordado a esperar que os trouxessem de volta, rebentados, que os atirassem no chão, a sangrar. Pensava por vezes que ia enlouquecer, que sua razão não resistiria à repetição daqueles espetáculos. E ao pavoroso eco dos gritos de Josefa, no meio da noite. Percebia por vezes, de mistura aos soluços da mulher ofendida, um choro de criança assustada. O menino acordava, sem dúvida, com o barulho dos tiras caçando a mulher pela saleta, sujeitando-a, despindo-a, ultrajando-a. Ah! aqueles gritos... Continuava a ouvi-los mesmo depois que tudo silenciava, quando a madrugada nascia entre as reixas de ferro das janelas.

Passou um dia agitado, tentando reerguer Rafael. Mas, quando vieram buscar o velhote na outra noite, Cícero não tinha esperanças. Mal os tiras apareceram na sala a gritar seu nome, Rafael começara a soluçar:

— Não, pelo amor de Deus, não...

Levaram-no arrastado, em meio a insultos. O velho camponês (dormia encolhido num canto, no chão, acordando a cada instante) perguntou a Cícero:

— Ele também falou de repartir as terras do coronel Venâncio? Maluquice, ninguém pode com o coronel...

Rafael, ao entrar na sala de torturas, viu Mascarenhas e Ramiro encostados à parede. Nus, mãos e pés amarrados, igualmente amarrados e nus estavam, deitados no meio da sala, Zé Pedro e Carlos, com os corpos meio suspensos, amarrados os sexos em fios que passavam por uns carretéis presos no teto. Tinham as bocas vendadas com lenços, respiravam dificilmente, um suor grosso escorrendo nas testas pálidas. Rafael engoliu um grito ao vê-los, suas mãos tremiam. Os olhos de Carlos o fitaram, uns olhos vítreos, mas ainda assim transmitindo uma mensagem de resistência. Havia muitos tiras na sala, onde o dr. Pontes conversava com Barros.

— Tira a roupa — ordenou-lhe um investigador.

O dr. Pontes veio examinar-lhe o coração e ele respirou um perfume de água-de-colônia a evolar-se do cabelo bem penteado do médico. Sentiu que as mãos do médico tremiam também, e lhe suplicou:

— Não deixe, não deixe... Vão me matar...

O doutor descolava o ouvido do peito do preso, passava o dedo sob o nariz, pinicava o olho para Barros:

— Em perfeito estado...

Dempsey adiantava-se com um chicote de fios de arame. Fazia-o vibrar no ar, um zunido fino. Rafael caía de joelhos, estendia as mãos trêmulas para Barros:

— Eu falo... Digo tudo que quiserem...

Sentia os olhos de Carlos e Zé Pedro voltados para ele, ouviu o jovem português Ramiro exclamar:

— Traidor!

E um tira a dar-lhe na cara:

— Cala a boca, portuga...

Barros sorriu em direção a Zé Pedro e Carlos:

— Está começando. Vocês vão "cantar" um por um... — ordenava a Rafael. — Vista-se, venha comigo. Mas nada de querer me enganar, senão volta aqui.

Apontava aos investigadores, com o dedo estendido, os presos encostados na parede, Mascarenhas e Ramiro:

— Cuidem deles...

O dr. Pontes, vendo-o sair com Rafael, se adiantava:

— Seu Barros... minha raçãozinha...

— Ainda não, doutor. Ainda temos trabalho hoje. Depois que acabarmos lhe dou quanto o senhor quiser...

O corpo quase esquelético do doutor se agitou, passou novamente a mão sob o nariz, fungou, sua pele tinha uma cor doentia, os ombros caídos, olheiras negras e profundas e uns olhos entornados de cocainômano.

8

AO VOLTAR DO GABINETE DO CHEFE DE POLÍCIA, BARROS BALANÇAVA a cabeça numa reprovação. Dissera claramente ao chefe sua opinião sobre aquela ordem: era um absurdo. Cícero d'Almeida estava certamente comprometido, Heitor Magalhães contara-lhe como ia buscar dinheiro em casa do escritor, como juntos haviam participado de reuniões com a direção. Quanto às provas, elas apareceriam à proporção que os presos fossem falando. É bem verdade que até agora, cinco dias depois de iniciadas as prisões, só um falara e esse pouco tinha a contar. À base de sua confissão prendera mais alguns tipos em Santo André, terminara de liquidar a agitação grevista. Mas Rafael, sempre adoentado e pouco ativo, era utilizado quase somente como caixa do Socorro Vermelho naquela zona. Seu depoimento ia servir para condenar Mascarenhas a larga pena de prisão. Mas não a fornecer nenhum elemento novo, vital para a liquidação do Partido em São Paulo. Precisava era de botar a mão sobre o Ruivo, sobre João, para acabar de cortar a cabeça do regional. E, enquanto se esforçava para fazer os homens falar, vinha o chefe de polícia a ordenar a libertação de Cícero d'Almeida... Era absurdo.

Parecia ter-se movido meio mundo para soltar o escritor. Começara pelo banqueiro Costa Vale, aparecera depois uma intervenção do ministro da Justiça, agora o chefe de polícia lhe dizia vir a ordem diretamente do Catete. A Costa Vale, Barros telefonara após a conversa com Gaby. Explicara-lhe necessitar ouvir ainda Cícero, esclarecer certos detalhes. O banqueiro parecia apressado ao telefonar:

— Está bem. Não desejo criar embaraços à ação da polícia. O senhor é quem pode julgar.

De homens assim, como Costa Vale, ele gostava. O banqueiro não se deixava impressionar com tolos sentimentalismos. Escrevera a carta para desobrigar-se com a esposa de Cícero, com certeza, e deixava Barros com as mãos livres, não impunha sua vontade. Mas já o ministro da Justiça não quisera, a princípio, ouvir explicações. Ordenara a libertação de Cícero através de um telegrama peremptório. Barros pedira uma ligação interurbana para o seu gabinete, desejava explicar-lhe a necessidade de manter a prisão do escritor. Artur Carneiro Macedo da Rocha nem falou com ele, teve de entender-se com o oficial do gabinete, pernóstico, que só fazia repetir:

— Se existe uma ordem do ministro, o senhor deve cumpri-la...

Barros recorreu ao chefe de polícia do Rio e só assim o ministro desistira. Pensava estar o assunto terminado, tinha-se mesmo disposto a sujeitar Cícero a um interrogatório mais cerrado — não a espancá-lo, pois poderia resultar num escândalo, mas a interrogá-lo durante toda uma noite sem o deixar dormir. E agora o chefe o chamava para lhe comunicar ser necessário libertar o escritor naquele mesmo dia. Tinha sido o irmão, íntimo de Vargas, quem se movimentara desde a Colômbia, onde se encontrava. Barros sacudia a cabeça, reprovativo.

Queriam liquidar o comunismo, acabar com a ameaça dos "vermelhos" e, ao mesmo tempo, entravavam a ação da polícia. A primeira vez que a comendadora Da Torre viesse repreendê-lo, com sua voz de velha mandona tratando-o de molenga, ele lhe diria para pedir contas aos seus amigos e parentes que mandavam soltar um comunista tão conhecido como Cícero. Absurdo.

E, ainda por cima, o chefe de polícia não parecia satisfeito com a marcha do inquérito:

— Não há ainda nada de novo, seu Barros? O senhor está tratando esses homens a pão e manteiga? Por que eles não falam?

Tratando a pão e manteiga... O próprio dr. Pontes — e esse estava habituado a assistir àquelas cenas desde que ingressara como médico na polícia — andava como uma barata tonta com os nervos explodindo, e só se mantinha à força de cocaína. Por que não falavam? Não falavam porque eram uns miseráveis, pareciam insensíveis. Insensíveis a toda a dor, à dor física e à dor moral, pareciam feitos não de carne e ossos como todo mundo, mas de aço. "É o exemplo de Stálin...", explicara-lhe um deles certa vez, há anos passados. Fora assim que Barros aprendera a significação daquele nome. Dera uns trancos naquele comunista insolente, mas todas as vezes em que se encontrava às voltas com um deles, tratando de arrancar-lhe confissões, recordava aquelas palavras. Como se fossem de aço, insensíveis a toda dor.

Ele pensara, por exemplo, que aquele portuguesinho, um adolescente ainda, não resistisse quase nada. Que podia ele saber? Não muito, com certeza, não havia de ter grande responsabilidade sendo tão moço. No entanto, não soltava nenhuma palavra, apesar de que, na véspera, lhe haviam arrancado as unhas da mão a alicate. O dr. Pontes tremia tanto que quase não podia aplicar a injeção para fazer o português voltar a si. A pão e manteiga... Estava quase esgotando sua experiência de policial com aqueles bandidos... Que diabo os sustentava, que desconhecida força os animava? Uns pés-rapados, simples operários de fábrica mal alimentados, malvestidos, quem os visse não daria nada por eles. O dr. Pontes, na véspera, quando a "sessão" terminara, sentado ali no gabinete, aspirando voluptuosamente o pó branco onde buscava o esquecimento, lhe dissera:

— Eles são mais fortes que nós, seu Barros.

Zé Pedro assistira, amarrado, à própria mulher ser possuída, pelos investigadores. Barros vira as lágrimas molhando seus olhos, mas eram certamente lágrimas de ódio, pois a sua boca só se abrira para insultá-los. Vira-a depois ser maltratada, receber bofetadas e pontapés no ventre. E não falava. Ele e Carlos haviam passado todo um dia e uma noite com o sexo amarrado, estavam quebrados de pancada, inchados e violáceos. No entanto, não falavam. Uns monstros, uns bandidos, pelo seu gosto ele os mataria a todos, para que aprendessem a não ser assim tão... tão corajosos...

Mas não ficaria nisso. Ele não se dava por vencido. Era preciso ter paciência, continuar até que as línguas se soltassem. Não tinha outro jeito senão pôr Cícero em liberdade, mas em compensação nessa noite daria uma "festa" aos outros... Ah! iria fazê-los falar, dobraria aquelas vontades, quebraria aquele insultante orgulho dos comunistas. Queria vê-los rojando-se, aos seus pés, pedindo piedade. Havia de consegui-lo. Nessa noite eles falariam, nem que Barros tivesse de matá-los um a um.

Atravessou o gabinete, irritado, chamou um dos chefes dos investigadores.

Deu-lhe as ordens necessárias para a libertação de Cícero: colocar investigadores guardando a sua casa, acompanhá-lo para ver onde ele iria, controlar o telefone de sua residência.

— Mande vigiar a casa dele. Talvez ele nos conduza a algum outro...

Porém Cícero não saiu de casa todo o resto da tarde, telefonou apenas a alguns parentes anunciando sua volta e, no dia seguinte, viajou para o Rio.

9

CÍCERO CONHECIA, PRATICAMENTE, TODAS AS FIGURAS IMPORTANTES da vida política e intelectual do país. O mesmo sucedia com Marcos de Sousa, cuja celebridade como arquiteto ressoava além das fronteiras do Brasil. E, no entanto, levaram um tempo enorme quebrando a cabeça para encontrar o nome mais indicado.

Haviam-se reunido no apartamento de Manuela. O escritor descrevera para o arquiteto as incríveis condições dos presos em São Paulo. Marcos de Sousa confirmava:

— Está sendo a mesma coisa aqui. O pessoal que foi preso está sendo massacrado.

Manuela estremecia de horror ante o relato de Cícero:

— Nunca pensei...

O rosto bonachão de Marcos se transformava numa dura máscara de ódio, sua voz saía estrangulada:

— Cães!

O próprio Cícero, tão senhor das suas emoções, confessava, num fio de voz:

— Se não me soltassem logo, eu ia terminar por enlouquecer... Meus nervos não resistiam mais. É preciso fazer alguma coisa.

Discutiram as providências a tomar. Era impossível qualquer protesto público, nos jornais nem valia a pena pensar, sujeitos como estavam à censura prévia e amarrados aos cordões da bolsa do Departamento de Imprensa e Propaganda. Marcos sugeriu um abaixo-assinado firmado por intelectuais conhecidos. Cícero era pessimista: muito pouca gente assinaria, havia um medo generalizado. Limitar-se-iam às assinaturas de elementos de esquerda, os mais corajosos, apontados já como comunistas. Marcos recordava o sucesso do protesto contra o assassinato de García Lorca pelos falangistas, da declaração contra Franco quando da greve de Santos. Muita gente assinara os dois documentos, mesmo certos intelectuais pretensamente apolíticos. Porém Cícero fazia notar que muita coisa sucedera nos últimos meses: Getúlio se consolidara no poder, após o fracasso do golpe armando-integralista, a situação internacional se pusera muito mais grave ante os sucessos da política agressiva de Hitler, a guerra de Espanha estava se decidindo a favor de Franco, a Frente Popular esboroara na França, e a maior parte dos intelectuais, que antes ainda esperava a queda de Vargas e do seu regime, tratava agora de acomodar-se, de adaptar-se à situação. Reduzir-se-iam às assinaturas já mais que usadas em todos os abaixo-assinados daquele tipo: os mesmos nomes de sempre, soando a simpatizantes comunistas. E, dessa vez, a coisa seria ainda mais difícil: tratava-se de um protesto contra maus-tratos a operários. Se ainda fosse por algum escritor ou artista, talvez obtivessem uma ou outra assinatura. E, depois, que fazer do documento? Não tinham onde publicá-lo, não alcançaria nenhuma repercussão.

O ensaísta propunha outra medida, mais concreta e mais prática: que alguém, amigo de Vargas, fosse lhe falar, contar-lhe as coisas passadas na polícia do Rio e de São Paulo, pedir-lhe uma providência para cessar tais barbaridades. Sem dar sequer um caráter político ao pedido, colocando-o num plano de simples humanidade.

Marcos assentiu sem muito entusiasmo. Mas, quem? Consideraram o assunto largo tempo, lembrando nomes, discutindo-os, terminando por abandoná-los. Manuela fazia sugestões, no desejo de ajudar, de ser útil. De quando em vez estremecia, à lembrança da visão evocada por Cícero: Josefa violentada pelos tiras, seus gritos à noite na polícia.

O primeiro nome citado por Marco de Sousa fora o do irmão de Cícero, Raimundo d'Almeida:

— O Mundinho é o cara indicado para isso. É carne e unha com o Getúlio, e é independente, não tem atuação política, a amizade deles é pessoal... Se há alguém a quem Getúlio possa atender, é a ele.

— Ele não está aqui — disse Cícero. — Está na Colômbia. E, mesmo que estivesse, eu conheço Mundinho... Por mim, para me tirar da cadeia, é claro... ele move o diabo: eu soube que telefonou de Bogotá para o Getúlio sobre meu caso. Mas, por operários, companheiros nossos... Diria que é muito bem feito, que é preciso torturar mais. Move-se por mim porque é meu irmão e considera-se obrigado perante a família. Mas é o anticomunista mais feroz de todo o Brasil.

— Quem, então?

Foi um desfilar de nomes. Até no poeta César Guilherme Shopel eles pensaram. Manuela, ao ouvir Cícero lembrar o nome do amigo de Paulo, protestou:

— O Shopel? Seu irmão pode ser anticomunista, Cícero, mas pelo menos diz o que pensa. O Shopel é capaz de prometer o que vocês quiserem e ir, por detrás, entregar vocês dois à polícia. É o sujeito mais hipócrita do mundo.

— Esse gordinho é mesmo sinistro... — apoiou Marcos. — Você sabe que eu estou construindo um bloco de edifícios para o Banco Colonial Lusitano. Pois outro dia jantei com o comendador Faria, esse milionário português diretor do banco, e com o Shopel, eles são muito amigos. Pois bem: durante todo o tempo o gorducho não fez outra coisa senão me provocar com conversas políticas até que me irritei e comecei a defender a Rússia, que ele insultava. A intenção de Shopel era clara: denunciar-me ao Faria. Tudo isso misturado com declarações de amor a minha arquitetura, você sabe como ele é... Só que o comendador não ligou, estava empanzinado, tinha comido como um cavalo.

Depois de muitas discussões, terminaram decidindo-se por Hermes Resende. O sociólogo regressara recentemente da Europa de uma viagem de estudos. Hermes era conhecido como antifascista, contado mesmo entre os elementos de esquerda, afirmava-se socialista, e, se bem não escondesse suas divergências com os comunistas, não os atacara jamais publicamente. Ao mesmo tempo diziam-no em magníficas relações com Vargas, falavam da sua candidatura para reitor da Universidade do Brasil. Era, ademais, amigo de Cícero e de Marcos. A este consagrara mesmo, há tempos, um longo artigo pleno de louvores à sua arquitetura. Ele era sem discussão possível o homem mais indicado para ir ao Getúlio e obter a cessação das torturas.

Não era contra o nome de Hermes Resende, que Marcos de Sousa levantava ainda algumas objeções: era contra a ideia em si. Ainda preferia o abaixo-assinado de intelectuais — mesmo reunindo apenas uns poucos nomes —, em forma de protesto. Poderiam enviá-lo a Vargas. Essa intervenção de Hermes Resende parecia-lhe ter o sabor amargo de um pedido, algo a chocar-se com a resoluta atitude dos presos. Porém Cícero elogiava-lhe a possível eficiência: o importante era fazer parar aquela bestialidade solta sobre os camaradas, silenciar os gritos noturnos de Josefa, retirá-la de sua cotidiana humilhação. Manuela concordava:

— Cícero tem razão, Marcos. Para terminar com isso qualquer método é bom. Penso que não poderei mais dormir enquanto souber que essa mulher está presa, sofrendo o que está sofrendo. E com uma criança, meu Deus...

Hermes Resende costumava fazer ponto, à tarde, numa importante livraria carioca, onde seus múltiplos admiradores vinham beber-lhe as palavras. Nessa livraria encontravam-se, das quatro às seis horas, muitos outros escritores e artistas.

A presença vespertina dos escritores nas grandes livrarias da cidade do Rio era um hábito antigo, herdado dos tempos de Machado de Assis e da Livraria Garnier. Alguém já chamara essas tertúlias de "feira de vaidades", mas a quase totalidade dos cronistas costumava referir-se às livrarias onde apareciam os escritores em voga como "centros brilhantes da vida intelectual brasileira". A livraria frequentada por Hermes Resende, propriedade de importante casa editora, era no momento o mais famoso desses "centros intelectuais", o mais prestigiado nos meios literários. Ali se reuniam os grandes nomes da literatura, os jovens autores também, em comentários sobre os últimos livros aparecidos, sobre os acontecimentos políticos nacionais e estrangeiros, sobre a vida privada dos confrades. Ali se faziam e desfaziam reputações, ali Shopel lançara suas teorias e suas descobertas "geniais", os críticos literários dos suplementos dominicais vinham, como um bando de ratos famintos, sondar o interesse publicitário dos editores capaz de lhes render algum bom jantar regado a vinho, ali se decidia sobre a distribuição dos prêmios anuais de literatura.

Por volta de cinco horas da tarde, a livraria formigava de literatos.

Os fregueses buscavam reconhecer os nomes famosos. Modestos poetas desembarcados do Norte com os originais inéditos de um livro, jovens ensaístas chegados do Sul para conquistar a metrópole, babavam-se de admiração ante os conceitos de Hermes Resende, ante a escandalosa gargalhada do romancista Flávio Moura, as definições sarcásticas do contista Raul Viana, as teorias do poeta Shopel. Havia, pelo país afora, jovens provincianos cujo maior anelo era atravessar um dia os batentes daquela livraria, misturar-se na intimidade daqueles nomes célebres.

Algumas vezes, o editor aparecia, gordo e repousado, e críticos, poetas e romancistas o cercavam, ouviam-lhe respeitosamente os conceitos. Também, em certos dias, surgia na porta, entre as vitrinas, a poetisa Eleonora Sandro e todos se atiravam para cumprimentá-la, inclusive o próprio editor. Não tanto pela sua poesia mística e sensual, não tanto pela sua esplêndida beleza de estátua grega, mas porque seu marido era figura importante do governo, tinha em suas mãos poderosas os jornais, as revistas, as estações de rádio, o teatro, o cinema, as verbas para edições e para compras de livros.

Hermes Resende metia-se habitualmente no fundo da livraria, num ângulo formado pelas estantes, como a esconder-se da sua própria glória. Uma roda se reunia em torno dele em seguida, e as mais variadas discussões se travavam, blagues e paradoxos eram repetidos para gozo dos admiradores e, em especial, das belas mulheres de sociedade atraídas pelo brilho daqueles literatos. Hermes fazia o elogio de Kafka, cujo nome começava a ser muito citado pelos críticos como modelo a seguir, quando Cícero d'Almeida e Marcos de Sousa apareceram. A frequência à livraria era particularmente animada nesses dias, todos queriam saudar o escritor de retorno da Europa. Shopel foi o primeiro a enxergar os esquerdistas que entravam. Interrompeu a dissertação de Hermes com um grito entusiasta:

— Meninos, espiem! A literatura e a arte paulista acabam de atravessar essa porta ilustre. Salve São Paulo glorioso... — E estendia os braços para Cícero, abandonando o grupo. Apertava o rosto gordo contra a face do outro, numa exibição de carinho. — Eu soube pela Gaby da tua última aventura carcerária. Fizemos, eu e Paulinho, todo o possível para te arrancar das grilhetas...

Deixava Cícero para pendurar-se no pescoço de Marcos:

— Salve, emérito construtor de arranha-céus, glória da arte brasileira! Ninguém te vê, ninguém te enxerga, estás no Rio e para te encontrar é necessário ir-se em busca do comendador Faria. Em que estrela te escondes? As más-línguas falam de um grande amor romântico...

Marcos libertava-se do abraço com dificuldade, estendia a mão para Hermes, cujo braço estava sobre o ombro de Cícero:

— Então, essa Europa?

— Decadente, Marcos, decadente... De um lado, a Alemanha nazista, de outro, uma França e uma Inglaterra esgotadas...

Referiu-se, em seguida, a uma reportagem, numa revista especializada de Paris, sobre os edifícios construídos por Marcos, com fotos e grandes elogios. Voltava-se depois para Cícero, dizia algumas palavras sobre essas "prisões absurdas", "esse clima de insegurança a cercar todos os intelectuais".

Os demais manifestavam também, numa profusão de palavras cordiais, sua solidariedade a Cícero. Ouviam-se comentários contra o Estado Novo, críticas à polícia. Cícero pensara antes falarem, ele e Marcos, em particular, com Hermes, explicar-lhe por que tinham vindo procurá-lo. Mas o ambiente era tão simpático e cordial que resolveu tratar do assunto na presença de todos. Começou assim a contar da selvageria da polícia de São Paulo, as torturas infligidas aos operários detidos, o caso de Carlos e Zé Pedro, a baixeza dos procedimentos contra Josefa. Um silêncio se fizera na roda, onde a voz um pouco autoritária de Cícero soava gravemente na descrição daquelas infâmias.

— Que monstros! — comentou o romancista Flávio Moura.

— Igual à Gestapo... — comparava um jovem autor, cujo primeiro livro vinha de aparecer.

Hermes Resende ouvia atentamente, balançava a cabeça a reprovar tais métodos. Quando Cícero terminou, o sociólogo tomou a palavra, os outros estavam impressionados:

— Em Portugal é a mesma coisa... É pior ainda: a polícia de Salazar obriga os comunistas presos a ouvir missa todos os dias. Imaginem vocês...

A informação provocou risos. A emoção produzida pelo relato de Cícero se diluiu rapidamente com a frase do sociólogo. Todos pareciam agora apressados em mudar de assunto, em afastar de sua frente as cenas evocadas na narração, em falar de coisas menos trágicas. Shopel perguntou se, a propósito de missa, sabiam da última do Getúlio: uma gozadíssima história com o cardeal. Mas antes dele começar a narrar, Marcos de Sousa adiantou-se:

— Um momento, Shopel. Nós viemos aqui, Cícero e eu, para colocar o Hermes, e vocês todos, a par do que se está passando na polícia, aqui e em São Paulo. Estão torturando os presos de uma forma estúpida, como ainda não haviam feito antes. Nós pensamos que é necessário fazer alguma coisa.

— Sem dúvida — apoiou alguém.

— O quê? Fazer o quê? — perguntou Shopel, preocupado: não lhe fossem pedir para assinar protestos...

— Pensamos — Cícero tomou a palavra — numa intervenção de Hermes junto ao Getúlio. Hermes é um nome respeitado por todo mundo, pelo próprio Getúlio. Sua palavra tem peso e autoridade. Se você for a Getúlio — dirigia-se agora ao sociólogo — e lhe expuser a situação, tomando a coisa não pelo lado político mas pelo lado humano, é possível que ele mande pôr cobro às torturas. O Getúlio é sensível à intervenção de um grande intelectual.

Shopel apressou-se em apoiar a ideia, num suspiro aliviado:

— Eu também creio... Uma intervenção de Hermes... É bem possível... Getúlio o considera muito...

O historiador lançou-lhe um olhar rancoroso, mas o poeta tratava de despedir-se:

— Bem, vou-me embora, tenho um encontro marcado com o Paulinho, já estou atrasado. Mas vocês contem com minha inteira solidariedade moral... — E partia antes que lhe solicitassem algo mais que sua solidariedade moral.

Hermes Resende mirava a ponta dos sapatos, pensando.

— Muito honrado pela confiança em meu prestígio — disse por fim. — Mas eu creio que vocês exageram. — Fitava agora Cícero e Marcos em sua frente. — Eu sou talvez a pessoa menos indicada para tal gestão.

— Por quê?

— Todo mundo conhece minhas ideias de esquerda. Tem até quem me acuse de comunista. Pelo menos, a polícia me marcou como tal.

— Mas o Getúlio lhe considera...

— Nossas relações são puramente pessoais. E agora é o momento menos indicado: eu venho de recusar um posto que ele me ofereceu, não quis comprometer-me com seu governo.

— Isso vem apenas dar mais força à sua intervenção — objetou Cícero. — Getúlio lhe oferece um bom ponto, para lhe provar sua admiração, você recusa. Em compensação, você pede que ele mande parar as torturas contra os presos...

Marcos de Sousa apoiava:

— Isso mesmo. Você está revestido de uma autoridade moral ainda maior.

Hermes Resende balançava a cabeça:

— Não. Não posso. Sinto-me moralmente impedido de pedir ao Getúlio seja o que for. De pedir e de aceitar. Vocês bem sabem: sou amigo de homens que estão exilados e perseguidos pelo Estado Novo. Estou moralmente impedido. Lastimo...

Marcos de Sousa irritava-se. Ele depositara muitas ilusões e esperanças em Hermes Resende: uma vez, durante certa conversa com o Ruivo, doente em sua casa, defendera calorosamente o escritor classificado pelo dirigente como "um típico representante intelectual da reação". E agora as evasivas de Hermes lhe davam uma sensação de fraude, parecia-lhe voltar a ouvir as palavras irônicas do Ruivo: "ilusões de classe, meu caro, ilusões de classe...".

— Ora, seu Hermes, tudo isso é um pouco formal: afinal você já aceitou uma comissão do governo no estrangeiro...

— Alto lá... — a voz de Hermes se fez ofendida. — Eu realizei minha viagem dentro dos quadros do acordo cultural luso-brasileiro. Não pedi nada ao Getúlio. Não pedi nem peço. Vocês, stalinistas, se a gente não se sujeita a todos os seus caprichos, começam logo a caluniar...

Marcos de Sousa alterava-se também:

— Quem está caluniando? O que eu disse, repito: você foi à Europa à custa do governo de Getúlio, não estou sequer lhe criticando por isso. Apenas estou dizendo que os seus escrúpulos de última hora...

Cícero tentava apaziguar:

— O que é isso? Ninguém veio aqui para brigar, nem para se insultar. Eu compreendo perfeitamente sua repugnância, Hermes, em solicitar seja o que for a Getúlio. Ela é honrosa para você. Apenas eu faço uma distinção: esse pedido não tem nada de comum com qualquer outro. É um problema de humanidade.

Hermes Resende, ainda insultado, não cedia:

— Vocês são engraçados, seu Cícero. Eu sou seu amigo, se você for novamente preso, serei o primeiro a assinar um protesto contra sua prisão. Farei o mesmo para o Marcos, se for preciso. Porém, vocês querem exigir dos demais que passem sobre sua própria consciência, sua própria dignidade para servir aos interesses de vocês, aos interesses do Partido. Para vocês, os valores morais não contam. É isso que me separa tão profundamente de vocês. Sensibilidade, escrúpulos, caráter, nada disso conta, vocês acham que o fim justifica todos os meios. Não, meu caro, e sinto muito que estejam espancando operários, mas não posso afastar-me um passo de minha intransigência em relação ao Estado Novo. Fazer esse pedido seria fazer uma concessão ao regime. Pensem noutra coisa e, se for razoável...

Marcos ia responder, mas Cícero impediu:

— Sugira você mesmo qualquer coisa. Que se pode fazer?

Hermes Resende encolhia os ombros:

— E eu, que sei? Qualquer coisa...

Marcos de Sousa convidava Cícero:

— Vamos embora...

A discussão havia reunido em torno deles todos frequentadores da livraria. Para Marcos foi um sacrifício apertar todas aquelas mãos na despedida. Na porta, comentou para Cícero, dando largas à sua indignação:

— Intransigência... Consciência... Valores morais. A cada dia eu estou mais farto de tudo isso, seu Cícero. Dessa hipocrisia, dessa podridão mascarada de dignidade.

Cícero criticava-o:

— Seu Marcos, você se precipitou, estragou tudo. É preciso ser hábil com essa gente, respeitar seus preconceitos pequeno-burgueses...

— E você acredita nas desculpas dele? Pois para mim, eu lhe digo: de hoje em diante Hermes Resende vale tanto quanto Shopel. Já não enxergo diferença entre os dois...

Na livraria, Hermes Resende fazia a autópsia dos comunistas:

— É por isso que todo o socialista honesto se afasta deles, dos stalinistas. Eles querem liquidar a personalidade de todo mundo, reduzir os indivíduos a simples máquinas às suas ordens... Por isso estão perdendo o apoio dos intelectuais no mundo inteiro: Gide, Silone, John dos Passos... Sem falar que na Rússia fuzilaram o que de melhor havia, os intelectuais que se opunham aos métodos de Stálin.

— Mas essa mulher na cadeia sendo violentada, é horrível... — comentou o jovem escritor.

— Será mesmo verdade? — perguntou outro.

Hermes Resende sorriu, numa dúvida:

— Falando com eles, a gente nunca sabe onde termina a verdade e onde começa a propaganda. Não vou dizer que a polícia é composta de *gentlemen* educados. Mas daí a acreditar em tudo o que os comunistas contam... Seria o mesmo que acreditar em tudo o que dizem sobre o Partido Comunista. Por exemplo, nessas reportagens que *A Notícia* e *A Noite* estão publicando. Você acredita em tudo que contam ali sobre a vida dos comunistas? — perguntava ao jovem escritor.

— É claro que não. Há coisas incríveis... Coisas que repugnam à natureza humana...

— É exatamente o mesmo do outro lado. Certas coisas que Cícero contou repugnam à natureza humana, como você diz. O importante para eles é a propaganda...

— Sim, essa coisa da mulher não é possível que seja verdade. Soa a dramalhão.

— O erro deles é que exageram demais. Não têm o senso da medida. Falta-lhes qualquer equilíbrio. Essa é, aliás, a característica de toda a atuação dos comunistas. São uns primários — concluiu Hermes Resende, definitivo.

10

QUANDO BARROS DEU ORDEM PARA TRAZER A CRIANÇA, OS OLHOS do dr. Pontes voltaram-se instintivamente para Josefa, e o médico teve um estremeção. Um grito se escapara dos lábios da mulher, e o dr. Pontes vislumbrou nos olhos espavoridos da presa tamanha aflição que não pôde continuar de pé: sentou-se numa cadeira, enxugou o suor da testa com o lenço. Era difícil assim, sem a sua dose de cocaína. Mas Barros exigia-o lúcido durante as "sessões", só no fim de tudo, de volta ao gabinete, retirava de uma gaveta o pequeno envelope com a droga. Ele aspirava ali mesmo, enquanto escutava as reflexões do delegado.

Sua participação nas torturas começara há mais de um ano, após a morte de um preso cujo coração enfermo não resistira ao espancamento. Acontecera antes do Estado Novo, no começo da campanha eleitoral, quando a oposição bradava contra o governo. Um deputado levantou uma discussão sobre o caso, no Parlamento, um requerimento de informações foi enviado ao ministro da Justiça, a imprensa falou no assunto. É claro que tudo se explicou sem maiores dificuldades: o ministro da Justiça declarou ter sido a morte resultante de causas naturais e não de sevícias inventadas pelos comunistas para explorar a boa-fé de "egrégios deputados". Mas desde então as torturas passaram a ser assistidas e controladas por um médico.

A princípio o espetáculo lhe resultava divertido: tinha ainda os nervos sólidos, apesar da cocaína. Sua juventude, dissipada nos prostíbulos, criara-lhe uma natureza viciosa, necessitando sempre de novas sensações. Acostumara-se, nos anos de hospital, a guardar avidamente cada gemido, cada sofrido grito dos enfermos, para o momento noturno da cocaína, na qual o iniciara uma mulher envelhecida, de beleza fanada, por quem ele se apaixonou no último ano da faculdade. Fora expulso do hospital por desvio de cocaína, andara uns tempos sem trabalho e sem dinheiro, as roupas puídas, alimentando-se de sanduíches e café, reservando para a cocaína todo o dinheiro tomado como empréstimo a amigos cada vez mais difíceis. Um colega de estudos, ao encontrá-lo tão por baixo, penalizou-se, arranjou-lhe aquele lugar de médico da polícia. O dr. Pontes não teve dificuldades para adaptar-se ao ambiente.

Quando Barros o convocara, após o escândalo da morte daquele preso, para lhe dizer das novas tarefas a aguardá-lo, ele sorrira. Andava antes pelos corredores da polícia, catando aqui e ali, nos relatos, nas faces entrevistas, na sórdida conversação dos tiras, o alimento para a sua fúria de sensações, para as suas noites de cocainômano. As primeiras experiências foram excitantes e ele, de começo, sugerira mesmo certas inovações nas clássicas torturas.

Porém, com o correr dos tempos e o domínio crescente da cocaína, seus nervos foram-se enfraquecendo. Aos anteriores sonhos eróticos nascidos do tóxico e das mórbidas sensações recolhidas, sucedeu um delírio infernalmente doloroso, povoado de visões alucinantes, de gritos impossíveis de ouvir, de pavorosos queixumes, de súplicas e ameaças. E pior quando a droga lhe faltava: então as visões e os sons se faziam ainda mais precisos e dolorosos, despiam-se daquela névoa de sonho, eram figuras reais e gritos entendidos a se repetirem indefinidamente, a acompanhá-lo pelas ruas, onde quer que ele fosse, sem dar-lhe um minuto de repouso. Dessas visões saía para o delírio da cocaína quando todos aqueles rostos se uniam para vir, uma e mil vezes, estrangulá-lo.

Seu olhar quase aflito foge do rosto de Josefa, suas mãos tremem, àquele tremor habitual resultante da droga viera se juntar nos últimos tempos o medo: medo daquelas faces castigadas, daqueles corpos espancados, daqueles olhos abertos em horror e ódio, daquelas bocas trancadas. Partiram depois com ele, perturbadoras visões, não o deixaram por um momento sequer, em gritos e ameaças, nas noites de cocaínas, nos dias arrastados, lentos de passar. Tinha-lhes ódio, nenhuma piedade. Ódio porque não falavam, porque tudo suportavam de boca fechada, como uns loucos, ódio, àquele heroísmo, àquela convicção. Ódio porque o perseguiam como se fosse ele o responsável por tudo: por que não iam perturbar as noites de Barros, as noites de Pereirinha e de Dempsey, os que batiam, os que mandavam bater? Por que escolhiam a ele, a quem não cabia nenhuma responsabilidade? Dizer se podiam resistir ainda, se o coração não ameaçava fraquejar, se os pulsos continuavam normais, essa era a sua obrigação, para isso era pago. Por que escolhiam a ele para perseguir, para acompanhar rua afora com seus gritos, para vir à noite, quando ele esperava fugir com os sonhos do tóxico, estrangulá-lo com suas mãos inchadas de bolos, essas mãos sem unhas, arrancadas a alicate? Por que logo a ele, que não tocava em nenhum, apenas encostava a cabeça sobre os peitos chagados a examinar o ritmo das batidas do coração? Tinha-lhes ódio, a esses corações mais fortes que o seu. O seu já não resistia mais, e o prazer sádico dos primeiros tempos se transformava em pânico, num terror sem limites, terror daquelas faces, daqueles olhos, daquelas bocas mudas.

E odiava a sala, os instrumentos de tortura e os torturadores: a força bruta de Dempsey, aqueles olhos parados como os de um animal primitivo, a bater, a bater como se aquilo fosse a única coisa que soubesse fazer, a única da qual era capaz sua nenhuma inteligência, a ausência de qualquer sensibilidade, sua condição mais de besta que de homem; a mórbida juventude de Pereirinha, igual a ele, Pontes, há alguns anos regalando-se com cada grito, com cada expressão dolorosa, com cada sofrimento, deixando de bater para observar, um riso a cortar-lhe o rosto, a apertar-lhe os olhos; odiava os outros todos também, os que estremeciam por vezes e desviavam os olhos da face dos torturados e os já completamente indiferentes, habituados, de sensibilidade embotada. E odiava Barros, sua ponta de cigarro colada ao lábio mole, seus palavrões, sua incapacidade de arrancar as palavras daquelas bocas, suas pilhérias sem graça, sua obtusa vaidade, e a pressão exercida sobre ele, Pontes, à base das rações de cocaína dadas somente após o fim do macabro espetáculo. Por vezes imaginava Barros amarrado e nu, a apanhar como um daqueles miseráveis comunistas, Pereirinha apagando o cigarro em suas costas, Dempsey empunhando o alicate para arrancar-lhe as unhas. Odiava a todos: presos, policiais, delegado, odiava a todos com um ódio feito de medo, alimentado de suas visões, da certeza de que para os outros tudo terminaria com a última pancada de porrete ou com a última bofetada, enquanto para ele — ele que fazia apenas examinar os corações, para isso era pago — tudo continuaria, no resto da noite e no dia seguinte e na outra noite depois e para todo o sempre.

Aqueles olhos da mulher: espavoridos, uns olhos ao mesmo tempo de espanto, de súplica, de terror, de ódio. Pontes a fitou por um instante apenas e logo fugiu com a vista para os instrumentos na sala, para Dempsey a acender um cigarro, as mangas da camisa arregaçadas. Mas, que adianta? Aqueles olhos continuam a fitá-lo, não pode deixar de vê-los, mesmo quando fecha os próprios olhos. Se pelo menos tivesse aspirado um pouco de coca, tudo se enevoaria, aquele olhar se misturaria a dezenas de outros, não sentiria tão agudamente o olhar de uma mãe a quem vão torturar o filho nascido do seu ventre. E do fundo da sua embotada memória, surge completa e clara uma frase que o venerando professor Barbosa Leite, de barba branca e voz medida, amava repetir: "O escopo da medicina é proteger a vida humana, sua causa é a da vida contra a morte, sua missão é a mais bela e mais nobre das missões, ser médico é exercer um sacerdócio". Passa nervosamente a mão trêmula sob o nariz, que vinha aquele velho idiota fazer ali numa sala secreta da polícia, com suas frases, suas definições moralistas? Por que se coloca ao lado de Josefa, como a protegê-la, a proteger a criança que Barros mandou buscar? Por que estende a mão tão alva, como o fazia na sala de autópsias, para apontar um detalhe importante, a chamar a atenção de Pontes para os olhos de pavor da mulher? Esperando que ele diagnosticasse, assim fazia no hospital com os estudantes... Que tem ele, o velho professor, a ver com tudo aquilo? Pontes faz um gesto com a mão para expulsá-lo da sala. A voz de um tira ressoa:

— Alguma coisa, doutor?

Ah! se pelo menos tivesse ali um pouco de coca: tudo seria nevoento, um sonho mau, um doloroso delírio apenas, os olhos de Josefa se confundiriam com outros, a figura do professor Barbosa Leite não viria repetir sua frase pernóstica, que diabo tinha ele a ver com tudo aquilo? Ah! um pouco de coca, uma picada apenas, o suficiente para envolver a sala, a mulher, os presos encostados nas paredes, os investigadores, Dempsey, Barros e o professor numa névoa indistinta... Um pouco somente, uma pequena pitada para aspirar.

O choro da criança cresce no corredor. O dr. Pontes estremece novamente na cadeira.

11

UM CHORO DE CRIANÇA DESPERTADA EM MEIO AO SONO, CHORO QUASE NORMAL: basta deixá-la repousar outra vez e os soluços cessarão. Ao entendê-lo, Barros sorri, olhando os presos. Eles estão alinhados ao lado da parede: os braços e as pernas amarrados, os corpos nus, alguns estão praticamente irreconhecíveis, após essa semana de cotidianas torturas. A uma ordem de Barros, os tiras retiraram do rosto do professor Valdemar Ribeiro, do operário mato-grossense, de Mascarenhas e de Ramiro as máscaras contra gás asfixiante com que lhes faziam difícil a respiração. O professor causa lástima: só uma vez lhe bateram, deixaram-no duas noites de pé, sem comer, sem beber. No entanto ele parece dez anos mais velho, um magro corpo de Cristo crucificado, uns olhos de louco. Quando o espancaram — Barros se irritara com suas respostas arrogantes no interrogatório, seus elogios a Prestes —, ele gritara tanto que o delegado chegou a alimentar esperanças: talvez ele se abrisse. Mas o professor ficara nos gritos a cobrir o som furioso do rádio, perdendo os sentidos continuamente. Não fora a surra que o envelhecera tanto, aprofundando as rugas do seu rosto, embranquecendo-lhe os cabelos. Fora o espetáculo das torturas aplicadas nos demais: quando haviam espancado Josefa o professor urrara até desmaiar.

Já o ferroviário era diferente: parecia mudo. Nem um som, nem uma palavra, nem um gemido. E sobre ele Dempsey havia descarregado seu porrete sem piedade. Deles desejava Barros obter detalhes sobre Gonçalo. Heitor Magalhães lhe contara ter sido o professor quem o ligara ao gigante e acrescentara, numa vingativa mentira, estar Paulo a par dos movimentos do legendário comunista. O ferroviário declarara:

— Não sei de nada disso, nunca ouvi falar. E, soubesse, não diria nada.

Entre as ameaças e as pancadas, Barros lhes fizera tentadoras ofertas: dinheiro, liberdade, a volta do professor ao seu posto no grupo escolar, um emprego para Paulo. O professor recordava a fotografia de Prestes na parede da sala de visitas, as palavras de Gonçalo: "Devemos trazê-lo no coração", e protestava, entre dois gemidos, contra os maus-tratos, perdia a cabeça quando Barros injuriava Prestes, enquanto Paulo, como se fora da mesma matéria silenciosa dos rochedos, sofria tudo numa mudez para Barros mais que irritante: odiosa como todo aquele intolerável orgulho comunista.

Para eles Barros sorriu ao ouvir o choro da criança ressoando no corredor, em caminho da sala. Para eles e para Mascarenhas e Ramiro.

O pequeno português aperta os lábios ensanguentados, não lhe restam quase dentes para apertar. Seu corpo é uma chaga. Tinham-lhe arrancado os fios do incipiente bigode, haviam-lhe enfiado alfinetes por baixo das unhas, terminaram por arrancar-lhe as próprias unhas. Em sua vista torturaram Zé Pedro, Carlos, Mascarenhas, depois Josefa, e os olhos do pequeno português se fechavam para não ver. Barros o esbofeteava:

— Abre os olhos, cachorro, se não vou te cegar...

Vira-o então, como o via agora, tentando romper as cordas a amarrá-lo, inchados os pulsos jovens, e o convidava a falar:

— Fale e eu mando parar.

Ramiro gritava para Barros e para si mesmo:

— Sou um comunista, um comunista não fala.

Lá está ele, novamente, no inútil esforço de romper as cordas forçando os pulsos. Consegue apenas magoar as chagas dos braços, nada além disso. Enquanto Mascarenhas diz:

— Se tocarem nessa criança, um dia eu juro que lhe mato, seu miserável...

Certa noite, ele pusera Mascarenhas num automóvel, após as torturas. Outro carro, cheio de tiras, os acompanhava, tocaram para os arredores da cidade. Mascarenhas ao lado do delegado, aspirava voluptuosamente o ar livre da noite. Barros falava de mil coisas, tudo que recordava a vida em liberdade, tudo capaz de tentar um homem na força da idade, pleno de saúde. Falou-lhe de sua casa, de sua mulher, de seus filhos. Das possibilidades de viver feliz que ele podia abrir para Mascarenhas se o operário resolvesse falar. Não mais os salários mesquinhos da fábrica, o duro trabalho, as dificuldades para alimentar a família e pagar o aluguel da casa. Mas um bom ordenado, um trabalho fácil na polícia, boa casa e boa mesa, escola para os pequenos. Apontava-lhe a cidade de São Paulo por onde o carro atravessava, iluminada e turbulenta, plena de convites e de seduções. Mascarenhas não respondia, como se apenas o ar da noite o interessasse, o poder respirá-lo a plenos pulmões.

No meio do caminho para Santo Amaro, os automóveis pararam. Os tiras o arrancaram do carro, conduziram-no para diante da represa, era um recanto ermo e silencioso. Sobre eles debruçava-se um céu de estrelas inúmeras, claro e distante. Barros lhe disse:

— Seu Mascarenhas, sua hora chegou. Ou bem fala agora ou nós lhe liquidamos. Depois jogamos seu corpo para os peixes da represa.

Mascarenhas olhava o céu, as estrelas, as águas azuladas da represa. Ele amava a natureza, gostava de assistir ao nascer da manhã sobre os campos, e quando tinha, por acaso, um dia livre, ia passá-lo em meio às árvores, num bosque qualquer. Dizia sempre aos camaradas, quando imaginavam os tempos a vir, após a Revolução, desejar algum trabalho que o retirasse da cidade, que o pusesse em meio à natureza. Era bom que o matassem ali e não no pátio da polícia, cercado de muros. Podia ver o céu noturno, o reflexo das estrelas sobre as águas, aspirar o ar da noite, era bom.

Despiram-no à força, os tiras sacavam os revólveres, ele sentiu nas carnes nuas a carícia fria da brisa. Barros tomava uma pose marcial para comandar a execução. Os revólveres se estendiam em sua direção, ele ia gritar seu viva derradeiro ao Partido e ao camarada Prestes quando a voz do delegado explodiu, em cólera:

— Você pensa que não vai falar, bandido? Pensa que a gente vai lhe deixar de boca fechada? Antes de lhe matar, vou lhe abrir a boca...

Caíram em cima dele, aos socos, batiam-lhe com as coronhas dos revólveres. Mas agora ele já sabia que não iam matá-lo, quiseram ver se o acovardavam com a ameaça de execução imediata. Assim Barros fizera um estudante falar, certa vez. Houve um momento, durante o espancamento à borda da represa, quando Mascarenhas pensou em escapar, em atirar-se na água, deixar-se afogar. Seria melhor morrer de uma vez do que continuar a sofrer a bestialidade dos policiais. Mas tinha por acaso direito a dispor assim de sua vida? As torturas não podiam durar eternamente e, mesmo se o processassem e condenassem, um dia sairia da prisão e retomaria seu lugar no Partido, voltaria à luta. Sua vida não lhe pertencia, sua obrigação era lutar até o fim. Arrancou os olhos da água azulada onde se refletiam as estrelas.

Trouxeram-no de volta, na outra noite haviam começado com ele, com Zé Pedro e Carlos os processos "científicos", como Barros os intitulava: picadas elétricas, injeções excitantes aplicadas pelo dr. Pontes, choques elétricos como faziam com os loucos no hospício para ver se as esperadas palavras lhes escapavam no delírio. Pior que aquilo, só mesmo o espetáculo das torturas infligidas nos outros, da selvageria desembestada contra Josefa.

O choro sonolento da criança se aproxima. Barros sorri para o grupo de homens encostados na parede: o professor, incapaz de conter seus nervos, trêmulo como uma criança ameaçada; o ferroviário, seu rosto cerrado, os músculos retesados, a face sombria, respirando ódio; o jovem português adolescente querendo romper as cordas que o amarram, num esforço inútil, o tronco projetado para a frente como se desejasse precipitar-se sobre o delegado; Mascarenhas de ouvido à escuta, preso a esse choro da criança, a pensar talvez em seus filhos. Algum deles há de falar mesmo que Barros tenha de aleijar o filho de Zé Pedro. O sorriso se alarga no rosto de Barros, iriam ver agora quem podia mais, se ele ou se esses comunistas. O choro da criança a precede na sala, onde a atmosfera é pesada, irrespirável como a de um longo e tenebroso túnel.

12

PEREIRINHA SURGE NA PORTA, TRANSPORTANDO A CRIANÇA COMO SE trouxesse um fardo: passara-lhe um braço em torno da barriga, as mãos e os pés da criança se agitavam voltados para terra, o choro avermelha seu rosto mulato. O grito de Josefa atravessa a sala, uma voz perdida:

— Zé Pedro, eles vão matar nosso filho...

Os olhos de Barros abandonam os quatro presos encostados na parede, o sorriso se alarga em seus lábios, no seu rosto desenha-se um ar de desafio enquanto ele se dirige aos dois homens dependurados pelos pés de corda amarrada ao teto: Zé Pedro e Carlos.

— Ouviu, Zé Pedro?

— Cão! — A voz chega quase do chão, uma voz de asco e ódio, afogada em dor.

Havia uma mesa em meio à sala, Barros mostrou-a a Pereirinha:

— Bote em cima da mesa.

O investigador atira a criança como uma coisa, o choro aumenta, já não é o mesmo de antes, é um choro sentido. A voz de Zé Pedro vomita insultos como se ele tivesse desaprendido quaisquer outras palavras. Barros dá ordens aos tiras para retirar Carlos e Zé Pedro do suplício:

— Pra eles enxergar melhor...

Colocam os dois homens de pé, contra a parede do fundo, mas nenhum dos dois se sustém e tombam sentados.

— Deixa... — diz Barros.

A criança se firma sobre os braços e os joelhos, começa a engatinhar. Sua voz assustada chama, por entre o choro: "mamã, mamã". Um som rouco, incompreensível, nem palavras, nem grito, nem gemido, um som como de uma fera acuada e mortalmente atingida, responde ao infante: é Josefa tentando falar, pedir talvez, suplicar, ameaçar, quem sabe?, um som incrível, dilacerante. O professor Valdemar cerra os olhos, ah! se pudesse cerrar os ouvidos, ensurdecer de repente... Só a criança e o dr. Pontes entenderam aquele som: o menino eleva os olhos procurando a mãe; sons assim o dr. Pontes ouvira já em seus delírios de cocainômano, o suor brota-lhe da testa. Barros anda para onde está Josefa amarrada:

— Está em suas mãos que o menino sofra ou não. — Lançou um olhar à criança engatinhando na mesa como a considerar sua capacidade de resistência. — Não sei se ele vai aguentar, ainda é muito pequeno... É capaz de morrer.

Os olhos de Josefa se alargavam, conseguia pronunciar as palavras:

— O senhor não vai fazer isso, essa malvadeza, não é possível, o senhor não vai fazer.

— Depende só de você, exclusivamente de você. — A voz de Barros era quase amigável. — Conte o que você sabe. Diga a Zé Pedro para falar. Me entregue João e Ruivo e eu lhe entrego o menino.

Os olhos de Josefa se alargavam, ela começava a chorar. "Até onde esses olhos vão crescer?", perguntava-se dr. Pontes, inquieto.

— Você vai deixar bater no menino? Talvez ele morra, é quase certo... — continuava Barros. — Ou será que você também não tem entranhas? Vamos, fale e eu lhe entrego a criança, mando lhe soltar com ela... Hoje mesmo...

— Ele quer te enganar... — avisou Zé Pedro.

— Cala essa latrina, cachorro! — Barros entrava em cólera. — Está vendo? Ele não se importa se a gente liquidar o menino. Mas você é a mãe... Não foi ele quem pariu, por isso não se importa. Mas basta que você fale e eu lhe solto com o menino. Dou minha palavra.

"Se eu falar, jamais ele me olhará no rosto, jamais quererá saber de mim, jamais sua mão acariciará meus cabelos", pensara ela durante as outras torturas, mas esse pensamento já não lhe basta agora, necessita de algo mais para sustentá-la. Busca, ansiosa, os olhos de Zé Pedro e os fita sem descanso, como se dos seus olhos viesse toda a coragem necessária. Nesses dias de torturas, quando os investigadores invadiam a saleta, onde a haviam colocado com a criança, para despi-la e se servirem dela, quando o desejo da morte era para ela o mais doce dos pensamentos, o amor de Zé Pedro a sustentara. Porém agora necessitava de alguma coisa mais e Zé Pedro o adivinha, sua voz cobre a do delegado:

— Zefa, se tu falares, um dia o menino vai ter vergonha de ti. Não vai nem querer te ver, ninguém ama os traidores. Mas eu sei que tu não vais falar!

Barros estende a cabeça para o lado de Zé Pedro:

— Ouça, Zé Pedro... Se você está pensando que isso é uma comédia, se engana. Rebento esse menino se um de vocês não falar.

E para Josefa:

— Você não tem entranhas?

Uma voz se eleva do outro lado da sala:

— Você não é um homem, Barros, você é um frouxo...

O delegado se volta, a tempo de ver um tira calando a boca do ferroviário Paulo com uma bofetada. Mas a voz retorna, insultante, plena de desprezo:

— Só mesmo um frouxo como você pode pensar em bater num menino pequeno. Um frouxo, um covarde é o que você é. Se você quer bater em alguém, bata em mim, eu sou homem para aguentar todas as suas porradas de boca fechada. Você é um frouxo, uma fêmea, covardão, uma galinha...

E os insultos se sucediam, apesar das bofetadas. Por um momento Barros titubeou, como se só Paulo lhe interessasse e estivesse disposto a esquecer todos os demais para cuidar dele, para lhe ensinar. Mas logo depois riu, disse aos tiras:

— Deixa ele... Ele quer ver se assim a gente larga o menino. Bobo alegre...

Josefa fita a mesa onde a criança engatinhava. Depois de ouvir Zé Pedro, de decidir não falar, sucedesse o que sucedesse, como que todas as fibras do seu ser sofrem pelo menino. Uma vez o filho caíra da mesa e ficara desacordado, ela ficara numa aflição desesperada a pensá-lo morto. E o vê agora próximo à borda, e esquece as ameaças para avisar, num grito:

— Ele vai cair...

A criança levanta a cabeça ao entender a voz materna, Barros a empurra com a mão para o centro da mesa, o choro recomeça. Os pensamentos de Josefa começam a se embrulhar, os soluços sobem do seu peito.

Barros deu dois passos, em direção a Zé Pedro:

— Ou você fala ou você vai ver esse menino se estrebuchar em nossas mãos. Ou você é tão miserável que é capaz de ver seu filho sofrer só por sua causa? — Uma pausa, esperando uma resposta não pronunciada. — Se ele é mesmo seu filho, se não foi outro quem fez... Hoje vou tirar a prova.

Mascarenhas amava a natureza, os largos espaços, os úmidos bosques, o campo descoberto. Um dia, rapazola, fizera uma longa viagem de trem, o desfilar da paisagem fora uma festa para seus olhos. Mas, em certo trecho de montanhas, o trem lançou um lastimoso apito e penetrou num túnel. O ar se fez pesado, nauseabundo, embrulhando-lhe o estômago, sufocando-o. Sentia agora a mesma coisa nessa sala da polícia, uma ânsia de vômito, e não podia continuar assim:

— Se você tocar nesse menino, um dia eu lhe mato, Barros. Juro que lhe mato!

Barros nem se voltou, desta vez. Fitava agora Carlos, falava para ele:

— Tá vendo, Carlos? Eu lhe tomo por testemunha: a culpa é de vocês. Vocês é que se obstinam em não falar. Você já viu um menino apanhar de verdade? Não essas pancadinhas de pai e mãe, apanhar de chicote?

Josefa recordava o dia do nascimento da criança, a alegria de Zé Pedro. E imediatamente a lembrança de uns dias do menino doente a assaltava: fora uma gripe forte, eles não dormiam à noite para velar o inquieto sono da criança. As recordações sucediam-se, embrulhavam-se, os olhos se dilatavam, parecia-lhe que a criança já morrera, já não sabia o que se estava realmente passando. Seus olhos percorreram a sala, o rosto de Zé Pedro a acompanhar fechando-se de angústia. Barros fala, dirigindo-se a Carlos:

— Depende de você. Se você falar, eu deixo o menino em paz. Quem é João? O endereço do Ruivo... A história do Gonçalo... Tão pouca coisa... Você já viu um menino apanhar? Então, você vai ver daqui a pouco.

Daquele Carlos jovem e risonho restavam apenas os olhos doces. Não foi a Barros que ele respondeu. Dirigiu-se ao dr. Pontes sentado na cadeira, enxugando o suor da testa, as mãos trêmulas:

— Doutor... Me diga, doutor... Será que o senhor vai consentir nesse crime? O senhor vai permitir? Se permitir, pagará por isso um dia!

Barros riu, divertido:

— Quem? O Pontes? Ele até goza com isso, não é mesmo, Pontes?

O médico balançou a cabeça, anuindo. Quis sorrir, o rosto se contraiu numa careta.

— O menino não é seu filho, por acaso? — ria Barros para Carlos.

— Você frequentava muito a casa de Zé Pedro, não era?

Ficou um minuto a esperar. Levantou os ombros:

— A culpa é de vocês. É melhor falar agora do que depois que a gente começar:

Apontou o aparelho de rádio a um tira:

— Música...

E a outro:

— Bota essa porcaria nua... — Mostrava a criança na mesa.

Mediu, um a um, os investigadores na sala. Dempsey recuara para perto da porta, desviou-se do olhar do delegado. Somente Pereirinha sorriu:

— Dá umas lambadas na bunda, para começar.

— Não faça, miserável... — Os soluços de Ramiro, os pulsos sangrando da força para romper as cordas.

— Covarde... — gritava o ferroviário.

A música de uma valsa se elevou, melodiosa. Pereirinha tomou do chicote, passou os dedos sobre os fios de arame. O dr. Pontes viu o olhar de Josefa, sua boca aberta, sem voz, qualquer coisa se passava com seus olhos. Pereirinha elevou a mão, Barros havia ajeitado a criança de costas, ela tentava engatinhar outra vez. Ninguém ouviu seu desesperado grito, foi o de Josefa que todos entenderam, um grito áspero e estranho como se fosse de outra aquela voz, de uma pessoa recém-chegada na sala.

O dr. Pontes via o velho professor Barbosa Leite estendendo a mão em direção à mulher, no gesto habitual com que exigia a um dos estudantes um rápido diagnóstico. Levantou-se, Pereirinha suspendia outra vez o chicote, a criança berrava se contorcendo sobre a mesa. O dr. Pontes andou para Barros, tocou-lhe no braço, apontou Josefa:

— Ela enlouqueceu... — disse.

13

BARROS ABRIU UM ARMÁRIO, NO GABINETE, RETIROU A GARRAFA de cachaça e dois cálices. Colocou tudo em cima da mesa, serviu. O dr. Pontes tomou apressadamente de um dos cálices, levou-o aos lábios, o tremor da mão derramou-lhe uma parte da bebida sobre a gola do paletó. Barros emborcou a cachaça de um trago, cuspiu grosso, voltou a servir-se:

— Peste de gente! Nem da maluca se pôde tirar nada.

O dr. Pontes riu, um riso incontido, mau, desagradável, o delegado perguntou asperamente:

— De que se ri...? Não vejo nada para achar graça...

Barros, quando Pontes diagnosticara a loucura de Josefa, mandara levar a criança e os demais presos. E insistira com o doutor para aplicar choques elétricos na mulher. Menos para salvá-la do que para ouvir as frases inconscientes pronunciadas após o choque. Podia ser que assim ela revelasse algo. Josefa falara do filho, repetira seu nome, cantara trechos de cantigas de ninar. Estava agora adormecida, ainda sob a ação do choque. Segundo dr. Pontes tanto ela podia acordar normal como louca furiosa, isso dependia, o melhor era mandá-la para o Manicômio Judiciário.

Foi-lhe difícil conter o riso: Barros parecia-lhe cômico em sua raiva impotente, e há muito tempo nada lhe dera vontade de rir. Conseguiu dominar-se e disse:

— Eles são mais fortes que você, Barros. Você só tem contra eles a dor, mas eles têm contra você outra mais poderosa...

— O quê? — perguntou o delegado dando um soco na mesa.

— Sei lá... Alguma coisa no coração. Que diabo possa ser, eu não sei, para fazê-los assim tão fortes. Mas seja o que for, eles lhe derrotaram, direitinho...

E o riso se apossava novamente dele, o sacudia todo, um riso incontrolável, mais insultante ainda que as palavras do ferroviário na sala de torturas.

Barros deu outro soco na mesa:

— Engula esse riso ou eu lhe parto a cara...

O dr. Pontes afastou-se da mesa mas não podia deixar de rir, era impossível: tão cômico o delegado, tão impotente, tão vencido, era de morrer de rir...

— Pare! — urrou Barros, os olhos cegos de ódio.

Pontes atingia a parede, dobrava-se em dois de tanto rir, a barriga chegava a doer. Barros precipitou-se para ele, aplicou dois bofetões no rosto:

— Seu pulha, rindo de mim...

E o médico, ria, ria e chorava ao mesmo tempo, as marcas dos dedos do delegado em sua face. Barros retornou à mesa, tomou da garrafa pelo gargalo, bebeu um largo trago, sentou-se.

— Saia, vá embora! Depressa... — ordenou.

O médico fazia esforço sem medida para suster o riso. Barros continuava a gritar:

— Fora daqui! Já!

O riso morria nos lábios do médico, conseguiu falar:
— Meu envelope... Me dê minha ração...
Barros triunfara na sua cólera:
— Saia, já lhe disse... Antes que eu lhe amasse a cara outra vez.
O riso retornava, Pontes lutava para não se deixar dominar de novo, falava entre frouxos de riso:
— Me dê meu envelope e eu vou embora...
— Não lhe dou coisa alguma, nem um pingo de cocaína. Dê o fora daqui... — E voltava a tomar da garrafa.
O riso morria nos lábios do médico:
— Não brinques, Barros, me entregue...
O delegado levantou-se, andou até o médico, atirou-o fora do gabinete aos trancos, fechou a porta. Mas ainda ouvia o riso renascendo na boca do outro, aquele canalha ria dele, bebeu outro trago, a cólera o dominava, arrojou a garrafa contra a porta.
O dr. Pontes afastou a cadeira sobre a qual o projetara o empurrão do delegado, o tira de plantão na antessala ajudou-o a levantar-se, comentou:
— O chefe está feito fera, hein, doutor?
Não respondeu, deixara de rir, passou o dedo sob o nariz. Ouviu o ruído da garrafa lançada por Barros contra a porta, fazendo-se em cacos. Pegou o chapéu no cabide e saiu.
Matou-se pela manhãzinha, quando a cidade começava a despertar. Os gritos e as visões o encontraram na porta da polícia, acompanharam-no no táxi, entraram com ele no apartamento. Os olhos de Josefa, aquele som rouco sem comparação, a cantiga de ninar cantada após o choque elétrico quando o menino já tinha sido levado, as nádegas cortadas pelas pancadas do chicote.

Dorme, dorme, meu filhinho,
dorme um sono sossegado...

Se tivesse um pouco de coca, cobriria visões e gritos com uma névoa de sonho, talvez pudesse suportar. Mas Barros o pusera para fora do gabinete, nada lhe restava. A bebida não adiantava, ele tentara de outras vezes. Estendera-se, sem se despir, sobre o leito e, nos quatro cantos do quarto, os rostos surgiam inchados e coléricos, pares de olhos a fitá-lo do teto, do solo e das paredes.

Apagou a luz para não ver, não deveria tê-lo feito. Porque aí eles se aproximaram todos, cercaram o leito, gritavam em seus ouvidos, cada um deles, os homens e a mulher, e ele os via e entendia, um de cada vez e todos juntos. Levantou-se, andou, foram com ele, do quarto para a sala, da sala para o quarto e gritavam cada vez mais alto e colocavam os rostos junto do seu, os olhos sobre os seus. Se tivesse um pouco de coca... Uma pitada apenas, talvez bastasse...

Sim, ele sabia o que queriam dele, o que desejavam. Perseguiam-no há algum tempo já, queriam vingar-se nele. Por que não em Dempsey, em Pereirinha, em Barros, por que logo nele que só fazia examinar os corações, para isso era pago? E a voz pausada do professor Barbosa Leite a repetir, as barbas brancas, o ar de santo leigo:

— A medicina é um sacerdócio, nós lutamos pela vida contra a morte, contra a dor...

Sentou-se em frente à escrivaninha, tomou do papel e da pena quase inconscientemente, começou a escrever a longa carta ao professor, narrando tudo, detalhe por detalhe. As visões se sentaram em torno, mas os gritos silenciaram à proporção que ele escrevia. Descreveu a sala, os instrumentos de tortura, o seu trabalho e o dos outros. E como Josefa enlouquecera e como o menino fora chicoteado. Fechou num envelope, escreveu em cima o nome do professor. Mas não era ele médico da polícia, não sabia que os investigadores ao chegar levariam a carta com eles e jamais ela atingiria seu destino? — perguntavam-lhe as visões sobre a mesa, aproximando os rostos.

Era seu vizinho de apartamento um velho jornalista com o qual, de quando em vez, ele conversava. Tomou de outra folha de papel, escreveu-lhe um bilhete pedindo-lhe para fazer chegar a carta ao professor Barbosa Leite, da Faculdade de Medicina, e a ele somente. Foi empurrar tudo por baixo da porta do vizinho. Viu a manhã nascendo, sua luz fosca. Mas os gritos continuavam, as visões persistiam. Davam-lhe pressa, cercavam-no, iam com ele, aqueles rostos inchados, aqueles olhos de dor e cólera, aquelas mãos sem unhas, aquelas bocas trancadas. "Um minuto mais", pensou, "e me livrarei para sempre."

Quando tomou do revólver, reviu a face raivosa e cômica de Barros, em sua impotência. Um frouxo de riso o sacudiu, mas os olhos de Josefa estavam diante dos seus e ele se conteve. Aproximou o revólver da cabeça, ajeitou-o no ouvido, com o dedo trêmulo apertou o gatilho. A manhã acabava de nascer.

14

MR. JOHN B. CARLTON, O IMPORTANTE HOMEM DE NEGÓCIOS de Wall Street ("o audacioso businessman americano", como escreviam alguns jornais, "o generoso milionário criador de tantas instituições beneméritas", como escreviam outros, "o doutor *honoris causa*" por uma universidade da Georgia onde não era permitida a matrícula de estudantes negros, gabava-se a Marieta Vale da sua fenomenal resistência aos efeitos do álcool, motivo de comentários admirativos nos meios financeiros ianques. Marieta sorria-lhe, atenciosa, ele explicava o fato através da lei seca, quando os americanos eram obrigados a beber os mais variados e suspeitos produtos rotulados de uísque e gim, adquiridos aos gângsters. Engoliu o vinho velho da França, orgulho da adega de Costa Vale, em dois goles rumorosos, como se bebesse um aperitivo qualquer. Artur Carneiro Macedo da Rocha, que presidia o jantar, não pôde conter um sorriso de lástima. Lástima pelo vinho, esse borgonha magnífico, Artur o saboreava lentamente como conhecedor que era. Os americanos possuíam sem dúvida qualidades insuperáveis, mas, pensava o ex-deputado e atual ministro, ainda lhes faltava muito para chegar ao refinamento cultural da Europa. Esse refinamento cultural que Hermes Resende, sentado em face a Marieta, classificava para o conselheiro econômico da embaixada norte-americana como a melhor prova da "definitiva decadência dos povos europeus".

O poeta Shopel, no outro extremo da mesa, protestou contra a frase do historiador. Nem tudo era decadência na Europa. Bastava ver a Alemanha de Hitler. "Que espetáculo mais esplêndido de juventude e de forças que o nazismo?", perguntava o poeta.

Hermes preparava-se para responder quando Mr. John B. Carlton, pousando o copo, dominou com sua voz respeitada todas as conversas. Começou rindo, como a anunciar toda a graça das frases a vir. Sorrisos nasceram de imediato nas bocas próximas do banqueiro, do ministro, de Hermes, da comendadora Da Torre, de Venâncio Florival, de Marieta Vale. O milionário confessou então ter chegado, durante a lei seca, a beber, como licor de excelente qualidade, certos produtos medicinais de alta porcentagem alcoólica. Pagava-os a peso de ouro, houvera quem enriquecesse nos Estados Unidos com a importação dessas medicinas e da sua venda como bebida alcoólica ilegal. E terminou a frase com uma grossa gargalhada, achando ele mesmo imensa graça no seu conto. A hilaridade prolongou-se pela mesa e Susana Vieira, situada entre Shopel e Paulo Carneiro da Rocha, perguntou ao poeta, numa excitada curiosidade:

— Que foi que ele contou?

O poeta, que desde o começo da noite estava de mau humor, murmurou entre dentes:

— Uma história idiota.

Mas como os risos se prolongassem, atingindo aquela parte da mesa, ele riu também, mais alto ainda que os outros. Susana Vieira queixava-se:

— Preciso aprender inglês, hoje não se pode passar sem falar inglês. O francês não vale mais nada, não sei por que é ainda a língua obrigatória nas escolas. Pois se agora tudo vem é dos Estados Unidos, até a moda... Vou tomar um professor particular.

Shopel quis defender a língua francesa, recordou ser o francês a língua em que Gide escrevia, mas Susana não o escutava, nem ela nem Paulo, voltados para Hermes Resende cuja voz se elevava em profundas considerações sobre os efeitos psicológicos e sociológicos da lei seca na formação do caráter do povo norte-americano e no desenvolvimento da civilização ianque. O conselheiro da embaixada, um quarentão meio careca, de óculos de vidro grosso aprovava, com a cabeça, os conceitos de Hermes. Havia um silêncio geral e admirativo. Era como se todos os presentes ao jantar com que Costa Vale homenageava Mr. John B. Carlton, representante dos capitais norte-americanos na Empresa do Vale do Rio Salgado, exibissem aos gringos, como prova da civilização brasileira, aquele moço intelectual, que falava um inglês perfeito e conhecia tão intimamente a vida dos Estados Unidos. Hermes desdobrava-se numa série de citações para provar sua tese de que a lei seca, com todas as suas consequências, temperara o caráter norte-americano.

Só o próprio Mr. John B. Carlton não parecia muito interessado na longa dissertação de Hermes. Aproveitava-se para tragar, em grandes garfadas, a comida em sua frente. Tampouco Marieta, cujo sorriso amável parecia fixado aos lábios, ouvia os argumentos sobre os quais se elevava a teoria de Hermes. Seus olhos haviam abandonado o milionário ao seu lado, pousavam-se sobre Paulo que escutava. Mesmo assim, com a atenção concentrada, o rosto do rapaz era pleno de fastio. Bem lhe dissera ele, dias antes, já estar completamente farto da "chatice imensurável dessa vida brasileira capaz de matar de tédio ao próprio tédio". Para Marieta fora um choque. A nomeação de Artur para o Ministério do Interior e Justiça, com a consequente designação de Paulo para chefe de seu gabinete, havia-lhe dado uma segurança sobre a permanência do rapaz no Brasil.

No entanto, ao chegar do Rio, a primeira coisa que Paulo lhe anunciou foi sua intenção de pleitear, após o casamento, o cargo de secretário de embaixada em Paris. Vinha de ser promovido no Itamaraty e, com o pai ministro e o prestígio da comendadora Da Torre, estava certo de obter a designação. Para Marieta, foi bem mais que inesperada a dolorosa notícia, era como uma sentença de morte. Acostumara-se a comandar a vida do amante, e estabelecera ela mesma todos os planos para a sua existência após o matrimônio que devia celebrar-se em janeiro do próximo ano: breve lua de mel em Buenos Aires, um luxuoso apartamento em Copacabana enquanto não estivesse terminada a casa mandada construir na Gávea pela comendadora para a sobrinha e o marido. Marieta considerava de todo afastado o perigo da partida de Paulo. Pensava mesmo em, com o tempo, levá-lo a abandonar definitivamente o Itamaraty para dedicar-se às empresas da comendadora. Assim o teria para sempre em São Paulo, ao seu lado. Não falara disso a Paulo, não lhe parecera chegado ainda o momento, guardava-se para quando, por qualquer motivo, Artur deixasse de ser ministro e Paulo devesse voltar à diplomacia. Por ora considerava-se segura e andava feliz nos preparativos para o casamento próximo.

Tudo isso fizera ainda mais difícil aquela conversa com Paulo. O rapaz, estirado numa poltrona na sala de estar, confiava-lhe seus planos; um apartamento em Champs Elysées, os restaurantes, os cabarés, os teatros, as exposições, as recepções, aquela vida de Paris, a única que era digna, segundo ele, de ser vivida. Marieta o ouvia, num assombro, e pela primeira vez o frio egoísmo do rapaz a revoltou: ele só pensava em si mesmo, nada mais existia no mundo para Paulo.

— Tu só pensas em ti... — dissera. — Não pensas sequer no quanto te amo, no que poderei sofrer.

Sua voz era sufocada e ela, ao mesmo tempo, se dava conta que encolerizar-se seria má política. De nada adiantaria acusá-lo, gritar-lhe, lastimar-se ou chorar. Com Paulo era necessário agir de outra maneira. Se ela quisesse continuar tê-lo a seu lado devia convencê-lo de que era do interesse dele não partir, criar as condições que o obrigassem a ficar. Paulo, incapaz de suportar a visão do sofrimento, perguntava-se por que falara daquele projeto a Marieta, por que não deixara para lhe dizer depois do casamento, quando estivesse tudo resolvido. Murmurou-lhe:

— Não sejas tola. O que te impede de vires, tu também, a Paris? Juntos, iremos nos divertir enormemente...

Ela sorriu, já controlada de todo:

— Se assim o desejas, meu senhor.

Sim, seria lindo estar com ele em Paris, saírem os dois à noite pelas pequenas ruas antigas, vagabundearem pelo Quartier Latin, irem aos cabarés mais sórdidos, trocarem beijos nas margens do Sena, à vista dos buquinistas cúmplices. Mas, mesmo que pudesse ir, por quanto tempo poderia ficar? Não mais que alguns meses, Costa Vale necessitava dela. E a volta significaria o fim de tudo, daquele amor cujo desejo lhe amargara a vida e cuja existência é sua própria existência. Era necessário impedir a partida de Paulo. Começou a ruminar projetos e ainda agora na mesa, sorrindo para o americano que mastigava ao seu lado num ruído mal-educado, é nisso que ela pensa. Não pode deixar que ele se vá, que seria dela? O sorriso morre nos seus lábios, ao mesmo tempo em que Mr. John B. Carlton esvazia novo copo de vinho. Num gesto quase imperceptível, Marieta chama o garçom.

— É um gênio... — comentou Susana Vieira quando Hermes Resende terminou sua dissertação. — Não entendi nada do que ele disse mas, veja, ele deixou o americano de boca aberta...

Shopel fitou o conselheiro de embaixada, o poeta estava naquela noite estranhamente de mau humor e cheio de má vontade para com os americanos:

— Esses americanos possuem a idade mental de uma criança de doze anos. Eles são todos assim, esses gringos. Burros e ignorantes...

Paulo estranhou:

— Seu Shopel, que se passa? Você hoje está contra os americanos. Nem parece o mesmo que escreveu aqueles artigos quando voltou dos Estados Unidos, gabando tudo...

O poeta defendia-se:

— Não sou contra ninguém. Muito menos contra os americanos, Paulinho. Afinal somos sócios no manganês do vale. Mas, às vezes, eu penso que nessa divisão do mundo...

— Que divisão do mundo? — quis saber, sorridente, Susana.

— Cabecinha de vento — respondeu Shopel —, o mundo vai ser dividido entre os alemães e os americanos com a próxima guerra. Eu às vezes penso que seria bem melhor que a gente ficasse pertencendo à Alemanha e não aos Estados Unidos.

— Pertencendo? Mas, afinal, o Brasil é independente... — Susana achava essas coisas de política internacional muito complicadas.

— Economicamente, Susquinha, minha burrinha linda.

— Ah! agora compreendo. Eu, por mim, prefiro os americanos. Tem cada um que é uma beleza. Repare no cônsul...

Shopel encolheu os ombros e começou a explicar a Paulo que, se os Estados Unidos eram realmente um colosso, isso se devia em grande parte aos imigrantes vindos dos quatro cantos da Europa:

— Os americanos o que sabem é ganhar dinheiro, nasceram para isso. E com o dinheiro compram a inteligência da Europa, importam os sábios e os artistas, os colocam a seu serviço.

E citava os exemplos de Einstein, de Thomas Mann, de Salvador Dalí. Paulo não concordava. Não que fosse comparar a civilização ianque com a francesa, isso não. Porém, quem podia negar a originalidade, a moderna concepção de vida dos norte-americanos?

No outro extremo da mesa uma discussão estalara entre Hermes Resende e o conselheiro da embaixada norte-americana sobre o problema negro, envolvendo logo depois Artur, Venâncio Florival e Costa Vale. Hermes achava que o problema se tinha solucionado no Brasil, através da mestiçagem, e o diplomata ianque defendia os princípios racistas. O ex-senador Venâncio Florival concordava:

— A nossa desgraça é o mulato. Preguiçoso e malandro, odeia o trabalho. Se tivéssemos seguido o exemplo dos Estados Unidos teríamos uma elite de brancos com capacidade intelectual para dirigir o país e bons trabalhadores negros. Porque o negro nasceu mesmo foi para pegar no pesado.

O mau humor cresceu no rosto mulato de Shopel. Atirou-se à discussão com Paulo como se não quisesse ouvir os comentários em inglês sobre a mestiçagem. Pois naquela mesma noite, não lhe acontecera ver o trejeito de nojo com que Mr. John B. Carlton, seu sócio norte-americano, lhe apertara a mão?

Artur tentava conciliar as opiniões:

— Cada país com seus hábitos, com sua formação especial. A verdade é que a colonização portuguesa teve suas vantagens... Nisso eu estou inteiramente de acordo com o nosso Resende...

A voz de Costa Vale era fria como se ele estivesse fazendo um cálculo matemático:

— Todo o mal provém daí, da colonização portuguesa. Se tivéssemos sido colonizados pelos ingleses ou pelos holandeses, seríamos uma poderosa nação como os Estados Unidos. Seríamos uma grande potência.

Aquele era um tema grato a Mr. John B. Carlton, ele o desenvolvera mais de uma vez em discursos: o do poder e da missão dos Estados Unidos.

— Os Estados Unidos são — ainda mastigava e ao falar projetava em torno minúsculas migalhas de comida — o país escolhido por Deus para levar a civilização e a democracia aos demais povos.

Um respeitoso silêncio se fez, em toda a mesa, às suas primeiras palavras. Marieta ajeitou-se na cadeira como para ouvir melhor, em verdade para salvar o rosto dos perdigotos projetados por Mr. Carlton. O americano, pesado do vinho, desenvolveu suas considerações. Aos Estados Unidos competia civilizar os demais países. Defendê-los contra o perigo do comunismo, salvá-los do abismo. Quando ele silenciou, Artur Macedo Carneiro da Rocha falou:

— É uma sorte para os países da América Latina a existência dos Estados Unidos. Sem isso, nossa independência estaria ao sabor dos apetites europeus: da Alemanha, da Inglaterra.

— Nós não queremos colônias — afirmou Mr. John B. Carlton. — Tudo que queremos é cooperar com nossos capitais para o desenvolvimento dos países mais atrasados. Essa é a missão que Deus nos deu.

— Nobre pensamento — aplaudiu Artur.

E como chegasse à hora da sobremesa e do champanha, levantou sua taça no brinde ao visitante. Tomou como tema a frase do milionário e sobre ela bordou elogiosos comentários à figura do "eminente homem de negócios que simboliza tão bem a civilização norte-americana e que, cumprindo a missão sagrada entregue por Deus à sua grande pátria, vem cooperar com seus capitais para a grandeza futura do Brasil".

Mr. John B. Carlton levantou-se para agradecer. Era à eterna amizade entre os Estados Unidos e o Brasil que ele bebia. Falou das ameaças de guerra que pesavam sobre o mundo e da decisão dos Estados Unidos de defender o continente americano. Para isso era necessário boa vontade e compreensão por parte dos demais países americanos. Os homens mais responsáveis pela vida dos Estados Unidos, os construtores da sua glória, estavam dispostos a auxiliar com seus capitais, seus técnicos e seus conselheiros o desenvolvimento das nações mais atrasadas. Era o que ele vinha fazer no Brasil. Estava feliz de encontrar de parte dos homens de negócios e dos homens de Estado uma compreensão tão perfeita para a sua missão, essa missão dada por Deus aos Estados Unidos.

Os aplausos ressoaram, as taças chocaram-se num ruído sonoro de cristais e depois todos abandonaram a mesa para tomar o café na sala de estar.

Marieta, a pretexto de dar algumas ordens, deixou-se ficar para trás e com os olhos pediu a Paulo que ficasse também. O rapaz lhe disse, quando os outros acabaram de partir.

— Estás melancólica hoje, por quê?

Ela encolheu os ombros nus, fatigada:

— Cansada de representar, de sorrir para esse americano que me cuspiu o rosto todo. Será que é necessário estar sempre representando?

Paulo riu:

— Que tu queres? Que teu marido, meu pai e Mister Carlton entrem os três num cartório e, diante de todo mundo, digam ao tabelião: "Nós viemos aqui vender um pedaço do Brasil, o vale do rio Salgado, a Mister Carlton. E ande depressa, não temos tempo a perder...". Não, Marieta, não pode ser assim.

Um certo calor povoou seu riso enfastiado:

— É como num teatro de marionetes. Estávamos todos na mesa e cada gesto nosso, cada palavra, era comandada, havia alguém puxando os cordões, o dono do espetáculo.

— José... — disse ela, na voz aquela certa admiração que por vezes sentia pelo marido.

— José puxa os nossos cordões, mas ele também não passa de uma marionete. Quem comanda, Marieta, é mesmo Mister Carlton.

Ajeitou uma flor na botoeira do smoking, estendeu a mão bem tratada à mulher, convidando-a a entrar na sala:

— Vamos representar, meu amor, é divertido. E rende uns bons cobres para cada um de nós. Vale a pena.

Na sala, a voz de Hermes Resende se elevava traçando, em inglês, todo um complicado sistema sociológico à base do estudo do arranha-céu e do sanduíche, de onde o famoso intelectual partia para o elogio do estilo de vida norte-americano.

15

O RECADO DO DR. SABINO ARRANCOU MARIANA DE UMA SÉRIE de trabalhos urgentes. As prisões resultantes da denúncia de Heitor, especialmente as de dois membros responsáveis do regional como Zé Pedro e Carlos, haviam duplicado o trabalho de cada militante. Um camarada viera do Rio ajudar João na recomposição do secretariado regional e na reorganização da máquina do Partido em São Paulo. Houvera uma queda sensível no trabalho em seguida às prisões, o movimento grevista fora praticamente desmantelado pela violência da polícia, e no seio do regional se refletia a falta dos quadros presos. Era necessário pôr novamente tudo em marcha e uma das primeiras medidas, após a chegada do camarada vindo do Rio, foi a substituição de Mariana como "enlace" do regional. Ela fora designada para o lugar de um camarada dirigente de um comitê de zona, preso durante a greve. Outro elemento faria, de agora em diante, as ligações do novo secretariado, ainda em formação. E foi decidido também que era perigoso para a segurança do Partido que João e Mariana continuassem a viver na mesma casa. Durante os meses que se haviam seguido ao golpe armando-integralista, de certa calma na ação da polícia, Mariana se expusera muito, estabelecendo ligações do secretariado com as células das fábricas em greve, estava demasiado conhecida de muitos camaradas. A polícia podia voltar suas vistas para ela a qualquer instante, localizar sua residência e levar, junto com ela, João.

Foi um triste momento quando João lhe comunicou aquela decisão:

— É necessário, Mariana.

— Compreendo — disse ela, mas na sua voz havia uma profunda tristeza que atingiu o coração do rapaz.

Sentou-se ao lado no sofá incômodo, tomou-lhe das mãos.

— O importante é saber que nos amamos e que lutamos pela mesma causa. Não vai tardar o dia em que estaremos juntos novamente. Faz de conta que somos namorados perseguidos pela família e que só de quando em vez podemos nos encontrar às escondidas. — Sorria seu breve sorriso, ela descansou a cabeça em seu ombro.

— Sei que o Partido tem razão. Sou ainda muito fraca politicamente, João. Agora que devia estar orgulhosa da nova tarefa que o Partido me deu, estou é triste de não ficar a teu lado. Ainda penso mais em mim mesma que no trabalho.

João acariciou-lhe os cabelos:

— Nós nos formamos a cada dia, querida. São os acontecimentos que nos educam. Sim, é triste que tenhamos de nos separar. Eu também sofro com isso. Porém, se pensarmos que seria ainda mais triste sermos separados pela polícia...

— Bem sei... Tens razão. Terei saudades de ti todos os dias mas tratarei de ser digna de ti.

— De sermos dignos do nosso Partido, Mariana.

Um silêncio pesado de pensamentos reinou na sala, durante breves segundos. Depois Mariana sorriu, sua face era tranquila, se bem nos seus olhos ainda restasse uma longínqua nota de melancolia. João sorriu também:

— Tu nem te imaginas o que és para mim...

Aquela fora a última noite que ele passara em sua companhia, naquela casinha para onde haviam vindo após o casamento. Pela madrugada partira para viver noutra casa cujo endereço era desconhecido mesmo para ela. Não era a primeira vez que ele partia sem que Mariana soubesse para onde, mas nunca o sentira tanto, nunca seu coração estivera tão opresso. Antes, mesmo quando o sabia distante de São Paulo, tinha sempre a oportunidade de receber qualquer notícia dele através de seu permanente contato com o Ruivo, Carlos e Zé Pedro. Mas agora já não era estafeta do secretariado, tinha outra missão, voltava ao trabalho direto com as bases do Partido, terminavam-se as oportunidades de saber de João. Só mesmo por acaso poderia encontrá-lo. Quanto tempo iria durar essa separação, quanto tempo ia viver longe do seu amor?

Parecia-lhe impossível poder viver assim, longe de João, sem nada saber dele, sem sequer poder esperá-lo como das vezes anteriores. Não era a mesma coisa agora. Antes, quando ele partia, era por algum tempo, para cumprir uma tarefa. E cada dia ela esperava reencontrá-lo em casa, ao voltar das suas caminhadas, ou bem vê-lo entrar pelo meio da noite, sua face fatigada, seus olhos vermelhos das noites sem dormir, sua larga testa, seu rosto tão magro. Já agora esse direito de esperar não lhe restava; para que novamente se encontrassem sob o mesmo teto era necessário que muita coisa mudasse na face da Terra. Naquela madrugada da partida de João, sozinha, esperando a manhã, ela se recordara de uma frase ouvida há muito tempo, pronunciada por Saquila na casa do velho Orestes:

— Queremos romper um muro de pedras com a cabeça.

Sentia-se subitamente ante aquele muro intransponível, agora que João partira. Quis afastar a frase da cabeça, pensar em outras coisas: aquela frase fora formulada por um inimigo do Partido, um traidor, e ela tentava recordar o que lhe dissera o Ruivo a propósito de Saquila quando ela lhe contara da discussão e da frase. Mas a imagem de um muro de grossas pedras negras, a separá-la para sempre de João, persistia. Sentia uma incontida vontade de chorar, a mesma sensação que lhe dera a certeza de que o pai ia morrer. Limpou as lágrimas, recordando a conversa ao pé do leito do moribundo, naquele dia distante quando o pai a chamara e lhe perguntara se ela era comunista. Não é assim que reage um comunista, pensou ela. Tinha agora tarefas urgentes e pesadas a realizar: o comitê de zona para onde tinha sido designada fora fortemente atingido, na direção e nas bases, pela reação da polícia. Havia necessidade de levantar outra vez o trabalho, de continuar a miúda tarefa partidária, de colocar novos parafusos na grande máquina da Revolução.

Levantou-se, vestiu-se, queria começar cedo o seu dia. Devia se preparar para uma reunião com os demais membros do comitê de zona, os novos responsáveis por toda aquela parte do municipal de São Paulo. Tinha documentos a estudar, planos a traçar. Fez um esforço para concentrar-se no trabalho, para libertar-se dos tristes pensamentos. Foi assim que o recado do dr. Sabino a veio alcançar. O médico pedia-lhe para vir vê-lo urgentemente, tinha algo de muito grave a lhe comunicar.

Encontrou-o no consultório, fazia tempos que não o via. Sabino parecia preocupado, trancou-se com ela na sala de consultas:

— Sabe quem está aqui, em São Paulo?

— Quem?

— O Alberto...

O Ruivo em São Paulo, espantou-se Mariana. Que viera fazer, por que deixara o sanatório? Não teve sequer tempo de formular as perguntas, o médico explicava numa reprovação:

— Fugiu da casa de saúde. Uma loucura.

— Como foi?

— Já há alguns dias ele fez tudo para convencer o médico que devia partir, que já não tinha necessidade de tratamento. Um absurdo. Estou a par da evolução do seu caso e sei que ele apenas começara a melhorar. Paralisar o tratamento agora significa condenar o outro pulmão. Praticamente um suicídio. O médico explicou-lhe bem a situação, mostrou-lhe que era impossível dar-lhe alta. E escreveu-me uma carta contando o sucedido. Pois bem: quem é que me aparece hoje aqui, pela manhã? O Alberto.

— Esteve aqui?

— Quer te ver. Vai voltar na hora do almoço. Por isso te mandei chamar. Para que o convenças de regressar ao sanatório imediatamente.

— Não quer voltar?
— Quando falei nisso, só faltou me agredir. Perguntou se eu não sabia das prisões que houve por aqui... Disse que nessa hora seu lugar não era no sanatório. Não admitiu nem discutir. Uma coisa impossível.
Balançava a cabeça:
— Pelo jeito dele, não creio que se vá conseguir nada. Está decidido a ficar e disse-me que se eu voltasse a falar em sanatório, deixaria mesmo de vir aqui para se tratar.
Ante o silêncio pensativo de Mariana, Sabino se ergueu:
— Bem, é só isso. Eu mesmo não sei se reprovar ou se admirar. Vocês todos são uns loucos, mas há um bocado de beleza nessa loucura. O melhor é você dar o fora e voltar meio-dia e meia. É a hora que ele marcou. Eu não estarei, mas você sabe onde encontrar a chave.
Mariana andou pelas ruas, fazendo hora. Uma complexa mistura de sentimentos a possuía: alegria de rever o Ruivo, de apertar sua ossuda mão de tísico, de reencontrar seu sorriso bondoso, temor pela saúde ameaçada do companheiro, e uma sensação de descontentamento consigo mesma. Ainda naquela madrugada não estava ela chorando de dor porque as necessidades a haviam separado momentaneamente do João? Enquanto isso o Ruivo chegava fugido do sanatório, abandonando o tratamento que podia restituir-lhe a saúde, para vir novamente participar do duro combate. Não fora necessário que o Partido o chamasse, ele viera mal tomara conhecimento das prisões, do claro aberto no organismo. Um pulmão comido pela moléstia, o outro ameaçado, mas nada disso lhe importava, ele não pensava que aquele muro de pedras fosse irremovível.
Ao meio-dia e meia voltou ao consultório. Abriu a sala e esperou. Cinco minutos depois o Ruivo chegava. Mariana guardara lembrança daquele domingo quando ele partira para Campos do Jordão, a mão abanando adeus da portinhola do automóvel. Pensara ser talvez aquela a última vez que o visse, sua derradeira imagem, a juntar a outras no fundo da memória, cheia de saudade. Tinha sido durante a greve de Santos, e as primeiras notícias, vindas do sanatório, eram pessimistas. Os médicos tinham poucas esperanças. Tão poucas que os companheiros tinham decidido enviar Olga para Campos do Jordão, para ficar perto do marido. Porém, tempos depois ele começara a reagir à enfermidade, um lento processo de melhora se iniciara.
E agora o via novamente, o rosto aberto num sorriso. Havia engordado, mas era uma gordura doentia, flácida, que não se harmonizava

com a força da personalidade do Ruivo. Como se lhe houvessem posto uma máscara. Mas o reconhecia nos olhos iluminados, na boca sorridente, nos cabelos ruivos. Abraçaram-se.

— Se eu pintar os cabelos não há policial que me conheça...

— Que vieste fazer? Por que largaste o tratamento?

O Ruivo sentou-se ao seu lado.

— Faz somente quatro dias que soube das prisões. O pessoal tardou muito a me avisar e foi quase por acaso que soube da notícia. Primeiro quis que o médico me deixasse vir. Mas é um cara teimoso. Tive que arribar sem dizer até logo e sem agradecer.

— Mas, se é uma loucura...

— Depois discutiremos. Primeiro, me dê notícias: como está o pessoal preso? Quem caiu, além de Carlos e Zé Pedro? Como vai o trabalho?

Mariana relatou-lhe das prisões, das torturas, da liquidação do movimento grevista. Ruivo fechava o rosto ao entender as passagens sobre Josefa e o menino.

— Cães!

— Depois que o médico se suicidou, deixaram de torturar. Soltaram Josefa com a criança, mas a pobre está inteiramente louca. Estão processando os outros.

— E o trabalho?

Falou-lhe do que sabia sobre a reorganização do aparelho regional. Ruivo aprovava com a cabeça. Quando ela terminou, ele se levantou:

— Agora, Mariana, você deve ligar-me ao pessoal imediatamente. Comunique-lhes que eu cheguei e que quero vê-los quanto antes. A João, é quanto basta.

Mariana baixou a cabeça:

— Se ainda fosse ontem... Não sou mais estafeta, tenho agora outra tarefa. E o pessoal decidiu que era perigoso que continuássemos na mesma casa, João e eu. Hoje ele se mudou e eu não sei para onde.

— Boa medida. Era necessário. No sanatório eu já tinha pensado nisso mais de uma vez, no perigo de vocês viverem na mesma casa. — Olhou Mariana, viu a sombra de melancolia nos seus olhos, sorriu-lhe. — É duro, hein?

Veio pousar a mão afetuosamente no seu ombro:

— Mas tu és uma boa companheira, tu podes compreender. Pelo menos assim não vai te suceder o que se passou com Josefa e Zé Pedro.

Mariana estremeceu na cadeira:

— Sou tão tola que não pensei em nada disso, em todo o lado positivo dessa medida. Fiquei foi triste, chorando.
— Se não ficasses triste serias um monstro. Mas uma coisa é ficar triste e outra é cair no desânimo.
— Isso não...
— O trabalho vai te alegrar outra vez. Já verás. Bem, de qualquer maneira, precisas me ligar a alguém de confiança que possa me pôr em contato com a direção. Hoje mesmo.
— Creio que posso.
Explicou-lhe como pensava fazer, ele concordou.
— Não vamos nos encontrar mais, não vale a pena. Basta que o menino vá me encontrar no ponto combinado. Agora, vou embora.
Ela o reteve com um gesto:
— Tu não pensas em voltar para o sanatório?
— Para o sanatório? Tu pensas que o Partido está tão cheio de quadros que numa hora dessas, com tanta gente presa, com tanto trabalho, eu possa estar num sanatório?
— Mas, o médico...
— Mariana, isso não é um assunto teu. Não adianta perder tempo discutindo. Eu estou muito melhor e não vou ficar flanando num sanatório quando estão tentando liquidar o Partido. E está acabado — falou asperamente contra os seus hábitos.
E como que logo se arrependeu:
— Desculpe, Mariana, é que esse assunto de sanatório tem o poder de me irritar. Deixa que eu discuta com a direção. E, quanto a ti, não fiques triste por estar longe de João. Cada um, minha filha, deve dar algo ao Partido. Se não for assim, o nosso Partido não pode ser o que ele necessita ser para transformar a vida e acabar com todas essas tristezas.
Estendeu-lhe a mão:
— Vamos, um sorriso... Certamente nos encontraremos mais dia menos dia por causa do trabalho. Bom trabalho, moça, não esqueça que você é a companheira de João e que isso lhe dá muita responsabilidade.
— Pelo menos venha ao médico de vez em quando.
— Prometido.
O Ruivo partira mas como que a sua presença continuava a encher a sala de consultas do gabinete do dr. Sabino. Mariana continuava a enxergá-lo, a ouvir sua voz bondosa, áspera quando ele falava sobre o sanatório. Parecia outra depois daquela conversa. Não deixava de ter sau-

dade de João, de sentir-se triste da sua ausência, de não tê-lo ao seu lado. Mas essa tristeza não mais a fazia desesperada ou inquieta. Já não recordava a frase de Saquila. Agora, após ter visto o camarada que abandonava o sanatório para voltar à luta, ela se encontrava cheia de entusiasmo pelo trabalho, e a decisão do Partido sobre o problema de residência de João lhe parecia como a mais justa das resoluções. "Em verdade", pensou, "o Partido está defendendo nossa liberdade, nossas vidas, nosso amor."

Quando o dr. Sabino chegou lhe perguntou:

— Então, o homem volta para o sanatório?

Ela balançou a cabeça negativamente:

— Não creio. E não creio tampouco que ninguém tenha o direito de obrigá-lo a voltar. Estamos atravessando um momento difícil e não é hora de pensar em saúde, em lar, em si próprio. É a hora dos comunistas mostrarem que são comunistas.

O médico alçou as mãos, impotente:

— Ele vai morrer...

— O importante é que o Partido viva.

16

O CAMARADA JOÃO BATEU COM A MÃO EM CIMA DA MESA, para reforçar suas palavras:

— É deixar que eles digam que o Partido está liquidado, não importa. A verdade é que até agora eles não tiveram descanso. Nossa ação tem impedido na prática a aplicação da Constituição de 37. É ou não é verdade?

O companheiro que viera do Rio assentiu com a cabeça. O Ruivo seguia atentamente as palavras de João, o queixo descansando na palma da mão. Discutiam sobre as perspectivas do trabalho. João defendia a tese da necessidade de reorganizar as bases do regional, abaladas com as últimas prisões, antes de se lançarem a qualquer ação mais vigorosa. A polícia política, desde a queda de Zé Pedro e Carlos, andava numa enorme atividade. Estava presente nas fábricas, batidas se sucediam em casas de elementos suspeitos de ligações com os comunistas, algumas equipes de pichadores tinham sido presas, os processos se sucediam no Tribunal de Segurança e as sentenças a largos anos de prisão eram ditadas a cada dia. Não só em São Paulo como também no Rio a polícia parecia disposta a cumprir a decisão de liquidar rapidamente toda a atividade dos comunistas. Começara um verdadeiro cerco em torno do Partido e a imprensa, fazendo conjeturas sobre a situação internacional extremamente tensa, reclamava a liquidação dos "extremistas de esquerda" na hora em que tudo parecia indicar que Hitler, com o tácito apoio dos governos francês, inglês e norte-americano, se lançaria sobre a União Soviética.

— Temos de colocar o Partido novamente de pé em São Paulo. O trabalho que nos espera é difícil e silencioso. Vamos atravessar dias bem ruins e necessitamos de um Partido forte nas fábricas. Recompor a máquina partidária e ampliá-la, eis a nossa tarefa no momento.

Era a primeira reunião do Ruivo com João e o camarada vindo do Rio, compunham os três provisoriamente o secretariado do regional de São Paulo. Chegado dos meses de forçado repouso no sanatório, Ruivo estava ávido de ação e suas primeiras palavras, antes mesmo de iniciarem a reunião, foram para propor que estudassem uma fórmula qualquer de atividade que mostrasse ao país não estar o Partido esmagado, não ter sido liquidado pela polícia. Defendera, numa voz apaixonada, sua ideia mas João e o outro camarada haviam-se mostrado pouco entusiastas:

— Primeiro tu deves te pôr a par do que se passou no regional após as prisões e as greves — disse João.

O camarada vindo do Rio acrescentara não ser o Partido apenas a região de São Paulo, apesar da importância desse estado, fundamental na vida política do país. No mesmo instante em que a polícia parecia reduzir ao silêncio o Partido no Rio e em São Paulo, havia greves no Pará e no Rio Grande do Sul. E, na Bahia, o Partido desenvolvia uma grande atividade: ainda agora, sob o impulso de Vítor, aparecera em Salvador uma revista legal, através da qual a palavra do Partido chegava a novas camadas da populaçao. Nao, todo o povo podia ver que o Partido não estava liquidado, que os golpes da polícia não haviam acabado com ele, que seu coração pulsava em cem diversas realizações, que sua bandeira de antifascista estava levantada.

Por que então precipitar uma ação de grande envergadura em São Paulo, sem estarem para ela preparados? Seria um ato de desespero, capaz de entregar à polícia toda a máquina partidária. Não, o trabalho que os esperava agora era outro, menos ruidoso mas nem por isso menos produtivo e importante: deviam levantar novamente o Partido, colocá-lo à altura das necessidades desses dias difíceis e dos dias ainda mais difíceis que se aproximavam.

Era nesse sentido que João intervinha e suas palavras iam esclarecendo o Ruivo, fazendo-o tomar contato com a realidade. Quando João terminou, traçando as tarefas práticas para rapidamente reforçar o corpo do regional de São Paulo, o Ruivo falou:

— Vocês têm razão. Não é possível partir agora para grandes ações. Mas eu penso que ao mesmo tempo que reforçamos o Partido, devemos trazê-lo à rua, mesmo em pequenas ações. É preciso combinar os dois trabalhos, o de organização e o de agitação. E o trabalho de massas.

A discussão continuou. Aqueles três homens, diversos uns dos outros, entregues os três à mesma causa, como que se completavam, corrigindo cada um o que havia de pouco claro nas ideias dos outros, encontrando na discussão a justa maneira de conduzir sua luta. Estavam diante de amargas constatações: a polícia, com as prisões de setembro, com a violência desenvolvida contra o movimento grevista, com os processos sucessivos, havia aplicado rudes golpes no regional do Partido. Células inteiras tinham desaparecido nas fábricas, comitês de zona estavam desfalcados, a combatividade da massa caíra ante a brutalidade da reação. Ao mesmo tempo, o governo tentava consolidar o regime fascista imposto ao país com o golpe de 37, a infiltração imperialista se fazia mais forte, capitais americanos e alemães se apossavam das riquezas do país, Vargas tratava de comprar políticos e intelectuais com cargos e negociatas, a vida do povo se tornava mais difícil, a luta mais áspera. E eles eram apenas alguns milhares, homens por todo o país, perseguidos como ratos, ameaçados por todos os lados. E, no entanto, a marcha dos acontecimentos dependia sobretudo deles, do acerto das suas decisões, de cada pequeno grupo de três ou quatro homens que se reuniam pelas grandes cidades do Brasil, assim como ali estavam reunidos o Ruivo, João e o camarada vindo do Rio.

Era noite e a cidade de São Paulo dormia; repousava das canseiras do dia. Só eles não dormiam, para eles não existiam as horas de repouso.

O Ruivo continuava a falar, expunha sua maneira de ver a reconstrução das bases do Partido. Nessa discussão atravessaram a noite. E só quando ela terminou, quando os planos estavam assentados e as tarefas bem claras, João quis saber:

— E tua saúde? Tu pensas que podes aguentar?

— Melhorei muito no sanatório. O resto da cura farei por aqui mesmo. Irei de quando em vez ver o Sabino.

— Tu é que sabes. A verdade é que podes nos dar uma grande ajuda.

— Isso não é hora de ninguém estar doente — disse o Ruivo. — Muito menos de estar num sanatório engordando como um porco.

João aconselhou:

— Deves procurar te alimentar bem e arranjar tempo para dormir. O trabalho vai ser duro.

Antes de se separarem, Ruivo perguntou:

— E Josefa? Como vai passando?

— Conseguimos interná-la num hospital. O médico diz que talvez venha a curar-se.

— Temos de curá-la. Não se pode perder uma companheira como ela. Quando eu penso no que ela passou... Como é que eu poderia ficar no sanatório depois de saber dessas coisas? Teria nojo de mim, se ficasse...

17

DURANTE A ESTADA DE MR. JOHN B. CARLTON NO BRASIL, OS JORNAIS não deixaram de se interessar diariamente por sua personalidade. Todas as manhãs o secretário do representante de Wall Street lhe entregava um resumo do noticiário da imprensa brasileira. A única coisa que o milionário não pôde mesmo ler foi o ataque que lhe fez a edição clandestina de *A Classe Operária*, denunciando sua viagem como parte da ofensiva do imperialismo norte-americano sobre as riquezas brasileiras, explicando mais uma vez o significado da Empresa do Vale do Rio Salgado onde abundavam as matérias-primas estratégicas. Em compensação, Mr. Carlton pôde seguir nos jornais não só a ininterrupta série de elogios que lhe fazia a maioria da imprensa ("simpática e empreendedora figura que logo soube conquistar a alta sociedade brasileira e cujos contatos com os homens de negócios do Rio e de São Paulo abriam novos horizontes ao desenvolvimento econômico do Brasil") como também os sutis ataques de certos jornais. Eram aqueles ligados aos capitais alemães. A presença de Mr. Carlton fizera aparecer nesses jornais uma campanha nacionalista, baseada nas palavras de Vargas quando do golpe de Estado, sobre o estabelecimento de uma indústria nacional com capitais brasileiros. Eram comentários que punham em dúvida o acerto da política de Roosevelt e sua sinceridade em relação aos países do sul do continente. Essa campanha, se era ainda tímida nos jornais, não o era nos comentários de rua, alimentada pelos integralistas.

As conferências entre Mr. Carlton, Costa Vale, a comendadora Da

Torre e Venâncio Florival se sucediam. A Empresa do Vale do Rio Salgado se punha inteiramente de pé, os técnicos vindos das margens do rio entregavam seus relatórios, Venâncio Florival discutia os planos para a expulsão dos caboclos, novos engenheiros chegavam dos Estados Unidos e a perspectiva da visita do ditador às obras da empresa, apesar de desaconselhada pela polícia, não desaparecera. Mr. Carlton era um homem prático e entendia-se bem com Costa Vale.

Sua intervenção não se reduzia, porém, aos assuntos da empresa propriamente dita. Em contato direto com o ambiente brasileiro, ampliou grandemente os contornos do negócio em que aplicava seus capitais. Manteve longas conversas telefônicas com seus associados em Nova York, discutiu sobre os mais variados assuntos na embaixada dos Estados Unidos. Dessas conversas nasceu toda uma série de iniciativas colocadas mais ou menos sob o patrocínio da embaixada norte-americana, e mais ou menos ligadas todas elas à Empresa do Vale do Rio Salgado. Iam desde o estabelecimento de grandes escritórios no Rio e em São Paulo até a fundação de uma agência para a distribuição de artigos de autores nacionais e estrangeiros aos jornais, a vinda de professores norte-americanos para as universidades, convites a serem feitos a escritores e artistas brasileiros para visitarem os Estados Unidos.

Um que se beneficiou imediatamente com os novos planos de Mr. Carlton foi Saquila. O jornalista havia voltado do Uruguai e se encontrava sem trabalho. Se bem a polícia não o houvesse incomodado, sua situação financeira era difícil. Foi por intermédio de Hermes Resende que conseguiu o lugar de diretor da sucursal de São Paulo da nova agência de publicidade Transamérica, que distribuía ao mesmo tempo a propaganda da Empresa do Vale do Rio Salgado, de várias companhias americanas e artigos de intelectuais brasileiros.

Hermes Resende havia-o levado a Costa Vale, nos escritórios do Rio. Isso aconteceu alguns dias depois de um jantar dado em honra do milionário Carlton pela embaixada dos Estados Unidos. Naquela ocasião, o agregado cultural ianque discutira com Hermes sobre os planos sugeridos pelo magnata. Trataram principalmente da agência, da possibilidade de incrementar o intercâmbio cultural entre o Brasil e os Estados Unidos. O agregado cultural vivia impressionado com a influência dos comunistas no meio intelectual brasileiro:

— De um lado os comunistas, de outro os fascistas. E nós sem fazermos nada. Mister Carlton viu o problema imediatamente. Creio que essa agência pode ser um ótimo meio de ganhar as simpatias de muitos intelectuais influenciados pelos comunistas.

Hermes Resende estava de acordo. Fizera-se rooseveltiano ardente nos últimos meses, após seu retorno da Europa. Criticava, nas livrarias, os comunistas que combatiam o imperialismo norte-americano, "único aliado que temos para lutar contra o nazismo". Segundo ele, a única possibilidade de terminar com o Estado Novo, no Brasil, era esperar uma intervenção diplomática do Departamento de Estado. Isso mesmo dissera a Cícero d'Almeida, numa conversa recente:

— Se vocês forem esperar que o povo derrube o Estado Novo vão envelhecer sob o fascismo. Só existe uma saída: os Estados Unidos. Os americanos não poderão tolerar um Estado fascista que, pela sua própria estrutura, simpatiza com os alemães. Mais dia menos dia, o Departamento de Estado intervém nisso. Se vocês fossem inteligentes, o que deviam fazer era apoiar a política americana de todas as maneiras.

O mesmo dissera a Saquila quando o jornalista, com a roupa meio puída, o procurou. Desta vez não houve discussão: Saquila concordou plenamente e foi ainda muito mais violento em relação à política seguida pelos comunistas do que Hermes Resende:

— São uns imbecis. No fundo, acabam fazendo o jogo dos nazistas com essa mania de política independente. O que nós precisamos é de unir os intelectuais de esquerda, libertando-os da influência dos stalinistas.

Sabendo que Shopel buscava alguém para dirigir a sucursal de São Paulo da Transamérica, Hermes lembrou o nome de Saquila. Shopel não tinha nada contra, mas temia que Costa Vale, ciente das antigas ligações do jornalista com o Partido Comunista, refugasse. Por isso Hermes levou, uma tarde, Saquila ao escritório da empresa para conversar com o banqueiro.

Foi uma conversa cordial. Costa Vale estava de bom humor e fez pilhérias em torno da "aventura revolucionária de Tonico Alves Neto". Depois perguntou ao jornalista se já havia abandonado suas "ideias extravagantes". Saquila iniciou uma longa dissertação com a qual queria provar ao mesmo tempo ser o tipo exemplar do revolucionário e não ter mais nada a ver com o Partido. Costa Vale o interrompeu pela metade:

— O que você pode pensar, não me interessa. Pense quanto quiser e como quiser. Desde que não tenha nada a ver com o Partido Comunista, o resto não tem nenhuma importância.

Foi assim que Saquila se viu nomeado diretor da sucursal paulista da Transamérica com três contos de réis mensais de ordenado e uma grande verba para comprar artigos a intelectuais e distribuí-los pela imprensa do país.

18

POR ESSA MESMA OCASIÃO, MARCOS DE SOUSA RECEBEU UM CONVITE para encontrar-se com o ministro da Educação. Conhecia o ministro desde há muitos anos, tratava-se de um advogado dado às letras, que gozara, certo tempo, fama de "esquerdista". Já se encontrava no ministério antes do golpe do Estado Novo e muitos haviam apostado em sua demissão. Ele continuara, porém, e agora seu ministério patrocinava as mais diversas manifestações artísticas — exposições de pintura moderna, concertos de música atonalista, conferências de escritores vindos dos Estados Unidos e da França.

Marcos de Sousa não soube a que atribuir o convite. Andava ultimamente distante dos meios literários e artísticos, inteiramente dedicado aos seus trabalhos profissionais. Só Manuela, a quem ele continuava a visitar a cada viagem ao Rio, sabia das causas daquele seu isolamento. Marcos sentia-se enojado de toda aquela gente que se reunia pelas tardes nas livrarias e às noites em festinhas íntimas que terminavam em estrondosas bacanais. Se bem nos últimos tempos tivesse tido muito pouco contato com militantes do Partido, achava-se cada vez mais perto dos comunistas. Discutia consigo mesmo se devia ou não ingressar no Partido, dedicar-se por inteiro à luta revolucionária. Em São Paulo, buscava pelas ruas a figura desaparecida de Mariana. Por que ela não o procurava, por que até mesmo o cobrador da ajuda mensal que ele dava ao organismo desaparecera? Onde andava o Partido, após as prisões? Longe das fábricas, dos bairros operários, dos sindicatos e das associações profissionais, Marcos não alcançava enxergar o Partido naquela hora difícil. E se interrogava ansioso sobre o que poderia ter-se passado com os companheiros. Do único que tinha notícias era do Ruivo, internado num sanatório em Campos do Jordão.

Quando aquele isolamento se fez insuportável, ele pensou em visitar o camarada tuberculoso. Os problemas internacionais o preocupavam, sofria com cada notícia lida nos jornais sobre a guerra de Espanha aproximando-se do fim, sobre a conquista da Manchúria pelos japoneses, o avanço do fascismo no mundo. Discutia com Manuela, com alguns dos jovens esquerdizantes da companhia de teatro recém-organizada, mas aquelas conversas não lhe abriam perspectivas. Resolveu ir visitar o Ruivo, confiar-lhe suas dúvidas, suas inquietações. Tocou-se num domingo para Campos do Jordão e encontrou-se no sanatório com a notícia da fuga do doente.

Sobre a fuga do Ruivo construiu toda uma série de hipóteses: aquele fato mostrava-lhe que o Partido estava vivo e trabalhando. Por que abandonara o Ruivo o tratamento senão para voltar ao trabalho? Um intenso desejo de reencontrar suas ligações com o Partido o tornava macambúzio, levando Manuela a fazer pilhérias quando o via:

— Andas parecendo um porco-espinho.

Manuela preocupava-se com o estado de espírito de Marcos, como antes se preocupava com o de Lucas. Ela mesma não saberia explicar o que o arquiteto representava para ela. Suas relações haviam-se mantido até então numa estreita amizade cada vez mais forte e íntima. Marcos substituíra na vida de Manuela tudo que ela perdera de repente: Paulo, Lucas, a família, uma série de ilusões e sonhos. Fora aquela cálida amizade que novamente a fizera tomar gosto pela vida, continuar seus estudos, ingressar no corpo de bailado do Teatro Municipal e participar da companhia teatral. Saíam juntos, iam aos restaurantes, aos cinemas, passeavam na praia de Copacabana, juntos discutiam, Marcos trazia-lhe livros, acompanhava a evolução dos seus estudos. Era com ansiedade que ela esperava ouvir soar a campainha do telefone, anúncio da chegada de Marcos, vindo de São Paulo para ver como marchavam suas construções no Rio. Para recebê-lo demorava-se ante o espelho, vestia os mais belos vestidos. Se lhe perguntassem, porém, quais os seus sentimentos em relação ao arquiteto, respondia com certeza serem os de simples amizade, disso estava convencida. Continuava a pensar — e ao próprio Marcos dissera, em conversa, mais de uma vez — que seu coração estava definitivamente morto para o amor. A aventura infeliz com Paulo Carneiro Macedo da Rocha criara-lhe uma repulsa a tudo que se relacionasse com o amor. Ao demais, seu orgulho de tímida fazia-a distanciar-se de todos aqueles nos quais sentia o mais leve interesse de ordem romântica. Decidira-se a fazer seu caminho de artista à custa dos seus únicos méritos. Sentia uma vergonha sem limites da sua estreia como bailarina, dos seus tempos de Cassino, de seu sucesso devido a uma pilhéria de Paulo e Shopel. Com Marcos podia abrir seu coração, dizer tudo que sentia, falar mesmo desse passado cuja lembrança ainda a afligia.

Preocupava-se de vê-lo casmurro, resmungão, pouco contente com a marcha dos acontecimentos. Quando ele lhe disse do convite do ministro, Manuela pilheriou:

— É capaz de querer te nomear ditador da arquitetura brasileira. Estamos na época dos ditadores...

— Não tenho a mínima ideia sobre o que possa querer...

A princípio pensara recusar o convite. Todo o contato com as personalidades oficiais do Estado Novo lhe parecia pouco digno. Porém, na véspera do dia marcado, telefonaram-lhe do gabinete do ministro, recordando a entrevista. Resolveu ir.

O ministro o recebeu mais que afetuosamente, acolheu-o num grande abraço, lastimando não vê-lo tanto tempo, a ele, Marcos de Sousa, um dos homens que o ministro mais admirava no Brasil, uma glória do país, uma das suas raras glórias autênticas. O ministro seguia, com o maior interesse, o sucesso mundial da arquitetura de Marcos, os comentários das revistas estrangeiras especializadas, os convites de universidades europeias para conferências e cursos. Uma parte daquela glória, afirmou o ministro, repercutia sobre todo o Brasil e o seu ministério não podia ficar indiferente, de braços cruzados, ante tudo que Marcos estava realizando. Para discutirem sobre isso, mandara-o chamar.

Marcos agradeceu o interesse mas manteve-se nisso. Não tinha ideia de onde o ministro queria chegar e preferiu esperar. O ministro disse-lhe então que de há muito desejava realizar, sob o patrocínio do ministério, uma exposição de maquetas, desenhos e plantas dos trabalhos de Marcos. Mas vinha encontrando sempre uma certa resistência de parte de alguns elementos ("não necessito citar os nomes, você facilmente adivinhará") que acusavam Marcos de ser comunista.

O arquiteto quis falar, ia abrindo a boca, mas o ministro o impediu com um gesto:

— Não me diga nada. Eu sei bem que você não é comunista. Homem de esquerda, sem dúvida. Eu mesmo sempre fui um homem mais de esquerda que de direita. Mas você sabe, para certa gente é a mesma coisa. Fazem uma confusão completa em torno das ideias políticas, têm medo até da própria sombra. Por outra parte, os homens de esquerda, pelo menos certos homens de esquerda, ainda não se deram conta exata da verdadeira significação do Estado Novo. Não vou dizer que, a princípio, não houvesse certos elementos fascistas metidos na máquina do

Estado. Mas, a verdade é que o doutor Getúlio afastou de vez os integralistas, que de fascista o regime não tem nada. Não é uma democracia clássica, é claro, não vou dizer isso. Mas, quem nos diz que é de uma democracia desse tipo que necessitamos...

Um contínuo entrava trazendo duas xícaras de café. Marcos quis aproveitar a interrupção para falar, mas o ministro não consentiu:

— Um momento, deixe eu acabar. Depois você diz o que quiser. Onde eu estava? — Enrugou a testa larga que se prolongava numa cabeça oblonga e calva, recordando. — Ah! o problema da democracia... Eu sou democrata, ninguém o é mais que eu... Mas, não estamos ainda preparados para uma democracia como a francesa, a inglesa, a norte-americana, não temos cultura suficiente para tal forma de governo. O que há a fazer é aproveitar o Estado Novo, a boa vontade do presidente para com todos os assuntos relacionados com a cultura, para educar uma elite capaz de amanhã aplicar a democracia no Brasil. Essa é minha ideia. Aqui, no meu ministério, quero trabalhar com os intelectuais de valor, sem discutir de que campo eles chegam...

— Mesmo com os integralistas?

— A Ação Integralista foi fechada, já não existe como partido. Ao demais, trabalhar ou não com eles depende muito de vocês, os homens de esquerda. Se eu puder contar com vocês, que são os maiores valores, não necessito apelar para os outros. Tenho toda uma série de planos no terreno artístico, de projetos para cuja realização necessito contar com vocês todos. Já discuti tudo isso com o doutor Getúlio. Ele não quer perseguir ninguém, foi muito claro sobre o assunto: "Quem quiser colaborar em nossa obra de reerguimento nacional será bem-vindo". Esse é o seu ponto de vista. É claro que há certa gente no governo que pensa diferente, que quer se servir exclusivamente dos elementos integralistas. Mas só poderemos nos opor a estes na proporção que contarmos com os homens de esquerda.

Bebeu um gole de café, fitou Marcos com interesse:

— Ora, meu caro Marcos de Sousa, você é uma grande figura da nossa cultura. Quero começar por você. Uma grande exposição dos seus trabalhos, com um catálogo em várias línguas para enviar aos diversos países. Uma coisa em grande estilo, como ainda não se fez por aqui.

— Acha que isso é possível? O senhor mesmo me disse que há gente que se opõe, que me acusa de comunista.

— Tive que vencer resistência, sim. Você tem uma fama braba, andou metido na Aliança Libertadora, não foi? Mas eu fiz pé firme. E é claro que a própria exposição vai lhe limpar dessas suspeitas de comunismo.

— Bem, e se eu for mesmo comunista?

O ministro sobressaltou-se:

— Você quer dizer membro do Partido?

Marcos riu:

— Estou pilheriando. Aliás, a acreditar nas notícias da polícia o Partido Comunista foi definitivamente liquidado.

— Sou contra esses métodos da polícia, de violência — afirmou o ministro. — Por vezes me contam coisas que se passam nos corredores da central da polícia, não preciso lhe dizer que tais métodos não merecem minha aprovação. Porém, devo lhe dizer igualmente que a política dos comunistas parece-me inteiramente absurda. O que é que eles querem? Temos um governo que fechou o partido fascista...

— Fechou todos os partidos...

— Inclusive o fascista, um governo que se dirige no sentido da industrialização do país, que quer transformar o Brasil numa grande potência. Mas esse governo se encontra diante de uma contingência internacional extremamente séria: você sabe da pressão dos alemães, sem dúvida. Duas correntes se formam no seio do governo e da opinião pública. Digo-lhe essas coisas porque você é um homem inteligente e certamente se dá conta delas. Uma pró-alemã, outra pró-americana. A corrente pró-americana representa os interesses democráticos. O papel de cada homem de esquerda é apoiar essa corrente, é claro. E que fazem os comunistas? Atacam a uns e outros como se fossem todos iguais, como se não existisse nenhuma diferença entre uns e outros. Afirmam-se antifascistas e, ao mesmo tempo, atacam os democratas do governo... Onde já se viu?

Marcos de Sousa procurava adivinhar o que se encontrava por trás de toda aquela conversa: que desejava em realidade o ministro? O arquiteto sabia da surda luta travada no governo entre os homens ligados aos norte-americanos e os que apoiavam os alemães. Sabia que Vargas se balançava entre eles, apoiando ora um ora outro grupo. Sabia também que, se os elementos alemães faziam do Departamento de Imprensa e Propaganda e da polícia seus grandes centros de ação, era no Ministério da Educação que os pró-americanos se concentravam. Buscava raciocinar, descobrir as intenções ocultas sob a aparente franqueza do ministro. A argumentação desenvolvida por este não deixava de impressioná-lo. Mais de uma vez nesses últimos tempos, quando se encontrava sem contato com o Partido, pensara nesse problema: norte-americanos e alemães se batiam pelo domínio do governo brasileiro, para ditar-lhe sua orientação internacional e conquistar seus mercados. E não seria mesmo tático apoiar os norte-americanos para combater os nazistas alemães, que eram o perigo mais violento e imediato? Não ousava chegar a uma resposta, não era homem de cultura política, temia errar. O que precisava era conversar com o Partido, colocar-lhe suas dúvidas, ouvir a opinião dos companheiros.

O ministro voltou à questão da grande exposição dos trabalhos de Marcos. Se o arquiteto estivesse de acordo, deviam começar imediatamente os trabalhos de preparação. Marcos não disse nem sim nem não. Tinha antes de ver, explicou, com que material podia contar. Sempre fora muito desorganizado, não guardava nada, perdia tudo, não sabia mesmo se possuía com que realizar uma exposição capaz de dar perfeita ideia da sua obra. Que o ministro lhe desse um prazo e ele lhe responderia o mais breve possível. O ministro ainda discutiu, buscando obter sua anuência imediata. Porém, Marcos, a quem tanta solicitude parecia algo suspeita, manteve-se em sua posição: ia ver se possuía material suficiente, daria uma resposta dentro de poucos dias. Sentia-se muito honrado que o ministro se lembrasse dele etc. e tal...

Saiu do ministério curioso e confuso. A conversa com o ministro parecia-lhe significar algo mais além das palavras pronunciadas, conter uma série de proposições que não se reduziam a uma exposição de seus trabalhos, e Marcos não sabia se era a ele somente que o ministro se dirigia ou se buscava um contato com os comunistas, uma aliança. Parecia-lhe urgente discutir com o Partido, contar a um camarada responsável aquela estranha entrevista. Resolveu voltar a São Paulo no dia seguinte, fazer um esforço para descobrir Mariana. No último caso discutiria com Cícero, esse era um membro do Partido, podia lhe dar algum esclarecimento.

Porém, naquela mesma tarde, indo pela avenida Rio Branco, encontrou-se com Hermes Resende. Desde a desagradável discussão na livraria, quando, em companhia de Cícero, procurara o escritor a propósito das torturas dos camaradas presos, não voltara a vê-lo. Saíra daquele encontro com a sensação de estarem para sempre rotas suas relações. Espantou-se assim quando ouviu o seu nome gritado alegremente por Hermes: o ensaísta marchava em sua direção com os braços abertos:

— Seu Marcos, há quanto tempo...

E o arrastou a tomar um cafezinho num bar da esquina:
— Vamos conversar...
Espantou-se em seguida com a animação povoada de ideias e planos de Hermes Resende. Nem parecia o amedrontado intelectual de alguns meses antes, recusando-se, na livraria, a qualquer ação. Falava do perigo da ofensiva fascista sobre o país, da propaganda cotidiana derramada pelo DIP através dos jornais, da constante interferência do Ministério da Guerra — onde os altos postos estavam ocupados por generais ligados a Hitler — em todos os setores da vida brasileira.

— Temos de fazer alguma coisa, seu Marcos, para evitar que o país caia nas mãos dos alemães.

— Esse foi sempre o meu ponto de vista.

— Chegou a hora de nos unirmos todos, os intelectuais democratas, contra esse grupo de nazistas.

— Sem dúvida.

O sociólogo curvou-se na mesa:

— Já estamos fazendo alguma coisa. — E falou-lhe da agência para distribuição de artigos, de coleções de livros a serem editados, de traduções, todo um vasto plano.

Marcos objetou:

— Mas, seu Hermes, tudo isso exige dinheiro...

— Não estamos sós. Sozinhos não poderíamos fazer nada. Mas os americanos estão dispostos a nos ajudar. Há dois caminhos hoje, no Brasil: com os alemães nazistas ou com a democracia americana. O que é que iremos opor ao nazismo se não a cultura democrática norte-americana?

O entusiasmo de Marcos esfriou um pouco:

— Um aliado perigoso, o imperialismo ianque...

— Lá vem você com essa cantiga de imperialismo. Quem falou em imperialismo? Uma coisa é o imperialismo americano, outra coisa é a política de boa vizinhança de Roosevelt. O governo de Roosevelt é um governo anticapitalista, uma espécie de socialismo norte-americano, típico. Em quem nos apoiarmos senão neles? Eles estão igualmente alarmados com a penetração do nazismo. Juntos, poderemos fazer muita coisa. Pelo menos impedir que Getúlio embarque inteiramente nos planos de Hitler. É preciso sermos realistas, não é o que vocês, comunistas, sempre dizem?

Baixou ainda mais a voz:

— Aliás, alguns comunistas compreendem isso muito bem: Saquila, por exemplo. É a sua opinião.

— Saquila é um trotskista...

— Esses são os verdadeiros comunistas, os que não se burocratizaram. Se vocês querem realmente lutar contra o fascismo, não têm outro caminho senão nos apoiar. Você, por exemplo, com o prestígio que tem, pode fazer um grande trabalho. Eu não sei que diabo é que vocês pensam: que é possível uma solução democrática para o problema brasileiro sem o apoio dos americanos? Com que roupa, meu caro?

Marcos saiu daquela conversa ainda mais confuso que antes. Certos argumentos do sociólogo pareciam-lhe, como alguns do ministro, irrespondíveis. Realmente, perguntava-se, como lutar contra o Estado Novo, contra a ameaça do nazismo alemão e ao mesmo tempo contra o americanismo? Não era lógico aliar-se a este contra aqueles? O importante não era derrubar o Estado Novo, conquistar certas liberdades primordiais, eleições e um governo parlamentar? Ao mesmo tempo, aquela aliança com elementos tão diversos como Hermes, Saquila, o ministro da Educação, lhe fazia medo. De há muitos anos acostumara-se a considerar o imperialismo norte-americano como um inimigo terrível a combater, recordava-se da grande campanha do ano de 1935, da Aliança Nacional Libertadora, quando se levantavam ao mesmo tempo contra o fascismo e contra o imperialismo. Era urgente discutir com o Partido, pôr em ordem suas ideias, ver claro em toda aquela complicação.

Voltando para casa, comprou os jornais da tarde. Num deles, cujas ligações com a polícia e com os alemães eram bem conhecidas, leu uns ataques ao Ministério da Educação, classificando-o como "ninho de comunistas". Ataques que não teriam certamente sido publicados sem o visto do DIP. A luta no seio do governo se agravava, não seria mesmo o caso de apoiar os elementos ditos democráticos?

No mesmo jornal encontrou outra notícia que lhe interessou por bem diverso motivo. Era o registro da chegada ao Rio do "jovem e ativo industrial Lucas Puccini, uma das expressões mais valiosas do capitalismo nacional". Mostraria a notícia a Manuela, ela gostaria de saber que o irmão estava no Rio. Ao mesmo tempo se perguntava: por que tantos elogios a Lucas naquele jornal? Em São Paulo ouvira comentários em torno dos negócios de Lucas, olhado com certa desconfiança, nas rodas de gente conhecida de Marcos. Alguns diagnosticavam mesmo a próxima completa e escandalosa falência do moço que se encontrava metido num imenso negócio de algodão, sem comprador para os estoques acumulados. Diziam igualmente que muitas personalidades do governo estavam envolvidas naquela operação de tão discutível sucesso.

Ia jantar com Manuela, após o teatro. A companhia organizada dificilmente, quase sem capital, por um grupo de jovens, tendo estreado com uma peça nacional de certo conteúdo antifascista (muito dissimulado, era quase necessário adivinhar), ia atravessando com dificuldades. Sem auxílio oficial, pagando um absurdo pela sala de espetáculo, parecia impossível poder manter-se. O desânimo começava a reinar entre os jovens antes tão entusiasmados.

Havia pouco público naquela noite e Marcos sentou-se numa das cadeiras do fundo. Admirou mais uma vez a beleza de Manuela à qual as luzes da ribalta davam uma qualidade etérea e fina, valorizando sua solta cabeleira, sua face azul de porcelana. Marcos pensou que poderia ficar eternamente a vê-la e admirá-la, parado ante ela. Não gostava sequer de pensar nos seus sentimentos em relação a Manuela. Muitas vezes sentia subir em si a interrogação: "Será que a amo?". Porém evitava fazê-lo, não desejava colocar diante de si aquele problema. Que adiantava amar ou não amar Manuela? Certamente ela não o amava, disso sabia, quantas vezes não lhe dissera ela estar para sempre morta para o amor? Era uma boa amiga, coração acolhedor, compreensiva, entusiasta, desejosa de aprender e de realizar qualquer coisa. Não tinha o direito de perturbá-la sequer com a discussão daqueles sentimentos que lhe enchiam o peito. Ademais, não era mais um menino, havia entre ele e Manuela uma diferença grande de idade, Marcos já se acostumara a ser considerado um solteirão impenitente. Já a sua amizade não era pequena alegria. Poder sair com ela, levá-la a jantar, irem aos cinemas, discutirem, dar-lhe livros a ler, ajudá-la na sua evolução. Porém, quando se sentava no fundo do teatro e a via deslizar sobre o palco, seu esgalgo corpo, trêmula voz musical, profundos olhos de sonho, então quase podia sentir as batidas do seu coração. Não adiantava querer fugir com o pensamento, sentia o sangue ferver nos pulsos, uma ternura escorrer-se do seu olhar. Sabia que as más-línguas comentavam, nos meios intelectuais, suas relações com Manuela. Sobre isso já havia mesmo discutido com ela. Manuela rira: "Deixa que eles falem, nós estamos com a consciência limpa". Quando aqueles rumores lhe chegaram pela primeira vez aos ouvidos, decidira afastar-se de Manuela, assim não poderiam manchar a reputação da moça. Não a procurara uma ou duas vezes que viera ao Rio e foi

Manuela quem o procurou e exigiu uma explicação de sua atitude. Marcos contou-lhe francamente por quê. Fora então que ela rira e dissera aquela frase. Logo depois o riso se extinguiu e ela protestou:

— Será possível que eu vá perder o único amigo que possuo? Não compreendes que és como meu irmão? Que já não posso fazer nada sem te consultar, sem te contar, sem tua ajuda?

Marcos tinha vontade de lhe dizer que no fundo de todas aquelas calúnias havia algo que era verdade: ele a amava, já não podia esconder a si mesmo essa realidade.

Mas ela o chamara de irmão e ele nada disse, contentou-se com rir também:

— Tens razão. Deixa que eles falem...

E voltaram aos passeios, às discussões, aos jantares. Naquela noite no teatro, vendo-a sobre o palco, quase esquecia a tarde agitada, a conferência com o ministro, a conversa com Hermes Resende. A imagem de Manuela enchia seus olhos e seu pensamento.

Foi buscá-la no camarim. Escutou as queixas do jovem ator que dirigia a companhia. Não sabia por quanto tempo era possível aguentar. Queixou-se da indiferença do público, da falta de apoio, de dificuldades de toda ordem. Manuela apareceu, apertou a mão de Marcos, ouviu as últimas palavras do ator:

— Se montássemos uma chanchada tudo iria bem. Mas, como queremos fazer uma coisa séria... Vamos ter de fechar as portas.

Manuela levantou seus olhos para o arquiteto:

— Eu tenho até vontade de chorar... Tanto que sonhamos!

Andando para o restaurante, passaram em frente ao Teatro Municipal, onde grandes cartazes anunciavam a próxima estreia da companhia de amadores formada por Bertinho Soares. Os Anjos, com uma peça de *avant-garde* norte-americana. Manuela lastimou-se, apontando a fachada do grande teatro:

— Esses têm tudo: o Teatro Municipal, cedido de graça, uma ajuda de quatrocentos contos do Ministério da Educação, auxílio dos milionários. E é uma coisa para divertir grã-finos... Enquanto nós vegetamos, aí, esmolando umas notícias nos jornais, porque não temos sequer com que pagar anúncios...

Marcos lembrou-se da notícia da chegada de Lucas:

— Teu irmão chegou de São Paulo, li no jornal. Será que ele não pode ajudar vocês? Dizem que tem ganho muito dinheiro...

101

— Lucas? Quem sabe... não o tenho visto ultimamente, é verdade que a culpa é minha. Tivemos uma conversa desagradável quando resolvi deixar o Cassino e desde então pouco o tenho visto. Mas ele tem-me procurado, ele não é ruim e me quer bem. Só que aquela ânsia de enriquecer o transformou numa espécie de máquina... Enfim, é uma ideia. Vou pensar... Se ele me procurar dessa vez, talvez fale com ele...

Durante o jantar, Marcos estava silencioso, perdido em seus pensamentos. Manuela interrogou:

— Que se passa contigo? Estás doente?

— Te recordas de Mariana?

— De Mariana? É claro que sim. Por quê?

— Faz tempo que não a vejo. Não sei que fim levou. E necessitava muito vê-la, há coisas que não entendo...

— Que coisas?

— Coisas de política. Tudo marcha mal, Manuela, não é só tua companhia de teatro. Tudo neste país marcha mal e pelo mundo também.

— Estás desanimado... Mas uma vez tu me disseste que ninguém podia impedir o dia de amanhã...

— Estou é no meio de uma grande confusão. Como se estivesse perdido num túnel sem enxergar a luz que indica a saída. Não sei para onde me voltar. Ah! quem me dera encontrar Mariana... Se conversasse com ela ou com João...

— Num túnel... Eu também já me senti assim. E, no entanto, tudo se resolveu.

Seus doces olhos pousaram sobre o rosto largo do arquiteto. Estendeu, por sobre a mesa, a delicada mão e tomou a mão de Marcos. Sorriu-lhe:

— Tudo se resolverá. Eu tenho confiança. Desde que conheci Mariana, tenho confiança na vida. Não sei mesmo por quê, mas é assim.

Marcos sorriu também, reconfortado:

— Eu sei por quê. Quando encontraste Mariana pensaste estar encontrando uma pessoa qualquer. Não era assim.

— Não uma pessoa qualquer. Uma pessoa excepcional.

— Tampouco era assim. Quando encontraste Mariana não foi com uma simples pessoa que tiveste contato. Foi com o Partido, Manuela. É ele quem traz essa luz que mostra as saídas... E quando ele desaparece da vista da gente, é o diabo...

19

ALGUNS DIAS APÓS, EM SÃO PAULO, QUANDO MARCOS JÁ DESANIMAVA de poder colocar-se em contato com o Partido (Cícero d'Almeida não estava na cidade, Mariana desaparecera por completo), um jovem ex-operário a quem faltava um braço, comido por uma máquina, apareceu em seu escritório e pediu para falar-lhe em particular. Vinha receber sua contribuição para o organismo. Estava devidamente credenciado, Marcos entregou-lhe o dinheiro, uma alegria o invadia todo. Disse ao camarada:

— Eu necessitava falar urgentemente com alguém responsável. Com João ou com Ruivo, tenho coisas sérias a conversar. Como seria possível?

— Não sei. Mas tratarei de transmitir seu pedido.

Mais alguns dias se passaram, durante os quais Marcos recebeu um telefonema do Rio, do chefe de gabinete do ministro de Educação sobre a projetada exposição, e um pedido de artigos sobre arquitetura para a agência Transamérica. O pedido era feito numa carta assinada por Saquila. Marcos espantou-se com o alto pagamento proposto para cada artigo. Vivia numa espera impaciente, seus auxiliares chegavam a estranhá-lo, não parecia o mesmo de sempre, tão calmo e bonachão. Finalmente, certa manhã chuvosa, o rapaz do braço cotó reapareceu e lhe pediu para não sair de casa naquela noite e não receber visitas porque alguém ia vê-lo. Não haviam soado ainda as seis horas da tarde e já Marcos deixava o escritório, tocava-se para casa.

Muito esperou, porém, pois só às dez horas da noite João apareceu. Chegou envolto numa capa de gabardine, um largo chapéu sobre a cabeça. Marcos encontrou-o envelhecido como se, em lugar de alguns meses, tivesse sido há alguns anos que não se vissem. Devia estar trabalhando duro, sem descanso. Sentaram-se no gabinete de Marcos, João disse:

— Ainda não jantei, para falar a verdade ainda nem almocei hoje. Tive um dia apertado de trabalho, se você tem alguma coisa para mastigar eu aceito com muito gosto.

Marcos precipitou-se para a cozinha, voltou com um prato de frios, outro de frutas. João esfregou as mãos:

— Está pra mim...

— E Mariana, como vai? — perguntou Marcos enquanto o outro comia.

— Mariana? — João baixou o garfo. — Vai bem, eu creio. Há já algum tempo que não a vejo.

— O quê? — assombrou-se Marcos. — Alguma coisa entre vocês? Não é possível...

— Nada disso — riu João. — Simples medida de precaução, não estamos vivendo na mesma casa. Temos que tomar muito cuidado com a polícia, ela anda feroz. Foi duro para Mariana, para mim também. Mas, que jeito?

— Coitada de Mariana... — disse Marcos. — Imagino como ela não deve sentir.

João largava os talheres, tomava de umas tangerinas trazidas pelo arquiteto:

— Seria bom se você a visse, Marcos. Ela lhe estima muito e conversar com você lhe daria prazer.

— Não depende de mim... Não fiz outra coisa senão procurá-la ultimamente.

— Ela está noutra tarefa. Mas eu vou organizar esse encontro. Pra falar a verdade, o que eu desejava organizar era um encontro meu com ela. Que é que você pensa, meu velho? Nesse tempo de casados, não sei se chegamos a passar dois meses juntos... Bem, mas isso não importa. Vamos à nossa conversa. Você avisou que tem coisas a conversar. Eu estou às ordens. Toque o bonde.

Porém, antes de Marcos começar, João acrescentou:

— Nós também temos um assunto a conversar com você. Íamos lhe procurar, mais dia menos dia. Mas vamos primeiro ouvir o que você tem a contar.

Marcos narrou da conversa com o ministro, dos convites e planos, das revelações sobre as lutas no seio do governo, os grupos ligados aos americanos e aos alemães, das críticas à posição do Partido, da velha insinuação de uma possível ação comum contra a infiltração nazista. João seguia a narração, tamborilando com os dedos sobre a mesa. De quando em vez, seu breve sorriso aparecia-lhe sobre os lábios, especialmente quando sentia calor na voz do arquiteto, nos comentários com que ele sublinhava primeiro algumas afirmações do ministro, depois argumentos de Hermes Resende no sentido das vantagens de apoiar a gente ligada aos americanos. À proporção que falava, Marcos expunha suas dúvidas, deixava claro como certos argumentos lhe pareciam válidos, estendia as mãos sobre a mesa, as palmas voltadas para cima:

— Afinal, se os americanos nos ajudam a terminar com o Estado Novo e com a influência nazista, não é que vale a pena apoiá-los? Tome o meio intelectual, por exemplo: há um pequeno grupo de fascistas, gente sem muita expressão. Há alguns homens nossos, um bom grupo. Mas a grande maioria é de gente antifascista, democrata mas sem nada na cabeça. Gente que está de olhos voltados para os americanos, esperando que eles se cansem de Getúlio e do Estado Novo e promovam qualquer coisa por aqui. Essa é a verdade.

— E isso lhe parece bem? Você pensa que é justo esperar dos americanos a esmola de um regime democrático? Afinal, o que é este nosso país, uma colônia dos Estados Unidos? Somos nós ou os norte-americanos que devemos resolver nossos problemas? Que acha você? — João levantou para ele seus olhos numa interrogação irônica.

— Dito assim — retrucou Marcos — é claro que não. Mas é necessário ver a realidade: com que forças vamos derrubar o Estado Novo, impedi-lo de aderir ao Partido Anti-Komintern, de liquidar por completo todo movimento democrático no país? Com que forças? O Exército está nas mãos dos generais fascistas desde 1935, os sindicatos nas mãos do Ministério do Trabalho, a imprensa controlada pelo DIP, a polícia massacrando o Partido cada vez que ele bota a cabeça de fora, e ainda por cima as notícias internacionais são um horror: perdemos em todas as partes, na Espanha, na China, na Tchecoslováquia. Como lutar nessas condições?

Viu desenhar-se novamente nos lábios de João aquele sorriso, sua voz se fez suplicante:

— Você ri... Mas eu lhe digo, João, eu tenho o coração pesado, pesado de penas.

O sorriso desapareceu dos lábios de João, seus olhos estavam cheios de afeto quando se pousaram na face do arquiteto:

— Eu sei, Marcos. Nós sabemos que você é um homem honesto, um cabra direito. Não pense que não lhe estimamos, que não nos preocupamos com você.

— Esse tempo que fiquei sem contato com vocês tem sido medonho. Fico como perdido, tenho que pensar pela minha cabeça e sempre fico em dúvidas se estou pensando certo ou não.

— Essa é sua grande qualidade, Marcos: sua confiança no Partido, na classe operária. Você quer saber como lutar nas condições que você descreveu e que, infelizmente, são as que existem. Eu vou lhe responder. Você já enumerou tudo que temos contra nós. Agora eu lhe pergunto: e o povo? Ele está com o Estado Novo ou está contra? Ele é pelo fascismo ou é antifascista? Os operários, eles são pelo direito de greve ou pela Constituição de 37 que pune a greve como crime?

— O povo... Que pode fazer o povo? Mesmo os operários, muitos deles deixam-se enganar pela demagogia do Getúlio com suas leis trabalhistas. Conscientes são mesmo uns quantos; pelo país afora...

— Se você lesse os clássicos do marxismo, se lesse Lênin e Stálin, você saberia que essas forças revolucionárias, aparentemente pequenas, são mais fortes que as forças daquilo que é velho e que está fadado a desaparecer, mesmo quando essas forças parecem muito superiores. A verdade é que, já hoje, nossas forças são superiores em potência às forças do Estado Novo. Nós não somos ainda muitos, mas crescemos a cada dia, enquanto eles — você mesmo comprovou isso — se debatem em contradições, lutam entre si, apodrecem a cada dia. É com o povo, Marcos, com a mobilização das grandes massas que vamos derrubar o Estado Novo e recuperar a democracia, não é com as armas dos norte-americanos. E quem lhe disse que Wall Street quer acabar com o Estado Novo? Ela quer apenas o Estado Novo para ela. Os americanos e os alemães não estão brigando em torno da democracia. Os dois pretendem a mesma coisa: tomar conta do Brasil. Para os mesmos fins: explorar nossas riquezas, escravizar nosso povo. Nossa posição só pode ser uma: contra alemães e norte-americanos, pela independência de nossa pátria.

Parou para respirar, falava exaltado, aquelas ameaças imperialistas à independência da pátria o deixavam sempre num estado de irritação, ele amava cada coisa brasileira, cada árvore e cada rua, cada pássaro e cada melodia.

Marcos passou a mão de dedos abertos pelos cabelos canosos, falou:

— Nossas forças são superiores, você diz. Bem, você sabe o que diz, eu confesso minha ignorância política. Um dia desses vou me enterrar nos livros de teoria...

— Deve fazê-lo quanto antes...

— Sim... Mas, agora, deixe que eu argumente com o que eu vejo, com a realidade de cada dia. Essas forças que crescem, o que é que elas estão fazendo? Nada, nada, três vezes nada. Mesmo o Partido: parece que tudo acabou depois das últimas prisões, há meses já. Não se vê nem um sinal de vida em nenhuma parte...

— Para ver o Partido, Marcos, é preciso espiar de baixo para cima e não de cima para baixo, como você faz. Talvez você não veja o Partido entre os milionários com que trata diariamente nem na imprensa que só fala sobre nós para noticiar ou pedir prisões. Mas, se você quisesse mesmo ver, você saberia das greves do Pará, do Rio Grande do Sul, dos mineiros de São Jerônimo. Você saberia do movimento dos estudantes, na Bahia. Você veria muita coisa. Mas como você não vê grande movimento em São Paulo, então pensa que o Partido está parado. Não é verdade, meu caro. Estamos trabalhando e trabalhando muito. Mas nem sempre o nosso trabalho é ruidoso. Estamos dentro das fábricas, nas concentrações operárias. Se você andasse por lá, veria como o nosso trabalho é intenso e produtivo. A polícia nos deu um golpe, não foi? Pois bem; já cobrimos os claros, já colocamos o organismo em marcha outra vez. Não tardará e você verá os resultados na rua. É preciso saber esperar o momento exato. Isso também você aprenderia se lesse os clássicos... — sorriu.

— Não duvido. Tenho confiança no Partido, como você disse. Sei que o Partido está trabalhando mesmo quando eu não enxergo seu trabalho. Sei que se não enxergo é devido aos meus olhos que não sabem ver. Mas, nem por isso meu problema deixa de existir: e os intelectuais?

— Pensamos neles também. E seriamente. Getúlio, por um lado, os americanos por outro, e ambos com as mesmas intenções, estão tratando de ganhar os intelectuais. Num país como o Brasil, semicolonial, os intelectuais são uma força revolucionária que ninguém tem o direito de ignorar. Somente, esses intelectuais são pequeno-burgueses e pensam que a eles cabe dirigir a Revolução, não enxergam a classe operária; não veem que é a ela que cabe essa liderança. E começam a fazer besteiras, das quais o inimigo se aproveita. O que é que Getúlio quer, com o Ministério da Educação patrocinando exposições, com o DIP gastando dinheiro à beça, com os empregos bem remunerados para escritores, o que é que querem os norte-americanos com agências de artigos, com planos de edições? Muito simplesmente comprar os intelectuais. Comprar, nada mais que isso, seu Marcos. Reduzi-los primeiro ao silêncio, utilizá-los depois. É claro que você deve recusar a tal exposição.

— Muita gente não se dá conta disso. É preciso uma providência.

— Há de tudo. Há gente doidinha para se vender como Hermes Resende, há os velhos traidores como Saquila e há a gente honesta que acredita agir bem colaborando com o que pensa ser uma ação democrática, contra o Estado Novo. Você veja os homens: Saquila, Hermes Resende, o poeta Shopel. Não tardarão a incorporarem Heitor

Magalhães, o policial, que entregou Carlos e Zé Pedro. É um método sutil: "Você pensa como quiser, desde que colabore conosco vai tudo muito bem". Mas, que significa expor sob o patrocínio do Ministério da Educação? Não é por acaso um ministério do Estado Novo, parafascista? Que significa escrever para a Transamérica? Quem paga esses artigos? Não é por acaso Mister Carlton, o homem do vale do rio Salgado e de Wall Street? É fácil de ver, Marcos.

— Você tem razão. Mas como vamos fazer para impedir que essa gente honesta seja enganada? Pelo meu exemplo pode-se ver como o perigo é grande. Antes de conversar com você eu estava quase convencido da necessidade de colaborar com eles.

— Já tínhamos pensado nesse problema e quando disse que íamos procurar você era exatamente para falar sobre isso. Pensamos na fundação de uma revista de cultura, democrática, que possa reunir e congregar todos os intelectuais honestos e antifascistas, mesmo aqueles que estão muito longe de nós. Uma revista que oriente, que impeça que essa gente se perca, se venda sem saber que está se vendendo, que se comprometa com o inimigo.

Traçou, em grandes linhas, o plano da revista. Suas diversas seções, seus possíveis colaboradores, sua orientação geral. Marcos, de quando em vez, dava algumas sugestões.

— E pensamos que você seria um excelente diretor para essa revista.

— Eu? Não creio. Como você viu hoje mesmo, sou capaz de errar a propósito de tudo. É muito melhor que seja Cícero d'Almeida. Ele tem outra cabeça. É claro que eu estou às ordens para ajudar em tudo, inclusive com dinheiro.

— Nós pensamos que você é o nome mais indicado. Cícero, além de outras razões, é conhecido como comunista, já foi preso várias vezes, seu nome queimaria a revista imediatamente. Quanto aos erros, é no trabalho que você vai aprender. É assim que cada um de nós aprende. Ninguém nasce sabendo nada. E, ao demais, o Partido manterá contato com você, lhe ajudará na orientação de cada número, colaboraremos nos editoriais. Vamos tirar proveito da luta entre alemães e americanos, vamos colocar publicamente certos problemas que farão o povo refletir, vamos ter uma voz legal. Você vê como é importante?

Marcos começava a se entusiasmar. Havia tomado um lápis e algumas folhas de papel e sua mão ágil desenhava já projetos para a capa da revista:

— Que título lhe poremos?

— É um problema de vocês. Um título fácil e sugestivo. Mas, primeiro, é necessário organizar um grupo inicial de intelectuais para garantir uma boa colaboração. Há inúmeros problemas que tratar. O inimigo está em ofensiva em todas as frentes e nós temos que contra-atacar também em todas as frentes. Essa revista deve ser nossa frente de batalha junto dos intelectuais.

Silenciou um momento, depois perguntou:

— Você tem lido os suplementos literários dos jornais?

— Quase sempre leio.

— Eu também... — riu João. — Sempre que tenho tempo. Nada lhe tem chamado a atenção ultimamente nesses suplementos?

— Bem...

— Uma das coisas que me chamaram a atenção, seu Marcos, é como todos os críticos literários fazem atualmente o elogio da forma, colocando-a como o fundamental do romance e da poesia. Ou seja: considerando o conteúdo como secundário. O que é que isso significa? Significa a tentativa de liquidação da literatura social surgida nos últimos anos que, com todos os seus defeitos, era útil. E veja que esses artigos são assinados por gente das mais diversas correntes: desde integralistas, até gente dita de esquerda. Os tais de esquerda que agora têm bons empregos no Ministério da Educação ou no DIP. Está aí um problema: desmascarar essas teorias, impedir que a literatura seja transformada numa coisa amorfa, num ajuntamento de frases vazias...

Marcos largava o lápis e o papel:

— Seu João, é espantoso! Como é que você faz para entender de literatura? Há tempos foi o Ruivo quem me fez uma conferência sobre pintura e arquitetura. Quando eu penso que vocês estão metidos num buraco a discutir salários e greves, preocupados somente com boletins e pichamentos, vocês me saem discutindo literatura, forma e conteúdo...

— Temos que entender de tudo isso se quisermos ser dirigentes operários... Veja, Marcos, no fundo vocês desconfiam da capacidade de direção da classe operária. Ainda outro dia eu discuti isso com Cícero. Ele é muito bom camarada, devotado, leal, mas, no fundo, ele tem a cabeça cheia de ideias estranhas ao proletariado. É o que leva vocês a pensarem que devem se aliar aos americanos para derrubar o Estado Novo.

E como se uma ideia súbita lhe ocorresse, perguntou:

— Nunca lhe pareceu estranho que Cícero, com vários anos de Partido, camarada provado, não fosse membro da direção regional, fosse um simples militante de base?
— Confesso que sim.
— Parecia-lhe sectarismo nosso, não? Pois não é sectarismo nenhum: vocês, intelectuais sinceramente revolucionários, são uma grande força para nosso Partido e ao mesmo tempo são um perigo. Vocês trazem para o seio do Partido uma série de ideias que são produtos da ideologia da pequena burguesia. O nosso problema é educar vocês, transformá-los em intelectuais realmente a serviço do proletariado, porque só assim vocês estarão realmente a serviço da Revolução. Lembre-se do mal que Saquila causou ao Partido. É claro que Saquila é um canalha. Mas, mesmo o mais honesto dos intelectuais pode, se se encontrar num posto de direção, sem controle, prejudicar o Partido. Especialmente num momento tão confuso e tão difícil como o que atravessamos. Está aí por que Cícero não é ainda um dirigente do Partido: porque ele ainda não é um intelectual da classe operária. Um dia, chegará a ser, se continuar a estudar e a trabalhar. Esse é o problema com vocês. Penso muito nisso e creio que o Partido tem que dar muita atenção a vocês. Eis por que resolvemos criar essa revista. Necessitamos criar um grupo de intelectuais ideologicamente formado.
— Então devo ler os clássicos...? Vou fazer força e meter a cara. O pior é essa minha vida desorganizada, viajando eternamente entre o Rio e São Paulo, a cabeça enfiada em cima de plantas e de cálculos.
— Você precisa casar... — riu João.
— Mas não existe noiva, como você quer que eu case?
— E essa moça bailarina? Que fim levou?
— Manuela?
— Ela mesma. O irmão dela está metido com os alemães, agora. Eles compraram a safra de algodão.
— Os alemães? Agora compreendo os elogios no jornal...
— Bem, mas a moça? Mariana pensava que ia acabar em casamento...
— Nada disso. Somos bons amigos, nada mais. Pelo menos, da parte dela há somente amizade...
— A gente nunca sabe.
— Nesse caso, eu sei...
— Então é arranjar outra, casar-se, organizar a vida.
— Por falar em Manuela — disse Marcos —, há um problema sobre

o qual quero lhe falar. É a companhia de teatro que eles organizaram. Gente mais ou menos nossa, simpatizantes...

— O que é que tem?

Marcos contou das dificuldades da companhia prestes a fechar as portas. Era um esforço interessante que fracassava, uma iniciativa que vinha abaixo, desanimando um grupo entusiasta, fazendo com que outros cruzassem os braços sem nada tentar. Que poderiam fazer?

— Já ouvi falar nessa companhia. Faz tempo que não vou ao Rio, não assisti a nenhum espetáculo. Mas um camarada nosso esteve vendo, parece que não gostou muito da peça. Disse que é uma coisa complicada, que ninguém entende. Como você quer que o público se interesse?

— Uma peça moderna. É verdade que, para escapar à censura, o autor teve que apresentar tudo através de símbolos um pouco nebulosos. Mas, o que é que você quer? Com a censura prévia não é possível fazer uma coisa às claras...

— Sim, não é fácil. Mas, por que então eles não montam peças dos grandes clássicos do teatro? Esses sempre têm o que ensinar e para a censura é mais difícil de meter o dedo...

— É uma ideia...

— E quanto ao público... Não é a esses grã-finos de Copacabana que pode interessar o bom teatro. Por que a companhia não vai aos subúrbios operários, representar nos pequenos cinemas de bairro? Garanto que lá eles encontrarão público...

— Mas, se é isso mesmo... vou conversar com Manuela.

— E por que você não aproveita para perguntar se ela lhe estima apenas como amigo ou se...

— Como um irmão, ela já me disse.

Enfim, esses são assuntos para você discutir com Mariana. Vou arranjar um encontro seu com ela. E, quando a vir, diga-lhe que eu estou bem, que até engordei nesses últimos tempos. Ela deve andar preocupada, a pobre...

Colocou aquele extraordinário chapéu de abas largas, vestiu a capa de gabardine:

— Trate da revista. Um dia desses lhe procuraremos de novo para saber como o trabalho marcha. É preciso impedir que o Estado Novo compre os intelectuais... Adeus, amigo. — E num gesto inesperado para o arquiteto, que lhe estendia a mão na despedida, João o puxou para si e o abraçou longa e afetuosamente.

20

— FIQUE DESCANSADO, CHEFE. EU TRAGO O HOMEM COMIGO... — respondera o investigador Américo Miranda ao despedir-se de Barros.

O delegado da Ordem Política e Social da polícia de São Paulo, ao confiar-lhe aquela missão, dissera-lhe da responsabilidade que lhe pesava sobre os ombros:

— Há alguns anos já que a polícia de todos os estados procura José Gonçalo. Coube a mim localizá-lo, deve nos caber a honra da sua prisão. É um trabalho que vai marcar um tento para o nosso departamento, para a polícia de São Paulo. Eu lhe escolhi para essa missão porque conheço a sua capacidade. Espero que você traga o homem consigo.

Dois investigadores de São Paulo seguiam com Miranda. Ele devia juntar-se com a polícia de Mato Grosso, que já estava na pista de Gonçalo. Isso se passara logo após a denúncia feita por Heitor Magalhães. Barros queria para si a glória da prisão de Gonçalo — comunista tão avidamente procurado há tanto tempo — e certamente teria partido ele mesmo para Mato Grosso se as prisões de Carlos e de Zé Pedro, a necessidade de continuar as investigações em São Paulo, não o obrigassem a ficar no seu posto. Escolhera entre todos os seus auxiliares a Miranda, depositava nele grande confiança. Era um homem ainda jovem, mas já se revelara um dos agentes mais hábeis da Delegacia de Ordem Política e Social. Fora ele quem localizara, tempos atrás, o Partido em Campinas e em Sorocaba, fora ele também que desmantelara a greve ferroviária projetada quando da greve dos estivadores do porto de Santos. Na polícia falavam, em comentários elogiosos, da capacidade daquele investigador a quem certa vez o próprio chefe de polícia se referira com os maiores elogios. Dele diziam saber como ninguém seguir a pista de um homem, sacar informações como se não buscasse nada, sabendo ao mesmo tempo converter suas boas maneiras aparentes na mais feroz brutalidade. A missão dada por Barros enchera-o de vaidade e ele garantia ao delegado e aos colegas, nos corredores da polícia:

— Daqui a dez dias estou de volta com o homem...

Em Cuiabá entrevistara-se com o delegado da Ordem Política e Social de Mato Grosso. Este se sentia um pouco ofendido com aquela interferência da polícia paulista no território sob sua responsabilidade, também ele desejava a glória da prisão de Gonçalo. Imediatamente após receber a comunicação de Barros anunciando as sensacionais declarações de Heitor e a próxima chegada de uma caravana policial de São Paulo, o delegado se adiantara, fizera prender o professor Valdemar, o ferroviário Paulo e enviara homens seus às fazendas de Florival. Um desses tinha voltado trazendo o avô de Nestor, única captura efetuada em terras do coronel. O delegado queixara-se mesmo ao chefe de polícia e ao coronel Venâncio daquela interferência indébita da polícia de outro Estado em seu trabalho, como se desconfiassem da sua capacidade para conduzir a investigação. Porém o coronel cortou brutalmente suas queixas e terminou com a tímida solidariedade do chefe de polícia:

— Isso são dengos de donzela... A verdade é que vocês aqui são uns bananas e não sabem fazer nada. Se os homens não viessem de São Paulo eu mesmo ia pedir que os mandassem.

Diante do que o delegado de Cuiabá recebeu Américo Miranda com o melhor dos sorrisos e se pôs à sua inteira disposição. Miranda interrogou os presos mas, como não queria perder tempo, ordenou que eles fossem enviados para São Paulo e se preparou para partir no rumo do rio Salgado. Os investigadores de Mato Grosso encontravam-se no arraial de Tatuaçu e Miranda dispôs-se a começar ali seu trabalho. O delegado de Cuiabá o acompanharia. O coronel Venâncio pôs os recursos de sua fazenda à disposição da polícia.

Eram as plantações imensas, os campos de pastagem sem fim, uma pesada solidão à qual Américo Miranda, homem da cidade, não estava acostumado. O delegado propusera hospedarem-se na casa-grande da fazenda de Venâncio Florival sob a proteção dos jagunços do coronel. Explicava a Miranda que naquelas brenhas não havia garantia para a vida de ninguém, ali se matava impunemente, jamais a lei ou a polícia havia podido pôr a mão sobre um criminoso escapado para as montanhas ou para a perdida floresta à beira do rio. Quando do incêndio do acampamento dos americanos, por exemplo, fora impossível tomar qualquer medida: os caboclos aparentemente ingênuos eram, em realidade, uns finórios que nunca diziam a verdade. Miranda riu superior àquelas conversas, uma coisa era a polícia de Mato Grosso, uns pés-rapados sem nenhuma técnica, outra era a polícia de São Paulo, acostumada a seguir as pistas e a interrogar os homens. E mais para contradizer o delegado que por qualquer outro motivo, declarou seu desejo de ir diretamente ao arraial e demorar-se lá nas primeiras investigações antes de partir para o vale do rio Salgado onde, na sua opinião, se encontrava Gonçalo. Um Gonçalo desprevenido, inocente da denúncia de Heitor, confiante, segundo ele pensava.

No arraial de Tatuaçu encontraram os quatro homens da polícia de Mato Grosso e suas parcas informações. Tudo que haviam sabido era que realmente um homem de talhe gigantesco aparecera algumas vezes no arraial e andara metido com Nestor e com um meeiro de nome Claudionor. Mas tanto um como outro haviam desaparecido da fazenda há algum tempo e nenhum dos agregados ou dos meeiros sabia dizer para onde tinham partido. O mulato Claudionor havia deixado mulher e filhos a cuidar das plantações mas Venâncio, aproveitando-se da fuga do homem, expulsara a família e se apossara das plantações recusando-se a pagar o estabelecido no contrato da meação. A família vivia agora em casa de uns parentes da mulher de Claudionor, numa fazenda próxima, mas o mulato não aparecera por lá, tinham, ele e Nestor, sumido completamente. De Nestor restara o avô que tinham prendido e remetido para São Paulo com suas histórias atrapalhadas de assombrações e de aparições do diabo.

Miranda iniciou os interrogatórios e quase em seguida começou a ter medo. Não só ele, também os dois colegas que haviam vindo em sua companhia, de São Paulo. Medo de que, não podiam dizer. Nada havia de concreto, a palhoça — a melhor do povoado — que haviam ocupado estava guardada por jagunços de Venâncio Florival. Medo do silêncio dos moradores, dos olhares suspeitos que os acompanhavam pelas ruelas imundas, da desconfiança com que respondiam às perguntas.

Foi numa casa de prostitutas onde Miranda soube de uma das mulheres — e podia observar os olhares repreensivos das outras enquanto ela falava — ser na casa do velho vendedor de cachaça que Gonçalo costumava se hospedar. As outras mulheres guardavam silêncio enquanto a mulatinha falava. Ela dormira com Miranda e se sentia obrigada para com aquele moço bem-vestido da cidade. Mas as outras reprovavam suas palavras, era claro nos olhares sombrios. Miranda foi interrogar o velho vendedor de cachaça, em companhia do delegado de Cuiabá. Os demais tiras batiam a cavalo as plantações, ouvindo os agregados e os meeiros. Notícias desencontradas circulavam pela fazenda e no arraial.

O velho vendedor de cachaça não negou. Realmente, disse, hospedara duas ou três vezes, há bastante tempo já, um homenzarrão vindo das bandas do rio, do outro lado das montanhas. Como tinha uma sala livre em sua choupana, costumava hospedar, contra uma pequena paga, os raros passantes aparecidos no arraial. Era também em sua casa que demorava o sírio Chafik quando vinha para Cuiabá com sua tropa de burros. Um ou outro caboclo do vale também, quando se aventurava por aquelas paragens. Quanto ao homenzarrão, nem sabia seu nome direito, ali o tratavam de Doutor porque ele sabia curar feridas e febres malignas. O homem lhe pagava a hospedagem e seguia adiante, para ele não passava de um caboclo do vale. Negou porém que seu hóspede se encontrasse com quem quer que fosse em sua casa e não o reconheceu nos retratos mostrados por Miranda. Eram antigas reproduções fotográficas de Gonçalo, do seu tempo de atividade na Bahia, um Gonçalo muito jovem, visto de frente e de perfil.

— Hum! Não parece o mesmo, não senhor. Vosmecê sabe: uma coisa é um homem em imagem, outra é ele em carne e osso.

Miranda não levou desta vez o interrogatório adiante. Disse ao delegado de Cuiabá:

— Esse velho está metido na coisa. Sabe muito mais do que diz. Estou convencido.

— E por que não apertamos com ele? — O delegado desejava mostrar seu zelo pelo sucesso da investigação.

Miranda explicou, num ar superior:

— É preciso agir com habilidade. Vamos botar um homem para vigiá-lo, para ver com quem ele vai se encontrar, talvez ele esteja em ligação com Gonçalo e nos conduza até ele. Enquanto isso, continuaremos a interrogar os demais habitantes. Depois voltaremos ao velho... A polícia é uma ciência, meu caro, é necessário crânio... — concluiu, repetindo uma frase muitas vezes ouvida da boca de Barros.

E voltou às casas de prostitutas para exibir-lhes os retratos de Gonçalo. As mulheres olhavam curiosas as fotografias, balançavam a cabeça, duvidosas, não era possível obter delas nenhuma certeza. Explicavam que o tal viajante jamais frequentara suas casas e uma delas, uma velha espantosa, grunhiu numa voz cheia de raiva, dirigindo-se mais à mulata que havia falado que mesmo aos policiais:

— Esse homem que passou por aqui não era nenhum criminoso. Era um homem bom, vivia fazendo caridade aos demais, curando os doentes. Pra essa mesmo aí, ele lhe deu remédio para a doença que ela tinha...
— E apontava a mulata com um dedo acusador.

Miranda sentia a resistência ante suas perguntas. Em toda a gente do arraial. Não conseguia uma resposta precisa de ninguém, eram meias palavras arrancadas a muito esforço. Uma coisa parecia certa, no entanto: há meses já Gonçalo não viera por ali. Devia estar no vale, certamente. No arraial, uma atmosfera pesada, de desconfiança e de má vontade, cercava os policiais. Desapareciam quando algum deles passava, respondiam entre dentes às perguntas, uma parte da pequena população parecia haver desertado para os matos. Um dos investigadores vindo de São Paulo disse a Miranda, num estremecimento:

— Tou vendo a hora que a gente recebe uma bala pelas costas sem saber quem disparou...

O delegado de Cuiabá sorriu, por sua vez:

— Aqui não é São Paulo, colega. Nessas brenhas não há garantia para ninguém...

Tendo deixado alguns homens a vigiar o arraial e, em particular, o velho vendedor de cachaça, Miranda partiu, no outro dia, para interrogar os trabalhadores nas plantações. Mas a notícia da chegada da polícia de São Paulo se espalhara já entre agregados e meeiros. Recebiam Miranda e o delegado com muitas curvaturas nas saudações, numa humildade enganadora, uma voz respeitosa mas nenhuma informação concreta. Sobre o gigante respondiam que só mesmo Nestor ou talvez Claudionor pudessem dizer alguma coisa, eles jamais haviam visto ninguém assim. Miranda sentia a resistência oposta às perguntas como se houvesse havido um acordo geral para dificultar a sua ação. Quando perguntava sobre o negro a que se referira o avô de Nestor, respondiam existir muitos negros nas plantações mas uma coisa era certa: o avô de Nestor estava caduco há muito tempo. Para onde tinham ido Nestor e Claudionor? Como podiam saber, o mundo é grande e um homem disposto encontra trabalho em qualquer parte. Miranda exibia os antigos retratos de Gonçalo. Eles os tomavam nos dedos calosos, cheios de curiosidade pelas fotografias, coisa para muitos deles de todo desconhecida. Balançavam a cabeça de um lado para outro: tanta gente estranha cruzava pelas fazendas nos últimos tempos, vinda do outro lado das montanhas ou para lá se dirigindo, desde que os gringos haviam aparecido e se estabelecido nas margens do rio com as novas obras. Tanta gente que era impossível guardar as fisionomias. Certamente era um dos gringos, concluíam para desespero dos policiais.

Miranda sentia-se tonto. Como era possível interrogar assim os homens no trabalho com as foices e as pás curvadas sobre a terra, ou guardando o gado nas pastagens? Se os pudesse reunir numa sala da polícia de São Paulo, seria outra coisa. Mas ali, sob o sol a pino, era impossível. Demais sentia o medo apoderar-se de si. Certos olhares pareciam-lhe ameaçadores e mais de uma vez esteve para puxar o revólver para os trabalhadores: pensara ler num olhar uma velada ameaça. Mas logo esse olhar se dissolvia numa reverência humilde e ele sentia-se no ar, apalermado.

Desistiu de interrogar os agregados: seja porque não conseguisse nada de definitivo, seja porque as árvores espalhadas pelo campo lhe parecessem amedrontadoras tocaias. Se alguém — Nestor, Claudionor, ou esse Gonçalo de quem se contava tanta coisa na polícia — disparasse contra ele, contaria certamente com a solidariedade de todos esses trabalhadores do campo aparentemente tão humildes. Por outro lado estava convencido de que Gonçalo se encontrava no vale e de que, se quisesse prendê-lo, devia ir buscá-lo do outro lado da montanha, à beira do rio Salgado. Disse ao delegado de Cuiabá, voltando da fazenda:

— Você vai se encarregar de encontrar e prender o tal Nestor e o Claudionor. E de ver se descobre outros comunistas por aqui. Eu me toco com alguns homens para o vale. O Gonçalo está é por lá e eu vou buscá-lo.

— Não vai nem mesmo ouvir outra vez o vendedor de cachaça? Eu pensei...

— Sim, vou ouvi-lo. Este sabe alguma coisa.

Era no fim da tarde e, após ter constatado que o velho vendedor de cachaça não havia arredado o pé de sua casa, Miranda, acompanhado do delegado e de outro investigador, foi interrogá-lo.

— Desta vez ele vai falar... — avisara.

Mas o velho jurava não saber nada além do que contara. Esse tal gigante não aparecia há muito tempo. Não sabia quem ele fosse, não tinha ideia do que significava a palavra comunismo. O velho juntava as mãos para jurar e cada vez Miranda se convencia que ele sabia mais do que contava. Um pequeno grupo se formara em frente à casa e ouvia o interrogatório. Misturavam-se camponeses, os jagunços vindos para proteger os policiais, mulheres da vida, mendigos. E na atitude de todos eles, mesmo na dos jagunços, Miranda lia uma ameaça, uma surda ameaça contra ele e seus homens. Como se todos se sentissem atingidos pela brutalidade com que ele tratava o velho. O delegado de Cuiabá murmurara-lhe mais de uma vez:

— Cuidado. Você está se expondo.

Mas Miranda pensava para si mesmo: "Se eu não bancar o valente, aí é que eles me perdem o respeito e tudo pode acontecer". Resolveu ser ainda mais brusco com o velho e em certo momento aplicou-lhe uma bofetada:

— Fala, senão eu te ensino...

Viu que o grupo na porta se movimentava. Puxou do revólver, o delegado e o outro investigador sacaram dos seus. Assim se aproximaram da porta da rua e ordenaram que o grupo de curiosos se dispersasse. Foram saindo vagarosamente. Só os dois jagunços ficaram, mas suas faces estavam igualmente sombrias. Ficaram na porta, olhando para dentro onde o velho, com as mãos cobrindo a face, soluçava. Miranda resolveu acabar com aquilo rapidamente:

— Trata de contar o que você sabe — disse empurrando o velho com o pé. — Porque se não vou lhe apodrecer de pancada...

O velho soluçava, dizia "não! não!", mas era tudo. Miranda o tomou pela camisa suja, de bulgariana, obrigou-o a levantar-se, encostou-o na parede da choupana, arrancou-lhe as mãos do rosto. Havia guardado o revólver e falava próximo ao velho:

— Vomite o que sabe e rápido!

Fechava a mão para o soco, ia descarregá-lo quando uma voz arrastada chegou da porta, era a de um dos jagunços:

— Seu moço, não bata no velho. Se quiser prenda ele, se quiser mate ele com um tiro ou me diga pra atirar nele. Mas não meta a mão na cara de um velho que podia ser seu pai. E não meta porque se vosmecê meter eu atiro em vosmecê. — E apontava com a repetição.

Miranda largou o velho, olhou para a porta, o outro jagunço estava também com a arma preparada. Os curiosos haviam voltado a juntar-se um pouco mais adiante. O delegado de Cuiabá falou:

— É melhor mesmo levar o velho preso para Cuiabá, interrogar na cadeia.

Miranda estava cheio de raiva e de medo. O jagunço cuspiu para seu lado, concordou:

— É melhor mesmo, se não tudo isso vai terminar em muito sangue.

Mas, naquela noite, o velho fugiu. Como, com a ajuda de quem, nunca conseguiram saber. Talvez com a ajuda de toda a população, talvez tivessem sido os próprios jagunços que lhe houvessem facilitado a fuga. Dois policiais tinham sido designados para guardá-lo até o dia seguinte na própria choupana do velho. Este fingira dormir, os policiais terminaram por dormir eles também e pela manhã o velho não estava mais. O delegado de Cuiabá, todo cheio de atenções para com Miranda, no fundo divertia-se com o seu fracasso:

— Isso aqui não é a cidade, seu colega, e sua ciência aqui não vai lhe ajudar muito. Trate de andar com jeito, se não eu não posso me responsabilizar nem por sua vida...

Miranda via o pavor dominando os investigadores vindos com ele de São Paulo: se nem nos próprios jagunços podiam confiar... Sentia o medo subindo dentro de si mesmo, andava com a mão sobre o revólver, disposto a sacá-lo a qualquer momento. Outra notícia pela manhã veio mostrar-lhe até que ponto a população do lugarejo se unira contra ele: a prostituta que lhe fornecera as primeiras e quase únicas indicações, aquela com quem ele dormira, estava de cama, desfeita. Durante a noite haviam invadido seu quarto e lhe tinham dado uma surra tremenda. Quem o fizera: gente vinda das fazendas, gente do povoado, suas próprias vizinhas de casa? Ninguém sabia, ninguém falava, o povoado amanhecera quase deserto, apenas raros mendigos sentavam-se ao sol. Os policiais sentiam-se cercados, viam ameaças em cada lado. Só os jagunços restavam indiferentes, picando fumo de corda com compridos punhais afiados.

O delegado de Cuiabá propôs partirem para a casa-grande da fazenda de Venâncio Florival e de lá enviar alguns homens bem armados ao outro lado da montanha. Porém Miranda havia prometido a Barros trazer Gonçalo consigo: que seria da sua fama se nem sequer fosse ao vale, onde certamente se escondia o gigante?

— Não, eu sigo com alguns homens, os mais valentes, para o vale. Você volta para a sede da fazenda, continua seu trabalho aqui. Trate de encontrar Nestor, Claudionor, o velho. Esse não pode estar longe. E ele sabe muito, com certeza...

O delegado apontou a montanha próxima:

— Não é longe, é verdade... Mas é impossível pegar alguém ali...

— Esse é seu trabalho, trate de realizá-lo. O meu é prender José Gonçalo e isso vou fazer... Trago o homem comigo dentro de poucos dias...

— Vamos a ver... — sorriu o delegado.

— Está duvidando?

O delegado de Cuiabá constatava o medo por detrás das valentias de Miranda. O que o rapaz tinha era medo, medo daquele mundo desconhecido, daquela humanidade camponesa tão estranha ao homem da cidade. Medo ainda mais transparente nos olhares dos outros dois investigadores vindos de São Paulo. O delegado ria para si mesmo: ele é que terminaria por meter a mão sobre o famoso Gonçalo, quando esses intrometidos de São Paulo se desmoralizassem por completo. E o vale se encarregaria de desmoralizá-los:

— Não duvido, absolutamente. E lhe desejo muita sorte. Só que você deve tomar cuidado. Ao lado dos caboclos do vale, essa gente daqui é um coro de anjos. O vale é um coito de bandidos, quem se resolve a viver lá é que não tem mais nada a esperar da vida. Tenha cuidado...

Guardado pelos jagunços silenciosos de Venâncio Florival, acompanhado dos dois investigadores vindos de São Paulo e de outros dois de Cuiabá, Miranda começou a atravessar as montanhas. Montavam bons cavalos fornecidos pelo capataz do coronel.

No primeiro contato, o vale lhe pareceu muito menos amedrontador que o povoado. Haviam desembocado na margem do rio, no ponto onde se elevava o acampamento da Empresa do Vale do Rio Salgado: casinholas de madeira para os técnicos norte-americanos, verdadeiro escândalo de conforto naquele fim de mundo, dezenas de barracas para os trabalhadores recrutados nas cidades próximas. A música dos foxes se elevava dos rádios à bateria, recordando as ruas das grandes metrópoles, e complicados aparelhos de engenharia brilhavam ao sol. Aparelhos trazidos dos Estados Unidos para o estudo do solo e do subsolo, para a localização do manganês, existente naquelas terras: tudo aquilo tinha um ar de civilização bem diverso do arraial miserável, enterrado na lama. As obras do campo de aviação estavam bem adiantadas, dezenas de operários derrubavam árvores, aplainavam o terreno. Uma equipe de médicos, sob a direção do professor Alcebíades Morais, da Faculdade de Medicina de São Paulo, dirigia os trabalhos de saneamento daquela pequena parte do vale, espécie de ilha de construções em meio à floresta impenetrada. Um armazém de madeira, sortido de objetos variados, abastecia os trabalhadores. Um outro edifício de madeira era o escritório da empresa. Uma placa, ao lado da porta, anunciava: EMPRESA DO VALE DO RIO SALGADO. Tudo aquilo e, especialmente, os loiros técnicos americanos, vestidos de short e de camisa aberta no peito, alguns deixando crescer pitorescos cavanhaques e frondosas barbas, davam àquele princípio de floresta um ar provisório de cenário montado em estúdio de cinema. Como se a paisagem tivesse sido falsificada, desnaturada com a presença dos gringos e de suas máquinas.

Foi no escritório da empresa que Miranda conversou com o engenheiro-chefe, um ianque magro, picado de mosquitos, homem de poucas palavras. Miranda explicou a que vinha, falou-lhe de Gonçalo, da ameaça que a presença daquele comunista perigoso representava para as obras da empresa. Um engenheiro brasileiro, ajudante do americano, servia de tradutor.

O engenheiro-chefe dispôs-se a ajudar Miranda no que pudesse: dar-lhe-ia uma canoa com motor na popa (inovação introduzida no vale pelos americanos), para que ele descesse o rio, em busca do homem. Porque se o tal Gonçalo ainda se encontrava no vale seria certamente entre os caboclos, mais abaixo no rio. Apesar de que a opinião dos dois engenheiros — do americano e do brasileiro — era que o tal Gonçalo tinha fugido desde a chegada da segunda expedição. A prova é que sua plantação estava abandonada, o mato havia coberto o mandiocal e asfixiado o milharal.

O engenheiro-chefe estava recém-chegado no vale, não fizera parte da expedição precedente, quando o acampamento fora incendiado. Mas tanto ele como o brasileiro haviam ouvido falar do "gigante do vale" e de sua desaparição. Não era de crer que um criminoso tão procurado pela polícia, condenado a tantos anos de prisão, que buscara asilo em selvas tão ignotas, houvesse permanecido ali quando o mistério daquelas selvas começava a ser desbravado. Em todo caso, por descargo de consciência, Miranda poderia descer o rio à procura do rastro do homem. Além da canoa, o engenheiro-chefe se propunha a fornecer-lhe dois dos soldados do destacamento da Polícia Militar do estado que protegia o acampamento. Os caboclos habitantes da margem do rio eram figuras mal-encaradas e não pareciam simpatizar com os homens da empresa. Por isso mesmo, levando em conta os acontecimentos anteriores, quando da primeira expedição, os americanos não haviam buscado trabalhadores entre os caboclos e os técnicos não se aventuravam rio abaixo. Ainda tinham muito trabalho a fazer ali mesmo, só começariam a exploração de todo o vale após a expulsão dos caboclos.

O engenheiro brasileiro acrescentou que, de quando em vez, um ou outro caboclo aparecia no acampamento, trazendo na sua canoa o corpo de um animal caçado na selva para vendê-lo em troca de umas moedas. Havia sempre uma discussão com o caboclo: ele desejava comprar qualquer bugiganga no armazém da empresa e era terminantemente proibido vender a estranhos. Esse fato fizera ainda mais difíceis as relações entre eles e os caboclos. A opinião do engenheiro brasileiro era peremptória: Gonçalo devia ter fugido, andaria embrenhado em outras selvas, perdido nesse interior desconhecido de Mato Grosso e Goiás. Uma coisa era clara: entre os trabalhadores da empresa ele não se encontrava. Tinham sido recrutados em Cuiabá e nas cidades próximas e até agora nenhuma agitação perturbara o trabalho. E não existia ninguém cuja descrição correspondesse às fotografias trazidas por Miranda. Se o homem ainda estivesse no vale, seria entre os caboclos, mas era de duvidar...

Mais de uma semana durou a viagem de Miranda pelo vale. A canoa subiu e desceu o rio várias vezes e nela viajou novamente o medo. Principalmente à noite, quando deviam acampar nas bordas da floresta: os investigadores se olhavam receosos, suas vidas estavam à mercê dos caboclos do vale.

Esses caboclos mal-encarados, fugindo à aproximação da canoa com seu ruidoso motor. Às mais das vezes, Miranda invadia casas vazias, plantações abandonadas. Interrogar um daqueles caboclos era um verdadeiro inferno. Gonçalo? Nunca tinha havido ninguém por ali portador de tal nome. Um gigante parecido com o daquele retrato? Tinha havido um gigante, um homem bom, mas esse tinha ido embora há tempos, desde que os gringos haviam aparecido. O incêndio do acampamento? Eles não sabiam de nada, devia ter sido um descuido qualquer dos próprios gringos ignorantes das coisas da floresta e do rio. Olhavam a fotografia, reconheciam o rosto sorridente do Amigão, mas balançavam a cabeça numa negativa: não, não era parecido com o gigante do vale.

Era difícil arrancar-lhes mais do que alguns monossílabos, pareciam completamente intimidados ante aqueles moços a exibirem revólveres, ante aqueles soldados armados de fuzis. Olhavam de través, jamais fitavam de frente a Miranda e a seus homens. E, sempre que podiam, desapareciam na floresta antes da chegada da canoa. Cabanas e plantações vazias.

Miranda esteve na plantação de Gonçalo: o mato crescera e dominara tudo, invadira a cabana onde nada ficara capaz de indicar uma pista. Há meses certamente não vinha ninguém ali. "O mais certo é ter o homem fugido."

No entanto Miranda não estava inteiramente convencido. Sentia nos gestos dos caboclos, nas suas meias palavras, qualquer coisa como uma ameaça. Eles não diziam a verdade, pelo menos a verdade completa. Miranda estava seguro. E o espionavam, seguiam as idas e vindas da canoa emboscados na selva. Por mais de uma vez haviam distinguido o vulto de um caboclo escapando-se entre as árvores e, no silêncio das noites, ouviam o ruído de passos sobre as folhas secas, som de cipós sendo partidos para abrir caminho. O medo foi crescendo, aumentando, eles eram homens acostumados a interrogar os presos nas salas bem protegidas da polícia, a prendê-los nas fábricas e nas casas citadinas. Ali era bem diferente, tudo era contra eles. Estavam inchados de mordidas de mosquitos, um dos policiais tremia de febre na canoa e pedia para voltar, pelo amor de Deus! Durante a noite não podiam conciliar o sono no receio de uma tocaia na floresta. Sentiam os caboclos em derredor deles, invisíveis na floresta, acompanhada a canoa durante o dia, aproximando-se à noite. Acontecia, por vezes, avistarem um caboclo se esquivando. Mas como persegui-lo, como atrever-se a penetrar nessa selva de espanto onde cada árvore escondia uma serpente venenosa, onde não havia caminhos, onde um homem podia perder-se para sempre?

Apesar de tudo, apesar do medo a dominá-lo e aos seus homens, Miranda não se decidia a abandonar a perseguição. Que iria dizer Barros quando ele chegasse sem Gonçalo? Seria mesmo certo ter o gigante fugido do vale? Por que então surpreendera nos caboclos, em certos momentos, um ar de quem se ria dele? Ah! se pudesse tê-los, e aos moradores do povoado, e aos trabalhadores na fazenda, nas salas da polícia de São Paulo... Ali os obrigaria a falar, a dizer toda a verdade... Mas, naquela floresta, entre serpentes, mosquitos e onças cujo rugido à noite dava calafrios, ali nada era possível...

Foi o encontro com Nhô Vicente que o decidiu a voltar. A situação estava ficando difícil: os demais investigadores haviam-se desmoralizado por completo, aterrorizados ante a febre que abatera um deles, só a vaidade picada mantinha Miranda sobre a canoa (onde agora passavam mesmo a noite com receio de uma emboscada) cruzando o rio. O encontro com Nhô Vicente e a conversa com o árabe Chafik, recém-chegado de uma de suas viagens.

O velho caboclo viera, ele mesmo, procurar Miranda. Foi bem mais explícito que os outros. Viera habitar o vale antes dos demais, conhecia-o todo. Podia afirmar que o gigante se fora. Ele o vira preparar suas coisas e partir. Nhô Vicente confiou aos tiras ter pensado sempre ser aquele homem um perseguido da justiça. Quando os gringos chegaram, o gigante partira. Dissera não estar mais em segurança por ali. Para onde fora ele não sabia mas, por conversas ouvidas, frases soltas pelo Amigão, pensava que seu destino era a Amazônia.

Tudo isso foi confirmado por Chafik: e o árabe deu quinino ao investigador doente e cachaça para todos. Sim, o gigante partira. Ninguém podia imaginar que ele fosse um comunista. Pensava ser um assassino qualquer, fugitivo. Quando os gringos tinham chegado e o acampamento pegado fogo, o homem resolvera ir embora. E Chafik podia mesmo dizer para onde: para a Bolívia. O gigante lhe pedira, numa viagem anterior, um favor estranho: trocar um dinheiro em moeda boliviana, coisa que o árabe fizera em Cuiabá. Aquele pedido parecera-lhe curioso e ante suas perguntas o gigante acabara lhe dizendo estar sua segurança ameaçada com a vinda dos americanos e ser sua intenção emigrar para a Bolívia.

A canoa a motor rumou outra vez para o acampamento dos engenheiros. Um caboclo veio avisar a Gonçalo, no escondido da selva, do fim da busca. E, no acampamento, entre os trabalhadores das obras do campo de aviação, o negro Doroteu viu a canoa chegar de volta. Fora difícil convencer os caboclos de não liquidar a caravana policial durante a investigação no rio. A célula dos trabalhadores da empresa mantinha-se em ligação com Gonçalo por intermédio de Nestor, agora na floresta, ele também.

No acampamento, enquanto os médicos cuidavam do tira impaludado, Miranda escreveu seu relatório a Barros, provando por a mais b a fuga de José Gonçalo para a Bolívia e jogando a responsabilidade dessa fuga e das de Nestor e Claudionor nas costas do delegado da Ordem Política e Social de Cuiabá, "um incapaz". Do próprio acampamento foram enviados *cables* à polícia de La Paz descrevendo Gonçalo e pedindo sua captura. Os americanos haviam trazido aparelhos transmissores moderníssimos e se comunicavam diretamente com Nova York.

21

O ENCONTRO COM JOÃO, EM CUIABÁ, VIERA MODIFICAR GRANDEMENTE os planos de Gonçalo. Era impossível evitar que a empresa se estabelecesse no vale. Fazia-se, por consequência, necessário lançar as bases de um trabalho partidário entre os operários contratados para o início das obras. Doroteu fez-se engajar como operário, em Campo Grande, outros camaradas de Mato Grosso também. Fora o negro quem trouxera a notícia do julgamento do processo de terras intentado pela empresa contra os caboclos. Gonçalo estabelecera uma ligação entre as três frentes de trabalho: os caboclos do vale, junto dos quais ele se encontrava, os operários do acampamento, dirigidos por Doroteu, e os camponeses das fazendas de Venâncio Florival, controlados por Nestor e Claudionor. Assim, quando chegasse o momento da resistência dos caboclos, tanto os operários como os camponeses poderiam intervir. As prisões em São Paulo e em Cuiabá causaram novas modificações: Nestor, procurado pela polícia, viera, ele também, para a floresta e agora assegurava o contato entre Gonçalo e Doroteu. Claudionor mantivera-se nas fazendas, escondido pelos meeiros e agregados.

A célula da empresa crescia e havia obtido uma primeira vitória com a formação e o reconhecimento de um sindicato congregando os trabalhadores da margem do rio. Em compensação, o trabalho nas fazendas caíra, as sucessivas caravanas policiais haviam abalado a combatividade ainda incipiente dos camponeses. Muitos não queriam ouvir falar daqueles assuntos e Claudionor não possuía bastante experiência. Também alguns caboclos haviam partido das margens do rio ao saber da decisão do tribunal. Não tinham sido muitos, porém; a maioria decidira, de acordo com Nhô Vicente, continuar a lavrar sua terra e a defendê-la de qualquer forma.

Quando Miranda chegara com os investigadores, os caboclos haviam pensado tratar-se da ordem de expulsão. Daí o cerco em torno da canoa durante toda viagem. Gonçalo teve de explicar longamente a Nhô Vicente o interesse que havia em convencer os policiais de não mais se encontrar ele por ali. O velho não queria de nenhuma maneira ir conversar com os tiras. Foi quando Gonçalo, sabendo da volta de Chafik, procurou o gringo e pediu sua intervenção. Não o fez sem pensar muito. Até então jamais se confiara ao árabe, nada lhe dissera sobre sua verdadeira identidade. Porém necessitava que os policiais saíssem do vale levando a certeza da sua fuga definitiva. Sem o que, as caravanas se sucederiam em sua busca, o trabalho tornar-se-ia impossível. Marcou um encontro na floresta com Chafik. O árabe veio, acompanhado de um caboclo, e Gonçalo manteve com ele longa conversa. A noite caíra e em qualquer parte do rio a canoa com os investigadores estava parada.

Gonçalo deixara crescer uma longa barba negra que lhe cobria o peito e lhe dava o ar de um beato, desses que descem através do sertão anunciando o fim do mundo. Contou a Chafik uma parte da história: estava condenado a muitos anos de prisão, perseguiam-no agora, acusavam-no de comunista. Já estavam mais ou menos convencidos da sua fuga, para convencê-los completamente era necessário que alguém fizesse afirmações mais concretas. Chafik, por exemplo. O árabe ouvia calado, o dorso curvado para a frente, tentando enxergar o rosto do gigante na escuridão que os rodeava. Gonçalo terminou por dizer-lhe que depositava em suas mãos a liberdade e a vida. Se a polícia o pegasse, era quase certa sua morte.

Chafik estendeu-lhe a mão: ficasse descansado, faria como ele estava pedindo. E logo depois partiria dali, era ele, Chafik, que iria embora. Para o Paraguai. Já estava pensando nisso, desde que os americanos apareceram com seus aparelhos e seus operários. Se continuasse por ali terminaria preso e remetido outra vez para Caiena. Principalmente agora quando ele sentia a aproximação de acontecimentos... Gonçalo nada lhe contara nem ele perguntava, respeitava os segredos dos outros. Mas adivinhava que iam se passar coisas sérias. E ele, Chafik, não ficaria ali, senão quem terminaria por pagar o pato seria ele.

Realmente alguns dias depois partiu, sem se despedir de ninguém. Nada tinha a ver com o que se preparava no vale, era um lobo solitário, o único bem que desejava conservar era a liberdade, mesmo tendo para isso de viver longe de tudo e de todos.

Gonçalo continuou no vale a esperar o momento da expulsão dos caboclos de suas terras.

22

PORÉM, COSTA VALE NÃO PARECIA APRESSADO. DE POSSE DA SENTENÇA do juiz de Mato Grosso, mantivera uma discussão com o coronel Venâncio Florival. Este, desejoso de estender os limites de suas fazendas até a beira do rio, propunha expulsarem em seguida os caboclos: uma tropa da Polícia Militar, reforçada por uns quantos jagunços, botaria aquela cabloclada doente para fora do vale e o problema estaria terminado. Costa Vale discordava. Por que essa pressa? Expulsar os caboclos e depois? As terras ficariam abandonadas até a chegada dos colonos japoneses ainda em viagem. Era bem melhor deixar os caboclos por lá algum tempo, cultivando a terra, plantando sua mandioca e seu milho, assim, quando chegasse o momento de instalar as colônias japonesas, haveria pelo menos alguma terra desbravada, algum cultivo plantado. E traçava para o coronel os seus planos: grandes plantações de arroz deviam nascer ali, fazendas-modelo ao lado das grandes obras da empresa, naquelas terras fertilíssimas.

Venâncio Florival, fiel às tradições de uma agricultura feudal, balançava a cabeça àqueles planos. Não era bem melhor dividir entre eles — Costa Vale, Venâncio Florival, a comendadora Da Torre, Mr. Carlton — aquelas terras, cultivando-as cada um para si, deixando à empresa apenas as reservas de manganês? Afinal o vale era imenso e não era em toda sua extensão que a empresa iria trabalhar. Costa Vale riu.

— Você é um atrasadão, seu Venâncio. Você não enxerga o futuro. Aprendeu a ganhar dinheiro plantando café e criando gado, gastando a terra para plantar capim...

— E tenho ganho muito dinheiro, Deus seja louvado!

— E tem deixado de ganhar muito também. Não, seu Venâncio, não vamos dividir essas terras, vamos deixá-las ligadas à empresa. Estabeleceremos colônias japonesas, faremos grandes plantações. Isso por ora... Porque, depois...

— Depois...

— Não é só manganês que há nessas terras. Os estudos feitos ultimamente revelam a existência de um manancial enorme de petróleo.

— Petróleo? Que adianta... Os americanos não vão deixar ninguém explorar petróleo no Brasil para lhes fazer concorrência... Todo mundo sabe disso.

— Por ora... Mas quem diz que será sempre assim? Amanhã pode ser diferente. Compreende?

Não era fácil convencer Venâncio Florival. Costa Vale terminou por admitir que o coronel lançasse mão das terras que se estendiam entre a montanha e o rio. Eram uma espécie de terras de ninguém, não estavam sequer englobadas na concessão feita à empresa pelo governo federal:

— Aproveite e meta a mão em cima delas. E me deixe em paz para realizar meus planos. Eu estou lhe enchendo de dinheiro e você ainda me atrapalha... — riu.

— E os caboclos? Você sabe que os comunistas andaram metidos com eles, foi até necessário vir a polícia.

— Quando chegar a hora de botar os caboclos pra fora eu lhe aviso. É você quem vai se encarregar...

Costa Vale andava cheio de trabalho naquele fim de ano. A associação com Mr. John B. Carlton e seu grupo de Wall Street ampliara grandemente seus negócios. Agora a Empresa do Vale do Rio Salgado era o centro de toda uma série de empresas: movimentava com capitais enormes, fazia vir levas de imigrantes do Japão, possuía companhia de seguro, se interessava pela exportação de certos produtos como o couro, a borracha e o algodão, controlava jornais como *A Notícia*, empresa de publicidade e de difusão de artigos como a Transamérica, casa editora. A pequena casa editora de Shopel, especializada em livros brasileiros de pequena tiragem, fora transformada numa grande editora e começava a publicar traduções de best-sellers americanos e de livros sobre os Estados Unidos, difundindo as ideias norte-americanas sobre a vida, editava também volumes anticomunistas. E Costa Vale era o centro de toda essa atividade. Seu principal associado brasileiro era a comendadora Da Torre, mas ele não podia esperar da velha senhora uma grande ajuda na direção de tantos e tão diversos negócios. Ela vivia absorvida com suas fábricas de tecidos e com a sua atividade social. Ultimamente os preparativos para o casamento da sobrinha com Paulo Carneiro da Rocha ocupavam boa parte do tempo da comendadora. Quanto a Shopel, era um bom testa de ferro e nada mais... útil porque, para ganhar dinheiro, era capaz de tudo, mas se fosse deixar em suas mãos a direção real de qualquer negócio era se sujeitar às piores consequências. Homens como o poeta Shopel ou como Artur Carneiro Macedo da Rocha eram absolutamente necessários para o sucesso das empresas, mas com a condição de não se envolverem diretamente nas decisões. Ele, Costa Vale, devia carregar com o grosso do trabalho, era nele que os americanos confiavam, ele possuía o senso dos negócios. Não era como esse idiota do Venâncio Florival, incapaz de enxergar um palmo adiante do nariz.

Incapaz de enxergar, por exemplo, a surda concorrência alemã. E, no entanto, os alemães estavam cada vez mais infiltrados no governo, inclusive no Ministério da Guerra, sem falar da Polícia Federal controlada por eles e do Departamento de Imprensa e Propaganda. Vargas parecia inclinar-se cada vez mais para eles, como se visse nos nazistas os seus melhores amigos no plano internacional. Costa Vale não perdera ainda a esperança de uma aliança entre as grandes potências capitalistas contra a União Soviética. Mr. Carlton falara-lhe longamente da próxima guerra entre a Alemanha hitlerista e a Rússia comunista, uma guerra que devia liquidar o comunismo e enfraquecer a tal ponto Hitler que este já não poderia fazer sombra aos Estados Unidos. Porém até agora os alemães estavam era se fortalecendo como provava Munique. E isso repercutia no Brasil, no seio do governo, onde Artur Carneiro Macedo da Rocha começava a encontrar sérias dificuldades para encaminhar certos negócios de Costa Vale e dos americanos. A concessão da nova linha aérea para a Europa, por exemplo: projeto estudado por Carlton e Costa Vale, a concessão fora dada aos italianos por pressão dos alemães. E o negócio do algodão?

Ah! esse era um assunto escabroso no qual estavam envolvidos auxiliares íntimos do ditador. Um golpe nos americanos... Esse tal Lucas Puccini, ainda ontem pequeno funcionário do Ministério do Trabalho, ganhara uma fortuna colossal com a operação do algodão, uma indecência só possível devido ao regime ditatorial e ao apoio dos bancos alemães. Esse algodão que os americanos esperavam comprar a baixos preços, como o faziam todos os anos, fora parar nas mãos dos alemães e o preço subira assustadoramente. Os alemães tratavam de torpedear algumas das empresas de Costa Vale, havia uma luta surda se processando mesmo no seio do governo. Essa luta que Costa Vale tanto desejara evitar, nesse momento quando era necessário unir todas as forças, nacional e internacionalmente, para acabar com os comunistas no mundo e no Brasil...

Não era, porém, homem que temesse a luta. Os americanos pareciam-lhe sólidos e definitivos: havia na ânsia dos alemães algo de aventureiro, de quase leviano, fora por esse motivo que Costa Vale não aceitara suas propostas em Berlim. E existiam também as razões geográficas: mesmo que o mundo terminasse dividido entre americanos e alemães, a América Latina, e com ela o Brasil, estava na zona de influência dos Estados Unidos. Shopel, cujas simpatias pelos alemães persistiam apesar de trabalhar para os americanos, acreditava na possibilidade de um Brasil ligado economicamente à Alemanha nazista, orientado desde Berlim por Hitler. Mas Costa Vale refutava essa possibilidade quando o poeta, estendendo as mãos gordas, descrevia o mundo futuro como uma propriedade privada de Hitler, Goering e Goebbels.

A verdade é que, apesar de tudo, os negócios marchavam bem. As obras da empresa não começavam o grande trabalho, no manganês, o dinheiro vinha das empresas associadas. Dinheiro que se multiplicaria amanhã, quando da guerra, dessa guerra que se aproximava rapidamente. Quando ela chegasse, Costa Vale estaria extraindo manganês do vale e os alemães iriam pagar por ele um bom preço nos mercados americanos...

Em meio a todas estas complicações, que eram aqueles caboclos perdidos na beira do rio senão um insignificante detalhe? Costa Vale lera há alguns dias o recente livro de Hermes Resende, cujo lançamento fazia furor nos círculos intelectuais: um estudo sobre o campo brasileiro baseado nas observações feitas pelo ensaísta quando da primeira expedição no vale. O banqueiro encontrava-se inteiramente de acordo com as conclusões de Hermes: a preguiça era a característica fundamental dessas populações campesinas. Só a importação de imigrantes poderia permitir qualquer empresa séria na região. Hermes envolvia tudo isso num palavreado progressista, derramava abundantes lágrimas sobre as condições do homem do campo mas lhe atirava a responsabilidade dessa situação de miséria. E dava um golpe nas ideias de reforma agrária que se iam fazendo populares nos meios intelectuais.

Não fora somente a Costa Vale que o livro de Hermes Resende encantara: seu sucesso era grande. Saquila escrevera um artigo longuíssimo onde analisava o trabalho do escritor sob diversos ângulos, classificando-o como a mais séria realização da cultura democrática brasileira. Também Shopel se derramara em elogios nas colunas de um jornal. Quanto ao crítico Armando Rolim, o seu rodapé sobre o livro delirava de entusiasmo: "Hermes Resende elevou, com seu grande livro, a cultura brasileira a cumes ainda não atingidos antes. Um livro digno de haver aparecido em inglês para admiração de todo o mundo civilizado".

Apenas a nova revista de cultura, *Perspectivas*, dirigida pelo arquiteto Marcos de Sousa, cujos primeiros números vinham de aparecer, ousara atacar, num artigo assinado por um nome desconhecido, o volume de Hermes. Tachava-o de trabalho anticientífico, de pretenso estudo sociológico, e terminava por declarar ser o livro uma defesa do feudalismo imperante no campo e da penetração dos capitais americanos no Brasil. Esse artigo provocou um escândalo igual ao sucesso do livro. Muitos o atribuíram a Cícero d'Almeida, outros consideraram o artigo como um rompimento dos comunistas com Hermes. Um grupo de intelectuais, a cuja frente se encontravam Saquila e Shopel, promoveu um banquete a Hermes Resende.

O aparecimento da revista de Marcos de Sousa, editada em São Paulo mas circulando amplamente no Rio, despertara ampla curiosidade nos meios intelectuais. Era uma revista diversa das demais existentes: abria suas páginas não só aos problemas puramente intelectuais mas também a certos problemas de imediato interesse nacional e internacional. O primeiro número publicara uma extensa reportagem em torno do Acordo de Munique, classificando-o, ao contrário de toda a imprensa, como um passo no sentido da guerra. No segundo número, diversas personalidades, algumas de projeção na vida do país, falavam sobre o problema da indústria nacional. Isso ao lado de artigos literários, de poemas, de debates em torno da questão do romance brasileiro, etc. Certas matérias publicadas nos dois primeiros números haviam dado lugar a polêmicas diversas. O artigo sobre o livro de Hermes, no terceiro número, foi o escândalo: a edição esgotou-se em poucos dias.

Marcos de Sousa andava contente, parecia-lhe estar fazendo algo de útil. Apaixonara-se pela revista e sustentava largas discussões com Cícero sobre a matéria a publicar. Mantinha-se em contato com João e sentiu-se emocionado quando recebeu da direção do Partido felicitações pelos primeiros números aparecidos. Os dirigentes colaboravam ativamente, deles tinha sido o artigo sobre Hermes. A revista, por um lado, a conclusão do bloco de arranha-céus para o Banco Lusitano, por outro, faziam raras atualmente, suas viagens ao Rio. Nos últimos meses poucas vezes vira Manuela. Espantou-se assim, ao receber uma carta da moça comunicando-lhe um novo endereço, uma pensão no Flamengo. Que se passava com Manuela, que lhe sucedera para obrigá-la a deixar seu pequeno apartamento de Copacabana? Quando terminara as obras no Rio e deixara de ir obrigatoriamente à capital da República, Marcos pensara que talvez assim fosse melhor. Era-lhe cada vez mais difícil manter-se diante de Manuela como um amigo, esconder-lhe seu amor. Por vezes sentia-se tão enternecido em sua presença que não sabia como podia conter-se e não lhe dizer tudo que lhe ia pelo coração. Um pensamento o sustinha. Manuela havia sofrido muito, ele não tinha o direito de perturbá-la agora, quando ela apenas se restabelecia de toda aquela crise. Falar-lhe de amor era quase ofendê-la. Não o considerava ela seu amigo, um amigo para o qual não tinha segredos? Era melhor assim, longe dela, sabendo de sua vida pelas cartas somente. Talvez assim pudesse vencer aquele amor, transformá-lo na amizade reclamada por ela, único sentimento para o qual Manuela estava apta após tudo por que passara.

Mas, ao receber a notícia daquela inesperada mudança de residência, Marcos não se conteve: viajou para o Rio. Deixou as malas no hotel habitual, correu ao novo endereço de Manuela. A moça lhe estendeu as mãos:

— Ingrato!

O que se passava? Por que se mudara? Então ele não sabia ter a companhia de teatro se dissolvido? Não haviam querido seguir os conselhos de Marcos, ir para os cinemas de subúrbios com peças capazes de interessar àquele público, e o resultado fora a falência. Tinha trabalhado o último mês sem receber nada. Era triste, principalmente agora quando Os Anjos, a companhia de Bertinho Soares, triunfava no Municipal com uma peça de Eugene O'Neill. Ela estava reduzida ao pequeno ordenado de figurante do corpo de bailado do Teatro Municipal e com ele não podia pagar o apartamento de Copacabana. Tivera que vir para aquela pensão, era tudo. Tudo, não: recebera um convite para ingressar no elenco de Os Anjos, que se transformavam em companhia profissional ante o êxito obtido. Mas recusara, o convite fora-lhe trazido por Shopel que, ainda por cima, se encontrara no direito de fazer um sermão sobre suas amizades...

— Sobre tuas amizades?

— Sim, que eu agora vivia metida com os comunistas, que, eu e tu, essas coisas, tu sabes... — E fechava o formoso rosto numa repugnância.

— Botei-o para fora, praticamente. Disse-lhe o que ele nunca pensou ouvir. Saiu chispando, creio que não voltará a procurar-me jamais...

— Estás na miséria... — gracejou Marcos para afastar da conversa a Shopel, a Os Anjos, a insinuação malévola, a toda aquela sujeira ainda tentando cercar Manuela.

— Pobre, porém digna... — riu também Manuela. — Não foi apenas Shopel quem me ofereceu auxílio. Lucas também... — disse ela, baixando a voz.

— Teu irmão?

— Ele, sim. Parece que está muito rico. Assim me disse. Eu lhe comunicara que ia mudar-me e ele apareceu. Ao saber das razões, proibiu-me de deixar o apartamento. Disse que ele mesmo pagaria o aluguel, que podia fazê-lo e não havia razão para que não o fizesse. Lucas gosta muito de mim, tu sabes?

— E por que não aceitaste? É teu irmão, não havia nada de mais.

— Eu sei. Mas, tu sabes, Marcos, tanta coisa me sucedeu que penso que não sou mais a mesma pessoa. Não quero ajuda de ninguém, quero ganhar eu mesma minha vida. Afinal, tenho um ordenado, magro, é verdade, mas que me dá para viver. Por que morar em Copacabana, num apartamento, e não aqui, num quarto de pensão? Tu compreendes: Lucas começou logo a fazer projetos para mim: uma temporada de balé, por conta dele. Não quero nada disso. Posso me arranjar sozinha: estou com um contrato prometido para uma companhia que vai estrear no começo do ano. Uma boa companhia...

Citou o nome de uma atriz e empresária conhecida. Jamais Marcos a amara como nesse dia. Tinha vontade de oferecer-lhe dinheiro para que ela pudesse montar a sonhada companhia de balé, esse dinheiro que ela não aceitara de Lucas, como não aceitara de Shopel um lugar na equipe Os Anjos. Não fez a oferta, ela não aceitaria certamente e ele não desejava nem por um momento ser confundido com os que a buscavam levados por inconfessáveis interesses.

— Tu estás mudo, por quê?

Tomou-lhe das mãos:

— Ali! Manuela, Mariana vai ficar contente quando souber. Ela sempre teve confiança em ti...

— Mariana... — sorriu Manuela. — Sim, a ela e a ti devo não me ter perdido, não ter me transformado numa prostituta. Era isso que queriam fazer de mim, Marcos. Uma prostituta ou uma suicida. Mariana me salvou... Sabes algo sobre ela?

— Sim. Uma boa notícia: teve um filho.

— Homem?

— Sim. Chama-se Luís Carlos, em homenagem a Prestes. Eu a vi, está contente, tão contente...

— Preciso mandar um presente para a criança... Veja, Marcos, estou eu também tão contente como se fosse o meu filho que tivesse nascido. Quem sabe, um dia talvez eu também ainda venha a ter um filho... Mariana me ensinou a não desesperar.

Marcos sobressaltou-se:

— Algum amor?

— Nada disso... Vivo como uma monja, tu bem sabes. — Mas um certo tremor na voz do arquiteto a fez perguntar: — Por que pensas isso?

— Não penso nada... — Riu, um riso tímido, encabulado, diverso do seu riso franco de sempre. Manuela ficou pensativa.

Saíram juntos, foram jantar num restaurante, entraram num cinema, o filme era mau, saíram no meio, vieram vindo a pé para o Flamengo. Marcos estava silencioso e Manuela o estranhava, que se passava com ele?

— Tu tens alguma coisa, estás escondendo alguma coisa de mim. Somos ou não somos amigos? Nunca te escondo nada, conto-te tudo que se passa comigo. Que é que te preocupa? Ou não podes me contar, é algum segredo político?

— Não tenho nada. Nem mesmo segredos políticos. Tens visto a revista? Que te parece?

Falaram da revista, da repercussão do artigo sobre o livro de Hermes Resende, das novidades dos círculos literários e artísticos. Era uma noite cálida, de verão, casais passavam de braços dados. Próximo a eles, na amurada, dois namorados se beijavam. Manuela sorriu ao vê-los tão entregues ao seu beijo como se não existissem nem os transeuntes nem a luz elétrica. Marcos, porém, estava outra vez silencioso. Assim chegaram à porta da pensão.

— Não sei o que tens hoje. Nunca te vi assim... — comentou ainda Manuela.

— Não tenho nada, é a revista que me preocupa. Estamos preparando o quarto número. Temos uma reportagem sensacional desta vez: sobre os caboclos que habitam as margens do rio Salgado. Estão em véspera de serem expulsos de suas terras, terras que eles desbravaram e lavraram durante anos e anos. A justiça de Mato Grosso julgou um processo sobre a propriedade dessas terras e decidiu que elas pertencem à empresa do Costa Vale. Vão expulsar os caboclos. Um jornalista que esteve lá, Josino Ramos, tu não conheces, andou fazendo umas fotografias e colhendo umas observações. É uma reportagem que vai bulir com o Costa Vale e com os americanos... Não sei se vão deixar a revista continuar a circular depois disso... É uma história espantosa a desses caboclos. Tu não podes sequer imaginar...

— Tanta coisa triste no mundo... — comentou Manuela. — Não sei por que é assim. Tudo é tão difícil...

— Tudo é difícil... — repetiu Marcos.

Manuela tomou-lhe da mão:

— Estamos macambúzios hoje... Amanhã estaremos melhor.

— Eu volto a São Paulo amanhã, pelo avião das sete...

— Regressas amanhã de manhã? Mas, se apenas chegaste... E eu que pensei que passarias o Natal comigo...

— Vim só para... — ia dizer "para te ver", conteve-se... — para um negócio rápido, já o resolvi... Tenho muito trabalho em São Paulo.

Ela o fitava, uma interrogação no olhar, quase ansiosa. Marcos desviou os olhos, continha-se a custo, aquela caminhada à borda do mar, sob a lua, fora difícil prova: como conter-se e não lhe dizer do seu amor? Desviou os olhos e por isso não enxergou toda a ternura que se derramava dos olhos azuis de Manuela. O arquiteto estendia a mão:

— Até outra, Manuela...

— Até quando?

— Não sei... Qualquer dia desses... Te escreverei.

Ele saiu em passos lentos, ela quase o chamava novamente. A grande noite do Rio, morna e estrelada, cúmplice noite de amores, estava como a atirá-los um nos braços do outro. Da esquina, Marcos voltou-se, Manuela lançou-lhe um prolongado adeus. Ele esteve um instante parado, logo continuou a andar. Manuela baixou a cabeça, seus olhos se molharam de lágrimas. Que se passava com ele? Por que estava assim, tão estranho, nesta noite? Tão estranho que, em certos momentos, ela chegara a pensar... a pensar... Mas, ah! não era possível, dele não podia esperar nada além daquela sincera amizade, daquele carinho fraternal. Era uma mulher com um passado triste, como esperar jamais que ele a pudesse amar...? Ajudava-a, era um coração de ouro, a bondade personificada... Esperar que ele a amasse, ah! era um sonho ainda mais irrealizável que o de montar um dia uma companhia de balé. Tudo se frustrava para ela, assim tinha sido até então: frustrado aquele louco amor de delírio por Paulo, terminado na lama e na dor, frustrado aquele filho tanto esperado, frustrada sua carreira no teatro, e agora, quando o verdadeiro amor, nascido de uma compreensão total, voltava a animá-la, era um amor impossível, um sonho irrealizável. Passaria solitária aquele Natal, a noite de Ano-Novo, não o teria a seu lado como pensara. Sozinha, abandonada a si mesma...

E, sobretudo, devia evitar de todas as maneiras que Marcos percebesse o caráter e a intensidade de seus verdadeiros sentimentos por ele, esse amor ardente que lhe enche o coração. Ele a queria como a um amigo, ela devia aparecer diante dele como a melhor das amigas. Quando começara a amá-lo? Ela mesma não sabe, mas nesta noite, quando vinha pelo Flamengo, pendurada no braço dele, sentindo-o silencioso ao seu lado, sofrendo sem que ela soubesse a causa, compreendera tudo quanto Marcos significava para ela, era seu amor definitivo. Não a louca paixão de adolescente sentida por Paulo, feita de ilusões e enganos. Era um amor nascido do sofrimento, doce como um bálsamo, como certas velhas canções de adormecer crianças... Só que devia escondê-lo dentro do peito, sufocando os gritos do seu coração pleno e ávido de amor.

A comendadora Da Torre levantou-se agilmente da cadeira, estendeu as mãos magras de velha para Marcos, fitando-o com os seus olhinhos buliçosos:

— Quem é vivo sempre aparece... Eu já estava disposta a mandar a polícia lhe buscar. Há quinze dias não faço outra coisa senão telefonar para seu escritório.

Estava cada vez mais velha e, no entanto, conservava aquele ar juvenil nos olhos e nos gestos: parecia um macaco, pequenina, cheia de rugas e de joias, com seu jeito entre mandão e jovial. Marcos se desculpava: estava no Rio quando ela falara pela primeira vez, depois andara abafado de trabalho, nunca tivera tanto trabalho acumulado, projetos e plantas a entregar antes do Natal e do Ano-Bom. Por isso não tinha podido vir, fora impossível.

Em verdade, fizera tudo para não comparecer àquela entrevista. Sabia o motivo por que a comendadora o chamava: o casamento de Paulo e de Rosinha estava marcado para os fins de janeiro e a velha desejava que ele se encarregasse da decoração do seu palacete para a grande festa. Trabalhara muito para a comendadora, construíra para ela ruas de casas. Mas não queria por nenhum dinheiro misturar-se a nada que se referisse a Paulo Carneiro da Rocha: parecia-lhe uma ofensa feita a Manuela. Já antes recusara participar de uma "festinha íntima", um jantar de rapazes, oferecido a Paulo por seus amigos, coisa arranjada por Bertinho Soares e pelo poeta Shopel e que terminara em ruidosa alteração num cabaré: Paulo, caindo de bêbedo, começara, como de hábito, a rebentar garrafas, mesas e cadeiras. O escândalo não repercutira nos jornais, é claro, mas era comentado nas rodas sociais. Aliás, com essa festa, Paulo inaugurara aquilo que o poeta Shopel intitulara de "mês alegre de despedida da vida de solteiro", uma série de jantares, encontros, bacanais das quais participavam políticos, escritores e artistas. Na alta sociedade não se falava de outra coisa, consideravam o fato uma invenção graciosíssima.

Tentara não vir ao encontro com a comendadora mas fora impossível: a velha forçara a mão, terminara por marcar aquele jantar ao qual devia comparecer Costa Vale, também o banqueiro queria vê-lo e discutir com ele certos projetos de construções. Agora, Marcos o via, ao banqueiro, no fundo da sala, enquanto a velha comendadora falava.

— Não aceito desculpas. Ou você quer que eu adie o casamento de Rosinha?

— Adiar o casamento, por quê? Em que posso eu atrapalhar o casamento de Rosinha?

— Não se faça de tolo... E a decoração da casa?

Costa Vale se adiantava, para o arquiteto:

— Como vai, seu Marcos? Ninguém o vê ultimamente.

Passaram para a grande sala onde Rosinha e a irmã os esperavam. A conversa rolou, ante as moças, sobre assuntos sem interesse. E assim continuou durante o jantar, após o qual as duas irmãs saíram para assistir ao espetáculo de Os Anjos — a companhia de Bertinho Soares triunfava em São Paulo. Foi novamente na sala que voltaram a tratar de coisas de arquitetura. A velha comendadora desejava de Marcos um plano de decoração do palacete e dos jardins para as festas do casamento: entre Bertinho Soares, Shopel, Marieta e Paulo haviam imaginado transformar tudo aquilo numa espécie de cenário de conto de *As mil e uma noites*, e Marcos devia se encarregar de realizar o projeto:

— A Rosinha está encantada com a ideia. E todo mundo confia em você.

A velha dava detalhes sobre os preparativos para a festa, coisa igual nunca se vira no Brasil: o chefe do protocolo do Itamaraty viria dirigir pessoalmente o desenrolar da cerimônia nupcial e do grande baile. Todos os convidados receberiam um presente esplêndido, os melhores cozinheiros tinham sido contratados, as grandes casas de modas de Paris estavam trabalhando dia e noite para vestir a noiva, sua irmã, as convidadas. Viriam convidados até da Europa, gente da aristocracia italiana, os herdeiros da Coroa imperial do Brasil estariam presentes, sem falar da vinda de conhecidas figuras da sociedade argentina e uruguaia, sem falar na presença prometida do próprio presidente da República e na de todo o ministério. Essa festa provava o poderio da indústria paulista, era um símbolo da aliança dos novos industriais com as velhas famílias do Império, donas da terra onde cresciam os cafezais. A comendadora contava aquelas coisas com a voz um pouco irônica como a dizer ao arquiteto: "Você pode rir se quiser, mas a verdade é que nós somos mesmo fortes e poderosos". Marcos, porém, não ria: escutava em silêncio a enumeração dos vinhos chegados da França, da Espanha, da Itália, de Portugal, em qualidades e quantidades incríveis. A comendadora resumia a grandeza da festa numa constatação:

— É como se o mundo inteiro concorresse para a felicidade dessas duas crianças.

Costa Vale sorriu:

— Você vai gastar mais de mil contos nessa festa. Eu não sou contra as festas, elas são necessárias. Mas...

— Ora, por quê... — interrompeu a comendadora. — Houve um tempo quando eu não tinha nada, era pobre como Jó. Você não tem vontade, por vezes, de se vingar do tempo que era pobre? Quero uma festa como nunca se viu aqui...

Marcos desculpava-se mais uma vez: não era decorador, não tinha jeito para aquelas coisas. Era um arquiteto, construtor de casas, de arranha-céus, de grandes blocos de cimento armado. Isso ele sabia fazer, para a comendadora construíra mais de um edifício. Mas transformar casa e jardins num conto de fadas, disso não podia se encarregar. Para o brilho mesmo da festa, a comendadora devia procurar outra pessoa, havia especialistas muito competentes, e citava nomes. A velha retrucou, a voz dominadora:

— Quero que tudo nessa festa seja do melhor que existe. Que trabalhem para ela os profissionais mais competentes: os melhores costureiros, os melhores cozinheiros, o arquiteto mais célebre. E o mais célebre é você. Mande quem você bem quiser fazer a decoração, desde que seja você quem assuma a responsabilidade... Aliás, eu já declarei para as notícias a saírem na imprensa que a decoração seria feita por você.

Marcos sentia-se irritado. Com que direito aquela velha milionária o tratava como se fosse seu patrão, como tratava as suas costureiras, os seus cozinheiros?

— Pois fez mal, comendadora, porque eu lhe repito que não sou decorador e não vou me encarregar do trabalho. E quanto a emprestar meu nome a um trabalho realizado por outro, isso tampouco eu o faço... Desculpe, mas é minha última palavra: não posso me encarregar desse serviço.

Viu a cólera se apossando da cara rugosa da velha. Também Costa Vale a viu e interveio:

— Besteira. Coisa sem importância. — Com um gesto imperioso conteve a comendadora quase a explodir. — A comendadora é caprichosa, quer que a festa de casamento de sua sobrinha seja o suprassumo da elegância, ela tem razão. Sua insistência junto a você é até um elogio, seu Marcos. Mas, por outro lado, eu compreendo suas razões. Você não é um decorador. Você é um arquiteto. Sem dúvida ele tem razão, comendadora — falava agora para a milionária, como a exigir dela que se conservasse calma, não rompesse com Marcos. — Você, querendo elogiá-lo, terminou por ofendê-lo. E nós temos assuntos mais sérios a tratar com Marcos do que a decoração da festa de Rosinha. Deixe isso com Bertinho Soares e Marieta, eles resolvem...

A comendadora controlava-se, conseguia mesmo sorrir:

— Bem, se você não quer se encarregar, paciência.

Costa Vale ia em busca da pasta, sacava papéis e mapas, colocava-os em cima de uma mesa, sentava-se, estendia as pernas, passava a mão pela calva, numa voz tranquila:

— Vamos agora às coisas sérias... Tenho visto a sua revista, é interessante. Muito interessante mesmo. Principalmente o último número, com essa reportagem sobre os caboclos do vale do rio Salgado. Foi feita por um redator de *A Notícia*, não foi?

— Ex-redator. Botaram o rapaz pra fora por causa da reportagem. O senhor não sabia?

— Eu? E por que havia de saber? Que tenho eu a ver com *A Notícia*?

Ficou um momento calado, como a esperar uma resposta às suas interrogações, olhou longamente Marcos depois, como a tomar uma resolução:

— Bem, e se eu soubesse? Afinal esse rapaz foi ao vale mandado pelo jornal para acompanhar os técnicos. Tinha uma determinada missão. Abusou depois da confiança depositada nele para escrever contra os que pagaram sua viagem...

— Para escrever a verdade.

— Seu Marcos, vamos falar sério, para isso lhe mandei chamar. Você tem trabalhado para mim, eu lhe estimo, admiro seu talento. O que você pensa, que ideias tem, não me interessa, é assunto seu. Você publicou uma reportagem sobre os caboclos, dizendo cobras e lagartos da empresa. Se eu quisesse, a essa hora sua revista estaria fechada. Eu lhe digo mais: ela só não foi fechada porque eu não deixei. Em vez de fechar sua revista, eu prefiro lhe convencer que sou eu quem tem razão. Sim, há meia dúzia de caboclos no vale, meia dúzia de fugitivos da polícia, ocupando terras que legalmente não são deles. — Com um gesto evitou a interrupção de Marcos. — Espere. Que podem fazer esses caboclos de útil para o país? Nada. Que é que nós vamos fazer ali? Vamos estabelecer colonos japoneses, vamos transformar terras incultas em grandes plantações de arroz. Onde existem hoje choupanas de barro batido, quero erguer residências-modelo para os colonos. O que eu quero é o progresso, é a civilização. Você vai dizer que com isso eu ganho dinheiro, a comendadora ganha dinheiro. É certo: ganhamos dinheiro. E não é justo que ganhemos, nós que empregamos nosso capital para civilizar essa floresta?

— À custa das plantações dos caboclos...

— Não me venha com sentimentalismos... Olhe aqui... — Abria um mapa da região, apontava-o com o dedo. O que eu quero de você é um estudo para as construções que necessito no vale: casas para os colonos em toda essa faixa do rio e aqui, onde se encontra o centro do trabalho da empresa, os edifícios que esta necessita. Um trabalho para alguns milhares de contos, um contrato maior do que qualquer outro que você já teve.

"Mandaram me chamar para me comprar", pensava Marcos. Costa Vale detalhava agora seus projetos: número de casas para os colonos, número de andares para os edifícios da empresa, habitações para os operários.

— Uma cidade vai nascer aqui... Será que isso não vale os seus caboclos? Eu podia ter feito fechar sua revista. Em vez disso prefiro lhe convencer e trazê-lo a colaborar na minha obra, na nossa obra... — apontava a comendadora. — Sei que é um trabalho que vai lhe apaixonar...

"Se ele aceitar a proposta de Costa Vale", e como não vai aceitá-la se ela representa uma fortuna, só um louco recusaria, "ele aceitará igualmente se encarregar da decoração para a festa", pensava a comendadora. "Eles estão sentindo a existência da revista, querem comprar-me", refletia Marcos, e agora não se sentia sequer irritado.

Certa vez, quando da greve de Santos, ele se sentira em crise: de um lado suas ideias, suas simpatias, seus sonhos de um mundo sem miséria e sem injustiças, de outro lado todas suas ligações com os inimigos dessas ideias, seu trabalho profissional para eles. Mas hoje, quando o banqueiro e a industrial lhe oferecem um grande contrato, ele se sente mais forte que esses donos da vida: a revista era alguma coisa de concreto e de útil, agora ele compreendia toda a significação da frase do camarada João quando esse lhe falava das forças em crescimento que eles representavam.

— Não, nada disso vale para mim os caboclos do vale. Vou lhe dizer uma coisa que talvez lhe pareça incrível: sou tão incapaz de realizar as plantas para essas casas de colonos e esses edifícios da empresa como de fazer a decoração para a festa do casamento de Rosinha. E pela mesma razão: tanto uma como outra coisa repousam sobre a miséria de milhares de pessoas. Eu faria com gosto as plantas para casas onde fossem morar os caboclos do vale, casas que substituíssem suas choupanas atuais, se tivéssemos um governo que se preocupasse com eles. Mas para sua empresa, que nem é mesmo somente sua, que é mais dos americanos que sua... não, não construo nada por dinheiro nenhum do mundo...

— É inacreditável! — vociferou a comendadora. — Tem coragem de vir fazer propaganda comunista em minha casa...

— Não pedi para vir... — E Marcos levantava-se.

— Calma — disse Costa Vale, a voz fria. — Calma, comendadora. Marcos, por favor, não se vá ainda. Você quer ficar com os caboclos contra a gente, eu não posso impedir. É lástima, você é um grande arquiteto. Mas, cuidado, você pode se arrepender...

— Não costumo me arrepender.

Costa Vale estendia-lhe a mão:

— Não somos inimigos, adversários apenas. Veremos, com o tempo, quem tem razão.

A chegada de Marieta Vale, toda entregue aos preparativos da festa, facilitou os momentos finais da entrevista. Marcos aproveitou para partir. A comendadora ainda lhe disse:

— Então, é sua última palavra?

O olhar frio de Costa Vale o acompanhou. Quando o arquiteto desapareceu, na porta da rua, o banqueiro disse:

— Vou organizar um boicote ao seu escritório. Quando ele começar a perder os contratos, ele baixa o cangote e manda os caboclos e os comunistas pro inferno. É preciso começar a ensinar a essa gente.

A comendadora concordava:

— Ganham o dinheiro da gente e se voltam contra a gente. É um fim de mundo... A quem vou entregar agora a decoração?

23

OS JORNAIS FORAM UNÂNIMES EM AFIRMAR QUE A DECORAÇÃO do palacete da comendadora, transformado num ambiente de contos de fada, era uma coisa que só vendo para plenamente dar-se ideia. Festa como aquela não se tivera notícia no Brasil: as reportagens enchiam as revistas ilustradas, eram avidamente lidas nas casas pequeno-burguesas. Uma joia tinha sido oferecida a cada senhora presente, uma lembrança cara a cada cavalheiro. O retrato da noiva, com seu vestido de Paris, estava na primeira página dos jornais e das revistas e moças românticas suspiravam diante das fotografias de Paulo Carneiro da Rocha, vestido de fraque, a face pálida ante o altar. O próprio cardeal viera oficiar o casamento, centenas de convidados, a mais alta sociedade do Rio, de São Paulo, de Buenos Aires, a família imperial, um ex-monarca europeu de passagem pelo Brasil. Uma revista publicava a lista e fotografias dos presentes recebidos pelos recém-casados: a casa na Gávea, oferecida pela comendadora, um automóvel, lembrança dos Costa Vale, joias, serviços de prata e de cristal, uma infindável relação.

Marieta Vale aparecia em muitas destas fotos, inclusive naquelas onde se viam os nubentes no momento de tomar o avião para a lua de mel em Buenos Aires. Os jornais referiam-se às suas *toilettes*, à sua graça, à sua beleza cada vez mais jovem.

Quando, após o ato religioso, ela abraçava Paulo, murmurara-lhe no ouvido:

— Se eu fosse vinte anos mais moça, seria eu quem me casaria contigo...

— Tu és a mais jovem de todas... — respondeu ele ao mesmo tempo que constatava os primeiros sintomas de velhice nos olhos da amante.

— Não demores em Buenos Aires. Eu te espero.

Marieta estava contente, Paulo havia deixado de falar na nomeação para Paris, o casamento iria obrigá-lo a fazer uma vida mais normal, a ser ainda mais dela que antes.

Também Artur Carneiro Macedo da Rocha estava contente: aquele casamento rico livrara-o de qualquer preocupação a respeito do futuro do filho. Já nenhuma barreira poderia se opor a que Paulo alcançasse os mais altos postos na diplomacia, sem falar nos cinco mil contos do dote de Rosinha. A comendadora estava contente: comprara para a sobrinha um marido da melhor família da aristocracia paulista, um dia desses casaria a outra nas mesmas condições. Essa era sua ambição e a estava realizando. Aquele casamento, em torno do qual tanto se havia escrito, crônicas que transformavam os noivos em heróis de romances para moças ou de filmes norte-americanos, parecia ter conseguido desviar as atenções de todo o país das dificuldades internacionais e dos problemas internos: como que todo mundo se voltara, a acreditar no noticiário da imprensa, para aquele rapaz e aquela moça que se casavam. Uma revista de grande tiragem publicava mesmo em folhetim a história do "amor romântico" de Paulo e Rosinha como um exemplo para todos os jovens. Começava assim: "Eles se conheceram por uma tarde rósea e ao primeiro olhar sentiram que haviam nascido um para o outro. Foi um amor à primeira vista...".

Só Eusébio Lima, sentado em seu gabinete no Ministério do Trabalho, não parecia contente com o barulho em torno do casamento e o afirmava, apontando a revista com o folhetim, para Lucas Puccini e Shopel:

— Eu lhes digo: é um escândalo, um verdadeiro escândalo.

— Mas, por quê? — perguntava o poeta, que atribuía à má vontade de Eusébio não ter sido convidado para as festas do casamento.

— Por quê? Eu lhe digo por quê, seu Shopel, e você, que é um homem

inteligente, vai me dar razão: por que essa publicidade imensa, por que esse desparrame de dinheiro num casamento e por que ainda por cima gritar que gastaram todo esse dinheiro? Não se fala de outra coisa, é como se a guerra de Espanha já tivesse acabado, como se Hitler nunca tivesse existido, como se a guerra não estivesse aí nas portas. E não é só isso...
— baixava a voz. — Com o país na situação em que está, com gente morrendo de fome pelos morros... Por que açular o ódio do zé-povinho?

— Você tem razão... apoiou Lucas. — Eu ouvi comentários terríveis de gente da rua...

— Comentários, isso não é nada — abria a gaveta da sua mesa de trabalho, sacava uns volantes. — Leiam isso, material dos comunistas sobre o casamento. Em todas as fábricas, nos bairros, nos subúrbios...

Espalhava os volantes sobre a mesa, panfletos terríveis de cólera e acusação, Shopel e Lucas curvavam-se para ver. Eusébio tomava de um dos papéis, entregava-o a Shopel:

— Leia, Shopel, porque falam de você também. Eu estive há dias numa reunião de sindicato, sindicato nosso, bem entendido, controlado por nós, o secretário é um rapaz da polícia. Pois bem: ali mesmo um operário falou do casamento, das festas, das notícias. Tinha feito um cálculo: com o que a comendadora gastou nessa festa, poderia ter alimentado os operários de suas fábricas durante não sei quantos meses, poderia ter vestido não sei quantas mil pessoas... Enfim, cálculos benfeitos, causou uma impressão, você nem sabe...

Shopel encontrava no volante o trecho que se referia a ele: "gordo como um suíno, alimentado pelos restos das mesas ricas, enriquecido com o sangue do povo, comia como quatro e bebia como oito na bacanal...". As cores desapareciam do seu rosto mulato, pálido de medo, quase tremendo. Tartamudeava:

— Eu... até... estava doente... nem podia comer...

Aqueles volantes ilegais tinham o poder de aterrorizá-lo: um dia esses comunistas podiam de repente chegar ao poder...

Eusébio completava:

— Muito bem fez o doutor Getúlio que não foi lá. A comendadora virou mundos e fundos pra que ele fosse, mas ele sabe o que faz...

Lucas Puccini cruzou as pernas, falou com autoridade.

— Essa gente é atrasada, pensa que vive ainda no tempo dos negros escravos. Não veem que o mundo é outro, que é necessário levar em conta os operários. Se não se der alguma coisa a eles, virão nos tomar tudo. Veja como eu faço: na minha fábrica eu sou como um trabalhador. Misturo-me com eles, trato-os como se eu fosse um deles, atendo sempre a alguma coisa do que me pedem. Agora mesmo vou montar um restaurante ao lado da fábrica: almoços baratos. Em vez de ter os operários contra mim, eu faço deles meus admiradores... E nem por isso deixo de ganhar dinheiro...

Falava do seu dinheiro com um certo orgulho: a fortuna sorria-lhe, seus negócios se multiplicavam. Eusébio, agora em segundo plano ante seu antigo protegido, apoiava:

— Assim é que se deve agir. Essa é a política do doutor Getúlio: aí estão as leis trabalhistas. Essa gente como a comendadora só faltou botar o mundo abaixo quando se falou nas leis trabalhistas. Não viram que assim estávamos defendendo o dinheiro deles. São mais que atrasados, seu Lucas, são uns ingratos... — No fundo não perdoava não ter sido convidado para o casamento.

Continuava, voltado para Shopel:

— Temos um trabalhão aqui no ministério para evitar que os comunistas controlem os sindicatos, que armem greves nas fábricas. Aqui e na polícia. E depois vem essa gente a arrotar os milhões que gastam numa festa. É preparar a comida e dar na boca dos comunistas... De colher para eles...

— Quanto a mim — disse Lucas —, não arroto riqueza na cara dos meus operários. Ao contrário, eles pensam que estou me enchendo de dívidas só para não fechar a fábrica, para não deixá-los sem trabalho... — riu. — Essa é minha técnica: sou uma vítima como eles, eu também desejo o socialismo. Eu digo uma coisa a vocês: se ainda existissem partidos políticos, eu ia fundar um partido socialista...

Levantou-se, as mãos nos bolsos da calça elegante, parou em frente a Shopel:

— Seu poeta, essa tal aristocracia paulista está mesmo acabada. O melhor que eles têm a fazer é nos deixar o lugar, a nós, a gente nova, homens do nosso tempo, do tempo de Hitler e do nacional-socialismo. Eles não entendem nada, só sabem botar as coisas a perder. São mesmo uns "carcomidos", como diz o doutor Getúlio. Essa é que é a verdade.

Shopel começara por divertir-se. Enquanto Eusébio clamava contra a publicidade da festa, o poeta pensava: "Está furioso porque não foi convidado para o casamento, porque não é admitido na alta sociedade". E quando Lucas Puccini deblaterava contra os métodos dos industriais paulistas, Shopel explicava a si mesmo: "Ele não perdoa ter Paulo dormido com sua irmã, é só isso que o faz falar assim".

Porém, depois de Eusébio haver metido um volante comunista em sua mão, após ter lido seu nome misturado aos de Costa Vale, da comendadora, de Paulo, de Mr. Carlton, apontado como inimigo do povo, tratado de "suíno grávido", Shopel começou a considerar os fatos de outra maneira: "Eles não deixavam de ter razão. Tudo isso desperta a cólera do povo. E os comunistas se aproveitam".

Sua voz saía amedrontada, numa queixa amargurada:

— E eu que pensava que esses comunistas estavam liquidados para sempre... Não há mesmo jeito de terminar com eles?

24

É NECESSÁRIO TERMINAR COM OS COMUNISTAS — TAL ERA A MANCHETE de um jornal da tarde, relatando os incidentes ocorridos na fábrica de tecidos da comendadora Da Torre nos dias seguintes ao casamento de Paulo e Rosinha. A comendadora, desejosa, segundo ela anunciara às suas amizades, que todos participassem da alegria do grande evento, adquirira uma partida de macarrão e mandara distribuir entre os seus operários.

Umas duas semanas já se tinham passado sobre o casamento e nas fábricas da comendadora muito se comentava sobre a festa, a dinheirama gasta, as joias oferecidas aos convidados, uísques e champanha correndo como água. Boletins comunistas circulavam entre os operários. Um deles, ilustrado com dois clichês: num, a casa miserável de um operário, na porta crianças subalimentadas, vestidas de trapos; noutro, o palacete da comendadora engalanado para a festa, convidados de casaca, mulheres de vestidos decotados, cobertas de joias. Um contraste chocante despertando ácidos comentários entre os operários. As mulheres — e grande parte do operariado era feminino — sentiam-se ainda mais indignadas: em casa estavam os filhos chorando de fome. "Não é champanha que eles bebem, é o sangue dos operários", diziam os boletins e, junto às máquinas, os trabalhadores balançavam a cabeça concordando.

Foi quando o poeta Shopel, alarmado com os argumentos de Lucas e Eusébio, tendo vindo a São Paulo, aconselhou a comendadora a fazer alguma coisa para os operários, algo que lhes desse a ilusão de haverem também participado da festa de casamento. Repetiu certos conceitos de

Lucas e de Eusébio como se fossem seus e falou dos boletins comunistas. Costa Vale, em cujo escritório conversavam, aprovou a argumentação de Shopel:

— Shopel tem razão. Fez-se demasiado barulho em torno dessa festa.

Foi o próprio Shopel quem deu a ideia dos saquinhos com meio quilo de macarrão. O poeta queria estar bem com todo mundo e já há algum tempo vivia procurando a maneira de fazer uma gentileza a Lucas Puccini: o rapaz estava crescendo em fortuna e prestígio, ganhava dinheiro, era da intimidade do Catete, quem sabe se amanhã não poderia ser útil a Shopel? Naquele mesmo dia, quando deblaterara contra a "aristocracia paulista", Lucas lhe contara ter adquirido a grande maioria das ações de uma fábrica de macarrão e outras massas alimentícias, em São Paulo. Shopel levou-lhe a encomenda da comendadora e Lucas agradeceu, prometendo entregar toda a partida em lindos saquinhos de papel onde faria imprimir em letras róseas: AOS NOSSOS BONS OPERÁRIOS, LEMBRANÇA DO CASAMENTO DE PAULO E ROSA DA TORRE CARNEIRO MACEDO DA ROCHA.

Dias depois, o poeta entrou uma tarde, triunfante, em casa da comendadora. Marieta Vale, que lia para a velha uma carta de Paulo, recebida naquela manhã, onde o rapaz lhe contava das recepções sem fim oferecidas em Buenos Aires ao casal, saudou o poeta, cheia de cordialidade:

— Mais uma semana, Shopel, e eles estarão aqui...

Shopel exibia o saquinho de macarrão, com sua inscrição em letras cor-de-rosa:

— ... e serão recebidos em triunfo pelos operários, saudados como benfeitores...

O saquinho passou de mão em mão, Susana Vieira gritou, batendo as mãos uma na outra, no seu jeito dengoso:

— Mas, se é um amor... Uma coisa que até comove o coração da gente...

— Ideia do Shopel... — elogiou a comendadora. — Uma boa ideia, o nosso poeta está se revelando um político e tanto!

— Mas também que despesa, hein! Meio quilo, não? E quantos saquinhos como esse?

Shopel revelou a quantidade — vários milhares. Susana estava cada vez mais impressionada:

— Um dinheirão, hein, comendadora? Isso é uma coisa de mãe para filho...

— Que é que você quer, meu amor... A gente tem que pensar também nos operários, afinal eles estão ligados a nós...
— Um dinheirão... Mas um gesto bonito, não há dúvida — admirava Susana.
Shopel comunicou que já fizera fotografar, para a imprensa, as montanhas de saquinhos, empilhados na fábrica de Lucas, e providenciara, junto aos jornais e à Transamérica, a ida de repórteres e de fotógrafos às fábricas da comendadora para a distribuição no dia seguinte. No fundo, afirmava, ante a publicidade a que dava lugar, o dinheiro gasto com o macarrão resultava num bom emprego de capital. O poeta encontrava-se feliz com sua ideia, mostrava-se assim indispensável àquela gente, sem falar nos agradecimentos de Lucas Puccini (traduzidos numa comissão de dez por cento sobre o preço do macarrão, para "os charutos do poeta", dissera Lucas entregando-lhe o cheque).
— Choverão as bênçãos sobre a venerável cabeça da comendadora — concluiu Shopel, untuoso.
Não choveram bênçãos. Os jornalistas convocados por Shopel contavam depois, e as fotografias o provavam, a reação inesperada e violenta dos operários quando os saquinhos de meio quilo de macarrão começaram a ser distribuídos, pouco antes do fim do trabalho do dia. A distribuição era feita pelos empregados e empregadas do escritório, os fotógrafos haviam tomado posição para bater as chapas, os jornalistas preparavam-se para ouvir dos operários — e principalmente das operárias — as palavras de louvor à comendadora. Os primeiros saquinhos foram entregues, uma chapa batida: uma loira bonita, datilógrafa, estendendo o saquinho para uma operária velhusca, mulata, quando se ouviu uma voz gritando:
— Isso é um achincalhe...
As empregadas que faziam a distribuição pararam surpresas mas a voz do gerente ordenou-lhes continuar. Um operário havia subido sobre uma mesinha, dominava agora todo o atelier:
— Depois de ter gasto mais de mil contos em comidas e bebidas para encher o bandulho dos ricaços, mandam nos dar essa porcaria. Estão sugando nosso sangue e querem...
Os fotógrafos faziam chapas. O operário elevou sua mão com o saquinho, atirou-o em direção aos jornalistas e fotógrafos:
— Engulam o seu macarrão e nos paguem salários que nos deem para viver. Não queremos esmolas!

E, de súbito, os saquinhos de macarrão começaram a voar de um lado para outro, atirados sobre as empregadas que os distribuíam, sobre os jornalistas, sobre o gerente. O macarrão se espalhava no solo e sobre as máquinas, o gerente punha as mãos na cabeça.

Nos demais ateliers, onde a distribuição também se iniciara, propagou-se a revolta: saquinhos de macarrão cruzavam os ares e, na sala de depósito de tecido, fizeram de um grande retrato da comendadora o alvo predileto. O gerente conseguira retirar-se aos escritórios, telefonava para a polícia. Um operário saiu correndo pelos ateliers avisando aos berros:

— Estão chamando a polícia...

Como a hora do trabalho já terminara, começaram a sair às pressas. Em pouco tempo a fábrica estava quase vazia, o chão tapetado de macarrão. Restavam apenas os jornalistas, os fotógrafos, os empregados. Um dos fotógrafos recolhia uns saquinhos, intactos:

— Para fazer uma macarronada, domingo...

O gerente explicava aos jornalistas:

— Os senhores são testemunhas: uns mal-agradecidos. Com essa gente só no porrete. Não adianta querer tratar como a seres humanos.

A polícia chegava, três automóveis com investigadores sob o comando de Miranda, interrogava os presentes:

— As mulheres eram as mais exaltadas... — contava um jornalista.

— Também, aqui para nós, essa ideia de dar meio quilo de macarrão aos operários depois de uma festa de mil contos...

— E sem nos avisar... — queixou-se Miranda. — Como se faz uma coisa dessas sem avisar antes a polícia? Poríamos uns quantos homens aqui e tudo correria bem...

Miranda queria saber como o barulho começara. Um fotógrafo havia feito uma chapa do operário que incitara a massa. Qual era o fotógrafo? O homem se apresentava, um velho fotógrafo da imprensa. Tentara bater uma chapa, mas na hora o operário atirara com o saquinho de macarrão e derrubara o tripé, explicou. O que não era verdade, ele havia feito a chapa mas não desejava entregar o homem à polícia. O gerente, porém, localizou o agitador: um operário da fiação, andavam já de olho nele devido às suas ideias extremistas, chamava-se Maurílio. Havia outros também, homens e mulheres, bastante suspeitos. O gerente citava nomes.

— Amanhã — prometeu Miranda — faremos uma limpeza na fábrica.

O poeta Shopel, ao saber da notícia por um repórter da Transamérica, no gabinete de Saquila, onde discutia sobre poesia com o jornalista, empalideceu:

— Que horror! A comendadora vai virar fera. Volto hoje mesmo para o Rio, antes que ela mande me chamar...

Saquila divertia-se:

— E o artigo que você ia fazer sobre o "comovente gesto da comendadora"? Shopel, você é um grande poeta, o nosso maior poeta moderno: mas de operários e de questão social você não entende necas. Vá escrever um bom poema, deixe os stalinistas por minha conta... — Saquila estava publicando, através da rede da Transamérica, uma série de artigos contra a União Soviética, nos quais buscava mostrar como a "revolução e os trabalhadores tinham sido traídos pelos burocratas soviéticos". Esses artigos, em linguagem extremamente esquerdista, apareciam nos grandes jornais burgueses e obtinham sem dificuldade o visto da censura do Departamento de Imprensa e Propaganda.

Quanto a César Guilherme Shopel aqueles acontecimentos inspiraram-lhe realmente um poema, publicado em grandes caracteres numa revista luso-brasileira, luxuosíssima, editada em colaboração com o Ministério de Propaganda de Portugal e com o DIP do Brasil. Um poema onde Shopel mostrava-se desesperado ante o egoísmo dos homens, sua fria materialidade:

Meu Deus, quero renunciar ao fausto,
às mulheres, ao sonho; nada possuir,
ser apenas teu poeta humilde e solitário.

25

O PROFESSOR ALCEBÍADES MORAIS, DA FACULDADE DE MEDICINA de São Paulo e diretor das obras de saneamento do vale do rio Salgado, não estava satisfeito e o confessava a Venâncio Florival, no avião em que vinham de Cuiabá para São Paulo, às vésperas do Carnaval. Em meio à solidão do vale, contava ele ao fazendeiro, refletira longamente sobre os problemas brasileiros, sobre a responsabilidade a pesar nas costas dos homens de elite, dos dirigentes da vida política e econômica do país. E suas solitárias lucubrações levavam-no a melancólicas constatações: mais que nunca o país se encontrava à beira do abismo, ameaçado de terríveis catástrofes.

— Seu doutor, não seja exagerado... Isso de dizer que o Brasil está na beira do abismo eu o ouço desde menino... E olhe que até hoje não caímos no tal abismo... Quanto mais agora, quando possuímos um regime forte, quando as lutas políticas, que nos causavam tanto mal, se terminaram...

O dr. Alcebíades Morais sacudia a cabeça:

— Terminaram? Elas nunca foram tão violentas...

Então o coronel não via o perigo? Para o professor de medicina ele era quase palpável: a arrogância dos operários jamais fora tão grande. Que é que ele dizia do caso do macarrão da comendadora? Muito ilustrativo. E mesmo no vale, naquelas brenhas, não continuavam os caboclos ocupando as terras que a justiça declarara pertencer à empresa? Quando já se viu tal obstinação em caboclos ainda ontem escravos? E os trabalhadores das obras do vale que já tinham constituído um sindicato, começavam com exigências, reclamando salário dobrado pelas horas extras de serviço, agora que a empresa resolvera apressar os trabalhos?

— Sim, essa história dos caboclos é um absurdo. Eu já disse ao Costa Vale que é preciso botar esses caboclos pra fora quanto antes. Mas ele tem lá suas ideias...

— Ideias muito discutíveis, coronel.

E o professor abriu o peito, criticou acremente. Aquelas críticas que jamais tivera coragem de fazer ao próprio Costa Vale: pelava-se de medo ante o banqueiro. Costa Vale era um grande homem, dizia ao ex-senador, ele, Alcebíades, colocava-se entre os seus mais incondicionais admiradores. Entretanto, a sua política atual podia causar sérios males ao país, vinha, sem dúvida, reforçar os comunistas. O coronel espantava-se:

— Mas como, seu doutor, mas como?

Ora, como... Era a política dos norte-americanos, a política de Roosevelt, boa talvez para os Estados Unidos, uma grande e poderosa nação, não era ele quem iria negar os méritos do governo e do Estado norte-americano, mas perigosa no Brasil. Bastava ver como Costa Vale estava sendo cercado de homens suspeitos, alguns deles mais que suspeitos como Hermes Resende e como esse tal Saquila, um comunista escrachado, agora dirigindo a Transamérica em São Paulo. No fundo, tais homens eram inimigos do Estado Novo, inimigos da linha política internacional do governo, todos eles eram conspiradores encobertos...

O coronel defendeu Hermes Resende. Comunista ele não era. Tinha suas ideias socialistas, avançadas. Mas tratava-se de um bom rapaz, amigo de uma boa mesa, inofensivo...

— Inofensivo... Não foi ele quem classificou Hitler de "fera sanguinolenta".

O professor se exaltava: se havia um homem capaz de salvar a humanidade do perigo vermelho, esse homem era Hitler. No entanto, o que se passava? Homens responsáveis como Costa Vale financiavam editoras, jornais e agências de artigos para divulgar conceitos e ideias ditas democráticas, na realidade comunizantes. A editora fundada por Shopel, agora nas mãos do banqueiro, que começara tão bem publicando livros de Plínio Salgado, editava atualmente filósofos norte-americanos e ingleses, cujas ideias extremistas, subversivas, não podiam escapar a quem lesse algumas páginas dos seus livros. Ele, o professor Alcebíades, lera alguns desses livros durante sua estada no vale: Wells, Bertrand Russell, Van Loon, Huxley, uma cambada de inimigos dos regimes fortes... Isso era trabalhar contra eles mesmos, era botar o fuzil no peito dos únicos homens capazes de enfrentar os comunistas: os fascistas, os alemães de Hitler, os italianos de Mussolini.

O professor abria os braços, trágico: os norte-americanos estavam causando um grande mal ao Brasil, sua influência era profundamente perigosa.

— Mas, seu doutor, são eles que têm o dinheiro, nós estamos amarrados ao dinheiro deles...

Não, não era assim. Dinheiro também tinham os alemães e tentavam empregar seus capitais no Brasil. Era um absurdo, cuja razão ele não compreendia, continuar na dependência dos Estados Unidos quando os alemães estavam dispostos a financiar a industrialização do Brasil, a transformá-lo em uma grande potência. Os alemães necessitavam de um Brasil poderoso, rico, industrial, que pudesse fazer face, no continente americano, aos Estados Unidos. Qualquer patriota podia dar-se conta facilmente das vantagens de colaborar com os alemães. Além da garantia da exterminação rápida do comunismo... Ah! ele não compreendia por que Costa Vale, de posse da concessão das terras do rio Salgado, fora entregá-las aos ianques tendo a possibilidade de tratar com os alemães... O resultado era o que se via: uma luta surda, aproveitando aos comunistas, dividindo o governo, ameaçando-o mesmo...

O coronel Venâncio Florival coçava a cabeça de cabelos grisalhos e revoltos: tudo aquilo era complicado, certamente o professor de medicina tinha alguma razão, mas Costa Vale não era nenhuma criança, não batia prego sem estopa... Se ele preferia os norte-americanos aos alemães, não o fizera sem ter antes pesado todas as possibilidades, disso o dr. Alcebíades podia estar certo. E quanto àquela ideia que ele pudesse concorrer para o fortalecimento dos comunistas, era absurda. Venâncio podia lhe afirmar que se os comunistas tinham um inimigo no Brasil, esse era Costa Vale. Queria uma prova? Quem interviera junto ao governo para impedir a perseguição a Plínio Salgado e aos demais integralistas quando do golpe de maio de 1938? Fora Costa Vale, preocupado com as vantagens que os comunistas podiam tirar da situação. Quanto a ele, Venâncio Florival, estava convencido de que chegaria a hora quando todos se uniriam, americanos e alemães, Getúlio e Plínio Salgado, o chefe de polícia e o ministro da Educação, Hermes Resende e o professor Alcebíades: no momento em que Hitler ordenasse aos seus exércitos a marcha contra Moscou... Nessa hora, o professor iria ver, estariam todos de mãos dadas, para esmagar o comunismo. E essa hora não ia tardar, Deus não havia de permitir...

O avião aterrissava, um táxi os deixou na porta do hotel onde Venâncio se hospedava. Era sábado de Carnaval e os primeiros mascarados passavam, um ar de festa dominava as ruas, nas esquinas apareciam vendedores de lança-perfume e serpentinas. O fazendeiro abriu a boca num sorriso:

— Esqueça suas preocupações, seu doutor. Trate de desforrar-se nestes dias de Carnaval do tempo que andou socado no vale...

De dentro do táxi que ia conduzi-lo à sua residência, o professor Morais respondeu quase ofendido:

— Condeno essa orgia coletiva que chamam Carnaval. Não participo dela, tenho os meus princípios, coronel...

Venâncio transformou o sorriso em sua gargalhada mal-educada:

— Pois faz mal, seu doutor. Uma diversãozinha não prejudica ninguém. Quanto a mim, eu penso terminar a noite de hoje no Bola Azul com a Mercedes, uma espanhola que vale seu peso em ouro... Vou tirar a carne da miséria, seu doutor!

26

QUASE À MESMA HORA, JOSÉ E MARIETA COSTA VALE DESEMBARCAVAM do outro avião, no Rio de Janeiro. Os Costa Vale passavam sempre o Carnaval no Rio. Não havia comparação possível entre o Carnaval da capital federal e o de São Paulo. O Carnaval era antes de tudo uma festa carioca e, para Marieta, significava passar aqueles quatro dias com Paulo, nos bailes mais elegantes, dançando com ele, bebendo champanha, fazendo todas as loucuras, embriagando-se com éter... Estava nervosa, na expectativa desses dias, e apressava os carregadores que levavam as malas para o auto.

Pouco vira Paulo desde a sua volta de Buenos Aires. Os recém-casados haviam passado uns poucos dias em São Paulo, com a comendadora, e Marieta encontrara-se a sós com Paulo apenas uma vez, numa tarde terrivelmente calorosa, após um longo e regado almoço. Ela estava ansiosa de carícias, ele fatigado, pesado do almoço e do vinho, sonolento. Muito gentil, sem dúvida, a repetir-lhe juras de amor, a contar de suas saudades, mas cabeceando de sono, evitando com dificuldade os bocejos. Quisera fazê-lo falar dos seus planos de futuro, mas o rapaz fizera-se reticente, fugira à conversa, terminara por adormecer. Ela o abandonara, furiosa, no quarto do hotel, trancara-se em lágrimas em casa. Paulo apareceu à noite, vinha pedir-lhe desculpas. A casa estava cheia de gente e apenas puderam falar uns minutos, no jardim, quando ele se desculpou e ela foi feliz em perdoá-lo. Depois haviam viajado, ele e Rosinha, para o Rio, para onde viera também a comendadora, incapaz de suportar em São Paulo os comentários sobre o "caso do macarrão". Do Rio, Paulo lhe escrevera uma carta, onde mais uma vez explicava sua fadiga naquela tarde infeliz e renovava suas juras de amor. Uma carta muito terna, apaixonada, plena de palavras carinhosas, diferente do geral das suas cartas quase sempre limitadas a ácidos comentários sobre a vida dos outros, irônicas e pouco sentimentais. Marieta a atribuiu à zanga anterior, chamou-o ao telefone interurbano para dizer-lhe já o ter perdoado, para dizer que jamais o amara tanto. Teve a impressão de encontrá-lo nervoso, ao telefone. Mas logo esqueceu aquele detalhe, preocupada com os vestidos que mandara fazer para os bailes de Carnaval.

Agora ia destorrar-se dessa longa ausência de Paulo. No Rio, sem as obrigações da casa frequentada de Costa Vale, as oportunidades de estar com Paulo a sós se multiplicavam. Marieta vinha com planos bem amadurecidos: convencer o rapaz — e nesse sentido já andara a sondar a comendadora — a abandonar o Itamaraty, a dedicar-se às fábricas da sogra. Contava convencê-lo, esperar encontrar na comendadora e em Rosinha boas aliadas. Perguntar-lhe-ia: que era mais seguro para ele, continuar a diplomacia ao sabor dos vaivéns da política, ou ir aos poucos substituindo a comendadora à frente das suas empresas?

Encontraram-se à noite, no baile do cassino. Marieta fizera-se formosa, uma fantasia de Maria Antonieta realçava-lhe o perfil de grande dama. A pobre Rosinha é que jamais aprenderia a vestir-se: mesmo as *toilettes* mais caras iam-lhe mal e ela, sentada ao lado de Paulo, calada e desajeitada, parecia mais uma suburbana caída ali por engano que a esposa milionária do rapaz elegantíssimo. Marieta sorriu daquele contraste, Rosinha não contava sequer nos seus cálculos. Ela a utilizava, nada mais.

Grupos à fantasia separavam os dois casais. Costa Vale abria passo em direção à mesa onde estava Paulo com a esposa, em companhia de Shopel. Marieta sorria sempre, a deselegância de Rosinha era um espetáculo que valia a pena, Shopel foi o primeiro a vê-los, levantava-se, adiantava-se para Marieta:

— Majestade, permita que o mais humilde de seus súditos lhe beije a mão...

Paulo e Rosinha voltavam-se às palavras do poeta. E antes mesmo de qualquer cumprimento, Rosinha, batendo as mãos de contente, foi contando a Marieta:

— Tu já sabes da novidade, Marieta? Não, não deves saber ainda, é segredo, sai amanhã no *Diário Oficial*...

— O quê? — perguntou Marieta empalidecendo.

— Paulo foi nomeado para Paris, partiremos dentro de quinze dias...

— Meus parabéns, seu malandro... — disse Costa Vale. — Paris vale a pena...

— Foi o melhor presente de casamento... — completou Rosinha.

A orquestra tocava um samba, Marieta pronunciou com dificuldade:

— Vamos dançar, Shopel?

Saiu nos braços gordos do poeta, em cuja testa brilhava o suor. Foi o silêncio durante alguns momentos. Marieta dançava maquinalmente, não respondia sequer aos inúmeros cumprimentos dos conhecidos e amigo. Depois de algum tempo, disse:

— Você sabia dessa viagem?

"Por que diabo hei de sempre estar metido no fim dos amores de Paulo? Ele se diverte, eu carrego com as lágrimas."

— Só soube hoje...

Foi o silêncio novamente, um prolongado silêncio. De súbito Marieta disse:

— Creio que eu também irei a Paris. Faz já quase dois anos que não vou à Europa...

— Ah! Se eu pudesse ir também... — invejou o poeta. — Tomar um banho de civilização nas margens ilustres do Sena!

— O difícil para mim — explicou Marieta, a voz agora quase normal, um pequeno sorriso a brincar-lhe no lábio fino — são as ocupações de José. Ele não pode viajar. Mas aproveito a ida de Rosinha e Paulo, vou com eles...

"Ah! Dessa Paulo não vai se livrar com a facilidade com que se livrou de Manuela... Essa tem dinheiro e, ademais, perdeu a vergonha completamente...", pensava Shopel enquanto respondia:

— Faz a senhora muito bem, dona Marieta. Não há quem possa suportar dois anos consecutivos de Brasil. Isso aqui asfixia, asfixia e emburrece...

Da mesa, sozinho — Costa Vale dançava com Rosinha —, Paulo seguia com os olhos as reações de Marieta. Ia ser uma explicação difícil, com acusações, palavras exaltadas, teria de enfrentar Marieta em desespero. Mas Paris valia bem uma cena desagradável...

27

FOI NA TERÇA-FEIRA DE CARNAVAL, QUANDO MAIS ANIMADO ia o movimento nas ruas, quando toda a cidade cantava e dançava, esquecida de tudo, que João viu, pela primeira vez, o seu filho.

O Tribunal de Segurança vinha de julgar Zé Pedro, Carlos, os demais companheiros presos no ano passado. Ditara largas penas de prisão, seis e oito anos, e os condenados já haviam partido para a distante ilha de Fernando de Noronha, isolada em meio ao Atlântico, entre o Brasil e a África. Apenas o jovem português Ramiro, doente, ainda ficara em São Paulo, internado num hospital da polícia. As brutais torturas a que fora submetido haviam-no quase aleijado e ele devia sofrer agora uma operação. Depois o mandariam a ele também, no porão sombrio de um cargueiro, para a ilha deserta e árida.

Josefa saíra do hospício, não tinha cura, habitava com os pais e não reconhecia sequer o filho: louca mansa a repetir palavras ouvidas na polícia nas noites infames de tortura. O Ruivo a fora visitar uma vez, voltara de rosto fechado, sorumbático, andara de mau humor durante uma semana. Aliás, tampouco o Ruivo ia bem de saúde: perdera rapidamente aquela gordura artificial do sanatório, estava reduzido a pele e ossos, tossia sem parar, tinha febre todas as tardes. Mas não se queixava, não largava o trabalho, e fora necessário tomar uma decisão séria para obrigá-lo a visitar, mais ou menos regularmente, o dr. Sabino. Também, nas duras condições de ilegalidade em que se encontravam, era impossível um tratamento sistemático.

A polícia não lhes dera um momento de tranquilidade desde a prisão de Carlos e Zé Pedro. Vasculhara, naqueles meses, todos os endereços conhecidos, prendendo a torto e a direito, ameaçando, espancando, oferecendo dinheiro pela prisão de João e Ruivo. As verbas da polícia, agora sem nenhum controle parlamentar, eram enormes: o corpo de investigadores da delegacia política fora triplicado e um serviço de espionagem e denúncia, imensa rede por toda a cidade, funcionava em todas as fábricas, nos edifícios de apartamentos — onde vários porteiros estavam ligados à polícia —, nas faculdades, em toda parte. Naquele tempo, marcar um encontro era um problema, as reuniões se faziam cada vez mais difíceis, as casas dos simpatizantes estavam sob controle. A polícia cercava o Partido, dificultava-lhe os movimentos, buscava ansiosamente a direção do regional.

As quedas de companheiros se sucediam com as constantes batidas policiais. Fazer uma pichagem era temerária empresa, findando quase sempre na prisão dos militantes, especialmente depois do estabelecimento da radiopatrulha, os seus automóveis com investigadores correndo as ruas à noite sem parar. Agentes da polícia eram colocados nas fábricas, como operários, algumas células haviam caído antes de se darem conta do provocador.

Era uma tarefa estafante e difícil: cobrir os repetidos claros da organização. Por vezes era quase todo um comitê de zona que desaparecia nas mãos da polícia, desorganizando o trabalho em toda uma parte da cidade. E o recrutamento naquelas condições exigia uma vigilância particular: outra coisa não desejavam os homens ligados à polícia senão serem convidados para o Partido. Meses de trabalho silencioso e persistente, defendendo o Partido contra a polícia, meses sem grandes ações de rua, quando os pequenos sucessos custavam a liberdade dos quadros, a existência dos organismos de base. Por três vezes naquele tempo tiveram de mudar às pressas a tipografia: a polícia andava nas vizinhanças. Das duas primeiras vezes tinham tido tempo de salvar a pequena impressora e os tipos. Mas na terceira mudança tiveram de abandonar todos os tipos, o papel, o material impresso, tinham retirado a máquina quase no nariz da polícia, quando já os investigadores localizavam a casa. Sucedera-se um período de angústia, sem poder imprimir e distribuir material. Os camaradas tipógrafos traziam nos bolsos tipos retirados das oficinas onde trabalhavam, assim se reconstruiu aos poucos a tipografia, num lento e cotidiano sacrifício. Sem falar nas dificuldades para arranjar casas onde os elementos da direção se escondessem. Não deviam — especialmente o Ruivo e João — demorar numa casa, a espionagem da polícia podia localizá-los. Naquela época, os militantes mostraram o que valiam, o seu devotamento. Houve, é claro, quem desaparecesse no temor da prisão, houve também quem falasse sob as torturas. Foram, porém, uns poucos, o corpo do Partido resistia e continuava a trabalhar.

A perseguição policial redobrara depois dos acontecimentos na fábrica da comendadora. Tinham prendido uma quantidade de operários, haviam enchido a fábrica de agentes da segurança política. Uma passeata de estudantes, no largo de São Francisco, de protesto contra as ameaças alemãs à Tchecoslováquia, fora dissolvida a pancada pelos investigadores. A polícia utilizava os elementos da antiga Ação Integralista para sua rede de espionagem, os jornais reclamavam "mais energia na repressão ao comunismo".

Os policiais conduziam consigo retratos do Ruivo, fotografias feitas numa sua prisão anterior, mostravam-nos aos porteiros de edifícios de apartamentos, às copeiras de casas residenciais, aos moços encarregados de levar mercadorias dos armazéns às casas particulares, acrescentando ter o Ruivo ultimamente pintado o cabelo de negro. De João não tinham fotografias, mas possuíam uma descrição mais ou menos exata do seu tipo, fornecida por Heitor Magalhães. Devido a tais fatos, João tivera de esperar, numa crescente impaciência, uma ocasião propícia para se encontrar com Mariana e ver seu filho. Aproveitara para isso a festa do Carnaval, aquele último dia quando a cidade parecia de todo entregue à dança e ao canto.

Tivera de fantasiar-se, de colocar uma máscara e assim atravessar as ruas, onde a multidão se divertia, sendo constantemente interrompido, convidado para participar de uma roda de samba, para integrar um cordão. Libertava-se dos grupos, ansioso de rever Mariana, de apertá-la contra o coração, de fitar a sonhada face da criança.

Chegou, por fim, à casa onde ela o esperava. Era num bairro tranquilo, parecia inteiramente deserto, como se todos os moradores houvessem partido para o centro. Fora Marcos de Sousa quem conseguira a casa, residência de um outro arquiteto, simpatizante também ele. Marcos contara-lhe uma parte da história, o outro nada sabia sobre quem fosse João. Mariana havia vindo pela manhã com a criança. Logo após a chegada de João, o dono da casa despediu-se:

— Vou para o centro. A casa é de vocês...

Só então eles se abraçaram num longo abraço apertado incapazes, um e outro, de pronunciar qualquer palavra. Os olhos de Mariana estavam umedecidos. Sua mão buscou o rosto do rapaz, subiu pela sua face magra, perdeu-se entre seus cabelos. João a beijava nos olhos, na face, na boca.

Ela o olhou, suas mãos presas nas dele:

— Como estás magro...

João sorriu:

— Como estás bela...

Era verdade: jamais Mariana lhe parecera tão formosa, como se a maternidade houvesse dado novos traços à sua beleza trigueira e simples, a houvesse de todo completado.

— Vem... — disse ela, arrastando-o pela mão.

O menino estava no quarto, deitado na cama do arquiteto, e dormia. João ficou parado, suspenso, uma névoa ante os olhos que o impedia de ver:

— Meu filho...

Contemplou mais uma vez Mariana:

— Parece contigo... Felizmente saiu à mãe...

— São os teus olhos... — disse ela. — Quando as saudades apertam, basta que eu olhe para esses olhos e penso que estás comigo. Ele me ajuda muito, João, passo horas conversando com ele. Conto-lhe tudo, ele resmunga em sua língua, é como se me desse coragem... É bom, João.

Ao ruído das vozes, o garoto acordava, agitava os braços, abria os olhos.

— Teus olhos, vês? Iguais...

O ruído de um grupo de mascarados, passando na rua em direção ao centro, assustou a criança, Mariana a tomou nos braços para calar o choro iniciado. João fitava mãe e filho, seu coração pulsava rápido. Recordava Mariana há anos passados quando a vira pela primeira vez, naquela noite de aniversário, quando ele lhe fora entregar uma tarefa. Tanta coisa sucedera nesses anos... A própria Mariana já não era aquela mocinha inexperiente, deixando-se levar por seus impulsos, indo pichar muros, arriscando-se a ser presa. Agora era uma mulher completa, com seu filho nos braços, e melhor militante que jamais, cheia de responsabilidade, capaz de suportar sem protesto aquela longa separação do marido. Ele sabia da marcha do trabalho de Mariana, seu comitê de zona era o mais ativo da cidade, ela conseguira defendê-lo da polícia, e nem mesmo a maternidade a afastara da tarefa. Deixava a criança com a mãe, seu dia era para o Partido. Quantas vezes João não ouvira, de companheiros longe de imaginar os laços a ligarem-no a Mariana, entusiásticos elogios à companheira Isabel (esse era seu nome de guerra atual), um exemplo de dedicação, de inteligência, de vigilância revolucionária e de serenidade pessoal. Houvera mesmo a história de um camarada, um estudante novo no Partido, que se apaixonara por ela e lhe propusera casamento. João soubera do caso, da aflição de Mariana sem saber como afastar o rapaz, sem lhe dizer que era casada e sem o magoar. Mas o caso se resolvera por si mesmo, o ventre de Mariana crescia na gravidez, o rapaz um dia se deu conta. Viera lhe pedir desculpas, era um bom camarada, a polícia quase o arrasara de pancada quando da passeata de estudantes.

Na rua, passava outro grupo ruidoso de máscaras. A criança buscava, com os olhos curiosos, localizar o barulho insólito. Mariana estendeu os braços oferecendo o filho a João:

— Mamãe, que caduca o dia todo com ele, diz que tu não deves ter jeito nenhum para crianças...

Ele tomou do filho; por ele, pelas outras crianças, pelo filho de Josefa, estavam lutando, tentando transformar o mundo. Era como se tivesse nos braços a razão mesma da sua luta, da sua vida perseguida e dura. Apertou-o levemente contra o peito, o seu filho. Mariana passou o braço pela cintura de João, abraçando marido e filho, descansou a cabeça no ombro do companheiro. Viu os olhos de João desviando-se do rosto da criança, agora a fitar a esposa:

— Em que pensas?

— Tu sabes, desde que ele nasceu, eu o desejei ver todos os dias. E a ti também, não preciso te dizer.

Mariana suspendeu a cabeça, beijou o marido no rosto, prendeu-o, e à criança, em seus braços:

— Um dia estaremos juntos para sempre... E nesse dia haverá uma festa maior que o Carnaval...

Assim abraçados os três foram andando para a sala. A criança sorria para João, os olhos buliçosos, ele a apertava levemente contra o peito, o seu filho!

28

POR ESSA MESMA ÉPOCA, EM FEVEREIRO, DOIS HOMENS ENCONTRARAM-SE e reconheceram-se em meio à multidão de soldados e civis, na fronteira da França com a Espanha. Uma dramática procissão de fugitivos cruzava os Pireneus naquele inverno. Os aviões alemães, os nazistas da Legião Condor, voavam sobre a massa em retirada, metralhando ao azar, deixando no rastro de seu ruído assassino cadáveres de velhos, mulheres e crianças. Carros puxados por jumentos e bois, empurrados a mão pelos homens, berços transformados em carroças, os mais variados e primitivos meios de locomoção, conduziam as parcas posses dos fugitivos: colchões, panelas, trapos, arcas e baús antigos, quadros de santos católicos, e também paralíticas avós, recém-nascidas crianças. Os soldados italianos, das legiões fascistas de Mussolini, e os mouros de Franco, marchavam ávidos nos calcanhares dos retirantes. Por vezes, alguns destes ficavam para trás, cortados por uma coluna de soldados inimigos, e para eles toda esperança estava terminada. O sangue se empapava sobre a brancura da neve, cadáveres jaziam ao lado das árvores desfolhadas. Uma mãe, ainda jovem, marchava levando nos braços o corpo sem vida de sua criança. Ao seu lado, apoiado num bordão, um velho, avô talvez do menino, chorava. Apolinário, com a farda de major do Exército Republicano Espanhol, mantinha a ordem entre os seus soldados:

— Não estamos fugindo. Estamos nos retirando como soldados da República, com disciplina e em ordem. — E sua autoridade se impunha, uma legenda de glória cercava aquele jovem oficial brasileiro, seus feitos haviam sido cantados nos romanceiros da guerra.

Em torno à neve e ao frio, à escarpada montanha, ao trágico inverno da derrota, à fúnebre procissão dos fugitivos, Apolinário se recordava das descrições dos retirantes do Nordeste brasileiro, em época da seca. Mas ali era ainda mais terrível: toda aquela população, milhares e milhares de famílias, partia de sua pátria vendida, deixava para trás tudo que amara, que constituíra sua vida até então. Partiam para terras que não eram as suas, iam recomeçar a vida em país estrangeiro, de língua diferente, de diversos costumes. Os olhos voltavam-se para o caminho percorrido como a despedir-se das paisagens maternas, do solo da pátria.

Três companhias de soldados republicanos, os últimos a cruzar os Pireneus, marchavam dificilmente entre a massa confusa dos fugitivos. Apolinário comandava uma das companhias e recebera ordens de cobrir a retaguarda das duas outras e dos civis: os soldados franquistas estavam se aproximando. Disse aos seus oficiais:

— Vamos ter a honra de nos retirar combatendo. Vamos mostrar aos falangistas o que valem os soldados antifascistas...

Guardaram a montanha, enquanto as duas outras companhias partiam, protegendo a multidão de civis na sua retirada. Os soldados de Franco e de Mussolini avançavam, na ânsia de matar. Foram recebidos pelo fogo cerrado da companhia de Apolinário. Assim, combatendo, defendendo cada palmo de montanha, eles recuavam em direção à fronteira, dando tempo a que os civis a atravessassem. Foram os últimos soldados a cruzá-la e Apolinário só a cruzou depois que o último dos seus homens havia passado. Camponeses franceses traziam alimentos e vinho para os fugitivos espanhóis.

Ali já estavam as outras duas companhias e uma enorme massa de exilados. Era noite, o frio e o vento gélido, a fome. Os soldados derrubavam macieiras para acender fogos em torno dos quais os fugitivos se atiravam, incapazes de resistir à fadiga. Foi nessa noite que Apolinário reencontrou o sargento Franta Tyburec, agora tenente. O tcheco, dirigindo um grupo de soldados na preparação de fogueiras, identificou em seguida o seu antigo conhecido.

— Mas, se é o brasileiro...

Durante aqueles anos de guerra, Apolinário vira tantas e tão diversas fisionomias, tratara com homens de tantas nacionalidades, que, de imediato, ficou sem saber quem era aquele tenente e onde o conhecera.

— Não se lembra mais de mim? Franta Tyburec, sargento tcheco da brigada Dimitrov quando ainda havia as brigadas internacionais... Nos encontramos, se recorda...

De súbito, toda a cena voltou à memória de Apolinário: via o então sargento se arrastando pelo campo, tinham pensado que fosse um nazista, responsável pelo assassinato de uma família de camponeses. Depois o sargento lhe emprestara um jornal com notícias da greve de Santos, haviam bebido juntos à saúde de Prestes e de Gottwald. Abraçaram-se então e o tcheco disse:

— Acabou-se a nossa guerra... Mas se eles pensam que ela se acabou para sempre, estão enganados. Um dia o povo espanhol vai voltar para suas casas e nesse dia eu quero estar de novo com ele...

Retornava os olhos para o lado onde ficava a fronteira espanhola, em qualquer parte distante estava o túmulo de Consolación, a moça madrilena, amor de sua vida. Como Apolinário, quando as brigadas internacionais tinham sido dissolvidas, ele continuara na Espanha. Arranca os olhos do rumo da fronteira, sai andando com o oficial brasileiro:

— Amanhã devemos marchar para a aldeia mais próxima, creio que se chama Prats-de-Mollo. É ali que devemos entregar as armas às autoridades francesas...

Apolinário concordou, num gesto afirmativo:

— Eu já sabia...

O vento gelado penetrava através dos capotes, cortante como lâminas afiadas. Franta Tyburec parou de andar, perguntou inesperadamente:

— Como vão as coisas pelo seu país?

— Mal. Um governo fascista, o terror policial. Estão massacrando os camaradas...

O rosto do tcheco, face franca de operário, refletia suas emoções:

— Você sabe, com certeza, o que se passa na Tchecoslováquia. Agora, que a coisa terminou na Espanha, é contra minha pátria que Hitler se lança... Desde o acordo de Munique eu me encontro como você estava naquele tempo. Minha cabeça está em Praga. Esses bandidos de Londres e de Paris — referia-se aos governos de Chamberlain e de Daladier — venderam a Espanha e a Tchecoslováquia...

— São tão sórdidos quanto Hitler... — comentou Apolinário.

— Entre os chacais e o tigre é difícil escolher...

Voltaram a caminhar em silêncio. As fogueiras estavam sendo acendidas, e em torno delas se comprimiam soldados, mulheres e velhos. Mais além, a voz doce de uma mulher cantava uma cantiga de ninar. Franta Tyburec falou:

— De qualquer maneira, eu volto para Praga. O Partido deve estar precisando de todo mundo. Eu volto, seja como for. É uma hora difícil por lá.

Acendeu uma ponta de cigarro:

— Você sabe o que se está passando aqui? Estão metendo todo mundo em campos de concentração.

— Sei...

A voz do tenente chegava na noite, decidida:

— Nos primeiros dias ainda há certas facilidades. Mas logo depois é um regime carcerário. Como se fôssemos criminosos, como se fôssemos nós e não Franco os inimigos da França... Eu cumprirei meu dever de soldado até o último momento. Mas, quando tivermos entregado as armas, vou tratar de fugir. Chegarei a Praga, de qualquer maneira...

No outro dia, realmente, os gendarmes franceses deram ordens a soldados e civis para se dirigirem a Prats-de-Mollo. Ali as autoridades os aguardavam. Foi uma triste cerimônia a da entrega das armas. Os soldados as iam largando num canto, alguns choravam. Próximo à aldeia, um terreno estava sendo cercado de arame farpado, era o campo onde iam ficar.

Foi Apolinário quem tratou de todos os detalhes da fuga. Como comandante de uma das companhias, tinha certos pequenos privilégios: podia sair do campo para ir falar com as autoridades. A impaciência de Franta Tyburec crescia. E se transformou quase em desespero quando, em meados de março, souberam da entrada de Hitler em Praga e do desmembramento da República tchecoslovaca. Apolinário tinha obtido roupas de camponeses para ele e para Franta. Companheiros franceses lhes haviam dado dinheiro e endereços. Fugiram pela noite.

Em Paris se despediram: Franta ia tentar chegar a Praga. Apolinário não sabia ainda qual seria o seu destino. Os jornais falavam da guerra próxima, da guerra de Hitler contra a União Soviética. Os nazistas ameaçavam a Polônia, a primavera se anunciava sob maus augúrios.

— Adeus, amigo... — disse o tcheco abraçando o brasileiro. — Talvez um dia nos encontremos novamente. O mundo é pequeno...

— Pequenos são uns quantos homens, somente... — considerou Apolinário. — Tu vês: ameaças por toda parte, os nazistas avançam. No entanto, nunca tive tanta confiança em nossa vitória. Perdemos Madri, perdemos Praga, mas, quando te vejo pronto para partir, eu sinto que os espanhóis e os tchecos não estão vencidos.

— Eu sei... Stálin queria defender a Tchecoslováquia. Foi o próprio Benes quem não aceitou. Todos eles preferem a escravidão com Hitler do que ver o povo no poder. Mas nem por isso vão impedir nosso caminho. Eu sei...

— Estamos atravessando um caminho sombrio, marchando sobre um pântano. Mas no fim desse caminho está a claridade do dia, estou certo disso. Na fronteira, vi um velho camponês que emigrava. Na hora em que pisou em solo francês, ele se voltou e disse, olhando terras de Espanha. "Até logo, nós voltaremos, Mãe." Eu estava desanimado, essa frase do velho camponês remontou meu moral.

Franta Tyburec sorriu:

— Sim, nós venceremos, porque o que possuímos não é um fuzil: é uma ideia. E não há, amigo, nem fuzil, nem metralhadora, nem canhão que possa destruir uma ideia. Eu sei que jamais poderão destruir a União Soviética, porque ela é edificada sobre a ideia da felicidade do homem. Um dia eu te espero em Praga, numa Praga libertada, quando estivermos construindo o socialismo na Tchecoslováquia... — novamente o abraçou e o beijou em ambas as faces, no velho costume eslavo.

— Irei com certeza...

O trem partia da estação cheia de névoa. A luz da locomotiva rompeu a neblina, Apolinário estendeu a mão dando adeus. Sua voz repetia:

— Até logo, amigo, até logo...

CAPÍTULO SEGUNDO

1

MARCOS DE SOUSA CRUZOU MAIS UMA VEZ A SALA, EM PASSOS RÁPIDOS e agitados, rugas de preocupação cortando-lhe a testa, enquanto o outro arquiteto, abanando nervosamente as mãos, repetia aquelas palavras ouvidas já de tantas bocas:

— Não, não posso entender...

Tratava-se daquele arquiteto que, pelo Carnaval, emprestara a casa para o encontro de João e Mariana. Um bom simpatizante do Partido, entusiasta, tão entusiasta que chegava a ser imprudente nas conversas e discussões: não admitia que, em sua vista, ninguém atacasse a União Soviética ou os comunistas. Fosse onde fosse, saía em sua defesa, sem pesar as consequências. Marcos já o encontrara na rua, gritando a plenos pulmões, a um reacionário qualquer, sua admiração por Stálin. Pouco tempo depois da queda de Madri, no ato de assinatura do contrato para a construção da residência de um rico comerciante espanhol, fizera um verdadeiro escândalo ao descobrir ser seu cliente um franquista de quatro costados. Rasgara o contrato, jogara-o na cara apalermada do ricaço, proprietário de uma das grandes confeitarias da cidade:

— Não construo casas para fascistas...

Explicara depois a Marcos:

— Imagine que o cretino propôs que bebêssemos um vaso de málaga à saúde do general Franco... E eu que estava ainda com a queda de Madri atravessada na garganta...

Marcos relatara o incidente a João, num encontro, e vira um sorriso de satisfação nos lábios do dirigente:

— Tu vês? Tem muito mais gente conosco do que pensamos. Gente boa, corajosa, de caráter, capaz de desprezar o dinheiro e os bons contratos... Esses são a maioria, Marcos. Os Saquila e os Hermes Resende são exceções... É preciso agrupar toda essa gente em torno da revista, ajudar a que eles se desenvolvam...

Boa gente, sem dúvida, pensava Marcos atravessando a sala em passos agitados. Boa gente, honesta, de caráter: por isso mesmo era necessário arrancar cada um deles daquela dúvida, daquela desesperada inquietação. Era necessário explicar-lhes, fazê-los compreender. Mas poderia, por acaso, ele, Marcos, explicar-lhes e convencê-los? Se ele mesmo não compreendia, se ele mesmo estava perdido em conjeturas, se o seu próprio coração estava apertado de amargura, se apenas aquela confiança jamais traída na União Soviética o fazia calar as suas dúvidas, encerrá-las no fundo do peito... Faltavam-lhe os argumentos e cada um dos que o procuravam aparecia transtornado, tendo ouvido horrores da boca dos trotskistas, dos intelectuais chamados de esquerda, e todos pediam uma explicação, uma palavra esclarecedora. Todos, não: alguns não queriam sequer ouvi-lo, afastavam-se dele e da revista. Recebera três ou quatro cartas com o mesmo pedido: "... peço-lhe, assim, retirar o meu nome da lista dos colaboradores da sua revista...".

Ali estava, em sua frente, o jovem arquiteto, seu amigo. Esfregando as mãos uma na outra, nervosamente, cobrindo com elas o rosto onde se refletia a angústia a tomar-lhe o peito. As palavras saíam atropeladas:

— Eu te digo: é como se tombasse sobre minha cabeça uma casa que eu tivesse acabado de construir...

Naquela mesma sala, sentado naquela mesma poltrona de couro, dois dias antes, outro amigo quase soluçara:

— É tão horrível para mim como se eu chegasse em casa e encontrasse a minha mulher, a Magda, nos braços de outro...

Costumavam dizer de Marcos de Sousa ser ele o "mestre da moderna escola da arquitetura brasileira". Realmente, em suas pegadas inovadoras haviam marchado as últimas gerações saídas das faculdades de arquitetura do Rio e de São Paulo. E, sem dúvida, sua ardente simpatia pela causa comunista concorrera para o ambiente de esquerda, antifascista e anti-imperialista, existente em meio aos arquitetos. O Sindicato dos Arquitetos era considerado um reduto antiestado-novista e o chefe de polícia já se referia a ele como a "um ninho de comunistas". Trotskistas e outros elementos antissoviéticos buscavam perturbar esse ambiente, perguntando como podiam os arquitetos modernos conciliar suas simpatias políticas com a arquitetura soviética tão distante da deles e mesmo oposta à deles. Mas essa intriga não encontrava eco, os arquitetos pouco sabiam, em verdade, sobre a arquitetura soviética e, por outro lado, consideravam aquilo um detalhe a discutir talvez depois. Muitos deles, e isso acontecia com o próprio Marcos de Sousa, estavam convencidos ser sua arquitetura formalista, d'*avant-garde* como diziam, uma expressão de arte revolucionária. Atribuíam as características realistas da arquitetura soviética aos mais diversos motivos: o clima, certas necessidades imediatas, etc. De qualquer maneira, quando voltavam seus olhos para a URSS era para admirar o conjunto da obra ali realizada em função do homem, para admirá-la e solidarizar-se com ela. Suas divergências em matéria de arquitetura pareciam um detalhe secundário, sem nenhuma importância. Importante era o homem liberto da fome, da exploração milenar, da noite, da ignorância. Importante era a política de paz do gigante soviético, erguido no caminho de Hitler e da barbárie nazista.

— Não, não posso compreender, é como se tudo ruísse de repente em torno de mim... — falava o arquiteto.

Marcos de Sousa parou ante a janela, abriu-a, uma aragem fria penetrou na sala. No céu cintilavam as estrelas e o luar se derramava entre as árvores da rua silenciosa. Marcos respirou o ar puro, fitou a noite esplêndida, voltou-se para o amigo:

— Que posso te dizer? — Sua voz era grave, seu rosto estava sério, quase solene. — Que eu compreendo? Não, não vou te dizer que já compreendi perfeitamente... Longe disso. Busco também explicar-me esse inesperado acordo germano-soviético, ainda não compreendo direito. Tampouco conversei ainda com alguém responsável.

O outro o interrompeu:

— Como compreender? Eu não vejo nenhuma explicação. O que eu vejo ante meus olhos, dia e noite, é aquela fotografia: Molotov ao lado de Ribbentrop... Não me atravessa na garganta, não posso mesmo crer, por vezes penso que tudo não passa de uma invenção dos jornais como tantas outras. Desgraçadamente é verdade, dessa vez não é uma calúnia a mais...

Marcos fitou novamente a noite, o brilho distante das estrelas. Uma vez, há tanto tempo... ensinara a Mariana o nome das estrelas entrevistas das janelas da sala. A moça esperava o fim de uma reunião do secretariado e, naquela noite, João lhe pedira para se casar com ele. Onde andaria Mariana nestes dias atuais de guerra, de pacto germano-soviético, de invasão da Polônia, onde andaria ela que não vinha vê-lo, explicar-lhe o significado de tudo aquilo? Onde andaria João, por que não o mandava chamar, por que não lhe fornecia os argumentos com que contestar seja as explorações dos inimigos seja as ansiosas perguntas dos amigos? Onde andaria o Ruivo, por que não respondia sequer ao aflito bilhete de Marcos? Ah! quanto não daria para ver a um deles, para lhes falar... Porque, disso Marcos estava certo, eles poderiam responder a todas as suas dúvidas, às dúvidas de todos eles:

— Sim, não é fácil compreender. Pelo menos para nós, que vivemos nas fronteiras do Partido, intelectuais simpatizantes.

Deixou a janela, veio para junto do amigo:

— Uma coisa é certa, no entanto: se eles o fizeram, é que era a melhor coisa a fazer. Sim, eles têm razão, inteira razão, estou convencido.

Suspendeu os olhos para o jovem arquiteto, fitou-o:

— Nem por um momento deixei de confiar neles, nos soviéticos. Eles sabem o que fazem, sabem melhor do que nós. Com esse pacto, estou seguro, eles estão cavando a sepultura de Hitler por mais que nos digam por aqui que eles deram a mão ao nazismo. Se eles o fizeram, é porque é bem feito... Eu não posso compreender, mas tenho confiança. Absoluta confiança. Sei também que, no momento em que me explicarem, irei compreender...

Sua voz estranhamente grave fora se enriquecendo de emoção à proporção que ele falava, era como se ele expusesse seu coração diante do outro:

— Sim, quando li a notícia recebi um choque, também não queria acreditar. Larguei o escritório, andei pelas ruas meio abobalhado, mas depois refleti: serei eu por acaso quem pode julgar e decidir da melhor política para o proletariado, para o povo soviético, para os povos do mundo? Sou eu ou são os soviéticos quem está à frente da luta contra o nazismo? Quem tem mais cabeça para pensar, eu ou eles?

O outro escutava, dominado pela sinceridade das palavras de Marcos:

— Recordei toda a atuação internacional da União Soviética. Eles sempre tiveram razão em tudo que fizeram. Por que não hão de tê-la agora? Só porque eu não posso entender completamente os motivos do seu gesto? Se eu não compreendo, a culpa é minha e não deles. Não é a primeira vez que isso sucede...

Sentava-se ao lado do amigo:

— Isso me lembra uma história de quando eu era menino. Meu pai foi à Europa com toda a família. Ele era médico, eu tinha por ele uma admiração sem limites, parecia-me que ele era senhor de todos os conhecimentos do mundo. Era no inverno e na Alemanha pegamos um frio tremendo. Um dia, íamos pela rua e eu senti que minhas mãos se gelavam. Disse a meu pai e ele aconselhou-me esfregá-las com neve. Pareceu-me absurdo, como esfregar neve nas mãos para aquecê-las? Tive a impressão de que papai se divertia à minha custa. Mas ele estava sério e eu pensei comigo mesmo que, se ele o afirmava, é porque era assim, eu confiava nele. Baixei-me, tomei da neve, esfreguei as mãos. E, quando senti minhas mãos se esquentarem, uma grande alegria me possuiu, porque eu não havia duvidado de meu pai. Passa-se a mesma coisa comigo, agora. Eu confio na União Soviética, sei que os seus dirigentes são sábios, sabem mais que eu e você, que toda essa gente que fala, reunida...

Não era fácil naqueles dias: um clamor se elevava contra a União Soviética na imprensa, no rádio, nos meios intelectuais ditos "democráticos". Os jornais estavam cheios de comentários contra o pacto germano-soviético. Saquila escrevia, num largo artigo distribuído pela Transamérica e publicado na primeira página do maior jornal de São Paulo, sobre a "monstruosa aliança de Stálin e Hitler" e a "sangrenta divisão da Polônia mártir entre a Alemanha hitlerista e a Rússia traidora do socialismo". Os mesmos homens que haviam silenciado quando do Acordo de Munique e da entrega da Tchecoslováquia a Hitler mostravam-se agora possuídos de uma profunda indignação. O coronel Beck aparecia subitamente transformado num herói e num santo. Naqueles dias, certos intelectuais, comodamente assentados em empregos no DIP, tratavam os elementos simpatizantes da União Soviética de "nazicomunistas". Mas havia também gente honesta que não compreendia as razões e o significado do pacto germano-soviético e se afastava dos comunistas, ganhos pela propaganda de Saquila, de Hermes Resende, desses que se intitulavam "democratas puros", os "socialistas honrados".

O próprio Marcos escutara de Hermes Resende amargas palavras. Foi no dia seguinte ao da notícia do pacto e ele jantava num restaurante com Cícero d'Almeida, quando casualmente entrou Hermes e veio sentar-se com eles. O sociólogo chegara a São Paulo naquele mesmo dia, como explicara, para acompanhar ao vale do rio Salgado a primeira leva de imigrantes japoneses. Queria observar, com vistas a um livro futuro, as reações iniciais dos colonos japoneses ante a terra bárbara de Mato Grosso. Hermes mostrava-se indignadíssimo, como se a União Soviética o houvesse enganado e traído, como se ele houvesse estado sempre ao seu lado e de súbito se encontrasse por ela abandonado:

— É um crime que a humanidade jamais perdoará. A Rússia traiu a democracia, aliou-se com o nazismo para a divisão do mundo. Já não existe nenhuma diferença entre nazistas e comunistas.

Marcos ofendia-se, preparava-se para responder violentamente, mas Cícero, sorridente, o continha:

— Seu Hermes, não faça dramas. A União Soviética andou de porta em porta, Inglaterra, França, Estados Unidos, propondo um acordo para conter a Alemanha. Lembre-se da atuação de Litvinov na Liga das Nações. E o que sucedeu? Em vez de aceitarem as ofertas da União Soviética, as democracias entregaram a Tchecoslováquia e a Espanha a Hitler. O que é que você queria? Que a União Soviética esperasse que Hitler fizesse um acordo com os Estados Unidos e com a Inglaterra para atacá-la?

— Não me venha com essa história... Se a Rússia não estendesse a mão a Hitler, este não teria tido coragem de atacar a Polônia. Esse pacto de assistência mútua...

— De assistência mútua, não. De não agressão...

— Palavras que os fatos destroem. Aí está a divisão da Polônia entre os dois sócios...

— Que divisão da Polônia? O que houve foi a invasão da Polônia pela Alemanha. O que a União Soviética fez foi defender as terras ucranianas incorporadas à Polônia no fim da outra guerra. E com isso salvar a vida de milhares e milhares de pessoas...

Mas Hermes não queria saber de argumentos. Terminara por dizer:

— Meu desejo hoje era ser chefe de polícia para meter na cadeia todos os comunistas...

Nas livrarias, nos cafés onde se reuniam os literatos, os trotskistas, Saquila à frente, faziam verdadeiros comícios antissoviéticos. Uma grande confusão se espalhava nos meios intelectuais, atingindo os simpatizantes comunistas, vários dos quais não sabiam como pensar naquela hora.

O próprio Marcos andava inquieto. Como dissera ao arquiteto seu amigo, nem por um momento duvidou da justeza e do acerto do pacto de não agressão e da entrada do Exército Vermelho na Polônia. Porém sentia-se sem argumentação para responder às ansiosas perguntas que lhe eram feitas. Cícero havia viajado, prometendo lhe enviar para o próximo número da revista um artigo analisando o pacto, explicando seu verdadeiro sentido. Mas o artigo não chegara ainda e Marcos não conseguira avistar-se nem com João nem com o Ruivo. A guerra se iniciara, as manchetes com as vitórias alemãs se sucediam nos jornais, o número da revista devia aparecer dentro de poucos dias. Como fazer?

Era o primeiro número depois de uma suspensão de três meses, imposta pela censura. Desde a reportagem sobre os caboclos do vale do rio Salgado, um censor fora designado especialmente para a revista. Antes, quando dos primeiros números, a censura tinha sido mais ou menos formal: as provas dos artigos eram enviadas à censura, na polícia, no mesmo dia voltavam com a ordem de publicação. Mas depois começara a ser difícil. O censor recebera sem dúvida diretivas especiais, era um advogadozinho sem clientela, tão desconfiado quão pouco inteligente. Via intenções ocultas nas frases mais simples, cortava trechos e trecho de artigos sem dó nem piedade, proibia a publicação de tudo que lhe parecesse vagamente suspeito. Era um inferno fazer a revista. Para publicar um número necessitava-se de matéria para cinco ou seis: só assim sobrava alguma coisa das mãos do censor. Apesar disso, porém, a revista fora suspensa: num ensaio sobre teatro, um colaborador — o ex-diretor da companhia onde Manuela trabalhara — se referira aos êxitos do teatro soviético. Como o ensaio se iniciava com um estudo das condições do teatro norte-americano e do francês, o censor pensara tratar-se de coisa sem importância, nem lera todo o artigo. Resultado: a revista fora suspensa por três meses e o censor, demitido. Agora mandavam um outro, um cara cheio de palavras amáveis, porém ainda mais desconfiado que o seu predecessor. Lia tudo atentamente, buscando adivinhar duplo sentido nas frases, riscando períodos e palavras com um lápis vermelho. Havia que fazer e refazer a matéria, andar atrás de um e de outro para obter colaboração, trabalhar todos os dias para ver se conseguia regularizar a saída mensal da revista.

No entanto, apesar de todas as dificuldades e canseiras, era ainda a revista a mais permanente alegria da vida de Marcos de Sousa. Não que o tivesse afetado grandemente a campanha empreendida contra ele por Costa Vale: Marcos contentara-se com suspender os ombros quando lhe foram retirados alguns contratos importantes. Além de que a coisa se restringira ao grupo de industriais ligados ao banqueiro, Marcos havia ganho muito dinheiro nos últimos anos, tinha do que viver, a perspectiva da perda da clientela não o alarmava. Porém, nem mesmo isso aconteceu: os grã-finos de São Paulo e do Rio continuavam a procurá-lo para encomendar-lhe casas residenciais e edifícios de apartamentos. A fama de Marcos era grande, para aquela gente era chique dizer ter sido sua casa obra do célebre arquiteto Marcos de Sousa. Aquilo aumentava até o valor da propriedade.

O que entristecia Marcos, cobrindo com uma névoa de melancolia seu rosto bonachão, era a ausência de Manuela. A moça andava por Buenos Aires, numa companhia estrangeira de balé. Marcos colecionava em sua mesa de trabalho os cartões-postais por ela enviados em sua excursão. Ele a deixara partir sem nada lhe dizer, talvez a tivesse perdido para sempre. Essa ideia lhe dava uma sensação de angústia e mais de uma vez teve de resistir à tentação de largar tudo, tomar um avião, ir encontrá-la na Argentina, confessar-lhe seu amor... Mas de que adiantava fazê-lo, se ela o queria como a um amigo, e mesmo essa intimidade deles se havia transformado um pouco nos últimos tempos. Não que a quisesse menos, ao contrário, a cada dia a desejava mais, mais a amava. Não que ela o tratasse com menos carinho, que se mostrasse menos alegre ao vê-lo. Nada disso. Quando se encontravam, ele podia constatar como ela se punha radiante. Mas a verdade é que, desde aquela noite quando a acompanhara pelo Flamengo até a porta da pensão, uma noite de silêncios reticentes, ela mudara. Como se houvesse adivinhado os sentimentos do arquiteto — era ao menos essa a explicação de Marcos — tornava-se mais reservada, como se uma sombra estranha se houvesse refletido sobre aquela clara amizade. Marcos o sentiu em duas ou três vezes em que a procurou no Rio e decidiu-se a vê-la menos, certo de haver ela adivinhado seu amor e sentir-se perturbada — e talvez ofendida, pelo menos entristecida — por não poder corresponder-lhe. Escreviam-se regularmente, ela lhe contava de suas coisas, ele lhe narrava da sua vida. Mas viam-se muito menos, Marcos ocupado em São Paulo com a revista e com suas construções, Manuela continuando seus estudos no Teatro Municipal e esperando um contrato para uma companhia dramática.

Tinha sido em abril o inesperado acontecimento: um importante conjunto europeu de balé, dirigido por um famoso bailarino, chegara ao Rio para uma série de espetáculos. O diretor da companhia pensava usar o corpo de bailado do Teatro Municipal para completar o seu elenco nos balés de grande massa de figurantes. Nos ensaios logo percebeu Manuela: era um mestre de sua profissão, sabia reconhecer um verdadeiro bailarino quando o encontrava. Deu o ensaio por findo, pediu a Manuela que restasse no palco. E começou a fazê-la dançar. Balançava a cabeça, os olhos admirados:

— *Mon Dieu!*

Pela segunda vez os jornais falaram em Manuela. Alguns recordaram mesmo sua estreia, dois anos antes. Mas agora as notícias dos jornais não tinham aquele tom sensacionalista de então, eram bem mais sóbrias e também mais válidas: numa entrevista, o famoso bailarino e *metteur-en-scène* fazia o elogio das qualidades de Manuela, da sua inestimável vocação. Era, como escreveu um cronista de teatro, comentando as palavras do bailarino célebre, "uma joia perdida no lixo a atulhar os porões do Municipal". Manuela ganhou um contrato para toda a duração da turnê da companhia pela América do Sul. Sua apresentação, no Rio, num dos últimos espetáculos do conjunto, foi um triunfo. Toda aquela gente que a tratara de "dançarina de cabaré", nos tempos do seu caso com Paulo, gabava-se agora de haver sempre reconhecido o seu talento, e o poeta Shopel — enviara-lhe imensa corbeille de rosas — recordava aos jornalistas ter sido ele o descobridor daquele "talento fulgurante".

Quando do contrato, Marcos enviara um telegrama de felicitações, caloroso. Manuela respondera com larga carta onde contava tudo, dizia de como se sentia feliz e, ao mesmo tempo, de suas dúvidas em aceitar um contrato para toda a turnê. Se o aceitasse devia acompanhar a companhia a Montevidéu, Buenos Aires, Santiago do Chile, talvez La Habana e México. Meses e meses longe do Brasil.

Porém nada a retinha ali, argumentara Marcos que viera ao Rio para o seu espetáculo de estreia. Quando o pano tombara sobre o cenário e ela pôde finalmente abandonar o palco, após os intermináveis aplausos, uma pequena multidão a esperava nos bastidores: literatos, gente que ela conhecera nos tempos de Paulo e do cassino, grã-finos vestidos de smoking e prontos a "protegê-la", jornalistas, cronistas de teatro, Lucas Puccini impando de orgulho e de dinheiro, o poeta Shopel numa exaltação de entusiasmo.

— Quero oscular os teus divinos pés, ó Pavlova renascida!

Mas ela libertara-se de todos eles rapidamente, mesmo de Lucas, e viera lançar-se em lágrimas nos braços de Marcos que a esperava um pouco à parte para a felicitar.

— Me esperas para sair comigo? — perguntou ela com a voz molhada de soluços.

— É claro que sim...

Enquanto a esperava, Lucas Puccini, vindo do camarim, se aproximou dele e confidenciou-lhe seus planos a respeito do futuro de Manuela:

— Quando ela voltar da turnê vou conseguir um teatro para ela com o doutor Getúlio. Organizaremos uma companhia de balé para ela dirigir, onde ela seja a grande estrela. Doutor Getúlio não me nega nada e eu tenho dinheiro suficiente para financiar a companhia, além de que — e piscava o olho num gesto finório — se pode conseguir uma boa verba do Serviço Nacional de Teatro. Com as minhas relações, nada mais fácil...

O cronista Pascoal de Thormes, "apaixonado por balé", como ele mesmo dizia, aprovava com entusiasmo esses planos. Colocava sua influência de jornalista a serviço de Lucas para "exigir do Serviço Nacional de Teatro a ajuda financeira necessária". Marcos, que o conhecia vagamente, fitava-o num assombro: será que o rapaz estava ou não com os lábios pintados de ruge, como uma mulher? E, de repente, todo aquele ambiente lhe pareceu sórdido e indigno de Manuela como, certa noite distante, no grande hotel de luxo de Santos, ante Bertinho Soares, sentira toda a sordidez do ambiente que o cercava. Como se aquela gente, aquela burguesia apodrecida, enlameasse todo o trabalho de criação, toda a arte, e todo e qualquer talento. Manuela voltava, despedia-se de Pascoal e de Lucas ("sobre teus projetos conversaremos depois..."), dava o braço a Marcos:

— Leva-me daqui...

Na porta dos fundos do teatro, outros admiradores a esperavam: estudantes, gente pobre das "torrinhas", os que não podiam ir cumprimentá-la nos bastidores. Aplaudiram-na quando ela apareceu e aquilo foi como uma lufada de ar puro para Marcos de Sousa. Ali estava o verdadeiro público.

— Que queres fazer? — perguntou ele quando se viram a sós, na avenida Rio Branco. — Cear?

— Quero andar, se não estás cansado. Conversar contigo.

Saíram em direção ao Flamengo, como da outra vez. Manuela caminhou em silêncio algum tempo, até entrarem nos jardins da Glória, depois falou, em palavras quase murmuradas, aquela noite contava em sua vida:

— É curioso como as coisas mudam na vida da gente...

Marcos esperou que ela continuasse.

— Essa foi a minha verdadeira estreia. A outra vez foi apenas uma comédia, uma suja comédia. Eu era uma menina tola, naquele tempo, estava louca de alegria. Pensava que tudo ia ser, dali em diante, risonho e florido. Estava longe de imaginar que se divertiam à minha custa. Naquela noite eu dancei para duas pessoas: para Lucas e para... Paulo... — o nome do ex-amante lhe saía com dificuldade. — Hoje tudo foi tão diferente... Hoje eu dançava contra todos eles, tu sabes?

— Compreendo...

— Tu não imaginas minha surpresa quando vi tanta gente, dessa gente deles, me esperando no palco... Será que não posso me livrar deles jamais, que, mesmo desprezando toda essa gente, seja para eles que eu dance?

— Eles são uns *snobs*, não entendem nada disso. Como um grande bailarino estrangeiro te elogiou...

— Eu sei... é isso exatamente que me perturba. Como se eu estivesse jogando fora tudo o que faço...

— Mas não existem somente eles... Tu viste, na porta...

— Sim, foi a minha verdadeira alegria desta noite: aquela gente a me esperar na porta de saída, tão simples e franca. Tu sabes? Apertando a mão deles, eu tinha a impressão do que estava apertando a mão de Mariana...

Sorriam os dois, era como se a figura da moça operária surgisse em meio das árvores e seguisse com eles, fazendo mais fácil a conversação.

— Porque a verdade é que esta noite eu dancei foi para Mariana. Antes de entrar no palco eu pensei: é a ela que devo estar aqui pronta para dançar. A ela e a... ti... a ti, Marcos, jamais te disse tudo que te devo.

— E tomou da mão dele, e a apertou contra o coração.

— Não me deves nada... — Marcos estava dominado pelos mais contraditórios sentimentos. — Se alguém entre nós deve alguma coisa ao outro, sou eu quem te deve...

— Meu amigo... Hoje eu sei o valor da palavra amizade, vocês me ensinaram... Não só da amizade, de outros sentimentos também... — disse e olhou timidamente Marcos, mas o arquiteto fitava o céu como se estivesse com o pensamento distante: — Uma coisa eu quero te dizer, Marcos: suceda o que suceder, jamais eu trairei a confiança de vocês: a tua e a de Mariana. Jamais essa gente me usará contra vocês.

— Os planos de Lucas... — sorriu Marcos.

— Tu pensas que vou aceitar? Sabes que não...

Fê-lo sentar num banco do jardim, abriu a bolsa, retirou um grande envelope cheio de dinheiro:

— Lucas deu-me isso hoje, no camarim. Disse que é seu presente, dinheiro com que fazer vestidos para a turnê. Uma artista, segundo Lucas, deve vestir-se com grande luxo. A princípio pensei em não aceitar... Tu sabes... — silenciou, olhou para o chão — ... depois que Lucas me fez perder o menino não é mais a mesma coisa para mim...

Marcos tomou-lhe a mão, como a levantar-lhe a cabeça pendida, ela voltou a fitá-lo:

— Mas depois pensei, e resolvi aceitar. Não sei quanto é, não contei. Quero que tu dês a Mariana para o Partido. Outro dia eu soube que a filha de Prestes está no México com a avó. Não era possível, com esse dinheiro, mandar uma coisa qualquer para a menina? Enfim, façam com esse dinheiro o que quiserem. Quem me dera poder ajudar mais, ajudar melhor...

Marcos guardou o envelope no bolso:

— Entregarei a Mariana... — Tomou das duas mãos de Manuela.

— Quando iremos te ver outra vez?

— Quando? — perguntou ela também, ansiosa.

— Ah! Manuela, se tu soubesses...

— O quê? — E havia quase uma súplica em sua voz.

Mas ele soltava-lhe as mãos, levantava-se:

— Nada... Nada...

Ela o olhava, seria que ele não compreendia ou ele não a amava, era apenas um bom amigo? Terminou por levantar-se também, saíram andando lado a lado, em silêncio.

— Deves estar cansada... — disse ele. — Vai dormir, amanhã virei te dizer adeus...

Ela concordou com a cabeça, por que não se atirava nos braços dele, não lhe dizia quanto o amava? Mas seu passado se interpunha entre os dois, pensava ela. Baixou novamente a cabeça. Tudo que lhe restava era a dança.

No outro dia, antes de tomar o avião, Marcos foi visitá-la no teatro, num intervalo dos ensaios. Ela lhe estendeu um jornal, onde Pascoal de Thormes, num estilo alambicado, fazia o seu elogio e, ao mesmo tempo, o do poeta César Guilherme Shopel, "esse Colombo dos novos talentos, essa figura ímpar do nosso meio intelectual".

— Que asco... — comentou Manuela.

Ali mesmo Marcos lhe dissera adeus, a companhia partiria dentro de poucos dias e ele não desejava estar presente no momento do embarque. Abraçou-a, disse-lhe palavras gentis, votos de sucesso, nada do que lhe desejava dizer. Ela estava sem palavras, a voz estrangulada na garganta. Largou-o de súbito, saiu correndo para o camarim, em soluços. Marcos ficou um instante parado no palco, indeciso como uma criança perdida, depois abandonou o teatro lentamente, em passos vagarosos, iguais aos de um velho.

Agora sofria da sua ausência, lia sofregamente os jornais argentinos que relatavam do êxito da companhia e, em especial, do sucesso de Manuela. O êxito da jovem bailarina superava toda a expectativa. Os críticos de música e teatro escreviam maravilhas. Suas fotografias ilustravam as capas das revistas portenhas. Marcos considerava que a perdera para sempre, ela seguira seu caminho, estariam cada vez mais distantes um do outro.

Só a revista o interessava naquele tempo e a suspensão de três meses não diminuiu o seu entusiasmo. Aproveitou-a para fazer traduzir toda uma série de artigos estrangeiros, para adaptar muitos deles às condições do Brasil, para conseguir matéria nacional. Queria publicar um número sensacional de reaparecimento, em setembro. Jamais vivera tanto para a revista como naqueles três meses, quando ela não circulava. Como se nenhuma outra coisa pudesse levantar seu ânimo, afastar seu pensamento de Manuela. Nem mesmo a arquitetura, os planos para novas construções, o movimento de seu escritório.

Só alguns anos depois viria Marcos de Sousa entrar em crise em relação à sua arquitetura, viria sujeitá-la a um profundo exame crítico. Mas já então as plantas para arranha-céus de bancos e de grandes empresas, para residências de milionários, começavam a deixá-lo frio, como se pusesse, ao concebê-las e traçá-las, apenas seus conhecimentos e não sua alma. Repetia às vezes para si mesmo: "Estou envelhecendo", e pensava nos seus quarenta anos, quase vinte mais que Manuela...

Mandara para o prelo as primeiras matérias para o número de reaparecimento, da revista (cartazes nas paredes a anunciavam para setembro) quando começou a guerra, precedida do pacto germano-soviético. E fora aquela confusão nos meios intelectuais, aquele quase repentino isolamento dos comunistas e de seus simpatizantes, aquelas acusações brutais, um ambiente tenso e desagradável.

Marcos buscava compreender. "Os camaradas soviéticos têm razão, têm certamente razão", murmurava para si mesmo e havia momentos em que tudo lhe parecia claro e fácil de entender. Mas, quando chegava um amigo em desespero, Marcos sentia que não estava ainda de posse das explicações políticas justas, que não estava capaz de convencer os outros. E um sentimento de aflita inquietação o invadia: "Vamos ficar sozinhos, isolados". Inquietação crescente porque o tempo passava, as provas da revista dormiam na oficina, e ele não conseguia um contato com o Partido. Até que, finalmente, um dia foi procurado pelo seu enlace e um encontro ficou decidido.

Era o Ruivo quem o esperava numa casa distante, pelo meio da noite. A luz elétrica, o rosto do dirigente aparecia ainda mais cadavérico, seus olhos brilhavam de febre e a mão que Marcos apertou estava esquelética. A voz rouca chegava plena de afeto:

— Então, mestre Marcos, como vão as coisas?

E, reparando no arquiteto, nas fugidias sombras inquietas a nublarem seus olhos, interessou-se:

— Que há com você? Doente? Ou abafado com o pacto?

— Abafado com o pacto, bem abafado...

Ruivo riu, o riso findava num acesso de tosse:

— Tem muita gente abafada por aí. Eu imagino o que não se passa pelos meios intelectuais...

Marcos reprochava:

— Se você imagina, por que então não nos deu uma ajuda antes? Não, você não pode imaginar a confusão... Estamos sendo completamente isolados, abandonados de todos. E vocês levam quase um mês para marcar um encontro...

Estavam sentados um diante do outro, Ruivo bateu-lhe com a mão sobre o joelho:

— Gosto disso... Critique... Mas pense numa coisa, seu mestre; a quem devíamos atender primeiro, a vocês ou ao corpo do Partido, aos operários? Ou você pensa que o inimigo trabalha somente no meio de vocês, que ele não procura semear a confusão no meio da classe operária? Se você soubesse só metade do trabalho que tivemos nos últimos tempos...

Marcos considerou o camarada num relancear de olhos, e aquela face cavada de tísico, aquele cabelo pintado, aquele peito arfante o comoveram, sentiu toda a irritação desaparecer. De que podia ele se queixar, vivendo em sua boa casa, comendo do melhor, com seu confortável automóvel, quando outros se matavam no trabalho para construir o mundo dos seus sonhos? Falou:

— Você tem razão. Não está mais aqui quem reclamou.

Ruivo balançou a cabeça:

— Não, nem mesmo todo o trabalho que tivemos explica a demora de um bate-papo com você. Devíamos tê-lo feito antes. Mas acontece que João não está por aqui e eu, que devia conversar com você, andei de cama mais de uma semana. Numa hora dessas, imagine, é que fui cair de cama. Peço que você compreenda e desculpe.

Marcos abanou as mãos, por que ele lhe pedia desculpas?

— Eu é que devia pedir desculpas. Devia ter compreendido que se vocês ainda não me haviam chamado é que não tinham podido. É que ando mesmo abafado esses tempos...

— Conte-me tudo — pediu o Ruivo. — Tudo que se passa entre os intelectuais.

Marcos começou o relato, pontuado de perguntas feitas pelo outro, de curtos comentários:

— Esse Saquila é um cachorro!

Quando Marcos terminou, Ruivo levantou-se e não falou em seguida. Como se repassasse na memória toda a narração do arquiteto:

— Mestre Marcos, que beleza!

— O quê? — fez Marcos surpreendido.

— Como foi que um disse? "Como se tivesse desabado uma casa que eu houvesse terminado de construir", não foi? E o outro: "Como se eu encontrasse minha mulher nos braços de um amante", que beleza! Como eles amam a União Soviética, Marcos: como à sua obra e à sua esposa! Não importa que eles não tenham compreendido no primeiro momento. São pequeno-burgueses, cheios de teias de aranha na cabeça, pensando que existe uma diferença de cem por cento entre Hitler e Churchill, entre Pétain e Mussolini. E, no entanto, Hitler e Churchill são ambos uns cães de fila, apenas um é um buldogue inglês e o outro é um boxer alemão. Que desejavam nossos amigos intelectuais? Que a União Soviética, depois do governo francês haver traído o acordo para a defesa da Tchecoslováquia, depois das mal denominadas democracias terem entregue a Espanha, depois que os nossos camaradas tentaram tudo para um acordo com a França e a Inglaterra no sentido de conter Hitler e impedir a guerra, o que eles queriam?, que a União Soviética esperasse que a Inglaterra e a França viessem assinar um acordo com Hitler para a invasão da União Soviética? Isso nossos camaradas soviéticos não podiam fazer, Marcos, porque seria um crime contra os povos soviéticos e contra todos os povos, isso seria entregar aos inimigos da Revolução a arma com que assassiná-la.

Arfava, a respiração difícil, seus olhos febris estavam iluminados, suas mãos faltas de sangue se molhavam de suor, suas palavras eram quentes como fogo, "ele é uma flama", pensava Marcos.

— Eles não compreendem ainda, os nossos amigos. Eles vão compreender, Marcos, os próprios fatos vão lhes mostrar a realidade, vão lhes mostrar o acerto da política soviética. E nesse dia eles vão ter remorsos de haver duvidado da União Soviética. Você não deve se afobar com essa incompreensão inicial. Os fatos se encarregarão de nos dar razão, de esclarecer todas as pessoas honestas. Eles vão compreender a importância do tempo que ganhamos com esse pacto, no momento em que compreenderem o verdadeiro significado dessa guerra de mentira que está aí. Então eles vão ver quanto é sábia a política soviética. Uma prova já está diante de você: se não fosse assim, a parte da Ucrânia dominada pela Polônia estaria hoje em mãos dos alemães em vez de ter sido libertada para o socialismo. Não é mesmo?

Passou a argumentar, a explicar, a levar Marcos a raciocinar politicamente. As horas corriam e o Ruivo, recém-saído do leito de enfermo, o pulmão comido, parecia insensível à fadiga.

— Agora compreendo — disse Marcos quando já a madrugada despontava. — Eu sabia que iria compreender assim que me explicassem. Agora, sim, posso conversar com os outros, discutir nas livrarias.

Sentia-se entusiasmado:

— Vamos fazer um editorial abrindo a revista, irrespondível! Minha opinião é que nem devemos mandá-lo à censura, não deixariam certamente publicar. O golpe é publicar de qualquer maneira, sem passar pela censura, jogar a revista na rua e deixar que eles a fechem depois. Eles vão fechá-la de qualquer maneira, mais dia menos dia...

Ruivo discordava:

— Não, nada disso. Ao contrário, temos de defender a revista o mais possível, necessitamos muito dela. Em vez de escrever sobre o pacto germano-soviético, o editorial deve ser sobre a guerra, defendendo a paz, sustentando a necessidade da paz, mostrando o perigo da guerra se estender. Quanto ao pacto...

— Sim, como vamos fazer? Não vamos falar nele, como se tivéssemos vergonha de tocar nesse assunto? — exaltava-se o arquiteto.

Ruivo levantava-se, ia em busca de um pacote de material impresso:

— Sim, vamos falar dele, explicar seu significado. Mas isso é tarefa do Partido, para isso temos nossos meios. Aqui você tem um manifesto do Partido sobre o assunto, distribua entre seus amigos. E toque a revista para diante, trate de defendê-la, porque agora vamos atravessar uns tempos duros, mestre Marcos, muito duros. Vão cair em cima da gente como nunca caíram antes, nem nas piores épocas. Veja como estão preparando o ambiente, tratando de nos isolar, de nos caluniar, para que ninguém nos defenda. Vão ser uns tempos duros, eles querem preparar o caminho para a dominação mundial de Hitler. E a revista nos é mais necessária do que nunca.

Marcos passava os olhos pelo material, ali estavam os fatos e os argumentos que o Ruivo lhe expusera durante a conversa. O dirigente continuava:

— Mas esses tempos duros serão curtos. Logo chegará, mestre Marcos, a hora do sol brilhar... Então todo mundo verá claro e seus amigos entoarão hinos à União Soviética...

— Quando será isso? Olhe que temos apanhado, hein.... Espanha, Tchecoslováquia... Aqui, é o que se vê... Lançam-se contra o Partido como umas feras... Será que nós vamos ver esse tempo de que você fala ou ele será para nossos netos?

O Ruivo sorriu:

— Se vamos ver... Então, você não enxerga os acontecimentos a vir? Você não pode já prever o curso dessa guerra que começou? Olhe aqui, mestre Marcos de Sousa: eu tenho certeza de ver, dentro de poucos anos, o nosso Partido legal aqui no Brasil... Legalzinho da silva...

— Você crê? Realmente?

— Creio, não. Tenho certeza. Ou você pensa que Hitler vai dominar a terra inteira? Ou você pensa que serão a França, a Inglaterra, os Estados Unidos que vão acabar com Hitler e com sua corja de assassinos? Basta, Marcos, que você olhe em direção a Moscou e você, se quiser, pode enxergar o futuro do mundo...

2

NAQUELES MESES INICIAIS DE GUERRA, QUANDO TODAS AS MANCHETES e primeiras páginas dos jornais pareciam exclusivamente dedicadas ao esmagamento da Polônia, à possibilidade da entrada de Mussolini no conflito, aos artigos sucessivos sobre a fraqueza militar da União Soviética, aconteceu um fato ao qual a imprensa deu também grande destaque: a fuga do jovem português Ramiro, do hospital da Polícia Militar, onde convalescia. COMUNISTA PERIGOSO CONSEGUE EVADIR-SE, anunciavam em grossos títulos os vespertinos onde a fotografia de Ramiro era reproduzida em duas e mesmo em três colunas. Durante dias e dias, os policiais vasculharam a cidade de São Paulo, os subúrbios, as cidades próximas na caça ao evadido.

Buscavam também a mulher jovem e bela (os guardas que a haviam visto eram unânimes em falar de sua formosura morena) que visitara duas ou três vezes o prisioneiro, sua cúmplice na fuga, única pessoa capaz de lhe haver trazido a farda de soldado. Vestido de soldado, Ramiro fugira.

Era um hospital da Polícia Militar, onde se encontravam soldados e sargentos daquela milícia, e nos dias de visita aos enfermos, às quintas-feiras, o casarão se enchia de praças vindos para dois dedos de prosa com seus colegas doentes. À base daquelas visitas fora levantado o plano de fuga de Ramiro. Mariana, fazendo-se passar por sua irmã, pronunciando as frases à maneira portuguesa, obtivera licença para visitá-lo. Ali mesmo, no hospital, um dos responsáveis da administração a havia dado, impressionado com o ar meigo e abatido de Mariana. Em três visitas sucessivas, a moça levou a farda, as perneiras, o quepe, as botinas. Noutro dia de visita, Ramiro fardou-se e, na hora em que todos os visitantes deviam deixar o hospital, meteu-se entre os que saíam, um soldado a mais, passou junto aos guardas, atravessou entre as sentinelas na porta, bateu-lhes continência, desapareceu.

Aquela ideia da fuga acompanhava-o desde a condenação. Quando o processo foi julgado pelo Tribunal de Segurança, ele estava ainda na Detenção, quase impossibilitado de mover-se, com necessidade de operar-se em consequência das torturas sofridas. Um médico da polícia veio vê-lo e constatou ser impossível enviá-lo naquele estado a Fernando de Noronha. O jeito era operá-lo antes. Mascarenhas, seu companheiro de cubículo, depois da saída do médico, veio sentar-se à beira do seu catre. O jovem Ramiro sentia-se triste, doía-lhe separar-se dos companheiros condenados ao mesmo tempo que ele. Tentara levantar-se à chegada do médico, não conseguira. Mascarenhas lhe perguntou:

— Você parece estar doidinho para ir pra Fernando de Noronha. Por quê?

— É melhor ir com vocês do que ficar aqui sozinho.

Mascarenhas, que havia sido como um pai para o português durante esse tempo de enfermidade, sorriu:

— Sim, aqui é horrível. Eu me sinto asfixiado entre esses muros...

— E no hospital vai ser ainda pior... — lastimou-se Ramiro. — Sem mesmo poder sair da cela.

— Sim, a ilha, com toda a desgraça que é, tem de ser melhor que aqui. Pelo menos há espaço livre, vê-se o mar, eu também prefiro. Mas você não deve se queixar...

— Por quê?

— Do hospital você pode fugir... — baixava a voz.

Amava aquele portuguesinho como a um filho. Fora ele, Mascarenhas, quem o pusera no Partido e testemunhara seu bravo comportamento na prisão, durante os dias de tortura: aquele jovem, com seis meses apenas de vida partidária, se comportara como um velho militante revolucionário, era uma esperança para o Partido. Em liberdade, depois dessa prova na polícia, Ramiro podia transformar-se num militante responsável. E nessa hora de perseguição tenaz, de quedas sucessivas de quadros, um elemento como aquele era preciso. Assim, ao sentir as dúvidas da polícia sobre a viagem de Ramiro, logo notificara Carlos e Zé Pedro, e lhes sugeria a ideia da fuga do rapaz. O Partido (com o qual estavam em ligação) fora avisado. Só mesmo o pequeno português Ramiro não sabia de nada. Mascarenhas deixara para lhe falar nas vésperas da partida.

— Fugir? Você pensa que é possível?

— Penso. É um hospital da Polícia Militar, a vigilância não é tão estreita como na polícia central ou aqui.

— Como devo fazer?

— Você deve ir para o hospital. E esperar lá. Quando uma visita se anunciar como seu parente, não se mostre surpreso. Será algum camarada do Partido. Ele combinará com você...

Naquela mesma noite Mascarenhas, Zé Pedro, Carlos, o professor Valdemar, o ferroviário de Mato Grosso e vários outros foram transportados para a polícia central, iam para Fernando de Noronha. Ramiro os viu partir, mas já não estava triste por não seguir com eles. Entregava-se por inteiro à ideia da fuga, da volta ao trabalho. Mascarenhas lhe dissera, ao despedir-se, abraçando-o:

— Se a coisa der certo, trabalhe e lute por nós todos.

Esperara impaciente a transferência para o hospital e mais impaciente ainda a visita anunciada de um camarada. Mas este só veio depois de o haverem operado, quando ele iniciava a convalescença. E não era um camarada, era uma camarada.

O comitê de zona de Mariana fora encarregado daquela tarefa. O companheiro responsável lhe avisara:

— Quanto menos gente metida nisso, melhor.

Ela pensara longamente sobre o assunto e decidira tomar a si a parte mais perigosa do trabalho: estabelecer a ligação com Ramiro. Foi ao hospital, apresentou-se como irmã do preso, comoveu o tipo que a atendera, obteve a ordem. Sentou-se ao lado do leito de Ramiro, o português vinha de levantar-se pela primeira vez. Durante uns quantos minutos comportou-se como se fosse de fato sua irmã: falou-lhe de coisas familiares, deu-lhe notícias inventadas, até convencer-se de que ninguém os observava. Comunicou-lhe então o plano de fuga.

Na outra semana continuou a trazer-lhe, sob os vestidos, a roupa necessária. Deu-lhe dinheiro, fê-lo decorar endereços, até um pequeno revólver ela lhe trouxe.

Numa quinta-feira, tendo-lhe trazido o quepe, ela lhe disse:

— Na próxima semana você pode tentar. Um carro lhe esperará na segunda esquina à direita...

Antes de ir-se, apertou-lhe a mão:

— Que tudo corra bem...

Ele a reteve:

— Se me pegarem, fique tranquila. Não falarei.

Mariana sorriu:

— Estou certa disso. Até outra vez, um dia ainda nos veremos.

Para ele foi uma semana de nervosismo. Especialmente quando o médico, tendo-o examinado na segunda-feira, lhe disse:

— Você, rapaz, já está em tempo de ter alta e voltar para o quartel... Amanhã mesmo pode dar o fora, deixar o lugar para outro.

Ramiro empalideceu, todos os planos iam por água abaixo. Seu abatimento foi tal que o médico perguntou:

— Que é que há? Não quer voltar para casa?

— Seu doutor, não sou um soldado, sou um preso... Preso político, condenado, quando sair daqui vou para Fernando de Noronha. Tenho oito anos a tirar.

— Hum! — fez o médico fitando o rosto adolescente de Ramiro. — E que diabo você fez pra pegar oito anos?

— Tomei parte numa greve, me condenaram como comunista. — Observava o médico, ia tentar ganhá-lo. — Seu doutor, seja bom, faça-me um obséquio: deixe-me ficar até o fim da semana. Quinta-feira minha irmã vem me ver. Se eu for para a polícia, não a verei mais até minha partida. E, o senhor sabe, pouca gente volta de Fernando de Noronha.

O médico balançava a cabeça, Ramiro pensava que ele estava negando, juntava as mãos no pedido:

— Seu doutor, o senhor é um médico, um homem de saber. Eu sou um operário, estou condenado porque pedi aumento de salário. Vou passar oito anos sem ver minha família. Deixe-me ficar mais três dias e ainda poderei ver minha irmã uma vez.

O médico continuava a balançar a cabeça, murmurou:

— Uma criança... oito anos... meu Deus...
O enfermeiro, que se demorara com outro doente, entrava no quarto. O médico disse:
— Esse tem ainda para uma semana ou dez dias aqui. A cicatrização não marcha muito bem.
Fez um leve cumprimento com a cabeça, saiu. Ramiro respirou. Na quinta-feira fugiu. "Tenho de lutar por mim e pelos camaradas presos, por Zé Pedro e Carlos, por Valdemar e Mascarenhas."

3

COSTA VALE SALTOU DO AUTOMÓVEL, ATRAVESSOU EM PASSOS RÁPIDOS o jardim do palacete, penetrou pela porta aberta, dirigiu-se à sala onde a comendadora Da Torre já o esperava:
— O homem vem! — anunciou à velha milionária, apertando a mão. — Artur acaba de telefonar-me...
— Vamos sentar — convidou a comendadora. — Que preferes antes do almoço? Um uísque ou um coquetel?
— Uísque...
Um empregado recebeu as ordens, a comendadora fez um gesto à sobrinha solteira para que se retirasse. Aí então, a sós com o banqueiro, deu mostras do seu contentamento:
— Então ele sempre decidiu... Esse Arturzinho, com todas as suas fidalguias idiotas, é o único para certas coisas. Só mesmo ele para convencer o Gegê. Para falar com franqueza, eu já não contava com isso, o Getúlio agora está inteiramente dos alemães. Tão alemão que eu temo acordar um dia com a notícia que ele entrou na guerra a favor de Hitler.
A chegada de Mister Carlton ajudou o trabalho de Artur. Os americanos estão ficando alarmados com as tendências do Getúlio. Se ele continuar nesse caminho, minha cara, o jeito que temos é botar outro no lugar dele. Ao que me disse o Artur, veladamente pelo telefone, a embaixada fez pressão sobre ele. E as notícias da vinda de Armando Sales para Buenos Aires e da repercussão do seu manifesto na imprensa norte-americana devem ter concorrido também...
— Que manifesto?
— O Armando lançou um manifesto, coisa escrita pelo nosso Tonico Alves Neto, vieram juntos os dois de Portugal para a Argentina. Acusa o Getúlio de fazer a política da Alemanha, de trair a política de boa vi-

zinhança, enfim, o Armando se apresenta aos americanos como o homem capaz de fazer o Brasil marchar ao lado dos aliados. Os jornais de Nova York bateram palmas e aproveitaram para baixar a lenha no Getúlio. Creio que ele se alarmou e então decidiu vir à nossa festinha.

— Ainda bem. De mim, o que eu quero é que essa guerra dure o mais possível. É uma verdadeira mina de ouro, Costa. Estou exportando têxtil até para a África do Sul. Tanto que botei o pessoal para fazer horas extraordinárias de trabalho. E termino por fazer as fábricas trabalharem dia e noite...

Seus olhinhos maliciosos cintilaram:

— Também, para aguentar com as despesas de Paulo e Rosinha, em Paris, preciso de um dinheirão. Não imaginas as contas. Esse fidalgo me custa os olhos da cara. Não tem nenhum juízo, esse rapaz. Soubeste da última?

— Qual? — perguntou o banqueiro, pouco interessado no rumo da conversa.

— Do cabaré de Montmartre que ele pôs abaixo...? Pensei que soubesses, pois a Marieta estava presente.

— Creio que ela me falou numa carta. Não me lembro.

— Um horror! Parece que o Paulo tinha se encharcado de champanha e quando lhe anunciaram que era hora do cabaré fechar, não se conformou. Como é seu costume, começou a rebentar com tudo. E a conta veio para mim, um despropósito de conta. Felizmente, com essa guerra, não posso me queixar dos negócios. Senão, tinha de escrever umas verdades a esse fidalgote...

— Coisas de rapaz... — Costa Vale atalhava a conversa, desejoso de voltar aos assuntos que o interessavam.

Mas a comendadora, contente com as notícias trazidas pelo banqueiro aos seus planos, pedia agora notícias de Marieta:

— E Marieta? Quando chega?

— Conseguiu finalmente lugar num navio espanhol. Deve sair de Lisboa por esses dias.

— Estou ansiosa que ela chegue para dar-me notícias de Rosinha. Ela está contente?

Costa Vale fez um gesto brusco:

— Creio que sim. Mas, comendadora, vamos falar de coisas sérias. Mandei chamar o Venâncio Florival, precisamos botar os japoneses no vale antes da ida do Getúlio. Quero lhe explicar o que estamos fazendo, porque devemos discutir amanhã com o Carlton. Ele chegará pelo primeiro avião, o Artur virá com ele. Temos muito que discutir. — Tomava da pasta, sacava papéis, a comendadora aproximava a cadeira.

Iam finalmente inaugurar as novas instalações da Empresa do Vale do Rio Salgado e o presidente da República devia assistir à cerimônia. Já uma vez haviam pensado levá-lo às margens do rio, quando da colocação da pedra inicial dos trabalhos. Não fora possível daquela vez, a polícia desaconselhara a visita, ante as revelações de Heitor Magalhães. Mas, depois disso, se passara o tempo, tudo no vale estava calmo e sua fisionomia havia mudado: o campo de aviação fora terminado, ia-se diretamente de Cuiabá às margens do rio, erguiam-se edifícios, havia luz elétrica, trilhos tinham sido assentados da sede da empresa até às jazidas de manganês, as primeiras completamente localizadas, prontas para entrar em exploração. Uma pequena cidade de madeira nascera no lugar do antigo acampamento e centenas e centenas de operários trabalhavam ali. É verdade que as febres não tinham sido eliminadas, o trabalho do saneamento feito sob a direção do professor Alcebíades Morais se reduzira a criar boas condições de vida para os engenheiros e os altos funcionários da empresa. É verdade também que os caboclos continuavam ocupando as terras como antes, apesar de ter-lhes sido enviada uma notificação com a sentença do tribunal. Mas esses fatos preocupavam pouco a Costa Vale: que as febres malignas, que a maleita e o tifo, derrubassem operários (os corpos já não eram atirados no rio, uma das novas belezas do lugar era o pequeno cemitério), não importava muito. Havia uma verdadeira imigração de camponeses que se ofereciam para trabalhar nas obras da empresa, tentando fugir às condições ainda mais miseráveis do trabalho escravo nas fazendas. A mão de obra era barata e farta. Desde que houvesse conforto e salubridade na pequena colina onde se erguiam os graciosos chalés dos engenheiros e dos funcionários — para estes o professor Morais fizera construir fossas, abrira poços de boa água, para estes saneara realmente a pequena parte onde habitavam — o resto não importava. No armazém havia quinino em quantidade, que mais podiam desejar os operários?

Tampouco o assustavam os caboclos do vale. Nunca esperou que eles se retirassem com a simples notificação da sentença do tribunal reconhecendo os direitos da empresa sobre todas aquelas terras à margem do rio. Mas quando eles vissem chegar os soldados da Polícia Militar para ocupar as terras e instalar os japoneses, então mover-se-iam rapidamente, não teriam outro jeito senão ir trabalhar de colonos nas novas fazendas de Venâncio Florival. O coronel estendera suas cercas até quase as margens do rio, havia muita terra a desbravar, os caboclos eram bons para aquele trabalho. E a hora de fazer essa operação de limpeza era chegada.

Realmente os japoneses já estavam em São Paulo, prontos para seguir viagem para Mato Grosso. Urgia, por consequência, expulsar os caboclos, levantar rapidamente casas de madeira onde eram agora as choças de terra, conduzir para ali os imigrantes. As festas de inauguração das obras da empresa estavam marcadas para dezembro, um mundo de gente convidada, Mr. Carlton acabava de chegar dos Estados Unidos, o presidente concordara finalmente em comparecer. Costa Vale expunha para a comendadora quanto trabalho tinham ainda a realizar no pouco tempo antes da inauguração:

— O Venâncio Florival se encarrega dos caboclos. Em dez ou quinze dias de trabalho se levantam casas de madeira para os imigrantes. Encarreguei o Shopel de organizar a caravana para a festa. Creio que levaremos uns dez aviões com gente. E quando o nosso vale começar a produzir, o Paulo pode rebentar quanto cabaré quiser... Com essa guerra não há limites no dinheiro a ganhar, comendadora...

A comendadora voltava ao assunto da política do presidente:

— Tu não crês que o Getúlio terminará na guerra ao lado dos alemães? Dizem que os generais estão fazendo pressão.

— Sim, todo um grupo de generais. Estão convencidos da vitória de Hitler. E não são apenas eles: também o chefe de polícia, a gente do DIP, do Ministério do Trabalho. O Artur me contou que sua posição está cada vez mais difícil no ministério. Mas toda essa gente é incapaz de enxergar adiante do nariz. Essa é a nossa vantagem sobre eles...

— Tu crês que Hitler vai perder a guerra. — A comendadora balançava a cabeça numa dúvida. — Eu penso que não.

— É claro que não. É claro que ele vai ganhar. Somente há uma diferença de detalhe, mas que é muito importante. Ele vai dominar a Europa, liquidar a França e a Inglaterra, acabar depois com a Rússia comunista. E com isso já tem com que se empanzinar. É quando os Estados Unidos entrarão em acordo com ele: a Europa para Hitler, a América e a Ásia para os americanos. Assim vai se passar. Nós aqui, minha amiga, somos zona de influência americana. É isso que certa gente não vê. Pensam que Hitler vai abocanhar tudo e se enganam. E se o Getúlio se enganar também, nós cuidaremos dele.

Falava com aquela voz inflexível de senhor. Bebeu o resto do uísque, concluiu:

— O Getúlio dança, mas quem dirige a orquestra sou eu. E, ou bem ele dança no ritmo de nossa música, ou não falta gente para governar este país...

4

NA RÁPIDA PIROGA, LEVE E FRÁGIL, UM HOMEM SE ESFORÇA NOS REMOS para subir o rio. A madrugada desponta sobre as árvores e os animais, uma luz azulada luta contra as sombras da noite na floresta, os pássaros despertam, seus gorjeios irrompem e o homem sorri ao reconhecer os cantos diversos, do sabiá, da patativa, do curió, do cardeal. Conhece cada um daqueles gorjeios e pode imitá-los, seu avô lhe ensinara a voz dos pássaros nos dias da sua infância nas fazendas do coronel Venâncio. Pobre avô, a vida toda curvado sobre a terra, terminara indo morrer numa prisão em São Paulo, sem nada compreender do que lhe sucedia! Nestor redobra os esforços no remo, a manhã não tardará a chegar e ele tem pressa, importante é a notícia que lhe transmitiu o negro Doroteu. Os soldados vão vir a cada momento para expulsar os caboclos. Não tardará que aos gorjeios dos pássaros, aos silvos agudos das cobras, ao rouco rugido do jaguar, aos guinchos estridentes dos macacos se misturará o ruído das balas.

Sua missão é avisar a Gonçalo da vinda próxima dos soldados, e voltar o mais rápido possível, seu lugar é ao lado de Claudionor, entre os agregados da fazenda. Nestor sente um estremeção percorrendo seu corpo ao pensamento da proximidade da ação. Há quanto tempo já esperavam a chegada dos soldados... Mas não fora um tempo perdido, nem para ele, nem para Doroteu, nem tampouco para Gonçalo. Depois da busca efetuada por Miranda, um ano antes, a polícia não voltara àquelas paragens. Uns quantos caboclos haviam partido ao receber a notificação da sentença do tribunal, dispondo das terras em favor da empresa. Mas a maioria se conservara em suas plantações, como se nada se passasse. Também o árabe Chafik fora embora no temor de se ver envolvido pelos acontecimentos, outra vez preso e entregue às autoridades francesas em Caiena. Essa piroga em que Nestor viaja era do árabe. Ele a dera a Gonçalo, antes de partir para sempre. Um gaúcho viera estabelecer-se na vendola de Chafik, comprava o feijão e o milho dos caboclos, viajava para Cuiabá, era um companheiro. Estabelecia, em suas idas e vindas, as ligações com Claudionor, no arraial de Tatuaçu, com Doroteu, no acampamento, com Gonçalo e Nestor, na floresta. Chamava-se Emílio e era um rio-grandense conversador, quase tão alto e forte quanto Gonçalo.

É para sua vendola que Nestor dirige a piroga, esforçando-se nos remos, é necessário chegar o quanto antes. Doroteu lhe recomendara pressa, o negro parecia excitado, pela primeira vez Nestor vira um sorriso no rosto quase sempre triste do operário. Negro feio mas bom, esse Doroteu, pensava Nestor. Os operários do acampamento o adoravam. Reuniam-se à noite, sob as estrelas, para o ouvirem tocar a sua gaita, e como ele tocava bem! Só que jamais sorria e, quando tocava, ficava ainda mais melancólico, alguma coisa bem triste devia haver-lhe sucedido no passado. Nestor gostava dele, com o negro muito aprendera. Vira a organização do Partido crescer entre os operários da empresa, assistira à formação do sindicato, e compreendera, no dia a dia com Doroteu, como aquela concentração operária à beira do rio viera dar um impulso novo ao trabalho entre os camponeses. À proporção que passava o tempo sobre a pesquisa policial, o trabalho se tornava mais amplo e profundo. Faziam reuniões de agregados e colonos no arraial de Tatuaçu, nos dias de feira. Nestor voltava a percorrer as fazendas, operários do acampamento apareciam também em dias de folga. O próprio Gonçalo já saía por vezes dos seus esconderijos na floresta para vir dar uma assistência, seja à organização entre os operários, seja ao trabalho no campo. Sim, aquele ano fora bem aproveitado e os soldados terão uma surpresa...

Muito mudara o vale naqueles meses. Não naquela parte do rio por onde voga a canoa de Nestor: ali eram as mesmas pobres plantações dos caboclos, as choupanas de barro batido. Mas, ao pé da montanha, onde os engenheiros norte-americanos se haviam estabelecido, formigava uma vida intensa. A cada dia chegavam novas levas de operários, novas remessas de máquinas e agora o ronco dos aviões sobre a floresta assustava mesmo aos ferozes jaguares. E, nos últimos dias, a atividade era febril, Doroteu contara a Nestor que os gringos preparavam a grande festa para a inauguração das obras da empresa. Queriam porém, antes, expulsar os caboclos e botar japoneses naquelas terras. A hora que eles tanto haviam esperado se aproximava. Nestor se esforça nos remos, os músculos dos seus braços magros parecem querer saltar de sob a pele.

Manchas de claridade rompem a noite da floresta. Um sabiá gorjeia seu canto matinal. Nestor avista ao longe a vendola de Emílio.

5

DUAS CANOAS PASSARAM PRIMEIRO, HOMENS COM BINÓCULOS ESTUDAVAM, às margens do rio, as plantações dos caboclos. Aportaram mesmo em algumas delas, puxando conversa com os lavradores, examinando o terreno, tomando notas. Eram os engenheiros e mestres de obras encarregados de construir casas de madeira para os colonos japoneses. Depois as canoas regressaram e durante dois dias nada sucedeu.

Uma madrugada, porém, Emílio, de atalaia desde o aviso trazido por Nestor, enxergou, com seu binóculo, uma grande quantidade de canoas a motor subindo o rio. Eram eles que vinham, os soldados da Polícia Militar e as primeiras levas de japoneses. O gaúcho empurrou sua canoa para o rio, Gonçalo estava escondido mais acima, em casa de Nhô Vicente.

Grandes canoas a motor, algumas cheias de soldados, outras com soldados e colonos japoneses. Por ora vinham apenas alguns colonos escolhidos, as famílias haviam ficado num acampamento improvisado ao lado das obras da empresa. A ordem que os soldados traziam, era de expulsar os caboclos, oferecendo transporte àqueles que acatassem a ordem, trazendo à força os recalcitrantes. Homens de Venâncio Florival esperavam no acampamento as levas de caboclos para transportá-las, por bem ou por mal, para as novas terras do coronel.

À aproximação da primeira choça de caboclo, os soldados embalaram as armas, prontos para tudo. Mas não havia sinal de vida nem na plantação nem na casa. As canoas embicaram para a margem do rio, alguns soldados desembarcaram, sob o comando de um sargento. A choça estava deserta, a plantação também. O sargento voltou para pedir ordens ao tenente-comandante da expedição. O tenente coçou a cabeça, era uma situação inesperada. Com aquilo não contavam. Desembarcou também, outros soldados o imitaram a uma ordem sua. Examinou as plantações, a casa abandonada. O sargento informou:

— A casa estava habitada ainda ontem. Veja os restos de comida, o fogo ainda está aceso. Devem andar por perto.

Organizaram uma batida nas proximidades, mas nem rastros encontraram, logo após era a floresta. O tenente estava cada vez mais desconcertado. Voltou às canoas, conferenciou com o representante da empresa, um jovem engenheiro norte-americano que fumava cachimbo, falava mau português e tinha pressa; com o chefe dos colonos japoneses, um homenzinho baixo, de óculos, que se fazia entender por meio de um intérprete, um outro japonês emigrado há muitos anos para o Brasil. Da conferência resultou a decisão de tomarem oficialmente posse da terra, de deixarem ali um dos japoneses, dois soldados da Polícia Militar, um dos mestres de obras encarregados de estudar a construção das novas casas, e alguns mantimentos. Ao regresso, segundo decidiu o engenheiro norte-americano, voltariam a embarcar o mestre de obras. Os soldados ficariam pelo que desse e viesse até a chegada da família do colono que devia se estabelecer naquela plantação. Foi assim que começou a luta do vale do rio Salgado.

À proporção que iam deixando colonos, soldados e mantimentos nas choças e plantações abandonadas pelos caboclos, um sentimento de inquietação ia crescendo no tenente. Ao contrário, o jovem engenheiro norte-americano mostrava-se satisfeito: os caboclos haviam decidido partir, aquilo parecia-lhe o mais conveniente, evitava complicações na sede da empresa, cenas talvez desagradáveis. O engenheiro temia — e também o engenheiro-chefe com quem ele conversara antes de partir — que a chegada de caboclos presos, trazidos à força, provocasse alguma agitação entre os operários. Ou melhor: que aumentasse a agitação provocada pela chegada dos soldados da Polícia Militar, com a missão de expulsar os caboclos. Dizia ao tenente, entre lentas cachimbadas, no seu mau português:

— Mim estar contente. Caboclo ter medo, fugir, *very good*!

— Pois olhe, doutor, eu não estou nada contente. Não há quem me tire da cabeça que essa caboclada está é preparando uma emboscada.

Pela vontade do tenente, todas as canoas passariam a noite no rio, à espera dos acontecimentos, mas o engenheiro se opôs: as canoas deviam voltar para trazer no dia seguinte novos colonos e operários para a construção das casas. Essa era a ordem que ele tinha. Que ficassem os soldados, se o tenente desejasse, mas ele voltaria com as canoas.

— Então eu fico com os meus homens — disse o tenente.

Ocupou a venda de Emílio, o sargento e uns quantos soldados estavam com ele. O chefe dos colonos japoneses olhava tudo aquilo num espanto. Falava rápido e longo com seu compatriota que entendia português.

A noite veio chegando, as canoas partiram. Ficara apenas uma, à disposição do tenente. Nas choças dos caboclos, agora ocupadas por japoneses e soldados, começaram-se a acender fogueiras e fifós. Com a noite chegaram uma brisa fria e a infinita nuvem de mosquitos. Os soldados, em torno ao fogo, contavam histórias de Cuiabá, coisas passadas nas ruas das mulheres perdidas. O tenente fumava cigarro sobre cigarro, na esperança de espantar os mosquitos. De repente, muito ao longe, onde haviam deixado os últimos japoneses e uns poucos soldados, começou um tiroteio.

6

AQUELA PRIMEIRA SORTIDA FORA TODO UM SUCESSO PARA OS CABOCLOS. Haviam atacado quatro plantações, as mais distantes, e de todas quatro haviam expulsado os novos moradores e os soldados. A canoa com o tenente pôde apenas recolher soldados espavoridos, três dos quais baleados, japoneses em pânico. Um japonês morrera afogado ao tentar fugir. As águas do rio haviam levado o corpo, cardume de piranhas apareciam no rastro sanguinolento.

O tenente concentrou seus homens numa das plantações, passaram o resto da noite sem dormir, esperando. Mas os caboclos não voltaram naquela noite. Ao amanhecer, um dos soldados feridos morreu.

Gonçalo estudara durante muitos meses a técnica a seguir quando o momento da luta chegasse. Ao demais, não fazia muito, uns dois meses antes, o camarada João voltara por ali e aprovara seus planos. O gigante lhe dissera:

— Não vamos poder sustentar as plantações. Mesmo que contemos, como eu espero, com um movimento de solidariedade entre os operários e talvez entre os camponeses das fazendas do Florival. Vai ser impossível. Se ficarmos nelas seremos massacrados em poucos dias.

— E então? — perguntara João.

— O importante é o exemplo, não é? É fazer difícil a vida dos gringos, mostrar a eles que essa terra é nossa, que suas riquezas nos pertencem, não é? E criar nos camponeses uma consciência dos seus direitos sobre a terra que trabalham, não é? Pois isso vamos fazer. Não podem ser os caboclos que expulsarão os americanos daqui. Isso serão mesmo os operários da empresa que o farão quando chegar o nosso grande dia. Mas os caboclos irão despertar todo o vale contra os gringos.

— Como você pensa fazer?

— Quero sacrificar menos gente possível. Já combinei com Nhô Vicente: ficarão conosco apenas os homens solteiros ou aqueles, como ele, que têm outra pessoa que possa se ocupar da família. Estamos retirando as famílias, pouco a pouco, por dentro da mata, estão indo para a zona dos garimpos, tentar a vida por lá. Acumulamos muita munição nesses meses, a cada viagem Emílio vem carregado. Lutaremos enquanto a munição durar. Durante alguns meses, talvez, impediremos que a empresa tome posse efetiva das terras. E se a solidariedade marchar como pensamos, não só paralisaremos o trabalho da empresa como daremos uma lição ao coronel Florival.

— De que maneira pensa conduzir a luta?

— Deixaremos que eles ocupem as plantações e, pela noite, atacaremos ora uma ora outra, expulsando os japoneses. Uma luta de guerrilhas, compreende? Durante o dia estaremos na floresta, onde eles não podem nos agarrar. Pela noite viremos e metemos bala. Sabe quem me deu essa ideia? O velho Vicente. A princípio eu pensava em ficarmos nas plantações e morrermos em cima delas. Mas o velho me disse: "Amigão, o que a gente precisa aqui é de um cangaço...". Ele é quem tem razão. Em vez de um massacre de um dia, vamos sustentar uma luta de meses.

João aprovava. Reunira com Gonçalo, Emílio, o negro Doroteu e Nestor. Ouvira os informes, discutira cada detalhe do trabalho no acampamento, nas fazendas, no arraial de Tatuaçu. Quando ele partira, Gonçalo havia pedido:

— Camarada, é capaz que eu leve o diabo dessa vez. Já escapei de muitas, pode ser que agora me acertem e acabou-se José Gonçalo. Mas, nesse caso, quero pedir um favor

— Diga.

— No dia que você encontrar o camarada Vítor, conte-lhe que eu cumpri o prometido. Ele me mandou, em nome do Partido, vir esperar aqui os gringos para mostrar-lhes que essa terra nos pertence. Se eu morrer, diga-lhe que cumpri a tarefa até o fim.

— Fique descansado.

Naqueles tempos de espera, a maioria das famílias foi sendo levada embora. Pelas plantações restavam os caboclos decididos a defender suas terras de qualquer maneira. Quando Nestor chegara com o aviso, Gonçalo tomou suas últimas disposições. Haviam aberto uma clareira na floresta, ali se reuniram ao abandonar as plantações. E pela noite tinham partido para a primeira incursão. Fora um sucesso completo. Soldados e japoneses, colhidos de surpresa, só tinham pensado em fugir daquelas balas partidas da noite, nenhum dos caboclos caíra nem ficara ferido. Mas Gonçalo sabia que daí em diante seria mais difícil.

O tenente esperava impaciente a volta das canoas. Finalmente, quando a manhã já ia alta, elas apareceram, carregadas de japoneses, de operários, de mestres de obras, sob a chefia do mesmo engenheiro americano da véspera. O tenente abriu os braços, num gesto espetacular e dramático:

— O que eu preciso é de soldados.

O engenheiro americano quase deixou cair o cachimbo quando viu os feridos e soube dos acontecimentos da noite.

— Eu bem lhe avisei... — repetia o tenente encolerizado. — Eu sabia...

O chefe dos colonos japoneses, chegado ele também com as canoas, exigia a volta imediata de todos os colonos para a sede da empresa. Agora era o americano quem coçava a cabeça, sem saber o que fazer. Afinal, depois de longos conciliábulos, ficou decidido que as canoas regressariam com os operários e os japoneses e viriam, ainda no mesmo dia, com novos soldados. Não podiam pensar, realmente, em construir casas antes de haver eliminado os caboclos.

Quando as canoas, no fim da tarde, voltavam mais uma vez da sede da empresa, lotadas de soldados, foram atacadas por fogo cerrado, partido da floresta. Os soldados responderam, mas era difícil atirar de dentro das canoas. O engenheiro americano, armado com um colt, ordenava atracação das canoas na beira do rio e uma sortida contra os caboclos, aproveitando aquela ocasião quando eles se aventuravam durante o dia. Mas não chegou sequer a terminar suas explicações. Uma bala o atingiu no meio da testa, ele rolou por cima dos soldados. E logo depois o fogo cessou, as canoas puderam continuar sua viagem até à venda de Emílio, onde o tenente congregara os soldados.

Só ali se acenderam fogueiras, as plantações estavam abandonadas. Uma canoa voltara à sede da empresa levando o cadáver do engenheiro. Nos jornais de São Paulo e do Rio começaram a aparecer as primeiras notícias sobre os acontecimentos do vale. Nessa noite, os caboclos não atacaram.

7

APESAR DE QUE A GUERRA RUSSO-FINLANDESA HAVIA COMEÇADO e que o noticiário internacional enchia as primeiras páginas de todos os jornais, colunas foram dedicadas ao jovem engenheiro morto no vale. Saudavam-no como a um herói, um desbravador de florestas, um construtor de civilização, "competente técnico que havia posto seus conhecimentos a serviço do Brasil". O corpo havia sido transportado de avião para São Paulo, o enterro saíra do consulado norte-americano, uma bandeira dos Estados Unidos cobria o caixão. O embaixador ianque, um representante do presidente da República, secretários de Estado e industriais acompanhavam o féretro para o cemitério anglicano. A imprensa exigia uma ação enérgica e violenta contra os "bandidos" que infestavam o vale.

Na Delegacia de Ordem Política e Social, Barros esbravejava contra Miranda:

— E vócê a me garantir que o homem fugira para a Bolívia... que não havia nem fumaça de comunista por lá. Se não é o Gonçalo, quem é então que está levantando os caboclos? É claro que é ele... Vocês são uns inúteis...

Barros preparava-se para um encontro com Costa Vale. Ele mesmo o solicitara, queria pôr o banqueiro a par das suas descobertas anteriores, talvez lhe entregassem a direção da repressão aos caboclos. Pensava dizer-lhe: "É pegar o Gonçalo e se terminou tudo". E, para pegar o Gonçalo, só mesmo ele, Barros, com seus muitos anos de experiência na luta contra o comunismo.

Porém, antes de sair teve de atender ao professor Alcebíades Morais, da Faculdade de Medicina de São Paulo. O professor o procurava em nome de numerosas personalidades paulistas, para convidá-lo a participar de uma organização de auxílio à Finlândia. Explicou-lhe os objetivos: aproveitar a guerra entre a Rússia e a Finlândia para intensificar a campanha contra o comunismo. Ao mesmo tempo em que recolheriam o dinheiro com que enviar material médico para os soldados finlandeses. Era uma ideia patriótica e simpática, afirmava o professor, que logo contara com a adesão das figuras mais em vista da família brasileira. O sr. encarregado de negócios da Finlândia era o presidente de honra, na diretoria figuravam nomes como o do ministro Artur Carneiro Macedo da Rocha, o de Costa Vale, e haviam recebido a adesão de inúmeros industriais, de poetas conhecidos como César Guilherme Shopel, da melhor gente, como o sr. delegado podia ver — e lhe estendia uma folha de papel com as adesões. Barros passou os olhos pelos nomes ali enfileirados, enquanto o professor repetia:

— O nome do senhor delegado é indispensável!

— Tesoureiro: doutor Heitor Magalhães, médico — leu Barros, em voz alta.

— Conhece? — perguntou o professor. — Um jovem muito capaz. Foi ele quem teve a ideia inicial, uma brilhante ideia. Esse moço foi comunista uns tempos, mas renegou seu passado e escreveu um interessante livro sobre os métodos dos vermelhos. Um jovem de futuro.

— De futuro, sem dúvida — respondeu Barros assinando a lista. — Pois, professor, eu lhe fico muito agradecido de se haver lembrado de minha humilde pessoa.

— Ninguém mais digno de figurar numa sociedade como essa que o senhor, senhor delegado. Não tem que me agradecer, é a justiça quem fala por minha boca.

— E que me diz dos acontecimentos de Mato Grosso, do vale do rio Salgado?

— O que lhe digo? Pois muita coisa: faz muito tempo já que eu os previa. Há quase um ano eu repeti ao coronel Venâncio Florival: é preciso botar esses caboclos para fora do vale o quanto antes... Mas não quiseram me ouvir...

— Eles são chefiados por um dos comunistas mais perigosos de todo o Brasil, um bandido chamado José Gonçalo, especialista nesse tipo de ação. O senhor nunca ouviu referências à luta dos índios de Ilhéus?

O professor tinha uma vaga ideia.

— Pois foi chefiada por ele. Eu sei que ele está lá. Esse mesmo amigo nosso, Heitor Magalhães, nos seus tempos de comunista, encontrou-se com ele no vale.

O professor estendia os braços, suplicante:

— Ah! senhor delegado, quando nos veremos livres dessa praga comunista?

— Muito em breve, professor. Ultimamente levamos o Partido à última extremidade. Estão reduzidos a uns quantos elementos. Pelo menos aqui em São Paulo e no Rio, onde temos gente capaz. Mas em Mato Grosso, veja o senhor... Vou agora mesmo a um encontro com o senhor Costa Vale. Talvez me entreguem a responsabilidade de liquidar com esses comunistas de Mato Grosso. Se for assim, pode ficar certo de que não deixarei nem rastro deles por lá...

Mas não foi assim, a coisa era mais complicada do que Barros pensava. Costa Vale ouviu suas revelações sobre Gonçalo sem parecer emocionado:

— Já sabemos disso. E o senhor, por que não o prendeu na ocasião? Por que o deixou solto no vale para nos preparar uma destas? Logo agora, quando o doutor Getúlio estava pronto para ir inaugurar as novas instalações!

Falava com sua voz fria, o delegado baixava a cabeça:

— Mandei alguns homens ao vale, mas a polícia de Mato Grosso dificultou nossa ação.

— Não são essas as informações que tenho. O que sei é que os homens mandados pelo senhor quase morreram de medo no vale e "descobriram" que o tal Gonçalo havia fugido para a Bolívia. Não foi isso mesmo?

Ante a atrapalhação do delegado, continuou:

— É melhor que o senhor trate de cumprir o seu dever aqui. Os comunistas estão outra vez botando a cabeça de fora.

— Onde? — sua pergunta era quase uma réplica ao banqueiro.

— Onde? Aqui mesmo em São Paulo. Será que o senhor não anda pelas ruas? Veja as paredes do meu banco, pichadas todas as noites. Será que o senhor não lê? Ainda hoje recebi pelo correio um papel dos comunistas com sua lenga-lenga de sempre, dizendo que somos nós e os americanos que queremos tomar as terras dos caboclos... Será que o senhor não compra a revista *Perspectivas*? Pois eu compro... O senhor tem bastante trabalho aqui, seu Barros, é tratar de realizá-lo. Deixe o vale por minha conta. Eu vou acabar com esses caboclos e com o tal Gonçalo em menos tempo do que eles pensam. Não vai ficar um para contar a história.

Levantava-se, estendia a mão ao delegado, despedindo-o.

8

O COMANDANTE DA POLÍCIA MILITAR DE MATO GROSSO, UM CAPITÃO DO EXÉRCITO com o grau de coronel da polícia, Costa Vale, um secretário da embaixada do Japão, o coronel Venâncio Florival, o sociólogo Hermes Resende, o engenheiro-chefe das obras da empresa, conferenciaram longamente sobre a situação. Hermes Resende tomava notas, entusiasmado com aquela oportunidade. Sentia-se um novo Euclides da Cunha, traçava já as linhas mestras de um livro que superasse de muito a importância de *Os sertões*.

Costa Vale ditava medidas: os soldados da Polícia Militar, reforçados com jagunços de Florival, manteriam as plantações ocupadas, durante o dia fariam sortidas na floresta em busca dos caboclos: era necessário exterminá-los, um a um. Tratá-los sem dó nem piedade, para dar um bom exemplo aos demais. Cortar o atrevimento pela raiz, como exigia o coronel Venâncio Florival.

Com essas medidas todos estiveram de acordo. Foi mais difícil com os japoneses. Costa Vale, apoiado pela argumentação do engenheiro chefe norte-americano, exigia a instalação imediata dos colonos japoneses nas margens do rio, antes mesmo de haverem levantado as casas de madeira. Os mestres de obras e alguns operários iriam com os colonos, entre todos levantariam as casas; afinal, para desbravar aquelas terras é que os colonos tinham vindo do Japão. Não para ficar flanando no acampamento, ao lado da sede da empresa. O engenheiro-chefe explicava, reforçando as palavras do banqueiro, o perigo da demora ali dos japoneses: os operários andavam inquietos, olhavam com maus olhos os novos colonos, ele temia uma agitação prejudicial à marcha dos trabalhos. Um conflito talvez entre operários e japoneses. Mas o chefe dos colonos se opunha: não queria instalar os homens antes do vale estar livre dos caboclos. Costa Vale irritou-se finalmente e sua voz fria fez-se cortante: que estavam pensando? Que tinham vindo para ali ditar ordens? Eram colonos, nada mais que colonos, tinham que obedecer! O secretário da embaixada japonesa interveio então, sua voz macia falando um inglês corrente: pediu para conferenciar a sós com os responsáveis pelos colonos e da conferência resultou a solução. Os japoneses se dispunham a partir para as plantações, apenas um pequeno grupo de chefes ficaria no acampamento.

E os combates prosseguiram. Os caboclos não se contentavam agora com expulsar japoneses e soldados de uma e outra plantação. Passavam a ocupá-la durante a noite, a destruir o trabalho feito no correr do dia. As chamas lambiam as casas de madeira em construção. Um ambiente de desmoralização começou a manifestar-se entre os soldados: passavam a noite sem dormir, na espera do ataque, durante o dia deviam guardar os operários e os japoneses, protegê-los no trabalho. Os operários trabalhavam de má vontade, resmungavam contra os japoneses, os soldados se perguntavam também que vinham fazer ali aqueles homens de língua complicada, com que direito expulsavam os caboclos de suas terras. Houvera mesmo o caso de um soldado que desertara e passara para o lado dos caboclos. O chefe dos colonos e o comandante da Polícia Militar apareciam num bote a motor, durante o dia, inspecionavam o trabalho, recolhiam os feridos, ordenavam sortidas na floresta. O tenente dava conta dos últimos acontecimentos.

Por vezes se passavam dias e dias sem que os caboclos atacassem. E, de repente, uma noite, atacavam ao mesmo tempo em três ou quatro plantações diversas, caindo sobre os homens na escuridão, mostrando-se o menos possível, assaltando e afundando canoas, incendiando as casas, destruindo as plantações. E por todo o vale e pelas fazendas em redor as notícias circulavam, aumentadas de boca em boca. O diabo estava solto no vale, diziam os velhos camponeses. Na sede da empresa, os operários esperavam ávidos a chegada vespertina das canoas com os feridos, detalhes corriam pelo acampamento. O tempo se passava e aquela luta renitente e sem fim continuava. As festas de instalação das obras da empresa foram adiadas para o mês de janeiro. Costa Vale esbravejava, exigia de Venâncio Florival o envio imediato de jagunços, homens capazes de ir caçar os caboclos na floresta. A sua única satisfação naqueles dias foi a prisão de três comunistas quando pichavam a fachada do seu banco, em São Paulo. Recomendara a Barros, quando esse lhe dera a notícia, por telefone:

— Dê uma boa lição nesses bandidos.

— Pode deixar por minha conta...

Os jagunços de Venâncio Florival vieram reforçar as tropas da Polícia Militar. Um avião, mandado de São Paulo, efetuou vários voos sobre a floresta, buscando localizar o pouso dos caboclos. Os jagunços começaram a penetrar na floresta, a abrir caminho, a procurar o rastro dos atacantes noturnos.

As incursões dos caboclos encontravam agora uma defesa melhor organizada, os soldados erguiam paliçadas em torno às plantações, os jagunços possuíam certeira pontaria. E era evidente estarem os caboclos economizando munição.

Certa noite, pela primeira vez, os caboclos tiveram de recuar num ataque, deixando atrás de si mortos e feridos. O tenente enviou, no dia seguinte, as cabeças dos caboclos mortos (os corpos haviam sido jogados no rio) e os dois feridos para a sede da empresa. Os feridos iam amarrados solidamente, atirados no fundo da canoa.

Na sede da empresa a notícia se espalhara rapidamente, os operários, cuja jornada de trabalho havia terminado, comprimiram-se no pequeno cais para assistir à chegada da canoa. As cabeças foram retiradas, os longos cabelos corredios estavam encharcados de sangue. Os feridos gemiam. O coronel Venâncio Florival mandou amarrar os dois caboclos numa árvore, apesar dos protestos do engenheiro-chefe, cuja opinião era interrogar os caboclos na casa ocupada pela Polícia Militar.

— É preciso dar um exemplo público — afirmou o fazendeiro. — Para ensinar aos outros, para acabar para sempre o desejo de revolta. Para sempre!

Os soldados da Polícia Militar mantinham os operários a distância. O engenheiro-chefe foi em busca de Hermes Resende para ver se podia convencer o ex-senador. Armado de um chicote de vaqueiro, Venâncio começou a interrogar os caboclos. Mas esses apenas gemiam, nem uma palavra escapou de suas bocas. O engenheiro-chefe dizia a Hermes:

— Essas coisas não se fazem em público...

O escritor veio quase correndo, exatamente quando o fazendeiro vibrava seu chicote sobre os homens feridos. Um murmúrio subiu da massa de operários.

— Coronel, o que é isso? — gritou Hermes. — Enlouqueceu?

Entre ele e o engenheiro, levaram o coronel em fúria. Sangravam os rostos dos caboclos, os soldados haviam voltado as armas para os operários. Um silêncio se estendera por todo o acampamento, como para deixar espaço livre aos lancinantes gemidos dos presos. Uns soldados desamarraram os caboclos, levaram-nos para a casa ocupada pela Polícia Militar.

Na manhã seguinte soube-se terem os dois caboclos morrido durante a noite. Segundo uns, tinham sido mortos a pancadas, outros murmuravam que Venâncio Florival os fizera apunhalar. Um avião ainda levantara voo naquela manhã para São Paulo, levando Hermes Resende, horrorizado. Ia discutir com Costa Vale. Mas foi o primeiro e último avião a partir naquele dia: logo que a notícia da morte dos caboclos se espalhou, os operários largaram o trabalho, a greve começou.

9

— ESSE VENÂNCIO FLORIVAL É UM IMBECIL... — AFIRMOU O MINISTRO Artur Carneiro Macedo da Rocha, examinando as unhas, na hora do chá em casa de Costa Vale.

— Que bruto! — exclamou Marieta, chegada da Europa, exibindo um penteado novo, "à moda da guerra", como explicara às amigas, o rosto emagrecido, os olhos melancólicos.

— Uma cavalgadura! — completou o poeta Shopel, cujo olhar bovino media o esbelto perfil de Marieta. "Ela emagreceu e essa palidez que a envolve lhe dá um ar romântico, ainda é uma mulher bem interessante..."

Hermes Resende, cuja narração arrancava todos esses comentários, triunfava:

— O coronel tem a mentalidade de um senhor de escravos. Não compreende que vivemos outra época, mesmo nos confins de Mato Grosso. Eu não sei o que sucederia se não fosse a minha presença, a nossa rápida intervenção. Mais um minuto e os operários se jogariam sobre os soldados, destruiriam tudo, eram capazes de acabar com todos nós. Mesmo correndo como eu vinha para acalmar Venâncio, pude observar as reações da massa. Era apaixonante como estudo de psicologia coletiva... — E sorria ele também, como se apenas para Marieta contasse.

Hermes não parara de beber desde que chegara. Mas o álcool não lhe bastava para afastar dos olhos a cena da véspera: os rostos dos homens cortados a chicote e aquelas cabeças decepadas, de cabelos compridos pingando sangue. Marieta recordava-lhe seus amores com Henriqueta Alves Neto, bem necessitava ele hoje de um cálido peito de mulher elegante. Esvaziou seu copo de gim, serviu-se novamente.

— E agora, a greve... — suspirou Artur. — Uma greve no fim do mundo, sem polícia política para agir com rapidez...

— Não seguiram investigadores daqui? — perguntou Shopel ao ministro.

— Logo que se soube da notícia. O Barros mandou uma turma, gente especializada. Mas, devido à greve, o avião não pôde aterrissar no acampamento. Foram para Cuiabá, de lá seguirão pelos meios normais. E isso representa uns quantos dias. Como estão as coisas, não se pode sequer pensar em levar o presidente para a inauguração...

— Se houver inauguração... — atalhou Hermes Resende.

— Você considera a situação assim tão grave?

O escritor preparava-se para desenvolver considerações sobre o assunto quando um criado surgiu na porta anunciando a comendadora Da Torre. A velha apareceu em seguida, em companhia de Susana Vieira e de um jovem estrangeiro muito louro e correto, apresentado aos demais como Mr. Teodor Grant, adido cultural do consulado americano. Hermes já o conhecia, Shopel também. E, enquanto o ianque curvava-se ante Marieta, o poeta perguntou a Hermes:

— Você o conhece?

— Sim, é o adido cultural...

— O que ele é... Depois lhe conto... — E estendia a mão, sorridente, ao jovem que se aproximava dele.

Susana Vieira revelava, num espalhafato de gestos:

— Um herói! Um herói!

— Quem, Susaninha? — quis saber o poeta.

— Quem? O Teo! — E apontava o rapaz. — Parte amanhã para o vale, disse que vai ficar lá até o fim da luta. Imagine que coragem! Com todos esses bandidos soltos por lá...

— Vai mesmo? — perguntou Marieta.

O jovem diplomata falava português fluentemente. Um ligeiro acento dava ainda mais graça a sua voz melodiosa como a de um cantor.

— Sim, esses incidentes me interessam profundamente. Na universidade especializei-me nesses assuntos, escrevi mesmo um trabalho sobre Canudos.

— Por sinal que excelente... — confirmou Hermes.

— Muito obrigado, sua opinião me honra imenso. Interesso-me particularmente pelas reações dessas populações primitivas. E o senhor Costa Vale teve a bondade de colocar um avião à minha disposição.

— É realmente apaixonante — falou Hermes. — A mesma curiosidade intelectual levou-me ao vale: queria estudar a reação dos japoneses ante o novo hábitat.

— Não quer voltar amanhã, comigo?

— Não. Depois das cenas de ontem, estou com os nervos em frangalhos. Preciso de um pouco de civilização.

— Oh! Hermes, conte para mim tudinho que se passou. Eu só sei por ouvir dizer... — suplicou Susana, sentada ao lado do jovem americano, a rir para ele, a tocá-lo a cada momento, como a deixar claro ser o moço sua propriedade privada.

— Vocês são é uns galinhas-mortas... — atalhou a comendadora, mexendo-se na cadeira, forçando a voz ao pronunciar o termo de gíria. — Afinal, que se passou de mais? O Venâncio liquidou dois caboclos, que é que tem isso de mais? — olhava os presentes como a criticá-los. — É preciso acabar com esses caboclos ou não? E o Venâncio é que sabe tratar com essa gente, não fez outra coisa na vida. E ficam vocês todos aí, horrorizados...

— Mas veja os resultados, comendadora — Artur Carneiro Macedo da Rocha elevava sua voz ministerial. — Veja os resultados: a greve nas obras da empresa. Quando nos falta menos de um mês para as festas de inauguração.

— Na minha opinião, esta greve estava preparada há muito. Deve estar formigando de comunistas nas obras da empresa. Essa é também a opinião de Barros. Hoje mesmo ele me disse: os comunistas, controlados nas grandes cidades, estão fugindo para o campo, para lugares ainda não vigiados. Eu penso que foi até bom que a greve estourasse agora. Seria pior se começasse durante as festas, com o doutor Getúlio presente. A opinião de Barros é que ela estava preparada para essa época. É minha opinião também. O que o Venâncio nos fez foi um grande favor.

Mr. Grant conversava animadamente, em inglês, com Hermes. Perguntava ao escritor sobre os japoneses, numa curiosidade por todos os detalhes. Não parecia a Hermes que alguns daqueles japoneses eram homens bem mais cultos que o comum dos simples imigrantes? Grant os visitara na capital de São Paulo, com o engenheiro-chefe das obras da empresa. E ficara impressionado com algumas figuras cujo tipo era mais de intelectual que de camponês. Dizia essas coisas numa voz neutra, como a comentar uma observação sem importância, mas esperava interessado a resposta de Hermes. Em verdade, Mr. Grant tinha seguras informações sobre a vida de competentes engenheiros e peritos japoneses em meio aos imigrantes. O manganês do vale interessava a muita gente pelo mundo afora.

Susana elogiava o costume de Marieta, parisiense, de corte militar. Pedia-o emprestado para tirar o molde e mandar fazer um igual. E, senhora dos segredos dos amores da esposa do banqueiro com Paulo, buscava adivinhar na palidez de Marieta o que se passara entre eles na Europa. Uma carta de Henriqueta Alves Neto, alguns meses antes, a última que ela escrevera da França, contava do "triste espetáculo dado por Marieta que andava atrás de Paulo por todos os cabarés de Paris, como uma cadela, enquanto ele a mandava embora aos pontapés".

Uma discussão a propósito de "se os caboclos eram ou não eram seres humanos" azedava entre a comendadora e Hermes para grande gozo do poeta Shopel. Mr. Grant a seguia num interesse de aluno aplicado, ouvindo a lição de um professor.

Marieta e Artur se haviam retirado a um canto da sala, conversavam em voz baixa:

— Voltaste irreconhecível da Europa. Não se fala de outra coisa senão da tua tristeza, de teu abatimento.

Ela o olhou, eram os mesmos olhos de Paulo, o mesmo jeito fastidioso da boca, só que Artur conservava algo de juventude, enquanto Paulo era, antes dos trinta anos, uma alma envelhecida, cansada e farta de tudo...

— Triste por Paulo. Sua ida para Paris foi um verdadeiro desastre. Não sei o que vai suceder... Rosinha anda por um lado, metida com um conde polaco fugido da guerra, ele anda por outro com quantas francesas encontra... Bebendo cada vez mais. E com a minha volta, imagine...

Artur baixou a cabeça, fitou as unhas, perguntou:

— Terminou tudo entre vocês?

Marieta estremeceu:

— Tu sabes?

Artur parecia estudar profundamente um detalhe da unha do polegar:

— Quem não sabe? Foi mesmo melhor ter terminado.

Ela levantou-se, abandonou a sala, mortalmente pálida. Artur aproximou-se dos demais, interveio na discussão:

— A comendadora tem razão, Hermes. — Sorria seu simpático sorriso de político profissional. — De mim, por mais que me esforce, não posso considerar-me "semelhante" a um desses caboclos analfabetos e imundos.

E como o poeta Shopel, a quem a discussão divertia, citasse, numa voz untuosa, o Novo Testamento, Artur riu:

— Nos tempos que vivemos, seu Shopel, da vitória mundial do fascismo, Cristo não é mais autoridade a citar-se. Pelo menos o DIP o considera um extremista perigoso...

— Jesus? O doce Jesus?

O ministro da Justiça do Estado Novo contou:

— Uma revista ia publicar o Sermão da Montanha. O censor o cortou e escreveu nas margens dos originais: "Conccitos subversivos contra a ordem estabelecida..." — E riu, vingando-se da gente do DIP ligada aos alemães. — É absolutamente autêntico.

— Essa é grandiosa! — aplaudiu Shopel. No fundo, pensava que Artur estava com seus dias contados no ministério.

Costa Vale aparecia na porta da sala, vindo do banco, o rosto fechado:

— Artur, podes vir por um momento? Quero te falar.

Na rua, horas depois, Shopel explicava a Hermes:

— Esse Grant é um homem do FBI, dizem que veio para aqui controlar a atividade dos alemães. E dos comunistas também. Eles vivem agora se espionando uns aos outros, alemães, americanos, ingleses e japoneses. — Tomava o braço de Hermes. — E a luta no seio do governo, seu Hermes, está cada vez maior. Vai haver uma remodelação ministerial, o Artur vai pular.

— Por quê?

— Pró-americano. E o governo é cada vez mais pró-alemão. Ao que falam, o Getúlio só está esperando o momento...

— Para quê?

— Para entrar na guerra ao lado dos alemães.

Hermes fez um gesto de pouco-caso:

— Nem os americanos vão consentir, nem Getúlio é maluco. Ele está é manobrando até poder ver as coisas claras. Por ora, Shopel, contenta-se com a guerra contra os caboclos. E nessa estamos aliados é com os americanos. E, se eles entrarem na outra, nós iremos é com eles, não tenha dúvida.

10

DE ARMAS EMBALADAS, OS SOLDADOS DA POLÍCIA MILITAR GUARDAVAM as residências dos engenheiros e dos funcionários da empresa, alegres chalés espalhados pela colina. Outros marchavam, fuzil ao ombro, por entre as casas toscas de madeira dos operários em greve, no descampado, às margens do rio. Um grande armazém, recém-construído e ainda não utilizado, havia sido ocupado pelos investigadores da polícia política, vindos de São Paulo e de Cuiabá, sob a chefia de Miranda. Vários operários tinham sido presos, a direção da empresa fizera um ultimato aos grevistas, num sábado: voltar ao trabalho na segunda-feira ou serem despedidos em massa. Agentes de Venâncio Florival recrutavam camponeses nas fazendas, para ocupar o lugar dos operários se esses persistissem na greve. Os grevistas exigiam a retirada dos japoneses do vale e a restituição das terras aos caboclos.

Os investigadores buscavam, de casa em casa, o negro Doroteu. Miranda, ao ouvir falar do negro, apontado pela administração como cabeça da greve, não tardara a identificar nele o mesmo negro Doroteu da greve de Santos, tão procurado naquela época. Os operários presos tinham sido interrogados na vista de Mr. Grant, o americano fizera-lhes mesmo algumas perguntas com sua voz gentil. Mas nada podiam tirar deles além de que o trabalho no vale era muito duro, os salários magros e que um brasileiro não podia ver, sem se revoltar, expulsarem outros brasileiros de suas terras para as entregarem a japoneses. Miranda, ao ouvi-los, tinha vontade de partir-lhes a boca a pancada. Mas não ousava espancar ali, no acampamento, os presos. A situação era tensa, os engenheiros recomendavam prudência.

No vale, a luta continuava. De quando em vez um ataque de caboclos durante a noite, o fogo se alastrando por casas e plantações. Mas os soldados e os jagunços começavam a persegui-los pelos caminhos abertos na mata. Os caboclos feridos já não eram levados para o acampamento. Ali mesmo os matavam. Um avião localizara o pouso dos caboclos, o tenente preparava um cerco.

Emílio partira, há dias, em busca de munição. Gonçalo economizava balas e homens, queria prolongar a luta o mais possível, dar tempo a que a notícia atingisse todas as terras da redondeza e fizesse com que os camponeses se manifestassem. Nestor andava pelas fazendas, comunicando a agregados e colonos o que se passava no vale. A greve dos operários da empresa veio levantar o entusiasmo dos caboclos. Na mesma noite em que tivera conhecimento da greve, Gonçalo juntou todos os seus efetivos — dezoito homens — e atacou a venda de Emílio, transformada pelo tenente em seu quartel-general. O tiroteio durou horas, três caboclos caíram no assalto, porém o tenente e os soldados tiveram de fugir no bote a motor. A venda foi incendiada. Nas suas casas, semiconstruídas, os japoneses tremiam. Alguns haviam tentado voltar à sede da fazenda, desobedecendo a todas as ordens, numa canoa roubada. Os soldados os prenderam e os obrigaram a ficar, sob a ameaça das armas.

A data marcada para a inauguração das obras da empresa se aproximava. Em São Paulo, Venâncio Florival dizia a Costa Vale, no seu escritório no banco:

— Se vocês pensam que vão acabar com os comunistas do vale empregando os métodos daqui da cidade, vocês estão é muito enganados. Se quiserem mesmo acabar com eles é deixar por minha conta, eu sei tratar com esses cabras. Ou bem se dá uma lição bem dada ou vamos ficar nisso durante meses...

— Espere mais uns dias. Se a greve não terminar, eu lhe dou carta branca.

A greve não terminava. Na segunda-feira os operários não voltaram ao trabalho. Miranda efetuou novas prisões, chegavam levas de camponeses para substituir os grevistas. Esses eram expulsos das suas casas de madeira, por soldados e investigadores; alojavam nela aos novos trabalhadores.

Eram camponeses que olhavam para tudo com desconfiança: alguns tinham vindo sem saber mesmo da greve, desejosos de trocar a vida de agregado por outra menos desgraçada, outros tinham sido recrutados à força nas fazendas de Florival. Durante a noite, os operários se misturaram com eles. De alguma parte surgiu o negro Doroteu com suas conversas convincentes. Conseguiram fazer fugir uma boa quantidade de camponeses durante a noite. Os que ficaram eram em tão pequeno número que o engenheiro-chefe disse:

— É mesmo que nada...

11

UMA TARDE, NAS VÉSPERAS DO NATAL, AS RUAS CHEIAS DE GENTE A FAZER COMPRAS, fervilhante o centro comercial, na hora de maior movimento, dois automóveis pararam em frente ao edifício do banco de Costa Vale. Alguns homens, pobremente vestidos, saltaram e rodearam os carros, enquanto um outro, de pé sobre o estribo de um dos autos, começava um discurso:

"No vale do rio Salgado os camponeses pobres estão sendo assassinados por Costa Vale e seus sócios ianques... O sangue dos brasileiros está correndo para encher os cofres desse banco..."

Alguns dos homens lançavam bombas de piche contra a fachada do banco, outros atiravam maços de volantes na rua. Os passantes se aglomeravam, o piche negro se espalhava sobre as paredes do edifício, papéis impressos voavam no ar. O orador saltava dentro do automóvel, os da autodefesa entravam também, os carros partiam afastando a multidão, um guarda-civil apitava chamando a polícia. De todas as partes vinha gente correndo no desejo de saber o que se passava. O piche escorria grosso pelas paredes. Várias pessoas escondiam volantes nos bolsos.

Costa Vale, ante o ruído insólito, apareceu na sacada do último andar, onde ficava seu gabinete. Viu os homens atirando bombas de piche e volantes, os automóveis partindo em disparada, a multidão hostil diante do seu banco. Recuou para o gabinete, as mãos geladas, gotas de suor na testa, e no coração aquele medo que o assaltava às vezes. Sentou-se numa cadeira, durante uns minutos não pôde se controlar,

seu corpo tremia. Foi-lhe necessário um esforço imenso para responder com sua voz normal a um empregado que batia na porta:
— Senhor Costa Vale! Senhor Costa Vale!
— O que é?
— Uma balbúrdia na porta do banco. Os comunistas...
— Já sei. Avise a polícia... E deixe-me trabalhar em paz.
"É preciso acabar com eles. Não gosto de ter medo de ninguém."

12

O JOVEM MR. TEODOR GRANT CONCORDOU COM O CORONEL: já era tempo de acabar com aquilo. Venâncio Florival voltara de São Paulo com carta branca, com ordens de Costa Vale de liquidar a greve e a luta dos caboclos rapidamente, agindo como lhe parecesse melhor. Na opinião do tenente, vindo para conversar com o fazendeiro, os caboclos estavam reduzidos a uns poucos homens e lhes faltava munição. A princípio haviam conseguido apoderar-se de armas e balas largadas pelos soldados, mas agora já não podiam sequer seguir com os ataques noturnos, contentavam-se com alguma sortida de quando em vez. O tenente afirmava que terminaria com os caboclos dentro de uns poucos dias. Estava preparando uma expedição para cercar o pouso na floresta e liquidar os últimos elementos do bando.

Também com ele concordava Mr. Grant; a greve era agora um fato mais grave que a própria revolta dos caboclos. Essa estava no fim, não podia durar muito. No entanto, os trabalhos na sede da empresa continuavam praticamente paralisados, o número dos camponeses a substituir os grevistas diminuía em vez de aumentar, a cada noite fugiam mais alguns. E os grevistas mostravam-se cada vez mais ousados, voltavam a ocupar as casas de madeira, resistiam às ordens para abandonar o vale. Incidentes surgiam entre os operários e investigadores, o número de presos crescia, mas até então fora impossível agarrar o negro Doroteu.

Nos últimos dias, a agitação aumentava. O armazém da empresa, único posto de abastecimento dos operários, fora fechado por ordem da administração. Apenas uma hora durante o dia, após o trabalho, uma porta era aberta e o empregado vendia exclusivamente aos fura-greves.

Na tarde do mesmo dia da chegada de Venâncio Florival, na hora da abertura do armazém, um grupo de operários tentou assaltá-lo para retirar o que comer. Aos gritos do empregado, os investigadores acorre-

ram, sob o comando de Miranda. Venâncio Florival veio também com uns quantos jagunços. Corria gritando para Miranda:
— Fogo neles!
Foi uma carnificina. Morreram inclusive alguns fura-greves que se encontravam no armazém. Os demais grevistas eram contidos pelos soldados. Os corpos foram empilhados nas margens do rio.
— Amanhã vamos botar todo mundo para fora daqui — explicou o coronel a Miranda e ao oficial da Polícia Militar. — Metemos todos esses grevistas sob a escolta e tocamos com eles para longe. Não vão nos faltar trabalhadores. Em uma semana recrutamos gente de sobra...
Mas nessa mesma noite começaram os incêndios na fazendas de Venâncio Florival. Pela manhã, um jagunço, mandado às pressas pelo capataz do coronel, trazia a notícia: plantações de café haviam sido incendiadas no arraial de Tatuaçu, falavam em dividir as terras de Venâncio. Claudionor havia sido baleado por um homem do coronel, quando discutia no povoado.
Venâncio Florival abandonou grevistas e caboclos, tocou-se para suas terras. Juntou os seus jagunços, o terror se espalhou sobre as fazendas. Não ficou habitante no arraial de Tatuaçu: camponeses, mendigos e prostitutas foram expulsos a pata de cavalo e a tiro de repetição. O coronel mandou derramar gasolina nas casas e tocar fogo. Claudionor foi enforcado numa árvore, na entrada do arraial, o corpo serviu de pasto aos urubus.

13

AS NOTÍCIAS DA LUTA DOS CABOCLOS NO VALE DO RIO SALGADO chegavam a Paris, a Paulo e a Rosinha, através das cartas da comendadora e de Marieta Vale. As primeiras, Rosinha respondia às pressas, às segundas, cheias de queixas e rogos, Paulo não respondia sequer. Shopel lhe contara, numa longa carta, onde falava também dos sucessos do vale, da festa de inauguração duas vezes gorada, do pichamento do banco de Costa Vale: "A patroa está cada vez mais triste, fenece a olhos vistos, é de uma fidelidade absurda... Toda vez que me vê pergunta-me se não recebi cartas tuas, o que me leva a pensar que rompeste com ela até mesmo as relações epistolares...".
Paulo suspendia os ombros, Marieta era uma coisa do passado, fora-lhe agradável e útil, tinha-se acabado. Tornara-se pesada nos meses de

Paris: a segui-lo por toda a parte, a combinar ela mesma os programas noturnos, como se ele não tivesse vontade, fosse apenas uma coisa manejada por ela. E como ele reagisse, sucediam-se as cenas, algumas quase na vista de Rosinha que, aliás, bem pouco se importava, principalmente depois que conhecera o conde Saslavski, um ex-aviador polonês, fugitivo da guerra e que desejava um visto para vir para o Brasil. O conde fazia a corte a Rosinha e a moça, que não perdera seu ar de aluna submissa de colégio de freiras, deixava-se cortejar, feliz de ter a seu lado, a acompanhá-la aos cinemas e aos cafés, aquele rapagão louro de olhos grandes e azuis. Paulo, uma noite, quando a esposa voltara tarde de um jantar com o conde (era Rosinha quem pagava, mas o fazia contente), lhe avisou:

— Cuidado com esse conde... Ele tem todo o jeito de um gigolô...

— Estás com ciúme? — riu Rosinha.

— Motivo não faltaria, andas com ele dia e noite.

— E você, meu caro? Você e Marieta só faltam deitar juntos na minha frente. Então, quando bebem, é como se eu não existisse. Não tenho nada com o conde Eugenius, mas, se tivesse, você não podia reclamar.

— Não estou reclamando nada — explicou Paulo. — Estou apenas te prevenindo: esse conde parece um aventureiro.

— Não creio. Ademais, foi você mesmo quem me apresentou a ele.

— Bem, não vamos brigar.

Em realidade, pouco lhe interessava Rosinha. O simples fato de vê-la, meio bobalhona e vestida com um perfeito mau gosto, lhe causava enjoo. Importava-lhe, isso sim, Marieta a amargar-lhe a vida com suas cenas sucessivas. Felizmente conseguira convencê-la de voltar ao Brasil. Apesar da guerra, aquela fora uma difícil empresa: Marieta resistira o quanto pudera, adiara a partida por duas ou três vezes e só se decidiu ao receber um telegrama enérgico de Costa Vale, chamando-a. Fora-se debulhada em lágrimas, Paulo lhe fizera sentir ser impossível a continuação do caso entre eles. Agora o que lhes restava — dissera o rapaz — era esquecer.

Com a guerra, e as ameaças alemãs sobre Paris, a comendadora lhes havia escrito propondo-se para intervir no sentido de conseguir a remoção de Paulo para Portugal. Mas o rapaz não aceitara: mesmo com a guerra, Paris era mais tentadora que Lisboa, talvez mais interessante ainda devido à guerra. Paulo se ligava aos grupos de intelectuais jovens que pregavam nos cafés do boulevard Saint-Germain uma filosofia niilista, de desprezo pela vida e pelo homem. Na embaixada tinha pouco ou quase nada a fazer, flanava por Paris, gastando dinheiro, comprando quadros a obscuros pintores que lhe pareciam geniais.

De quando em vez passava no consulado para dizer bom dia a um dos cônsules, seu conhecido do Rio, dos meios literários. Foi numa dessas vezes que conheceu Apolinário. O ex-oficial fora ao consulado ver se conseguia passaporte. Demorara conversando com o cônsul, ouvindo notícias do Brasil, boatos sobre a posição do governo diante da guerra, e ali estava quando Paulo apareceu. O cônsul fez as apresentações:

— O doutor Paulo Carneiro da Rocha, secretário da nossa embaixada. Aqui, o senhor Apolinário Azevedo, um patrício que habita em Paris e que havia perdido o passaporte. O senhor trabalha mesmo em quê?

— Representação comercial... — sorriu Apolinário. — Só que, com a guerra...

— Não pensa em voltar? Estamos repatriando todo o mundo.

— Por ora, não. Tenho de botar em ordem meus negócios — explicava Apolinário. Se aquele cônsul imaginasse que ele estava condenado a muitos anos de cadeia no Brasil, retirar-lhe-ia o passaporte que acabava de lhe fornecer.

Paulo folheava uns jornais brasileiros:

— Quase não dão notícias da briga no vale. E, no entanto, pelas cartas parece que a coisa é séria.

— Imprensa controlada... Fora dos elogios ao governo, não há o que ler — comentou o cônsul.

Paulo largou os jornais:

— Com notícias ou sem notícias, parece que a coisa é grossa. Basta lhe dizer que iam inaugurar agora as instalações da empresa e tiveram que adiar. Estava tudo preparado para receber o Getúlio. Coisa dos comunistas.

Apolinário começava a se interessar:

— Que vale é esse?

— O vale do rio Salgado, onde estão preparando as instalações para a exploração do manganês. Em Mato Grosso. Uma empresa onde minha sogra está metida, a danada da velha. E agora, a propósito das terras de uns caboclos, começou uma luta armada. Dura já há mais de dois meses, dois ou três, eu nem sei. Sei que as cartas do Brasil não me falam noutra coisa.

Riu, recordando um detalhe:

— E parece que os comunistas estragaram toda a fachada do edifício do banco do Costa Vale. O Shopel me escreve alarmado...

O coração de Apolinário pulsava rápido. O cônsul perguntava como a coisa tinha-se passado, Paulo contava:

— Um troço audacioso. Cerca de três horas da tarde. Chegaram em dois automóveis e jogaram bombas de piche na parede e manifestos na rua. Foram embora antes da polícia aparecer.

O cônsul volta-se para Apolinário:

— O senhor já viu uma coisa assim? Que ousadia! Era pleno coração de São Paulo... Esses comunistas ainda terminam por tomar conta do Brasil, um dia, que pensa o senhor?

Apolinário, sorriu:

— Penso o mesmo que o senhor: um dia eles tomam conta do Brasil.

— Bah! — fez Paulo. — Antes disso, Hitler acaba com eles na Europa e em toda a parte.

— Ou eles acabam com Hitler, quem sabe?

— Impossível — disse Paulo. — Hitler é invencível. Se a França e a Inglaterra não podem com ele, que vai fazer a Rússia quando chegar a hora? A Rússia não está podendo nem com um paisinho como a Finlândia. Ainda outro dia um oficial polonês, um aviador que fez a guerra até a queda de Varsóvia, contava-me que os soldados russos não têm nem mesmo sapatos para calçar... Embrulham os pés em jornais.

Apolinário sorriu, não tinha sequer, nas condições em que estava, o direito de discutir. Os companheiros franceses lhe recomendaram toda prudência. Paulo fazia questão de esclarecer:

— Não pense que sou nazista. Nem fascista. Sou democrata e lastimo que, mais dia menos dia, Paris esteja nas mãos dos alemães. Mas o que se pode fazer? Ou bem eles ou bem os comunistas... E antes os alemães que os comunistas...

14

DOROTEU DISCUTIU COM GONÇALO OS ÚLTIMOS DETALHES. O gigante emagrecera, a barba negra rolava-lhe sobre uns restos de camisa, praticamente ele e os caboclos andavam vestidos de farrapos. Mais adiante, Nhô Vicente enrolava um cigarro de fumo de corda, mesmo o fumo de corda estava no fim. Doroteu explicara a Gonçalo ser impossível manter a greve mais tempo: operários mortos, operários presos, a ameaça de expulsão pesando sobre eles. Quando Venâncio Florival voltasse das fazendas com os jagunços, seria muito difícil para eles: a fome rondava o acampamento, alimentavam-se do peixe que conseguiam pescar e agora os investigadores começavam a proibir a pesca, as águas do rio também pertenciam à empresa. Por outro lado, o engenheiro-chefe fizera uma proposta aos grevistas: devido ao atraso em obras urgentes, provocado pela greve, a empresa decidira horas extraordinárias de trabalho e propunha pagá-las numa tabela extraordinária de salários desde que os grevistas se decidissem a voltar. Era uma pressão dupla, de ofertas e de terror. E como a luta no vale decrescia de intensidade, vários operários — muitos deles sem nenhuma capacitação política — pensavam ter chegado o momento de terminar a greve.

Gonçalo pedia mais alguns dias. O essencial do que desejara com a luta se havia realizado: o vale despertava contra os americanos e os grandes latifundiários. A greve dos operários da empresa fixara uma tradição de luta a ser seguida depois, quando começasse a extração do manganês, quando o vale se transformasse de todo num centro industrial. E os agregados e colonos se haviam finalmente levantado, de uma forma desorganizada, é verdade, queimando apenas plantações, mas já era algo de onde partir para um trabalho mais profundo depois. Boatos narravam da repercussão da luta dos caboclos mesmo em paragens distantes, como nos garimpos e nas plantações da Mate Laranjeira. Sem contar que, por duas vezes, a inauguração das obras da empresa havia sido adiada, era uma bela vitória sobre os americanos.

No entanto, Gonçalo queria ainda alguns dias. Esperava Emílio com munições, ele as devia ter recebido de Nestor, no arraial de Tatuaçu, antes do coronel havê-lo incendiado. Certamente os acontecimentos e a vigilância exercida no rio dificultavam sua viagem de volta, mas ele devia chegar de um momento a outro. Com aquela munição, Gonçalo desejava fazer uma derradeira sortida, afundar canoas, incendiar algumas casas de japoneses finalmente levantadas, antes de dar a luta por terminada. Uns dias mais, apenas, e ele poderia tentar uma ação em grande estilo. O tenente da Polícia Militar estava concentrando seus homens em torno ao descampado onde pensava ainda estarem pousando os caboclos. As margens do rio, onde se elevavam as novas casas dos japoneses, estavam quase desguarnecidas. Assim que recebesse a munição, aproveitando o engano do tenente, Gonçalo se propunha a atacar as plantações, ia ser fácil incendiar tudo aquilo, afundar as canoas antes que os demais soldados chegassem da floresta. Doroteu concordou:

— Quatro, cinco dias, não mais...

Estavam os dois sentados sobre um tronco de árvore, até eles chegava o rumor das águas do rio que corria sobre pedras naquele trecho. Gonçalo recordava Claudionor, trazido por ele para a luta revolucionária. Contava seu primeiro encontro com o mulato, num dia de feira no arraial de Tatuaçu. Agora, o corpo de Claudionor apodrecia pendurado de uma árvore e o arraial desaparecera do mapa. Mas algo surgia daquele sangue e daquelas cinzas, a consciência dos homens se elevara:

— O vale mudou muito nesses anos... Se conseguir sair daqui com vida, vou levar saudades.

O negro Doroteu perguntou:

— Quando terminar a luta, você parte?

— São as ordens que tenho. Mas não penso em partir para sempre. Penso voltar para aqui, um dia. Me acostumei. Quando comecei minha vida de Partido, atuei nas fábricas e na cidade. Mas agora virei um homem do mato, gosto do trabalho com os camponeses. Logo que haja condições, quero voltar por aqui, quem sabe se não terei ainda de trabalhar até com esses japoneses? — Seu olhar cobria com amor as árvores, buscava as margens invisíveis no rio. — E você?

— Eu fico por aqui, pelas obras da empresa. Escondido até que se esqueçam da greve. Mas em contato com o pessoal. Eu também não quero sair daqui. Quando cheguei aqui, eu era um homem mais morto que vivo. Pelo menos não tinha gosto pela vida. Foi o trabalho no vale que me levantou outra vez.

Gonçalo, que sabia da história de Doroteu e de sua negra Inácia, pôs a mão enorme no ombro do negro:

— Cabe a você fazer difícil a vida dos americanos aqui. Nós estamos apenas começando. É um principiozinho de nada. Como uma raiz de mandioca que a gente planta e que apenas começa a germinar. Os caboclos plantaram, você deve cuidar da plantação. É assim que podemos vingar os nossos mortos...

O nome de Inácia não tinha sido pronunciado, mas um e outro pensavam nela e também em Claudionor e nos caboclos caídos na luta e nos operários mortos na greve. O negro Doroteu tomou da sua gaita e começou a tocar.

As notas da "Internacional" se elevaram na floresta. Nhô Vicente e os caboclos se aproximaram para melhor ouvir.

15

EMÍLIO NAVEGAVA NA PIROGA DEIXADA POR CHAFIK. OS DOIS SACOS COM BALAS estavam a seus pés. Custara-lhe chegar até ali e Emílio sabia que os perigos não terminaram ainda. As margens do rio estão vigiadas por investigadores e soldados. Quando tiver passado a zona do acampamento, onde se elevam as obras da empresa, a travessia será mais fácil. A piroga corta as águas silenciosas, Emílio rema evitando o ruído.

Passara dois dias escondido na montanha, ao seu lado o burro com os sacos de bala às costas. Por pouco não fora encontrado no arraial quando o coronel Venâncio semeara ali a morte e a destruição. Tinham escapado, ele e Nestor, no último momento. O jovem camponês voltara às plantações, ele se escondera com sua carga nas montanhas, esperando que a agitação inicial se acalmasse. Conseguira se aproximar das margens do rio, do esconderijo onde deixara a piroga. Do alto da montanha vira o fogo devorar o arraial do Tatuaçu.

Quando, um ano antes, o Partido, em São Paulo, decidira enviá-lo ao vale, para ajudar a Gonçalo e a Doroteu, ele tinha aceitado contente. Era há muito profissional do Partido, viajara quase todo o Brasil, trabalhara nas salinas no Rio Grande do Norte e nas minas de carvão do Rio Grande do Sul, usara dezenas de nomes e conhecia dezenas de prisões. Estava na região de São Paulo há alguns anos, depois de 1935, e a polícia, quando das denúncias de Heitor Magalhães e da prisão de Carlos e Zé Pedro, nas batidas de então, quase pusera a mão sobre ele. Só não o prenderam porque não o conheciam pessoalmente, jamais caíra em São Paulo. Voltava para a casa onde morava, viu a polícia na rua, haviam-no localizado. Continuou imperturbável seu caminho como um passante qualquer. O Partido decidira então mandá-lo para o vale.

Não só porque o buscavam: Emílio era um antigo soldado do Exército, servia sob as ordens de Prestes, em Santo Ângelo, em 1924, quando o então jovem capitão de engenheiros levantou seu batalhão em apoio ao movimento de 5 de julho, em São Paulo. Sob as ordens de Prestes fez toda a campanha do Rio Grande do Sul, a marcha para o Paraná em busca da junção com as tropas do general Isidoro. Fora um dos mil e quinhentos homens que acompanharam Prestes na Grande Marcha através do Brasil, durante três anos. Era um bravo, terminara tenente na Coluna, com Prestes emigrara para a Bolívia. Ao voltar ao Brasil, entrou no Partido e iniciou sua vida de militante. No tempo da marcha da Coluna, atravessara o vale do rio Salgado, conhecia aquela região, por isso o escolheram.

Na piroga ele relembra esse passado, os combates travados pela Coluna em Mato Grosso. Durante a marcha, Prestes estudava, lia mesmo montado, aprendia nos caminhos do sertão. Estavam distantes esses anos, muita coisa se havia passado no Brasil e no mundo, mas essa luta do vale não deixava de ser uma continuação daqueles combates da Coluna. Só que agora sabiam claramente por que combatiam, agora o Partido os dirigia. Será que a notícia dessa luta do vale chega até a prisão triangular no Pavilhão dos Tuberculosos da Casa de Correção, onde se encontra Prestes? Dificilmente... No entanto, Emílio gostaria que o general — sempre que pensava em Prestes lhe dava o seu título de militar revolucionário, de comandante da Coluna — soubesse daquela luta e de que ele, Emílio, o antigo soldado da Grande Marcha, estava no seu posto. Ideia impossível, só mesmo Gonçalo e uns poucos camaradas de São Paulo sabiam quem ele era. Emílio sorriu de seus próprios pensamentos: "Barbaridade! Como vai poder o general adivinhar que estou aqui...". A piroga navegava silenciosamente, Emílio se curva sobre os remos.

E de súbito, a luz de um refletor percorre o rio. Invenção dos americanos para melhor controlar as margens durante a noite. Aquilo é uma novidade para Emílio e ele se põe de pé, maneja a piroga para o centro do rio. Mas a luz tomba sobre ele, ilumina-lhe o vulto alto e forte. Na margem, uma voz grita, avisando aos demais.

— É o Gonçalo! Vejam: é o Gonçalo!

Emílio pensa rapidamente: sabe que está perdido, as margens estão guardadas, soldados e investigadores. Ouve o ruído do motor de uma canoa sendo posto em marcha. Eles o estão confundindo com Gonçalo, dão-lhe assim a oportunidade de morrer ajudando o Partido. A luz do refletor volta a procurá-lo, ele enterra o chapéu na cabeça, alça-se sobre os pés para fazer-se ainda maior. O motor na canoa começa a funcionar. Alguém grita, da canoa:

— Entregue-se, Gonçalo, senão é homem morto.

Emílio sabe ser aquele trecho do rio particularmente profundo. O importante é que polícia não encontre o corpo e não se apodere das munições. Pensa e age rapidamente. Amarra os dois pesados sacos de bala na cintura, assim seu corpo e as munições ficarão no fundo do rio. A voz repete da canoa:

— Entregue-se, Gonçalo. — É a voz de Miranda, no auge da satisfação. Desta vez Barros só teria elogios a lhe fazer, ele levaria consigo José Gonçalo, vivo ou morto.

— José Gonçalo não se entrega — gritou Emílio.

O refletor o buscava, ele estava de pé, os sacos pesavam-lhe na cintura. A outra canoa se aproximava, ele a localizou na luz do refletor, atirou. Um gemido respondeu ao ruído do tiro. "Acertei", pensou Emílio.

A luz envolveu a piroga, a uma ordem partida da canoa. Emílio compreendeu que a hora final havia chegado. Gritou, sua voz potente ressoando na noite da floresta:

— Viva o Partido Comunista! Viva Prestes!

Os tiros o alcançaram no peito e no rosto, da canoa Miranda e os policiais o viram dobrar-se, cair no rio. A piroga continuou sozinha, ao sabor das águas. O refletor iluminava o sangue sobre o rio barrento. Miranda disse:

— Acabou-se José Gonçalo...

Durante toda a noite, procuraram inutilmente o corpo. Alguém explicava:

— As piranhas terminaram com ele. Elas não podem ver sangue.

Levaram a piroga como um troféu ao acampamento.

16

A SUPOSTA MORTE DE JOSÉ GONÇALO CIRCULOU PELAS FAZENDAS, pelo vale, na sede da empresa, entre os operários. Todos acreditaram, mesmo o negro Doroteu, se bem este não pudesse compreender as causas da vinda do gigante às margens do acampamento, na piroga. Que se passaria com os caboclos restantes, preocupava-se Doroteu, agora quando Gonçalo já não estava para dirigi-los? O negro temia que eles se transformassem num grupo de cangaceiros, como era a velha ideia de Nhô Vicente. Resolveu ir procurá-los na floresta.

Também nas grandes capitais, a notícia, transmitida na mesma noite, causou alguma sensação. O rádio e a imprensa a divulgaram, um vespertino de São Paulo publicou uma entrevista do delegado Barros onde este recordava a biografia de Gonçalo e o classificava "bandido sem entranhas" tudo isso entre calorosos elogios à polícia. Alguns homens, em diversos lugares, recordaram-se naquela noite de José Gonçalo.

O camarada João, em São Paulo, lembrava-se dos seus dois encontros com o gigante: em Cuiabá e no vale, sua voz tranquila, seu pedido derradeiro, sua derradeira mensagem para o Partido caso morresse. Disse ao Ruivo:

— Um tipo magnífico. Quando eu o olhava, tinha a impressão de estar vendo o Partido diante de mim: forte, calmo, bom, inteligente, resoluto.

Em Fernando de Noronha, tendo ouvido a notícia no rádio, Carlos e o professor Valdemar conversaram longamente sobre Gonçalo. Aqueles acontecimentos do vale alimentavam a coragem dos presos na ilha solitária, onde o regime carcerário piorara depois do começo da guerra.

Vítor, na Bahia, curvado sobre o jornal onde a notícia merecia grandes títulos, balançava a cabeça, sentindo os olhos úmidos:

— Parece impossível: Gonçalo...

O jovem companheiro presente não conhecera José Gonçalo, Vítor lhe explicava:

— Como se você pudesse reunir todas as qualidades do povo num só homem. Assim era ele. Não sei, mas me resisto a acreditar que o tenham matado. Parece-me impossível...

Ia mexer nos seus papéis, retirava uma antiga fotografia onde o gigante sorria, era um retrato de pouco antes da luta do Posto Paraguaçu. O jovem militante estudou aquela face larga e sorridente. Vítor repetia:

— Parece impossível...

Na rua, ao ler o jornal, Heitor Magalhães, ocupadíssimo naqueles dias com a Sociedade de Ajuda à Finlândia, soltou uma exclamação de alegria, tão ruidosa que alguns curiosos se voltaram. A lembrança do gigante, a quem enganara de forma tão ignominiosa, perseguia o antigo tesoureiro do regional de São Paulo. Temia vê-lo aparecer um dia inesperadamente, para lhe pedir contas. Daquele estava livre...

Também Doroteu pensava em Gonçalo enquanto varava a floresta, à noite, em busca dos caboclos. Gonçalo plantara o Partido no vale, começara do nada para chegar a uma luta armada de camponeses, pequena ainda, mas a primeira naqueles campos medievais. Agora era a ele, Doroteu, que competia a continuação do trabalho, em suas mãos ficavam os brotos nascidos entre sangue, a herança de Gonçalo.

Qual não foi sua surpresa quando o caboclo de sentinela entre as árvores o conduziu à presença do gigante.

— Como você escapou? Pois se lhe viram baleado e o rio ficou vermelho de sangue...

— Não era eu. — O rosto de Gonçalo refletia sua tristeza. — Foi

Emílio. Camarada como ele, Doroteu, não nasce todos os dias. Se não fosse sua vinda aqui, não sei se teria sido possível a luta que fizemos. Foi ele quem acumulou munição, quem assegurou as ligações. E, mesmo morrendo, ainda se fez passar por mim para nos ajudar.

— Emílio... então foi ele?

— Tu sabias que ele foi da Coluna Prestes? Ele me contou toda sua vida, com ela se podia escrever o romance mais bonito do mundo. Um macho, um comunista de verdade.

— De verdade... — murmurou Doroteu.

Discutiram depois a situação: a notícia da morte de Gonçalo viera terminar praticamente a greve, os operários pensavam finda a luta do vale. Venâncio Florival liquidara a ferro e fogo a agitação nas fazendas, Nestor fora forçado a se esconder. Sim, concordava Gonçalo, a luta estava terminada. Não lhes restava munição com que continuar. Já discutira com os caboclos, os poucos que sobravam, convencera-os de partir cada um pra seu lado, seriam, onde quer que estivessem, propagandistas do Partido. Eles haviam resistido muito à ideia de se separarem dele, Nhô Vicente tentara convencê-lo de chefiá-los como cangaceiros. As ideias políticas não significavam muito para o velho caboclo — explicava Gonçalo —, o que desejava era vingar-se dos que lhe haviam roubado sua terra. E, para isso, nada lhe parecia mais efetivo do que um bando de jagunços, solto pelas fazendas, a pilhar e a matar. Mas Gonçalo havia conseguido convencê-los: fariam apenas um último ataque para se vingarem da morte de Emílio e depois se separariam.

Doroteu perguntou:

— Que resultados se podem obter com esse último ataque?

— Resultados? Não temos quase munição. Talvez consigamos incendiar umas casas, nada mais. Eu faço mais pelos caboclos, eles não querem ir-se embora sem vingar Emílio.

Doroteu refletia, o luar iluminava-lhe o rosto negro e feio, dir-se-ia um duende da floresta.

— Não estou de acordo. Esse ataque é um ato de desespero, você não tem direito de realizá-lo.

— Mas, por quê? — admirou-se Gonçalo. — Os caboclos querem vingar Emílio, Emílio o merece. E os caboclos merecem também esse gosto. Eu os comandei, sei que eles têm esse direito, não quero privá-los dele.

— E você também quer vingar Emílio, não é? E eu também. Mas

uma coisa, Gonçalo, é o nosso desejo e outra é o interesse do Partido. Você e os caboclos já fizeram aqui o que tinham a fazer. Despertaram o vale, nunca mais se vai esquecer essa luta. O Partido está lhe esperando em outra parte, eu não sei onde nem quero saber. A polícia pensa que você morreu, Emílio morreu fazendo-se passar por você, ele pensou no Partido até o fim. Por que ele fez isso? Para que você pudesse continuar a ser útil ao Partido. E você quer estragar tudo isso com um novo ataque, completamente inútil. E se lhe reconhecerem? A polícia fica sabendo que você está vivo... Você não tem o direito.

— Prometi aos caboclos... E a mim mesmo... Que vingaríamos a morte de Emílio.

— Eu sei como são essas coisas. Há um momento em que a gente se deixa levar pelos sentimentos pessoais. Já se passou comigo, foi bem difícil. Por isso mesmo eu não posso deixar que se passe com você. E agora eu lhe falo como dirigente regional do Partido: esse ataque não deve realizar-se. Vamos discutir os dois com os caboclos, depois você toma seu rumo, hoje mesmo. Não são essas as ordens que você tem?

Gonçalo lhe estendeu a mão:

— Tu tens razão, eu ia fazendo uma besteira. Não é assim que se vinga um companheiro.

Discutiram com os caboclos. Alguns aceitaram as explicações de Gonçalo e Doroteu. Outros, como Nhô Vicente, resistiam: "É preciso cobrar um preço pelo sangue de Nhô Emílio", argumentava o velho caboclo. Foi preciso que Gonçalo lhes dissesse:

— Vocês me conhecem, sabem que não tenho medo. Deixem comigo a vingança de Emílio, um dia nós cobraremos seu sangue. Se eu estou dizendo que devemos nos separar hoje, é porque é o melhor que temos a fazer. Eu nunca enganei vocês...

— Se vosmecê quer assim, então que seja... — concordou finalmente o velho Vicente.

Os caboclos vieram um a um abraçar Gonçalo. Nhô Vicente lhe deu um dente de coelho que trazia amarrado ao pescoço num cordão negro de sujo:

— Leve isso com vosmecê para lhe proteger.

Gonçalo não falava, prendia os caboclos contra o peito, era como se fosse da sua família que se separasse. Alguns caboclos quase choravam, o gigante fez um esforço para controlar a emoção, queria lhes dizer umas palavras de despedida, deixar claro no espírito deles a significação da luta que haviam travado e do papel do Partido. Não foi um discurso, foi sua última conversa com os caboclos. Depois o negro Doroteu tomou da gaita de boca e tocou. Os caboclos foram partindo, com suas armas, cada um para seu lado, a música os acompanhava. Ficaram apenas Nhô Vicente e quatro mais, juntos:

— Nós parte depois de vosmecê, nós vai junto para os garimpos...

Mais uma vez Gonçalo os abraçou, ao velho, aos outros quatro, depois saiu com Doroteu, a floresta os cobriu na noite, a música foi desaparecendo ao longe.

17

NAQUELA MADRUGADA, NHÔ VICENTE E OS QUATRO CABOCLOS atacaram a sede da empresa. Chegaram com a luz da manhã, atirando contra os soldados que montavam guarda às máquinas, aos armazéns, às casas dos engenheiros.

Foi um rebuliço no acampamento, mas de pouca duração. Os cinco caboclos se haviam entrincheirado por detrás de uma canoa emborcada na margem do rio. Foram caindo um a um, derrubaram também alguns soldados e um investigador da polícia.

Quando Nhô Vicente ficou sozinho, suspendeu o corpo que a canoa escondia, visou a cabeça de um policial que se mostrava ao lado do armazém:

— Por Nhô Emílio... — murmurou.

Caiu quase ao mesmo tempo que o outro, sua repetição bateu sobre a canoa, seu corpo rolou para o rio, afundou num baque de águas revoltas.

Quando saíra com os quatro caboclos, Nhô Vicente lhes dissera:

— Se nós atacar a sede, nós sozinhos, eles vão pensar mesmo que o Amigão morreu e não vão perseguir ele nunca mais.

Miranda se aproximou dos cadáveres, empurrou-os com o pé, comentou para Mr. Grant (cuja pontaria certeira excitara a admiração dos policiais):

— Com a morte do Gonçalo eles ficaram desesperados. Não pode haver melhor prova de que foi mesmo o Gonçalo que liquidamos na canoa.

O corpo do velho Vicente era içado do rio, a boca parecia sorrir sob os bigodes ralos e maltratados.

18

QUANDO OS CONVIDADOS SE RETIRARAM E MARIETA COLOCOU O MAGNÍFICO XALE espanhol sobre os ombros, preparando-se para deixar a sala, Costa Vale disse-lhe:

— Passarei em teu quarto daqui a pouco.

— O quê? — fez ela, numa surpresa.

Nem sabia mesmo há quanto tempo Costa Vale não ia ao seu quarto, fazia já alguns anos. Sem que nenhuma discussão se houvesse processado entre eles, Costa Vale deixara de procurá-la como mulher. Acontecera numa época quando Marieta andava às voltas com um amante, ela a princípio nem sequer percebera a ausência do marido. Depois, como ele nunca a tivesse buscado para explicar aquela atitude e como, em tudo o demais, a vida matrimonial corresse como antes, sem perturbação, ela, por seu lado, jamais tocara no assunto. Ficara-lhe apenas uma curiosidade de saber como o marido resolvia sua vida sexual, logo satisfeita: contaram-lhe do apartamento na avenida São João e da vistosa ex-funcionária do banco que o habitava.

Teria ele bebido além do normal nesta noite? Tinha sido um jantar oferecido a Mr. Carlton e o jovem Teodor Grant estivera realmente brilhante, seja relatando suas observações sobre o vale, os caboclos, os operários, seja depois, na sala, ao piano, tocando fox e cantando com sua voz agradável. O rapaz borboleteara todo o tempo em torno dela, Marieta, enraivecendo Susana Vieira, conseguindo mesmo arrancar-lhe uns sorrisos e animar por instantes a sua face pálida. Não fosse a lembrança de Paulo encher de todo seu coração e ela teria, sem dúvida, passado uma noite divertida. Haviam estado os habituais da casa, à exceção de Artur, cujo trabalho ministerial o prendia ao Rio: a comendadora, o poeta Shopel, com suas teorias cínicas, o prof. Alcebíades Morais, soleníssimo, o coronel Venâncio Florival afirmando, com seu vozeirão mal-educado, ter "arrancado do vale até as raízes do comunismo, do vale e das terras adjacentes". A data definitiva para a inauguração das obras da empresa havia sido finalmente fixada, e da festa próxima e da luta terminada fizeram o centro das conversas no jantar. Ou, se falaram de outra coisa, Marieta não sabia, bem pouca atenção prestara à conversa. Só se animara um pouco na sala, ao lado do piano onde o jovem Grant revelava seus talentos. Enquanto comiam, contentara-se com uma ou outra palavra em resposta aos comentários de Mr. Carlton. E mesmo na sala, depois, conservava aquele ar ausente que a caracterizava desde a sua volta da Europa.

Seus pensamentos estavam em Paris, buscavam a Paulo, esse Paulo que ela não conseguia esquecer, cuja falta a estava matando. Não tinha gosto para nada, passava a maior parte do tempo encerrada no quarto, a reler as poucas cartas do rapaz, a mirar o seu retrato, a tocar nas lembranças que ele lhe dera. Desinteressada da gente e dos acontecimentos, longe do mundo que a rodeava, amargada. Não quisera ir veranear em Santos, recusava os convites para recepções, jantares e festas e quando Costa Vale marcava um jantar ou uma soirée em casa ela não escondia seu aborrecimento. Os amigos perguntavam se ela estava doente.

— O quê? — repetiu Marieta.

— Ou, se preferes, vem ao meu gabinete. Necessito conversar contigo. — E saiu.

"Bem", pensou ela, "ele desejava falar-me de algum novo negócio." Mesmo depois de haver deixado de frequentar seu quarto, o marido continuava a falar-lhe dos seus assuntos comerciais, de expor-lhe seus planos. Era um hábito que vinha dos primeiros tempos do casamento. Ela se interessava realmente pelos negócios de Costa Vale e o banqueiro gostava de encontrar nos olhos da mulher aquela admiração pelo seu gênio comercial.

Marieta levantou-se, seu olhar percorreu mais uma vez a grande sala onde cada detalhe recordava Paulo: as poltronas, os jarros, os quadros cuja compra ele aconselhara... Com um ar absorto, encaminhou-se para o gabinete onde Costa Vale a precedera e a estava esperando.

Sentado em face à sua mesa de trabalho, ele servia-se de uísque:

— Queres um pouco?

— Não. Eu te escuto.

Costa Vale bebeu um trago, colocou o copo sobre a mesa, repousou os braços na cadeira, fitou a esposa com seu olhar frio:

— Quero te dizer que não estou contente contigo.

Era aquela voz de patrão que Marieta costumava admirar.

— Não estás contente comigo? Por quê?

— Desde que voltaste de Paris não és a mesma mulher. Andas taciturna, pareces um fantasma dentro de casa.

— Ando doente.

— Doente! — A voz crescia em irritação, mas mesmo a irritação era controlada. — Eu te chamei para falarmos a sério, e peço-te o favor de não me fazeres perder tempo. — Uma pausa. — Tu andas é com a cabeça longe daqui.

— E se assim fosse? Que te importa?

— Que me importa? Perguntas o que me importa? E eu te respondo com outra pergunta: para que diabo tenho uma esposa, para que lhe pago suas despesas, seu luxo, seus desperdícios, suas viagens à Europa? Por que te mantenho se não durmo contigo? Por que o faço, responde-me?

— Que sei eu, José... Nunca pensei nisso. — Mas como ele continuasse a esperar, ela acrescentou: — Talvez porque casaste comigo, talvez porque o desquite não te interesse pelo escândalo, que sei eu...

— Que me importa o escândalo! Se eu quisesse, desquitava-me de ti em dois tempos. O juiz ditaria a sentença que eu ordenasse. Poderia te largar aí com umas centenas de contos, feito pobretona. Mas, realmente, o desquite não me interessa. Pelo seguinte: eu te estimo, talvez sejas a pessoa que eu mais estime.

— Chamaste-me para dizer isto? Neste caso eu te digo muito obrigada e posso te afirmar que também eu te estimo e te admiro. E agora boa noite, deixa-me ir dormir, estou cansada. — Levantava-se.

— Senta-te! — ordenou ele. E logo que ela se sentou, ele baixou a voz. — Ouve-me, Marieta: isso como está não pode continuar.

— Mas o quê, meu Deus?

— A maneira como estás vivendo, essa cara de condenada com que apareces diante dos outros, o teu desinteresse pela casa, pela vida social. Isso me prejudica. E não posso admitir que me prejudiques, muito menos nessa hora.

— Eu te prejudico? Mas, como...?

— Ainda há pouco não respondeste à minha pergunta: para que eu quero uma esposa e por que eras a esposa ideal para mim? Eu vou te explicar. Preciso de uma esposa porque sou um homem de negócios e para um homem de negócios uma boa esposa é um capital, um grande capital. Quando eu digo uma boa esposa, espero que me entendas, quero dizer uma mulher elegante, instruída, capaz de saber receber, de se portar numa recepção, de criar um ambiente interessante em torno do seu marido. Compreendes até onde uma boa esposa deve ajudar um homem como eu? Creio que sim, porque até agora o havias feito melhor que ninguém. E, de repente, desde que voltaste da Europa, mudaste, não és mais a boa esposa de antes, agora todo mundo foge desta casa. O jantar de hoje, se não fosse o Grant, parecia mais um funeral. A quem cabia animar a mesa? A ti, evidentemente, és a dona da casa. E estavas ali como morta, nem respondias ao pobre do Carlton.

— Uma espécie de idiota, que só sabe falar de seus milhões, dos seus golpes na Bolsa...

— Se alguém não tem nada de idiota é John B. Carlton. E, mesmo que o fosse, sabes ou não o que ele representa para os meus negócios? É o capital americano, minha cara, se ele me larga eu me afundo. Especialmente agora, quando o Getúlio está-se tomando de amores pelos alemães. Não sei se te contei que fiz saber ao Getúlio que me interessava o contrato para fornecer o equipamento da Fábrica de Motores. Arturzinho mexeu-se, eu considerava o negócio seguro. Pois bem: o Getúlio deu o contrato a um lambe-botas, sabes a quem? A um tal Lucas Puccini, irmão da bailarina que vivia com o teu Paulo... — A voz repousara levemente no "teu Paulo" mas foi quanto bastou para que Marieta saltasse.

— Meu Paulo? Que insinuas?

Costa Vale voltou a mirá-la, agora uma ponta de ironia bailava nos seus frios olhos:

— Tenho, por acaso, hábito de insinuar as coisas?

Ela baixou os olhos, curvou a cabeça. A voz do banqueiro fez-se menos dura, quase neutra:

— Não estou te perguntando nada, não te acuso nem te peço contas. Essas histórias não me interessam... Ou pelo menos só me interessam quando elas começam a me prejudicar.

Tomava de um abridor de livros, de aço, agudo como um punhal, jogava com ele:

— Na primeira vez... — Pôs os olhos nela longamente, em silêncio. — Na primeira vez que soube que tinhas um amante, pensei muito. Podia te largar, separar-me de ti, eu ainda era moço, poderia facilmente reconstruir minha vida sentimental. Ademais não temos filhos... Mas achei que não valia a pena. Exatamente porque em tudo mais eras uma esposa perfeita. Contentei-me com deixar de te procurar. Pensei que houvesses compreendido meu gesto, o que eu queria de ti: a boa esposa que eu necessito. E durante todos esses anos foi assim. Nunca perdeste a cabeça; a casa, os meus negócios contavam para ti. Mas, agora, de repente...

Enxugou a testa calva com o lenço, bebeu outro trago de uísque:

— Isso não pode continuar assim. Tens que pôr tua cabeça no lugar e imediatamente!

Fazia calor no gabinete, o suor brilhava na testa do banqueiro. Mas nas mãos de Marieta era um suor gelado, ela se encolhia de frio, na cadeira. Aquelas coisas ditas pelo marido não pareciam sequer cínicas. Adquiriam uma realidade tal que ela sentia-se libertar, a cada palavra dele, da desesperada paixão por Paulo. Afinal, que era o amor na vida deles todos, de José, de Artur, de Paulo, de Henriqueta e Tonico Alves Neto, do poeta Shopel, de Rosinha, de Susana, dela, Marieta, senão a simples emoção sexual? Costa Vale o demonstrava ao exacerbar-se não porque ela o traísse mas porque, durante um tempo, deixara que um sentimento mais profundo envolvesse um dos seus casos. Quando ele começara a falar, ela se sentira humilhada, ofendida no seu orgulho, naquilo que ela considerava o grande amor de sua vida. Mas à proporção que ele fora continuando, ela se sentia dominada pelas palavras do marido, a se dar conta da tolice que estava cometendo.

— Sim, perdi a cabeça — disse ela.

— E logo por quem... Enfim, não quero falar nisso. Tudo que quero é que compreendas que tens de voltar a ser a Marieta de sempre, a primeira dama dos salões de São Paulo. Isso para mim é importante.

— Compreendo. Tu tens razão.

— Vamos ter a festa da instalação das obras do vale. Deves preparar-te para ir para lá, é a ti que compete receber nossos convidados. Depois do que se passou pelo vale, mais que nunca necessitamos de uma festa sem um senão... Não creio que o Getúlio compareça, ele aproveitou-se da agitação comunista para tirar o corpo fora. Mas teremos um mundo de gente, da mais importante.

— Podes ficar descansado.

Ele levantava-se, quase sorridente:

— Desculpa, minha cara, se te disse alguma coisa desagradável. Mas não és uma menina, já não estás no tempo de perder a cabeça. Tu vales mais do que Paulo, que besteira é essa de te sacrificar por ele? Porque, bem sabes, eu não tenho piedade. Varro do meu caminho tudo que possa me incomodar.

— Já te disse que tinhas razão. Por que continuas?

— Apenas te avisava, uma vez mais. Então, estamos entendidos? Partirás para o vale nas vésperas da festa...

— Quando tu queiras.

— Nesse caso, boa noite. Ainda tenho trabalho a fazer.

No quarto, ela tentou botar em ordem seus pensamentos. Sentou-se numa poltrona, relembrando as duras palavras de Costa Vale. Seu olhar descuidado pousou-se no retrato de Paulo: o ar de fastio, aquela expressão doentia de fim de raça. Andou para o retrato, tomou-o nas mãos, analisou mais uma vez a face enjoada do rapaz, guardou a fotografia numa gaveta. Começou a trocar lentamente de roupa. Era José quem tinha razão... Estendeu-se na cama, um sorriso nos lábios: como era agradável a voz de Teodor Grant... Começou a trautear a melodia de um dos foxes cantados na sala pelo jovem americano.

19

ÁSPEROS MESES, DUROS MESES DE DIFI-CULDADES, DE PRIVAÇÕES. Em certos dias não havia sequer comida para ela e para a mãe, os poucos níqueis gastos no alimento da criança. Mas o sorriso animoso não desaparecia dos lábios de Mariana, aquele sorriso de confiança que levantava tantas vezes os camaradas abatidos com a leitura dos jornais, com os tropeços encontrados na realização da menor tarefa, com a desaparição de amigos e simpatizantes alarmados com a situação, com os golpes repetidos e violentos da polícia.

Desde que a guerra começara e as vitórias de Hitler enchiam as primeiras páginas da imprensa, quando, com a Guerra Russo-Finlandesa, foi desencadeada uma campanha de ódio e de excitação contra a União Soviética e os comunistas, as finanças da organização haviam sofrido um baque considerável, certos "círculos amigos" haviam desaparecido por completo, outros se haviam reduzido a um e a dois elementos. Jamais fora tão intensa a campanha anticomunista, os simpatizantes pequeno-burgueses amedrontavam-se, desapareciam do caminho dos militantes encarregados de recolher as contribuições. Os jornais vomitavam infâmias contra a União Soviética, a propósito da guerra com a Finlândia, os "espertos" que assinavam os comentários militares na imprensa eram unânimes na acerba crítica ao Exército Vermelho, apresentado como incapaz, mal armado, mal abastecido, mal comandado. A Finlândia, em oposição, aparecia como um ninho de heróis, viveiro de bravos, baluarte da civilização levantado no caminho das "hordas bárbaras do Oriente". Nenhum jornal falava da luta pela paz que os dirigentes soviéticos continuavam a sustentar, dos esforços feitos para chegar a uma solução pacífica com a Finlândia. Mesmo nos jornais simpáticos aos anglo-franceses, os redatores se preocupavam muito mais com atacar a União Soviética e os comunistas que a Hitler e aos nazistas. Uma longa série de artigos de Saquila colocava a tese do "imperialismo soviético, tão perigoso quanto o imperialismo alemão, pelo menos". O epíteto de "comunista" era a mais terrível acusação que podia ser lançada contra quem quer que fosse.

À base da menor denúncia, da mais leve suspeita, a polícia prendia e processava, o Tribunal de Segurança condenava. Nos meios intelectuais se estabelecera um clima de pavor e de abatimento. Só os fascistas, antes tão insignificantes na vida intelectual, vangloriavam-se nas livrarias, ditavam regras, ameaçavam. A rede de espionagem da polícia crescera de tal maneira, não só nas fábricas e nas usinas como também nas ruas e nos bairros das cidades que Cícero d'Almeida resumira a situação na seguinte frase:

— Tem tanto provocador que, quando alguém vem falar comigo, nunca sei se é um admirador ou um policial...

Nas fábricas a situação era ainda pior: os patrões se aproveitavam para denunciar como de "origem comunista" qualquer tentativa, a mais leve, de reivindicação de aumento de salários. Toda uma trintena de operários fora presa numa fábrica por ter protestado contra o mau olor desprendido pela única latrina existente, cujo esgoto se entupira. O patrão fizera telefonar à polícia: agitação comunista na fábrica. Mas, apesar de que nos meios operários campeava realmente o terror e não apenas a pressão policial, era ainda deles, dos trabalhadores, que vinha regularmente o dinheiro com que movimentar o Partido, dinheiro para papel e tinta de impressão necessários ao aparecimento de *A Classe Operária*, ao lançamento de volantes, dinheiro para a compra dos materiais com que fabricar o piche para as pinturas murais, dinheiro para enviar aos camaradas presos, dinheiro para as viagens, e, quando por acaso sobrava algum, dinheiro para pagar uma ínfima parte do ínfimo salário dos funcionários do Partido.

Se era assim por todo o país, em São Paulo era ainda mais difícil. a polícia não dava tréguas, as quedas se sucediam, mesmo muita gente sem nenhuma atividade política passava dias e dias nos corredores e salas da Ordem Política e Social, na polícia central. Barros utilizava todos os métodos, desde a distribuição de verbas entre um imenso exército de espiões e provocadores até os costumeiros espancamentos. Processos e mais processos saíam da delegacia para o Tribunal de Segurança, no Rio. Mas Barros não estava satisfeito: sabia continuar a cabeça do regional funcionando, ele desejava era colocar a mão sobre João e o Ruivo.

A suposta morte de Gonçalo, o fim da luta e da greve no vale tinham-lhe valido elogios públicos, palavras laudatórias nos jornais. Porém, por outro lado, a audaciosa fuga de Ramiro e a espetacular manifestação em frente ao banco de Costa Vale mostravam claramente estar o Partido agindo, apesar da repressão. E os números da revista *Perspectivas*, malgrado as limitações de toda ordem impostas pela censura, continuavam a se esgotar nas bancas dos jornaleiros. Mais de uma pessoa fora presa, na rua, pelo simples fato de levar consigo um número da revista. No entanto, o DIP ainda não tinha conseguido proibir sua publicação. Marcos de Sousa e Cícero d'Almeida, que a redigiam, haviam ganho uma tal experiência que não deixavam margem a uma ação decisiva da censura. Além de que o nome de Marcos ainda defendia um pouco a existência da revista, apesar de já haver sido ele chamado uma vez à polícia.

O delegado Barros, fazendo-se muito amável, dissera-lhe:

— Temos muitas denúncias contra a revista que o doutor dirige. Acusam-na de ser comunista...

— Comunista? O senhor bem sabe que há a censura prévia para a imprensa. Toda matéria publicada é lida e aprovada antes pela censura do DIP e da polícia. Acusar uma revista de ser comunista, nesta situação, é o mesmo que acusar o DIP e a polícia...

Barros lançava mão dos fatos:

— Mas como explicar que todo comunista que prendemos tenha em sua casa exemplares de *Perspectivas*?

— Trata-se de uma revista de cultura. Pode interessar a todos que se interessam pela cultura.

— Isso mesmo é que é estranho: uma revista de cultura e é lida por operários. É prendermos um operário e encontramos em sua casa números da revista.

— Ainda não existe nenhuma lei que proíba os operários de lerem, me parece. E uma das missões da nossa revista é exatamente levar a cultura ao povo.

— E para que o povo precisa de cultura, seu doutor? Me diga, para quê? Está vendo o senhor, essa é uma ideia comunista.

— Mas então o senhor crê — sorriu Marcos — que só os comunistas se interessam pelo povo? Essa é uma afirmação subversiva, em contradição com todos os discursos do presidente da República. Se o senhor a proclamasse em público seria processado pelo Tribunal de Segurança.

A conversa se mantivera nesse tom, a intenção de Barros era amedrontar o arquiteto. Quando Marcos partiu, o delegado resmungou para Miranda, presente ao debate:

— Cultura para o povo... Quando chegar a hora, seu doutor, nós vamos conversar de outra maneira. — Explicava a Miranda: — O que se precisava era de acabar de uma vez para todas com esses escritores, pintores, arquitetos... Não passam, quase todos eles, de um bando de comunistas. Mesmo muitos que estão de cama e mesa com gente do governo. Para mim, bastou escrever, pintar, fazer qualquer dessas porcarias, e já não tenho confiança no tipo. Por mim, acabava com isso tudo.

A repressão, aumentada desde a fuga de Ramiro, crescera ainda mais a partir do comício-relâmpago em frente ao banco de Costa Vale. Se antes a polícia já estava prendendo ao deus-dará, depois da entrevista de Barros com Costa Vale, quando do pichamento da fachada do banco, ela se atirava contra os bairros operários, num crescendo de violência. O milionário não tinha papas na língua e Barros ouvira belas e boas: incompetência, verbas mal aplicadas, falta de vigilância, já era tempo de não haver comunistas em São Paulo quanto mais de realizarem uma tal demonstração. Para que servia a Delegacia de Ordem Política e Social?

Naquela época Mariana tivera de passar uns tempos longe de São Paulo, a polícia buscava a mulher que preparara a fuga de Ramiro, os camaradas temiam fosse ela localizada. Havia ido com o filho para Jundiaí, ficara na casa daqueles operários onde celebrara seu casamento, casa cheia de gratas lembranças para o seu coração. Mas não ficara inativa: ajudara os companheiros, participara de reuniões, impulsionara o trabalho. Em compensação, durante sua ausência, o comitê de zona, a cuja direção pertencia, caíra quase todo: a polícia o atingira através de prisões feitas nas bases. Os camaradas se haviam comportado bem na cadeia, a existência de Mariana continuava desconhecida para a polícia. Ao voltar, ela dedicou-se a reerguer o comitê. Só então pôde se dar conta a que pequeno número de quadros o Partido fora reduzido em São Paulo pela reação iniciada com a prisão de Carlos e Zé Pedro. Mal eram preenchidos os claros abertos num organismo e já outro caía. O recrutamento cercava-se de dificuldades imensas: mais de um agente policial, dos muitos metidos nas fábricas, conseguira penetrar no Partido, entregar células e mesmo comitês quase completos.

O Ruivo lhe disse, quando da sua volta:

— Toda a vigilância é pouca. Certos camaradas têm sido pouco vigilantes no recrutamento de novos quadros. O resultado, tu vês: vive caindo gente. — E lhe explicara como trabalhar naquela difícil ilegalidade.

— Não podemos ter dúvidas sobre a infiltração do inimigo, é quase impossível evitá-la de todo em tais circunstâncias. O importante é se apoiar sobre os quadros provados, não se abrir com qualquer um. Eles querem atingir a direção do regional, a polícia nos procura de casa em casa. Vigilância, Mariana, toda vigilância é pouca.

Haviam-se mudado, ela, a mãe e o filho, daquela casa onde habitara após o casamento. Não só como medida de segurança mas também porque o aluguel era alto para as finanças difíceis daquele período. Viviam agora muito mais longe, numa pequena casinhola cheia de goteiras mas, em compensação, segura e barata. Ainda assim gastavam no aluguel da casa a maior parte do pouco dinheiro com que deviam viver. A mãe não se queixava nunca, quisera mesmo voltar a trabalhar numa fábrica, só não fez porque Mariana lhe perguntava quem iria, nesse caso, cuidar da criança.

Ao retornar a casa, pela noite, muitas vezes a pé para economizar o níquel do bonde, cansada das tarefas do dia, Mariana se fortalecia do exemplo da velha, silenciosa, a cuidar do neto. A outra filha já a convidara mais de uma vez a residir em sua casa próspera, onde o genro português engordava e falava em adquirir outro açougue, nas vizinhanças. Mas a velha recusara, seu lugar era ao lado de Mariana como fora antes ao lado do pai. Acontecia, certas noites, não haver mais que um pouco de feijão para o jantar. Nem por isso a velha deixava de contar as graças da criança, já agora começando a andar e a falar. Mariana sorria seu sorriso confiante, tocava para a frente. De quando em vez um bilhete de João lhe dizia: "Vou bem, não te preocupes comigo. Beija o menino por mim. Todo o amor do teu...". Nesses dias sentia-se inteiramente feliz.

— Sou feliz, muito feliz... — contou ela a Marcos de Sousa naquela mesma noite em que Costa Vale explicara a Marieta seu conceito de uma "boa esposa". — Amo o meu marido, meu filho, minha mãe, o meu trabalho.

— Eu não sei como podes suportar todo esse tempo longe de João. Não achas difícil viver longe da pessoa que amas? — E Marcos pensava em Manuela, agora em Santiago do Chile, mais distante ainda.

Mariana viera vê-lo a propósito de dinheiro: a situação era quase desesperadora, necessitavam de papel e de uma peça para a máquina impressora que se rebentara. O Ruivo utilizara Mariana para aquele trabalho, já que não podia ir ele mesmo ou ir João falar com o arquiteto naqueles dias:

— Ele já nos deu um bocado de dinheiro esse mês. É um cara leal, não desapareceu como muitos. É um simpatizante que vale mais que certos membros do Partido sobre os quais a gente agora nem consegue botar o olho.

— Praticamente é como se fosse um membro do Partido.

— Ele andou muito, sim. É um cabra direito. Entre ele e Cícero, estão sustentando sozinhos a revista. E a revista nos está prestando um serviço. Diga-lhe que sentimos muito, mas que temos que recorrer a ele mais uma vez...

Marcos de Sousa não tinha consigo a quantia solicitada. Mariana preferiu não receber o cheque: não valia a pena mandar um camarada a um banco. Era melhor que o próprio Marcos retirasse o dinheiro, no dia seguinte, e o levasse ao seu escritório. Alguém iria buscá-lo. O arquiteto concordou, ficaram depois conversando, fazia tempo que não se encontravam e tinham um mundo de assuntos.

Ao ouvir a pergunta de Marcos, Mariana riu:

— Se é difícil... Puxa, Marcos, tem dias em que eu daria dez anos de vida para estar cinco minutos com ele, para ouvir a sua voz e olhar nos seus olhos. Tu sabes quantos meses fazem que não vejo João? Oito meses... E a última vez que o vi foi num pleno ampliado, o derradeiro que fizemos. Quase nem tivemos tempo de estar juntos. E ele não pode ter consigo nem mesmo um retrato do Luisinho.

— Por quê?

— Se ele fosse preso seria uma pista para me pegarem. Em casa também não temos nenhum retrato dele. Por vezes eu me sento e começo a me lembrar como ele é: sua testa, o rosto ossudo, aquele sorriso pequeno no canto da boca...

— Como podes suportar?

— Mas se eu te digo que sou feliz, muito feliz... Sei que ele está trabalhando, eu também estou trabalhando, é como se estivéssemos juntos. E só saber que ele me ama, é uma alegria tão grande! Já chegará o dia quando estaremos juntos e essa separação de agora vai fazer que sejamos ainda mais unidos. Não o tenho junto a mim, é bem verdade. Mas, o que é o amor, Marcos? Será somente a vida em comum ou, mais que isso, são os sentimentos em comum, os mesmos ideais, a mesma luta? Eu estaria triste e infeliz se meu amor fosse tão mesquinho, que exigisse, para existir e durar, a presença permanente de João. Há mil outras coisas que nos ligam cada vez mais um ao outro, compreendes?

Sorriu, fitou maliciosamente o arquiteto:

— O que não quer dizer que não esteja doida para vê-lo, para abraçá-lo. Só que o simples fato de nos amarmos e de lutarmos juntos me enche de felicidade. Sem falar no menino...

Marcos sorriu também, e comentou:

— Ah! vocês são feitos de outro barro. Os operários. É por isso que eu sinto que não posso dizer "nós" quando falo do Partido, devo dizer "vocês". Porque eu não sei se teria forças para isso. É nessas horas que eu compreendo por que o proletariado é a classe dirigente e sinto também como ele dá uma nova grandeza aos sentimentos, à vida dos homens. Nós, pequeno-burgueses intelectuais, vestimos o amor com palavras bonitas mas, no fundo, ele se reduz a bem pouca coisa. Sem falar que para os grã-finos ele não tem mesmo nenhuma significação fora da cama...

Mariana o espicaçou, adivinhava algo concreto se escondendo sob as palavras do amigo:

— E que sabes tu de amor, solteirão empedernido? Que tem sido o amor para ti senão isso que disseste que é para os grã-finos? No fundo, és um imoral... — ria.

— Ah! Mariana, o amor não chega quando a gente deseja, nem se ama sempre a quem nos ama. É complicado...

— E não queres me contar tuas complicações? Eu também suspirei de amor, Marcos, se o velho Orestes fosse vivo poderia te dizer.

— Te lembras de Manuela?

— E como não hei de me lembrar? A moça mais bonita que vi em minha vida, a mais triste também. Sempre pensei que terminarias por casar com ela e me convidar para madrinha.

— Só se casa com quem quer casar com a gente.

— Tu lhe perguntaste?

— Não. Mas...

E contou-lhe, um pouco encabulado a princípio, toda a história dos seus sentimentos, das suas dúvidas, dos seus escrúpulos. Relatou daquela caminhada no Flamengo, depois disse da noite da estreia de Manuela na companhia estrangeira, as reticências da conversa, a afirmação da moça de que jamais estaria contra eles, o dinheiro dado por ela para o Partido. Mariana ouvia em silêncio, de quando em vez olhava para Marcos, um sorriso burlão nos lábios. Mas ficara séria quando ele falava da resistência da moça aos projetos do irmão, às novas ofertas dos que já uma vez a haviam enganado.

— Me diga uma coisa, Marcos: por que tu não lhe escreves uma carta perguntando-lhe se ela quer casar contigo?

— Estás louca? Já te expliquei...
— Vocês são mesmo complicados... Queres saber minha opinião? Vocês estão brincando de cabra-cega um com o outro.
— Como?
— Eu sou capaz de jurar que, se Manuela me encontrasse, ela me contaria uma história igualzinha à tua. Só que onde tu dizes Marcos ela diria Manuela e onde tu dizes...
— Antes fosse... Mas eu estou convencido que não é assim... E, ademais, ela é uma menina, eu ando pelos quarenta...
— Ah! pequeno-burguês terrível... — Porém logo ficou séria. — Não te aborreças, estava brincando.
— Aborrecer-me? Por quê?
— Falando sério, Marcos: pode ser que ela não te ame, seja apenas amizade como tu pensas. Mas é idiota ficar aí sem saber a verdade das coisas. Isso é uma coisa. A outra é a seguinte: tu não podes abandonar essa moça. Se ela te ama, muito bem. Mas, mesmo que ela não te ame, ela necessita de tua amizade. É uma moça de caráter são e, ao que dizem, de grande talento. Tu deves ajudá-la, impedir que essa gente torpe termine por ganhá-la outra vez. Me disseste que deixaste de escrever para ela. Está aí uma coisa malfeita. Um egoísmo de tua parte. Escreve-lhe como queiras, mas escreve-lhe, não a largues sozinha por esse mundo afora... Eu não o faço porque, em minha situação, é-me impossível.
— Tu pensas assim? Talvez... Se a amo, o lógico é que a ajude, que me interesse por ela mesmo que ela não me ame. É isso mesmo. Ainda hoje escreverei. — Parecia falar consigo mesmo.
— No fundo, andas doidinho para escrever.
De muita coisa falaram ainda, Mariana demorou-se, estimava Marcos e a conversa do arquiteto a interessava. Quando ela partiu, ele tomou da máquina de escrever, começou uma carta para Manuela. Não lhe falava de amor, contava-lhe apenas de suas coisas, das coisas do Brasil, perguntava pela vida da moça. Mas cada linha transpirava afeto, em cada palavra podia-se adivinhar o amor.

20

MARIETA VALE CHEGARA NA VÉSPERA, EM COMPANHIA DE BERTINHO SOARES, da sobrinha solteira da comendadora Da Torre, do poeta Shopel e de Mr. Teodor Grant. Todos eles tinham se oferecido para ajudá-la nos preparativos da grande festa mas, em verdade, ninguém fazia falta, quase nem mesmo Marieta. Outro avião os antecedera, trazendo garçons e criados, serviço de copa e cozinha, uma fartura de comidas e bebidas. Também o coronel Venâncio Florival já se encontrava no vale, vindo de suas fazendas próximas.

O programa da festa constava da recepção à comitiva que chegaria em dez ou doze aviões, pela manhã. Seguir-se-iam as diversas inaugurações: do campo de aviação (haviam construído um lindo edifício onde se lia: EMPRESA DO VALE DO RIO SALGADO — AEROPORTO PRIVADO), das diversas construções na colina e no acampamento, dos trilhos que conduziam às jazidas de manganês, dos primeiros trabalhos para a extração do minério. Almoçariam e depois uma parte da comitiva, os homens, seguiria nas canoas a motor até o início das plantações dos japoneses para a inauguração da colônia. As senhoras aproveitariam para descansar e preparar-se para o baile à noite. Aquele armazém que servira de cadeia durante a luta serviria agora para o grande almoço e, à noite, para o baile. Um jazz famoso chegaria de São Paulo com a comitiva.

Nas casas dos engenheiros e funcionários, na colina saneada, haviam sido preparados leitos para os convidados que quisessem deixar a festa para dormir. Mas a divisa lançada por Marieta era "dançar, comer e beber até a hora de tomar os aviões, pela manhã, de volta a São Paulo". Assim tinham combinado entre os íntimos da casa, não deixariam ninguém ir dormir. Aquela inauguração tardara, fora duas vezes adiada: era necessário, por consequência, festejá-la bem.

Ademais, naquele baile comemorariam outro acontecimento sensacional: o noivado, recentemente anunciado, de Susana Vieira e Bertinho Soares. Susana, cansada talvez de esperar outro candidato, e Bertinho, pressionado pela família interessada em cobrir com o véu do casamento os seus "hábitos extravagantes", haviam decidido casar-se pelo inverno, quando Os Anjos, agora de férias, voltassem à ribalta.

Acompanhada dos seus amigos, Marieta visitou o armazém já preparado para o almoço do dia seguinte e ornamentado para o baile, as casas dos engenheiros e funcionários cedidas para o descanso da comitiva, deu ordens, providenciou alguns detalhes. Constatou um desastre: haviam esquecido as taças para champanha, comunicaram-se com São Paulo através do rádio.

Depois, Teo Grant mostrou-lhe o armazém onde os operários tinham sido liquidados, o lugar, à margem do rio, onde caíram Nhô Vicente e os quatro caboclos. E, como o dia estivesse bonito, foram fazer, no fim da tarde, um passeio de canoa para espiar o trecho do rio onde haviam derrubado Emílio supondo derrubar José Gonçalo.

— Aqui morreu o chefe deles, o Gonçalo — indicou o jovem Grant, relatando detalhes.

— São os lugares históricos do nosso vale — pronunciou o poeta Shopel. — Signos vivos da luta da civilização contra a barbárie.

Subiram um pouco mais o rio, o ruído do motor da canoa trazia os japoneses curiosos às portas das novas casas de madeira. Em certo momento, Teo Grant se descobriu, expondo ao sol ardente seus cabelos.

— Foi aqui que assassinaram um patrício meu, engenheiro da companhia, no começo da luta.

— Que covardia! — suspirou Bertinho Soares.

Marieta levava consigo um ramalhete de flores silvestres, colhidas por Grant. Quando ele o ofertara, numa cômica curvatura de espinha à maneira dos antigos nobres, ela o prendera ao peito num sorriso agradecido e terno. Agora o retirava, guardava apenas uma flor, espalhava as outras sobre o rio, em memória do engenheiro ianque. Grant beijou-lhe a mão.

— Que lindo tudo isso! — aplaudiu Bertinho.

Shopel concordou mas sem entusiasmo: botara os olhos com esperança em cima de Marieta, quando ela regressara da Europa. E agora aparecia aquele americano no seu caminho. Era o eterno complexo de Shopel: com os seus quase cento e vinte quilos, as mulheres riam-se dele, não o levavam a sério.

À noite, em companhia do engenheiro-chefe e de altos funcionários da empresa, sentaram-se no alto da colina, admirando o panorama do vale, onde os pequenos focos elétricos não conseguiam esconder a beleza do céu de estrelas. O luar se espalhava amarelo sobre as águas do rio. No acampamento dos operários alguém tocava uma viola. O engenheiro-chefe falava sobre o vale, as obras, o manganês. Susana exigia de Shopel que lhe traduzisse:

— Decididamente preciso aprender inglês...

Teo Grant, que havia desaparecido, voltou e murmurou ao ouvido de Marieta:

— Há um pequeno bote aqui, ótimo para um passeio noturno no rio. Não se sente tentada?

Saíram os dois, acompanhados pelo olhar invejoso de Shopel sobre quem o engenheiro-chefe continuava a atirar cifras e dados. Mais além, as luzes pobres se apagavam nas casas de madeira dos operários.

No dia seguinte, reuniram-se todos — engenheiros, funcionários, operários, japoneses vindos das plantações, no campo de aviação, à espera dos convidados. Em dois altos mastros estavam içadas as bandeiras do Brasil e dos Estados Unidos. Os aviões foram chegando, com diferença de poucos minutos. Flores eram oferecidas a Mr. Carlton, a Costa Vale, à comendadora Da Torre, ao ministro Artur Carneiro Macedo da Rocha, a dois outros ministros vindos com ele, ao interventor do Estado. Quando todos os aviões haviam já aterrissado, os convidados dirigiram-se ao edifício do aeroporto. Ali foram pronunciados os primeiros discursos de Artur, em nome do governo federal; do interventor do Estado e de Mr. Carlton. A fita simbólica foi cortada, com uma tesourinha de ouro, pela senhora do interventor.

Rumaram, depois, para o acampamento, agora com um ar de povoado, os chalés brancos dos engenheiros, na colina, as casas de madeira dos operários, no descampado, os grandes edifícios da companhia quase limitando com a floresta. Nova cerimônia e novos discursos em frente ao edifício central da empresa, uma construção pesada e feia. Falaram Costa Vale, um jornalista de São Paulo, o engenheiro-chefe das obras. Marieta foi a madrinha dessa inauguração. E assim continuaram, entre discursos, inaugurações, parabéns e elogios à capacidade e ao patriotismo de Costa Vale e ao generoso interesse de Mr. John B. Carlton pelo Brasil, até quase as três horas da tarde, quando finalmente foram almoçar.

Shopel queixou-se ao coronel Venâncio Florival, seu vizinho de mesa:

— Nunca senti tanta fome e nunca ouvi tanto discurso ruim em toda a minha vida...

— Menino, não se queixe. Essas coisas são necessárias. Dão lustre ao dinheiro que a gente ganha.

Na hora da sobremesa, pediram silêncio.

— Mais um discurso, que horror! — revoltava-se Shopel, o peito da camisa sujo de gordura. — Ah! É o Hermes, vamos ouvir o que ele diz...

Era realmente Hermes Resende, sentado entre Saquila e Grant, que desejava beber em inglês à saúde dos "técnicos norte-americanos que tão nobre e desinteressadamente vinham prestar o concurso do seu saber à obra civilizadora empreendida naquele pedaço de sertão brasileiro".

Susana Vieira batia palmas, apesar de não entender inglês. Marieta Vale brindou com Mr. Carlton, com o cônsul dos Estados Unidos, com o engenheiro-chefe, finalmente com Grant. Costa Vale a apreciava fazer, ninguém sabia como ela receber e encantar os convidados...

Só um pequeno grupo se dispôs a ir, após o almoço, até às plantações dos japoneses. Venâncio Florival gaguejou algumas palavras, o embaixador do Japão discursou. E voltaram depressa para descansar um pouco antes do baile.

Às dez horas, o baile começou. Os soldados do posto da Polícia Militar, estabelecido em permanência no vale, afastavam das proximidades do armazém convertido em salão de festas os operários que vinham espiar os convidados e o jazz. O salão estava iluminado pelos mesmos refletores que haviam caçado os caboclos nas margens do rio. A frase de Marieta: não dormir, dançar, beber e comer a noite toda, até a hora de embarcar nos aviões, corria de boca em boca.

Por volta das duas horas da manhã, o poeta Shopel, suando em bicas, bastante bebido, declarava-se a Susana Vieira, tentando declamar-lhe poemas de amor.

Oh! virgem pura, enlamear-te quero,
de pecado vestir tua inocência...

Mas Susana, rindo às gargalhadas, recusava declarações e poemas, exigindo respeito à sua condição de noiva:

— Muito respeito, Shopel, sou uma senhorita noiva...

— Noiva? — Shopel esforçava-se para recordar-se daquela história de noivado, algo ouvira sobre o assunto. — Noiva de quem?

— Daquilo... — apontava Susana, rindo loucamente.

Apontava Bertinho Soares que, em meio da sala, num intervalo da música, uma garrafa de champanha na mão, mal equilibrado nas pernas, cantava com sua voz de falsete uma canção francesa na qual se lastimava de não poder usar lindos vestidos de crepe georgette como as mulheres, felicidade que lhe estaria reservada se...

... ma famille,
boullevard de La Bastille,
avait fait une fille
au lieu de faire un garçon...

Vários convidados não puderam ir, com suas próprias pernas, da festa para o campo de aviação. Tiveram de ser levados nos braços. Na sala, garrafas vazias misturavam-se com restos de comida. A manhã clareava quando se reuniram todos em caminho do campo. A luz da aurora iluminava o vale, também os operários despertavam, não tardariam a seguir para o trabalho. Um café negro, bem forte, último detalhe das festas, fora preparado no aeroporto para levantar os ânimos dos convidados. Para ali se dirigiram todos, enquanto a tripulação dos aviões fazia os últimos preparativos para a partida. Aproximavam-se do edifício, quando a voz do poeta Shopel ressoou, num brado, apelando a atenção:

— Olhem! Olhem!

O poeta apontava os mastros onde estavam, na véspera, as bandeiras do Brasil e dos Estados Unidos. A do Brasil ali continuava, balançada à brisa da manhã. Mas no outro mastro já não se via a bandeira norte-americana. Em seu lugar haviam içado uma rasgada camisa de homem, de cor indefinida e estranha. Era a camisa de Nhô Vicente e aquele colorido estranho era do sangue empapado do caboclo.

— Cachorros! — murmurou Costa Vale, olhando em direção às casas dos operários, no acampamento.

— Oh! — fez Mr. Carlton, lívido.

Em qualquer parte, na floresta distante, se elevou o som de uma gaita de boca, tão doce e melodioso que se confundia com o canto matinal dos pássaros.

CAPÍTULO TERCEIRO

1

MUITA GENTE FAZIA DO ANTICOMUNISMO RENDOSA PROFISSÃO NAQUELE ano de 1940, ninguém vivia dele tão ostensivamente quanto Heitor Magalhães, médico sem consultório, jornalista sem redação. Seus cartões de visita diziam: "Dr. Heitor Magalhães — médico e jornalista", mas ele costumava acrescentar, à viva voz, ao apresentar-se:

— Tesoureiro da Sociedade de Auxílio à Finlândia. Estamos recolhendo fundos para ajudar o nobre governo finlandês a resistir ao assalto das feras comunistas.

Sobraçava uma pasta de couro, repleta de documentos referentes à Finlândia, à Guerra Russo-Finlandesa, à Sociedade de Auxílio. Elegante, bom moço, falador, era em geral bem recebido nas administrações das fábricas, nos escritórios comerciais, nas grandes empresas, nos bancos, nas casas de modas. Para alguns o seu nome não era desconhecido, Heitor avivava a memória do interlocutor:

— Aquelas reportagens sobre o Partido Comunista, publicadas em *A Notícia*, são de minha autoria. Estão agora reunidas num volume, onde, aliás, existe muita matéria inédita.

Abria a pasta de couro, retirava um exemplar do livro: na capa, uma figura sinistra brandia um punhal de onde pingavam grossas gotas de sangue a formarem o título do volume, A CRIMINOSA EXISTÊNCIA DO PARTIDO COMUNISTA. Em graúdas letras azuis, o nome do autor. Uma faixa de papel envolvia cada exemplar e nela liam-se, ademais do aviso: SENSACIONAL!, duas opiniões críticas. A primeira afirmava: "Li-o de uma assentada como ao mais apaixonante romance de aventuras. O talento do autor, aliado à sua coragem patriótica, colocou-se a serviço do bem contra o mal, da verdade contra a baixa demagogia comunista. Esse livro é um brado de alerta". Assinava-o o poeta César Guilherme Shopel. A segunda constatava: "Preciso auxiliar na luta contra o comunismo. Autentico a veracidade das revelações do talentoso autor". Firmava-o o delegado Barros, da Ordem Política e Social de São Paulo. Heitor Magalhães levava sempre alguns exemplares na pasta.

Nas livrarias e bancas de jornais o volume, de duzentas páginas magras, custava dez mil-réis e pouco se vendia. Mas aqueles comerciantes, industriais e banqueiros adquiriam quase sempre o exemplar exibido pelo autor e o pagavam fora do preço de capa, vinte, trinta, cinquenta mil-réis, por vezes acontecia mesmo lhe darem uma nota de cem. A comendadora Da Torre, encantada com os modos do rapaz, soltara um conto de réis para "ajudar as despesas da edição".

Mas a venda do livro era apenas a primeira parte e a menos importante da operação. Heitor Magalhães retirava da pasta papéis timbrados: uma carta da legação da Finlândia agradecendo os esforços da Sociedade de Auxílio, a relação da diretoria e membros da Sociedade (nomes de peso nos meios políticos e financeiros), a lista das contribuições, aberta com o nome de José Costa Vale que subscrevera uma grossa bolada.

Enquanto exibia aquela convincente papelada, Heitor falava sobre os "nobres objetivos da sociedade da qual tinha a honra de ser tesoureiro". Misturava chavões antissoviéticos com elogios à sua própria pessoa. Criara ultimamente uma nova versão da sua atividade no seio do Partido, lançara-a pela primeira vez no prefácio do livro: não se tratava mais de um "ex-comunista arrependido". Tratava-se, isso sim, de um jovem patriota e impetuoso jornalista que, à custa de muita habilidade, conseguira infiltrar-se em meio aos comunistas para estudar-lhes a vida, os métodos, os planos e denunciá-los ao país e ao mundo. Essa versão parecia-lhe não só muito mais romântica como muito mais lucrativa: com a anterior, podia restar sempre, em alguns espíritos mais conservadores, uma certa reserva ("O lobo larga o pelo mas não larga o vício", com esse provérbio um industrial fascista, de origem italiana, definira a pouca confiança que lhe merecia o seu "arrependimento"), e, por outro lado, existiam certas pessoas que haviam torcido a cara ao ler seu nome na diretoria da sociedade. Um médico eminente dissera ao professor Alcebíades Morais, a propósito de Heitor: "Não suporto os comunistas, mas suporto ainda menos os traidores...".

À papelada e aos argumentos juntavam-se algumas fotografias de meia dúzia de caixões, sobre os quais se lia em letras carimbadas: MEDICAMENTOS. FRÁGIL! E, num cartaz, ao lado dos caixões: CONTRIBUIÇÃO DA SOCIEDADE DE AUXÍLIO À FINLÂNDIA À GUERRA DO GOVERNO FINLANDÊS CONTRA O COMUNISMO RUSSO. Heitor expunha:

— Embarcaremos por esses dias uma ambulância. E estamos agora levantando fundos para adquirir um avião de bombardeio nos Estados Unidos.

Aos elementos partidários da França, da Inglaterra, dos Estados Unidos, ele citava:

— Veja o exemplo da França e da Inglaterra. Estão em guerra com a Alemanha, mas nem isso impede que enviem armas e outros materiais bélicos para a Finlândia. A França enviou mesmo esquadrilhas de bombardeios. E por quê? Porque se a Finlândia for vencida, a Rússia comunista, aliada como está ao nazismo... — e ia por aí afora, doutrinando.

Aos admiradores do nazismo, particularmente numerosos entre os milionários de origem italiana e portuguesa, ele apresentava a Finlândia como o aliado número um de Hitler:

— A Finlândia está dando tempo a Hitler de vencer a França e a Inglaterra, está protegendo sua retaguarda, impedindo que a Rússia a ataque. O senhor sabe que Hitler mandou generais e auxílio bélico à Finlândia, não? Dizendo-lhe isso, digo-lhe quanto a guerra da Finlândia é importante para nós...

Dizia "nós" tanto ao tratar-se de gente pró-aliados ou de gente pró-nazistas. Considerava-se neutro naquela guerra anglo-franco-alemã, tratava com simpatizantes de ambos os lados. Sua guerra era a russo-finlandesa, "uma guerra que, se, não houvesse, era preciso inventar", como confidenciara a uma graciosa morena, sobrinha do professor Alcebíades e datilógrafa da Sociedade de Auxílio. Guerra que viera resolver todos os seus problemas financeiros.

Andara bem malzinho uns tempos, depois de haver esbanjado o dinheiro recebido de Barros pela denúncia e dos jornais pelos folhetins imaginosos. Pensara numa revista anticomunista, publicara dois ou três números, arrancando anúncios de comerciantes franquistas, mas era uma trabalheira relativamente pouco lucrativa. Dava para ir vivendo, mas não para a vida que ele desejava, bom apartamento, boas mulheres, roupas elegantes, jantares nos restaurantes de luxo. De vez em quando, Barros soltava-lhe algum dinheiro em troca de uma informação — um comunista visto por Heitor na rua, qualquer coisa assim —, obtivera-lhe a composição e impressão gratuita do livro na Imprensa Oficial. Mas que eram aqueles bicos em comparação com o rio de dinheiro canalizado pela Guerra Russo-Finlandesa, através da Sociedade de Auxílio, para os bolsos de Heitor Magalhães?

Livre de todo e qualquer controle, ele manejava a seu inteiro sabor a dinheirama diariamente recolhida. O nome do professor Alcebíades Morais, feito presidente efetivo da sociedade, emprestava-lhe a necessária respeitabilidade. Heitor gozava da absoluta confiança do professor de medicina. Frequentava-lhe a casa, ouvia com atenção e aplausos as suas longas e soporíferas dissertações sobre o mundo e o Brasil, a moral e a religião. O professor era um eterno candidato a vários cargos: o de reitor da Universidade de São Paulo, o de secretário de Educação, o de diretor do Departamento de Cultura. Considerando-se ele mesmo um exemplo de saber, de vida virtuosa, de respeito às ideias conservadoras, à religião e à propriedade, parecia-lhe a maior injustiça de todos os tempos continuar seu valor relegado a uma cátedra na faculdade e ao seu consultório. Antes do golpe do Estado Novo, quando ingressara na Ação Integralista e logo se vira alçado a postos de direção no partido fascista, uma doce esperança acariciou seu ambicioso coração. Mas as divergências entre Getúlio e Plínio Salgado mais uma vez afastaram seu nome das cogitações e ele continuara a girar em torno de Costa Vale, como um obscuro satélite. Do banqueiro vinha-lhe a maior parte de sua renda mensal: era, de longa data, médico-chefe das estradas de ferro dominadas por Costa Vale, das suas diversas empresas. E o cargo de chefe das obras de saneamento do vale do rio Salgado valia-lhe uns quantos contos de réis por mês. Não era a falta de dinheiro que o fazia prepotente com todos que estavam abaixo dele na escala social e humilde ante os poderosos do mundo, geralmente amargo e desconfiado. Ganhava bastante dinheiro, mas ambicionava as posições, os cargos importantes, os títulos, a notoriedade.

Heitor Magalhães percebera rapidamente, com seu faro de escroque, a secreta amargura do professor. Era bem o homem de que ele necessitava: apontado como um exemplo de moralidade, assíduo às missas e às recepções grã-finas, e pouco satisfeito com os resultados obtidos pelos seus muitos anos de hipócrita vida austera. Mesmo no seio da família numerosa, o professor não encontrava ouvinte tão atento e respeitoso como Heitor. Filhos e filhas do professor arrastavam-se malandramente pelas faculdades e liceus, apaixonados pelo futebol, pelos bailes e pelo cinema americano:

— As novas gerações estão perdidas, meu caro colega! — suspirava o professor. — Os valores morais nada significam para elas, só querem pebolar durante o dia e perder as noites nessas danças modernas, indecentes.

A família custava-lhe os olhos da cara, não havia dinheiro que chegasse. No seu gabinete, dominado por um retrato de dom Pedro II, ele contava a Heitor:

— Um homem na minha posição não é responsável apenas pela sua família. Há os parentes e, entre os parentes, existe de tudo. Alguns não prosperaram e esses pensam que nós temos obrigações para com eles. A caridade, caro colega, é uma bela virtude, eu a pratico como as demais virtudes cristãs. Mas com o preço atual da vida, torna-se difícil exercer a caridade. Veja o senhor: ainda agora caiu-me em casa uma sobrinha de minha mulher. A mãe morreu em Marília, o pai não achou nada de melhor a fazer que enviá-la para aqui, para que nos encarregássemos de colocá-la. Uma boca a mais a alimentar e, se fosse só alimentar... Mas há que vestir, que pagar os cinemas...

Heitor sugeria uma solução para o caso da sobrinha (já a havia visto, uma morena do barulho, de riso fácil e malicioso): a Sociedade de Auxílio bem precisava de uma secretária, uma pessoa que batesse à máquina as cartas, os balancetes. Por que não aproveitar a sobrinha do professor?

— Que nós trabalhemos de graça, professor, é mais que natural. Fazemos por ideal. Mas necessitamos tomar uma secretária que se encarregue da correspondência. Eu vinha mesmo com a intenção de discutir esse assunto com o senhor. E encontro a solução em sua própria casa...

— Hum... — fez o professor Morais. — E quanto podíamos lhe pagar por mês, sem desfalcar as verbas destinadas a tão nobre causa?

Heitor fazia cálculos:

— Uns oitocentos mil-réis, mesmo um conto. O senhor compreende: com uma boa secretária a me ajudar, as cotizações podem aumentar muito. Para a Finlândia é um benefício... E eu poderei pensar em reabrir meu consultório. A verdade, professor, é que abandonei praticamente meus interesses pessoais. Se não fossem as rendas que possuo...

— Nesse caso, estou de acordo. Só que não sei se a Lilian é ou não boa datilógrafa... Teve uma educação muito descuidada em casa dos pais...

— Tampouco isso é importante. Numa semana, qualquer pessoa domina uma máquina de escrever. É uma questão de prática. E temos uma boa máquina, contribuição de uma firma americana.

A verdade é que Lilian jamais havia botado os dedos em cima do teclado de uma máquina. Nesse particular, uma semana depois tinha feito poucos progressos. Em troca, em menos de uma semana cobria Heitor de beijos e riam os dois da solene hipocrisia do professor Alcebíades Morais:

— Desse conto de réis, filhinho, ele já me disse que oitocentos mil-réis são para ajudar as despesas da casa, para pagar minha pensão. Para mim ficam só duzentos mil-réis e tenho que pagar minha condução...

— Não te importes. O resto fica por minha conta. Enquanto durar essa guerra não vai faltar dinheiro. E, depois, inventaremos outra coisa...

Emprego para a sobrinha e comenda para o professor. Fora essa história da comenda que completara a boa opinião de Alcebíades Morais sobre Heitor Magalhães. Um secretário da legação da Finlândia, ao receber os caixões de medicamentos, no Rio (Heitor aproveitara a ocasião para fazer Lilian conhecer a capital do país), insinuara a Heitor algo sobre uma comenda do governo finlandês. Aquela dedicação merecia uma recompensa honorífica, disse o secretário. Heitor, muito honrado com tal notícia, recusou a comenda. Não, não era ele que o governo finlandês devia condecorar. Era ao professor Alcebíades Morais, presidente da sociedade, que, não satisfeito de prestigiar com seu nome impoluto aquela grande campanha, de se entregar a ela de corpo e alma, ainda botava gente da sua família no trabalho diário e cansativo. Ali estava, por exemplo, aquela moça, datilógrafa da sociedade: era uma sobrinha do professor, de dedicação exemplar. O secretário de embaixada sorriu para Lilian, enquanto Heitor afirmava não desejar por sua parte nada, senão a consciência do dever cumprido. Era bem verdade que seus negócios particulares estavam abandonados, suas finanças por água abaixo. Mas as suas convicções antissoviéticas, sua devoção à causa defendida pela Finlândia com as armas, lhe importavam mais que mesmo seu consultório fechado...

O secretário compreendia, algo lhe haviam contado sobre Heitor. Foi assim que, uns quinze dias depois, o professor Alcebíades Morais recebia solenemente na legação, das mãos do ministro da Finlândia, uma comenda, enquanto um gordo cheque era entregue, sem solenidade e sem ruído, ao dr. Heitor Magalhães pelo secretário da legação. O professor recebia os cumprimentos, murmurava palavras modestas, estava inflado de satisfação. À saída, disse a Heitor:

— Quero agradecer-lhe, caro colega, sua atuação nesse assunto. — Lilian havia-lhe narrado a conversa na legação. — Pode contar sobre a minha amizade, pouco poderosa mas sincera.

— Professor, pelo amor de Deus. Não fiz senão o que a consciência me ditava ao contar na legação o quanto a causa da Finlândia lhe deve.

— Nesses tempos, meu jovem colega, reconhecer os méritos alheios, fazer justiça aos demais, é uma qualidade rara. O senhor a possui. Pode contar sobre mim.

Heitor contava sobre ele para os seus ainda nebulosos planos de futuro. O jovem chantagista vivia em geral sem se preocupar com o dia seguinte, seus cálculos reduziam-se quase sempre a um tempo limitado. Esbanjava o dinheiro: "Hoje, comemos, amanhã veremos", costumava repetir. Mas, por menos que lhe preocupasse habitualmente o futuro, não podia deixar de inquietar-se quando sentia a Guerra Russo-Finlandesa aproximando-se do fim. Os jornais continuavam a inventar vitórias da Finlândia, mas já não podiam esconder o avanço das tropas soviéticas e Heitor sabia ler nas entrelinhas: era uma questão de semanas, talvez de dias.

Vivera alguns meses nadando em ouro, restava-lhe dinheiro para alguns outros meses. Fazia-se necessário descobrir outro golpe tão frutuoso na mina do anticomunismo. Botaria de pé novamente a pequena revista de cavação, fizera inúmeras relações com essa coisa da Finlândia. Podia obter bons anúncios, agora muito mais facilmente. Mas isso não bastava, Heitor se habituara à boa vida. Mais ainda que os planos de futuro, preocupava-o o problema imediato da sociedade. Muita gente dera dinheiro para a pretendida ajuda à Finlândia. Uns quantos caixões de medicamentos (a maior parte dos quais fornecidos gratuitamente pelos laboratórios) foram remetidos, em dois ou três envios, à legação. Mas a anunciada ambulância, o tão explorado avião de bombardeio tinham ficado em projetos. No entanto a imprensa havia falado daqueles projetos "generosos" e Heitor temia que, terminada a Guerra Russo-Finlandesa, aparecesse algum doador interessado em saber o que fora feito do dinheiro. Queria cobrir-se, não estragar, com um descuido, as relações que fizera. Procurou, assim, o professor Alcebíades Morais quando sentiu a iminência da derrota finlandesa.

— Professor, infelizmente parece certo que a nossa pequena e heroica Finlândia será obrigada a render-se. Apesar do que dizem os jornais, a situação das tropas finlandesas é desesperadora. Ainda ontem eu ouvi, na BBC de Londres, um comentário.

— É verdade, lamentavelmente é verdade. Parece, caro colega, que os jornais exageram a fraqueza militar dos vermelhos. Nossa pobre Finlândia...

— Vencida pelo número, professor. É só fazer a conta para ver quantos russos para cada finlandês. Mesmo em se tratando de russos famintos e maltrapilhos, a superioridade numérica é absoluta. Por isso mesmo eu vim consultá-lo...

— A propósito?

— O senhor sabe, a nossa Sociedade de Ajuda. Recolhemos um certo número de contribuições, adquirimos grande quantidade de produtos farmacêuticos, o senhor está a par. Agora pensávamos numa ambulância, num avião depois. Estávamos começando a campanha nesse sentido, temos algum dinheiro em caixa. É exatamente esse dinheiro que me preocupa, são uns vinte e seis ou vinte e sete contos (em verdade eram mais de oitenta), não me recordo de memória, mas temos os balancetes das entradas e das saídas de dinheiro. O problema que me preocupa é: o que fazer desse dinheiro? Temos duas soluções: devolvê-lo aos contribuintes ou bem...

— O quê? — perguntou o professor com a vaga ideia de que Heitor ia lhe propor dividir o dinheiro e que ele seria obrigado a recusar.

— Bem... adquirir mais medicamentos agora, não adianta. Já não serviriam de nada. Para a ambulância ou o avião, não há tempo, a guerra terminaria antes de havermos completado a quantia necessária. Imaginei então que a melhor maneira de utilizar o dinheiro já recolhido, dentro das louváveis intenções com que o pedimos, era a organização de um grande ato público de homenagem à Finlândia e de combate ao comunismo. Com o dinheiro que nos resta, descontado é claro o aluguel da sala e os três meses de ordenado que a lei exige que se pague à nossa datilógrafa, talvez o possamos organizar. Uma grande manifestação, onde o senhor pronunciará o discurso central e onde falarão outros oradores...

— Não é má ideia... — aprovou o professor, entre aliviado e pesaroso por não ter sido a proposta temida e esperada. — Parece-me bem. Convidaremos as autoridades, pessoas grandes, será uma demonstração de repulsa ao comunismo...

— E de indignação contra a União Soviética. Se o senhor está de acordo, ponho-me em campo imediatamente, empregando nisso o dinheiro em caixa. Aliás, por falar em dinheiro, vou preparar os balancetes da sociedade para que o senhor os examine e os aprove. Logo que tenha um orçamento de quanto nos vai custar o ato.

— Muito bem. O que me preocupa é a Lilian, outra vez sem emprego.

— Sobre isso também queria lhe falar. Penso botar na rua novamente a minha revista. Com a trabalheira da sociedade, deixei-a morrer. Precisarei de uma pessoa como ela para me ajudar. Se o senhor consente, eu a conservarei, agora trabalhando para mim.

— E por que não, meu caro amigo? Quanto à sua revista, conte comigo para lhe ajudar no que for necessário. Posso falar com o Costa Vale para lhe dar um bom anúncio permanente. E com outras pessoas de minhas relações: a comendadora Da Torre, o industrial Lucas Puccini...

— Não sei como lhe agradecer. Usarei da influência que o senhor coloca à minha disposição, não abusarei dela. Quanto ao ato, deixe por minha conta, será um acontecimento retumbante. Vamos fechar com chave de ouro nossa campanha de solidariedade. Basta que o senhor se preocupe com o discurso que será, tenho certeza, uma obra-prima.

Despedia-se, mas voltava da porta:

— Quanto aos balancetes, penso que será útil publicá-los, depois de aprovados pelo senhor, na imprensa. Para mostrar aos doadores como empregamos seu dinheiro.

— Uma ideia sensata. Mande-me os balancetes.

Na pequena sala alugada para sede da sociedade, deitado num divã, Heitor ditava, horas depois, a Lilian:

— ... embalagem e despacho de medicamentos...

Lilian procurava, o dedo indicador em riste, encontrar o lugar das letras no teclado da máquina de escrever.

2

ENQUANTO HEITOR MAGALHÃES CONSEGUIA DE GRAÇA OU POR PREÇOS reduzidos todo o necessário para a manifestação antissoviética — o Teatro Municipal de São Paulo, a irradiação dos discursos, a impressão dos cartazes, as notícias na imprensa — os membros da direção do regional do Partido discutiam sobre o assunto. Estavam o Ruivo, João, aquele camarada vindo do Rio quando da queda de Zé Pedro e Carlos, e Oswaldo, o antigo secretário municipal de Santos, agora no secretariado do regional.

O Ruivo, quase afônico, numa respiração angustiosa, batia a mão esquelética sobre a pequena mesa fazendo saltar as xícaras vazias:

— Não podemos deixar passar em branca nuvem essa manifestação. Devemos mostrar que eles não podem insultar impunemente a União Soviética!

O companheiro vindo do Rio não acabava de se convencer. Não lhe parecia justo arriscar quadros do Partido numa ação cujos resultados práticos ele não enxergava. Que ganhariam com perturbar aquela manifestação? Iam topar uma provocação, jogar com a liberdade de camaradas num momento quando os efetivos do Partido em São Paulo estavam reduzidos a algumas dezenas de homens. O trabalho de reestruturação das células desaparecidas, dos comitês de zona liquidados, parecia-lhe dever concentrar toda a atenção dos militantes em liberdade. Esse trabalho começava a marchar, apesar de não se haver atenuado a pressão da polícia: em Santo André, o jovem português Ramiro conseguia entrar em contato com velhos elementos, não tardaria a levantar o Partido naquela concentração operária tão importante. Era um bom menino esse Ramiro, valera a pena o esforço para dar-lhe fuga. Também em outras partes, em bairros proletários e em fábricas, lentamente se voltava a conseguir tomar pé. Para esse trabalho deviam guardar todas as forças, os poucos camaradas em atividade. Por que jogar uns quantos numa perigosa ação, que ganhariam com isso?

Os outros três o ouviam com atenção; porém, apenas ele terminara, o Ruivo voltava a intervir:

— Trata-se de um problema político, camaradas. Trata-se da União Soviética. Desde que começou a guerra da Finlândia, antes mesmo, desde o pacto germano-soviético, a reação vem intensificando sua campanha contra a União Soviética. Quer preparar o espírito do povo para a cruzada antissoviética. Enquanto isso se passava somente nos meios pequeno-burgueses e intelectuais, podíamos nos contentar com responder através das pequenas possibilidades que possuímos: manifestos, volantes, pichamentos de rua. Mas, agora, de que se trata? O que é que eles visam com essa manifestação? A meu ver, duas coisas: primeiro, levantar a massa, inclusive a massa operária, contra a União Soviética, apresentando o Exército Vermelho como agressor. Segundo, poder declarar que o povo está com eles contra a União Soviética, inclusive o proletariado. Quais são as informações que temos sobre essa tal manifestação? — fazia uma pausa, a respiração difícil.

Estava tão afônico que os camaradas deviam esforçar-se para entender todas as palavras:

— Eles estão convidando os operários nas fábricas. Em algumas, a ida à manifestação é obrigatória. Quem não for será multado. Haverá ônibus e caminhões para levar e trazer operários. É claro, não é? Nós podemos deixar que a massa operária participe, mesmo contra sua vontade, de um ato contra a União Soviética? Somos ou não somos a vanguarda do proletariado? Os operários, nas fábricas, perguntam aos nossos companheiros o que devem fazer. Não temos possibilidades, no momento, de impedir que os operários sejam levados ao teatro. Não ir significa multa, despedida, talvez cadeia. E não temos quadros suficientes para uma agitação nas fábricas. Essa é a situação. Diante dela, que devemos fazer? Deixar que a reação utilize a massa operária, insulte diante dela a União Soviética, faça a propaganda anticomunista? É isso na prática o que sucederia se ficássemos na atitude passiva defendida pelo camarada Pequeno (referia-se ao companheiro vindo do Rio). Não, não podemos fazer tal coisa sem que o proletariado, que está solidário com a União Soviética, perca a confiança em nós, em nosso Partido. — Batia outra vez com a mão sobre a mesa e logo um acesso de tosse o possuía.

— Minha opinião é que o camarada Ruivo tem razão. — João queria evitar que o outro continuasse a falar, cada palavra lhe custava um esforço, aquela voz afônica era dolorosa de ouvir-se. — Permitir tranquilamente a realização desse ato é na prática trair a nossa missão. Principalmente quando podemos convertê-lo, numa demonstração de solidariedade à União Soviética. Com o teatro repleto de operários, se agirmos com audácia, podemos voltar a massa contra eles, podemos transformar o conteúdo da manifestação.

— Isso mesmo... — aprovou o Ruivo reposto da tosse.

Oswaldo concordava também:

— Ainda ontem eu soube que, na fábrica de tecidos da comendadora Da Torre, muitos operários estão dispostos até a perder o lugar mas não ir a essa tal manifestação. Querem saber o que fazer, os nossos camaradas pedem instruções... A opinião de Pequeno não é justa. Onde...

Mas o companheiro vindo do Rio suspendia os braços:

— Basta! Estou convencido, mais do que convencido. Eu não estava enxergando o aspecto político da questão...

Passaram a discutir os detalhes. João retirou do bolso um jornal da tarde com o programa da manifestação. Após os hinos, seriam exibidos alguns documentários sobre a Finlândia. Os discursos ocupariam a última parte da manifestação.

Por que os documentários antes dos discursos?, perguntara o professor Alcebíades Morais a Heitor Magalhães. Este lhe explicara: se a assistência dos operários fracassasse, por um ou outro motivo ("com essa gente nunca se sabe até onde contar"), haveria tempo, enquanto durasse a exibição dos documentários, de recrutar público na polícia e na Associação dos Pecuaristas, que realizava sua assembleia geral naquela mesma noite. Ele, Heitor, pensava em todos os detalhes, aquela manifestação devia realizar-se ante um teatro cheio.

João dizia:

— Documentários cinematográficos antes dos discursos. Nem que fosse a propósito — começou a explicar seu plano.

— A quem vamos entregar a execução dessa tarefa? — perguntou o Pequeno. — Precisamos de alguém que conheça o Partido, quase elemento por elemento, que saiba escolher os homens, que prepare tudo bem preparado.

— Eu só vejo uma pessoa nessas condições — disse Oswaldo, olhando para João. — É Mariana.

— Temos exposto demais a camarada Mariana — interveio o Ruivo. — Não podemos nos esquecer que a polícia anda na pista de uma mulher desde a fuga de Ramiro.

Os olhos se voltavam para João:

— Há que encarregar alguém — disse ele. — Por que não ela, se os camaradas acham que é a mais indicada? Perigo correrá qualquer um que seja o responsável. Proponho que se entregue a execução desta tarefa à camarada Mariana.

3

HEITOR CONTEMPLAVA O TEATRO REPLETO, NUM JÚBILO. Não necessitaria recorrer nem aos investigadores — Barros dissera poder enviar uma centena se fosse preciso fazer número — nem aos pecuaristas. Os operários tinham vindo, ocupavam uma grande parte da plateia, os balcões e as torrinhas do teatro. As cadeiras das primeiras filas tinham sido reservadas para os convidados, membros da direção da Sociedade de Auxílio à Finlândia, personalidades sociais, políticas e religiosas. Ali, muitas cadeiras estavam vazias. Os grã-finos solidarizavam-se com a manifestação mas fugiam prudentemente da ameaça de cinco discursos, entre os quais um longo do fastidioso professor Alcebíades Morais. Fora mesmo o termo "fastidioso" que o poeta César Guilherme Shopel, de visita a São Paulo, empregara quando Heitor Magalhães o foi convidar:

— Não, meu caro. Tenho um compromisso para essa noite. Você sabe que estou disposto a ajudar de todas as maneiras a campanha contra o comunismo. Mas não me peça para ouvir um discurso do Alcebíades, isso é um exagero... É o homem mais fastidioso do mundo, o chato mais completo que já apareceu sobre a terra...

Ainda assim, Heitor não podia queixar-se: algumas personalidades tinham vindo e, para compor a mesa da presidência, no palco, após os documentários, havia um bom grupo: um secretário da legação da Finlândia, o adido cultural do consulado norte-americano, o jovem Teo Grant, uns dois ou três industriais, o coronel Venâncio Florival, um padre espanhol, e, para presidir, o representante do ministro do Trabalho, Eusébio Lima, vindo do Rio especialmente para participar da manifestação. Ele e o padre franquista deviam usar da palavra, além de um estudante de direito e de um pequeno funcionário da Delegacia de Rendas transformado, para efeitos do ato, em "líder operário" ("assim estaremos seguros de um bom discurso operário", explicara Heitor ao professor Alcebíades).

Após os hinos de praxe, uma tela cinematográfica desceu sobre o pano de boca, as luzes se apagaram, o silêncio dominou o teatro. Um documentário colorido mostrava paisagens da Finlândia durante o curto verão nórdico, cenas de esportes de inverno nas montanhas geladas, depois. Alguns aplausos se fizeram ouvir nas primeiras filas quando esse documentário findou para dar começo a um outro, sobre a Guerra Russo-Finlandesa. Viam-se passar prisioneiros russos, soldados com a estrela vermelha nos gorros hibernais. Em seguida o filme mostrou um grupo de oficiais do Estado-Maior finlandês numa conferência militar.

Um longo assobio saudou essa imagem. Uma voz de homem, forte e vibrante, como uma clarinada, atravessou o teatro:

— Viva a União Soviética!

Imediatamente volantes começaram a ser lançados das torrinhas. Gritos de protestos, morras ao fascismo, vivas à URSS e a Stálin, ecoavam na escuridão. A massa operária respondia aos vivas e aos morras, a confusão se estabelecia. Um odor sufocante de gás sulfídrico derramado se espalhava, tornando insuportável a atmosfera do teatro, já antes pesada de calor. Na tela apareciam soldados camuflados numa trincheira, na plateia os gritos aumentavam, vivas e mais vivas, morras e mais morras. Uma grande parte da assistência buscava as portas de saída, os grã-finos que haviam comparecido procuravam abrir caminho entre a multidão. Teo Grant protegia com os braços o corpo de Marieta Vale, o ar empestava. Tudo isso durou apenas alguns rápidos minutos. Outro assobio longo cortou o teatro, a gente das torrinhas descia velozmente as escadas. A multidão se espalhava pelas ruas em torno, transeuntes corriam para a frente do teatro, falava-se em incêndio.

Heitor, num camarote, ao lado do professor Alcebíades Morais, gritava pedindo que as luzes fossem acesas e a projeção interrompida. Mas ninguém o ouvia e ele terminou por precipitar-se para os bastidores em busca de um telefone de onde pedir auxílio a Barros. Mulheres desmaiavam nas cadeiras, a massa abandonava o teatro, tratava de ir para suas casas o mais depressa possível. Mariana tomava um bonde, sentava-se no canto de um banco, abria um jornal.

Quando, finalmente, as luzes foram acendidas, o silêncio voltara a reinar mas o odor fétido persistia. A plateia estava quase deserta. Apenas nos camarotes continuavam algumas figuras oficiais. Na rua, policiais saltavam de automóveis, invadiam o teatro, prendiam gente ao deus-dará, na maioria simples curiosos parados ante o edifício.

Das torrinhas, onde não sobrara ninguém, bem ao centro, dominando o teatro, pendia a bandeira da foice e do martelo, a bandeira da estrela da manhã, a bandeira da União Soviética.

4

LUCAS PUCCINI RELEU ALGUNS TRECHOS DO COMENTÁRIO PUBLICADO por *A Notícia*. Um fino assobio se lhe escapou dos lábios, seguido de uma frase de admiração:

— Trinta milhões de dólares! É dinheiro!

Seus escritórios em São Paulo ocupavam agora todo um andar num arranha-céu, várias salas bem mobiliadas onde trabalhavam uns quantos empregados e datilógrafas. Sentado em frente à soberba mesa de trabalho, o "audacioso industrial" (como escreviam os jornais) dirigia seus vários negócios, estudava novos planos. Era sua força, aquele instinto que o fazia farejar os bons negócios, aquela audácia no emprego de capitais. A cada dia aparecia envolvido em mais uma empresa, adquiria fábricas em véspera de falência e as punha de pé, metia-se em quinhentas coisas diversas e tudo lhe saía bem. Crédito não lhe faltava, era um homem bafejado pelas simpatias do Catete, sabiam-no de um devotamento incondicional ao presidente da República. Não enriquecera apenas naqueles anos do Estado Novo: engordara também, seu rosto jovem tornara-se mais sério, como competia a um homem de sua condição. Aqueles que o haviam conhecido, quatro anos antes, como simples caixeiro num armarinho de árabes escancaravam a boca ao vê-lo passar num grande automóvel, fumando charutos caros, num ar de superioridade. O próprio Eusébio Lima, que lhe dera a mão nos dias de pobreza, seu associado nos primeiros golpes, seu amigo de todas as horas, não escondia sua surpresa ante a fulminante ascensão de Lucas no mundo dos negócios. Ele, Eusébio, estava metido na vida política há dez anos, desde o movimento de 30, era esperto e bem relacionado e, no entanto, em quatro anos apenas, Lucas enriquecera de verdade, enquanto Eusébio continuava a contentar-se com algum golpe de quando em vez. Agora era praticamente ele o protegido de Lucas, os papéis haviam-se invertido. Eusébio explicava aquela transformação, dizendo:

— Lucas tem a bossa dos negócios, é um gênio para isso. Enquanto eu nasci mesmo foi para a vida política...

Só o próprio Lucas não se encontrava ainda satisfeito. Aquela ambição que o fazia confidenciar a Manuela, na casa úmida dos subúrbios, seus sonhos de poderio, não decrescera com o sucesso. Mais que nunca, sentado à sua mesa de trabalho, deixava correr sem freios sua imaginação. Estava longe de possuir ainda tudo quanto desejava: não era um andar num arranha-céu o cúmulo das suas aspirações. Queria um edifício como o do banco de Costa Vale, algo a dominar a cidade de São Paulo. Não eram as pequenas fábricas de tintas e massas alimentícias, o escritório de exportação de algodão e café que poderiam satisfazê-lo. Pensava nas grandes empresas, nas sociedades cujos títulos eram anunciados nas bolsas estrangeiras. Algo assim como essa Empresa do Vale do Rio Salgado, sobre a qual ele vinha de ler o comentário econômico de *A Notícia*:

> O papel que o Brasil pode jogar como fornecedor de um mineral tão procurado pela siderurgia mundial quanto o manganês nos é indicado pelo desenvolvimento da Empresa do Vale do Rio Salgado. Na opinião dos peritos, as reservas do vale do rio Salgado figuram entre os mais importantes depósitos conhecidos no mundo. Isto apesar de que estas reservas não puderam ser ainda completamente avaliadas. A exploração apenas se inicia e já se pode calcular a sua importância na balança econômica do país. Uma colaboração mais estreita com os Estados Unidos veio abrir grandes perspectivas, com a fundação da Empresa do Vale do Rio Salgado. Os americanos entraram com 49% dos capitais e os brasileiros com 51%. Um empréstimo importante foi conseguido com o Ex-Import Bank, dos Estados Unidos, no valor de 30 milhões de dólares. Os trabalhos relativos à exploração do manganês do vale do rio Salgado estão já bastante avançados e os

técnicos calculam que a exportação do mineral poderá atingir rapidamente a cifra de 300 mil toneladas anuais. Desde que as instalações secundárias estejam terminadas...

Lucas Puccini relia todo o comentário, estava ainda longe de negócios assim. Negócios que envolvessem não milhares de contos de réis, mas, sim, milhões de dólares. Com tais empresas ele sonhava, com alianças assim poderosas como as de Costa Vale.

Largou o jornal, pensava no banqueiro. Quando ainda funcionário do Ministério do Trabalho, Lucas Puccini costumava admirar de uma janela da repartição o banqueiro na sacada do seu banco. Costa Vale simbolizava tudo quanto ele desejava ser e possuir. Depois, um dia o procurara para pedir-lhe crédito: por ocasião do negócio do algodão, seu primeiro grande negócio. O banqueiro mal o recebera, logo o despachara ao gerente, tinha sido humilhante. Mas Lucas vingara-se depois, obtendo o contrato para equipar a Fábrica de Motores, contrato ao qual também Costa Vale se candidatara. E agora, novamente, eram os dois candidatos na concorrência para as obras da Baixada Fluminense. Lucas movia Deus e o mundo para abocanhar o contrato, mas Costa Vale não estava tampouco inativo, o ministro Artur Carneiro Macedo da Rocha era hábil nesses assuntos, mais hábil mesmo que Eusébio Lima... Um páreo difícil...

Para Costa Vale o contrato não representava senão um acréscimo de lucro aos seus milhões. Ele nem aparecia diretamente no assunto: eram a comendadora Da Torre e César Guilherme Shopel os autores da proposta. Mas quem dizia comendadora e Shopel, dizia Costa Vale, existia uma estreita aliança entre a viúva e o banqueiro e, quanto a Shopel, não passava de um testa de ferro a enriquecer-se com as sobras. No entanto, para Lucas aquele contrato era de importância primordial: seria o maior dos seus negócios.

Nisso tudo ele pensa, repetindo de quando em vez a cifra impressionante:

— Trinta milhões de dólares, meu Deus!

"E se eu fosse procurar o Costa Vale e lhe propusesse uma sociedade para a Baixada? Quem sabe se..."

A ideia o fez levantar-se da cadeira, amadureceu-a andando de um lado para outro da sala. Terminou por vestir o paletó, botar o chapéu e sair para o banco. Desta vez Costa Vale não o fez esperar, não o recebeu dizendo-lhe ter apenas alguns minutos para ouvi-lo. Ao contrário, ofereceu-lhe uma cadeira, estendeu-lhe a caixa de charutos, perguntou-lhe amavelmente:

— Em que posso servir-lhe, senhor Puccini?

— Vim aqui a propósito das obras da Baixada Fluminense. Sou candidato ao contrato, soube que o senhor também o era, pensei que talvez...

O banqueiro o interrompia:

— O senhor está enganado. Não sou candidato, quem o é são dois amigos meus, a comendadora Da Torre e o poeta César Guilherme Shopel. É a comendadora quem o senhor deve procurar.

— Bem... Nesse caso... Eu pensava numa proposta que conciliasse os meus interesses e interesses que eu pensava serem do senhor. Por isso vim procurá-lo. É lástima, pois creio que os meus projetos são interessantes. Terei de bater em outras portas.

— E por que não procura a comendadora?

— Não a conheço. Uma vez estive em casa dela, há anos, numa festa ao doutor Getúlio. Nunca mais a vi, ela certamente nem sabe quem sou...

— Não seja essa a dúvida. Posso apresentá-lo à comendadora. — Fitou com seus olhos frios o homem ainda jovem, de ar vitorioso, sentado em sua frente. — Eu tenho acompanhado sua carreira, senhor Puccini. Certa vez o senhor esteve aqui com um projeto, necessitava de crédito. Não dei atenção ao seu plano, pareceu-me absurdo, era perigoso arriscar dinheiro nele. E o senhor o realizou, apesar disso, mostrou-me que eu me havia enganado. E eu não gosto de enganar-me duas vezes, principalmente com a mesma pessoa. Qual é o seu projeto?

Lucas sorriu:

— Mas, o senhor compreende: meu projeto se relaciona com a Baixada Fluminense. Necessito de uma pessoa interessada nesse negócio, o que não é o seu caso... o senhor mesmo disse que é a senhora comendadora.

Costa Vale não tomou conhecimento nem do sorriso nem das palavras de Lucas:

— Conheço a proposta que o senhor apresentou ao Ministério da Viação e Obras Públicas sobre a Baixada. É simplesmente fantástico o que o senhor promete fazer. Aquilo que certamente jamais poderá fazer.

— Meu projeto oferece ao país vantagens que nenhum outro oferece. Quanto a realizá-lo, é comigo... O que é verdade é que nenhuma outra proposta, inclusive a da senhora comendadora, pode-lhe fazer frente como vantagens ofertadas à União. Os técnicos o apoiam. Posso ganhar a concorrência...

— E o capital inicial, onde o senhor vai buscá-lo?

— Aí está. Eu pensei: estamos interessados na Baixada Fluminense, o senhor Costa Vale e eu. — Fez um gesto como a desculpar-se: — Eu pensava que o Shopel se candidatava em nome da comendadora e do senhor.

— E daí?

— Eu apresentei o melhor projeto, tenho bons amigos, as chances de ganhar estão comigo. Em compensação, o senhor Costa Vale possui capitais. — Sorriu mais uma vez. — E não só capitais: também um projeto e excelentes amigos... Não seria melhor associarmo-nos nesse negócio em vez de lutarmos os dois pelo contrato?

Olhou o banqueiro de frente:

— Para lhe falar francamente: para o senhor esse contrato não é coisa de vida e morte, para mim ele é importante. Estou disposto a jogar tudo para ganhá-lo. A não ser que marchemos juntos para um terceiro projeto, do qual tenho ideia que terminaria com a concorrência. Um projeto que não é irrealizável como o meu nem tão pouco interessante como o... da senhora comendadora...

Costa Vale considerou-o por um momento, como a medi-lo e a pesá-lo, a julgar do seu valor real:

— Pois bem. Por que não? Se o seu projeto é realmente interessante, o que impede que marchemos juntos? Exponha seus planos, estou pronto a escutá-los.

Lucas Puccini começou a falar, Costa Vale deixara de fitá-lo, agora rabiscava um vago desenho numa folha branca de papel. Quando Lucas terminou, ele disse:

— Sim, seu projeto é interessante. É necessário estudá-lo melhor, modificar um ou dois pontos — exemplificou. Lucas admirava a rapidez com que o outro captara inteiramente sua ideia e inclusive a melhorava. — Em princípio, eu estou de acordo em unir-me consigo para realizá-lo. No entanto, devo ainda pensar e, sobretudo, devo discutir com a comendadora. Se o senhor pode esperar oito dias, eu lhe farei saber onde nos voltaremos a reunir para falar sobre esse assunto.

Realmente, alguns dias depois, Lucas recebeu um amável convite da comendadora para jantar em sua casa. Ao convite, seguia-se um telefonema do banqueiro pedindo-lhe para estar em casa da comendadora adiantado sobre a hora marcada para o jantar: para discutirem os três antes da chegada dos convidados.

Lucas assim o fez e naquela tarde puseram de pé os planos para explorarem juntos a Baixada Fluminense. Lucas e a comendadora retirariam suas propostas anteriores e o poeta Shopel apresentaria uma nova, em nome de todos eles. Discutiriam os detalhes da distribuição de capitais e cargos na nova sociedade. Lucas se revelava seguro em suas proposições, queria causar boa impressão ao banqueiro e à comendadora e o conseguiu. A velha comendadora, especialmente, encantou-se com ele. Gostava dos jovens e não escondeu seu entusiasmo a Costa Vale:

— Está aí, José, um tipo que vale a pena. Tem cabeça, não é um manequim como esses que a gente encontra pelas festas, uns filhinhos de papai como o Paulinho.

Costa Vale riu:

— E eu que pensava que o Paulinho era teu ideal. Fizeste tanto esforço para casá-lo com a Rosinha... Mudaste de gostos...

— Não mudei nada. Ou pensas que eu não sabia quem era o Paulinho? Só que precisava dele, tu sabes, para...

— ... para dar nome à família... completou o banqueiro, um riso brincalhão.

— Isso mesmo, José. Para dar nome à família, isso também é necessário. Paulinho tem sua serventia, paguei o seu preço, como tu costumas dizer. Foi um pouco caro, mas, enfim... A verdade é que precisamos de gente como o Artur e o Paulinho. Mas daí a compará-lo a um moço como esse... Esse tem cabeça, José.

O banqueiro respondeu sério:

— É um rapaz de futuro, sim. Por vezes me parece um pouco aventureiro, mas isso é da idade, já passará.

— Cada um tem sua serventia — concluiu a velha, como se respondesse, não ao banqueiro mas a um pensamento íntimo.

O jantar foi sumamente agradável. A comendadora, à cabeceira da mesa, colocara Costa Vale e Lucas a cada lado seu, frente a frente. Era um jantar íntimo: Marieta, o diplomata Teo Grant, a sobrinha da comendadora, o coronel Venâncio Florival, Susana Vieira, Bertinho Soares, o professor Alcebíades Morais, mal refeito ainda dos acontecimentos do Teatro Municipal.

Aqueles acontecimentos encheram uma parte da conversa. A Guerra Russo-Finlandesa terminara, discutiram sobre o Exército Vermelho e, concordaram em que, apesar de haver batido os finlandeses, os russos não possuíam exército capaz de fazer face aos alemães se Hitler atacasse. Marieta examinava Lucas Puccini, a presença do moço industrial revivia nela recordações esquecidas: os amores com Paulo, as histórias de Manuela, suas ciumadas e seus planos. Tudo aquilo aparecia-lhe agora distante e sem interesse, já nada lhe dizia, o jovem Grant ocupava por completo seus pensamentos e suas horas livres. E foi com uma voz diferente que pediu notícias de Manuela:

— E sua irmã, continua obtendo sucesso?

Lucas, em breves palavras, relatou dos êxitos de Manuela. Estava em La Habana neste momento e os críticos aplaudiam-na. Voltaria ao Brasil no inverno próximo, com a companhia, para uma temporada no Rio. Por volta de junho. Depois a companhia partiria para um longo contrato nos Estados Unidos, uma turnê nas grandes cidades, Manuela iria certamente. Bertinho Soares desdobrava-se em elogios ao talento de Manuela: vira-a dançar no Rio, algo inesquecível! A comendadora sorriu para Lucas:

— Em verdade, somos velhos amigos. Foi aqui, em casa, que sua irmã dançou pela primeira vez. Um dia desses mandaremos colocar uma placa na sala.

Todos estavam muito gentis com Lucas e o coronel Venâncio Florival fazia questão de recordar-lhe como se haviam conhecido, logo depois do Estado Novo, por ocasião daquele negócio do café...

Foram tomar o café na sala de música, e antes que Teo Grant se apoderasse do piano, para tocar e cantar fox, a comendadora mandou a sobrinha solteira, Alina, "mostrar o que aprendera no colégio". A moça obedeceu, enquanto a velha sussurrava a Lucas, sentado ao lado de sua poltrona:

— Educação esmerada, o melhor colégio de freiras, uma perfeita dona de casa. É bonitinha, não acha?

— Linda! — exagerou Lucas.

Um criado entrou com bebidas. Alina massacrava clássicos ao piano, Teo e Marieta trocavam sorrisos divertidos, Costa Vale retirava-se, tinha ainda um compromisso para aquela noite. Alina terminou por abandonar o piano, sob umas palmas protocolares, Teo precipitou-se numa pirueta, a música de um fox encheu a sala. Lucas, que não entendia nada de música, cumprimentava Alina que viera sentar-se ao lado da tia. Marieta dançava com Bertinho, experimentando, como uma adolescente aloucada, novos passos extravagantes de danças norte-americanas. Junto a uma janela, o professor Alcebíades Morais, resfriado e fúnebre, doutrinava o coronel Venâncio Florival. A comendadora fitou, com seus olhinhos maliciosos, Lucas e Alina:

— Seu Lucas, por que não vai dançar com a menina?

Lucas levantava-se, abotoando o paletó, estendia a mão para a sobrinha da milionária. A velha comendadora sorria por entre as rugas, acariciando projetos.

5

NAS VÉSPERAS DE PARTIR PARA LISBOA, PAULO RECEBEU UMA CARTA de Shopel, longa e divertida, contando as últimas novidades do Brasil. Eram os dias trágicos da capitulação do governo francês, as tropas nazistas marchavam sobre Paris. Na mesa de um café, no boulevard Saint-Germain, cercado pelo nervosismo da cidade ameaçada, observando a aflição dos homens e das mulheres, Paulo deleitava-se com os comentários do poeta aos acontecimentos da vida brasileira.

Em Paris, o êxodo começara, milhares e milhares de pessoas rumavam para o sul, fugindo ao invasor. Como que já se ouvia o tropel das botas alemãs marchando em direção à cidade ilustre e bela. Os nazistas ainda não haviam chegado, mas sua presença se fazia sentir nos rostos dramáticos, nas faces amarguradas, no apressado passo da gente. Um jovem magro, quase um menino, vestido com umas calças de golfe, passou pedalando uma bicicleta. Sua pequena bagagem, um simples saco de viagem, devia pesar nas traseiras do veículo. Quantas centenas de quilômetros ia ele fazer em sua fuga?, perguntava-se Paulo. Uma moça, igualmente fugindo, recordara-lhe Manuela.

De Manuela falava Shopel na carta, era esperada no Rio com a companhia de balé, após a turnê triunfal pela América espanhola. Cartazes no Municipal anunciavam a próxima temporada de balé e o nome de Manuela Puccini figurava, em letras grossas, entre os dois primeiros bailarinos. Shopel lastimava-se da ingratidão da jovem, jamais lhe enviara sequer um cartão-postal.

Falava também de Marieta, "finalmente decidiu-se a te esquecer nos braços esportivos de um norte-americano, um certo Grant, a quem não conheces e que é a atual coqueluche da sociedade paulista"; falava de Costa Vale e da política brasileira: "Getúlio está cada vez mais alemão, solidamente alemão, os nossos amigos norte-americanos estão bufando de raiva, nosso patrão Costa Vale não esconde seu desapontamento". E perguntava a Paulo: "Tu, que estás aí, em meio ao torvelinho da guerra, é que bem podes julgar dos destinos do mundo. Que pensas tu de tudo isso? Será que ainda vamos ver o Costa Vale vestido de camisa parda, saudando o nosso caro e chato Alcebíades Morais?".

Sim, para Paulo não havia dúvidas: a França acabara para sempre, repetia ele a si mesmo, Hitler estava dono da Europa. O que significava estar dono do mundo, o anunciado milenário nazista começava. Paulo deixava de ler para contemplar o rosto ansioso dos franceses, o tráfego atropelado dos veículos conduzindo fugitivos. Na embaixada haviam lido o apelo de Maurice Thorez e Jacques Duclos ao povo francês, para os comunistas o combate continuava. Mas que podiam eles fazer ante as tropas alemãs? "Entre os nazistas alemães e os comunistas, antes os alemães", repetira dias antes, na embaixada, um industrial francês desejoso de transferir capitais para o Brasil. Essa era a opinião geral da gente dos círculos frequentados por Paulo. Há menos de um mês jantara em casa de uma família importante e ouvira, do dono da casa, um senhor estranhamente parecido com Costa Vale, um comentário idêntico:

— Ninguém é mais patriota do que eu. Por isso mesmo posso afirmar: a saúde da pátria depende dos alemães. Só eles a podem salvar dos comunistas...

A Paulo o que preocupava era a fisionomia exterior de Paris, aquilo que era a sua Paris: a vida noturna, um pouco os museus, as galerias de arte, os cafés de literatura. Era tudo que conhecia da vida francesa, do povo francês nada conhecia. "Será que a ocupação nazista vai mudar a vida de Paris? Será que, ao voltar, encontrarei a cidade diferente, perdida sua alegria de viver?", perguntava-se.

Porque ele partia, fora transferido para Lisboa, a pedido da comendadora Da Torre. Deixara para seguir nos últimos dias, aquela dor de Paris em vésperas de ocupação, aquele aflito passar de gente em fuga, aquele ar de agonia das ruas e das pessoas, era algo a espalhar o fastio cotidiano de sua vida. Mandara Rosinha na frente, acompanhada do conde Saslavski, este munido de um visto brasileiro em seu passaporte. E se deixara ficar, a excitar-se com o espetáculo de Paris em êxodo, em luto e em dor. Jamais as *boîtes de nuits* haviam estado tão frequentadas, jamais fora maior a animação. Paulo pensava numa carta, em resposta à de Shopel, contando-lhe suas observações: "Acabou-se a França, meu caro, o povo francês já não existe, tudo que resta são os cabarés". Uma observação definitiva.

Voltava a ler a carta de Shopel, aquelas notícias do Brasil, incidentes comerciais e sociais, pareciam ridículos e insignificantes, lidas ali, num café de Saint-Germain, ante aquela cidade, sob o peso de uma catástrofe. Freiras passavam em bicicletas, será que também elas fugiam? Shopel escrevia: "A mais sensacional notícia é a nossa atual aliança com Lucas Puccini, o irmão de Manuela. Somos sócios num grande negócio e agora o lambe-botas é *persona grata* não só em casa de Costa Vale como na casa da comendadora, na tua casa. Não sai de lá, é visto em toda parte com tua cunhada, a Alina. Não te admires se terminar em noivado... Com o Estado Novo, meu filho, tudo é possível nesse Brasil".

Com o Estado Novo e com a comendadora..., refletia Paulo. A velha era capaz de tudo, inclusive, de casar a outra sobrinha com aquele joão-ninguém, se visse nele o homem capaz de dirigir os seus negócios. Seria humilhante, sem dúvida, e ele o dissera a Rosinha quando, através de uma carta da comendadora, percebera seu entusiasmo por Lucas. Mas a moça contentara-se com responder:

— Se a tia decidir, não há nada a fazer. Quando ela quer uma coisa, ela não ouve conselhos. Decide e faz. Foi assim conosco.

Decidia e fazia, assim era. Decidira retirar Rosinha da França em guerra e obteve a transferência para Lisboa, sem dar ouvidos aos protestos do rapaz. Se decidisse meter Lucas Puccini na família, nada a poderia impedir. Para Paulo, aquela era uma notícia mais desagradável que mesmo a inevitável entrada dos alemães em Paris. Por um momento esqueceu a multidão em torno, o excitante espetáculo da dor exposta. Por que diabo essa velha comendadora não estourava de uma vez, deixando-o em paz?

Voltou a sorrir ao ler um pós-escrito na carta de Shopel: "Ia me esquecendo da maior blague do ano: Bertinho Soares e Susana Vieira casaram-se. Ela compareceu vestida de virgem, de véu e grinalda. A pilhéria do século. Quanto a ele..." — seguiam-se expressivos palavrões.

Meteu a carta no bolso, tentou interessar-se outra vez pela visão triste da rua, mas seu pensamento estava em São Paulo, naquela ameaça de ter Lucas Puccini como cunhado. Antes Bertinho Soares, com todos os seus vícios, do que esse tipo saído do nada, ainda ontem um empregadinho de comércio, sem nome e sem família. Paulo tinha consciência de que, se

Lucas se metesse em casa deles, seria ele quem iria mandar, dirigir negócios e vidas. Iria ser para ele, Paulo, o que Costa Vale era para Artur. Recordava-se de uma teoria de Shopel: "Como no passado os literatos e artistas pertenciam à casa dos nobres e príncipes, hoje pertencemos à casa dos industriais e banqueiros". Tinham rido então, hoje Paulo não tem vontade de rir: Lucas Puccini era demasiada humilhação...

Voltou-se para o interior do café, indeciso entre pedir outro coquetel ou pagar a conta e ir-se. Foi quando viu, lendo um jornal, sentado a uma mesa num canto, um homem de fisionomia conhecida. Onde já encontrara antes aquele rosto simpático, aqueles olhos curiosos? Fez um esforço de memória, o outro desviava o olhar da gazeta, passava-o pelo café como se esperasse alguém, encontrava-se com o olhar de Paulo a fitá-lo. De alguma parte o conhecia.

Apolinário, quando os seus olhos bateram sobre Paulo, controlou sua primeira reação de desagrado. Tinha um encontro marcado com um companheiro naquele café, era um azar deparar ali com um secretário da embaixada. Mas que fazer? O diplomata o havia reconhecido, saudava com a mão, encaminhava-se para sua mesa. O melhor era cumprimentá-lo, dar dois dedos de prosa, livrar-se dele sem deixar desconfiança. Aliás, a companhia de uma pessoa oficial, como Paulo, servia-lhe mais do que o prejudicava. Estendeu a mão:

— Bom dia. Como tem passado?

— Agora me recordo — disse Paulo. — Encontramo-nos na embaixada, não foi?

— No consulado.

— Ah! sim. Lembro-me. Discutimos sobre a França e a guerra. Eu tinha razão, está vendo? — Com um gesto apontava a rua, os veículos dos fugitivos. — A França está acabada.

— Acabada? — o ex-militar falava lentamente, como que a pesar cada palavra. — Não foi o povo francês quem se rendeu.

— Povo francês... Veja: todo mundo trata de fugir, o povo francês deixou de existir. Nunca mais os alemães irão embora, a França vai ser reduzida a um país agrícola. Nunca mais se falará na França eterna.

— Pois eu tenho confiança nos franceses. Não falo dessa camada superficial de gente que se encontra nos cafés. Falo do verdadeiro povo francês.

— Verdadeiro povo francês, que quer você dizer com isso? Os comunistas, por acaso? Li o apelo de Thorez. Que é que eles vão fazer ante os alemães? Dentro em pouco não ficará um comunista para lembrança. Nem na França, nem no mundo. Vamos viver a era do fascismo universal. Ainda bem que no Brasil o Getúlio se adiantou e já temos o Estado Novo.

— Tem recebido notícias do Brasil? — perguntou Apolinário, interessado em desviar a conversa.

— Tudo no mesmo. O Getúlio se inclina para os alemães, fala-se em remodelação do ministério. Mas sempre se fala nisso. A verdade é que a política brasileira está se decidindo é por aqui. Com Hitler dono da Europa.

— Ele ainda não é dono da Europa.

— A Rússia? Será um passeio, uma parada militar, nem mesmo uma guerra de verdade. Quando chegar o momento você vai ver. E olhe que as minhas profecias dão certo.

— Pois eu continuo a duvidar de suas profecias.

Paulo se interessava:

— Vai continuar em Paris? Quase todos os brasileiros já partiram para Portugal ou diretamente para o Brasil.

— Continuarei ainda algum tempo, não posso abandonar meus negócios.

Paulo pagava e despedia-se:

— Adeus. Também eu parto para Lisboa, vou servir lá. Quando a guerra terminar, voltarei para Paris e se nos encontrarmos o senhor vai me dar razão. Hitler será o senhor da Europa, imperador do mundo!

— Ou penderá de uma forca — disse docemente Apolinário apertando a mão estendida do rapaz. — Boa viagem.

Acompanhou Paulo com o olhar, viu-o entrar no automóvel com chapa diplomática, partir. Considerou ele também o espetáculo da rua, mas com olhos diferentes dos de Paulo. O governo entregara a França, vendera a pátria, traíra o povo. Agora competia ao povo recuperar sua pátria, sua liberdade, sua independência. Também ele lera o apelo de Thorez e de Duclos, o dramático e glorioso apelo do Partido. E o lera em casa de companheiros, num subúrbio operário, onde os rostos não estavam desesperados e, sim, decididos. Ele bem poderia ter partido, atingido Lisboa, seguido de lá para o México ou para o Uruguai. Ficara, porém.

Um dia o Partido brasileiro o havia mandado para a Espanha em guerra, dera-lhe uma tarefa honrosa, combater o fascismo com as armas na mão. A guerra de Espanha terminara, ele fugira do campo de concentração, ligara-se aos camaradas franceses. O Partido francês chamava o povo à resistência. Que era aquela resistência ao invasor nazista senão a continuação da guerra da Espanha, um novo ato da grande luta universal pela liberdade do homem? Seu lugar era ali, já que não podia estar no Brasil. Como um soldado do Partido brasileiro, solidário com seus camaradas franceses numa hora de tanta angústia e de tanto perigo.

Os dias da resistência vão começar. Não tardarão a ecoar sobre as ruas de Paris os passos dos soldados de ocupação. Mas, ao contrário do que pensava Paulo, eles não seriam recebidos por um povo vencido, por um humilhado rebanho de servos. O apelo do Partido despertava o coração da pátria, erguia o ânimo de todos os patriotas. Apolinário o sentira na reação dos companheiros nas habitações operárias. A França não estava morta, vivia em cada um dos que se preparavam para resistir ao invasor, para lhe fazer frente, desde a clandestinidade. E ele, Apolinário, não queria ser um espectador dessa luta. Iria participar dela, essa era a sua tarefa comunista.

Um casal entrou no café, falando alto. Apolinário reconheceu o companheiro francês a quem estava esperando. Vinha com uma jovem de ar risonho de estudante. Sentaram-se em sua mesa, o companheiro disse, em voz baixa:

— Raymond, eu te apresento Germaine, ela vai ser tua ligação.

Apolinário estendeu a mão por cima da mesa, sorriu para a moça, seu rosto se iluminava. A luta contra os nazistas ia começar.

6

AS DECLARAÇÕES SENSACIONAIS DA POLÍCIA, ANUNCIANDO A PRISÃO da quase totalidade dos dirigentes nacionais e estaduais do Partido Comunista e o completo desmantelamento da "organização subversiva", vieram acalmar os comentários provocados pelo discurso do presidente da República e suas consequências imediatas: a renúncia de Artur Carneiro Macedo da Rocha do cargo de ministro da Justiça, a nota do Catete esclarecendo o discurso "mal interpretado". Mr. Carlton chegava apressadamente ao Rio de Janeiro, conferenciava com Costa Vale e com o embaixador norte-americano. Fervilhavam boatos e Hermes Resende afirmava nas livrarias estar Getúlio com os seus dias contados no governo.

Após a queda de Paris, Vargas pronunciara um discurso a bordo de um navio de guerra sobre a política internacional. Era praticamente uma declaração de amor a Hitler. O escândalo, produzido pelas afirmações do ditador, repercutira não apenas no Brasil mas, principalmente, no estrangeiro. As ações da Empresa do Vale do Rio Salgado haviam sofrido uma queda brusca na Bolsa de Nova York e, no Rio, Artur apresentara sua renúncia. Numa declaração à imprensa, afirmava deixar o ministério devido as suas precárias condições de saúde, agravadas com o excesso de trabalho. Mas cada um sabia o verdadeiro significado do seu gesto: ameaça de retirada do apoio a Getúlio do grupo de capitalistas e fazendeiros ligados aos americanos. Aliás, a pressão americana fez-se sentir em seguida, em violentos comentários na imprensa ianque, em contatos com os embaixadores no Rio e em Washington, em críticas ao Estado Novo. Dois ou três dias depois de pronunciado o discurso, a Agência Nacional distribuía uma nota à imprensa, esclarecendo sobre "o verdadeiro significado das palavras do presidente, cujo sentido havia sido desvirtuado".

— Ele recuou — dissera Costa Vale, mostrando o jornal a Mr. John B. Carlton.

O milionário americano balançava a cabeça:

— Não é um homem seguro. Não sei até onde lhe podemos fazer confiança.

— Ele recebeu um bom aperto desta vez. E ficaremos de olho nele. A lição vai-lhe servir.

Tinham sido dias de boatos, de comentários nervosos de certa expectativa tensa. Tudo isso se acalmou com o anúncio feito pela polícia do Rio da prisão, "após um longo e persistente trabalho", dos componentes da direção central do Partido Comunista e dos componentes das direções regionais de São Paulo, de Pernambuco, do Pará, do Rio Grande, do Sul. Fotografias dos presos encabeçavam as manchetes nos jornais. A polícia anunciava um grande processo no qual figurariam, como acusados, não apenas os elementos agora detidos como também Luís Carlos Prestes. Prestes era responsabilizado por toda a atividade ilegal do Partido, apesar de se encontrar preso e incomunicável desde os começos de 1936, condenado já a mais de dezoito anos de cárcere. Daquela vez a polícia não ficou apenas no noticiário dos jornais. Também as estações de rádio fizeram imenso barulho em torno das prisões, um documentário cinematográfico foi filmado mostrando os locais onde os comunistas tinham sido presos, a tipografia apreendida no

Rio, os materiais encontrados (entre os quais muitos números da revista *Perspectivas*), os originais de volantes e de artigos.

O chefe da Polícia Federal afirmou, numa declaração à imprensa, reunida em seu gabinete:

— O Partido Comunista do Brasil deixou de existir. De uma vez para sempre. Foi inteiramente liquidado. O sono da família brasileira não voltará mais a ser perturbado pelos agitadores vermelhos. Esse foi um golpe definitivo.

7

À PERGUNTA DO FILHO, BALBUCIADA EM SUA VOZ INFANTIL, MARIANA respondera distraidamente. Acariciou a face e os cabelos da criança, o ouvido atento aos passos na rua, esperava ansiosa a chegada da mãe. Que notícias lhe traria? Como se encontra João, como estariam os demais camaradas?

Fora por fim suspensa a incomunicabilidade dos presos, constava haverem sido transferidos da polícia para a Casa de Detenção, e as famílias, naquela quarta-feira — dia de visita na Detenção — haviam ido tentar avistar-se com os detidos. Olga lhes dera aquelas informações.

Ao saber da prisão de Ruivo, Olga viera de Campos do Jordão (onde ficara tratando-se, todo aquele tempo; também ela andara com uma infiltração no peito, tinha-se contagiado), dirigira-se diretamente à polícia, em busca de notícias. Interrogaram-na longamente, durante horas, fizeram-na voltar dias depois, certamente para controlar suas afirmações. Voltava todos os dias, ficava esperando nos corredores, até que finalmente, mais de um mês depois, Barros lhe informou poder ela ver e falar ao Ruivo no dia seguinte. Não foi no dia seguinte, teve de esperar quase ainda uma semana e as frutas que comprara para ele haviam já apodrecido.

Afinal, um dia mandaram-na aguardar numa sala e minutos depois o Ruivo entrava, acompanhado de um investigador, o qual se manteve presente durante toda a curta entrevista. Olga não pôde conter as lágrimas ao ver a figura do marido: parecia um cadáver retirado do túmulo. A luz que entrava pelas janelas gradeadas fazia-o fechar os olhos, passara todo aquele tempo incomunicável, numa solitária sem luz e sem ar, úmida e com cheiro a mofo. Não estava pálido, estava lívido, a pele do rosto adquirira um tom de cera, e a voz lhe faltava quase por completo.

Voz cavernosa e rouca, arrancada com esforço do fundo do peito. Apenas o sorriso bondoso continuava a iluminar-lhe os lábios:

— Está melhor? — perguntou a Olga.

— Já estou boa.

— Deves procurar um trabalho para ti, que não seja muito pesado por causa da tua saúde. Desta vez tenho para muitos anos. Não vão nos largar facilmente.

Informara-lhe do andamento do processo: ia começar a instrução, o juiz já fora nomeado, eles deviam ser todos transferidos para a Detenção, o inquérito na polícia vinha de ser terminado. Pouco mais que isso pudera lhe dizer: não sabia sequer quanta gente estava presa, passara aquele mês na permanente escuridão e no sombrio silêncio da cela solitária. Avistara João e Oswaldo num corredor, na noite da prisão. Já não voltara a vê-los nem a nenhum outro. Havia, naquela mesma manhã da visita de Olga, sido informado que a fase de instrução do processo ia começar.

Olga reunira forças para perguntar:

— Te maltrataram?

Haviam-no começado a espancar, quando do primeiro interrogatório. Ele assumira a responsabilidade de seus atos como dirigente comunista, reafirmara sua qualidade de líder proletário, sua confiança no Partido e na União Soviética. Mas se recusara a responder a qualquer pergunta. Logo às primeiras pancadas, pusera-se a escarrar sangue. Com receio que ele falecesse durante o interrogatório, quando a notícia de sua prisão já havia sido divulgada, mandaram-no para a solitária. Por duas vezes o haviam retirado da cela durante esse mês de interrogatórios: na primeira para confrontá-lo com Heitor Magalhães. O ex-tesoureiro do regional o identificara, acusara-o depois de uma série de absurdos, acusações rebatidas por ele. Da outra vez era para lhe mostrar peças do inquérito contra ele, fundadas quase todas nas afirmações de Heitor.

Na polícia, Olga conseguira a confirmação da notícia: seriam todos transferidos para a Detenção, onde as visitas eram possíveis. Essa a esperança de Mariana. Não podia ir ela mesma visitar João, fora ela um dos raros militantes a escapar da queda do regional, mas mandara a mãe à casa de Olga e das famílias conhecidas para lhes pedir que perguntassem aos outros notícias de seu marido. Pensara primeiro em enviar a mãe diretamente à Casa de Detenção, ela podia apresentar-se como mãe ou tia de João. Mas temia um encontro da velha com Barros, esse a reconheceria talvez e seria uma pista. Contentar-se-ia com as notícias indiretas.

Quando das prisões, tão inesperadas e repentinas, quase perdera a cabeça. Da noite para o dia, a quase totalidade dos companheiros havia sido detida. Ela mesma só não o fora por uma casualidade: tinha um encontro com Cícero d'Almeida, a propósito de dinheiro, estava ultimamente encarregada das finanças do regional, desligada da tarefa anterior no comitê de zona. O intelectual devia entregar-lhe uma quantia recolhida entre simpatizantes e haviam fixado um ponto para a noite, na porta de um cinema. Entrariam juntos no cine, lá ele lhe passaria o dinheiro, ela partiria. Chegara na hora marcada, adquirira a entrada de cinema, esperava quando ouviu a buzina insistente de um automóvel. Cícero, ao volante, a porta já aberta, acenava com a mão, Mariana aproximou-se:

— Entre depressa...

Dirigiu-se para os bairros elegantes, explicando-lhe:

— A polícia está prendendo todo mundo. O pessoal do Rio caiu, parece que alguém falou e entregou a direção e os regionais. É a coisa mais séria dos últimos tempos.

O próprio Cícero não estava preso porque seu irmão Raymundo, o grande produtor de café, recebera uma informação confidencial do Rio, chegara à sua casa pouco antes da polícia. Ele nem tivera tempo de dizer até logo à esposa, o irmão, fizera-o sair, às pressas:

— Se te pegam dessa vez, não vou poder te soltar.

Conseguira a muito custo, depois, desembaraçar-se do irmão para vir ao encontro com Mariana. Ao que sabia, mais de quarenta prisões já haviam sido efetuadas: inclusive todo o secretariado regional. Aquela última informação Raymundo a obtivera da própria polícia, ao voltar à casa de Cícero a pedido de Gaby: os policiais estavam lá, chefiados por Miranda, e gabavam-se dos seus feitos.

— Tenho uma casa onde podes te esconder.

— Mas a mãe e o menino...?

— Talvez seja ainda tempo.

Tinha sido ainda em tempo, só pela manhãzinha os policiais chegaram à casa habitada por Mariana e a encontraram fechada. Haviam tentado, ela e Cícero, avisar alguns outros companheiros. Possuíam porém apenas uns poucos endereços e foi-lhe fácil observar o movimento de carros da polícia nas ruas para onde se dirigiam. Cícero terminou por deixá-la na nova casa, explicando-lhe:

— Tenho de dar o fora de São Paulo por uns tempos. Andam atrás de mim e, se me pegam, não escapo do processo. Por falar nisso, Marcos foi preso ontem, no Rio. E o registro da revista foi cancelado pelo DIP.

Sua primeira impressão, dias depois, era que só ela e Ramiro haviam escapado. O jovem português, zelosamente escondido, ajudara-a bastante naqueles primeiros dias:

— Estás louca... Ir à polícia saber de João? Para quê? Pensas que vão te dar notícias? Vão é te prender em seguida, desta vez eles estão bem informados. O cara que falou no Rio deu o serviço completo.

Sim, aquela ideia passara pela sua cabeça: ir à polícia, declarar sua qualidade de esposa de João, reclamar notícias. Afinal — explicava a Ramiro — não sabiam quem ela era, buscavam a uma certa Lídia, militante do Partido, comprometida na fuga de Ramiro e nos barulhos do Teatro Municipal. Sobre tal pessoa é que chegaram indicações do Rio. Porém o português mostrou-lhe o perigo de semelhante passo: ela estava fichada desde os tempos daquela sua antiga prisão quando trabalhava na fábrica da comendadora Da Torre. E ninguém sabia até onde a polícia estava informada, como estavam reagindo os presos ante as torturas. Uma ideia absurda, ela não tinha o direito de expor-se, a liberdade de cada militante era um bem precioso naquele instante:

— Você já pensou no trabalhão que nos espera? Você não leu a declaração do chefe de polícia? Que o Partido estava liquidado de vez? O que temos a fazer é reagrupar os camaradas que restam e recomeçar o trabalho. Para desmentir o homem.

Erguia o rosto para ela, a face adolescente como que amadurecendo sob o peso da responsabilidade:

— Quantos teríamos sobrado? Meia dúzia, uns dez talvez. Mas, mesmo que fôssemos somente você e eu, nosso papel é continuar o trabalho, botar o Partido para a frente. Antes de você vir, eu estava abafado, pensando que o Partido em São Paulo era eu sozinho. Estava abafado pela responsabilidade, mas disposto a tocar para diante.

— É isso mesmo. Tocar para diante...

Durante toda aquela conversa com Ramiro, Mariana lembrara-se constantemente do velho Orestes, morto anos antes, defendendo uma oficina tipográfica ilegal. Orestes era da velha guarda, como o pai de Mariana, daqueles que tinham lançado os alicerces do Partido em São Paulo. Morrera ao lado de um jovem assim como Ramiro, morrera sorrindo, ele amava a juventude. Não existia maior prazer para o velho italiano do que conversar com um quadro jovem do Partido, um daqueles moços operários em cuja capacidade ele constatava o amadurecimento político do proletariado e do seu Partido. Mariana recordava-o encantado com Jofre, como não gostaria ele de conhecer esse português Ramiro, tão moço de idade e tão moço de Partido e já capaz de compreender e assumir as pesadas responsabilidades daquela hora. Quanto tempo tinha ele de Partido, quantos anos de idade? No entanto, seu rosto de adolescente estava sério, era um homem completo, como se houvesse recebido em herança toda a experiência dos velhos quadros.

Sua voz, marcada pelo acento lusitano, era afirmativa.

— Mesmo que houvesse sobrado um único de nós, era o Partido. Ninguém tem o direito de se desesperar.

Seriam essas palavras, sem dúvida, as que lhe diria João se ela pudesse vê-lo e falar-lhe. A prisão dos companheiros, a de João sobretudo, fora um golpe violento para Mariana. Seu coração estava pesado de dor, não tinha cabeça para pensar antes do encontro com Ramiro. À proporção que o português falava, ela ia reencontrando seu equilíbrio, as coisas se lhe tornavam claras e como que a dor da prisão do seu companheiro se apaziguava, agora quando ela via o trabalho partidário a realizar.

— Não sei quem teria escapado — continuava Ramiro. — Temos de buscar e reunir os camaradas. Tu conheces o Partido muito mais do que eu. Penso que deves assumir a responsabilidade da direção provisoriamente, até que possamos organizar e eleger um novo regional. Creio que és a mais responsável de todos que estamos em liberdade. É a ti que compete a tarefa mais difícil.

Apertara-lhe a mão, agradecida, recomeçou o trabalho. De quando em vez chegava até os seus ouvidos uma notícia referente aos presos: torturas brutais, um comportamento heroico. A imagem de João não deixava de estar constantemente diante dos seus olhos mas, agora, já não se sentia abandonada e perdida como no primeiro momento. "Ele está sofrendo", pensava, "dele não arrancarão nada, eu devo ser digna dele, do seu amor, por isso nos amamos." Tratava de descobrir os raros camaradas em liberdade, de reagrupá-los, de reiniciar o trabalho. A tipografia caíra, mas havia um mimeógrafo em casa de um companheiro, estavam tratando de mimeografar um volante sobre as prisões. Mariana mesma o redigira. Eram pouquíssimos camaradas, um pequeno grupo, alguns estavam amedrontados, a menor tarefa custava esforço e tempo. "Uns poucos contra o muro de pedras", pensava Mariana, "mas o fundamental é que continuemos a golpear, que nem por um instante a luta cesse".

Assim passara aquele tempo, aquele mês, sem dúvida o mais duro da sua existência. Em certos dias comiam apenas um pedaço de pão, ela e a mãe. Escondido em qualquer parte da casa tinha um envelope com dinheiro, entregue por Cícero antes de partir. Mas era dinheiro do partido, ela retirara apenas o necessário para comprar o estêncil e o papel para o mimeógrafo. Era um dinheiro sagrado, comia do pouco conseguido pela mãe, emprestado, com antigas amizades.

Por fim Olga lhes anunciara o encontro com Ruivo, a transferência de prisão, as possibilidades de visita. A mãe partira para conversar com as famílias conhecidas pedir que se informassem de João. Fora apenas às casas mais seguras, todos haviam prometido, voltara ao fim da tarde para colher as notícias. E Mariana à espera numa ânsia, sabe que as notícias de João irão ajudá-la a continuar o trabalho, a tocar para diante...

A voz da criança, saudando a silenciosa entrada da avó, arranca Mariana dos seus pensamentos. A velha toma o menino nos braços, busca uma cadeira onde sentar-se. O olhar de Mariana a acompanha, numa pergunta muda.

— Ele já está também na Detenção, mas ainda está isolado dos outros. Oswaldo também. Foram muito maltratados... — completou, baixando a cabeça sobre os cabelos do menino.

Mariana continuava a esperar, incapaz de poder formular qualquer pergunta. A mãe levantou-se:

— Ele é desses que não falam, é como o finado... — murmurou a velha, recordando o pai de Mariana.

Estendeu o braço livre, puxou Mariana para junto de si. E prendeu a filha e o neto num mesmo abraço, uma lágrima ardente, mais de orgulho que de dor, brilhou em sua face sofrida.

— Ele é como teu pai, desses que quebram mas não torcem.

Mariana encostou a cabeça sobre o peito seco da mãe, um trabalho sem fim a esperava, ela estava pronta para o trabalho.

8

O JUIZ ERA UM BACHAREL COM CERTAS VELEIDADES INTELECTUAIS. Em sua casa, aos sábados, reuniam-se amigos para "fazer música e discutir". Gabavam-lhe a integridade e o brilho das sentenças. Aquele era o primeiro processo político que lhe cabia instruir e ele dissera aos amigos estar contente, era uma ocasião para estudar a "inexplicável psicologia dos comunistas". Como inúmeras outras pessoas, muito lera e ouvira sobre os comunistas, sobre a União Soviética. Tinha a cabeça cheia de ideias absurdas, mas a sua curiosidade não era maldosa: queria explicar a si mesmo o devotamento daqueles homens a uma causa que lhe parecia tão discutível.

Como a polícia declarara ser extremamente perigoso o transporte dos presos, ele decidira ouvi-los na própria Casa de Detenção. Estudara a papelada enviada pela Delegacia de Ordem Política e Social, uma série de acusações monstruosas baseadas quase todas em depoimentos de investigadores. A crer nas acusações, os processados eram verdadeiros monstros morais. A curiosidade do juiz crescera e foi num estado de excitado interesse que se dirigiu à Casa de Detenção para ouvir o primeiro acusado. No próximo sábado, teria matéria para discussões apaixonantes com os amigos.

Uma sala, na administração do presídio, fora preparada para o juiz e seus auxiliares. O diretor viera dizer "bom dia" e ficaram conversando enquanto esperavam o preso. O juiz mandara chamar o acusado Aguinaldo Penha e o diretor ordenara a um guarda:

— Traga o João.

Explicava ao Juiz:

— Eles usam sempre nomes de guerra.

— O que fazem na prisão?

— Estudam, os mais letrados fazem conferências para os outros, organizam logo um "coletivo" ...

— Coletivo? O que é isso?

O diretor riu:

— Um termo da gíria deles. Quer dizer que se organizam coletivamente para tudo: o estudo, o trabalho, para repartir os mantimentos que alguns recebem. A verdade é que eles são organizados e solidários uns com os outros.

João entrava, seguido de um guarda do presídio. O juiz levantou a cabeça para olhá-lo, teve um estremecimento. O rosto magro do preso estava ainda violeta de equimoses, o lábio apenas cicatrizando, um braço na tipoia.

— O senhor machucou-se? — perguntou.

— A polícia me espancou durante um mês.

O juiz baixou a cabeça sobre os papéis em sua frente.

— Trata-se do senhor Aguinaldo Penha? — E a um sinal de assentimento de João, convidou: — Sente-se. Vamos tomar seu depoimento.

Os funcionários estavam a postos. João quis saber:

— O senhor é o juiz?

— Sim.

João começou por protestar contra as violências e brutalidades de que haviam sido vítimas ele e os outros presos. Sua voz martelava as palavras, era uma peça terrível contra a polícia, o Estado Novo, o fascismo. Logo às primeiras palavras, o datilógrafo suspendera o trabalho, olhava para o juiz como a consultá-lo: devia registrar ou não as frases do preso? O juiz ficou um instante indeciso, o diretor da prisão ia dizer qualquer coisa, mas João se antecipou:

— Senhor juiz, basta olhar para mim para constatar as violências que sofremos. Se o senhor não deseja ser um cúmplice a mais na farsa desse processo deve mandar registrar meu protesto. Mesmo porque, noutro caso, recuso-me a prestar qualquer depoimento. Fui seviciado pela polícia, meus companheiros também, exijo que o meu protesto seja lavrado e um inquérito aberto na justiça.

O juiz fitou mais uma vez o comunista: a face marcada, as manchas roxas, aquela figura severa e firme. Deu uma ordem ao datilógrafo, João continuou. Durante mais de meia hora, sua voz implacável acusou. Detalhou cada violência, contou dos interrogatórios noturnos, da ferocidade dos tiras. Exibiu a mão livre, inchada de bolos recebidos, mostrou o braço na tipoia, partido de pancada. O juiz perdera aquele ar de agradável excitação com que atravessara as portas do presídio. Aquela longa e detalhada descrição de torturas causava-lhe arrepios. O processo já não lhe parecia tão interessante. João concluía pedindo a abertura de um inquérito para apurar as responsabilidades da polícia. Uma perícia médica devia efetuar-se imediatamente para constatar nele e em seus companheiros as marcas ainda recentes da violência policial. Inclusive um dos presos era tuberculoso e passara mais de um mês numa cela solitária, úmida, quase sem alimento, um verdadeiro assassinato. Responsabilizava por tais crimes não apenas a polícia, investigadores e delegados, mas o governo, ao ditador pessoalmente. Por mais de uma vez, na parte final da acusação, o datilógrafo ficara indeciso, sem saber se escrever ou não. Mas, como o juiz nada dissesse, continuara, cada vez mais curvado sobre a máquina como se quisesse esconder com seu corpo as palavras candentes.

— Vou tomar providências... — murmurou o juiz quando João terminou. — Passemos agora ao depoimento propriamente dito. O senhor sabe de que está acusado?

— Não conheço as peças da acusação.

O juiz resumia-lhe a papelada da polícia. Estava cada vez mais nervoso ao comprovar que o preso não havia tido nenhum conhecimento prévio do processo, não possui advogado. João fazia-lhe ver cada uma dessas ilegalidades, protestava contra todas elas. Refutou as diversas acusações da polícia, as denúncias incríveis de Heitor Magalhães. Fez novamente sua profissão de fé comunista, assumiu a responsabilidade de seus atos como dirigente regional do Partido, mas recusou-se a qualquer esclarecimento sobre suas atividades e as dos demais companheiros. Leu atentamente o depoimento, antes de assiná-lo. Exigiu duas ou três correções no texto datilografado. Quando tudo estava terminado, o juiz, já em tom de conversa, lhe perguntou:

— O senhor não é, por acaso, advogado? O senhor daria um bom advogado.

— Sou operário — respondeu João, uma nota de orgulho na voz calma.

O juiz se repunha da primeira impressão causada pela constatação das violências policiais, outra vez a curiosidade intelectual se apossava dele:

— Mas um operário instruído. Uma exceção no seu meio.

— Chegará um dia quando todos os operários serão instruídos. Quando serão advogados e juízes.

O juiz sorriu, complacente:

— O senhor possui imaginação.

— Imaginação? Na União Soviética já é assim, um dia será aqui também.

— O senhor me permite algumas perguntas de caráter pessoal? — interrogou o juiz. — Sou um estudioso de psicologia e confesso minha curiosidade pelos senhores. O que o leva a dedicar sua vida, a sacrificá-la mesmo dessa maneira? O que o senhor vê no comunismo?

— Nenhum sacrifício. Não estou fazendo nenhum sacrifício. Estou cumprindo meu dever de operário, de dirigente operário. Isso que o senhor chama de sacrifício é minha razão de ser, eu não poderia agir de outra maneira sem sentir repugnância por mim mesmo.

— Mas, por quê?

— Desde o momento que me convenci da verdade das ideias que defendo, eu seria um miserável se não me dedicasse a propagá-las, a lutar pela sua vitória. Ser-me-ia impossível viver em paz comigo mesmo. Nem a prisão, nem as torturas, nada pode me fazer renunciar às minhas ideias. Seria como renunciar à minha própria dignidade de homem. Eu luto para transformar a vida de milhões de brasileiros que passam fome e vivem na miséria. Essa causa é tão bela, doutor, tão nobre, que por ela um homem pode suportar a prisão mais dura, as torturas mais violentas. Vale a pena.

— A isso eu chamo de fanatismo — disse o juiz. — Já me haviam contado sobre os senhores, que eram uns fanáticos. Agora, eu me convenci.

— O que o senhor chama de fanatismo, eu chamo de patriotismo e de coerência consigo mesmo.

— Patriotismo? — a voz do juiz era quase um protesto. — Essa é uma forma estranha de ser patriota.

— O mesmo foi dito a Tiradentes, doutor, pelos juízes da corte portuguesa. Também, para os reis de Portugal, os homens que lutavam pela independência do Brasil eram uns fanáticos. Mas eles sabiam da justiça da sua causa e isso lhes dava força, como a mim a certeza de que a minha causa é justa.

— Se ainda fosse, por outra causa... Mas o comunismo... A liquidação da personalidade, o homem reduzido a uma peça da máquina do Estado. Porque o senhor não vai me negar que, com o comunismo, o indivíduo desaparece para dar lugar somente ao Estado, transformado em senhor absoluto. É isso que se passa na Rússia onde o indivíduo não conta...

João sorriu, não era a primeira vez que ouvia tais palavras:

— Só com o socialismo o homem pode desenvolver toda a sua personalidade. O senhor desconhece, pelo que vejo, tudo que se refere ao comunismo e à União Soviética. Os senhores se contentam com o desenvolvimento da personalidade daquilo que os senhores chamam as elites: as classes dominantes, os ricos. Nós fazemos política em função dos milhões e milhões de explorados, esses que só terão possibilidades de desenvolver suas qualidades de homem quando a classe operária tomar o poder. Um homem com fome, numa fábrica ou numa fazenda, não é livre.

— O senhor não vai querer me convencer que é com a ditadura do proletariado que o homem se liberta...

— Não quero convencê-lo de nada, doutor. Para mim é suficiente que os operários o compreendam. Sim, a ditadura do proletariado liberta o homem da miséria, da ignorância, da exploração, do egoísmo, de todas as cadeias em que o amarra a ditadura da burguesia e dos latifundiários a que os senhores chamam de democracia e que agora se transforma no fascismo. Democracia para um grupo, ditadura para as massas. A ditadura do proletariado quer dizer democracia para as grandes massas.

O juiz forçou um sorriso:

— Já li isso em qualquer parte: "tipo superior de democracia...". Chega a ser divertido. Nem liberdade de expressão, nem liberdade de crítica, nem de religião...

— O senhor está descrevendo o Estado Novo e não o regime socialista — comentou João. — Num estado socialista, na União Soviética, existe liberdade de expressão, de religião, de crítica. Basta ler a Constituição soviética. O senhor a conhece? Eu recomendo-lhe a leitura, doutor. Para um jurista é essencial.

— Liberdade na Rússia... Liberdade de ser escravo do Estado, de trabalhar para os demais. Liberdade de não possuir nada, de não ser dono de nada.

— Sim, a liberdade de explorar os demais, de possuir os meios de produção, essa não existe na União Soviética. Essa existe aqui, doutor, liberdade para os ricos, para uns quantos. Para os demais, para a imensa maioria dos brasileiros, o que existe é liberdade de passar fome e de ser analfabeto. E a cadeia, as pancadas, a solitária, se protestar contra isso. O senhor se esquece que está falando com um preso, doutor, uma vítima da vossa liberdade. Os senhores se contentam com a liberdade para sua classe. Nós queremos a verdadeira liberdade: liberdade do homem com sua fome saciada, do homem livre da ignorância, do homem com trabalho garantido, sem problemas para o sustento dos filhos. Doutor, não fale de liberdade aqui, na Casa de Detenção. Aqui a nossa liberdade vale bem pouco. É abusar de uma palavra que para nós, comunistas, tem um significado muito concreto.

— Significa a adoração por um homem — respondeu o juiz um pouco sem jeito. — O senhor não vai me negar que a adoração por Stálin é um fato. Como o senhor a explica?

— Não vou exigir que o senhor compreenda. O senhor chama de adoração ao amor e à gratidão. A burguesia, doutor, está tão decadente que já perdeu mesmo os sentimentos mais simples como os do amor e da gratidão. O proletariado ao contrário: ele é a classe em ascensão, ele possui os grandes sentimentos. Os trabalhadores são gratos a Stálin porque a vida de Stálin, todo o seu saber, todos os seus minutos foram dedicados à libertação do proletariado. Ele é o símbolo de tudo que os operários já conseguiram no mundo. O senhor compreende?

— Essa adoração repugna à minha natureza.

— O senhor não ama o seu pai?

— Oh! — fez o juiz. — Que comparação!

— Pois Stálin é como um pai para os trabalhadores. É assim que eu o amo e, como eu, milhões e milhões.

— Com os senhores não se pode conversar. Querem impor as ideias pela força.

— Pela força? — João sorriu novamente. — Cuidado, doutor, assim o senhor vai terminar afirmando que fui eu quem espancou a polícia...

— O senhor é um moço inteligente — a voz do juiz se fazia aconselhadora. — Até é difícil acreditar que o senhor seja mesmo um operário. Se o senhor abandonasse essas ideias ainda poderia vir a ser um homem útil ao país, quem sabe, se não poderia ainda...

— Não, não poderia, doutor. Sou comunista, esta é minha honra, meu orgulho. Não troco esse título por nenhum outro. — Seus olhos se estenderam além das grades das janelas, viam-se, adiante dos muros, os tetos das casas na rua. — Olhe, doutor: aqui, como o senhor me vê, entre essas grades, sou mais livre que o senhor. Com todas essas marcas de pancadas, sou mais feliz que o senhor. Não gosto nem da prisão nem de ser espancado. Gosto de andar nas ruas, de respirar o ar livre. Mas, apesar de tudo isso, não me sinto infeliz. Porque eu sei que amanhã será como eu desejo, para o meu filho o mundo será alegre e belo. Para o seu filho também, doutor, se o senhor o possui. Por mais que o senhor tente impedi-lo. Não haverá fome em nenhuma casa, doutor, todos os homens saberão ler e escrever, a tristeza desaparecerá.

Já não falava sequer para o juiz, era como se falasse para mais além dos muros da prisão. Até o datilógrafo o escutava, interessado. Após um momento de silêncio, João fitou o juiz:

— Daqui a pouco, doutor, quando terminarmos essa conversa, o senhor volta à rua, para o ar livre, para o seio da sua família. Eu volto para o silêncio da solitária. No entanto, posso lhe afirmar, sou mais livre e mais feliz que o senhor.

O juiz balançou a cabeça:

— É inútil discutir com os senhores. É inútil...

Quando João foi levado, o diretor da Casa de Detenção comentou:
— Eles são todos assim. Não perdem ocasião para fazer propaganda. Parece que fazem cursos especiais de oratória. Com essas conversas, engambelam muita gente. Quem não tiver o olho vivo deixa-se enganar.

O juiz levantava-se:
— A verdade é que é mesmo esquisito falar em liberdade aqui, defender nosso conceito de liberdade diante de um preso. Sem falar nos métodos da polícia. Um absurdo o que fizeram com esse rapaz. Por que isso?
— Sem pancada eles não falam. E mesmo com pancada é muito raro. Comunista não é gente como os demais, doutor.
— Sim, não são como os demais... — repetiu o juiz.

E, na rua, ainda o repetia para si mesmo. Tudo aquilo por que o rapaz lutava podia ser um sonho mas, era impossível negá-lo, tinha sua beleza e sua sedução. Recordava a face maltratada, roxa de equimoses. Por que era necessário empregar a força bruta contra aquelas ideias senão porque já não podiam responder com argumentos? O juiz era vaidoso da sua capacidade nas discussões, seus amigos afirmavam ser ele um argumentador sem rival. No entanto, naquela conversa não encontrara argumentos com que se opor à dignidade do comunista, às suas convicções. Ao sair da Casa de Detenção o juiz estava inquieto. O homem fora espancado, haviam-lhe partido um braço. Sua obrigação era mandar abrir um inquérito. Mas a polícia era todo-poderosa no Estado Novo, qualquer atitude sua podia custar-lhe caro, até o cargo podia perder. Mas, se não o fizesse, estaria dando razão ao preso, não estaria provando na prática suas afirmações.

Durante alguns dias debateu-se consigo mesmo, em noites maldormidas. Adiara a continuação da instrução para a semana seguinte. Mas, aos poucos, sua consciência foi se acalmando e no sábado ele contou aos seus amigos, atraídos numerosos pela curiosidade: "São uns fanáticos, é inútil discutir com eles".

Aliás, não pôde continuar a observar os comunistas, porque na mesma semana foi substituído na preparação do processo. O diretor da prisão informara Barros da estranha cordialidade com que ele tratara João, da sua incrível atitude mandando tomar o depoimento sobre torturas. Em seu lugar mandaram um juiz já habituado àqueles processos políticos. De sensibilidade embotada, sem veleidades intelectuais.

9

NA HORA ELEGANTE DO CHÁ, O EX-MINISTRO ARTUR CARNEIRO MACEDO DA ROCHA e o escritor Hermes Resende encontraram-se em casa de Costa Vale. Aliás, fora Artur quem arrastara Hermes consigo, discutiram no automóvel sobre política nacional e internacional.

O ex-ministro da Justiça reabrira seu escritório de advocacia em São Paulo. Desde sua demissão, mantinha-se numa atitude de discreta oposição ao governo. A certas pessoas, dava a entender que, se havia deixado o cargo, o fizera devido ao seu desacordo com os métodos autoritários do regime. Sempre fora um liberal, suas ideias democráticas eram conhecidas no país, aí estavam seus discursos no Parlamento como a melhor prova, confidenciava ele à gente ligada a Armando Sales, aos partidários dos ingleses e franceses, aos amigos dos norte-americanos. Se aceitara o posto de ministro do Interior e Justiça, num momento difícil após o golpe fracassado de maio de 1938, fora para evitar maiores perseguições aos seus correligionários políticos comprometidos na intentona e com a esperança de "concorrer para uma solução democrática da atual política por que atravessa o país". Quando comprovara ser impossível modificar a estrutura autoritária do Estado Novo, retirara-se protestando assim contra a acentuação da ditadura e contra a perigosa política internacional do governo, "a afastar-se da tradicional aliança com os Estados Unidos num momento grave, de guerra". Havia quem acreditasse em suas afirmações, havia quem sorrisse às escondidas e o tachasse de "velha raposa oportunista". Artur atravessava, gentil e cordial, entre uns e outros, figura obrigatória nas recepções, citado em todas as crônicas de sociedade. Jantava em casa de Costa Vale, almoçava com a comendadora Da Torre, tomava aperitivos no Automóvel Club, projetava uma visita às fazendas de Venâncio Florival para ir, com o coronel, caçar onças no vale do rio Salgado.

A oposição de Hermes Resende era menos discreta. Não tendo sido nomeado reitor da Universidade do Distrito Federal, aproveitava-se das condições da política internacional para fazer propaganda antigetulista nas livrarias. Transformara-se numa espécie de arauto oficial das "doutrinas rooseveltianas", da chamada política de boa vizinhança: opunha a "democracia rooseveltiana" não só ao Estado Novo mas também às concepções marxistas. Recebera um convite para realizar um curso de literatura brasileira numa universidade ianque, preparava-se para partir.

Aos seus múltiplos admiradores, no meio intelectual, apresentava essa viagem como uma forma de protesto contra o governo de Vargas. Uma espécie de exílio voluntário, explicava.

No automóvel, em caminho da casa de Costa Vale, discutiram sobre a política brasileira, as chances de um movimento antigetulista. Muita gente estava conspirando, informava Artur, políticos e militares. O Exército, segundo ele, encontrava-se dividido: de um lado generais simpatizantes do nazismo, de outro lado oficiais antifascistas dispostos a movimentar-se caso Vargas desse mais um passo em direção a Hitler. Ao chegarem em casa do banqueiro, Hermes traçava, com voz segura de quem possuía os verdadeiros dados do problema, o quadro do desenvolvimento próximo da guerra.

Após as exclamações alegres com que foram recebidos, Artur anunciou:

— O nosso Hermes estava delineando um panorama muito interessante da situação internacional. Eu estou curioso pelas suas conclusões...

— Comece do princípio... — ordenou a comendadora.

Antes do aparecimento de Artur e Hermes, a conversa girava sobre teatro, a comendadora se entediava mortalmente. Bertinho Soares chegara do Rio com a esposa, Susana Vieira Soares, e a companhia de Os Anjos. A temporada no Rio reafirmara o sucesso anterior, mas tiveram de deixar o teatro para a companhia europeia de balé, cuja estreia se daria dentro de poucos dias. Os Anjos ocupariam o Municipal de São Paulo e Bertinho andava entusiasmado com a aquisição feita de artistas e diretores de cena poloneses, fugidos da guerra. Gente que chegara ao Brasil recomendada por Paulo e Rosinha, amigos do conde Saslavski. O conde continuava em Lisboa, mas já se falava dele nos meios sociais como alguém conhecido. Na opinião de Bertinho, aqueles diretores de cena poloneses iriam operar uma verdadeira reviravolta no teatro brasileiro. Lucas Puccini pedia detalhes sobre a data da chegada da companhia de balé, estava sem notícias diretas de Manuela.

Agora, Lucas frequentava os chás elegantes de Marieta Vale. Vinha com a comendadora e Alina, a princípio alguns narizes torceram-se ao seu aparecimento, algumas testas franziam-se como a perguntar o que fazia ali aquele intrometido. Mas como Costa Vale sorria-lhe cordialmente e a comendadora não escondia suas simpatias pelo novo-rico, não tiveram outro jeito senão aceitá-lo.

Naquela tarde, a reunião estava particularmente animada, pois acabara de chegar de Buenos Aires, numa visita de um mês ao Brasil, Henriqueta Alves Neto. O marido, condenado a um ano de prisão, mandava-a para sondar o ambiente político. Ela trouxera algumas cartas e revestia-se de um ar extremamente conspirativo. Para saudá-la, saber notícias dos políticos armandistas exilados, várias pessoas tinham vindo à casa de Costa Vale. Também ela, centro de todas as atenções a princípio, sentia-se fraudada com aquela conversa sobre teatro e por isso bateu palmas ao anúncio de Artur. Hermes viera sentar-se ao seu lado, para encontrá-la viajara do Rio a São Paulo. Fizera-se silêncio, à espera de suas palavras:

— Eu dizia a Arturzinho que se aproxima o momento culminante da guerra. O momento culminante no sentido psicológico. Hitler, senhor da Europa, encontra-se no maior dos embaraços. Seu verdadeiro inimigo não é a Inglaterra, é a Rússia. Por outro lado, os Estados Unidos não podem consentir, de braços cruzados, numa invasão da Inglaterra. Os americanos são extremamente sentimentais e, se auxiliaram tanto a Finlândia, pelo simples fato de que a Finlândia havia cumprido suas obrigações da guerra anterior, com maior razão ainda auxiliarão a velha metrópole. Hitler sabe disso.

Suspendeu por um momento sua dissertação, contente da atenção do auditório, sorriu para Henriqueta:

— Na minha opinião, o que vai se passar é o seguinte: Hitler, após aterrorizar os ingleses com bombardeios, proporá paz à Inglaterra. E invadirá a Rússia.

— A invasão da Rússia é uma questão de tempo — concordou Costa Vale.

— De pouco tempo — acrescentou Hermes. E o que se passará então? — perguntou.

— Os russos se aproveitarão para se livrar dos comunistas, para fazer uma revolução — respondeu Henriqueta, repetindo palavras de Tonico Alves Neto, feliz de mostrar-se entendida em questões políticas.

— A campanha da Rússia será um passeio para o Exército alemão — disse por sua vez Artur, a voz redonda de orador. — Num mês, Moscou será conquistada, talvez em três semanas...

— Desculpem-me discordar da nossa encantadora Henriqueta e do nosso culto Arturzinho. Não creio nem na revolução nem na derrota tão rápida.

— Os russos estão doidos para livrar-se do comunismo... — reafirmou Henriqueta.

— É possível — admitiu Hermes. — Mas não se esqueça que existem muitos russos fanáticos, esse problema de revolução anticomunista não é tão simples. Os homens que a podiam realizar, os trotskistas, foram fuzilados. Isso quanto à objeção de Henriqueta. Por outro lado, penso que os russos oporão a Hitler uma resistência militar maior do que se imagina. Estou de acordo que Moscou cairá logo, mas eles resistirão nos Urais. O que vai acontecer então? Hitler sairá dessa guerra vitorioso, mas, ao mesmo tempo, esgotado. Inteiramente esgotado, incapaz de impor sua vontade. É possível mesmo que nem possa se manter no poder, que os generais alemães o substituam. Quem irá ditar a paz serão os Estados Unidos. Com a Rússia derrotada e a Alemanha esgotada por uma guerra longa, os Estados Unidos, devido à sua política hábil, recolherão os frutos da vitória sem ter disparado um tiro. É assim que eu vejo o desenrolar dos acontecimentos.

— É possível — disse Costa Vale. — Há muita verdade no seu raciocínio.

— Pena que o Teo não esteja aqui — queixou-se Marieta. — Ele é que bem poderia confirmar ou não as previsões de Hermes. Ainda outro dia...

Mas o banqueiro elevava a voz:

— De qualquer maneira, desde que Hitler liquide com a Rússia, ele terá merecido a admiração de todo mundo. É uma operação de limpeza necessária e só ele poderá fazer.

— Pena os seus métodos de governo — interveio Artur. — Bons talvez para a Alemanha, mas um mau exemplo para os demais governos. A começar pelo do Brasil.

— Vai fazer oposição, Arturzinho? — era a voz maliciosa da comendadora. — Tu ainda estás cheirando a ministério...

— E por que não? — elevou-se Henriqueta. — Com a saída de Arturzinho, o governo perdeu o último elemento democrático.

Costa Vale voltava a interromper a discussão:

— Getúlio é como Hitler: tem suas arestas, nem sempre é fácil acostumar-se. Porém, uma coisa é certa, e por isso ele merece nossa admiração: acabou o comunismo no Brasil. A meu ver, a coisa mais importante sucedida nos últimos tempos não foi a queda de Paris, nem a invasão da Noruega, nem os bombardeios de Londres. Foi a liquidação do Partido Comunista pela nossa polícia. Essa é uma obra que se deve a

Getúlio, ao Estado Novo, não há que negar. Noutro tipo de regime teria sido impossível.

Lucas Puccini, a quem as críticas a Vargas deixavam irritado, aproveitou-se:

— Doutor Getúlio está acima de todas as críticas. É o maior presidente que o Brasil já teve. E eu *não admito* que ninguém fale mal dele em minha vista.

Henriqueta Alves Neto lançou-lhe um olhar de desprezo:

— Bem se vê que o senhor não está habituado às nossas rodas. Entre nós não costumamos dizer "não admito". São fórmulas que ferem a sensibilidade da gente educada.

Lucas cerrava os punhos, o rosto vermelho de humilhação, a comendadora saltava em sua defesa:

— Henriqueta, a idade está te fazendo nervosa. Quando a gente começa a envelhecer, minha filha, deve cuidar dos nervos. Pois olhe: eu acho que o Lucas tem razão e eu também não admito, não admito que ninguém fale mal de Getúlio em minha vista.

Henriqueta estava a pique de ter um faniquito, murmurava ohs! e ahs!, mas a comendadora continuava tranquila.

— O José é quem tem razão: o Getúlio acabou com o comunismo, só por isso ele merece uma estátua. Quem é que vai negar o perigo que os comunistas representavam?

Hermes consolava Henriqueta e esta acabou por confessar que, sem dúvida, a liquidação do Partido Comunista era uma grande coisa. Nisso estavam todos de acordo. Henriqueta, mais calma, sorriu mesmo para Lucas, Marieta se encarregou de fazê-la voltar às boas com a comendadora. A velha se despedia, arrastando com ela a sobrinha e Lucas.

Henriqueta, quando a viu partir, desabafou:

— Ela não pode negar que começou com "secos e molhados", que veio de baixo. É tão desagradável...

Costa Vale riu:

— Não se esqueça que a comendadora é hoje parente de Arturzinho e nossa amiga. Você também, Henriqueta, foi brusca com o rapaz.

— A paixão política... — riu também Artur. — Henriqueta, esta é uma política de primeira ordem. Realmente, eu começo a crer que o Getúlio corre perigo: as mulheres bonitas estão ficando contra ele.

Henriqueta voltava a sorrir, preparava-se para sair, ia jantar com Hermes. Bertinho os convidava a assistir ao ensaio da companhia de teatro, à noite. Poderiam ver um diretor de cena polonês em ação. Era formidável.

Mas, antes de saírem, Hermes ainda perguntou:

— Vocês sabiam que o Marcos de Sousa foi preso também? Tem muita gente se movendo para soltá-lo, mas a polícia não quer largá-lo. Diz que tem muitas provas contra ele...

— O Marcos? Coitado... — lastimava Marieta.

— Coitado? — Costa Vale franzia as sobrancelhas. — Por quê? A polícia faz muito bem. Quem manda se meter com os comunistas? Devem guardá-lo um bom bocado de tempo para lhe ensinar. Quando ele sair vai ficar mansinho, nunca mais vai recusar-se a fazer plantas para casas de colonos. Minha cara, para comunista, cadeia. Seja quem for. Pensando bem, a razão está com Lucas: o Getúlio é o maior presidente que já tivemos.

Disse a Artur depois, quando ficaram sozinhos com Marieta, iam jantar em intimidade:

— Tu sabes o que isso significa? Estar para sempre livre dos comunistas? Significa que posso dormir descansado, significa não ter mais insônia nem pesadelos...

10

MARCOS FORA PRESO NA RUA, NO RIO DE JANEIRO, QUANDO SE DIRIGIA a uma entrevista com os diretores de uma empresa de seguros, interessados em contratá-lo para a construção de um edifício de apartamentos. O investigador se aproximara e o convidara a ir até a polícia: o delegado da Ordem Política queria falar com ele. Marcos fitou o policial com seu ar bonachão, respondeu:

— Agora não tenho tempo. Estou muito apressado. Diga ao delegado que talvez eu vá mais tarde, quando esteja livre.

O investigador, que não esperava aquela resposta, ficou aturdido e Marcos seguiu seu caminho. Mas logo o outro o alcançou, segurou-lhe o braço:

— O senhor deve ir agora mesmo...

— E se eu não quiser ir? Se eu recusar o convite?

O policial se irritava:

— Vamos acabar com histórias. O senhor está é preso.

Primeiro o fizeram esperar durante horas numa sala da polícia central, sozinho. Havia um jornal velho, abandonado sobre uma cadeira, e Marcos terminou por ler até os anúncios. Começava a impacientar-se, a tarde findava, passou a andar de um lado para outro. Nada sabia das prisões efetuadas nos dias anteriores, a polícia, nesse momento, ainda não havia dado publicidade à queda das direções do Partido. Ao ser preso, Marcos pensara tratar-se de mais uma pressão sobre a revista, como já haviam feito em São Paulo: da outra vez não fora preso, recebera uma citação da polícia com hora marcada para comparecer. Usariam outros métodos no Rio, pensou. No último número da revista tinha conseguido fazer passar, sob o nariz da censura, um artigo sobre a central elétrica do Dnieper e outras realizações soviéticas. O censor considerara aquilo um simples artigo técnico, o número fora uma sensação. A isso Marcos atribuía sua prisão. Iam certamente ameaçá-lo com o fechamento da revista, suspendê-la, talvez. Interrogá-lo-iam e o mandariam embora.

Assim, quando um investigador apareceu na sala e o convidou a acompanhá-lo, Marcos pensou estar sendo levado à presença do delegado. Em vez disso, conduziram-no a uma outra sala abarrotada de presos, deixaram-no lá sem explicações. Marcos relanceou um olhar em torno, não conhecia ninguém. A verdade é que conhecia apenas uns poucos membros do Partido e isso em São Paulo: os dirigentes do regional, Mariana, Cícero, três ou quatro mais. Suas ligações eram com simpatizantes, na maioria intelectuais colaboradores da revista, gente dos meios literários e artísticos. No Rio, não tinha contato com nenhum dirigente do Partido, tampouco com elementos da base.

O policial o observava da porta, antes de fechá-la. Marcos deu uns passos para o fundo da sala, a coisa era mais séria do que ele pensara. O investigador fechou a porta.

Um dos ocupantes da sala, vestido de calça e camisa, calçado de chinelos, sentado numa das camas, convidou-o.

— Sente-se, companheiro.

Marcos agradeceu e sentou-se a seu lado. O outro sorriu e lhe perguntou, baixando a voz:

— Lhe agarraram, hein? Em que zona você atuava? Qual era seu cargo?

Marcos ia responder dizendo ser o diretor da revista *Perspectivas* quando seus olhos, que continuavam a percorrer a sala, distinguiram o leve sinal de atenção feito por outro preso, um homenzinho baixo, de barba crescida. Reparando noutros rostos leu a mesma recomendação:

— Não tenho nada com isso. Nem sei por que estou preso. Um engano, certamente.

— Estamos entre companheiros — forçou o outro. — Pode falar franco — sussurrava.

— Não tenho nada a contar. — Marcos levantava-se.

O homenzinho de barba por fazer aproximava-se dele:

— É melhor que você ocupe uma cama. Há ainda uma vazia, aqui perto da minha — indicava-lhe a cama, levava-o consigo. — Aquele tipo é um provocador... — murmurava-lhe.

À noite, o homenzinho, deitado numa cama ao lado da de Marcos, falara-lhe longamente. De quando em vez a conversação era interrompida: tiras apareciam na porta, gritando o nome de algum preso chamado para o interrogatório. O provocador desaparecera na hora da distribuição da comida:

— Botaram ele aí para ver se você conhecia algum de nós, para ver se lhe embrulhava. Fazem sempre isso com gente que nunca foi presa.

Explicara a Marcos o que se passava: desde 1935-36, a polícia não dera um golpe tão violento no Partido, não prendera tantos elementos ao mesmo tempo. As salas da polícia estavam cheias e a cada hora chegavam com mais gente. Os interrogatórios eram feitos debaixo de pancada, os dirigentes nacionais estavam sofrendo horrores, isolados nos depósitos do porão. O homenzinho fazia recomendações a Marcos: contra o arquiteto a polícia não podia ter nada além do fato dele ser diretor de *Perspectivas*. Se ele negasse qualquer relação com o Partido, podia talvez escapar do processo. Quanto a ele mesmo, não tinha ilusões:

— Quando chegar minha vez, vão me moer de pancada. Me procuram há muitos anos.

— Mas como pôde a polícia localizar a direção?

Um companheiro responsável tinha sido preso, contava o homenzinho coçando a barba, quando, contrariando as decisões, fora visitar a família. Torturado, terminara por falar e entregara quase todo o Partido, não só no Rio como em certos estados. Um companheiro que parecia tão firme, contador de vantagens, na hora dura não aguentara! E, por causa dele, muitos outros estavam sendo torturados, a polícia requintava em violência. Marcos veria quando trouxessem algum de volta do interrogatório.

Marcos viu, o coração em cólera: um camarada, chamado horas antes para depor, retornou carregado, os tiras soltaram-no no chão, semimorto. Nos dias que se seguiram, aquela cena repetiu-se tantas vezes que ele já não conseguia dormir, na angustiosa expectativa. Certa noite, o homenzinho de barba por fazer foi chamado. Marcos aprendera a estimá-lo naqueles dias, era um operário metalúrgico que abandonara tudo pelo Partido. Durante toda a noite, Marcos esperou a sua volta, o coração pulsando rápido. Mas não o trouxeram mais, Marcos só o reencontrou algum tempo depois, na Correção. Haviam-lhe arrancado as unhas a alicate, queimado o seu peito com acetileno.

A Marcos jamais interrogaram. Durante dezoito dias ele ficou na sala de detidos. Uma tarde foi transferido, junto com uns quantos outros, para uma galeria da Casa de Correção. Do mundo exterior ele não tinha nenhuma notícia, não lia jornais desde o dia de sua prisão, não tinha sequer roupa para mudar.

A princípio, na polícia central, sentira-se solitário entre aqueles desconhecidos, em geral rudes operários da base do Partido. Mas essa sensação logo desaparecera: um lhe emprestara umas velhas calças, outros lhe falavam da revista, citavam artigos, um lhe contara sobre a esposa e os filhos. Cercaram-no de solidariedade, mesmo naquelas trágicas circunstâncias não perdiam a perspectiva, discutiam, e no terceiro dia de prisão de Marcos vieram pedir-lhe para lhes ditar uma conferência sobre arte. Não tardou a que o arquiteto se sentisse ligado a todos eles: era a presença do Partido que ele sentia, não mais através de uma ligação periódica mas de uma forma precisa e concreta. Aquela atmosfera animosa lhe dava uma certa sensação de euforia. Ao ser transferido, levou saudades dos que ficavam, abraçou todos eles, um a um.

Na Correção, encontrou não só a gente presa naquela ocasião mas também companheiros já condenados, à espera de partir para Fernando de Noronha. Estava também um ex-oficial do Exército, preso em novembro de 1935, enfermo da vista. Por isso o haviam trazido da ilha, devia submeter-se a uma delicada operação. Havia entre eles gente responsável, a vida estava organizada coletivamente. Cursos, conferências, horas para jogos, até um jornal mural. A chegada de Marcos constituiu um verdadeiro acontecimento. Apesar dele não conhecer a ninguém, todos o conheciam. Os próprios companheiros arrumaram a sua cela, ao lado da do ex-oficial, e na hora da reunião de estudo, pela manhã, o secretário do coletivo o apresentou:

— O arquiteto Marcos de Sousa, conhecido em todo mundo, um intelectual honesto, amigo do povo, antifascista.

A maioria dos presentes tinha sido, em variadas ocasiões, brutalmente seviciada. Marcos reparava nas mãos de um operário que aplaudia as palavras do secretário: mãos deformadas pela tortura. Sentiu então estar ligado para todo sempre àqueles homens, à sua causa, ao Partido.

Começou a fazer a vida normal dos presos, as magras refeições à hora certa, participar dos cursos políticos, a ditar ele mesmo um curso sobre arquitetura. Quando lhe haviam falado nisso, ele acedera, certo ser a proposta mais uma gentileza para com ele que qualquer outra coisa. Qual não foi sua admiração quando viu aqueles operários a tomar notas durante sua conferência, a fazer-lhe as mais diversas perguntas depois, quando, tendo ele terminado, a palavra era franqueada para o debate. Passou também a dar aulas de inglês a uns quantos. A cada dia sentia-se mais ligado àquela gente, como se a sua personalidade se renovasse, como se o processo por que vinha passando se completasse ali, na prisão.

Com a ajuda dos companheiros, conseguira reaver a mala com roupa que ficara no hotel. A senhora do ex-oficial do Exército fora ela mesma pagar a conta e buscar a mala. Trouxera-a num dia de visita, ele a recebeu dias depois, após a censura da prisão. Pôde, finalmente, vestir um pijama seu. Soube também encontrarem-se no Rio dois dos seus colaboradores no escritório de São Paulo, dois jovens arquitetos. Faziam tudo para pô-lo em liberdade, mas não tinham sequer conseguido licença para visitá-lo. Somente os parentes próximos — esposas, mães, pais, filhos e irmãos — podiam vir uma vez por semana ao parlatório da Casa de Correção. Ainda assim, em certas semanas as visitas eram suspensas, a polícia continuava a manter incomunicáveis os dirigentes mais importantes, presos ao mesmo tempo que Marcos. O processo estava sendo organizado.

O que mais emocionava Marcos durante sua permanência na Casa de Detenção era a proximidade de Prestes. Sabia que o grande dirigente estava numa cela, construída especialmente para ele, de paredes medievais, no pavilhão de tuberculosos da enfermaria. Era um edifício circular, próximo ao terreno onde, durante uma hora cada dia, tomavam sol. Os olhos de Marcos, durante essa curta hora, se fixavam no pavilhão na esperança que um dia, por qualquer motivo, a figura de Prestes aparecesse. Alguns contavam tê-lo visto uma vez há muito tempo, numa ocasião em que o transportaram à polícia. Um exército de tiras invadira naquele dia a Correção. Alguns estavam armados até de metralhadoras de mão, os presos tinham sido recolhidos às pressas, mas alguns ainda tinham conseguido distinguir o vulto de Prestes.

À noite, quando se fazia o silêncio, Marcos refletia. Pensava nas construções por acabar, nas plantas começadas, nos projetos a estudar. Os seus auxiliares no escritório estariam certamente tratando de arranjar-se. Pensava também em Manuela, a moça não tardaria em chegar ao Brasil para uma temporada de dois meses. Não iria sequer poder vê-la, não era mesmo conveniente, não tinha por que comprometê-la, era agora um homem marcado. E, após a temporada, ela devia partir para os Estados Unidos, com a companhia, para uma longa turnê por todo o país. Para onde iria depois, quando voltaria ele a vê-la? Refletia e pensava que nada lhe restava a fazer senão desistir de Manuela de uma forma definitiva. Jamais tivera grandes esperanças mas, ainda assim, acalentara aquele sonho, esperava ardentemente a sua volta. Talvez lhe falasse do seu amor, lhe propusesse casamento. Mas suas vidas se distanciavam, sobretudo agora: ela passaria pelo Brasil em meio a críticas elogiosas nos jornais, a flores e convites de admiradores, triunfando nos espetáculos, uma das sensações da temporada. E ele já não era o famoso arquiteto Marcos de Sousa, virara um preso político, a pique de ser envolvido num processo e condenado a cumprir pena em Fernando Noronha. Seus negócios iriam por água abaixo, mesmo quando fosse finalmente solto não iria encontrar facilidade para conseguir trabalho: os banqueiros e industriais pensariam duas vezes antes de lhe encomendar arranha-céus e residências. Porém, não era isso o mais importante, o que fazia Manuela de todo inacessível. Havia a decisão tomada por ele, nos últimos dias, à qual estava disposto a tudo sacrificar.

Decidira pedir seu ingresso no Partido. Considerando toda sua atividade, suas ideias e sua vida, concluíra estar numa posição falsa. Sentia-se de todo solidário com os comunistas, pensava como eles, queria lutar pela sua vitória. E por que se mantinha fora do Partido, eternamente nas suas fronteiras, um simpatizante? Não deixava de ser uma espécie de oportunismo, uma tentativa de conciliar suas ideias, a razão mais profunda da sua vida, com sua posição social, suas relações de negócios com a grande burguesia, sua tranquilidade. Naqueles dias Marcos se analisou e concluiu que, se desejava ser honesto consigo mesmo, devia dar o grande passo, pedir sua inscrição nos quadros do Partido. Na noite em que decidiu fazê-lo, sentiu-se invadido por uma profunda emoção. E pensou nos seus amigos: em Mariana, em João, no Ruivo, no negro Doroteu e na Inácia a cuja morte assistira. Ia ter o direito de dizer-lhes "camaradas", de marchar ao lado desses homens e mulheres cuja vida e dignidade ele conhecia.

Perdera Manuela para sempre, não a veria talvez nunca mais, porém pior seria ainda perder a estima a si mesmo.

No dia seguinte, procurara um camarada responsável, pediu-lhe transmitir ao Partido sua solicitação de ingresso. O camarada o abraçara, ficara de lhe dar uma resposta logo que a obtivesse. Marcos esperava, seus dias cheios com os cursos, os jogos de xadrez, desenhos para o jornal mural. Da polícia chegavam novos presos, o coletivo crescia.

Uma vez por semana quase todos os presos vestiam as melhores roupas, calçavam sapatos e punham gravata: aqueles cujas famílias habitavam no Rio e vinham visitá-los. Era um dia agitado: a espera da hora da visita às dez da manhã, os boatos depois, trazidos pelas famílias. Era, ao mesmo tempo, o dia mais alegre e o mais triste dos prisioneiros. Alegria de ver, durante uma hora, os pais e as esposas, os filhos e os irmãos. Tristeza depois de não tê-los consigo, alguns ficavam abafados após as visitas. Marcos costumava ir de cela em cela nesses dias para saber novidades. Como não possuía família, e aos seus auxiliares fora negado o direito de visitá-lo, Marcos não abandonava o pijama. Uma casa de frutas e conservas enviava-lhe, uma vez por semana, nos dias de visita, um pacote, encomenda feita e paga pelos seus colaboradores de escritório. Depositavam-no na administração, ele o recebia pela tarde, entregava quase tudo ao coletivo. Ainda assim, a agitação do dia de visita não deixava de empolgá-lo, esperava a volta dos camaradas numa certa agitação. Que se passava pela cidade, pelo Brasil e pelo mundo? Era nesse dia que sabiam da marcha da guerra, dos boatos políticos, das novidades.

Num dia de visita, Marcos vira, como habitualmente, os presos descerem pouco antes das dez horas. Ficavam apenas ele e uns três ou quatro operários sem familiares no Rio.

— Vamos fazer uma partida para matar o tempo? — perguntou Marcos a um deles, um pernambucano vivo que ganhava de todos eles no jogo de xadrez.

Tinha apenas tomado o tabuleiro quando um guarda apareceu na galeria e gritou seu nome:

— Marcos de Sousa!

— Pronto.

— Uma visita para você. Sua mulher está lhe esperando. Vista-se.

— Minha mulher? — assombrava-se Marcos.

Mas já o pernambucano o empurrava para a cela:

— Depressa homem, não, perca tempo — e segredava-lhe: — Algum truque dos companheiros para falar com você. Vá depressa. Jogaremos a partida depois.

Marcos arrancava o pijama, enfiava as calças e o paletó, ia-se abotoando pelas escadas.

11

DE PÉ, NA ENTRADA DO PARLATÓRIO, ALVO DA CURIOSIDADE DAS FAMÍLIAS e dos presos, Manuela, formosa como uma visão de sonho, o esperava. Atirou-se nos seus braços, a voz em soluços de alegria:

— Marcos!

Os presos abandonavam por um momento os assuntos familiares para sorrir e contar às visitas ser aquele o célebre arquiteto Marcos de Sousa. A senhora do ex-oficial reconhecia Manuela de fotografias em revistas. Também os guardas observavam a cena, em comentários sobre a beleza da bailarina.

De mãos dadas, como namorados, foram sentar-se num dos bancos, no fundo do parlatório. Marcos perguntava:

— Quando chegaste? Como fizeste para vir aqui?

— Cheguei há três dias, não sabia de nada. Telefonei para São Paulo, para teu escritório, tinha te mandado um telegrama anunciando minha chegada. Pensei que estivesses doente, quando telefonei me contaram. Fiquei como louca, nem podes imaginar... — E apertava-lhe as mãos como a constatar sua presença, os olhos úmidos.

Marcos sorria-lhe, agradecido, era-lhe difícil falar.

— Procurei um advogado para ver o que podia fazer. O homenzinho, ao saber que se tratava de um preso político, quase morre de medo, só faltou me botar para fora. Resolvi ir diretamente à polícia.

— Sozinha?

Fez que sim com a cabeça, seus cabelos tocavam a face de Marcos, um sorriso tímido aparecia nos lábios da moça:

— Lá me disseram que só os parentes próximos podiam visitar os presos: os pais, os filhos, as esposas. Perguntaram se eu estava nesse caso.

Suspendeu os olhos azuis para Marcos:

— Perdoe, Marcos, eu queria te ver...

— Mas perdoar o quê? — Se ela soubesse o que significava para ele aquela visita...

— Vou te contar: eu queria te ver de qualquer maneira. O delegado, um sujeito antipático, muito cheio de gentileza mas querendo me ofender, disse: "Ele não tem pais vivos, não tem irmãos e é solteiro...". Ele queria era me ofender, Marcos: "A não ser que a senhora viva com ele como casada sem ser. Nesse caso, é possível...". E eu disse que sim, que era verdade. Me desculpe, eu queria te ver...

Ele a olhou, os lábios abertos como se fosse falar e não encontrasse palavra. Ela baixava a cabeça:

— Ele riu, grosseiro, mas me deu a ordem. Eu sei que não devia ter feito, mas eu não podia deixar de te ver. Estava como doida...

— Manuela... E tua reputação, minha filha?

— Isso não me importa. Tinha medo era de te ofender.

— Me ofender? Mas nunca adivinhaste que...

— Quê? — Manuela projetou o corpo mais, na ânsia da resposta tão esperada, seu rosto estava em frente do de Marcos.

— ... que eu te amo...

— É verdade? — exclamou ela. — É mesmo verdade? Oh! Marcos, que bom que tivesse sido preso, assim me disseste... Faz tanto que eu te amo, que espero uma palavra tua...

Recostou a cabeça no peito do arquiteto, alguns presos sorriam àquela cena. A voz de Manuela murmurou:

— Quando saíres vai ser tão bom...

— Aceitas casar comigo?

— Casar contigo? Mas, Marcos, bem sabe o que se passou comigo. Se quiseres viver comigo, assim como disse o delegado, isso me basta e sobra. Tu sabes do meu passado...

— Manuela, que tolice... Teu passado... Que culpa tu tens de teres sido enganada? Tu me consideras assim tão mesquinho? Eu te quero é para minha esposa, para minha companheira. Se nunca te falei antes é que temia magoar-te, pensava que gostavas de mim como um amigo, somente...

— Por isso? E eu pensando que era por causa do que havia sucedido comigo. Por isso eu também não te falava. Fomos dois tolos, Marcos... — sorria entre lágrimas.

— Não me respondeste ainda. Aceitas?

— E perguntas, meu amor?... É mais do que tudo que sonhei, mais do que tudo que desejei...

E o contemplou com infinita ternura. Estava com os olhos mare-

jados de lágrimas, mais feliz não podia estar. Mas ele baixou a voz, preocupado:
— Há ainda uma coisa que quero te dizer. Uma coisa que pode mudar tudo...
— Então não me digas. Nada me importa.
— Importa, sim, e devo dizê-la. Ouve, Manuela: pedi inscrição no Partido, se casas comigo é com um comunista que vais casar.
— Sou uma burrinha, Marcos, não entendo muito de política. Mas uma vez já te disse que para mim é assim: os comunistas são os bons, os outros são os ruins. Para mim pelo menos tem sido assim. Tu vais me ensinar, não vais? Para que eu possa te ajudar.
— Logo que eu saia nos casaremos. Mas, se me meterem no processo, posso ser condenado, dois ou três anos...
— Mesmo que sejam vinte, eu te espero. Faz tempo já que eu te espero, Marcos...
Os guardas anunciavam o fim da visita, os presos despediam-se de suas famílias. Marcos e Manuela se beijaram, era seu primeiro beijo, o amor iluminava o parlatório da prisão.

12

NO FIM DAQUELE INVERNO DE 1940, UMA ONDA DE FRIO, VINDA DO SUL, desabou sobre São Paulo. Os jornais, sem notícias sensacionais do exterior, onde a guerra, após a queda da França, entrara em certa calmaria, esgotados os comentários sobre as prisões dos comunistas, contavam largamente dos estragos causados pelo frio intempestivo. Em Bagé nevara, no Paraná e em Santa Catarina a temperatura caíra abaixo de zero, em São Paulo os imigrantes recordavam o inverno europeu. As senhoras da alta sociedade aproveitavam para exibir luxuosos abrigos de pele; os homens vestiam pesados capotes e usavam cachecóis. Um cronista social escreveu excitado: "São Paulo, neste fim de inverno, em pleno mês de agosto, vestiu-se com o encanto de Paris às vésperas do Natal". O mesmo jornal noticiava noutra página a morte nas ruas, em consequência do frio, de velhos mendigos e de duas crianças, filhas de pais desconhecidos.

Vestido com uma roupa branca, de brim leve e barato, sem cachecol, sem capote, os sapatos rotos, as mãos metidas nos bolsos para resguardá-las do frio, um homem alto, tiritando, atravessava as ruas da cidade de São Paulo cobertas de garoa. Era um nordestino, de todo desabituado àquela temperatura, recém-chegado da Bahia. Não teria ainda trinta anos, mas já duas grandes entradas rareavam-lhe o cabelo na testa, fazendo-o parecer mais velho. Um bigode sem aparar cobria-lhe o lábio, emprestando um ar de aspereza à sua face. Seus olhos profundos e interrogadores pousavam sobre os homens e as coisas como a estudá-las e retê-las na memória para sempre. Quando ele falava, a aspereza da face parecia aumentar, sua voz era brusca, sacudia o interlocutor. Mas, de quando em vez, os olhos sorriam e o sorriso se estendia sob o bigode, a voz se fazia vibrante de harmonia, era como se a verdadeira humanidade daquele homem, escondida sob os modos bruscos, se revelasse de súbito. Naquelas horas, uma atmosfera, mistura de força e de doçura, o rodeava e era difícil resistir ao seu sorriso, como era difícil deixar de obedecer quando sua voz comandava.

Praguejava contra o frio, evidentemente aquelas roupas de brim não eram próprias para São Paulo, a umidade da garoa as atravessava, mas o homem sorria durante sua caminhada: os jornais relatavam, entre comentários indignados, a proclamação do regime soviético nos três Estados bálticos e sua incorporação à União das Repúblicas Socialistas Soviéticas. As fronteiras do mundo socialista se ampliavam, novos milhões de trabalhadores se libertavam da exploração, enraivecendo os inimigos: Saquila, num longo artigo, esquecido de Hitler e dos campos de concentração, bradava contra o "imperialismo soviético a ameaçar o mundo". Em compensação, certos intelectuais honestos, a quem o pacto germano-soviético confundira, começavam a dar-se conta da verdade das coisas e movimentavam-se ativamente para libertar Marcos de Sousa. Nas fábricas e nas oficinas, aquelas notícias repercutiam também, fazendo reavivar o fogo do entusiasmo conservado sob as cinzas da última repressão policial. O homem alto repetia a si mesmo, enquanto marchava rápido para esquentar-se: "Que grande Partido podemos construir aqui, onde está centralizada a indústria do país!".

Quando ele chegara, menos de um mês antes, e tomara o primeiro contato com Mariana, a moça se assombrara com seus planos. Apesar de animosa e otimista, encontrava-se diante de cruel realidade: alguns quadros espalhados numas quantas fábricas, a maioria sem poder sequer mover-se para conservar a liberdade, apenas uns quatro ou cinco trabalhando ativamente, sob o controle de Mariana e Ramiro. Um trabalho reduzido a quase nada: pequenos materiais mimeografados, em tiragens limitadas, circulando em círculos restritos, o terror ainda perdurava. Nos meios intelectuais tudo parecera terminar. Antigos simpatizantes tratavam de obter a liberdade de Marcos, usando para isso de sua influência junto a políticos e a personalidades, mas se mantinham completamente desligados do Partido. Cícero d'Almeida, incluído no processo, tivera de exilar-se no Uruguai, atravessando a fronteira às escondidas. O delegado Barros fora promovido por seus "relevantes serviços na repressão das atividades subversivas, na extinção do Partido Comunista".

Mariana, os olhos vermelhos das noites sem dormir para fazer marchar o mimeógrafo, no extremo da fadiga, ouvia aqueles planos ousados, parecia-lhe não estar o camarada Vítor com os pés firmes sobre a terra. Ele chegara da Bahia, onde na prática o Partido não fora atingido com a queda da direção no Rio. Tinham-no mandado para reerguer o trabalho em São Paulo. Vinha precedido de uma certa autoridade: não fora ele quem levantara, após a derrota de 1935, todo o trabalho em Bahia, Sergipe e Alagoas, não se devia a ele, aos seus métodos de organização, o fato dessas regiões não terem caído, como muitas outras, na recente repressão? Tudo isso era certo e Mariana, ao saber de sua chegada, sentira-se plena de animação. Andava meio desesperada com a marcha lenta das tarefas e o próprio Ramiro, pouco experiente, não encontrava saída para a situação. Era quase como se tivessem de começar do nada e Mariana o dissera a Vítor quando ouvira seus planos tão audaciosos, esses projetos de um Partido de milhares de militantes em São Paulo, sendo um fator decisivo na vida política do estado.

— Ah! camarada, eu bem desejo que seja assim. Mas, para lhe falar com franqueza, estamos longe disso. Posso contar nos dedos da mão os militantes e ainda sobra dedo. Você marca um encontro, o companheiro afirma que vai estar e na hora não aparece. Isso para receber algum material a distribuir. Não conseguimos reunir quatro camaradas para fazer um pichamento. Em toda a redondeza, só em Santo André existe alguma coisa parecida com organização, isso devido a Ramiro. Pensamos em tirá-lo de lá para levantar outros bairros operários, Santo André quase vem abaixo, ele teve de voltar para não perdermos o que já havia. No interior, só nos ficaram uns brotos de Partido em Santos, em Sorocaba, em Jundiaí. Um quase nada...

Vítor apertou os olhos, era um hábito seu quando ouvia algo desagradável. Sua voz brusca desabou sobre Mariana:

— Que é isso, camarada, perdeu a confiança? Ou você também se deixou convencer pelas afirmações da polícia de que o Partido estava liquidado? Começar do nada, quem lhe meteu isso na cabeça? Nem mesmo os nossos camaradas que fundaram o Partido começaram do nada. Existia a classe operária, existia o marxismo, existia a Revolução de Outubro. Junte a tudo isso a existência hoje do Estado socialista da União Soviética, a tradição do nosso Partido em São Paulo, o prestígio imenso de Prestes. Quem dirigiu as lutas dos operários paulistas todos esses anos? Fomos nós. Quem os organizou para essas lutas? Fomos nós. Quem se levantou contra o Estado Novo, quem tem impedido a aplicação da Constituição fascista? Nós. E você chama a isso de quase nada, companheira!

Aquela voz brusca a sacudia, ela sentia-se menos fatigada. Tudo aquilo que ele dizia era verdade, ela se havia limitado a ver as condições imediatas a cercá-la, numa objetividade estreita. Vítor abria-lhe perspectiva, mostrava-lhe os poderosos pilares assentados sobre os quais erguer o edifício do Partido. Mas não se contentava com a larga discussão, punha-se ao trabalho, para ele não contavam as horas, como se tivesse o poder de multiplicá-las. Mariana perguntava a si mesma, numa admiração, como ele conseguia tempo para ler e estudar, para se informar tão exatamente dos acontecimentos internacionais e ainda para acompanhar a vida intelectual do país. Era exigente para com os camaradas, mas o era antes de tudo para consigo mesmo. Menos de um mês depois do desembarque de Vítor, Mariana começava a sentir os resultados do trabalho. Certos camaradas, a quem a reação amedrontara, postos em contato com Vítor, voltavam a militar; outros, antes desanimados, se enchiam de entusiasmo. O mimeógrafo não parava, Vítor montara outro sistema para a distribuição do material, mais eficiente e mais seguro. Tinha o senso da organização e Mariana via um novo organismo nascendo das suas mãos, sentia a mesma sensação de encantamento de quando vira seu filho primeiro virar-se na cama, logo engatinhar, tentar uns tímidos passos, mal equilibrado nas pernas inseguras, andar por fim. O organismo partidário estava ainda longe de começar a andar, mas ela sabia agora, de um saber sem dúvida, que ia andar, que outra vez o Partido se levantaria, forte como nunca.

Ao mesmo tempo, começara a descobrir o lado humano daquele camarada que, de início, lhe dera a sensação de ser como uma máquina, voltada exclusivamente para o trabalho. Numa das vezes em que se reuniram, o camarada Vítor, tremendo de frio, lhe comunicara:

— Tenho uma notícia a lhe transmitir: João e os outros foram transferidos para o Rio. Para responder ao processo.

Ela não pôde reprimir uma exclamação de dor. Ali, pelo menos, tinha a possibilidade de saber de João, através das famílias de outros presos, de enviar-lhe algumas frutas. E agora ele era levado para o Rio, seria condenado certamente, deportado para Fernando de Noronha... A face de Vítor, de pé diante de Mariana, perdera toda a aspereza habitual, enchera-se de humana compreensão:

— Quebrei a cabeça tentando descobrir um meio de você poder visitá-lo, sem prejuízo para o Partido. Não encontrei, não houve jeito. Mas, antes do julgamento, lhe garanto que você irá ao Rio para visitá-lo. Por ora é impossível, não posso lhe dispensar nem por um dia.

Sorria-lhe como um irmão, afetuosamente:

— Mas tenho alguma coisa para você. Tome. — E lhe estendia um pequeno pedaço de papel, muitas vezes dobrado.

Viu-a ler o bilhete de João numa avidez, voltar às primeiras linhas como se quisesse decorá-lo antes de destruí-lo: "Minha querida, levam-me para o Rio, vamos ser julgados lá. Tenho pena de não te haver visto, mas estou contente de saber que estás trabalhando. Trabalha por mim e por ti, aproveitarei o tempo para estudar, tua lembrança me ajuda cada manhã e cada noite. Já estou reposto, o braço ficou bom. Não te preocupes por mim, cuida de nosso filho, ensina-lhe meu nome. Beija a mãe, ela é formidável. Trabalha bem, querida, assim o tempo será mais curto. Eu te amo, sou feliz de ser teu companheiro".

As lágrimas escorriam dos olhos de Mariana, ela tentava abafá-las, o trabalho com Vitor a esperava, o tempo do camarada era precioso. Passava as costas das mãos sobre os olhos, arrancava as palavras da garganta:

— Vamos começar...

Vítor sorriu-lhe, pôs-lhe a mão sobre o ombro:

— Há tempo para tudo, Mariana. Eu espero. Chora, se tens vontade. Isso te aliviará, depois trabalharás melhor.

Assim era o camarada Vítor, sobre cujos ombros repousava agora a responsabilidade de remontar a organização do Partido em São Paulo. Ele se atirava ao trabalho com unhas e dentes, num ritmo impetuoso, arrastando os demais consigo, não perdendo ocasião para educá-los e educar-se com eles. Ouvia atentamente os companheiros aos quais se ligava, fazia-lhe quantidades de perguntas, assim se ambientava no meio desconhecido. Duas qualidades o marcavam: sua capacidade de descobrir as qualidades de cada homem, de saber como melhor utilizá-lo, e um espírito de iniciativa capaz de apresentar rapidamente soluções práticas e realizáveis aos diversos problemas. Sua maneira de ser, franca e direta, fazia com que os operários logo confiassem nele; seus conhecimentos, seu amor ao debate, conquistavam-lhe os intelectuais. O Partido começou a reerguer-se, como um coração quase paralisado que volta a pulsar em ritmo crescente.

Mariana se afeiçoara a ele, acostumara-se com seu jeito brusco, ajudava-o o quanto podia. Vítor a encarregara novamente das finanças, ela reconstruía os círculos de amigos com a ajuda dos auxiliares de Marcos, no escritório de arquitetura, e daquele médico simpatizante que tratara do Ruivo. Ao mesmo tempo estabelecia ligações entre Vítor e elementos dispersos do Partido, seus conhecidos. A cada encontro, Vítor descobria sempre uns minutos para falar sobre João, fazer o elogio do camarada preso, levantar o ânimo de Mariana. Uma vez foi comer em casa dela, brincou com a criança, falou longamente da sua mulher que ficara na Bahia. Ele desejava fazê-la vir o mais depressa possível. Nesse dia até pilheriou com a mãe sobre o frio de São Paulo. A velha enchia-se de pena:

— Coitado! Ter de atravessar esse inverno vestido de brim.

Recomendava-lhe prudência, cuidado com as gripes, perigosas nessa época. Mas Vítor não tinha tempo para preocupar-se sequer com o frio, contentava-se com resmungar contra a temperatura. Porém, Mariana preocupava-se, seu instinto maternal inquietava-se com a saúde do camarada. Falando com os arquitetos do escritório de Marcos, perguntou se algum deles não possuía uma roupa usada de casimira para dar a um amigo. Conseguiu não só uma roupa mas também uma capa de gabardine, ainda em bom estado. Levou o pacote para Vítor, por ocasião de um encontro. O dirigente, ao desembrulhar aqueles tesouros, soltou uma exclamação de triunfo:

— Agora vou me rir do frio...

Mas logo refletia, voltava a embrulhar a roupa:

— Com a capa me basta. Vamos dar a roupa para o Ramiro, o português anda com umas calças tão remendadas que até parece um espantalho.

Mariana considerava:

— Isso quer dizer que tenho de arranjar outra para você. Vou ver se consigo com o doutor Sabino. Ele tem mais ou menos sua altura.

— Não há dúvida que essa é a solução ideal. E agora vamos trabalhar...

Esquecia as roupas, o frio, o cansaço, concentrava-se nas tarefas a realizar. Havia um grande Partido a construir em São Paulo, com o proletariado de São Paulo, o centro industrial mais importante do Brasil, "um grande Partido de massas, um Partido de novo tipo", explicava ele a Mariana.

13

MANUELA ESTREOU NAQUELA TEMPORADA, DANÇANDO *O LAGO DOS CISNES*, de Tchaikóvski. Aconteceu, por casualidade, ser no mesmo dia da sua segunda visita. Manuela aparecera na penitenciária carregada de embrulhos, gastara uma boa parte de suas economias em doces, frutas e conservas:

— Para ti e para os outros — dissera ao arquiteto, mostrando-lhe o monte de pacotes que os guardas levavam para a administração.

Trouxera também um programa do espetáculo da noite, tivera de deixá-lo na direção do presídio para ser examinado pela censura, antes de ser entregue ao preso. Mas ela lhe contava da distribuição dos papéis, fazia-lhe o retrato de cada bailarino, suas qualidades, seus defeitos. Oferecera à senhora do ex-oficial um bilhete para o espetáculo, na outra semana haviam saído juntas da penitenciária, a senhora a ajudara nas compras, dera-lhe conselhos sobre como trabalhar para obter a liberdade de Marcos. O arquiteto sentia-se tocado por cada um daqueles detalhes, agora compreendia o que significava o dia de visita para os presos. Manuela suspirava:

— Ah! como eu tinha vontade que estivesses no teatro hoje! Creio que fiz progressos, Marcos. O Serge é um grande bailarino, aprendi muito com ele.

Marcos suspirava também: era apaixonado por *O lago dos cisnes*, o que não daria para assisti-lo dançado por Manuela...

— Não creio que vá te ver dançar nesta temporada. E depois tu partirás para os Estados Unidos...

— Partirei? Não penso nisso, Marcos.

— Como? Não, isso eu não admito.

— Tu vês? Nem casamos ainda e já queres mandar em mim... — riu Manuela. — Um verdadeiro senhor feudal...

Mas ele não ria:

— Não posso consentir que sacrifiques tua carreira por minha causa. Se eu sair antes de tua viagem, nos casaremos e partirás, eu te esperarei. Não posso ir contigo, estou com tudo atrasado e não creio que me deem o visto. Se eu não sair antes, com mais razão ainda... O que não aceito é que cortes tua carreira.

— E quem te disse que para minha carreira o melhor é fazer essa turnê? Há duas coisas, Marcos. Primeiro: eu não saio daqui te deixando na cadeia. Isso não há força humana que me obrigue a fazer. Segundo: se nos casarmos, quero que me ajudes a realizar uns planos que tenho...

— Que planos?

— É uma história comprida, não podemos discutir nesse pingo de tempo. Vamos deixar para outra vez. Hoje tenho que te contar o que estamos fazendo para te arrancar daqui...

Narrou dos esforços dos amigos de Marcos, havia muita possibilidade que não o incluíssem no processo. Manuela estava esperançada, um dos arquitetos do escritório andava novamente no Rio, mexendo com gente importante. Ela nem queria pensar que ele não saísse antes de terminar a temporada...

Naquela noite, no fim do primeiro ato, trouxeram-lhe *corbeilles* de flores, o público não se cansava de aplaudi-la. Várias vezes chamada à boca da cena, ela buscava com os olhos a senhora do ex-oficial, sentada numa das primeiras filas. Era como se dançasse antes de tudo para ela, e, por intermédio dela, para os presos da Casa de Correção, para Marcos. E, em verdade, jamais dançara como naquela noite, quando seu coração estava pleno de amor, de alegria e de angústia, de medo e de esperança. Viveu a sua heroína do primeiro ao último passo, o público estava arrebatado de entusiasmo, o próprio diretor da companhia, o famoso bailarino europeu, veio cumprimentá-la.

Também Lucas Puccini estava presente. Chegara à tarde de São Paulo e com ele se encontravam a comendadora Da Torre e a sobrinha, ocupavam um camarote, a velha milionária armada de um binóculo de madrepérola. O poeta Shopel viera sentar-se com eles, no camarote, teorizava sobre música e balé, comentava as últimas notícias de Paulo e Rosinha, os acontecimentos mais recentes. Hermes Resende partira para os Estados Unidos, mas, em vez de seguir diretamente do Rio a Nova York, viajara para Buenos Aires, de lá atravessaria os Andes, tomaria um navio em Valparaíso para San Francisco. E, acrescentava maliciosamente, embarcara por casualidade no mesmo navio que a "virtuosa" Henriqueta Alves Neto. A comendadora riu:

— Língua de trapo... Deixe a pobre em paz, ela está aproveitando os seus últimos anos... O mau gosto é dele, podia arranjar coisa melhor.

— Hermes é um requintado, comendadora, é uma flor de civilização extraviada neste país bárbaro que se chama Brasil.

— E que tem isso a ver com Henriqueta? Ele gosta de comidas *faisandées*...

Riu mais que todos da sua graçola, a gargalhada a balançar-lhe as gordas bochechas. A comendadora dava-lhe pancadinhas com o leque, rindo também, adorava aquele tipo de conversa. Mas o pano de boca subia para o segundo ato, a comendadora aplicava o binóculo.

No fim do espetáculo foram todos aos bastidores felicitar Manuela. Lucas havia telefonado para a irmã, ao chegar, anunciando sua presença à noite no teatro e convidando-a para cear. Ela aceitara, queria mesmo conversar com ele. Surpreendeu-se ao vê-lo aparecer comboiando a milionária.

— Tu já conheces a comendadora Da Torre, não é? — apresentou depois de abraçá-la e beijá-la nas faces.

— Foi em minha casa que ela dançou pela primeira vez — lembrou a velha, estendendo-lhe a mão repleta de anéis.

Lucas apresentava Alina:

— A senhorita Alina da Torre, sobrinha da comendadora.

Shopel observava a cena, divertido. Manuela cumprimentava friamente, voltava-se para outros admiradores, encontrava-se ante os cento e vinte quilos de César Guilherme Shopel.

— Deusa da dança, mágicos pés de fada, permite ao mais humilde dos teus vassalos beijar-te a mão.

Lucas avisava:

— Vou levar Alina e a comendadora ao automóvel, volto para te buscar.

Shopel dobrava-se numa reverência à milionária, deixava-se ficar na roda a cercar Manuela. A moça não lhe estendera a mão, respondera-lhe apenas com uma inclinação de cabeça, mas ele não se dera por achado e quando ela, libertando-se dos admiradores, se dirigia ao camarim, voltou à carga:

— Que te fiz eu, pobre poeta, para que me olhes com tanto desprezo, me trates tão mal? Esqueceste que fui teu amigo nas horas difíceis?

— Meu amigo... Você tem topete, Shopel — fitou-o como a examiná-lo. — Diga-me uma coisa: você, que é tão inteligente, não descobriu ainda que vocês estão todos podres...

— Vocês, quem?

— Você, essa velha comendadora, a sobrinha dela, essa gente toda do seu meio... Podres, são uns sacos de pus...

— Podres? Sacos de pus? Que você quer dizer?

— Isso mesmo. Tão podres que até cheiram mal... — E deixou-o ali plantado, com uma cara tão de idiota que alguns grã-finos, a cortejar no palco as jovens bailarinas, riram.

— Te mandou passear, Shopel? — perguntou um deles.

O poeta não respondeu, abandonou o teatro, resmungando: "Os comunistas a ganharam, esses miseráveis...". Na porta encontrou um crítico musical a comentar entusiasmado o talento de Manuela. Shopel o atalhou:

— Grande bailarina? Não exagere, homem, não seja patrioteiro. É uma pobre amadora, jamais passará de amadora...

O crítico se indignou, ia replicar, mas Shopel já descia as escadarias do Municipal, acendendo um charuto.

Lucas voltara em busca de Manuela. Saíram para um restaurante de luxo, o industrial sentia-se orgulhoso dos olhares voltados à passagem da irmã, do movimento de cadeiras e mesas provocado pela sua entrada. Uma mesa, ao centro, o tentava, Manuela o arrastara para outra, num canto:

— Quero falar contigo.

— Não deves fugir aos teus admiradores.

Ela o observava enquanto ele comandava a ceia, escolhendo o vinho mais caro. Fazia mais de um ano que não via o irmão. Lucas não possuía mais nada que recordasse aquele jovem de há menos de cinco anos, ao qual uma vez um transeunte tratara de palhaço, devido às suas roupas puídas e curtas. Manuela recordava a cena distante: naquela noite da visita ao parque de diversões tudo começara. Para Lucas e para ela. O irmão enriquecera, enriquecera cada vez mais; ela ouvira falar, nesses dias no Rio, da sua sorte nos negócios, da sua atual associação com Costa Vale e a comendadora. Não tardaria a ver todos os seus sonhos realizados: os bancos, as grandes empresas, o poder. No entanto, Manuela recorda com saudade o jovem ambicioso da casa úmida do subúrbio paulista. Aquele ela amava, parecia-lhe o melhor dos irmãos. Esse de hoje, bem-vestido, de unhas tratadas, com um anel brilhante no dedo, um automóvel esperando na porta do restaurante, causava-lhe, ela não sabe mesmo por que, uma certa pena. Por ele fizera o maior dos sacrifícios e quase o odiara depois, durante algum tempo não quisera sequer vê-lo. Hoje, quando se sente feliz, uma certa ternura pelo irmão volta a renascer dentro dela. Tem pena dele, vivendo exclusivamente para a sua ambição, sacrificando tudo ao desejo de riqueza e de poder.

— Estás mais velho...

Lucas bateu com um punho sobre a palma da mão, num gesto de triunfador:

— Agora, Manuela, estou marchando para onde quero. Te lembras? Não faz tanto tempo assim... Uns quatro anos, não é? Eu te dizia que havia de ganhar dinheiro, tanto dinheiro... Estou ganhando, Manuela, mas vou ganhar ainda muito mais, hei de ganhar ainda mais que todos... Agora já não são negócios aventurosos, estou me ligando aos grandes capitais.

— Já soube...

— Te contaram? Pois é... E, talvez, quem sabe... — sua voz se fazia romântica — venha a ligar-me também com outros laços.

— Que queres dizer?

— Que te pareceu a sobrinha da comendadora? Feinha, não é? Mas não tão feia que chegue a ser horrorosa, não? Com os milhões que ela possui e os que herdará, a verdade é que todos a acham uma beleza. E tem uma coisa a levar em conta: uma educação primorosa, toca piano como gente grande, até pinta umas aquarelas.

— Tu pensas casar com ela?

— Ainda não posso te dizer nada de definitivo. Tenho a impressão que ela gosta de mim e que a comendadora dará seu acordo. Mas há uma quantidade de pretendentes, mana. Pior que urubu em cima de carniça. E são uns grã-finos, tu sabes, com três e quatro nomes, não são filhos de imigrantes como nós. Fazem uma guerra tremenda contra mim. A outra é casada com um desses. Mas tu o conheces melhor que eu, o Paulinho...

— Tu vais ser seu cunhado...

— É bem possível. Espero contar com o apoio da comendadora na hora H. Ela não é melhor do que nós, como família, bem ao contrário. Já casou a primeira com um grã-fino, o que ela precisa agora é de um tipo como eu, capaz de substituí-la à frente dos seus negócios. E eu te digo, Manuela, se eu botar a mão em cima da fortuna da comendadora, vou me transformar, em pouco tempo, no homem mais rico do Brasil. Meto o Costa Vale num chinelo. Em pouco tempo... Que achas disso?

— Eu? Não acho nada, são assuntos teus.

— Mas tu és minha irmã, não vais querer que eu vá discutir com tia Ernestina. Que te pareceu a Alina? É feia demais?

— Não, tão feia não é. — Olhou-o. — Tu sabes o que eu disse ao Shopel, depois que saíste?

— Não. Que lhe disseste? O Shopel te estima muito.

— Eu lhe disse que ele, a comendadora, a sobrinha, toda essa gente desse meio, está podre e cheira mal. Tenho medo que essa podridão te atinja também.

— Mas por que isso? Que te fez o Shopel, que te fizeram a comendadora e Alina?

— Depois do que se passou comigo, Lucas, tenho nojo de toda essa gente. Quando penso que estive a pique de me matar por causa deles — ia dizendo "e de ti", mas se conteve para não magoá-lo mais —, que se não fosse ter encontrado outra gente, eu estaria perdida...

Lucas aproveitava a chegada do garçom com os pratos para esconder sua perturbação. Começaram a comer em silêncio.

— Tu tens tuas razões — disse ele, pousando o garfo. — Não nego. Mas generalizas, Manuela, culpas a quem não tem culpa. E, demais, dramatizas uma coisa, no fundo, sem importância...

— Tu sabes que idade teria meu filho se houvesse nascido?

Ele silenciou outra vez. Foi Manuela quem voltou a falar:

— De qualquer maneira, se casares eu desejo que sejas feliz. Apesar de que isso me parece mais um negócio que um casamento...

— Não vou te dizer que há um amor maluco. Porém, nos entendemos, ela se sente bem em minha companhia, os grã-finos a amedrontam um pouco. O amor... Será que isso existe mesmo, Manuela? Tu parecias louca de amor e, no entanto, esqueceste.

— Eu estava louca, é verdade. Mas, Lucas, não era amor, era só loucura. Só depois aprendi o que é o amor. É mesmo provável que ele não exista nesse meio em que vives... Mas, fora daí, ele existe, eu posso te afirmar. Tenho pena de ti que não o conheces, talvez não venhas nunca a senti-lo...

Lucas quis saber:

— Que há? Conta-me.
— Vim mesmo comer contigo para contar-te. Mas acontece que me falaste do teu próximo casamento antes que eu te falasse do meu...
— Vais te casar?
— Vou, e vou me casar por amor, por verdadeiro amor.
— Com alguém da companhia? O diretor? E quando?
— Não, não é ninguém da companhia. O diretor, bem... o diretor não gosta de mulheres... Vou me casar logo que meu noivo saia da cadeia.
— Saia da cadeia? — estranhava Lucas. — Quem é?
— O arquiteto Marcos de Sousa está preso...
— ... por comunista, eu sei...
Fechou o rosto, logo abandonou os talheres sobre o prato, Manuela voltara a comer.
— Esse casamento não pode ser! Não estou de acordo!
Manuela levantou os olhos para o irmão:
— Não perguntei tua opinião. Apenas te contei, Lucas. Mas, como dei minha opinião no teu caso, posso escutar a tua. Diz, se quiseres. Por que não estás de acordo?
A calma da moça o irritava. Desde há muito tempo não se sentia com autoridade sobre Manuela. Arrependia-se da frase gritada no primeiro impulso, não era assim que podia convencê-la. Conteve sua irritação:
— Não me parece um bom casamento para ti.
— Por quê?
— Tu és uma artista cujo nome começa a se fazer conhecido. Tens uma carreira em tua frente. Por seu lado, o Marcos também é muito conhecido. O nome dele vai abafar o teu.
— Arranje uma razão melhor, essa é tola demais.
— Mas o pior é o fato dele ser comunista. Com essa história, ele se enterrou como arquiteto... Nunca mais ninguém vai lhe dar trabalho. Vai ter que viver de bicos... Isso se não pegar um processo que o enterre na prisão por muitos anos.
— Mesmo que ele perdesse a clientela, isso não me importava. Não é com a clientela dele que vou casar. Porém, quero te dizer que ele não vai perder clientela nenhuma. São os clientes dele que estão fazendo a maior força para soltá-lo. Não é assim tão fácil liquidar um grande arquiteto e Marcos é um grande arquiteto. E, se ele tiver de passar longo tempo na prisão, eu o esperarei. Já te disse que o amo. Agradeço o teu interesse pelo meu futuro, mas não aceito teus conselhos.

— Vamos sair... — propôs ele. — Para falar com mais calma.
— Deixa-me tomar café antes.

Ele esperou, impaciente. Entraram no automóvel, uma "barata" que ele adquirira para usar no Rio, rumaram para Copacabana. Iam em silêncio, Manuela aspirava a brisa marítima, pensava em Marcos. Como teria sido bom se ele estivesse no teatro... Sairiam andando juntos, de braço dado, iriam beijar-se na balaustrada do Flamengo, como tinham visto fazer um casal de namorados, nos seus tempos de mútua timidez. No fim da avenida Atlântica, nas proximidades do Forte de Copacabana, Lucas parou o carro:

— Manuela, esse casamento é um absurdo. Por que vais te meter com os comunistas, complicar tua vida?

— Me meter com os comunistas? Mas então tu não sabes que eu sou comunista?

— Tu? Desde quando? Entraste no Partido?

— Não, não entrei no Partido, quem sou eu para poder entrar no Partido? O que eu quero te dizer é que penso como eles e me sinto solidária com eles. Sou contra vocês, Lucas.

— Desde quando pensas assim? — perguntou, aliviado ao saber não ter ela uma atividade militante.

— Desde que vocês iam me matando moralmente e eles me salvaram. Me deram a mão e me levantaram da lama onde vocês me haviam enterrado.

— Os comunistas? Você quer dizer Marcos...

— Não... Quero dizer os comunistas. Só depois vim a conhecer Marcos.

— Conta-me isso.

— Não, não te conto. Para que te contar? Basta que saibas que eu estou do lado deles, eles não vão complicar minha vida. Ao contrário, se hoje posso bailar e ser aplaudida é a eles que devo. Não é a ti, não é aos teus amigos...

O silêncio reinou outra vez, Lucas tinha certa vergonha de recorrer a argumentos idênticos aos que usara um dia num quarto do Hotel São Bento, em São Paulo. Mas não tinha outro jeito:

— Manuela...

— Fala...

O luar se refletia nas águas do oceano, ela pensava em Marcos. Era necessário tirá-lo da cadeia quanto antes, cada dia sem ele era um dia perdido. Viriam juntos contemplar o luar.

— Tu sabes... Tenho os meus negócios, estão bem encaminhados. Teu sucesso me ajuda, é algo que faz esquecer não sermos de família importante.

— Lucas, não vais renegar nossos pais...

— Não se trata disso, Manuela. Compreende-me, pelo amor de Deus... Esse teu amaldiçoado casamento pode vir botar abaixo todos os meus planos. Já te contei que me fazem uma guerra danada, para impedir que eu case com a Alina. Imagina se tu casares com Marcos: é um argumento a mais contra mim que pode me liquidar. A comendadora não suporta o Marcos, desde o casamento da Rosinha. Ele recusou ocupar-se da ornamentação da casa...

— Para ser solidário comigo, tu vês?

— E o Costa Vale também não o suporta. Se todos se juntam contra mim...

— Mas contra ti, por quê? Não és tu quem vai casar com ele.

— Não te faças de desentendida. Se casares com Marcos, vais arruinar a minha vida.

— Não creio. — Mirou, com um sorriso melancólico, a face do irmão à luz do luar. Lucas estava suplicante. — Apesar de tudo, eu te estimo, és meu irmão, crescemos juntos, houve um tempo em que eras tudo para mim. Porém, Lucas, devo te dizer a verdade: mesmo que eu soubesse que, casando com Marcos, prejudicaria teu casamento, mesmo assim eu casaria. Uma vez te sacrifiquei meu filho. Eu era uma tola, aquilo foi um crime, Lucas, e eu paguei caro por ele. Hoje não estou disposta a te sacrificar coisa alguma.

— Manuela! Podes, pelo menos, adiar essa loucura até depois que eu case. Assim terás também tempo para pensar...

— Pensei tanto nos últimos anos... Não, Lucas, vou casar-me em seguida. Mesmo que case com ele preso. Mas não te preocupes: meu casamento não vai prejudicar o teu. Não só tu sabes te defender, como, se a comendadora te escolheu, não corres perigo. Tu pensas que estás jogando com ela e é ela quem está jogando contigo. — Tomou-lhe da mão, apertou-a contra as suas. — Seja feliz, Lucas eu te desejo de todo coração. Muito feliz...

— É tua última palavra?

Balançou a cabeça dizendo que sim.

— Como mudaste, Manuela...

— É verdade. Agora deseja-me tu também felicidade e leva-me ao hotel.

Ele pôs o motor em marcha, o rosto fechado, o automóvel arrancou. Fizeram o caminho em silêncio, Manuela pensava em Marcos. Se não o pusessem logo em liberdade, casaria com ele preso, tinha vontade de gritar o seu nome, de gritar sua alegria sem limite. Um sorriso nos seus lábios, Lucas voltava o rosto para não vê-lo.

Na porta do hotel, Lucas estendeu-lhe a mão:

— Se algum dia precisares de mim...

A voz de Manuela era um suave murmúrio:

— Obrigada, Lucas. Tenho certeza de que vou ser muito feliz.

14

A RECUPERAÇÃO DOS QUADROS DO PARTIDO QUE HAVIAM ESCAPADO da última ofensiva policial, em São Paulo, estava praticamente terminada. Vítor mostrava-se satisfeito: não eram muitos companheiros, na capital e no interior, mas era um ponto de partida. Um novo recrutamento se iniciava, Vítor voltava-se de preferência para as grandes empresas, os centros ferroviários, os bairros de habitação operária. Um secretariado provisório fora cooptado, à espera da ocasião e da possibilidade de um plano que elegesse os dirigentes definitivos do regional. Mariana estava pondo de pé as finanças, alguns círculos de amigos já funcionavam, ela conseguira com um grupo de simpatizantes o dinheiro necessário para a compra de uma pequena máquina impressora e de caixas de tipos.

Essa questão da tipografia preocupava Vítor. Era essencial para o desenvolvimento do trabalho, para a agitação das massas. Pedira aos camaradas do Nordeste o envio de um gráfico, buscava com Mariana uma casa onde alojá-lo e às máquinas. De Santos chegou o dinheiro necessário para completar a compra da oficina: os estivadores, doqueiros e ensacadores, marinheiros dos navios e dos rebocadores, haviam-no recolhido numa coleta. Compraram uma partida de papel, esconderam-na enquanto procuravam uma casa. Mariana tentava descobri-la.

Outra preocupação de Vítor era o trabalho no campo: estava inteiramente abandonado. O que existia antes desaparecera com a reação. O antigo responsável do trabalho entre os camponeses fora preso em Campinas, respondia a processo no Rio, Vítor analisava os companheiros em atividade, nenhum deles lhe parecia o homem indicado para aquela tarefa difícil e perigosa. Necessitava de um camarada conhecedor da mentalidade dos camponeses, dos problemas dos agregados, dos meeiros, dos colonos, que soubesse falar com eles, parecer um deles, alguém capaz de ganhar-lhes a confiança e de se fazer estimar. Bem diferente era o trabalho numa fábrica, ou num bairro operário, do trabalho no campo. Vítor pensava que mesmo a organização devia adaptar-se às condições existentes nas grandes fazendas e nas pequenas plantações. Tinha várias ideias sobre o assunto, experimentara algumas com sucesso na Bahia, em Sergipe, em Alagoas, mas em São Paulo faltava-lhe o homem capaz de pô-las em prática. Vítor tinha esperanças de encontrá-lo entre os companheiros do interior, em Sorocaba ou em Campinas, havia alguns aos quais ele não conhecia ainda.

Foi por essa época que reintegraram no trabalho um militante operário, velho no Partido, de nome Alfredo. Era um mecânico, trabalhava numa pequena oficina de reparação de autos no bairro proletário da Freguesia do Ó, onde habitava também. Homem risonho e afável, conhecido e estimado de todos, muito fizera pela popularidade e prestígio do Partido no bairro. Escapara à prisão, fora passar uns tempos no interior, o dono da oficina, um antigo chofer, prometera guardar-lhe o emprego. A célula do bairro, secretariada por ele, desorganizara-se com sua ausência, mas não fora afetada pelas prisões. Haviam caído companheiros residentes ali mas que militavam em células de empresa, o que sucedia aliás com a maioria dos comunistas do bairro. A célula local se compunha de empregados de pequenas oficinas, de artesãos, de um professor primário. Com a viagem de Alfredo e as prisões no regional, a célula deixara de reunir-se, o trabalho estancara.

Alfredo, ao voltar, tratou de pôr-se em contato com Mariana. Mas custou a localizá-la, Vítor defendia os companheiros e a organização aplicando métodos de trabalho apropriados à situação de rigorosa ilegalidade, numa vigilância constante. Ele mesmo usava vinte nomes diversos, e, à proporção que o organismo partidário voltava a crescer, ele criara condições de segurança ainda maiores. Alfredo, assim, andou de um lado para outro em busca de Mariana, aflito por não encontrá-la. Coisas raras estavam se passando na Freguesia do Ó, sua impressão era que um hábil provocador se infiltrara entre os companheiros e simpatizantes.

Havia sido o professor primário quem primeiro lhe falara sobre isso e lhe descrevera o homem. Durante sua ausência, viera morar ali um tipo que logo conquistara as simpatias gerais. Um sujeito enorme, gigantesco, muito dado, fazendo-se amigo de todo mundo.

Trabalhava numa pedreira distante, serviço duro. No entanto, ao voltar à tardinha, o tal sujeito, em vez de ir descansar, lançava-se a um trabalho de agitação entre os moradores do bairro. Na opinião do professor, esse homenzarrão, cujo nome era Fernandes, havia feito mais, naquele pouco tempo, pela causa revolucionária, que eles todos durante os anos passados. O próprio professor estava em ligação com ele, tentavam agrupar gente, não mais para uma pequena célula como antes, mas uma grande célula, ampliada com vários elementos novos, conquistados pelo Fernandes. Alfredo coçou a cabeça quando o professor lhe contara aquela história. Ouvira, depois, de vários outros, rasgados elogios ao tal gigante. Ficara desconfiado, não quisera nenhum contato com ele, na sua opinião tratava-se de um provocador mandado pela polícia.

Mais que nunca pareceu-lhe urgente encontrar Mariana, ligar-se ao Partido. Não podia, porém, ficar inativo enquanto esperava, deixando um provocador agir no seu bairro. Discutiu com o professor, explicou-lhe suas razões:

— De onde apareceu esse tipo? Quem lhe garante que ele trabalha mesmo numa pedreira? Isso é conversa para boi dormir. O que ele é, eu sei: um provocador, vai entregar todo mundo à polícia.

O professor duvidava. Se era um provocador, tratava-se de um mestre. Nada nele indicava um espião da polícia. Por que Alfredo não conversava com ele, antes de formar uma opinião definitiva?

— Não sou tão ingênuo que vá me meter na boca do lobo.

Tomara providências junto aos camaradas, adiara a reestruturação da célula no receio de dar pista ao homem. Fora de companheiro em companheiro, para esclarecer a situação. Alguns já tinham mesmo se ligado ao gigante, mas, ante a firme oposição de Alfredo, afastaram-se. Mesmo o professor começou a ter dúvidas, deixou de procurar o tal Fernandes. Este não pareceu impressionar-se com essa súbita hostilidade, continuava a buscá-los, fazia-se amigo de outros operários. Alfredo repetia a uns e a outros: "É um provocador". O tempo ia-se passando e Alfredo sentia-se cada vez mais inquieto.

Por fim, um dia Mariana o procurou. Só então ela soubera da sua volta, marcaram um encontro. Alfredo quis lhe fazer um informe sobre a situação no bairro, mas ela não consentiu:

— Tu informarás a outro camarada, responsável pelo regional. Eu vou apenas te ligar a ele. Chama-se Joaquim.

Vítor, antes de tomar contato com um companheiro, perguntava sobre ele, ao encontrá-lo já conhecia sua biografia. A de Alfredo parecia-lhe designar um camarada honesto, dedicado, fiel ao Partido. Ouvindo-o falar, sua opinião se reafirmava: um bom quadro, modesto e vigilante. O secretário da célula da Freguesia do Ó expunha a situação. Não podiam sequer movimentar-se com aquele provocador a trabalhar ali, doido para localizar o Partido. O que ele queria, na opinião de Alfredo, com todas aquelas conversas, aqueles contatos, a tentativa de articular uma célula, era meter a mão sobre a organização, sobre os militantes. Alguns tinham se deixado envolver mas, felizmente, não haviam contado nada, o provocador aparecera quando a célula deixara de funcionar. Era um perigo aquele tal Fernandes, principalmente porque não tinha na aparência nada de policial, dava uma impressão de ser um cara direito, um revolucionário sincero.

Vítor pediu detalhes sobre a atividade do tal Fernandes, Alfredo transmitiu-lhe o que ouvira do professor, dos demais camaradas. Inclusive o tipo recolhera dinheiro para ajudar as famílias dos presos, dera ele mesmo uma quantia relativamente alta. Onde teria arranjado dinheiro para dar, se não fosse da polícia? A não ser que tivesse apertado o cinto, reduzindo-se a uma refeição diária; o salário de um trabalhador não dá para tanta generosidade. Tentava assim obter a confiança dos companheiros e penetrar no Partido. Vítor ouvia interessado, aquela história lhe parecia estranha. Alfredo fazia bem, sem dúvida, em manter-se vigilante, em defender a liberdade dos camaradas. Mas, por outro lado, não era justo paralisar toda a atividade partidária, não reunir a célula. Ao demais, havia qualquer coisa na maneira de agir do tal Fernandes que não encaixava na figura de um provocador. Quando Alfredo terminou, Vítor fez uma pergunta:

— Você já viu o tal sujeito?

— Muitas vezes, camarada Joaquim. Ele já tentou mesmo falar comigo, talvez tivesse sabido alguma coisa sobre mim. Mas não topei conversa.

— Como é ele?

— Pois como já lhe disse... Mascarado de comuna...

— Não é isso. Fisicamente, como ele é?

— Ah! é um sujeito enorme, um gigante. Muito queimado de sol, o rosto largo, de meia-idade. É um tipo simpático, capaz de enganar qualquer um.

Uma ideia atravessava o espírito de Vítor. Mas era impossível, os mortos não ressuscitam. O mais provável é que Alfredo tivesse mesmo razão, é que se tratasse de um provocador. Em todo caso, fez-lhe algumas perguntas sobre detalhes físicos do homem. E o espantoso é que as respostas de Alfredo coincidiam com a ideia absurda que lhe viera à mente. Coincidiam de tal maneira que Vítor resolveu tirar a coisa a limpo:

— Olhe, companheiro, por ora não faça nada. Eu vou pensar sobre o assunto. Iremos nos encontrar... Espere... amanhã não pode ser, nem depois de amanhã... Na sexta-feira. — Marcou um ponto, Alfredo partiu.

Na sexta-feira, Vítor esperava impaciente, Alfredo se atrasara alguns minutos. Saíram andando pela rua tranquila de residências pacatas. Vítor tirava de uma carteira de notas um pequeno retrato, mostrava-o ao outro:

— O homem se parece por acaso com esse?

Alfredo examinava a fotografia de amador:

— É ele. Sou capaz de jurar que é o mesmo...

Vítor sorriu, vivia há três dias entre aquela esperança e o receio de ter-se enganado, repetindo a cada momento a si mesmo: "É absurdo, ele morreu".

Alfredo percebeu a mudança na fisionomia do dirigente:

— Você o conhece? É ou não um provocador?

Vitor balançou a cabeça, negativamente:

— Não. É um camarada, só que perdeu o contato com o Partido. Ouça, Alfredo: você vai procurá-lo. Para comprovar mesmo se é quem eu penso, comece lhe dizendo que você lhe traz lembranças do padre Antônio. Se ele responder que "a tia vai bem", então é ele mesmo. Não creio que ele tenha esquecido a velha senha. Se não for ele, você desconversa, inventa uma história qualquer. Se for, o traz para falar comigo.

— Quando?

— Amanhã mesmo. Amanhã é sábado, venha às quatro da tarde.

— No mesmo ponto de hoje?

— Não. É melhor numa casa — disse-lhe um endereço. — Decore hoje e depois de trazer o homem trate de esquecer o endereço e também tudo que se refere ao Fernandes.

— Certo.

— Agora, vamos discutir sobre seu trabalho...

Alfredo, ao sair da oficina, à tarde, dirigiu-se para o ponto do bonde onde o tal Fernandes desembarcava todos os dias, de volta do trabalho. O homem havia alugado um quarto na casa de uma família pobre, naquela rua. Não teve de esperar muito. Por volta das sete horas avistou-o saltando do bonde. Acompanhou-o um pouco, a distância, quando o viu só aproximou-se.

— Trago-lhe lembranças do padre Antônio — murmurou por detrás de Fernandes.

O gigante estremeceu como se tivesse recebido uma descarga elétrica. Mas não respondeu nada, apenas parou. Alfredo seguiu seu caminho como se não fosse a Fernandes que houvesse dirigido sua extraordinária frase. Mas em duas pernadas o gigante o alcançou, segurou-lhe pelo braço:

— Espere. Deixe eu me lembrar... Faz tanto tempo, já esqueci. Mas, por tudo que você estima, não vá embora. Espere. Quem é que vai bem, senhor!? É um parente... Espere... Já sei... "A tia vai bem...". — E suspirava aliviado.

Alfredo avisou-lhe:

— Você está quase rebentando meu braço. Eu tenho um serviço extra na oficina essa noite. Apareça por volta das nove horas para a gente conversar.

Às nove horas, o homenzarrão apareceu. Alfredo, sozinho, tratava de recompor um automóvel, pagando assim ao proprietário da pequena oficina as horas que passara fora pela manhã. Sorriu amigavelmente ao dito Fernandes, sentia-se um pouco culpado por suas suspeitas. Não falaram, porém, no assunto, Alfredo contentara-se com marcar um encontro para o dia seguinte:

— Um camarada responsável quer lhe ver.

O gigante não fez perguntas, apesar da curiosidade a possuí-lo. Ofereceu-se para ajudar o camarada:

— Entendo um pouco disso...

— Não é necessário. É melhor que você dê o pira, pode aparecer alguém.

Na rua, o gigante pensava: como o Partido o havia localizado? Ao vir para São Paulo, trouxera uma ligação para o camarada João, mas chegara tarde, depois de sua queda. Quem sabe se Doroteu não voltou do vale, não anda por São Paulo? Talvez o tivesse visto por ali, casualmente, e, tendo-o reconhecido, mandava-o buscar. Sim, devia ser Doroteu, além dele só conhecia dois camaradas de São Paulo e ambos estavam presos: Carlos e João. De qualquer maneira, fosse como fosse, significava o fim dos seus padecimentos. Quando se vira em São Paulo, sem ligação com o Partido, ante as notícias da queda do regional e da direção nacional no Rio, sentira-se, pela primeira vez na vida, quase desesperado. Como era possível viver sem estar ligado ao Partido, sem trabalho político? Fizera uma longa viagem para chegar, conseguira documentar-se pelo caminho, chamava-se agora Miguel Fernandes.

Em São Paulo pensavam-no morto, a polícia não o buscava. Mas que lhe adiantava isso, se, mesmo antes de chegar, lera nos jornais as notícias das prisões, as declarações do chefe de polícia sobre a liquidação do Partido? Não que acreditasse em tais afirmações, o Partido já havia atravessado momentos tão duros quanto aquele. Mas como faria para reencontrá-los, para ligar-se ao trabalho? Devia existir uma falta imensa de quadros, precisavam de todos os militantes em liberdade, como ele. Pensara em ir para a Bahia, onde era-lhe fácil contactar-se. Mas Doroteu, em nome da direção, o designara para São Paulo, era ali o seu novo posto. Competia-lhe buscar o Partido até encontrá-lo.

Escolheu um bairro operário para morar: se soubesse procurar havia de encontrar o Partido mais dia menos dia, ele não podia deixar de existir em meio a tantos trabalhadores. Pôs-se a buscá-lo ativamente, tão ativamente que despertou as suspeitas de Alfredo. A princípio pensara ter sido o Partido de todo liquidado na Freguesia do Ó. À proporção que ia conhecendo a vizinhança, punha-se a par da vida daquela gente, soubera das prisões efetuadas nas ruas próximas. Pensou então em reerguer o Partido, ali, por conta própria, já que não conseguia se ligar a camaradas responsáveis. Travou relações com o professor primário, aproximou-se de outros, reuniu dinheiro para as famílias dos presos (dera quase todo o seu salário de uma quinzena), a coisa marchava. Mas, um dia, começaram uns quantos a se afastar dele. Imaginou o que se passava: desconfiavam dele. Isso queria dizer estar o Partido presente em qualquer parte, vigilante. Tinha desejos de abrir-se com alguém, com o professor talvez, mas não estava seguro de dever fazê-lo. Continuou sua agitação entre os operários. Era de qualquer maneira um trabalho para o Partido. Mas quando o encontraria por fim, quando voltaria a militar numa célula, a ter tarefas traçadas e definidas?

Agora saía do encontro com Alfredo com a alma leve. Fosse como fosse que o houvessem descoberto, era o fim daquela amargura de meses. Devia ser o negro Doroteu, sua estada no vale fizera-se certamente impossível. E José Gonçalo sorri, pensando no negro: ninguém tocava gaita de boca como ele, um negro bom e melancólico. Um camarada corajoso e capaz, como iria apertá-lo nos braços, ao encontrá-lo...

Mas foi o Vítor que ele encontrou no dia seguinte. Ao entrar na sala onde o dirigente o esperava, José Gonçalo não pôde conter um grito:

— Vítor!

Abraçaram-se três ou quatro vezes, Alfredo notou, com certa surpresa, uma lágrima nos olhos do gigante. Vítor, também emocionado, batia nas costas do outro:

— Vivo, hein! Bem me parecia impossível...

— O que morreu, e eles tomaram por mim, valia mais que eu. Que camarada! Um macho.

Alfredo os deixava sós. Vítor recomendava-lhe não falar a ninguém sobre esse tal Fernandes. Trata-se de tocar o trabalho no bairro para diante, aproveitando inclusive os contatos tomados pelo gigante.

— Tem gente muito boa, é só recrutar... — dizia Gonçalo.

Explicava depois a Vítor:

— Eu tinha resolvido meter a cara, fazer qualquer coisa, já que não conseguia encontrar o Partido. Mas me isolaram...

— Pensaram que era um provocador.

— Foi o que eu imaginei. E até me alegrei com isso, era sinal que o Partido não estava morto ali, como eu pensara. O buraco era encontrá-lo, me ligar. Seu Vítor, padeci nesses meses, padeci de verdade. Com todas essas prisões, pensei que nunca mais ia encontrar a família... — dizia "família" e assim o sentia ao falar do Partido.

— Eu te fazia morto. Fiz até teu elogio numa reunião...

— E tu, como vieste parar aqui?!

— Mandaram-me para levantar o trabalho. Estava quase tudo parado com esse golpe da polícia. Foi sério, meu velho. Mas, pouco a pouco, vamos pondo as coisas a andar. E apareceste na hora exata. Tenho uma tarefa para ti.

— Qual é?

— Já chegaremos lá. Conta-me antes a história do vale. Eu só soube de uma parte. E, dentro de pouco, logo que as coisas aqui estejam mais claras, tenho de me ocupar de Mato Grosso e do vale.

Gonçalo narrou a luta, falou de Nhô Vicente, de Claudionor, de Emílio, os três haviam morrido para plantar o Partido naquelas terras. Falou de Nestor:

— Um cabra batuta. Um caboclo que, se o ajudarmos, virá a ser um grande dirigente camponês. Eu te recomendo esse menino. É de ouro.

Contou do negro Doroteu, da greve dos operários:

— Eu ia fazendo uma besteira no fim, o negro me impediu. O que ele tem de feio tem de bom. Vai dar trabalho aos americanos, nas mãos dele o Partido só pode ir para diante.

— Não vai dar trabalho aos americanos, está dando. Não sabes o que sucedeu nas festas de instalação? O Partido publicou um material contando.

— Tu falas como se eu estivesse no meio do Partido. Desde que saí do vale, só hoje...

— É verdade. Vou te contar...

Gonçalo ouviu, um sorriso nos lábios, o coração em festa.

— Ah! Vítor, esse vale... Um dia eu quero voltar para lá. Quando chegar a hora de tocar esses gringos para fora, quero estar presente. Para vingar Nhô Vicente, Emílio e Claudionor. Para terminar o que começamos...

— Por que não? Um dia... Mas, agora, vais ficar em São Paulo. Sabes o que te reservo?

— O que é?

— A responsabilidade do trabalho no campo. Está tudo por fazer, o pouco que havia afundou com a repressão. Vou te estabelecer uns contatos...

— Não seria possível mandar buscar Nestor?

— É uma ideia. Devo discutir com os camaradas do secretariado. Também sobre ti. Mas penso que ficarão de acordo. Estávamos atrás de alguém para essa tarefa. E quando mandarmos gente ao vale, chamaremos Nestor. Se o regional de lá concordar.

A noite tombara, as luzes se haviam acendido nos postes elétricos, quando terminaram de conversar. Antes de se abraçarem mais uma vez, Vítor disse:

— Quando correu a notícia de tua morte, o negro Balduíno fez um abc, até hoje cantam no cais da Bahia. Deixe eu me lembrar como é. Escute:

Os gringos americanos,
que vivem aqui como donos,
explorando o brasileiro,

roubando o nosso dinheiro
pra levar pro estrangeiro,
esses gringos desgraçados,
com a polícia amigados,
de noite, na escuridão,
mataram o Zé Gonçalo.

— O único jeito que tenho é nunca mais ir à Bahia...
— Espere, ainda tem:

Mas pra matar foi preciso
mais de cem homens armar!
Gonçalo, quando os viu chegar,
nos lábios tinha um sorriso:
— Viva o povo brasileiro
livre do jugo estrangeiro!,
morreu assim a gritar.

Gonçalo tinha os olhos úmidos, Vítor o abraçava:
— Tu vês? Responsabilidade muita, meu velho. Uma coisa dessas, saída do povo, a gente paga é trabalhando de verdade. Pra expulsar os gringos...

15

POSTO EM LIBERDADE NOS MEADOS DE SETEMBRO, MARCOS CASOU-SE menos de quinze dias depois. Ainda assistiu a um espetáculo da companhia de balé; naquela noite Manuela superou todas as suas atuações anteriores: a alegria saltava da sua dança, uma festa parecia desenrolar-se no teatro.

Marcos não fora incluído no processo, apesar dos esforços da polícia. Seus amigos haviam conseguido impedi-lo, tinham terminado por obter sua liberdade. Haviam-no soltado pela madrugada, sob uma chuva pesada. Da Casa de Correção, tinha sido levado à polícia central, onde um dos chefes da Ordem Política comunicara-lhe a ordem de soltura. Avisara-o, no entanto, que ele voltaria a ser preso se fizesse qualquer tentativa no sentido de "reestruturar o extinto Partido Comunista ou qualquer grupo de índole subversiva". O arquiteto pegara um táxi, mandara tocar para o hotel onde se hospedava habitualmente. Tomou um quarto, ligou o telefone para o hotel de Manuela.

Meia hora depois passeava com ela, sob a chuva persistente, combinavam os detalhes do casamento. Manuela desejava ter Mariana como testemunha:

— Será possível, Marcos?

— Verei isso em São Paulo. Vou amanhã pelo primeiro avião. Voltarei em dois ou três dias.

— Danço no domingo. Estarás de volta?

Ficaram conversando até de manhãzinha. Marcos queria convencê-la de renovar o contrato com a companhia, de seguir para a temporada nos Estados Unidos. Porém Manuela tinha seus planos:

— Escute, Marcos: não temos balé no Brasil, apesar da riqueza da nossa dança popular, da vocação do nosso povo. Eu sei, por mim mesma, as dificuldades que encontra qualquer um com vocação de bailarino. Termina num cassino ou numa companhia de revista dançando tangos... Eu posso fazer duas coisas: uma é seguir com a companhia, vir ao Brasil de passagem, quando houver temporada de balé. Outra, que é o que quero fazer, é ficar aqui, abrir uma escola, tentar uma companhia depois. E procurar os compositores, ver se os convenço de criarem um balé brasileiro, aproveitando a nossa dança popular. Já pensaste que grande balé pode dar a macumba? Isso é o que desejo fazer e conto contigo para me ajudar. Tu sabes o que me deu essa ideia? Nem imaginas... Assisti, no México, à projeção de uns filmes documentários sobre as companhias de balé popular da Rússia. Que coisa, Marcos! Que maravilha!

— Não quero que cortes tua carreira por minha causa...

— Chamas a isso cortar minha carreira? Não te parece que tenho razão, que isso é a melhor coisa a fazer? Tenho tantos projetos, Marcos... Vou te explorar tanto... — E o beijava.

Em São Paulo, Marcos encontrou-se com Vítor. Sua primeira impressão do novo secretário político do regional não foi boa. Estava acostumado com o Ruivo e João, os modos bruscos de Vítor causaram-lhe um choque. Os primeiros dez minutos de conversa foram difíceis. Vítor lhe dissera de entrada:

— Agora, camarada, você é um membro do Partido, é preciso encarar as coisas seriamente. Pelo que sei, sua falta de preparação ideológica é grande. Aliás, podia-se sentir isso no que você escrevia na revista. Estudar, camarada, estudar muito, eis do que você precisa.

— Afinal não sou analfabeto... — respondeu Marcos agastado com os modos do outro.

— Um grande arquiteto — comentou Vítor. — O maior arquiteto brasileiro, não é? Mas, meu caro, essa cultura de vocês não vale nada se ela não passar pelo crivo do marxismo. Você pode ser todo grande arquiteto que queiram, para mim você só o será no dia em que for um marxista. Só então você vai dar tudo que pode...

Mas, à proporção que a conversa se prolongava, a irritação de Marcos foi desaparecendo. Também a aspereza de Vítor, seu jeito meio zangado, foi-se suavizando. Marcos lhe contou da prisão, dos companheiros, do estado de ânimo de cada um. Vítor fazia breves comentários sobre os seus conhecidos, queria saber dos cursos, quem os estava dando e dirigindo. Daí voltaram ao problema da cultura, de repente Marcos se viu empenhado numa discussão. O que o ganhou primeiro foi a cultura do dirigente. Parecia informado de tudo, como se houvesse lido todos os livros. Até de arquitetura falaram. Vítor criticou Le Corbusier. "Onde aprendeu ele tudo aquilo?", perguntava-se Marcos. O dirigente sorria, punha a mão no seu ombro:

— Vamos ser amigos... Meu jeito é assim mesmo, meio mal-educado. Sou sertanejo bruto, espanto as pessoas.

Marcos sorria também, como a confirmar.

— É verdade, sim. Pode dizer, deve dizer-me, pois preciso corrigir-me. É um defeito, um grave defeito. Sou cheio de arestas, vivo a ferir os outros. Para um dirigente comunista, é uma falta séria, dificulta o trabalho. Procuro me modificar, estou melhorando um pouco, mas está em minha natureza. Nasci na caatinga, sou espinhoso como um cacto. Tenho de fazer um esforço sério e conto com você para me ajudar.

Foi essa autocrítica de Vítor que pôs Marcos à vontade para falar do seu problema pessoal:

— Vou me casar dentro de poucos dias e, em relação a isso, tenho algo a lhe dizer...

— Casar? Tinham me dito que você era um solteirão empedernido. Para Mariana, é o único defeito que você possui...

— É mesmo sobre Mariana que quero lhe falar. A moça com quem vou casar conhece Mariana, são amigas.

— É a bailarina? Meus parabéns. Dizem que ela tem muito talento.

Pelo que me contou Mariana, é uma pessoa que vale a pena. Sei da história do dinheiro que ela nos mandou.

— Já que você sabe quem é, eu lhe coloco um outro problema, antes do assunto Mariana. — E lhe falou sobre os projetos de Manuela, seu desejo de deixar a companhia, fundar uma escola de balé, tentar a criação de um balé nacional.

— Mas é claro que ela tem razão! — exclamou Vítor quando Marcos terminou. — Isso é que é necessário. Ela está no caminho certo, o que é preciso é orientá-la para que ela não caia no pitoresco sem conteúdo, numa deturpação do folclore. Sabe o que você deve fazer? Levá-la à Bahia, para que ela vá sentir os ritmos populares, veja as danças negras, assista a jogos de capoeira. A capoeira é um balé, meu caro... Por que você não vai passar sua lua de mel na Bahia?

— Não posso ir imediatamente, todos meus assuntos estão mais que atrasados. Em dezembro, talvez...

— Pois vá logo que possa. A ideia da moça é ótima.

— E, sobre Mariana...

— De que se trata?

— Queríamos que ela fosse nossa testemunha de casamento. Você acha que ela pode aparecer no fórum, assinar o nome, etc., sem perigo?

— Por que não? Você pretende se casar aqui?

— Sim. Aqui estão meus amigos, os avós de Manuela, sua tia. Viajarei para o Rio, tenho uma obra importante lá. Sobre isso já discuti com os camaradas, antes de vir.

— Quanto tempo ficará no Rio?

— Uns seis meses, talvez mais. Mas estarei em São Paulo cada semana, pelo menos duas ou três vezes por mês.

— Bem. Nesse caso eu também quero lhe falar algo sobre Mariana. Você vai tomar casa, não?

— No Rio? Penso alugar um apartamento, essa semana ainda.

— Mariana não podia passar uns tempos com vocês? Ela está fatigada demais, vem tendo gripe sobre gripe, anda fraca. As coisas aqui já vão melhor, estávamos com a ideia de fazê-la descansar uns tempos. Demais, ela precisava ver João antes que ele seja julgado e mandado para Fernando de Noronha. Já discutimos isso no secretariado, estávamos pensando como arrumar as coisas. Se vocês podem recebê-la por um mês ou dois, seria ótimo.

— É claro que sim, para Manuela será uma alegria. O menino irá também, não?
— Com certeza.
— De acordo. Caso-me ainda este mês, e, a partir dos primeiros dias de outubro, ela tem uma casa no Rio.
— Na primeira vez que eu aparecer por lá vou lhe procurar. Pra gente discutir arquitetura e pra conversar com a moça sobre balé. Mas, meu caro, fique certo de uma coisa: se você não se atirar em cima de Lênin e Stálin, não poderá ajudar sua esposa... Quando você vier outra vez vou lhe dar um programa de estudos. De acordo?

O casamento realizou-se na maior simplicidade. Manuela chegara do Rio na véspera, ficara no apartamento habitado pelos avós. Tia Ernestina olhava-a com desconfiança, a murmurar orações pelos cantos. No dia seguinte, à uma hora da tarde, encontraram-se no fórum. Tinham vindo alguns colegas de Marcos, o dr. Sabino, a família de Manuela, uma dezena de pessoas ao todo. Mariana chegou com Marcos, num vestido novo, uma boina azul. Manuela a veio beijar, encontrou-a magra e cansada. A cerimônia foi rápida, apesar do juiz ter feito um pequeno discurso onde celebrou a fama dos cônjuges. À saída, Manuela lembrou a Mariana:

— Te esperamos na semana que vem com o pequeno.

Foram diretamente do fórum para o campo de aviação. Na hora em que iam saindo para o automóvel, Lucas Puccini apareceu, se desculpando do atraso:

— Tive um almoço em casa de Costa Vale, não pude sair mais cedo.
— Trazia um anel de brilhante para Manuela.
— Tu sabes o que fazer com ele, não?
— Para o Partido?
— Para o nosso Partido... Posso dizer nosso, não posso? É o teu, é o de Mariana...

Marcos a prendeu nos braços, o carro parava num cruzamento de rua, alguns transeuntes alongaram os olhos para apreciar o beijo.

16

NOS MEADOS DE OUTUBRO, O TRIBUNAL DE SEGURANÇA NACIONAL começou a julgar os diversos processos dos comunistas presos meses antes. Alguns membros da direção nacional do Partido foram condenados a mais de cinquenta anos de prisão, cada um, em penas acumuladas. Numa tentativa de desmoralizar o Partido ante as massas, acusavam-nos de crimes comuns: assassinatos, atentados, pilhagens, tudo que passa pela imaginação dos delegados e promotores. Os jornais publicavam largas reportagens, nas quais Prestes era apresentado como o supremo responsável de todas aquelas inventadas atrocidades.

Em geral os julgamentos se realizavam sem a presença dos acusados. "Presos de transporte perigoso", notificava a polícia. O público não era admitido nas salas do tribunal, as condenações eram conhecidas pelas notícias nas primeiras páginas dos jornais. Uma campanha de imprensa e rádio se desenvolvia intensa: ataques os mais brutais a Prestes, descrito como um monstro; elogios a ação enérgica e eficaz da polícia que "arrancara do solo da pátria a erva daninha do comunismo", como escreveu o poeta Shopel num artigo. O julgamento de Prestes, segundo os jornais, iria encerrar com chave de ouro a vitoriosa campanha de liquidação da influência e dos organismos comunistas no país.

Mariana, hóspede de Marcos e Manuela, no Rio, ia todas as quartas-feiras visitar João, na penitenciária, levava o filho. A criança corria álacre pelo parlatório, na volta Mariana trazia notícias dos presos: o Ruivo ia melhor. Ao ser transportado para o Rio seu estado de fraqueza era extremo. Temiam pela sua vida. Agora começava a sentir leves melhoras. Olga o acompanhara ao Rio, levava-lhe remédios e injeções, andava às voltas com os advogados tentando obter que, após o julgamento, ele ficasse cumprindo pena num hospital da polícia em lugar de ir para Fernando de Noronha. Marcos angariava dinheiro entre simpatizantes, nos meios intelectuais, para ajudar a defesa dos presos.

O processo dos acusados paulistas foi julgado bem antes da data calculada. Na última quarta-feira, o advogado de João, um jovem muito entusiasmado, lhes dissera que seria lá para os fins de novembro: o tribunal estava muito ocupado preparando o novo processo de Prestes.

Um choque, a notícia nas primeiras páginas dos jornais matutinos, em negrito. Mariana deixou-se cair sobre o divã, o jornal na mão. Acordava habitualmente mais cedo que o casal, preparava a primeira refeição da criança, lia os jornais, ficava esperando Marcos e Manuela para o café.

Ali estava: "Aguinaldo Penha, oito anos de prisão". Era a pena mais pesada de toda a sentença, se bem Oswaldo tivesse de cumprir um total de treze anos, sete da condenação atual, seis de uma anterior, do processo pela greve de Santos. O Pequeno recebera também sete anos, o Ruivo cinco: o seu advogado utilizara o fato dele ser doente e de ter estado num sanatório durante certo tempo, não podendo assim ser responsabilizado pelos acontecimentos daquele período. O juiz (o único magistrado que aceitara fazer parte daquele tribunal de exceção, composto de gente alheia à justiça) rira:

— Esse não tem sequer seis meses de vida. Com ele se pode ser magnânimo...

As demais condenações variaram entre seis meses e seis anos, ninguém fora absolvido. O próprio Cícero d'Almeida pegara dez meses, apesar do irmão ter contratado, para sua defesa, dois conhecidos advogados, e ter-se empenhado com meio mundo para evitar a condenação. Cícero encontrava-se em Montevidéu, havia escapado a tempo. Participava, no Uruguai e na Argentina, da campanha de solidariedade a Prestes e aos demais presos políticos brasileiros.

Quando Marcos apareceu na sala, assobiando um samba em voga, viu Mariana curvada sobre o jornal, os olhos absortos. A criança brincava com um urso, presente de Manuela. Mariana não respondeu sequer ao "bom dia", o arquiteto aproximou-se:

— Alguma coisa, Mariana?

Só então ela o viu:

— Oito anos para João.

— O quê?

Estendeu-lhe o jornal, levantou-se, andou para a sacada do apartamento, num décimo segundo andar, aberta sobre o oceano. Esse mar, João o iria atravessar, no porão infecto de um navio, rumo à ilha de Fernando de Noronha. Durante anos e anos não se veriam, raras seriam as notícias, raros eram os navios que aportavam na ilha, um ponto perdido entre o Brasil e a África, solitária em meio ao oceano. Mariana sentia-se de repente vazia, como se lhe houvessem arrancado o coração.

Marcos surgiu ao seu lado, silenciosamente, tomou-lhe da mão, prendeu-a entre as suas:

— Coragem, Mariana. Assim é nossa luta...

Ela não respondeu imediatamente. Seus olhos fitavam o mar, bem longe ficava a ilha de Fernando de Noronha, deserta e árida, muitos jamais retornavam. Arrancou os olhos daquelas visões, voltou-se para Marcos:

— Bem sei... Só não esperava hoje, assim de repente. Não que seja uma surpresa, nunca pensei que ele fosse absolvido. Ainda na última visita, ele me disse que contava pegar entre seis e dez anos. Acertou, deram-lhe oito. Mas a notícia caiu em cima de mim, logo de manhã, mal abri o jornal. O advogado pensava que seria no próximo mês, lá para o fim. Fiquei aturdida...

— Esses cães... — disse Marcos. — Um dia eles nos pagarão, esses tipos do Tribunal de Segurança.

Manuela, de dentro da sala, chamava-os para o café.

— Querem me matar de fome?...

— Vamos, Marcos... — disse Mariana, um esforço na voz.

Manuela levantava a criança nos braços, adorava-a. Passava boa parte do dia jogando com o menino, punham os dois o apartamento em polvorosa. Ameaçava Mariana com tomar-lhe o filho, e ainda agora repetia:

— Fico com ele para mim...

Mas logo reparou na tristeza da amiga, perguntou-lhe:

— Que se passa?

Foi Marcos quem respondeu, a voz abafada:

— João foi condenado a oito anos.

Manuela apertou o menino contra si, as lágrimas saltaram dos seus olhos azuis:

— Mariana, minha filha...

Foi um triste repasto, o café daquela manhã. Manuela empurrava a xícara, não podia engolir. Mantinha o menino no seu colo, a acariciá-lo. Marcos voltara ao quarto para mudar de roupa. Mariana decidira sair com ele:

— Vou ver o advogado. Certamente ele irá à penitenciária comunicar a sentença. Irei com ele, talvez me deixem falar com João.

Regressara na hora do almoço, já não vinha amargurada. Conseguira entrar com o advogado, conversara com João. Já não estava vazia e amarga, reencontrara seu equilíbrio, sentia-se apta para suportar a longa separação. Ele lhe dissera:

— Muito antes que se completem oito anos, eu voltarei...

Apertara-lhe a mão, acrescentando:

— Tu e os outros camaradas nos tirarão da cadeia.

Era o que Mariana explicava a Manuela: ele jamais perdia a perspectiva, seu ânimo não se abatia. Mariana, no decorrer da visita, lhe dissera do seu desejo de voltar quanto antes às tarefas partidárias. Agora que o haviam condenado, só com o trabalho se sentiria ligada a ele, como se o mar não os fosse separar dentro em pouco. Só assim, construindo com o Partido as condições para libertá-lo. Queria pedir sua volta imediata à atividade. Mas João não consentira:

— Ainda estás muito fraca, não vais aguentar a virada. Espera pelo menos um mês, alimenta-te, repousa, recupera-te. Não foi essa a tarefa que os companheiros te deram? Lembras-te quando o Ruivo adoeceu em São Paulo? Como discutimos então? Se tu não descansares agora, não aguentarás o repuxo, vais te rebentar, ter qualquer coisa seria, vais dar trabalho aos camaradas em vez de ajudá-los.

— Mas é que o trabalho me facilita suportar...

— Sei disso. A mim também. Mas tu és uma comunista, Mariana, não tens o direito de te abateres com minha condenação. Estás aqui para repousar e ganhar forças. Trata de fazê-lo com a mesma consciência com que realizaste todas as outras tarefas. Aproveita o tempo para leres, aproveita a companhia de Marcos, ele pode te ensinar muita coisa. E enquanto eu estiver aqui, vem me visitar. E traz nosso filho...

Mariana repetia a conversa para Manuela, a bailarina comovia-se:

— Eu não te deixarei sair daqui antes que estejas forte e gorda. Nem a ti nem a Luisinho.

Marcos chegava, não almoçara no centro, como o fazia habitualmente, para ver Mariana, saber como ela se encontrava. Propôs levar as duas ao cinema para distraí-las, mas Mariana recusou:

— Obrigada, Marcos, não te preocupes comigo. O abafamento já passou — sorriu melancólica. — Bastou que visse João e ele me curou. Vou estudar hoje à tarde, estou com meu programa atrasado.

— Ainda bem — alegrou-se Marcos. — Eu sabia que reagirias rapidamente... Nesse caso, volto às obras.

À noite, fizeram os três um passeio pela praia. Falavam de coisas mais diversas, mas pensavam os três em João, no Ruivo, em Oswaldo, nos demais companheiros condenados. Manuela enxergava, de quando em quando, uma sombra de melancolia nos olhos de Mariana estendidos para o largo mar em ondas, batendo contra a areia. "Que posso fazer para distraí-la?", perguntava-se.

Quando regressaram, Marcos entrou para seu gabinete, tinha um trabalho a terminar. Manuela falou:

— Tu nunca me viste dançar, Mariana...

— Nunca... — sorriu a operária. — Para falar a verdade, só conheço balé de ter visto em filme de cinema. Num teatro, nunca vi.

— Então, hoje, vou dar um espetáculo só para ti. Vamos preparar o palco... — Afastava cadeiras e mesas, escolhia os discos para a eletrola. — Vou me vestir, já volto.

Maquiou-se e vestiu-se como para um verdadeiro espetáculo. Apareceu diáfana e bela na penumbra da sala. A música de *O lago dos cisnes* se elevou, Manuela iniciou sua dança. Marcos veio do gabinete, ficou parado na porta.

Sentada numa poltrona, os olhos úmidos de encantamento, Mariana sorria. Sobre sua silenciosa dor, sobre seu coração sofrido, a música se derrama como um bálsamo; dos audaciosos passos de Manuela evola-se a certeza do amanhã feliz. "Ah! um dia, certamente, João regressaria, iriam os dois trabalhar juntos, juntos construir um mundo harmonioso e puro como essa música, como essa dança. Para conquistá-lo, para bater seus fundos alicerces, valia a pena tudo suportar, mesmo a separação mais longa e triste. Ah! valia a pena construir esse mundo de paz e de amor, de beleza e de alegria que Manuela expressa em seu bailado."

17

QUANDO, AO DESCER DOS PRIMEIROS BONDES, À LUZ AINDA IMPRECISA da manhã recém-nascida, os operários enxergaram as bandeirolas vermelhas nos fios elétricos, um sorriso passou de boca em boca e se cutucaram com os cotovelos. Houve mesmo alguns que pararam para melhor olhar, outros diminuíram os passos, um deles murmurou:

— Eu bem dizia que ninguém podia terminar com eles...

Eram umas poucas e pequenas bandeirolas de papel vermelho, balançando à brisa matinal, presas dos fios de eletricidade, lançadas ali seguramente à noite pelos mesmos homens que haviam traçado a piche uma inscrição no muro de um banco pouco adiante:

ANISTIA PARA PRESTES! ABAIXO VARGAS!

Bem pouca coisa, sem dúvida, mas que grande coisa para os olhos dos operários descidos dos bondes naquela manhã do mês de outubro! Não tardaria a chegar a polícia para arrancar as bandeirolas, para tentar apagar a inscrição de piche. Mas a notícia já teria circulado nas fábricas, nos variados locais de trabalho, nas oficinas. Ter-se-ia estendido até os subúrbios e mesmo pelo interior do estado, levada pelos choferes de caminhões e ônibus: ali estava o Partido outra vez, era mentira que tivesse sido de todo liquidado. Os grupos de operários, cada vez mais compactos, viam as bandeirolas, ao saltar dos bondes, liam mais adiante a inscrição recente. Uma súbita animação parecia dominar os diversos grupos, nasciam comentários, as faces se alegravam.

E não era apenas no largo da Sé que, alegres, se agitavam ao vento as bandeirolas vermelhas. Em frente às grandes fábricas, na cidade de São Paulo e nos subúrbios, bandeirolas e inscrições se sucediam marcando a presença ativa do Partido. E nos dias que se seguiram, volantes foram lançados em vários pontos da cidade, denunciando o governo que condenava os melhores filhos da classe operária, esfomeava o povo e vendia o país aos imperialistas estrangeiros, norte-americanos e alemães. Esses volantes estavam assinados pelo Comitê Regional de São Paulo do Partido Comunista do Brasil e os operários, os trabalhadores dos mais diversos ramos, os intelectuais, o povo lia às escondidas aquelas palavras de ordem. As sirenas dos carros de polícia voltaram a cruzar as ruas sem respeitar os sinais de trânsito. Nas fábricas, aparecidos ninguém sabe como, os volantes circulavam. Com eles circulava a alegria, com eles renascia a confiança.

No fim daquele dia, quando o trabalho havia já cessado nas empresas, um velho operário, de cabeça encanecida e olhos fatigados, empurrou a porta de uma pequena casinhola suburbana. No único quarto, sobre tábuas sem colchão de uma dura cama, jazia o corpo magro de uma enferma. Também ela era velha, as faces cavadas, os olhos febris. De quando em vez um fraco gemido escapava-se dos seus lábios. Ao lado do leito, sobre um vazio caixão de querosene, uns poucos frascos de medicamento.

O operário entrou no quarto, curvou-se para a doente, tomou-lhe a mão quente de febre:

— Como estás?

— No mesmo... — murmurou ela.

Tentou levantar-se, apoiando-se sobre o cotovelo, mas o velho não consentiu:

— Deixa que eu me arranjo sozinho...

Ela esforçou-se por sorrir:

— A comida está no armário, é só esquentar.

Mas o marido não saiu logo do quarto. Sentou-se na beira do leito, meteu a mão por baixo da camisa, sob o rasgado paletó, tirou uma folha impressa, a mulher suspendeu a cabeça para ver melhor:

— O que é?

— Escuta: "O Comitê Regional de São Paulo do Partido Comunista do Brasil dirige-se aos operários e camponeses...".

— Eu sabia... Eu sabia... — murmurou a doente, deixando que sua cabeça outra vez tombasse sobre as tábuas. — Eu sabia que eles estavam trabalhando. Agora sim, meu velho, posso morrer contente. O ruim era pensar que estava tudo terminado. — Fechou os olhos e uma doce expressão cobriu sua face macilenta.

O velho continuou a ler, suas mãos tremiam levemente, tão emocionado ele estava. Nunca haviam sido, nem ele nem sua mulher, membros do Partido. Mas, há quase duas dezenas de anos, desde quando o Partido fora fundado, em 1922, eles o acompanhavam, obedeciam às suas diretivas, davam dinheiro para o Socorro Vermelho, sob seu comando lutavam por melhores condições de vida, em sua casa haviam escondido militantes nos tempos de perseguição. Como muitos outros pelas fábricas e fazendas, haviam lido declarações do chefe de polícia do Rio sobre o suposto aniquilamento do Partido, tinham sabido da prisão dos dirigentes nacionais e dos homens que eles conheciam, o secretariado regional, de Ruivo, de João e de Oswaldo. Tinham visto cessar toda a atividade e, como outros, durante um momento eles pensaram que podia ser verdade, tudo se havia acabado. O velho terminou de ler, disse:

— Havia bandeiras vermelhas nos postes, era uma lindeza...

A doente abriu os olhos:

— Eu quero ficar boa... Agora, que eles voltaram, vale a pena viver.

Noutras casas, inúmeras pobres casas onde faltava o necessário para o jantar, a mesma luz de esperança renascia no relato emocionado de um operário que contava sobre as inscrições e as bandeirolas ou que lia as ardentes palavras do volante. Novamente o Partido estava com eles, era como uma luz num túnel.

18

O PORTUGUÊS RAMIRO LEVANTOU OS OLHOS E FITOU COM ADMIRAÇÃO e afeto a face emagrecida do camarada Vítor. Este tentava espalhar, abanando as mãos, os restos de fumaça de cigarros fumados pelos companheiros que tinham acabado de sair. Era uma saleta pequena, de janelas trancadas, e Vítor, que não fumava, praguejava contra os fumantes:

— Fumam mais que chaminé de usina. Não sei que gosto podem encontrar no fumo...

Ramiro ria:

— Espero que você não decrete a abolição do tabaco no Partido. Perderemos muita gente boa.

Vítor riu também:

— E então? Que tal?

Ramiro começou a narrar a repercussão daquela primeira atividade pública do novo regional: as bandeirolas, as inscrições murais, os volantes.

— Os companheiros da Nitro-Química me contaram que nunca viram o pessoal tão alegre. Tinha mesmo gente pensando que o Partido havia sido liquidado.

O sorriso se ampliou nos seus lábios:

— É isso que anima a gente: o amor que os trabalhadores sentem pelo Partido. Mesmo gente que aparentemente não tem nada que ver conosco, que só toma contato por ocasião de uma greve ou de um movimento qualquer... Os volantes eram disputados, passavam de um a outro.

Vítor queria detalhes, gostava de ouvir fatos concretos, mesmo que fossem pequenas histórias, consideradas pelos demais como insignificantes.

— A polícia daqui apareceu por Santo André, andou rondando as fábricas. Mas o pessoal estava de tal jeito que nem deu bola. Sabe, Vítor, agora eu começo a compreender o que você sempre disse: que a gente pode organizar aqui um grande Partido de massas. A verdade é que eu não compreendia direito: andava afastado da massa, trancado dentro do Partido...

— Sim, o Partido estava trancado, longe da massa. Os camaradas, para defender os organismos, se enfurnaram demasiado. Foi o que se passou...

— Nós mesmos demoramos muito a sair para a rua — comentou o português. — Por isso tanta gente pensou que o Partido estava liquidado.

Vítor balançou a cabeça.

— Nada disso. Era uma etapa necessária: havia que botar de pé um mínimo de organização antes de começar a agitar novamente. Que é que adiantava sair para a rua sem uma direção formada, sem bases organizadas? Eu compreendo a impaciência de certos camaradas. Mas não era justo precipitar os acontecimentos. Agimos como devíamos ter agido. E agora nada de exagero. Não vá pensando que vamos passar o tempo a jogar bandeiras nos fios e a pichar ruas. Há mais o que fazer: organizar o Partido, criar células nas empresas, recrutar e educar quadros, preparar as condições para as lutas que nos esperam.

Ramiro ouvia, atento. Nesses meses de trabalho silencioso ligara-se profundamente a Vítor, sentia pelo dirigente uma admiração cada vez maior. Costumava recordar-se de como se encontravam desarvorados quando Vítor chegara da Bahia e iniciara o trabalho de reerguimento do regional.

Não fazia muitos dias tinham finalmente reunido um pleno da região, haviam elegido o novo regional. Durante três dias haviam discutido as tarefas e a maneira de realizá-las. Ramiro, eleito para a direção regional, não escondia sua alegria. Há apenas alguns meses, a situação parecia-lhe desesperada. Lembrava-se de seu primeiro encontro com Mariana após a queda do antigo secretariado, das prisões de dezenas de camaradas, da liquidação quase total dos organismos de base. Naquela hora, a declaração do chefe de polícia parecia adquirir uma trágica realidade. A própria Mariana, tão animosa sempre, perdera por um momento a perspectiva e ele mesmo, Ramiro, que a criticara, não estava muito convencido ser possível levantar outra vez a organização tão fundamente atingida pelos golpes da polícia. Quando Vítor chegara, ele, Mariana e os poucos elementos em atividade estavam quebrando a cabeça, entregues a um trabalho pequenino, receosos de enfrentar a reorganização do aparelho, desanimados. Reduzidos a um mimeógrafo onde sacavam umas centenas de volantes de circulação reduzida quase exclusivamente ao seio mesmo dos militantes e de suas famílias. Fora Vítor quem os empurrara para a frente, num trabalho de audácia e paciência, perseverante, e Ramiro se dá conta de quanto aprendera com o dirigente naqueles meses de trabalho. Tinham novamente posto de pé as células mais importantes, haviam recrutado alguns quadros novos, reestruturado comitês nas cidades mais importantes do interior, retomado o trabalho no campo. O pleno mostrara o quanto já havia andado o Partido e agora possuíam um regional eleito, uma direção portadora da confiança dos camaradas. Muita coisa estava ainda por fazer, sem dúvida, e ademais os planos de Vítor eram grandes. Mas o Partido novamente aparecera nas ruas de São Paulo, os operários nas fábricas tinham-no reencontrado mais uma vez, os jornais haviam falado na "reaparição dos agitadores vermelhos". Ramiro não pode em si de contente enquanto relata detalhes a Vítor.

A face do dirigente, emagrecida e fatigada, se animava ouvindo a narração entusiástica do português. E em seguida dava indicações concretas para o prosseguimento do trabalho, analisava as condições, traçava os rumos pelos quais marchar. Sua voz, habitualmente brusca, enchia-se de brandas inflexões para dizer:

— Tu sabes, Ramiro, o que é realmente importante? É ter confiança na classe operária, nos trabalhadores. Quando medimos as nossas forças é preciso não esquecer que somos o Partido do proletariado, o Partido de todos os operários, mesmo daqueles que ainda não estão ativamente conosco. Não subestimar nossas forças, ter audácia e ao mesmo tempo equilíbrio.

Silenciou por um momento:

— Não é fácil, eu sei. Não embriagar-se com os êxitos, não aterrorizar-se com os roncos da reação. Não é fácil, mas devemos ser capazes de levar nosso Partido para a frente.

— Que qualidade pensa você ser a mais necessária a um comunista para servir ao Partido e à Revolução?

— Tantas... — respondeu Vítor. — Tantas... Precisamos nos educar dia a dia, precisamos de coragem, de honestidade, de lealdade, de vivacidade, de inteligência, de tanta coisa.

Fitou o português, seus olhos fatigados estavam sonhadores:

— Mas há uma coisa sobretudo necessária. O camarada Stálin nos ensinou que o nosso capital mais precioso é o homem. Um comunista, Ramiro, necessita estar com o coração cheio de amor pelos homens. Eu conheci homens que vieram para o Partido com o coração cheio de ódio pela vida e pelos homens, o ódio era o único sentimento que os conduzia para nós. Conheci vários assim. Nenhum deles ficou no Partido muito tempo. Só o ódio de classe é legítimo. Ódio contra os exploradores. Mas esse mesmo ódio implica o amor pelos explorados, compreende? Amar os homens, ter um coração capaz de compreender os demais, de estimá-los, de ajudá-los. A maior qualidade de um comunista? Seu amor pelos homens, Ramiro. Que tarefa temos nós senão a de construir uma vida feliz para os homens? E o amor pela União Soviética, onde tal vida já é uma realidade.

Levantou-se, o português o contemplou: alto, as largas entradas na testa, os olhos iluminados como os de um poeta no momento da criação, algo a animar-lhe a face fatigada, aquela força profunda que ele conduzia no coração:

— É por isso que o nosso Partido é imortal e invencível, Ramiro. Não é que nós sejamos uns super-homens... Somos homens com qualidades e defeitos; o que nos diferencia dos demais é pertencermos ao Partido. É dele que nos vem toda a nossa força. Das ideias que são a sua razão de ser: a felicidade do homem sobre a terra, a criação de um mundo sem fome e sem dor. É por isso que ninguém jamais, nenhum chefe de polícia, nenhum Hitler, ninguém pode nos vencer. Porque nós amamos a humanidade, lutamos por ela, o homem é nosso capital mais precioso. Por isso nosso Partido é imortal e invencível, porque comunismo significa vida, elevação do ser humano. Ninguém os poderá aniquilar jamais, Ramiro. Ninguém.

19

— POR VEZES EU PENSO — DISSE ARTUR CARNEIRO MACEDO DA ROCHA elevando o cálice de cristal e, fitando através de sua fina matéria transparente — que ninguém poderá jamais vencê-los... Que lutamos uma luta perdida...

— Já me disseste isso uma vez e eu te respondi que pensar assim era estúpido, era uma teoria suicida. Eu tenho asco dos suicidas: são uns desertores. Sei que não é fácil terminar com os comunistas: são como a erva daninha, é preciso arrancar até as últimas raízes. — Costa Vale engoliu um trago de uísque.

Estavam no gabinete do banqueiro, na tarde do mesmo dia quando as bandeirolas vermelhas apareceram nos fios elétricos. Na sala aberta sobre o jardim, em torno de Marieta, os amigos da casa, convocados para um jantar em honra do conde Saslavski, chegado da Europa para viver no Brasil, comentavam a audácia dos comunistas. Aquelas simples bandeirolas e aquelas poucas inscrições murais haviam relegado o conde, com seu ar romântico de fugitivo da guerra e suas notícias recentes de Paulo e de Rosinha, a um segundo plano: cada um que chegava vinha logo falando no reaparecimento público do Partido Comunista, naquelas bandeirolas balançando sobre os fios no largo da Sé, nas inscrições em pleno centro, na fachada do banco de Costa Vale inclusive. Todos eles: o poeta César Guilherme Shopel, a quem aquela prova da existência e da atividade dos comunistas aterrorizava a ponto de quase emudecê-lo; a comendadora Da Torre, seus olhinhos vivos fuzilando de raiva, deblaterando contra a incapacidade da polícia; Lucas Puccini proclamando a necessidade de uma hábil política trabalhista capaz de embrulhar os operários; o coronel Venâncio Florival exigindo a pena de morte para todos os comunistas, após um julgamento sumário; o professor Alcebíades Morais fazendo o elogio de Hitler, de Mussolini e de Salazar. Só mesmo Susana Vieira Soares não sabia de nada, só ao chegar tomara conhecimento dos fatos:

— Não sabia nada, menina. Estamos ensaiando uma peça nova, norte-americana, e não penso noutra coisa... Mas esses comunistas são mesmo infernais. Até na companhia tem gente que simpatiza com eles...

Os Anjos haviam terminado a temporada em São Paulo, estavam preparando o repertório para o próximo ano, no Rio, Bertinho andava pela capital da República, em confabulações com o ministro da Educação para obter um teatro permanente, e uma subvenção maior que a anterior. Mas apenas Teodor Grant se interessou pelas notícias teatrais de Susana. Havia então, entre os artistas da companhia, gente saída dos meios grã-finos, simpatizantes do comunismo?

Ora, se havia!, declarou Susana: desde que a companhia, após o sucesso da primeira temporada, abandonara o amadorismo e se transformara em profissional, tinham ingressado nela jovens artistas saídos de outros meios e alguns deles não escondiam suas simpatias pelo comunismo. Viviam a elogiar o teatro soviético, a apresentá-lo como o primeiro do mundo... O adido cultural do consulado norte-americano se interessava, queria saber dos nomes... Os demais estavam numa discussão acalorada sobre os meios mais concretos para liquidar definitivamente essa "peste comunista", como classificava o professor Alcebíades Morais.

O conde Saslavski, num francês de perfeita pronúncia, intervinha na discussão. Falava sobre a Polônia de antes da guerra onde, segundo ele, o governo tinha conseguido extirpar toda a influência comunista. As mulheres escutavam-no atentas e a própria Susana Vieira abandonou Teo Grant para vir sentar-se nas proximidades do conde, cujo perfil eslavo a encantava. O conde chegara ao Brasil poucas semanas antes, trazendo cartas de recomendação de Paulo e Rosinha para a comendadora e para Costa Vale. Estava sendo apresentado à sociedade e seu sucesso era grande: circulavam histórias sobre ele, a nobreza da sua família, a fortuna que possuía em terras e em ações de fábricas e empresas, na Polônia. Só que a maioria das terras ficava nas regiões ucranianas agora recuperadas pela URSS e, quanto ao capital investido nas fábricas, dele nada sabia o conde desde a ocupação alemã. Seus pais, sua irmã, sua cunhada tinham conseguido escapar para Paris e ele esperava poder fazê-los vir para o Brasil. Só o irmão mais moço continuara na Polônia a cuidar dos interesses da família. Tudo aquilo cercava o conde de uma atmosfera romântica que atraía as mulheres. O conde, com sua voz melosa de gigolô, falava agora de suas ricas terras ucranianas: segundo conseguira saber, os bolcheviques as haviam entregue aos camponeses antes seus servos. Mas, sorria o conde, quando a guerra terminasse, ele voltaria e ensinaria àqueles bandidos... Imaginassem o absurdo: seu pavilhão de caça, uma preciosidade, havia sido transformado em "clube de cultura" para os camponeses. "Clube de cultura" para uns analfabetos, dava até vontade de rir...

Não ria, mas sorria para Alina da Torre, sobre quem pusera os olhos desde que desembarcara em São Paulo: afinal não era um emprego o que desejava o conde Saslavski. Seus títulos de nobreza impediam-no de dedicar-se a certos trabalhos, explicara ele à comendadora quando esta, para atender a Paulo e a Rosinha, lhe acenara com um cargo em suas empresas. De todas as ofertas feitas ao conde, a única que lhe parecia compatível com sua dignidade era o lugar de diretor artístico de um cassino nas praias de Santos. Bertinho Soares empenhava-se para obtê-lo. Enquanto esperava, o conde rondava a sobrinha da comendadora, desde a Europa trazia aqueles planos, ouvindo Rosinha falar sobre a irmã e a fortuna da tia. Por isso Lucas Puccini o olhava com olhos desconfiados, se bem a comendadora lhe houvesse explicado dias antes:

— Se esse conde de uma figa pensa que vai se instalar em minha casa e virar a cabeça de Alina, ele se engana. De nobrezas me basta com o Paulo. Basta e sobra...

As mulheres lamentavam o conde, em comentários cheios de simpatia, enquanto Venâncio Florival exigia, aos brados, a pena de morte para todos os comunistas.

Daquele tumulto Costa Vale arrancara Artur Carneiro Macedo da Rocha, levando-o para o gabinete silencioso onde saboreavam uísque, comentando, eles também, os acontecimentos. Durante meses tudo estivera calmo e tranquilo, Artur recordava-se das declarações do chefe de polícia sobre a completa liquidação do Partido Comunista do Brasil: fato que reconciliara Costa Vale com o governo. E agora os comunistas voltavam a atuar, outra vez as inscrições subversivas tinham sido traçadas a piche nas paredes do banco, nos muros das fábricas, outra vez aquela inquietante presença se fazia sentir. Não tardariam certamente as greves, as agitações nos meios operários, as dificuldades para o trabalho no vale do rio Salgado, as palavras de ordem contra os capitais norte-americanos. A voz do banqueiro é fria e dura replicando a frase pessimista do ex-ministro:

— É preciso esmagá-los, mas esmagá-los sem dó nem piedade, cortar-lhes a cabeça...

Com o dedo indicador, de unha bem tratada, Artur arrancava sonoridades quase musicais do copo de cristal:

— Quantas vezes, José, não já se disse que o comunismo estava liquidado? Tantas... Para liquidá-lo tu instigaste o golpe do Estado Novo. E o resultado? Que adianta prender e condenar? O povo acredita cada vez mais neles, cada vez acredita mais em Prestes.

— Eu já te disse uma vez: é preciso cortar a cabeça, arrancar as raízes. Há duas coisas a fazer — sua voz comandava como a de um general explicando um plano de batalha decisiva. — Sim, para acabar com o comunismo no Brasil precisamos de duas coisas: primeiro, acabá-lo na Rússia. Disso Hitler vai se encarregar, não precisamos nos inquietar. A segunda é trabalho nosso: acabar com o prestígio de Prestes.

— Com o prestígio de Prestes? É difícil... Quanto mais ele seja condenado mais prestígio vai ganhar...

— Depende da forma como seja condenado. Tenho pensado muito nisso. É preciso acabar com o prestígio de Prestes, assim se acaba com o Partido. As pancadas não bastam, estou de acordo contigo, só mesmo um animal como o Venâncio pode pensar assim. Temos que ser inteligentes.

— Que aconselhas? Que pensas fazer?

— Temos o novo processo de Prestes. Não notaste a propaganda que se faz em torno?

— Sim. Apresentando-o como um assassino, um ladrão, um criminoso comum...

— Isso mesmo. Eu tive uma conversa no Rio sobre isso. Desmoralizar Prestes, eis do que necessitamos. O processo está bem armado, não importa que sejam verdadeiras ou não as acusações. Tu bem sabes que quanto mais grossa uma calúnia mais possibilidades ela tem de parecer verdade. Mas havia uma coisa errada, a maneira como julgar o processo. A verdade é que julgam os processos dos comunistas quase às escondidas, sem a presença dos acusados, sem público a assistir. O resultado desse método é oposto ao que desejamos. O povo pensa que se está escondendo qualquer coisa dele. Compreendes?

— É um pouco sutil tudo isso...

— Não tem nada de sutileza. Raciocine: se julgamos Prestes publicamente, acusando-o de tudo que o acusamos, se o colocamos numa cadeira de réu diante do povo, se abrimos as portas do tribunal, se o desmoralizamos publicamente, adeus seu prestígio. Prestígio se ganha em muitos anos e se pode perder num minuto. É isso que vamos fazer: liquidar com essa auréola de herói que cerca Prestes. O povo deve vê-lo num banco de réu, acusado de assassino, perverso e de ladrão vulgar. Desmoralizá-lo, compreendes? E, desmoralizado Prestes, é fácil acabar com os restos do Partido. Teremos arrancado as raízes do prestígio comunista...

— Sim, talvez tenhas razão.

— Tenho razão, certamente. Conversei com o pessoal do Tribunal de Segurança. Que Prestes seja julgado publicamente, que lhe deem a palavra para defender-se, assim ele vai se enterrar e enterrar com ele o prestígio do seu amaldiçoado Partido. Desencadeamos uma campanha de desmoralização, para isso temos o Shopel, o Saquila, a imprensa. Não adianta estar condenando e prendendo gente se não golpeamos onde devemos golpear. Liquidar o prestígio de Prestes, terminar com esse respeito que lhe têm, com a esperança que depositam nele. Isso representa pelo menos metade do caminho na luta contra o comunismo. Depois é só esperar que Hitler toque fogo no Kremlin. Com Prestes desmoralizado aqui e Stálin enforcado em Moscou podemos dormir tranquilos. Do comunismo não sobrará nem a lembrança.

Artur bebeu o resto de uísque:

— Que seja assim é o que eu desejo...

José Costa Vale lançou-lhe um olhar:

— Tu és um fraco, Artur. São os homens como tu que permitem o avanço do comunismo no mundo. Tu pertences a um tempo passado, ainda acreditas em certas palavras ocas como democracia e liberdade. Hoje, meu caro, os tempos são outros. Temos de golpear duro. São os tempos de Hitler, de Mussolini. Esses acabaram com o comunismo, meu caro, em seus países. Nós vamos fazer o mesmo aqui. E, para começar, vamos acabar com Prestes. Deixá-lo reduzido a lama diante do povo. Desejo que vás ao Rio, assistir ao julgamento.

Sons de piano, chegados da sala, penetravam no gabinete. Teo Grant cantava seus foxes. Costa Vale escutou durante um curto instante.

— Sim, porque ou acabamos com o prestígio desse bandido, desse Prestes que sustenta a esperança dessa canalha, ou então um dia eles acabarão conosco... Outro dia eu li num boletim, desses que eles publicam não se sabe como, que Prestes era a luz que iluminava o caminho do povo. Pois bem: vamos afogar essa luz em lama, seu Arturzinho...

Artur servia-se novamente de uísque.

— Sim, tens razão. Liquidado Prestes, acabou-se o comunismo no Brasil. Amanhã pela manhã mandarei comprar uma passagem de avião para o Rio, devo realmente assistir a esse julgamento. Está marcado para depois de amanhã, não é?

Costa Vale meteu a mão no bolso do paletó:

— Já está comprada... — Entregava ao outro um bilhete de avião. — Para o avião das onze horas. O Venâncio Florival será teu companheiro de viagem.

— Que é que ele vai fazer no Rio?

O banqueiro sorriu:

— Ser convidado pelo governo para a Interventoria de Mato Grosso. Agora, o estado de Mato Grosso é uma espécie de dependência da Empresa do Vale do Rio Salgado...

— E o cargo de interventor...

— Isso mesmo... Um cargo da empresa... — Seus olhos frios tinham uma tal decisão que o deputado baixou a cabeça e mudou de assunto. Aproveitou as notas altas da canção, na outra sala: — Canta bem, esse Teodor Grant...

— E sabe onde tem a cabeça. Esses americanos sabem o que fazem. São os patrões do mundo, seu Artur.

20

HAVIA CHOVIDO NA VÉSPERA, EM GRANDES AGUACEIROS QUE SE PROLONGARAM pelo começo da noite. Mas a manhã de 7 de novembro de 1940 surgira magnífica de sol e luz, destas manhãs quando toda a natureza do Rio de Janeiro parece resplandecer em festa, quando a cidade, saída da montanha e do mar, é um deslumbramento para os olhos.

Artur Carneiro Macedo da Rocha, no táxi a conduzi-lo ao Tribunal de Segurança Nacional, exclamou para o coronel Venâncio Florival que, ao seu lado, mamava absorto um charuto negro e caro:

— Manhã gloriosa!

O fazendeiro emergiu de seus concentrados pensamentos, abriu a boca num bocejo. Como por gentileza para com o ex-ministro, passeou o olhar desinteressado pela enseada esplêndida de Botafogo onde os raios do sol tropical criavam audaciosas cores sobre o verde do mar e o verde das árvores. Uma figura apressada de mulher, modestamente vestida mas de formoso perfil, andando ao lado da balaustrada, fê-lo concordar.

— Bonita, não há dúvida. Seu Arturzinho, nesse Rio tem cada mulherão... Do meu lugar de senador, é do que mais sinto falta... E agora vou me meter de vez em Mato Grosso...

— Leve umas como secretárias, para sua casa civil, ilustre interventor...

— Ainda não fui nomeado... — ria o fazendeiro.

Na véspera fora oficialmente convidado para interventor do estado de Mato Grosso. À noite comemorara o feito num jantar farto, continuado depois num bar alegre de Copacabana.

Artur o interpela novamente:

— Sabe que data é hoje, Venâncio?

— Data? Como data? Aniversário? Feriado?

— Hoje é 7 de novembro...

— Sete de novembro... — o latifundiário buscou na memória as distantes lições de História. — Que diabo aconteceu em 7 de novembro? O golpe do Estado Novo foi no dia 10...

— Foi mesmo o diabo que aconteceu... — riu Artur. — Faz hoje vinte e três anos, seu coronel, que foi proclamado o regime soviético na Rússia. Só que, pelo antigo calendário russo, era ainda o mês de outubro. Daí chamar-se Revolução de Outubro.

— Veja você, seu Arturzinho, até nisso esses comunistas são uns trapalhões. Tudo isso é para melhor confundir o zé-povinho. Para enganar, jogar os trabalhadores contra a gente...

Refletiu um momento, arrancou o charuto da boca para melhor considerar:

— Então é dia de aniversário para eles, hein? E nesse dia nós julgamos o Prestes, hein? Não está mal... Nem que fosse de propósito...

— De propósito, sim... — murmurava Artur, atento ao chofer que havia voltado a cabeça ao ouvir o nome de Prestes.

Venâncio Florival sacudiu pela janela do táxi a cinza do charuto, afirmou com sua voz mal-educada:

— Apesar de que, na minha opinião, todo esse enredo que vocês fazem para enterrar o Prestes é tempo perdido. Para que gastar tanta argúcia com esse bandido? Para o Prestes só há um jeito, seu Artur, é encostar num muro e mandar bala. Se eu fosse o governo, era o que eu faria... — estendeu o charuto em direção ao chofer que mais uma vez voltava a cabeça, curioso. — Alguma coisa, caboclo? Não é isso mesmo?

O chofer fez uma cara de bobo:

— Não prestei atenção. O motor está falhando — e logo adiante freou o táxi.

Desceu, ouvindo ainda a resposta de Artur:

— Nem sempre se pode fazer o que se deseja, Venâncio. E nem sempre é o melhor. Em vez de fazer um mártir, não é melhor desmoralizá-lo?

O chofer levantava a cabeça de sobre o motor:

— Desculpe, patrão, a bateria está descarregada.

Saltaram, Venâncio Florival pagou resmungando:

— Nem um táxi à vista, temos de ir a pé...

Saíram andando, o chofer esperou que se afastassem para murmurar:

— Vão a pé, se quiserem, corja de canalhas. Matar Prestes! É isso que vocês querem, mas cadê coragem?

Venâncio Florival afundava outra vez em seus pensamentos, indiferente à paisagem que arrancava adjetivos de Artur. Outra vez, pensava o fazendeiro, Costa Vale se impunha ao governo, mandava e desmandava. Em São Paulo o banqueiro lhe dissera:

— Seu Venâncio, é tempo de voltar à política ativa. Não podemos deixar Mato Grosso na mão de um qualquer. Agora que começamos a explorar o manganês do vale, precisamos de alguém de mão forte na Interventoria do Estado, capaz de impedir que os comunistas voltem a se meter por lá. Que me diz você do cargo de interventor do Estado?

Mas não era apenas nas nomeações que o fazendeiro podia ver o dedo poderoso do grande banqueiro. Também naquele julgamento público de Prestes, cercado de imensa propaganda, também em toda aquela encenação ele podia sentir a presença de Costa Vale, comandando políticos juízes, jornalistas. Um tipo de tutano, esse Costa Vale: sorte estar ligado a ele, dele lhe vinha dinheiro a ganhar, prestígio, autoridade. Há alguns anos passados, senhor de terras imensas onde cresciam os cafezais e pastava o gado, senador da República, temido e respeitado, Venâncio Florival se acreditava, com sua ignorância e a sua arrogância, superior, na escala social, a esse banqueiro com quem se associara em alguns negócios. Costa Vale merecia-lhe até certa piedade: não vivia a esposa a enganá-lo sem que ele reagisse sequer? Mas agora se dava conta que até a graça madura da mulher era arma em mãos de Costa Vale, utilizada como utilizadas eram a fome de dinheiro do poeta César Guilherme Shopel, a ambição política de Artur Carneiro Macedo da Rocha, o poder feudal do próprio Venâncio Florival... Ele era o patrão, sim, como costumava repetir o poeta Shopel cinicamente, nos dias de bebedeira. O patrão de todos eles, patrão dos ministros, dos diretores de jornais, dos delegados de polícia, dos juízes do Tribunal de Segurança, de poetas como Shopel, de gente como Hermes Resende, movendo cada um, sem se embaraçar jamais nos cordões.

Artur marcha igualmente silencioso. Seus olhos percorrem a paisagem captando cada nuança de cor e de luz, mas seus pensamentos estão também na figura do banqueiro. Marieta soubera escolher marido. Costa Vale era o homem mais poderoso do país. Tinha a confiança dos americanos, era o seu "homem" no Brasil. Em toda a parte se podia sentir sua presença, seria ele quem estaria, em verdade, a presidir o julgamento de Prestes.

Artur convidara César Guilherme Shopel para acompanhá-lo ao tribunal mas o poeta recusara, alarmado. Tinha medo até da sombra dos comunistas e a simples ideia de se achar na mesma sala que Prestes o fazia tremer. Não adiantava Artur lhe recordar a situação em que Prestes se encontraria: chegado da cadeia, da incomunicabilidade total, cercado de policiais, sob acusações terríveis, sob os epítetos de assassino, de ladrão, de traidor da pátria que o procurador do tribunal lhe lançaria em face... Um Prestes assim é que iriam ver, colocado exatamente ante o povo para terminar-se de uma vez para sempre com a legenda daquele Prestes de fibra invencível, o que comandara a Grande Marcha da Coluna, o que chefiara a Aliança Nacional Libertadora, o general da insurreição de 1935, o chefe comunista transformando seus julgamentos anteriores em acusações contra o governo, aquele Cavaleiro da Esperança a trabalhar a imaginação do povo...

— O Costa Vale é genial, essa é a verdade, seu Shopel. Esse plano é admirável.

Mas Shopel, as banhas quase tremendo, nem assim quis ir. No fundo de si mesmo tinha medo, todo aquele plano de Costa Vale e do governo parecia-lhe primário e perigoso:

— Um gênio, sem dúvida, para os negócios. Mesmo os americanos o confessam. Só que, fora dos negócios, não entende de mais nada. Como os americanos. Não sabe nada da psicologia do povo. Nem de um tipo como Prestes. Quem lhe diz que a coisa vai se passar como ele pensa? Quiseram fazer o mesmo com Dimitrov na Alemanha, você se lembra dos resultados? Quem tem razão é a besta do Florival: para gente como Prestes só bala.

Artur ria dos terrores do poeta, apontava-lhe os jornais onde até as notícias de guerra tinham passado para um segundo plano: o julgamento de Prestes nos grandes títulos, as calúnias e as infâmias estendendo-se por longas colunas de letras de forma. Um desses jornais, dos mais conservadores, abria suas páginas para uma entrevista de Heitor Magalhães, onde o chantagista narrava um pretenso encontro com Prestes, em 1935, quando "os comunistas tinham querido convertê-lo à prática de monstruosos atos terroristas", como escrevia o repórter.

— Isso tudo é obra minha e do Saquila — disse Shopel. — Deus queira que dê resultado. Mas eu duvido.

Artur recordava as duras frases de Costa Vale sobre os pessimistas, dois dias antes, em São Paulo; estendeu o dedo de unha bem tratada, afirmou para o poeta em pânico:

— Tu és um pessimista. Amanhã o Prestes terá terminado sua carreira política. De herói terá passado a ser um delinquente, a mesma gente que jura hoje por ele passará a amaldiçoar seu nome... E será o próprio povo que dirá: "Não, ele não era um herói, ele nos havia enganado". E para sempre se afastará dele e do seu Partido.

Agora, em caminho do Tribunal de Segurança, ouvindo Venâncio Florival fazer o elogio de Costa Vale, "é um bicho de tutano", tratava de afastar os receios de Shopel: "O que ele tem é medo físico, um pavor mortal dos comunistas".

O fazendeiro deixava transbordar seu entusiasmo pelo grande industrial:

— Seu Artur, o Costa Vale merece uma estátua. E daquelas bem grandes, como é que se diz? — faltava-lhe a palavra ouvida em discurso no Senado, franzia a testa buscando-a.

Forçou a memória curta, diminuindo os passos:

— Estátua... Estátua... Ah! já me lembro: equestre!

21

A MOÇA SOBRE QUEM SE TINHAM POUSADO OS OLHOS DE VENÂNCIO FLORIVAL, na enseada de Botafogo, era Mariana, dirigindo-se ela também para a sede do Tribunal de Segurança. Quando dissera a Marcos da sua intenção de assistir ao julgamento, o arquiteto se opusera. Mas Mariana discutira e ele terminou concordando, sensível às razões por ela apresentadas:

— Ficarei num canto, só quero é ver Prestes. Nunca o vi, é uma oportunidade única.

Saltara do bonde no começo da praia de Botafogo, tinha ainda muito tempo em sua frente, não queria chegar demasiado cedo. Pensava, andando ao lado da balaustrada da praia, em Prestes, no Partido, na luta. Soubera dos volantes atirados nas ruas de São Paulo, das bandeirolas vermelhas sobre os fios elétricos, das inscrições novamente traçadas nos muros. Vítor e os outros camaradas realizavam bom trabalho, também ela, Mariana, não tardaria a estar participando da luta: logo que João fosse enviado para Fernando de Noronha, ela regressaria a São Paulo para colocar-se à disposição do organismo. Assim poderia melhor suportar a ausência do companheiro, metida nas tarefas, assim se sentia próxima a ele apesar da imensidão do mar a separá-los.

Numa visita a João, este lhe explicara a significação daquele julgamento público de Prestes, o que os inimigos esperavam obter. Fora com certeza essa conversa que a decidira a assistir ao julgamento. Era uma batalha o que se travaria naquela sala de tribunal entre o Partido e a reação, cujos resultados seriam da maior importância para a continuação da luta. Assim argumentara com Marcos, na véspera, quando discutiram sobre seu desejo de estar presente.

Manuela, plena de simpatia por eles, horrorizava-se com a imensa campanha de infâmias, perguntava:

— Que é que eles estão tramando?

— Querem desmoralizar Prestes diante do povo. Mostrar que Prestes está sozinho, que não conta com nada. Para que o povo perca a esperança nele e pense que o Estado Novo está aí para sempre.

A bailarina abria os formosos olhos azuis num receio:

— Vocês pensam que o povo pode acreditar em tudo que estão dizendo de Prestes?

Mariana afirmava:

— Tenho certeza de que Prestes sairá do tribunal ainda maior diante do povo.

— Tenho também essa certeza e é preciso que assim seja — falava Marcos, a voz baixa como que falando para si mesmo. — É em Prestes que o povo confia, toda a vez que penso no povo brasileiro é a imagem de Prestes que vejo em minha frente...

Uma pequena multidão procura penetrar no edifício do tribunal. Policiais tentam dispersar os curiosos, gritando e empurrando:

— Não há mais lugar, está tudo cheio...

Mas a multidão não se dispersa, demora-se pelas proximidades, examinando o carro de transporte de presos que trouxe Prestes. Mariana conseguiu passar por um acaso. Chegando quando dois tiras abriam caminho para Venâncio Florival e Artur Carneiro Macedo da Rocha, meteu-se atrás deles, um investigador quis barrar-lhe a entrada mas Venâncio, reconhecendo nela a moça antevista em Botafogo, perguntou-lhe:

— Quer entrar?

— Sou jornalista — respondeu Mariana. — De um jornal de São Paulo.

— Deixa a moça entrar — recomendou o ex-senador a um policial.

E ela viu-se de repente na sala repleta. Artur e Venâncio foram sentar-se em cadeiras para eles reservadas atrás dos juízes. A audiência já tinha começado, o procurador fazia a acusação.

Mariana, elevando-se, sobre a ponta dos pés, pôde enxergar Prestes, entre dois enormes soldados da polícia especial, a camisa sem gravata aberta no peito, fitando diante de si com seu olhar tranquilo. Mariana não pôde mais desfitar a face serena de Prestes, seus olhos que uma flama apaixonada ilumina. É bem ele, o dirigente legendário, o capitão intrépido, o primeiro operário do Brasil, aquele em quem milhões de homens depositavam sua confiança e sua esperança. A vontade inflexível, alimentada pelo conhecimento, por um saber sem dúvidas, a certeza do futuro.

Não só os olhos de Mariana estão fixos nele. Todos os assistentes estão presos da firmeza e da serenidade daquele homem, só mesmo os policiais escutam as palavras vis do procurador. Os homens e mulheres ali presentes, gente do povo, vieram para ver Prestes, para solidarizar-se com ele através daquela silenciosa presença, vieram porque confiam nele. Mariana compreende quanto era justa sua confiança: o povo não se deixava enganar. Um sentimento de orgulho e de alegria se mistura à emoção de ver Prestes.

Uma certa agitação percorre os assistentes: murmúrios, gente procurando colocar-se melhor, e, logo depois um silêncio profundo e completo. Mariana estende a cabeça: o presidente do tribunal, a voz quase inaudível, acaba de dar a palavra a Prestes.

E a voz de Prestes se eleva, rica de amor e de verdade, cada palavra soando como uma mensagem de esperança e certeza, partindo daquela sala policiada de tribunal para os mais distantes recantos do Brasil. Mariana sente-se arrastada por aquela voz, é a voz vitoriosa do Partido sobre a reação e o terror:

Eu quero aproveitar a ocasião que me oferecem de falar ao povo brasileiro para render homenagem hoje a uma das maiores datas de toda a história, ao vigésimo terceiro aniversário da grande Revolução Russa que libertou um povo da tirania...

O juiz grita, quase histérico, retirando-lhe a palavra. Os soldados da polícia especial, os investigadores, atiram-se sobre ele, tentam arrastá-lo da sala. Mariana enxerga a massa de policiais conduzindo o prisioneiro à força. Uma certa balbúrdia estabelece-se, os espectadores empurram-se para ver melhor, sob as ameaças dos policiais. Mariana, agora, está quase ao lado da mesa dos juízes, próxima a Venâncio e Artur. E ouve murmurar a seu lado:

— Perdemos a partida...

Ela não sabe que é o ex-ministro Artur Carneiro Macedo da Rocha, político importante das classes dominantes, homem de Costa Vale e dos americanos, quem fala; não sabe tampouco ser o ex-senador Venâncio Florival, latifundiário senhor de imensas terras, quem responde, numa voz de ódio irreprimível:

— Para esse, só mesmo bala!

Ela sabe apenas que são os inimigos derrotados pela conduta comunista de Prestes, aqueles que o queriam desmoralizar ante o povo, os que haviam sonhado terminar com o prestígio do Partido, com o amor do povo a Prestes.

Por um instante, subitamente, Prestes liberta-se dos policiais, volta-se para o povo, abre a boca para falar. Mas novamente atiram-se sobre ele, Mariana não resiste mais e grita:

— Viva Luís Carlos Prestes!

Foi tão inesperado que, por um momento, nada fizeram. Da porta por onde o arrastavam, Prestes voltou a cabeça, sorriu. Alguém gritava ao lado de Mariana:

— Foi esta! Foi esta! — Era Venâncio Florival, agitado.

Logo Mariana sentiu que lhe torciam o braço. Os investigadores abriam caminho entre o povo, a socos e empurrões. Tomaram dela com tanta força que a levavam quase levantada no ar. A pequena multidão de assistentes ia atrás dela e dos policiais como se nada mais interessasse no julgamento, agora quando Prestes já não estava.

Lá fora era a manhã de beleza deslumbrante. Um investigador empurrou Mariana em direção ao carro de transporte de presos, ela tropeçou, ia caindo, alguém a sustentou. Ao levantar-se, ela pôde sentir, nos olhos de todos aqueles que se haviam agrupado na porta e na rua, a mesma cálida solidariedade do homem do povo que a amparava e lhe apertava a mão.

— Obrigada... — sorriu Mariana.

Com passo firme, a cabeça erguida, dirigiu-se para o carro celular.

Castelo da União dos Escritores Tchecoslovacos,
Dobris, março de 1952
Rio de Janeiro, novembro de 1953

posfácio

A expressão literária de uma cultura política

Daniel Aarão Reis

O propósito aparente de Jorge Amado foi retratar uma época determinada: a do Estado Novo, entre o golpe que instaurou o regime ditatorial, em novembro de 1937, e o julgamento de Luís Carlos Prestes, preso em 1936 e levado ao temível Tribunal de Segurança Nacional em novembro de 1940.

"Ásperos tempos",* marcados por uma ditadura emergente que não escondia a face, proclamando as virtudes dos governos fortes e do autoritarismo sem limites ("a democracia autoritária ou social"). E que se proclamava indispensável ao progresso do país, pondo fim à fragmentação dos partidos e à atomização do indivíduo liberal — considerada enfraquecedora e dissolvente de uma nação que precisava de ordem, paz, progresso, segurança e autoridade.

Para quem não estivesse de acordo, restavam o silêncio ou o exílio. Ou a repressão impiedosa, cuja expressão mais clara foi a tortura como política de Estado.

Era um momento em que o país parecia inclinado a apoiar a

---

* Expressões ou palavras destacadas, salvo indicação em contrário, são de autoria de Jorge Amado.

ascensão impetuosa do nazifascismo em todo o mundo, sobretudo depois da derrota da França, em maio de 1940, embora os contemporâneos mais argutos já percebessem outros movimentos, contraditórios, cada vez mais visíveis após o fracasso do golpe integralista em 1938 e que apontavam para uma aliança do governo de Getúlio Vargas com os Estados Unidos.

Na celebração da trilogia *Os subterrâneos da liberdade*, protagonizada pela imprensa comunista, mas não apenas por ela, desde sua publicação em maio de 1954, a ênfase recairá sobre a capacidade do texto de "fixar o real, todas as facetas do real" (Fernando Pedreira), tornando-se por isso mesmo "expressão categorizada do realismo socialista porquanto medularmente histórico e comprometido com a busca do verídico" (Pedro Motta Lima). Outros destacariam o início, com o livro de Jorge Amado, de "uma nova fase da ficção brasileira" (Dalcídio Jurandir), a aplicação no país de uma diretriz internacional, formulada desde 1948 por A. Jdanov, aos escritores e artistas comunistas em todo o mundo.

Representar, retratar, refletir o "mundo real" — para isso deveriam trabalhar as artes em geral e a literatura em particular. Sob os auspícios inclusive de Camões, convocado como testemunha em uma das epígrafes: "conto a verdade pura". Uma ambição, um programa, um cânone compartilhado pelo mundo socialista e pelo movimento comunista internacional, liderados pela União Soviética. Uma constelação à qual se ligava o Partido Comunista do Brasil (PCB), militantes e intelectuais. Como Jorge Amado, escritor então engajado na luta política, deputado eleito pelo Partido Comunista para a Constituinte de 1946, cassado em 1948, e que partira em exílio voluntário, primeiro para a França, depois para o mundo socialista, onde redigiria o livro a partir de 1952, em Dobris, na Tchecoslováquia, no castelo da União dos Escritores. Na mesma época, segundo Alfredo Wagner de Almeida, outros escritores trilhariam o mesmo caminho, embora alcançando menor ressonância, como Dalcídio Jurandir, Maria Alice Barroso e Alina Paim.

O livro não quer ser apenas um retrato fiel do referido período histórico. Os principais personagens também são *reais*. Os mais notórios ostentam os próprios nomes: Getúlio Vargas, Plínio Salgado, Armando de Sales Oliveira e Luís Carlos Prestes. Os demais, formalmente fictícios, embora às vezes misturem pessoas ou agreguem em determinada pessoa feitos de outra ou outras, estão mal disfarçados sob nomes que só fazem evocar as pessoas que realmente viveram. O laureado poeta César Guilherme Shopel, "gordinho [...] sinistro", "completamente cínico e capaz de tudo pelo dinheiro, até de ser leal...", é evidentemente Augusto Frederico Schmidt. Antônio Alves Neto, líder liberal, inveterado conspirador e inconsequente nas alianças mirabolantes que trama com comunistas dissidentes e integralistas, poderia ser Julio de Mesquita Filho, prestigioso editor do jornal *O Estado de S. Paulo*, baluarte da tradição liberal brasileira. Hermes Resende, intelectual refinado — "típico representante intelectual da reação", segundo os comunistas, embora seus livros sejam citados e elogiados pelo centro, pela direita e pela esquerda —, tem algo de Gilberto Freyre. Cícero d'Almeida, "bom camarada", "mas com a cabeça cheia de ideias estranhas ao proletariado", é Caio Prado Jr. O autor foi impiedoso com os comunistas que não aceitavam as orientações do Partido. Hermínio Sachetta, veterano dirigente em São Paulo, aparece como Abelardo Saquila, execrado como trotskista, um empregado dos burgueses (no jargão típico de então), pago por eles, fazendo "o jogo do inimigo", porque "de um trotskista pode-se esperar tudo, deles é o caminho da polícia".

Entre os comunistas, o tenente Apolinário, militante internacionalista que parte para combater na Guerra Civil Espanhola, e depois para a França ocupada pelo nazismo, "aquele ar jovial de criança em férias", é Apolônio de Carvalho. A revista *Perspectivas*, inspirada pelo Partido Comunista, é a transposição ficcional da revista *Continental*, animada, entre outros, pelo arquiteto Marcos de Sousa, que faz lembrar Oscar Niemeyer. Já Vítor é Diógenes Arruda, único dirigente comunista brasileiro a quem o livro é dedicado, então todo-poderoso, organizador, experiente, dotado de "rapidez de raciocínio, cultura marxista, larga perspectiva".

À guisa de representação do real, o autor celebrou e infernizou, consagrou e escrachou, premiou e condenou cada um de *seus* personagens. Contra o painel de fundo do processo histórico, criou uma crônica apimentada, não raro sarcástica, dos comportamentos e dos itinerários de pessoas ainda bem vivas.

O livro, como se pode presumir, quando publicado suscitou polêmicas apaixonadas, críticas negativas (propaganda partidária, literatura a serviço do político, sectária), imprecações, protestos, desmentidos, interpelações... que ajudaram a promover a obra, e bastante. Ao mesmo tempo, considerando-se a infinita propensão da espécie humana à bisbilhotice e ao *voyeurismo* – embora disfarçados, não raro, por comentários comedidos e censuras públicas –, quanto interesse e regozijo, quanta perversa curiosidade em pesquisar e comparar, procurando em cada personagem, em cada máscara, quem estava atrás dela, o correspondente real, e as reputações ofendidas, demolidas, na lama, quanta miséria...

Mas o escritor não escreveu o livro para fazer crônica mundana, nem para disseminar fofocas.

Havia no texto de Jorge Amado outro propósito, bem mais sério e profundo, visível a olho nu. Basta lembrar as datas em que o texto foi finalizado (1953) e publicado (1954). O país vivia então a conjuntura quente do último governo Vargas, vésperas da crise política que levaria ao suicídio do grande líder da tradição nacional-estatista brasileira, em agosto de 1954. A seu modo, "ásperos tempos" também, marcados por uma extrema radicalização das contradições e das paixões sociais e políticas.

Os comunistas brasileiros participavam então da luta política regidos pelo histórico *Manifesto de agosto* (1950), que propunha uma luta aberta, armada, revolucionária, contra o governo de Vargas, considerado burguês e vendido ao imperialismo. Premidos pela cassação do registro legal do Partido (1947) e dos mandatos dos parlamentares eleitos (1948), estavam acuados à ilegalidade, cercados, cerceados, perseguidos. Mas não tinham perdido o ânimo, nem a esperança: confiantes no futuro, como sempre, e inspirados e incentivados pelo modelo da União Soviética, e sobretudo pela vitoriosa revolução chinesa (1949), os comunistas cultivavam uma concepção polarizada e catastrófica do processo histórico em curso. Em conjunturas radicalizadas, propostas radicais. De um lado, a burguesia e seus sócios, todos de braços dados com o imperialismo. De outro, o povo, todo o povo, os camponeses em particular, liderados pela classe operária e pelo *seu* partido, o comunista. Em perspectiva, o confronto, o enfrentamento decisivo, a revolução.

Em 1954, no seu quarto congresso, realizado na clandestinidade, o Partido Comunista do Brasil (PCB) aprovou um programa que consagraria essas referências. Segundo Diógenes Arruda (o Vítor de Jorge Amado), o próprio Stálin teria lido, aprovado e até dado uma mãozinha na formulação do programa. Uma afirmação difícil de provar — o grande chefe comunista já havia partido para a eternidade —, mas quem haveria então de questionar Arruda? O fato é que o programa foi aprovado pela unanimidade de praxe, embora já se evidenciassem, havia algum tempo, sinais importantes de contradições no interior do Partido — o que, aliás, seria comprovado pela historiografia sobre as esquerdas brasileiras. Surgiam e se manifestavam propostas alternativas, cuja aceitação crescia nas fileiras partidárias, preocupadas com o isolamento progressivo dos comunistas na sociedade brasileira, que não parecia interessada nem entusiasmada em travar combates apocalípticos e revolucionários.

Mas dessas nuanças não terá cuidado Jorge Amado. *Os subterrâneos da liberdade* recuperam, como se disse, um período fechado, difícil. Tempo de enfrentamentos, de mata-mata, conjuntura desesperada de lutas sem quartel, ideal para figurar militantes puros e duros, requeridos em situações catastróficas. Recuperando essa conjuntura, Jorge Amado estava falando, de fato, de outra: da primeira metade dos anos 1950, então sendo vivenciada. Tratava-se de recuperar e retomar valores e referências de um tempo duro para nutrir a seiva revolucionária de novos tempos, igualmente duros. Com o mesmo inimigo principal: Getúlio Vargas, chefe de todas as classes dominantes — "podres" — brasileiras. Nesse sentido essencial, o livro foi a expressão literária estruturante de uma cultura política revolucionária de esquerda. A mais didática, clara, popular, e a mais completa produzida sob nossos céus tropicais. E assim disseminou valores — uma ética revolucionária —, vertebrou atitudes — comportamentos radicais e intransigentes — e formou consciências — polarizadas e catastróficas.

Daí o impacto imediato, a influência futura e, como tentarei demonstrar, a atualidade relativa de muitas de suas referências.

É hora agora de examinar de modo mais detalhado os subterrâneos da liberdade como expressão literária de uma cultura política revolucionária de esquerda.

O primeiro traço forte, determinante, é a arquitetura simplificada com que se avalia o processo histórico e se concebe a luta política. A sociedade parte-se em polarizações claras, irredutíveis — uma guerra de classes. De um lado, o proletariado e seu partido, o Comunista. De outro, a burguesia. Esse é o núcleo duro do confronto que ilumina os demais embates, os cálculos, as avaliações, as projeções. No desdobramento, em círculo mais amplo, outra polarização: de um lado, o povo, em especial os camponeses. Figurado como fundamentalmente bom, virtuoso, patriota, ligado ao país, brasileiro, depende dele a construção do futuro, potencialmente revolucionário. De outro lado, do passado, arcaicas, corrompidas, as demais classes e categorias sociais dominantes, todas elas podres, submissas ao estrangeiro, incapazes de oferecer perspectivas, exceto a entrega e a venda do país.

Para a burguesia e associados, o país é incapaz de encontrar caminhos próprios, autônomos. Trata-se de saber a quem entregá-lo: à Inglaterra? À Alemanha nazista? Aos Estados Unidos? A todos eles, numa grande partilha? O poderoso banqueiro resume o dilema: quem vai ser o capataz nesta fazenda chamada Brasil? Há os que se deixam seduzir pelo nazismo: "que espetáculo mais esplêndido de juventude e de forças que o nazismo", pergunta o poeta comprado. Em resposta, sentencia gravemente o intelectual prestigioso: "há dois caminhos hoje no Brasil: com os alemães nazistas ou com a democracia americana".

Os representantes dos ricos e poderosos são o que de mais lamentável pode existir: não há como salvá-los porque não têm nenhuma característica positiva.

Eles aparecem através de personagens-arquétipos: o principal, o banqueiro Costa Vale, representando o capitalismo financeiro dominante, é "frio, indiferente, medroso e cínico". Apesar dos defeitos, ou por isso mesmo, é o grande patrão: dos deputados e senadores, ministros, diretores de jornais, delegados de polícia, juízes e intelectuais. Mesmo os grandes líderes políticos não passam de marionetes, instrumentos dóceis em suas mãos. Do maior deles, dirá o grande banqueiro: "quem dirige a orquestra sou eu. E, ou bem ele [Getúlio Vargas] dança no ritmo de nossa música, ou não falta gente para governar este país...". Todo o seu poder e a sua argúcia, porém, resumem-se em escolher o melhor amo: alemães ou norte-americanos? A comendadora Da Torre representa a burguesia nova, ascendente, sem tradição, é no máximo esperta, no pior sentido da palavra, e "ruim como todos os demônios". Os latifundiários são representados por Venâncio Florival (Vitorino Freire?), arcaico, brutal, um rematado imbecil. Os políticos liberais paulistas são patéticos: o deputado quatrocentão de valor mesmo só tem o nome e, apesar do verbo fluente, é um fracassado, vacilante, vive em cima do muro, recebendo ordens do banqueiro, por quem é pago, e as cumpre. O filho, promissor diplomata, não passa de um estroina, irresponsável. Já o dono do grande jornal liberal é um inconsequente e um fujão.

Em torno desses tipos sociais esvoaça uma nuvem de insetos,

mariposas em volta da luz, os intelectuais pequeno-burgueses, frívolos, aduladores, vazios de cérebro e de alma, corrompidos, vendidos, comprados. E essa é uma litania que se reitera, pois tais pessoas não passam de "criados de luxo", com algo de "palhaços de circo". Só pensam — porque só podem mesmo pensar — em dinheiro, cifras, negócios, são uma espécie de mulheres-públicas, fazendo, como eles mesmos reconhecem, da própria inteligência moeda de troca, prostitutas.

As lideranças trabalhistas emergentes, no contexto das polarizações, não ganham vida própria, autônoma, consciente. O ministro do Trabalho, um cachaceiro; os demais, gente inescrupulosa, "um misto de guarda-costas dos políticos e de cavadores de negócios". Não havia entre eles um líder operário autêntico sequer, apenas funcionários do Ministério do Trabalho ou mesmo policiais. Todos eles demagogos, espertos, ladrões.

Resumido a essa gente podre, cheirando mal, o país seria apenas uma cloaca. Salvam-no o povo, a classe operária em particular e, na sua vanguarda, os comunistas. Eles são "a luz no túnel".

Os ricos e os patrões apenas os entreveem.

Subitamente irrompem, ninguém sabe exatamente de onde, em ações pequenas e espetaculares, mas de grande repercussão simbólica. Ou nas grandes greves, como a retratada no porto de Santos (ocorreu, de fato, em 1946, já no regime democrático, mas o autor, exercitando a liberdade criadora de romancista, a reconstruiu em 1938). Ou nas escaramuças guerrilheiras que explodem no vale do rio Salgado (alusão ao vale do rio Doce, transladado do Espírito Santo para o Mato Grosso, onde nunca existiram de fato ações guerrilheiras). Ou ainda, mais raramente, em negociações políticas sempre frustradas pela inconsequência dos líderes liberais.

Dos subterrâneos da liberdade aparecem eles, os comunistas, severos, precisos, misteriosos, amedrontadores. Pelo menos é assim que os veem os poderosos, e sentem medo.

Apesar das dificuldades, da repressão e da tortura a que são submetidos quando presos (voltaremos ao assunto), os comunistas manifestam uma autoconfiança que impressiona, cativa e seduz, e que deve despertar admiração em todos os que tenham um mínimo de bom caráter. Sabem que os dias são difíceis, terríveis mesmo. Mas sabem também que a vitória final lhes pertence. Nutridos pelas metáforas do amanhã ("os amanhãs que cantam"), da alvorada, da aurora, da criança, da coisa nova e fresca, marcham em direção à luta, à luz, com lucidez e serenidade.

Ao contrário dos burgueses e apaniguados, os comunistas são virtuosos. Corajosos, honestos, leais, inteligentes, eles *têm* "o coração cheio de amor pelos homens". "A maior qualidade de um comunista?", indaga Vítor/Diógenes Arruda. E ele próprio responde: "amor pelos homens". Os comunistas amam também a pátria (nem alemães, nem americanos), "ama[m] cada coisa brasileira, cada árvore e cada rua, cada pássaro e cada melodia" e também valorizam, é claro, a Justiça, a Igualdade e a Liberdade. Por esses valores, estão dispostos a arrostar todos os perigos, sem vê-los como sacrifícios, mas apenas como contingências inevitáveis de uma opção justa. Não os afetam os reveses, porque leem cada uma e todas as derrotas como vitórias que se acumulam, porque o velho está fadado a desaparecer e o novo, a nascer. Suas forças, embora quase sempre vencidas, e aparentemente pequenas, crescem e, potencialmente, já são mais fortes que as do inimigo. Enquanto isso, a ditadura do Estado Novo, parecendo inexpugnável, a cada dia, apesar das vitórias, apodrece.

Em todo caso, e em qualquer caso, os comunistas vencerão, porque é tão impossível liquidá-los como é impossível "acabar com o mar ou com o céu, como acabar com o homem...".

Virtuosos, os comunistas são moralmente superiores aos inimigos. Em contraste com as legiões de intelectuais que se deixaram corromper pelo dinheiro dos burgueses nacionais e estrangeiros, os comunistas são retos, "monstros de dedicação" à causa revolucionária. Em oposição a um mundo abjeto, a "pureza de sentimentos".

Em face da indecência geral e de um universo em decomposição, uma "decência capaz de todos os sacrifícios".

Enquanto a vida nacional sob o Estado Novo se degrada e se deteriora, e é suja e enfermiça, os comunistas e suas lutas representam a vida, e possuem sentimentos "sãos" e "limpos". Numa reiteração constante, típica de um certo universo de referências, há o contraste e a polarização entre saúde e limpeza (comunistas e classe operária) e doença e sujeira (a burguesia e a alta sociedade).

Nesse sentido, nada é mais expressivo do que as concepções de amor em disputa, porque a luta de classes e as lutas políticas, com as correspondentes e antagônicas opções, também se desvelam em propostas e práticas amorosas contrastantes, polarizadas. Cada classe tem sua própria e particular maneira de ver, de sentir e de viver o amor e a amizade.

Para os burgueses e a alta sociedade, o amor é "amargo como fel", "agudo sofrimento", "desesperada ânsia". Um desejo sexual violento. Consumado, restam apenas o cansaço e o fastio. Lâminas de fogo... e cinzas. Em sucessão, desejo, posse e cansaço infinito. Para os grã-finos, o amor não tem nenhuma significação fora da cama... Além disso, detestam crianças, "seres ruidosos, agressivos e intratáveis".

Em outro universo vivem os comunistas.

O amor aqui "abarca as fronteiras de todos os sentimentos", significa "ardente alegria, segura confiança". Nem medos, nem ciúmes: ao contrário, há força e tranquilidade. Não se reduz à mesquinha relação a dois, mas se confunde com a luta, os sonhos e a formosa esperança do amanhã. Porque amar não é apenas a vida em comum, é muito mais do que isso: é compartilhar sentimentos e ideais.

Enquanto os burgueses, sempre insatisfeitos e carentes, cevam-se em lascivos e desvairados encontros carnais, paixões ilegítimas e ilegais, traições e amantes, ao arrepio de quaisquer preceitos legais e morais, praticamente não há alusões a sexo nas relações afetivas entre os comunistas. Aproximações cuidadosas e delicadas, beijos enlevados, castos, abraços afetuosos, quase abstratos, e consagrados rapidamente pelo casamento oficial (as comunistas casam virgens), ficando apenas a sugestão de que mantiveram relações amorosas carnais, confirmadas depois pelo nascimento de crianças. Sim, porque todos os casais comunistas adoram crianças e suas relações afetivas têm como clímax a finalidade reprodutiva.

Do lado da revolução, o sexo só vai aparecer no casal formado pelos negros Doroteu e Inácia. Dela, Jorge Amado oferece indicações precisas e eróticas: "corpo perfeito, seios pontudos, duras coxas grossas, modeladas pernas e perfil de doçura, os olhos de dengue e de malícia, desejados lábios, perfumados cabelos de canela e cravo". A futura Gabriela, sacana e vital, sensual e pecadora, está aí prefigurada. Mas é simbólico, e fala por si mesmo, o fato de que o sexo só aparece associado ao casal negro. Entretanto, mesmo nesse caso, Doroteu e Inácia tratam logo de casar nos devidos conformes, e a máxima alegria dos dois é ter um filho que, afinal, não nascerá, porque Inácia morre num confronto com a repressão, esmagada pelas patas brutas dos cavalos da polícia.

Não haveria anacronismo na avaliação do moralismo comunista? A sociedade de então não era regida por estreitos padrões morais que já não predominam há algumas décadas? Mesmo assim, merece reflexão o fato de os comunistas serem celebrados por concepções e relações de amor em que se ressaltam a castidade e o pudor. Padrões que, a rigor, não eram senão os do catolicismo mais conservador.

As conexões entre os credos católico e comunista não são negligenciáveis e a discussão a propósito do assunto nos levaria longe demais. Importa assinalar, no entanto, que o ajustamento dos comunistas a esses padrões morais oferece condições para compreender mais um aspecto essencial dessa cultura política: a migração do amor da esfera privada para a pública, assegurando às instituições públicas — ao Estado e ao Partido — condições de controle sobre a vida particular das pessoas. A chave foi percebida por Wilhelm Reich, que viu nela um dos fundamentos mais sinistros e mais importantes do nazismo, das ditaduras revolucionárias e, particularmente, do mal chamado stalinismo.

Mas essas críticas ou quaisquer outras não chegariam a abalar os comunistas, porque também faziam parte de sua cultura política escudos protetores, inexpugnáveis carapaças, sob os quais se defendiam com êxito assegurado: os cultos. Ao partido, à União Soviética, e aos camaradas Stálin e Prestes.

O que diferenciava os comunistas, para eles próprios, é que pertenciam a um partido "imortal e invencível". O partido era concebido, antes de tudo, como sólida comunidade, criando confiáveis vínculos de pertença, indestrutíveis. Rodeia e protege, mas é principalmente força interiorizada, pois o "verdadeiro comunista jamais está sozinho, mesmo quando isolado nas mais terríveis condições. Ele conduz o Partido dentro de si". O Partido é "forte, calmo, bom, inteligente, resoluto". Instruído pela teoria e pela sabedoria coletiva prática, tem sempre razão. É a luz que mostra as saídas, "a luz no túnel".

Assim como os comunistas nunca estavam sós, o Partido também não estava só: fazia parte de uma rede, o movimento comunista internacional, tendo como centro a União Soviética. Um comunista dirá enlevado: "quando eu penso que nós somos milhões pelo mundo afora e que existe a União Soviética, sinto-me feliz". Mesmo quando chegaram as inquietantes notícias do pacto germano-soviético, firmado em agosto de 1939, e as dúvidas assaltavam as consciências, a confiança na URSS podia vacilar, mas não se esvaía: "se eles o fizeram, é que era a melhor coisa a fazer". À falta de argumentos, restava sempre a fé, a qual, como sabemos de antigas crenças, sempre remove montanhas: "não posso compreender, mas tenho confiança. Absoluta confiança". "Se eu não compreendo, a culpa é minha e não deles [soviéticos]."

A URSS é farol, é luz, é fortaleza e, acima de tudo, é a realização do futuro no presente. Na direção, Stálin, "um pai para os trabalhadores". Teórico genial, líder político, trabalhador infatigável: "[...] tarde da noite, uma janela continua iluminada no Kremlin, é a de

Stálin". Todos dormem, Stálin vela. Para eliminar as dúvidas, formar os consensos, encorajar os fracos e os indecisos, nada mais decisivo do que uma citação de Stálin, uma referência ao grande maquinista da locomotiva da história.

Em cada partido, um líder correspondente a Stálin. No Brasil, Prestes. Os militantes o amavam com amor sincero e entusiasmado. Sábio, decidido, corajoso, um mito. Apesar de preso, incomunicável, em "soturna prisão estreita como um túmulo", corria entre os militantes a ideia de que Prestes era capaz de elaborar e enviar análises da situação internacional e nacional, "como se ele estivesse em meio à luta, à frente do Partido". Gênio, líder, bravo, revolucionário. Um verdadeiro comunista.

Assim protegidos, avançavam os comunistas nos ásperos tempos e na agonia da noite. Porque viam o futuro, porque eram a luz no túnel.

Como compreender, no entanto, que se reproduzissem tantas iniquidades, tanta injustiça, e se sustentassem no poder gentes tão despreparadas e corrompidas? Como se mantinha todo o arcabouço? Entre a alta sociedade e o conjunto da nação, não parece haver laços visíveis. Se existem, a cultura política de que o romance é expressão literária os ignora, omite ou oculta.

De fato, construído em diferentes planos, típicos da literatura de folhetim, o romance narra histórias paralelas, cada plano se desenvolvendo de forma autônoma, embora com conexões. Há o patamar da burguesia e de sua nuvem de mariposas corrompidas. Há o do povo e dos comunistas. Entrecruzando-se eventualmente, mas sem formar uma unidade, dois universos que coexistem.

Mas se não há unidade, como um povo pobre tão bom poderia ser comandado por gente rica tão ruim? Como o povo bom se submetia aos poderosos podres? Como explicar por que não eram ouvidos os comunistas, que estavam ali, apresentando claras propostas políticas e evidentes valores regeneradores?

A máquina repressiva, responde o autor, é a grande barreira que se interpõe entre os comunistas e o povo.

Sindicatos fechados, protestos pisoteados, rebeldes em luta assassinados. O tratamento cruel reservado aos presos: socos, pontapés, pontas acesas de charutos apagadas nos corpos dilacerados. Surras com chicotes de arame, alfinetes embaixo das unhas, fios de barbas e bigode arrancados, um a um. Unhas arrancadas a sangue-frio com alicates, queimaduras com acetileno, picadas e choques elétricos. Espancamentos de crianças diante dos pais, estupros de mulheres na frente dos maridos. Na perspectiva obsessiva de liquidar os comunistas e seu partido, a tortura como política de Estado, um lado oculto e mal sabido do getulismo, que os áulicos do grande líder detestam ver lembrado, mas que é tão essencial ao seu legado quanto as leis trabalhistas e os projetos de desenvolvimento econômico autônomo.

A conciliação dos ricos e burgueses com a repressão e com a tortura é um modo de ser, uma tradição. A tortura pode nos repugnar, mas é necessária, um "monstro necessário" na luta da civilização contra a barbárie. A sociedade não pode dispensar os torturadores, dirá um representante das elites, assim como "uma casa, por mais bela e elegante, não pode dispensar as latrinas". Quantas vezes essas frases não terão sido pensadas ou formuladas no período ditatorial mais recente, iniciado em 1964? Sobre a repressão, o romance formula antecipações igualmente inquietantes: as cabeças cortadas dos camponeses imaginados do vale do rio Salgado, então inexistentes, serão, trinta anos mais tarde, as cabeças cortadas dos guerrilheiros do Araguaia.

Sinistra tradição, bem brasileira, provinda da sociedade escravista, atravessando os séculos, naturalizando a covardia e a malvadeza. Décadas mais tarde, seria atualizada por nova ditadura civil-militar, e transformada em artigo de exportação para outras latitudes. E permanece até os dias de hoje, praticada impunemente nas delegacias e nas prisões. As grandes maiorias, constrangidas e compungidas, apenas desviam os olhos, não querem saber. Para não sentir, fingem não ver. Mas sabem.

Além da repressão e da tortura, havia ainda outra barreira: o povo tem os olhos fechados, dorme.

Para despertar o povo, exercitar a dimensão pedagógica da política, os comunistas surgem como professores. É preciso mostrar, explicar, e educar as "massas atrasadas", acordando consciências: as gentes estão dormindo, de olhos fechados, "sem olho pra enxergar".

Até mesmo intelectuais brilhantes e simpáticos à causa precisam ser persuadidos e convencidos. Cícero d'Almeida/Caio Prado Jr. é um dos arquétipos desses intelectuais. Eles têm um problema quase genético, uma comprometedora origem de classe: "são pequeno-burgueses e pensam que a eles cabe dirigir a Revolução, não enxergam a classe operária". Como são uma "grande força", mas também um perigo, entram em campo os dirigentes comunistas, para evitar que os intelectuais "façam besteiras", controlar os sentimentos de culpa que os atormentam, tirar as dúvidas e corrigir os "desvios". Com indulgência paternal, mas com firmeza revolucionária. Algum energúmeno poderia argumentar que a maioria dos dirigentes profissionais do Partido também tinha origem pequeno-burguesa. Observação evidentemente inválida, já que os dirigentes comunistas, investidos pelo marxismo-leninismo, profissionais da revolução, haviam "se suicidado" como pequeno-burgueses e renascido como proletários. Dúvidas quanto a essa metamorfose eram eliminadas como "tipicamente pequeno-burguesas". Nem valia a pena discuti-las.

Estruturou-se, assim, literariamente, uma cultura política. Avaliações do presente, leituras do passado, propostas políticas, projeções do futuro, valores éticos e preceitos morais, escudos protetores. Razão e fé misturados, um caldo grosso, encorpado, feito para durar no tempo.

Dois anos depois de publicados *Os subterrâneos da liberdade*, porém, veio o informe de Nikita Khruschóv sobre os crimes de Stálin. Um terremoto que alentou e legitimou um processo de revisão crítica que já amadurecia nas fileiras partidárias. O próprio Jorge Amado, desde fins de 1954, já procurava se demarcar do realismo socialista mais dogmático. No contexto dos debates sobre o culto à personalidade de Stálin, assumiria visão crítica, dizendo-se horrorizado com o "mar de lama e de sangue" que só então começava a perceber. Depois de mais dois anos, em 1958, formulou-se uma nova linha política, a Declaração de Março, superando o catastrofismo revolucionário anterior. Ironicamente, retomaria muitas das sugestões do "trotskista vendido" Abelardo Saquila/ Hermínio Sachetta.

A cultura política revolucionária de esquerda parecia enterrada. Ledo engano.

Ela renasceu como Lázaro, com força imprevista, na conjuntura acirrada das lutas sociais e políticas da primeira metade dos anos 1960. No PCdoB refundado, em novas organizações revolucionárias alternativas e nas próprias fileiras do Partido Comunista de Prestes, intimado a se radicalizar no contexto dos movimentos sociais que exasperavam demandas. Na mesma época, e mesmo já antes, comprovando sua vitalidade, os subterrâneos da liberdade atravessaram os oceanos e jogaram um importante papel também na modelagem da radicalização política de jovens africanos nas então colônias portuguesas. Em Lisboa, Luanda, Bissau e Lourenço Marques, as referências, os heróis e os mitos apresentados pelo livro de Jorge Amado suscitariam o entusiasmo de muitos que tateavam caminhos revolucionários. Como na metáfora de Mao Tsé--tung, era faísca viva incendiando a seca pradaria.

Depois da derrota catastrófica de 1964, um novo fluxo: aspectos fundamentais dessa cultura política seriam agora retomados pelas organizações revolucionárias que então se disseminaram, às dezenas. Renegando com ênfase as tradições políticas do Partidão —

como passou a ser chamado o Partido Comunista fundado em 1922 — recuperavam, geralmente sem clara consciência disso, a cultura política que o vertebrara em boa parte da existência — mas com deslocamentos e atualizações, é claro. Para os jovens revolucionários da segunda metade dos anos 1960 (não poucos, inclusive, bastante influenciados e radicalizados pela leitura de *Os subterrâneos da liberdade*), a União Soviética cederia o lugar de farol da revolução mundial à China e a Cuba, e o culto do camarada Stálin renasceria com o do camarada Mao Tsé-tung ou o dos companheiros Fidel Castro e Che Guevara.

De resto, a cultura política revolucionária de esquerda permaneceu atual, inteira, inspirando avaliações, prognósticos e propostas, animando e encorajando o espírito de luta.

As novas derrotas, sucessivas, das esquerdas revolucionárias em *Nuestra América* ao longo dos anos 1970 e, na década seguinte, o processo de desagregação do socialismo realmente existente tiveram, no entanto, um pesado impacto desestruturante. Com efeito, e desde os anos 1950, as concepções revolucionárias catastróficas passaram pelo crivo de impiedosa crítica. As comparações entre os altíssimos custos sociais, políticos e culturais de suas realizações históricas, contrastados com os resultados obtidos, abalaram decisivamente a tão decantada eficiência, a força persuasiva e o prestígio de décadas.

Poder-se-ia dizer então, neste começo do século XXI, que a cultura política revolucionária de esquerda, da qual *Os subterrâneos da liberdade* são primorosa expressão literária, recolheu-se afinal ao museu do passado, como se fosse um antigo realejo ou uma roca de fiar? O livro teria se tornado definitivamente um documento de época?

A resposta é negativa.

Sem dúvida, como já se disse, perdeu força e prestígio. Mas ainda vive e seduz. Não deve ser tomado como expressivo o fato, registrado por Alfredo Wagner de Almeida, de que Glauber Rocha, um gênio da raça, tenha dito em 1977 que *Os subterrâneos da liber-*

dade estavam para a literatura brasileira como *Guerra e paz*, de Tolstói, para a literatura russa?

A vigência de alguns aspectos da obra é muito clara: a ideia, por exemplo, de uma catástrofe iminente, presente nas avaliações de uma crise apocalíptica que se aproxima e, de resto, para certos profetas, é inevitável. Há o culto ao líder revolucionário, em *Nuestra América*, a Che Guevara, Fidel Castro, Hugo Chávez. A própria decepção com Lula não manifestaria, pelo avesso, o anelo entranhado do impoluto herói revolucionário sem jaça? E o que dizer das associações entre moral e política? De um lado, a reta razão, incorruptível; de outro, os de mau caráter, vendidos, conduzindo à ideia de que tudo "cheira mal", de que a alta sociedade está — e é — irremediavelmente "podre", de que "tudo isto que está aí" precisa mudar, e de uma vez só, profundamente.

Fragmentos esparsos, grãos de poeira, destinados ao desaparecimento? Ou ideias-força, ainda vitais? O fato é que estão aí, impregnando a sociedade, renitentes, exprimindo demandas insatisfeitas, em suspensão.

É improvável que se cristalizem novamente.

Mas não é o improvável que, às vezes, acontece?

Daniel Aarão Reis é professor de história contemporânea da Universidade Federal Fluminense.

cronologia

Assim como os volumes anteriores da trilogia *Os subterrâneos da liberdade*, este tem a Segunda Guerra Mundial (1939-1945) como pano de fundo, agora em seus anos finais. São feitas menções à "política agressiva" de Hitler, chamado por um personagem de "fera sanguinolenta"; ao envio de militantes comunistas brasileiros para lutar contra Franco, na Espanha; e à "política da boa vizinhança" de Roosevelt, que pregava a não intervenção militar dos Estados Unidos em outras nações. No contexto brasileiro, Getúlio Vargas é mais uma vez tema de debates entre os personagens, que temem o alinhamento progressivo do Ministério da Guerra à Alemanha de Hitler. O combate interno ao comunismo é outro eixo importante. As primeiras páginas de *A luz no túnel* descrevem sessões de tortura contra presos políticos, enquanto as últimas tratam do julgamento de Luís Carlos Prestes.

1912-1919
Jorge Amado nasce em 10 de agosto de 1912, em Itabuna, Bahia. Em 1914, seus pais transferem-se para Ilhéus, onde ele estuda as primeiras letras. Entre 1914 e 1918, trava-se na Europa a Primeira Guerra Mundial. Em 1917, eclode na Rússia a revolução que levaria os comunistas, liderados por Lênin, ao poder.

1920-1925
A Semana de Arte Moderna, em 1922, reúne em São Paulo artistas como Heitor Villa-Lobos, Tarsila do Amaral, Mário e Oswald de Andrade. No mesmo ano, Benito Mussolini é chamado a formar governo na Itália. Na Bahia, em 1923, Jorge Amado escreve uma redação escolar intitulada "O mar"; impressionado, seu professor, o padre Luiz Gonzaga Cabral, passa a lhe emprestar livros de autores portugueses e também de Jonathan Swift, Charles Dickens e Walter Scott. Em 1925, Jorge Amado foge do colégio interno Antônio Vieira, em Salvador, e percorre o sertão baiano rumo à casa do avô paterno, em Sergipe, onde passa "dois meses de maravilhosa vagabundagem".

1926-1930
Em 1926, o Congresso Regionalista, encabeçado por Gilberto Freyre, condena o modernismo paulista por "imitar inovações estrangeiras". Em 1927, ainda aluno do Ginásio Ipiranga, em Salvador, Jorge Amado começa a trabalhar como repórter policial para o *Diário da Bahia* e *O Imparcial* e publica em *A Luva*, revista de Salvador, o texto "Poema ou prosa". Em 1928, José Américo de Almeida lança *A bagaceira*, marco da ficção regionalista do Nordeste, um livro no qual, segundo Jorge Amado, se "falava da realidade rural como ninguém fizera antes". Jorge Amado integra a Academia dos Rebeldes, grupo a favor de "uma arte moderna sem ser modernista".

A quebra da bolsa de valores de Nova York, em 1929, catalisa o declínio do ciclo do café no Brasil. Ainda em 1929, Jorge Amado, sob o pseudônimo Y. Karl, publica em *O Jornal* a novela *Lenita*, escrita em parceria com Edson Carneiro e Dias da Costa. O Brasil vê chegar ao fim a política do café com leite, que alternava na presidência da República políticos de São Paulo e Minas Gerais: a Revolução de 1930 destitui Washington Luís e nomeia Getúlio Vargas presidente.

1931-1935

Em 1932, desata-se em São Paulo a Revolução Constitucionalista. Em 1933, Adolf Hitler assume o poder na Alemanha, e Franklin Delano Roosevelt torna-se presidente dos Estados Unidos da América, cargo para o qual seria reeleito em 1936, 1940 e 1944. Ainda em 1933, Jorge Amado se casa com Matilde Garcia Rosa. Em 1934, Getúlio Vargas é eleito por voto indireto presidente da República. De 1931 a 1935, Jorge Amado frequenta a Faculdade Nacional de Direito, no Rio de Janeiro; formado, nunca exercerá a advocacia. Amado identifica-se com o Movimento de 30, do qual faziam parte José Américo de Almeida, Rachel de Queiroz e Graciliano Ramos, entre outros escritores preocupados com questões sociais e com a valorização de particularidades regionais. Em 1933, Gilberto Freyre publica *Casa-grande & senzala*, que marca profundamente a visão de mundo de Jorge Amado. O romancista baiano publica seus primeiros livros: *O país do Carnaval* (1931), *Cacau* (1933) e *Suor* (1934). Em 1935 nasce sua filha Eulália Dalila.

1936-1940

Em 1936, militares rebelam-se contra o governo republicano espanhol e dão início, sob o comando de Francisco Franco, a uma guerra civil que se alongará até 1939. Jorge Amado enfrenta problemas por sua filiação ao Partido Comunista Brasileiro. São dessa época seus livros *Jubiabá* (1935), *Mar morto* (1936) e *Capitães da Areia* (1937). É preso em 1936, acusado de ter participado, um ano antes, da Intentona Comunista, e novamente em 1937, após a instalação do Estado Novo. Em Salvador, seus livros são queimados em praça pública. Em setembro de 1939, as tropas alemãs invadem a Polônia e tem início a Segunda Guerra Mundial. Em 1940, Paris é ocupada pelo Exército alemão. No mesmo ano, Winston Churchill torna-se primeiro-ministro da Grã-Bretanha.

1941-1945

Em 1941, em pleno Estado Novo, Jorge Amado viaja à Argentina e ao Uruguai, onde pesquisa a vida de Luís Carlos Prestes, para escrever a biografia publicada em Buenos Aires, em 1942, sob o título *A vida de Luís Carlos Prestes*, rebatizada mais tarde *O Cavaleiro da Esperança*. De volta ao

Brasil, é preso pela terceira vez e enviado a Salvador, sob vigilância. Em junho de 1941, os alemães invadem a União Soviética. Em dezembro, os japoneses bombardeiam a base norte-americana de Pearl Harbor, e os Estados Unidos declaram guerra aos países do Eixo. Em 1942, o Brasil entra na Segunda Guerra Mundial, ao lado dos aliados. Jorge Amado colabora na *Folha da Manhã*, de São Paulo, torna-se chefe de redação do diário *Hoje*, do PCB, e secretário do Instituto Cultural Brasil-União Soviética. No final desse mesmo ano, volta a colaborar em *O Imparcial*, assinando a coluna "Hora da Guerra", e em 1943 publica, após seis anos de proibição de suas obras, *Terras do sem-fim*. Em 1944, Jorge Amado lança *São Jorge dos Ilhéus*. Separa-se de Matilde Garcia Rosa. Chegam ao fim, em 1945, a Segunda Guerra Mundial e o Estado Novo, com a deposição de Getúlio Vargas. Nesse mesmo ano, Jorge Amado casa-se com a paulistana Zélia Gattai, é eleito deputado federal pelo PCB e publica o guia *Bahia de Todos-os-Santos*. *Terras do sem-fim* é publicado pela editora de Alfred A. Knopf, em Nova York, selando o início de uma amizade com a família Knopf que projetaria sua obra no mundo todo.

1946-1950
Em 1946, Jorge Amado publica *Seara vermelha*. Como deputado, propõe leis que asseguram a liberdade de culto religioso e fortalecem os direitos autorais. Em 1947, seu mandato de deputado é cassado, pouco depois de o PCB ser posto na ilegalidade. No mesmo ano, nasce no Rio de Janeiro João Jorge, o primeiro filho com Zélia Gattai. Em 1948, devido à perseguição política, Jorge Amado exila-se, sozinho, voluntariamente em Paris. Sua casa no Rio de Janeiro é invadida pela polícia, que apreende livros, fotos e documentos. Zélia e João Jorge partem para a Europa, a fim de se juntar ao escritor. Em 1950, morre no Rio de Janeiro a filha mais velha de Jorge Amado, Eulália Dalila. No mesmo ano, Amado e sua família são expulsos da França por causa de sua militância política e passam a residir no castelo da União dos Escritores, na Tchecoslováquia. Viajam pela União Soviética e pela Europa Central, estreitando laços com os regimes socialistas.

1951-1955
Em 1951, Getúlio Vargas volta à presidência, desta vez por eleições diretas. No mesmo ano, Jorge Amado recebe o prêmio Stálin, em Moscou. Nasce sua filha Paloma, em Praga. Em 1952, Jorge Amado volta ao Brasil, fixando-se no Rio de Janeiro. O escritor e seus livros são proibidos de entrar nos Estados Unidos durante o período do macarthismo. Em 1954, Getúlio Vargas se suicida. No mesmo ano, Jorge Amado é eleito presidente da Associação Brasileira de Escritores e publi-

ca *Os subterrâneos da liberdade*. Afasta-se da militância comunista.

1956-1960
Em 1956, Juscelino Kubitschek assume a presidência da República. Em fevereiro, Nikita Khruchióv denuncia Stálin no 20º Congresso do Partido Comunista da União Soviética. Jorge Amado se desliga do PCB. Em 1957, a União Soviética lança ao espaço o primeiro satélite artificial, o *Sputnik*. Surge, na música popular, a Bossa Nova, com João Gilberto, Nara Leão, Antonio Carlos Jobim e Vinicius de Moraes. A publicação de *Gabriela, cravo e canela*, em 1958, rende vários prêmios ao escritor. O romance inaugura uma nova fase na obra de Jorge Amado, pautada pela discussão da mestiçagem e do sincretismo. Em 1959, começa a Guerra do Vietnã. Jorge Amado recebe o título de obá Arolu no Axé Opô Afonjá. Embora fosse um "materialista convicto", admirava o candomblé, que considerava uma religião "alegre e sem pecado". Em 1960, inaugura-se a nova capital federal, Brasília.

1961-1965
Em 1961, Jânio Quadros assume a presidência do Brasil, mas renuncia em agosto, sendo sucedido por João Goulart. Yuri Gagarin realiza na nave espacial *Vostok* o primeiro voo orbital tripulado em torno da Terra. Jorge Amado vende os direitos de filmagem de *Gabriela, cravo e canela* para a Metro-Goldwyn-Mayer, o que lhe permite construir a casa do Rio Vermelho, em Salvador, onde residirá com a família de 1963 até sua morte. Ainda em 1961, é eleito para a cadeira 23 da Academia Brasileira de Letras. No mesmo ano, publica *Os velhos marinheiros*, composto pela novela *A morte e a morte de Quincas Berro Dágua* e pelo romance *O capitão-de-longo-curso*. Em 1963, o presidente dos Estados Unidos, John Kennedy, é assassinado. O Cinema Novo retrata a realidade nordestina em filmes como *Vidas secas* (1963), de Nelson Pereira dos Santos, e *Deus e o diabo na terra do sol* (1964), de Glauber Rocha. Em 1964, João Goulart é destituído por um golpe e Humberto Castelo Branco assume a presidência da República, dando início a uma ditadura militar que irá durar duas décadas. No mesmo ano, Jorge Amado publica *Os pastores da noite*.

1966-1970
Em 1968, o Ato Institucional nº 5 restringe as liberdades civis e a vida política. Em Paris, estudantes e jovens operários levantam-se nas ruas sob o lema "É proibido proibir!". Na Bahia, floresce, na música popular, o tropicalismo, encabeçado por Caetano Veloso, Gilberto Gil, Torquato Neto e Tom Zé. Em 1966, Jorge Amado publica *Dona Flor e seus dois maridos* e, em 1969, *Tenda dos Milagres*. Nesse último

ano, o astronauta norte-americano Neil Armstrong torna-se o primeiro homem a pisar na Lua.

1971-1975

Em 1971, Jorge Amado é convidado a acompanhar um curso sobre sua obra na Universidade da Pensilvânia, nos Estados Unidos. Em 1972, publica *Tereza Batista cansada de guerra* e é homenageado pela Escola de Samba Lins Imperial, de São Paulo, que desfila com o tema "Bahia de Jorge Amado". Em 1973, a rápida subida do preço do petróleo abala a economia mundial. Em 1975, *Gabriela, cravo e canela* inspira novela da TV Globo, com Sônia Braga no papel principal, e estreia o filme *Os pastores da noite*, dirigido por Marcel Camus.

1976-1980

Em 1977, Jorge Amado recebe o título de sócio benemérito do Afoxé Filhos de Gandhy, em Salvador. Nesse mesmo ano, estreia o filme de Nelson Pereira dos Santos inspirado em *Tenda dos Milagres*. Em 1978, o presidente Ernesto Geisel anula o AI-5 e reinstaura o *habeas corpus*. Em 1979, o presidente João Baptista Figueiredo anistia os presos e exilados políticos e restabelece o pluripartidarismo. Ainda em 1979, estreia o longa-metragem *Dona Flor e seus dois maridos*, dirigido por Bruno Barreto. São dessa época os livros *Tieta do Agreste* (1977), *Farda, fardão, camisola de dormir* (1979) e *O gato malhado e a andorinha Sinhá* (1976), escrito em 1948, em Paris, como um presente para o filho.

1981-1985

A partir de 1983, Jorge Amado e Zélia Gattai passam a morar uma parte do ano em Paris e outra no Brasil — o outono parisiense é a estação do ano preferida por Jorge Amado, e, na Bahia, ele não consegue mais encontrar a tranquilidade de que necessita para escrever. Cresce no Brasil o movimento das Diretas Já. Em 1984, Jorge Amado publica *Tocaia Grande*. Em 1985, Tancredo Neves é eleito presidente do Brasil, por votação indireta, mas morre antes de tomar posse. Assume a presidência José Sarney.

1986-1990

Em 1987, é inaugurada em Salvador a Fundação Casa de Jorge Amado, marcando o início de uma grande reforma do Pelourinho. Em 1988, a Escola de Samba Vai-Vai é campeã do Carnaval, em São Paulo, com o enredo "Amado Jorge: A história de uma raça brasileira". No mesmo ano, é promulgada nova Constituição brasileira. Jorge Amado publica *O sumiço da santa*. Em 1989, cai o Muro de Berlim.

1991-1995

Em 1992, Fernando Collor de Mello, o primeiro presidente eleito por voto direto depois de 1964, renuncia ao cargo durante um processo de *impeachment*. Itamar Franco assume a presidência. No mesmo ano, dissolve-se a União Soviética. Jorge Amado preside o 14º Festival Cultural de Asylah, no Marrocos, intitulado "Mestiçagem, o exemplo do Brasil", e participa do Fórum Mundial das Artes, em Veneza. Em 1992, lança dois livros: *Navegação de cabotagem* e *A descoberta da América pelos turcos*. Em 1994, depois de vencer as Copas de 1958, 1962 e 1970, o Brasil é tetracampeão de futebol. Em 1995, Fernando Henrique Cardoso assume a presidência da República, para a qual seria reeleito em 1998. No mesmo ano, Jorge Amado recebe o prêmio Camões.

1996-2000

Em 1996, alguns anos depois de um enfarte e da perda da visão central, Jorge Amado sofre um edema pulmonar em Paris. Em 1998, é o convidado de honra do 18º Salão do Livro de Paris, cujo tema é o Brasil, e recebe o título de doutor *honoris causa* da Sorbonne Nouvelle e da Universidade Moderna de Lisboa. Em Salvador, termina a fase principal de restauração do Pelourinho, cujas praças e largos recebem nomes de personagens de Jorge Amado.

2001

Após sucessivas internações, Jorge Amado morre em 6 de agosto de 2001.

Jorge Amado com amigos no castelo de Dobris, na Tchecoslováquia, no começo dos anos 1950

A partir do fim dos anos 1940, surgiram algumas revistas político-culturais como veículos de divulgação das ideias do Partido Comunista Brasileiro. Em 1948, a Editora Brasiliense lançou *Fundamentos*, ligada ao PCB; *Horizonte* surgiu em Porto Alegre, em 1949; *Para Todos* foi relançada em 1951, no Rio de Janeiro. Em Salvador, havia *Seiva*; no Recife, *Orientação*. Todas voltadas ao combate à cultura burguesa, à luta contra o imperialismo e à defesa do realismo socialista e do mundo da "paz"

Caio Prado Jr. (esq.), Jorge Amado e Zélia Gattai no
I Congresso Mundial Pró-Paz em Paris, 1949

Jorge Amado com a delegação portuguesa
no Congresso da Paz em Varsóvia, 1949

Jorge Amado participa
dos comícios do Partido
Comunista, 1946

Ilya Ehrenburg, Jorge Amado e Dmitri Skobeltsyn (físico, vencedor do prêmio Stálin de 1950) no Prêmio Internacional Stálin da Paz, janeiro de 1952

Durante lançamento na Livraria Brasiliense, avista-se Jorge Amado entre Moacyr Werneck de Castro (esq.) e Caio Prado Jr. (dir.)

Livros da imprensa
comunista escritos
por Jorge Amado

A primeira edição,
de 1954, com capa
de Clóvis Graciano

1028)

inédita.

Abria a pasta de couro, retirava um exemplar do livro: na capa, uma figura sinistra brandia um punhal de onde pingavam grossas gotas de sangue a formar o título do volume, "A CRIMINOSA EXISTÊNCIA DO PARTIDO COMUNISTA". Em letras graúdas azuis, o nome do autor. Uma faixa de papel envolvia cada exemplar e nela ademais do aviso: "SENSACIONAL!", duas opiniões críticas. A primeira afirmava: "Li-o de uma assentada como ao mais apaixonante romance de aventuras. O talento do autor, aliado à sua coragem patriótica, colocou-se a serviço do bem contra o mal, da verdade contra a baixa demagogia comunista. Esse livro é um brado de alerta." Assinava-a o poeta Cesar Guilherme Shopel. A segunda constatava: "Precioso auxiliar na luta contra o comunismo. Autêntica a veracidade das revelações do talentoso autor". Firmava-a o delegado Barros, da Ordem Política e Social de São Paulo. Heitor Magalhães levava sempre alguns exemplares na pasta. Nas livrarias e bancas de jornais o volume, de 200 páginas magras, custava dez mil réis e pouco se vendia. Mas aqueles comerciantes, industriais e banqueiros adquiriam quase sempre o exemplar exibido pelo autor e o pagavam fora do preço de capa, vinte, trinta, cinquenta mil réis, por vezes acontecia mesmo lhe darem uma nota de cem. A Comendadora da Torre, encantada com os modos do rapaz, soltara um conto de réis para "ajudar as despesas de edição".

Mas a venda do livro era apenas a primeira parte e a menos importante da operação. Heitor Magalhães retirava da pasta papéis timbrados: uma carta da Legação da Finlândia agradecendo os esforços da Sociedade de Auxílio, a relação da diretoria e membros da Sociedade (nomes de peso nos meios políticos e financeiros), a lista das contribuições, aberta com o nome de José Corte do Vale que subscrevera uma grossa bolada.

Manuscrito de *A luz no túnel*

Julgamento de Luís Carlos Prestes, em novembro de 1940, momento que encerra a trilogia *Os subterrâneos da liberdade*